U0438877

陈骏涛口述

陈骏涛口述 陈墨采编

人民文学出版社

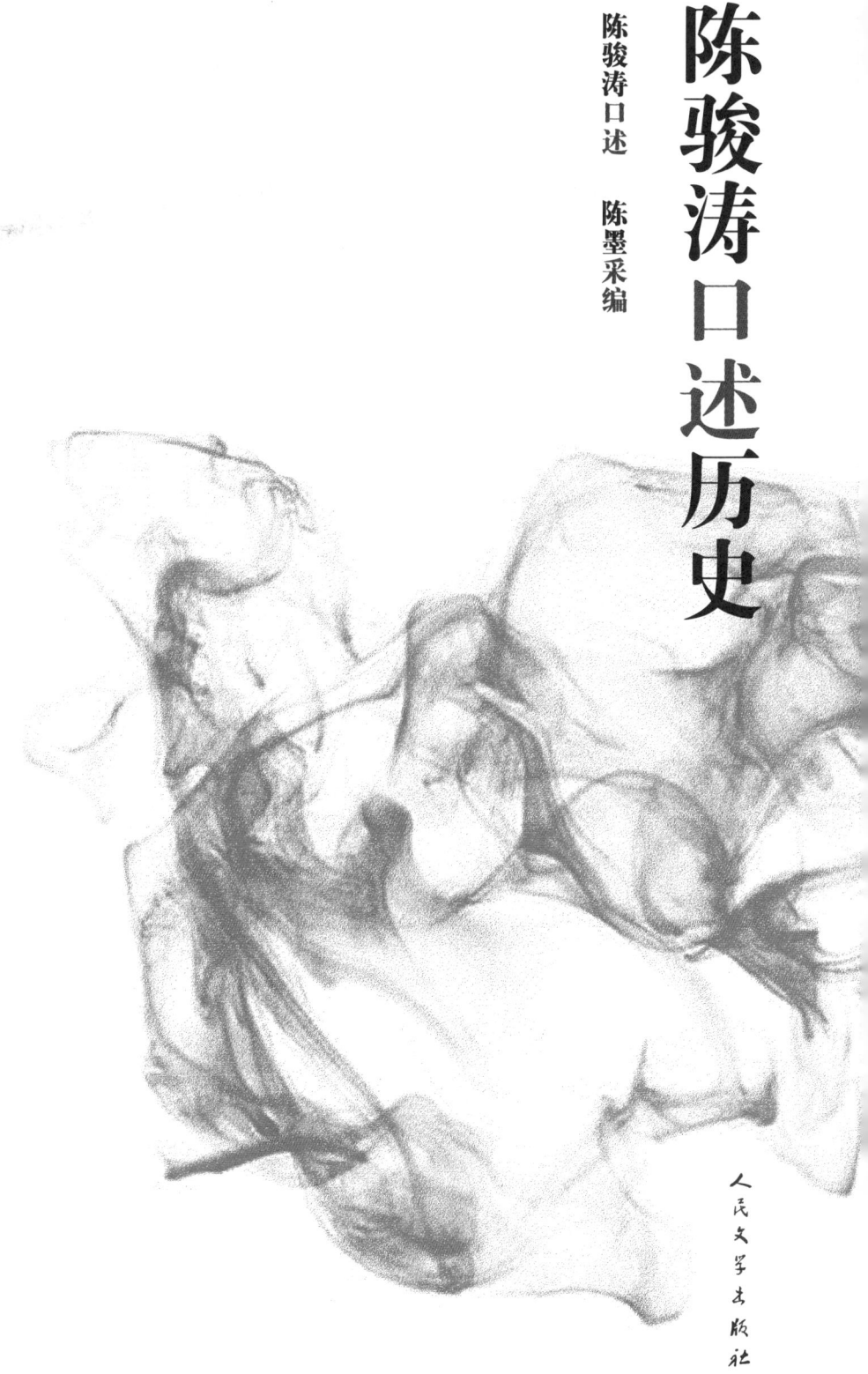

```
图书在版编目(CIP)数据

陈骏涛口述历史/陈骏涛著;陈墨编.—北京:人民文学出版社,2015
ISBN 978-7-02-010949-4

Ⅰ.①陈… Ⅱ.①陈…②陈… Ⅲ.①回忆录—作品集—中国—当代 Ⅳ.①I251

中国版本图书馆CIP数据核字(2015)第106016号
```

责任编辑　宋　强
责任校对　罗翠华
责任印制　张文芳

出版发行　人民文学出版社
社　　址　北京市朝内大街166号
邮政编码　100705
网　　址　http://www.rw-cn.com

印　　刷　北京季蜂印刷有限公司
经　　销　全国新华书店等

字　　数　491千字
开　　本　710毫米×1000毫米　1/16
印　　张　33.25　插页3
印　　数　1—3000
版　　次　2015年8月北京第1版
印　　次　2015年8月第1次印刷

书　　号　978-7-02-010949-4
定　　价　58.00元

如有印装质量问题,请与本社图书销售中心调换。电话:01065233595

目　录

序言 ………………………………………………………………… 1

家庭、家人和少年时代 …………………………………………… 2
福建师专附中点滴 ………………………………………………… 16
复旦大学八年（上）……………………………………………… 32
复旦大学八年（下）……………………………………………… 61
进文学所，去搞"四清" ………………………………………… 74
1966 年的日记 …………………………………………………… 90
恋爱、结婚和孩子 ……………………………………………… 133
"干校"生活点滴 ………………………………………………… 144
"干校"后期的部分家书 ………………………………………… 160
蹉跎岁月：1972—1975 ………………………………………… 184
《文学评论》复刊筹备 …………………………………………… 188
多重震荡的 1976 年 ……………………………………………… 193
《文学评论》正式复刊 …………………………………………… 198
早期文章、笔名和稿费 ………………………………………… 205
新时期：文代会暨作代会 ……………………………………… 212
三位亲人相继去世 ……………………………………………… 219
入党、评职称、加入作家协会 ………………………………… 228
谈文学所 80 年代三任所长 …………………………………… 236
1985—1986：新方法与研讨会 ………………………………… 245
谈评论集《文学观念与艺术魅力》 …………………………… 253

"新时期文学十年学术讨论会"及其他 …………………… 263
第一次出国,去日本 …………………………………… 272
借调到中国华侨出版公司一年 ………………………… 277
回到文学所,《文学评论》有变化 ……………………… 282
"中国当代文学国际学术研讨会" ……………………… 286
主编"跨世纪文丛" ……………………………………… 291
尴尬:《在传统和现代之间》 …………………………… 299
主编"红辣椒女性文丛" ………………………………… 306
是女性文学研究会议的常客 …………………………… 313
中国小说学会:缘起和活动 …………………………… 322
从《中国文学通典》到《文坛感应录》 ………………… 331
再次出国:访问加拿大 ………………………………… 336
参与编纂《中华文学通史》 ……………………………… 340
"中国留学生文学大系"及其他 ………………………… 346
长女陈漫红英年早逝 …………………………………… 353
世纪末的回声:文集、研讨、对话 ……………………… 357
"北会"、"南会"活动及《游戏的陷阱》 ……………… 364
退而不休及《这一片人文风景》 ………………………… 371
流年碎影(一) ………………………………………… 377
参与策划"世纪文学60家" …………………………… 383
2006年访问美国 ……………………………………… 387
开博客·去朝鲜旅游 …………………………………… 392
流年碎影(二) ………………………………………… 397
"昨日风景"与感言莫言获奖 …………………………… 404
文学评论选集《从一而终》 ……………………………… 410
谈文学研究所的一些同事 ……………………………… 415
谈一些熟悉的作家 ……………………………………… 424
谈熟悉的评论家、编辑 ………………………………… 429
谈自己的研究生和访问学者 …………………………… 435
面对死亡:恐惧和感悟 ………………………………… 441

对以往人生的简单总结…………………………………………… 447
回顾人生的几点补充…………………………………………… 454

附录一　何立人访谈录…………………………………… 459
　　出生、上学、工作的简历………………………………… 459
　　亲历几次政治运动………………………………………… 467
　　"文革"开始时的文学所………………………………… 470
　　与陈骏涛恋爱结婚………………………………………… 471
　　婚姻与家庭生活杂忆……………………………………… 476

附录二　陈骏涛生平和学术记事（1936— ）……………… 490

采编后记……………………………………………………… 518

序　言

陈骏涛

要为我做一部口述史——2012—2013年之交,陈墨向我提出了这样一项动议。这是我先前连想都没有想过的事,这就跟陈墨1990年拿出他出版的《金庸小说赏析》,新千年又从研究电影转而做口述史并研究口述史一样,都使我感到意外,感到突然。因此,尽管这是出自他的一片诚意,但我还是回绝了他。理由很简单:我是一个凡人,像我这样的人,不要说在知识分子圈中,就是在文学研究所,也是可以轻易抓出一把的,轮得上我吗?再说,即令搞出来了,又有哪一家出版社愿意出版呢?

但陈墨却很耐心地开导我,说口述史不见得只有大名人可以做,小人物、平常人也可以做。他举电影圈为例,说不少人也都不是什么大名人,但因为有代表性,或者有某种特殊性,出于某种需要,也做了。人类的口述史料库就是由各色各样人物的口述史集纳而成的。

陈墨不仅从道理上开导我,还让我参加了电影资料馆一次关于口述史的研讨会,而且替我先期找到一个下嫁的出版社——人民文学出版社,这可是国内一流的出版社。虽然我这一生也出过一些书,并非没有见过世面,但这一切,还是不能不让我心动。我想,做做也无妨,借此机会可以把我这一生认认真真地梳理一遍,把那些不该遗忘的人和事留住,并传诸后人。年纪大了,做不成别的事,做做这件事也无妨,做好了,倒未必不是一件好事。

就这样,"陈骏涛口述历史"就从拟议中而付诸实践了。2013年,我得了一场大病,5月和7月两次住了医院,还做了手术。这就迫使计划提前,因为不仅是陈墨,连我自己都担心:越往后,体力、精力,尤其是记忆力,会越来越不行,记忆力一旦不行,还谈得上做什么口述史?于是,2013年9月,我出院才一个多月,这项计划就启动了。不算陈墨先期草拟的、长达32页的"采访提纲",和我自己为此而做的功课,单单是口述,就做了16次,合计50多个小时,前后延续了两个多月。这是我这一生面对的最长的一次"马拉松"访谈,把我的五脏六腑都倒出来了。倒出来之后,就把包含着无数陈谷子、烂芝麻的口述录音交给了朱侠、洪玉华、冉一村这几位幕后角色,是他们忠实地按原貌把它变成了一部口述史初稿。可以想见,他们做出了多大的付出!

面对着这部鱼龙混杂、泥沙俱下的口述史稿,我始则惊讶,继则发懵——这都是我说的?怎么说得这么语无伦次、颠三倒四,而且居然还如此唠叨?陈墨在"采编人杂记"中说我是个"不会讲故事的人",算他说准了,我确实就是这么个不会讲故事的人。不会讲故事,还讲得颠三倒四、语无伦次,这样的口述史,人家看到了,还不倒胃口?怎么办呢?我想,既然走到这一步了,打退堂鼓是不行的,只能往前走,谁让你自讨苦吃呢!

我以前没有读过什么口述史,更没有这方面的理论准备,按我有限的认知,我觉得,最基本的口述史,大致应该有两种形态:一种是采访人根据口述人的讲述整理出的稿子,这里不排除有整理人的若干加工或改造;另一种是口述人根据采访人整理出的稿子,自己动手再做一些修改和订正,也不排除有若干加工或改造。不经过修改订正、加工改造过的口述史当然也有,那就是原始状态的录音或笔录,但那是采访人或口述人才有的,而不是一般的读者或研究者能够或者需要拥有的东西。

于是我苦思冥想,决定对这部口述史稿动动手术。在动手术之前或当中,我也曾与陈墨有过磋商,大致是秉持如下原则:第一,口述形式不变,框架不变,问题的顺序和问答的顺序也不变;第二,对明显错误或不准确的记忆作必要的修正,对虽然明知有误,但一时还拿不出准确修正答案的记忆,仍维持原样,只做了若干必要的注释;第三,本着"责人宽、责己严"的原则,删除了在口述时因过于随意而可能伤害到某些当事者,特别是那些还健在的当事者的言辞;第四,删除了某些重复的、颠三倒四的、过于唠叨的叙述,包括若干隐私;第五,增补了口述时因为种种原因而遗漏的若干必要的情节、人物、细节,等等。

  总之,手术虽然动得不算太大,但也不算太小,但都以不伤筋骨为前提。从初夏到隆冬,历经半年之久,在这期间,我从未懈怠,一心扑在书稿上,主要工作是查找资料,边查找,边修改。因此,我这部口述史,应该是属于我上面所说的第二类口述史,即经过口述人修改、订正和加工、整理过的口述史。可不可以呢?这是我要向那些口述史行家讨教的问题。我想,但凡口述人还是理智的,他或她是绝对不会对一部包含着无数陈谷子、烂芝麻的口述史稿无动于衷的,除非他或她业已丧失了思维能力和行为能力。

  2010年岁末,在史铁生逝世的时候,我写过一篇纪念文章,这篇文章的题目是《"过程即目的"——史铁生的人生姿态》。我很欣赏史铁生的这种人生姿态,他把人生当成一个"过程",他说"在永恒的道路上,唯有寄望于爱愿","顽固地追问并要求着生存的意义"。我在口述稿中说过:虽然我这一生过得不算太精彩,但也并不窝囊,我也重视人生的过程,把过程看得比结果更为重要,因此我始终不曾懈怠过。有心的朋友如果看到这部口述稿,将不难从中看出我的种种努力,尽管还有许许多多不尽人意之处,但我努力过了,因此我不后悔!

  末了,我还要真诚地感谢陈墨、朱侠、洪玉华、冉一村他们做的许多事无巨细的工作,还有孙明强、孙伟雄父子的录音、录像,他们为此付出得太多,我的轻描淡写的感谢不足以补偿他们的万一。特别是人民文学出版社刘国辉和宋强等参与其事的朋友,他们慷慨地为一个小人物的口述史开道,这是我先前连想都不敢想的事,我也要深深地感谢他们!

  愿好人一世平安,我真诚地祝福他们!

2015年1月5日夜写毕于从心斋

口 述 人：陈骏涛
采 访 人：陈墨
采访时间：2013年9月—11月（16次，50小时）
采访地点：北京市朝阳区华威西里陈骏涛家
录音整理：洪玉华、冉一村、朱侠
口述人简介：陈骏涛，男，1936年8月21日生于福建莆田，祖籍福建福州。中国社会科学院文学研究所编审（研究员）、中国社会科学院研究生院文学系教授，曾任《文学评论》编辑部副主任、主任、副社长、文学研究所学术委员会委员、中国社科院高级职称评审委员会委员等；中国作家协会会员、中国当代文学研究会理事、中国新文学学会理事、中国小说学会副会长、名誉副会长。数十年来主要从事文学编辑、文学批评和文学研究工作，著有《文学观念与艺术魅力》《在传统和现代之间》《文坛感应录》《世纪末的回声》《这一片人文风景》《从一而终——陈骏涛文学评论选》等，主编有"跨世纪文丛""红辣椒女性文丛"和《精神之旅》等，与人联名主编有《中国文学通典》《中国留学生文学大系》《中国大百科全书·中国现当代文学》和《世纪文学60家》等大型文学丛书。曾获包括国家奖（《中国文学通典》执行总主编）在内的多种奖项。

家庭、家人和少年时代

陈墨(以下简称"问"):老师,咱们这就开始吧?

陈骏涛(以下简称"答"):好。病了一场之后,记忆力又差了。做事情都有点晕晕乎乎的,我很担心,这个口述史能不能做好。后来想,既然要做,那就早点做吧,越往后可能就越不行了。我今年(按指2013年)77岁了。从今年5月起就一直在生病,还真是一年不如一年,今年的记忆力就比去年差多了。

问:请先说说您家里的情况。

答:这个,我的家族观念很薄弱。所以你要问,我还真不能说得很清楚。特别是我祖辈、父辈这组人物。在我记忆中,好像就没有见过我祖父,可能在我懂事的时候,祖父就过世了。我父亲,好像他也从来没有跟我讲过什么家族的事。我知道的家族的一点事,大多是从哥哥、姐姐那儿听来的,也没有什么留下的家族文献可供参考。所以你要我讲家族的事,可讲的确实不多,尤其是我父亲这个上线。

问:母亲这条线还好些?

答:母亲这边还稍好些。我小时候见到的祖辈人物只有外祖父和外祖母,他们曾跟我们住过一段时间,在我们家的后院,中间隔了一个天井。

问:他们的职业是什么?

答:不清楚。我们家族,不是什么富有家族,但也不是草根家族。至少到我父亲这一辈,就家道中落了。不是富有家族,从对子女的教育来说,就可以看得出来,是很不重视的。你看我有四个姐姐,连同哥哥和我,一共六个,真正受过高等教育的也就是我和我四姐——她现在福州,比我大五岁,我们都是解放后才有机会上的大学。

问：以前上学都很少哈。

答：是的。就天资来说，我哥哥是最聪明的，从他的谈吐，从他过去写给我的信，包括他临终前写的那首对母亲怀恋的诗，都可以看出他的旧学基础。我爷爷呢，他过去是干什么的，我还真不知道。从他留下来的这摊子来看，这个家是并不富有的，当然也不是穷人。① 我父亲呢，我知道他有一个哥哥，我小时候见过的，我们叫他大伯；他还有个妹妹，就是我姑妈，我也见过，在福州乡下。那时候，应该是福州解放前后吧，我去过他们的家，已经很破落了。

说起我父亲，他还算是有点历史的，他参加过北伐，在蔡廷锴的那个第十九路军——蔡廷锴那个时候驻扎在福建。他在蔡廷锴的部队里面，当到少校军需官，这是在北伐的时候。② 这事情是我哥哥亲口对我说的。从我需要填履历的时候，我对这段历史就从来没有隐瞒过。

问：现在看来，实际上是一段革命经历，北伐其实就是参加革命嘛。

答：对，北伐就是革命嘛。有人曾经问过我：本来是少校，为什么后来降到了中尉？这里面有一段历史，我哥哥跟我讲过。我父亲之所以从少校降到中尉，是因为蒋介石叛变革命后，对蔡廷锴这一边的人排挤、打压，我父亲就是在那个时候，北伐失败的时候，被排挤出来的。他原来是做后勤军需官，后来就到了盐警队——福建不是靠海嘛，沿海附近有大量的盐田——当个盐警，也就是管盐的警察，不是什么正规军。我父亲常年在外，一年也就回家几次，每次住那么几天，对家事根本就不管，更谈不上对孩子的教育了。小时候，我问过我母亲："我怎么都没有看到我爹呀？"她说："你爹赚钱去了。"全家这么多口人，就靠他的那点薪水，你说这个家庭能好吗？好不了。对儿女的教育也就那么回事，随他去。我甚至连像

---

① 口述人：这是我第一次口述，时间：2013年9月11日。当年10月，我携家人回了一趟老家福州，我小侄儿给了我一张清末年间陈家三代的"全家福"照片，照片上的人物有14人之多，其中有我祖父、祖母和父亲。父亲生于1896年，从照片看，父亲当时也就十四五岁，这是到了20世纪初年。从照片的排场和父祖辈的装束来看，陈家在当年绝非平民阶层，应该属于有点身份有点家底的阶层。但到了我父亲这一辈，确实已是家道中落了。

② 采访人：这一段叙述有问题。北伐时，蔡廷锴是在粤军第四军（军长李济深）第十师（师长陈铭枢）第二十八团营长、团长。参加南昌起义时，蔡廷锴才被委派为第十一军副军长兼第十师师长。蔡廷锴以十九路军军长名义进驻福建，是在淞沪抗战后的1933年，那与北伐无关。口述人的父亲是否从北伐时就一直跟随蔡廷锴？需作进一步考证。

家庭、家人和少年时代　3

样的私塾都没有上过。他不管谁管呀？没人管呀！

问：您母亲不识字，是吧？

答：不识字。文盲啊，自己的名字都不会写。我父亲到底是什么文化程度，我还真说不清楚。

问：个性呢？个性是什么样的？

答：个性是不开朗的。解放以后他怎么回家的？福州临近解放的时候，风声不是很紧吗？那个时候苏公檀的父亲，也就是我四姐夫的父亲，我们都叫他苏伯伯的，在四面楚歌的情况下，就宣布起义了。我父亲当时是他的下属，又是朋友，苏是盐警队大队长，我父亲是中队长，我父亲也就跟着起义了。当时解放军给了就地起义这条出路，不起义就只有继续跟着蒋介石到台湾去，于是他们就选择起义了。起义以后呢，大概有两条路，一条是继续留在部队，接受改编；另一条就是发一笔钱遣散回家。后来我父亲就回家了，到底是共产党方面要他回家，还是他自愿选择回家呢，不清楚。那个时候我父亲年龄也不小了。至于苏伯伯，也就是苏公檀的父亲，他就转业到了地方上，还安排了一个什么职位，不大不小的，没多久也就退休了。我父亲的性格，是属于很不开朗，很内向，胸无大志的那种类型。他从来不跟我谈自己的事，也不跟孩子们交流。在家里，有时管管我们，太调皮时，就拿起竹篾子打那么几下。比如放学以后，你要是在外面玩的时间长一点，他就会拿着一个竹篾子，扑嗒扑嗒跑到外面来，叫"宝弟！宝弟！"①回来以后打你几下屁股，就这样的。我记得他最会做的动作就是这个。

问：您母亲个性是什么样的？对你们的教育……

答：我母亲？谈不上对我们的教育了，她自己大字不识一个。家里这么多孩子，一共七个——我后面还有一个妹妹，够她辛苦的了。那个年代重男轻女，本来希望再添一个男孩的，结果出来的又是一个女孩，所以不久妹妹就送人了。

问：如果孩子犯了错，父亲要用竹篾子打，母亲呢？母亲是怎么管的？

答：在我的记忆中，好像我母亲没有打过我，或者说极少打过我。我

---

① 这是口述人儿时的乳名，因为他是家里最小的男孩，所以叫"宝弟"。

母亲应该是属于比较慈祥的人,至少对我是很疼爱的,我的小名就叫做"宝弟"嘛!

问:您对外公、外婆、舅舅们有什么印象?

答:对外公外婆我有点印象。但大舅跟我接触很少,解放前夕又去了台湾,我对他没有多少印象。对二舅的印象比较深,因为他跟我母亲关系很好。他喜欢喝酒,酒后醉醺醺的,就跑到我们家来,疯疯癫癫地说话。说到我外祖父,有一段时间外祖父外祖母就住在我家后厅,也就是后院。我对他俩有一个很深的记忆,那还是在日本军队一度占领福州期间。有一天,日本兵到我们家搜查来了,搜查到后厅。不知道因为什么,他们还打了我外祖父。那时候我还很小,你想 1941 或 1942 年,我才五六岁嘛。后来外祖父为这件事,成天叨叨咕咕的,觉得挺冤,"为什么打我哇?"我外公、外婆不知道是什么出身。大舅我知道是国民党海军的。小舅好像没有什么正经的职业,酗酒,二舅母又很早就去世,就只有一个女儿。总而言之,我这个家庭呀,对孩子没有什么好的教育。整个家庭的环境并不好。所以说,我是先天不足,无论从教育还是身体条件来说,都是这样。

问:您的生日,农历是七月初五,换算成公历应该是 1936 年 8 月 21 日,但您填表写的是 8 月 25 日,为什么?

答:还有填成 8 月 30 日的呢!因为我只记得生日是旧历七月初五,至于公历是什么时间,我并不清楚,过去也没有换算过。你《提纲》中问:什么时候开始过生日?我觉得这根本就是一件弄不清的事,因为我从来就没有过生日的记忆。前些年,我还专门为此写过一篇文章嘛,叫《庆生》。①

问:您出生在莆田,对出生地有哪些记忆?

答:这个莆田哪,还是后来我才弄清楚的。早年我填的履历是"祖籍福州,出生兴化"。但兴化后来一分为二了,一个叫仙游,一个叫莆田。人家问我到底是出生在莆田还是仙游,我说我不清楚。这个问题还是有

---

① 口述人:又名《此情最堪思》,首发《天津日报》2006 年 12 月 19 日,收入陈骏涛:《这一片人文风景》,河北教育出版社,2007 年 1 月出版。

一年回福建开散文家郭风讨论会的时候搞清楚的。① 郭风亲口告诉我：你得记住，仙游是靠山的，莆田是靠海的，你的老家到底是靠山还是靠海？我说我可以肯定是靠海。为什么呢？因为我朦朦胧胧有点印象：小时候我们家就在海边，离海不远。为什么有这个记忆呢？我记得小时候我姐姐——可能主要是大姐和二姐——常常抱着我或者拉着我，带着我到海边去。所以可以肯定我的出生地是莆田，不是仙游。父亲那个时候也正好是在莆田当盐警。我很小的时候就搬到福州了——福州是我的祖籍嘛！在福州，我们住在南门的一个巷子里，那个时候叫福里营，现在叫什么就说不清楚了。曾经搬过一次家，无非就是在巷子里移动，从几号搬到几号，这么短的一个距离。我们那个小巷呢，是很不起眼的。后来之所以看重它，是因为在小巷深处，也就是我们家的对面，有一个协和医院，这是当时福州很有名的医院。在协和医院上面呢，还有一座山，叫于山，我们家就在于山脚下。福州有三座山嘛，于山是最大的。②

问：想起福州老家，首先出现的场景会是什么？

答：出现的场景？一个是协和医院，在那个年代算是一座很不错的建筑，还有一个就是于山。

问：那家里的呢？自己居住地的场景呢？

答：很局促，很狭小，觉得挺憋屈的，没有自己的天地，也没有温馨的感觉。你想想看，就是那么一块小地方，做功课，写字，都是在饭桌上。开始的时候连电灯都没有，后来有了电灯，但又经常停电。为什么福州解放不久我就去参军呀？就是想寻找一块新天地嘛！

问：您有四个姐姐和一个哥哥，您对他们有什么记忆？

答：四个姐姐，我记得大姐、二姐，主要是小时候她们俩常带我到海边去。三姐、四姐那个时候都还小。你要我讲大姐、二姐的经历吗？

问：您记得多少？

答：我这个大姐夫，他是跟我大舅有关系的。大舅那时在福州马尾的一个海军基地，我大姐夫也跟着大舅到了海军，后来他们迁到了台湾。我

---

① 口述人：那是 1994 年五、六月间，在福建石狮开"郭风散文创作研讨会"，闽籍作家和文学评论家曾齐聚一堂。
② 福州别名"三山"，城内有于山、乌石山、屏山三山鼎立。

大姐为什么到台湾去？就是找大姐夫去嘛，福州解放前夕就走了。二姐嫁给了一个警察——也就是我二姐夫，开始是在福建，后来到上海去了。我记得他可能是上海一个区的警局巡官，是个有点级别的军官，属于国民党军统这一系的。我二姐好像也是解放前就去了上海。他们一直没有孩子，后来在上海抱养了一个女孩。但好景不长，解放不久，也就是50年代初，可能是在"镇反"运动当中，我二姐夫被定成了"反革命"，发配到新疆劳改去了。二姐夫走了以后，二姐还一直待在上海，在上海闸北的一个小弄堂，一处非常局促的"亭子间"，母女俩就在那儿住着，我1955年到上海上大学的时候去过那个地方。后来二姐也搬回了福州老家。三姐呢，她嫁给了一个"南洋客"——跟三姐夫到了缅甸，一去不复返，现在也去世了。

问：您比哥哥小多少岁？

答：我比哥哥，恐怕要小20岁。

问：要小20岁呀？

答：有。他去世时是55岁，实际上是54岁，他是1981年去世的。

问：1981年去世，54岁，那应该是生于1927年。比你大不了多少——1981年减50应该是1931年，再减4岁就是1927年，比您大不了10岁。

答：对，那可能是1926年，1926年左右，那就差10岁，差不多。因为我哥哥排行第三嘛。如果他有机会接受高等教育，他肯定会比我有出息。他天分比较高，一些古诗词，他都能背出来。我曾问过我哥哥：你这些都是从哪儿学来的？他说从小教书先生（私塾）就教这些。我记得他的学历就是初中毕业，毕业后就当了小学教师。后来他追随二姐夫到了上海，也在上海一个区的警察局当警察，可能也加入了国民党，又加上与我二姐夫的这层关系，解放后也成了"历史反革命"，被发配到南京江宁砖瓦场劳动改造。这个砖瓦场，实际上就是劳改场，跟当年的许多劳改场一样。后来劳改的人，有的刑满了，有的释放了，这个砖瓦场就变成了国营工厂。我1964年从上海复旦大学去北京报到的时候，特地在南京稍事逗留，主要目的就是为了能拐到江宁探望我哥哥。我哥哥后来提前病退也回到了福州老家，跟先期回到福州的我嫂子和两个孩子会合，但没过多少安稳日子,就得了胃癌,去世了。

我还有个妹妹,是在莆田出生的,比我大概小个二三岁?老辈人本来是希望再有个男孩的,生出来却还是个女孩,于是就送人了,据说是送给了一个"马桶婆"。那时候每家都用马桶,于是就有了倒马桶这个行当,一般都是女人干这种活,所以叫"马桶婆"。当时就约定的,孩子交给了"马桶婆",就由她来转送给别人,家里人不能过问,约定俗成嘛。后来我妹妹就找不到,没消息了。妹妹送人这个事,是我稍大些的时候,已经回到祖籍福州了,听我母亲说的。母亲在说这件事时,还是挺伤心的!

问:1942年您到福州法海小学上学,在上小学前您念过《百家姓》,不会是在小学学的吧?

答:对,大概是请私塾先生到家里来教的,到底是定期还是不定期的,不记得了。家里对这些事很不重视,有一搭没一搭的,所以我说是没有上过正规的私塾,就是这么回事。

问:您去法海小学上学的第一天,是谁带您去的?

答:没有记忆了。为什么是在法海小学?可能是因为它离我们家最近。

问:对这个小学您没记忆了,是吗?

答:没有什么记忆了。我上中学的时候,曾经问过我家里,我这个记忆力怎么会这么差?后来家里人告诉我:你小时候生过一场大病,很厉害的。对这场大病我倒是有点记忆,那时候好像是我二姐夫背着我上的协和医院。发高烧,主要是发高烧,好多天,那时我家里急得不得了,因为我是"宝弟"嘛。最后还是好了。后来我家里人说,我小时候很聪明的,生了那场病后就有点"木"了。我也觉得我脑子那个时候受了很大伤害,就跟今年生的这场大病一样。

问:下一个问题,您为什么从法海小学转学到光禄坊小学?

答:不记得了。

问:您小学毕业的时候,有没有小学会考?

答:没印象,真没印象。我怎么上的初中我都没有什么印象,真的。这还不像我大病的事记得清楚。

问:您上的第一所中学是榕西中学,应该有记忆吧?

答：没有记忆了。好像就是一个初中。后来不就参军了嘛，中断了，又换了一个学校。

问：下一个问题就是您参军的事情，十三四岁怎么会去参军？

答：确实有点奇怪。解放军进城那时候，我还没有什么想法，我那时不过是个看热闹的，怎么一下子就会去参军呢？当然我只是其中的一个，不是最积极的一个。一起参军的有三个人，我们一起约好走的。当时想法很简单，就是图个新鲜，想离开有点憋屈的家，开辟一个新天地。把解放军部队想像成一个有点"罗曼蒂克"情调的地方，根本不知道革命为何物。你问对国民党、共产党有什么印象？谈不上什么印象，那个时候政治上应该说是很懵懂无知的。

问：怎么商量去参军？怎么和家人打招呼？

答：就是奇奇怪怪，偷偷摸摸的。为什么那么快就决定去参军？他们两个是不是先跟家人打了招呼？好像也没有。都才十几岁嘛，事先商量了，先不告诉家人，家人也一点没有察觉。我本来每天早晨都是睡懒觉，不到最后一分钟不起来，都是我母亲叫了才起来的，但那天母亲没有叫我，我就起来了。头天就做了准备。准备什么呢？也没有什么可准备的，就是一个小包，可能是带了两件衣服，总觉得到解放军那里什么都会有的。给家里只留了一封信，这封信大概头两天就写好的。

问：到部队的情景，您自己的心情，还记的吗？

答：心情当然很激动啦，到了一个新地方嘛，总是抱着一种希望、幻想。去的是位于福州城边的一个部队印刷厂，叫福州军区第十兵团政治部印刷厂——这个我还记得。那么小的年龄，部队能分配我们做什么呢？当然是做学徒，学徒工嘛！一开始还不是学检铅字、排字这类事，而是让我们做扫地、擦桌子这类勤杂工，当然也学一点排字……这些东西，都是很枯燥乏味的，完全没有我们先前想象得那么"罗曼蒂克"。

问：您有参军时的照片吗？

答：有。专门到照相馆照的，穿了一套不太合身的棉军服。到部队后回过一趟家，我还把它带给家人看了。后来就一直保存在相册里，从福州带到了上海，又从上海带到了北京。在北京搬过两次家，现在还不知道能不能找到。

问：您在部队待了多长时间？家里人是怎么知道的？

答：我事前给家里留了信，到了以后也写过信。虽然所在的部队并不远，但我没有主动回家。后来还是我父亲到那儿找我了。没过多久，大概有两三个月时间？最多也就三个月。啊，我这里不是还记着嘛，"两个月后不辞而别"。① 我父亲找了那个印刷厂的领导嘛，肯定是说了他才那么小的年纪，我们家里人都不知道等等。那时我是抱着一种罗曼蒂克的幻想去的，总觉得参军是一件多么光彩、多么美好的事！哪怕那时去打仗也会高兴一点，结果却是做勤杂工之类，一点劲头都没有。幻想破灭了，就想走，就这么回事！

问：您离开部队，跟父亲来找，这之间没有什么因果关系吗？

答：基本上没有什么因果关系，要说有关系，那也是促成了这件事的快速解决。

问：不是因为父亲的权威，是因为自己受不了才回家？

答：我父亲来看我，我还说：你怎么来了？他找领导谈了，大概就是说我年龄小，家里都不知道之类的话。部队领导本来就觉得我们年龄小嘛，他们俩虽然大一点，但也就是大个一岁，一岁多的。

问：那部队当初为什么要收呢？

答：我也不知道为什么要收。可能那时候有这个政策吧，自己主动来参军的嘛，就收了。

问：您参军时体检过吗？

答：不太记得了。可能去之前他们俩曾经打探过，但我并没有打探过，就跟着他们去了。都是榕西中学的同班同学，初中一年级嘛。部队也许巴不得我回家呢，好像也没有劝说和挽留过。

问：您离开部队，后来怎么说这件事呢？比如说要入团，得要有一个说法吧？

答：发自内心的忏悔，检讨，真的！过了好多年，我写过一篇《一段尘封的往事》②，就是讲这件丢脸的事。写这篇文字时，忏悔的情绪已经淡

---

① 口述人：指《陈骏涛生平和学术记事》，见《这一片人文风景》。说"两个月"，并不是很准确，可能要略长一点，但也长不了多久。

② 口述人：此文首发《新文化报》，1999年8月28日。收入《这一片人文风景》。

化了,只是作为一个问题提出来。后来也没有人对我这段历史感兴趣了,虽然我自己曾经很虔诚地忏悔过,但没有人把他当回事了,真的。

问:研究青年心理学的人可能会感兴趣,研究新中国历史的也会感兴趣,但不会把它当做什么政治道德问题,只是一种现象而已。

答:我曾经把它当做一个政治问题,一种逃兵行径,小逃兵,至少是逃兵,这是不光彩的。我没有原谅自己,从来没有原谅自己。

问:您离开部队时没给领导留下信呀?没告别?

答:没告别,不辞而别。而且也没有再回去过。那里可能还留下一点私人的东西,是我父亲后来去拿回来的。这个我就搞不清楚了。没有受到什么压力,甚至后来入团,我入团算是比较早的,1950年9月,也没有受到什么影响。

问:您就没有回到榕西中学,而是直接上了师专附中,是吧?

答:不太记得了。我到现在也没有搞清楚,是不是榕西中学并到福建师专附中去了?但我从部队回家后肯定上的是师专附中。

问:回家继续上学,有麻烦吗?

答:没有。好像没有什么麻烦。可能是年龄小嘛,学校也没有把它当回事。

问:下一个问题,50年代初镇压反革命,您有什么印象?

答:没有。

问:怎么会没有印象呢?您二姐夫被发配新疆……

答:但我总觉得跟我没关系。我不把它当回事。

问:您当时年龄小,没有当回事?

答:对,那时我还觉得把他发配到新疆是有道理的。他是他,我是我,这跟我没关系。

问:怎么讲?

答:镇压反革命嘛!

问:他是您的二姐夫呀!

答:即使是自己的父母亲,也会那么想的。因为当时就相信共产党。这就是政治!

问:家里人呢?父母亲呢?

家庭、家人和少年时代

答：父母亲可能不一定（这么想）。他们当时怎么想的，我也不知道。但我是绝对这样想的。我当时觉得，界限一定要划清楚，我已经是共青团员了嘛。

问：填表的时候，您会填写二姐夫吗？

答：我如实（填写）。没有隐瞒。也不知道我为什么入团会那么早。

问：解放初期政治上的开明程度要远远好于"文革"？

答：我觉得是。开明多了。当然也有牵连，如果我不是这种家庭出身和复杂的社会关系的话，可能还会早一点入党。所以我在中学时代就止步于团支部书记了。你想呀，我们那个班那时候就一个党员呀！

采编人杂记：

一、口述历史与记忆

口述历史，是采访人与口述人（被采访人）合作，共同挖掘并记录口述人关于自己所经历的个体人生及其社会历史的记忆信息。人的记忆力是不同的，有人记忆力好，有人记忆力差，在极好与极差之间，还有无数个"较好"与"较差"的差异层级。为什么人与人的记忆力有如此之大的差异？一般的回答是：人的天赋有所不同，有人天生记忆力好，有的人记忆力生来就差些。这样的回答，不能说不对，人的记忆力确实存在天赋的差异；但人类记忆之谜，谜底要复杂得多。

我的老师陈骏涛（以下简称陈老师）的记忆力，明显不是很好。在采访过程中，"不记得了"几乎成了他的口头禅。我相信，陈老师并不是有意回避某些话题，即所谓选择性回应，把不记得当做借口。他是真的不记得了。他说他小时候曾经生过一场大病，发高烧住院，此后就变"木"了，记忆力从此差了，这事他家人也提供了证明。对此，我也不能不信。

问题是，有时候，他的记忆力差得有些过分。例如，在采访中说及哥哥陈骏波，他说哥哥比他"年长20来岁"，而根据陈骏波卒年反推，陈骏波的生年当在1927年前后，只比口述人年长9岁半——在编纂抄本中，为了不影响读者的阅读顺畅性，我将这一段采访省略了——哥哥比弟弟年长几岁,不是一个单纯的记忆问题,实际上是一个非常简单的算术问题。口述人之所以"记错",恐怕不能简单地归咎于记忆力差,说是"不用心"可能更加贴切。也就是说,记忆力的好坏,不仅与生理基础即天赋记忆能力有关,同时也与心理因素如用心或不用心相关:凡用心处,注意力高度集中,印象自然深刻,记忆也就深刻。不用心则否。

人的记忆力不仅与先天生理、后天心理有关,还与本人所经历的社会化模式及社会压力有关。除非是患了失忆症,人们总能记住一些东西,忘却另一些东西。哪些东西被记住、哪些东西被忘却,这就是个体记忆之谜了。对此,我们虽不能完全了解,但至少知道一点,那就是个人觉得——包括无意识选择——有价值的东西通常总能记住,而被忘却的多是那些自己认为(或无意识选择)价值不大的东西。所谓"有价值"的东西,其中就包含社会及文化的影响。例如,陈老师说其父亲参加过北伐,曾在蔡廷锴的十九路军中任职。这一记忆,实际上有明显的疑问:十九路军成名于淞沪抗战,驻扎福建是在 1933 年,那时候北伐早已结束了。陈老师的父亲是参加过北伐,然后又随十九路军到福建?还是没有参加北伐,是十九路军驻扎福建时才加入了蔡廷锴军长的部队?这需要进一步的考证。陈老师记忆力不好,却对父亲参加北伐和参加十九路军有深刻记忆,恐怕也不是记忆力的问题,而是"相信"如此,因为北伐和十九路军,是被政治认可的历史,是其父亲一生中可被铭记的亮点。

汉语记忆一词,由"记"和"忆"两个字组成,是对人类记忆的深刻洞察和准确描述。所谓记忆,包括记录和回忆两个不同阶段、两种不同的生理和心理活动形式。所谓记忆力不好,有时候是"记性"不好,即对某些人或事缺少印象,或印象不深;有时候,则是原先记得,但却"回忆"不起来。这一区分,对口述历史工作意义重大。采访人对受访口述人的记性好坏或许无能为力,但对人的回忆,却大有用武之地:通过营造适当的传播氛围、提出恰当的具体问题,刺激和帮助受访口述人搜索、寻回、提取和整理个人记忆。

在口述历史采访中,遇到记忆力好的受访人,当然是一件幸事。而遇到记忆力不好的受访人,经常以"我不记得了"作答,也并非没有意义。孔子说,知之为知之,不知为不知,是知也。记得或不记得,都是人类心理的真实状况,都含有人的生理、心理、社会的相关信息。为什么有人记得、有人不记得?为什么同一个人对有些事记忆清晰、有些事记忆模糊、有些事完全不记得?这样的提问,关乎人类自知的精细程度和准确性。记忆的断简残篇,太多的"不记得"的缺漏,固然令人遗憾;换个角度想,这总比用后来的推测和想象敷衍成篇好吧?

口述历史是什么?在我看来,它首先是"心灵考古",即搜寻记忆的断简残篇,努力去探索和发现人类心灵生活及相关社会历史的真相。

二、关于参军又离开的问题

13岁跑去参加中国人民解放军,几个月后被父亲领回,在陈老师的人生中,是一个重大事件。这件事的重要性,可从两个方面说。

首先是它的结果及其影响。半个世纪后,陈老师才公开讲述这"一段尘封的往事":"开始我对自己刚刚有过的那段经历讳莫如深,但随后就不断地自我忏悔、自我谴责。我用虔诚的检讨而不是用种种可能的辩解来叙述这段经历,我用投身于新生活的激情和加倍的努力,来洗刷我的这一段耻辱……来痛责自己的怯懦和逃逸行径。"(《一段尘封的往事》)在开明理性的时代,一个少年在冲动之下加入军队,不久被家人领回,实在没什么大不了,人们多半会一笑置之。然而在政治第一的时代,曾经当过"逃兵",不仅是一个政治的污点,更是一个道德人格的污点。背负这样的政治和道德的双重压力,即使没有人追究,也会造成严重而且长期的心灵折磨:对一个家庭出身不好的人,折磨的力量会加倍;对生性敏感而内向的少年,折磨力量会再加倍。更大的问题在于,这种心理压力,不仅存在于意识层面,且多半会潜入个人无意识层面,变成一种无法解开的情结,在潜意识中折磨和影响他的一生。

另一方面,13岁离家离校去参军,这一行为的动机,也值得做进一步的分析。陈老师说,之所以跑去参军,是出于少年人追求罗曼蒂克的冲动,这当然是真实的。陈老师还说,之所以要离开家跑去当兵,是因为在家里感到憋闷,在家里没有独立的空间,连做作业的书桌都没有,这肯定也是真实的。只不过,在这两重真实的背后,很可能还有他没有意识到的个体无意识动机,那就是对强大的社会压力的本能反应——陈老师说在家里感到憋闷,不仅是因为家里的物理空间窄小,或许还因为在家里感受到某种精神压力而造成的心理憋闷——新中国讲究家庭出身,而他的家庭中,父亲是国民党统治时期的盐警,大舅舅和大姐夫是国民党海军军官,而且还都去了台湾,二姐夫和哥哥是国民党的警察!这样的一个"家庭出身不好、社会关系复杂"的13岁少年,在新中国的学校里受到怎样的有形及无形的社会压力?新中国有一个著名的口号:出身不能选择,道路可以选择。如此可以推测,13岁时去参军——更有意义的说法是"参加革命队伍"——当是出自其个人选择的冲动。这一冲动或许是无意识的,是本能的自我保护。

上面的推测,没有确切证据。根据"人是社会化的产物"这一社会学原理,考虑社会压力对个体心理的形塑和个体行为的影响,思路应该不错。

福建师专附中点滴

问：您对福建师专附中有哪些记忆？

答：这个记忆可能会略多一点。福州原来没有师范学院，只有福建师范专科学校，就是福建师专，后来才成立了师院，叫福建师范学院。数理课我都不太行，不喜欢，从初中开始就不喜欢。就是喜欢文科，语文、历史，都比较喜欢。

问：音乐、体育呢？

答：体育不行，肯定不行。音乐，也就是唱歌，也还可以，后来上大学的时候，还是合唱团的，虽然嗓音不怎么样，严格地说，只是一种爱好、兴趣。

问：体育是不行，还是不喜欢、不擅长？

答：不太喜欢，也不擅长。体育课一定得上，这是规定的，但不是我的爱好。什么打篮球、打排球的，那时候中学也没有足球。

问：羽毛球、乒乓球呢？

答：乒乓球有，羽毛球没有。那时羽毛球还属于稍微高档的运动，有成本的嘛，要拍子，要羽毛球。我记得学校没有准备这些东西。乒乓球有，拍子学校里有，球多半是自己的。

问：政治学习呢？

答：学生好像没有什么政治学习，就是政治课。

问：解放初期有一个运动叫做忠诚老实运动，中学生有这个运动吗？

答：好像这不是对我们学生的，我没有这个印象。

问：学生喜欢政治课，喜欢政治老师吗？

答：还可以嘛。这跟老师本人有关系。我们的中学政治老师叫林天柱,后来他当了教导主任,人挺好的。他是比较早就参加革命的。头脑灵活,口才也好,讲得头头是道的。我对他印象不错,同学们对他印象也不错。

问:您入团、当团支部书记,跟他有关吗?

答:可能有关吧,我不太记得了。那时也没有拉关系走后门什么的,也就是一纸入团申请书。

问:1950年9月,您就入了团?

答:没错,就是这个时间。我的团证还保留到现在呢!

问:入团后多长时间您做了宣传委员?多长时间做团支部书记?

答:具体记不得了。好像不是太长时间,先是当团支部宣传委员,后来才当上支部书记的。

问:那时宣传委员要管哪些事呢?

答:出黑板报什么的。

问:黑板报,您主管呀,还是主编?

答:那时候没有什么主编之类的说法。反正就是编黑板报嘛。属于我负责的,当然我得动手,可能也就一两个人,我是宣传委员,当然要负责。稿子有我写的,也有其他同学写的。

问:从宣传委员到团支部书记,这个过程有记忆吗?

答:反正是一级一级上去的,没有什么具体的记忆。

问:文体活动,扭秧歌呀,大会演呀,运动会呀,有吗?

答:秧歌跳过,运动会也参加过,会演什么的也参加过。但很具体的记忆,没有。

问:您在初、高中时,读课外书多吗?

答:很少。我记得苏联的一些书,最早是《钢铁是怎样炼成的》,应该中学时就看到了,主人公保尔·柯察金,是那个时候我们青年人的偶像。他的那段流传很广的名言:"人的一生应该这样度过:当他回首往事时……"①那时候我是倒背如流的,写在了日记本的扉页上。

---

① 保尔·柯察金是《钢铁是怎样炼成的》一书的主人公。后面的话,是指书中的名言:"人的一生应当这样度过:当他回首往事时,不会因为虚度年华而悔恨,也不会因为碌碌无为而羞耻。"

问：就是看比较热门的书，是吗？那些书是从哪里来的？

答：流传的，在同学之间流传。我印象中自己没有买过什么书，也就是那么几本，大多是东借西借的。

问：您在青少年时的业余爱好是什么？

答：没有什么业余爱好，真的没有。我这个人兴趣太窄了，没有什么才华。

问：放学以后、放假以后去哪儿呢？

答：放学以后就回家，有时候也跟同学一起在外面玩一会儿。放假以后就不知道去哪儿了。也没有什么旅行呀、旅游呀，那是有钱人家的事。那时候也不兴这一套。

问：当时中学生的娱乐活动是什么？

答：我怎么觉得就没有什么娱乐活动？真的，想不起来有什么娱乐活动。

问：初中时期受欢迎的同学是哪一类人？

答：作为当年的风气来说，那个时候不太喜欢那种所谓走"白专"道路的人，更推崇在政治上比较开朗的、比较追求进步的、乐于助人的人。首先品质要好的，为人要好的。现在看起来，这在无形当中也就造成了对一些特异人才、天才人物的压抑。

问：初中毕业升学考试，还记得吗？

答：不记得了。

问：淘汰率多少？大概多少人能上？

答：好像绝大多数都能上。除非他自己不愿考，不愿升。我印象中那个年代好像上学并不难，只要你愿意上就能上，没有像今天这样激烈的竞争，也不兴"走后门""递红包"之类。中途辍学是有的，多半是因为家境不好等原因，但这样的人也很少。

问：高中学杂费，贵吗？

答：不太记得了。总的印象是，负担并不是很重。是一笔开支，但也没有让我们太为难，虽然那时我是属于家境状况比较差的一族。我们是当过、卖过一些东西，但那是在急着花钱的时候。对这类事，我是从不过问的，我本人也是从不花钱的，没有额外的需求。

问:高中课程设置,有哪些变化?

答:不记得了,真的不记得了。

问:学习风气如何?纯粹的书呆子有多少?

答:所谓的书呆子并不多。我们班里,整天抱着书本,不关心——那时候还没有不关心政治的说法,也就是不关心集体,守着自己,我行我素,这种人是有的,吊儿郎当的人也有,但不是很多。

问:那时高考升学的压力大吗?

答:好像没有多大压力。凡是愿意高考升学的,一般都能上,区别在于学校所在的地区和知名度,不像现在。现在不知怎么搞的,一到高考,就人心惶惶的,家长跟考生都像热锅上的蚂蚁,一起受煎熬。

问:那个时候分文理科吗?在什么时候分?

答:好像在高二下半年,就在议论这个问题。到高三的时候,就开始分了,也就是确定各人往哪个方向发展:是理科还是文科?那个时候,我们的魏老师,也就是语文老师魏震群,他总是鼓励我考文科,他没说具体考什么系,无非就是中文系、历史系什么的。

问:魏老师是高中的老师,是吧?

答:好像他从初中起就开始教我们语文,高中时他还在。他教我们的时间比较长,可能是跨到了高中一年级。学生跟老师,谈不上有什么交往,学生跟老师毕竟还是有一个界限的。只是学生对哪个老师印象比较好,记忆比较深,这里面的确有很大的差别。就我个人来说,我觉得能够接近的,印象比较深的,魏老师算是一个。正是由于他的鼓励,我才决定报考文科,第一志愿是新闻系,第二志愿是中文系。

问:复旦大学新闻系?

答:对,复旦大学,因为那个时候呀,全国也只有北京大学和复旦大学才有新闻系。北京对我来说,好像远了一点,我就报了上海复旦大学。

问:人民大学没有新闻系吗?

答:人民大学?没有,至少当时(1955年)还没有。人民大学要稍晚一点才有新闻系。人民大学是后于北京大学和复旦大学创办的,那个时候好像还不是很有名气。①

问：您对魏老师还有什么印象？

答：他有点才子气，喜欢吟诗。读到得意时，就摇头晃脑的，感情很投入。讲课也比较生动，是带着感情讲的，能够抓住人。另外他为人比较真实、直率、坦诚。还有一个是很重要的，这是我事后才知道的，就是他在"文化大革命"当中不知道因为什么"罪名"被批斗了，而且挨了打，他受不了这种人格侮辱，就自杀了。后来我在给母校的刊物写的一篇回忆文章中，提到了魏老师的这段经历，表示了对他的深深的怀念。他当过我们的班主任，但到高二或高三时就不是他了。高二高三的班主任是林伯钰，比魏老师要大十岁左右，穿着很老派，人显得也古板些，但为人厚道、稳重，不像魏老师那么张扬。

问：当时魏老师有多大？

答：魏老师？大概也就二三十岁吧，不到三十岁？林伯钰大概有四十岁的样子。

问：下一个问题是，高中时您还是团支部书记吗？

答：是团支部书记。

问：您当团支部书记，介绍过哪些同学入团？

答：介绍入团的同学？不止一个。那个女同学，后来到了南京林业大学读书的郑炳钦，可能就是我介绍的。

问：您的第一份入党申请书是什么时候写的？

答：中学时就写了。高中，高二或者高三。当时就是一阵热嘛，就觉得入党很光荣，我入团那么多年，也应该考虑这个问题了。我知道我的家庭出身不好，社会关系也比较复杂，但还是抱着试一试的心理，表达自己的一种心愿，我就写了，交给了学校党支部。那时学校还没有党总支，就是党支部。中学时写申请书也就这么一次。

问：再说说您的几个高中老师。

答：我印象比较好的，跟他们有一定接触的，其中有一个叫彭丽卿的

---

① 在陈骏涛先生考入复旦大学的那一年（1955年），高教部决定将燕京大学新闻系、北京大学中文系新闻专业划入中国人民大学，成立中国人民大学新闻系。

女老师,教化学的。还有一个林天柱,教政治的,上面已经说过了,他还当过我们的辅导员呢。

问:辅导员和班主任是一回事吗?

答:不是一回事。林天柱虽然是政治老师,但不是很教条,他脑子很灵活,说话很有条理,一套一套的。我印象当中,他对学生也挺好的,从来不粗暴。他后来当了教导主任,既是政治老师,又是教导主任,这样的人一般是比较严厉的,对这种人我一般不会多接触,但他不是。我自己粗暴不起来,就不喜欢人家来粗暴的。从中学到大学,人家批评我的最主要一点,就是所谓小资产阶级温情主义,我就喜欢有那么一点"温情"的老师。有一年林天柱到北京来,我们在北京的师专附中老同学还一起跟他团聚过,这也说明他在我们心目中的位置。

问:对附中的老师还有什么具体印象?

答:也有比较畏惧的。比如那个校长兼党支部书记,叫林春生的,他就有点让我畏惧。他当过兵,又是老干部,大概在地方上也工作过,人很严肃。当然,我跟他接触很少,这种印象,也不能说明什么问题。总而言之,我就是喜欢比较平易近人的一类人。

当然,我对他们了解并不深入。他们这几位好像都不是福州人,都是从福建各地来的。像林天柱、林文明、彭丽卿,都是从福建的南平呀、建瓯呀……这些地区来的。

问:彭丽卿老师呢?

答:彭老师是化学老师。按道理,化学并不是我所喜欢的,但她对学生很和蔼,就跟大姐姐一样。其实她也大不了我们多少,也就是二十来岁?但就是对人和蔼可亲。人比较外向,有什么就说什么,城府不是很深。对城府很深的人,我也是敬而远之的。

问:林文明老师呢?

答:林文明老师也是和彭丽卿老师一个地方的人。他们俩走得很近,我原以为他们俩是一对呢,后来才知道不是。他是体育老师,凡体育课、体育活动,开什么运动会呀,都是他领着。我只是举这些个例子,说点对他们的印象,其实我跟他们都没有什么很深的交往。

问:初中到高中阶段,什么时候开始对异性感兴趣?是否情窦初开?

答:那个时候中学里面谈恋爱的人,几乎没有。即使有,也都是秘密进行的,我也不知道。但男女同学之间接触有亲疏,这是肯定的。比如跟这个女同学走得近一点,跟那个女同学走得远一点。说老实话,我在中学时期,甚至在大学期间,都没有什么很强烈的谈恋爱的欲望,都还是处于懵懂阶段。

问:没有过见到哪个女同学就心跳?

答:没有,真没有。我一直是团干部,跟同学接触,应该说是比较多的。其中有好几个女同学,包括我的邻居,叫姚××。她是我们家房东的女儿。她家住临街的一幢小楼,开了一个私人诊所,当时来看,是很气派的。我们租的是她家的老房子,在小楼的后院。她家好像是医生世家,她父亲当时还看门诊。也是巧了,她后来跟我上的是一个学校,就是福州二中①。她人长得漂亮,对人也比较有礼貌,说话细声细气的。她经常从我们家穿过,或者回前院她自己的家,或者经过我们家到外面去,一来二去就比较熟了。在中学时,特别是在高中时,我对她印象比较好。同年级同班的,比我小一岁。后来考大学,她报考上海医学院,我报考复旦大学,毕业后又都留在上海。如果说一开始对女同学有动过心的,而且是心向往之的话,那就是姚××。

问:没有什么情感发展?递个纸条什么的?

答:没有。

问:到上海以后呢?

答:上海呀?上海其他大学还有我们的同学,在同学聚会的时候,见个面,说说话,但从来没有向她正面表示过什么。

问:为什么不表达出来呢?

答:归根到底还是不太迫切,只是心向往之,还没有到一定要谈恋爱的那个阶段。可能换成别人就冲上去了,但我却是那种羞于启齿的人,虽有好感,但并不付诸行动。后来她就跟别人好了,我知道后确实有一种失落感,但很快也就调整了情绪。后来我可能给她也写过信,她也感觉到我

---

① 口述人:福州二中是以福建师专附中为基础组建的,至今,福州二中还有一个福建师专附中校友会,都是由当年福建师专的老校友组成的。

对她有意思了。

问：您写信，得到回信了吗？

答：回了，也就是平平常常的。她告诉我，她有了一个朋友。我就觉得有点突然，有一种失落感。

问：那时讲朋友，还是说男朋友？

答：讲朋友跟讲男朋友没有什么两样。后来他们就结婚了。当然，她也跟她丈夫说了，有一次夫妻俩还邀请我去他们家做客，在那里，也就是上海第一医学院的宿舍，他们的小窝里住过一夜。那个时候他们结婚没多久，都留在上海工作。她还是一个小有成就的医生。我到北京后，有机会出差到上海，还找过她，或者给她通过电话。最后一次和她见面，是我们送漫红①到上海看病那一年，那是2001年。她说要到我们住的地方来，看看我们，再看看漫红。那时候我没有那个心情，就说不要了，她也就没来。

问：她不是医生吗？为什么不让她来看看呢？

答：主要是那个时候大家心情都不好，也觉得有些不方便，因为何老师②也在场嘛，怎么介绍啊？漫红那时在复旦大学附近的一家医院住院，这是在上海的紧东边，她呢，在上海第一医学院，上海的紧西边，挺远的。我是到城里和她匆匆见面的。后来就再没有联系了。

说到所谓"情窦初开"，还有一个女性，她叫林××，也是福州人。她不是我的同学，是住在我们家附近的一个街坊，比我小一些。她跟姚××不一样。姚××是属于比较出众的那一类人。她则是属于小巧玲珑，比较活泼的那种类型。喜欢体育，跑步什么的。她好像比我低两三个年级。我们有时候在巷口撞见，就搭搭话什么的。我作文不是比较好吗？福州好像有一次作文展什么的，大概她看到了我的作文，就和我搭话。就这样，就有点接近了。但我跟她，没有产生像跟姚××那样的感觉。后来到复旦大学读五年本科的时间，放暑假我回福州，也遇到过她，她主动跟我搭话。我们约了在西湖公园会过面，也就是一般聊聊，还没有要谈情说爱

---

① 口述人：陈漫红是我的大女儿，关于她，往后还要多次谈到，此处从略。

② 指陈骏涛先生妻子何立人，陈墨等一帮研究生上学时称她为"何老师"或"师母"。

的意思,至少我这方面没有这个意思,总觉得我跟她隔得比较远。两三次我回福州老家,都见过她。她还给我写过信,我也回了。她对我大概有好感,我对她也有好感,但没有那种冲动,总觉得不是理想的对象。再加上,那个时候,说老实话,这方面的要求还不是太迫切,也可能是没到水到渠成的程度。

问:您刚才提到作文展览是怎么回事?

答:就是在学校里面,有作文写的比较好的,由老师推荐,搞了一次优秀作文展览,全校有二三十篇,六个年级,各个年级都有,把作文抄出来公开展览。

问:您还记得有哪些值得一说的同学?

答:我中学的那些同学,我对他们比较接近,比较了解的,有好几个,这跟我当时是学生干部有关系。比如陈思义,是我们丙班的老班长,也是丙班唯一的共产党员。他出身好,是学地质的,先是在武汉上的大学,后来被推荐留苏了。回国后就在北京地质学院,后来叫中国矿业大学还是北京矿业大学?他人很好,很厚道,是我们班和年级的领军人物。原来他是班长,我是书记(团支部),我们是搭档。后来他入了党,就当了团总支委员。

刘世金也是这种情况。他少年老成,比较成熟。不是跟陈思义一个类型的,属于比较有才气,有诗人气质的一类人。好像他很早就开始写诗,说话也是一套一套的,很有激情,当过团支部的宣传委员,后来好像也当了团总支委员。

王碧英,女同学,后来也到北京了,好像是农学院毕业的。现在身体不怎么好,听说是肾病一类。她也是一个比较早的共青团员。陈淑卿,也是女同学,也是比较早的团员,也在北京。

另外一些人,比如像沈柯,是毕业以后有些交往的。她后来跟着丈夫一起出国,定居在加拿大,好像是渥太华。她两次回国,都找过我。有一次,在还没有出国的时候,她到北京某大使馆办签证,因为我家那个时候住在东大桥嘛,那是使馆区,她就找了我,还在我家住了一个晚上。

我们中学同学关系都还不错,多少年了,都多多少少还有些联系。像南京的几个同学,郑炳钦呀、江山呀……那年我从上海到北京,在南京逗留了几天①,一个是去江宁看我的哥哥,另外一个就是与郑炳钦、江山几个同学会聚。郑炳钦是属于比较热情、重友情的一类人,我到南京时,都是她张罗的。我第一次逛玄武湖,就是她当的向导,她那时就已经成家,而且有了孩子。

问:中学阶段有特别好的同学吗?铁哥们儿,天天在一起的那种?

答:没有。我不善于交这种朋友。我这一生,还没有这种近得可以掏心掏肺的朋友。这大概也是我的性格使然。

问:其他的同学还有什么印象?

答:林观惠,他比我大好几岁,但每次回老家都见到他。高宪琼,也是很热情的一个女同学,老大姐,每次聚会必到的。王丽娜,喜欢运动,体育是她的长项,人挺可爱,在广东上的体育学院,留在广东工作;退休以后回到了福州,后来不知得了什么病,已经去世了,很可惜!还有林孝纯呀,林润南呀,他们都是一些热心人,很看重友情的。林孝纯,是福州校友会的头头,人很精干,七老八十的人了,还有那么充沛的精力,我很佩服。林润南是北京这边的总联络人,也是热心人……说起中学时代的这些事、这些老同学,我真有点怀念过往的时光呢!可惜这一切都一去不复返了!

问:您当年的梦想是什么?

答:梦想?当年我考大学,是想当作家,这算不算是梦想?我第一志愿填新闻系,以为那是培养作家的系科。这个梦想,是从看《钢铁是怎样炼成的》生发出来的。看《钢铁是怎样炼成的》,看得非常投入,那还是借来的书,后来才去旧书店买了一本。我觉得像奥斯特洛夫斯基——《钢铁是怎样炼成的》的作者——这样的人,才真正是了不起的人,他在那种艰难情况下还能坚持写作!做这样的人,是我所向往的。

问:您在高中时课外阅读,读书、杂志、报纸多吗?

答:读杂志、报纸谈不上。那时没有读杂志、报纸的习惯,主要就是读书。

问:福州二中有阅览室吗?

---

① 这是指1964年,陈骏涛研究生毕业,被分配到中国科学院哲学社会科学部文学研究所(即今之中国社会科学院文学研究所)工作,从上海到北京,中途在南京逗留。

答:有。去过。但很小,去的人也不多。主要是老师去,学生很少去。

问:读的书有哪些?

答:接触最早、最多的就是苏联的那些小说。

问:中国的呢?如茅盾的《子夜》,周立波的《暴风骤雨》,丁玲的《太阳照在桑干河上》,叶圣陶的《倪焕之》?

答:在中学期间很少碰这些书,这些现当代作家的小说,除了鲁迅的以外,其他都看得很少。语文课本有的单篇作品,当然读了。

问:中学时代影响您的三到五本书是什么?

答:应该说全都是苏联的。像《钢铁是怎样炼成的》《普通一兵》《卓娅和舒拉的故事》。高尔基的《母亲》好像也读到过。《红楼梦》《水浒》等中国古典文学名著都没读过。《水浒》还是在老家听评话先生,也就是说书艺人说书的时候听过,也许也看了一点,但绝对不如苏联小说。批判时①,才让我知道了《红楼梦》,但也没有欲望去看它。《三国演义》也是从说书艺人那儿听到过一点。

问:说书是什么情况?

答:说书是很平常的。像我们那个地方,那些巷子里,上海叫弄堂,过个十天半月的,就会有评话先生,也就是说书艺人在那儿说书。多半是有人家办什么喜事、丧事呀,请的说书艺人,在他们家门口,摆上一张高台子就讲起来了。说书是用福州话说的,伴着鼓点,有声有色地说,很有些听众。《水浒》《三国》《西游》的片段,都是从那里听来的。

问:中学时期,墙报、黑板报、校报,您写稿的情况?

答:我印象中没有校报。最常见的就是墙报、黑板报。墙报就是用纸写好后贴上去的。给墙报、黑板报写过稿,但不是太多,我做的组织工作比较多。

问:高中时有向福州日报、晚报投稿吗?

答:没有,中学阶段好像没有投过稿。

问:魏老师也没有觉得您的这篇文章写得好,给您推荐一下?

---

① 这里说的"批判时",当指1954年10月由毛泽东主席亲自发动的对俞平伯及其旧"红学"的批判运动。

答：没有,可能我还没有到那个份上。

问：自己也没有想过投稿?

答：没有想过。那时报纸连看都没看。《福州晚报》什么时候开始有的,我也不知道。总之是不关心。也许学校墙上贴的有,偶尔看一两眼。我们家根本就没有订什么报纸。

问：五十年代有很多读报栏。

答：也没有到那儿去看报的习惯,更没有想到要去投稿。

问：五十年代初批判《武训传》,批判"旧红学",批判"胡风反党集团",这三个运动正好是在1951年到1955年,有印象吗?

答：没有多少印象,好像跟我们中学生关系不大。学校有时候也放过电影,好像看过赵丹演的那个叫什么……①

问：全国性大批判,注意过吗?

答：没注意。知道胡风是"反革命"。我到复旦大学的时候,有一个余上沅老师,他当时就被打成了"胡风分子"。还有贾植芳,也是"胡风分子"。我到复旦以后,才听说的,但没见过,那时他们已经被抓了。中学时,好像胡风跟我们关系不大,那时就觉得,反革命分子就是反革命分子,没有任何怀疑。进大学后,有的同学还议论过批判胡风这件事,我觉得怀疑就是不对的,没有去多想。

问：当年高考,您还记得吗?

答：不记得了。

问：您高考时,家人在伙食上、休息时间上是否重点保障?

答：没有,家里对我的学习基本上不管。我报名,好像家里也没有干预,是我自己决定的。我为什么填复旦大学,而没有把北京大学放在第一位?就是觉得北京太远了,上海还稍微近一点。当然,还有一个重要原因,那就是我二姐、我哥哥他们都曾在上海待过,还有我四姐,就是那个最小的姐姐,她当时也在上海,是华东师大中文系的。这些,大概就是促成我报考上海,报考复旦的原因。

问：高考几门课?您的成绩怎样?

---

① 指赵丹主演的电影《武训传》。

答:考完,自我感觉不错。是不是宣布过分数什么的,不记得了,那个时候好像没有什么录取分数线之类的说法。总之,我没有这个概念。录取通知书倒是有的。

问:填志愿是在高考之前还是高考之后?

答:没有印象了。

问:没有想过在福建、在福州上大学?

答:没有,就是想出去,但又不能太远。也可能是受了我四姐的影响。但她上的是华东师大,是培养当教师的,我不想当教师,只想当作家,就报了复旦大学新闻系,这是第一志愿,中文系是第二志愿。

问:新闻系出来是当记者啊。

答:但我认为从记者到作家是捷径,就这么简单幼稚的想法!好像那时候还不知道中文系是培养什么的,真的不知道,只是觉得中文系离作家也很近,所以第二志愿填了中文系。因此录取我到中文系,我也不遗憾。到了复旦以后才知道,中文系不是培养作家的,而是培养研究评论人才的,这是后话了。

问:您还记得接到录取通知书的情景吗?

答:不记得了。好像是很平常的,没有那种欣喜若狂的感觉,也没有高考如临大敌的感觉。

问:想过为什么没有被新闻系录取,而被中文系录取的原因吗?

答:没有怎么太想。是不是考的分数更适合中文系?当然我也不知道新闻系要多少分,中文系要多少分,没有追究这件事。

问:完全没有想到新闻是党的喉舌、宣传机构,所以政治审查要更严格,您从来没有想过和这有关吗?您觉得有这个可能吗?

答:这个我是第一次听说,真没有想过。你这么一说,倒是有点道理。是不是因为我这个家庭出身、社会关系的影响?

问:同班同学考大学的比例是多少?

答:这个说不好。好像都参加了,即使有没参加的,也是极个别,多半是由于家里的原因。好像也没听说过谁没被录取,只是去的地方和学校不同罢了。留在福州的大概有五六个?

问:收到录取通知书,学校张榜公布吗?

答:没印象。考到哪,谁考上了,也都是互相转告。我的总印象就是当年考大学并不太难。

问:当时家长都希望自己的孩子考上大学吗?

答:可能是吧,但也不一定。至少没有像现在这样的,真没有。

问:考上大学,亲戚朋友没有来家里祝贺,送东西?

答:没有,没有这个印象。

问:去上海之前,您去外地旅行过吗?

答:没有,连厦门都没去过,就没有离开过福州。福州附近的郊县倒是去过。

问:要去上海读书,家里准备的行装是什么样的?

答:被子衣服什么的,肯定有。可能还有一两件新衣服?家境不好,不会带太多的东西。我举一个例子你就知道了:我唯一的一个箱子就是家里用过的木头箱子,很结实的,大学时期一直用着。

问:不是上油漆的、金属把的那种?

答:不是,我记得是没有上色的,本色的那种。我说一件事你可能会不信:我到上海以后,开始还经常光着脚丫,不穿鞋子。

问:不穿袜子可以理解,怎么不穿鞋子?

答:这里有个习惯问题。光脚,这在福建是司空见惯的,尤其是夏天。也有穿拖鞋的。到上海开头一两年,我们老同学聚会的时候,还特地相约不穿鞋,来表明我们是福建人。

问:您从福州到上海,是走水路还是坐火车?

答:三部曲!先从福州坐船到南平,好像一个白天就到了。然后从南平坐汽车到江西鹰潭,坐非常普通的那种大卡车,大篷车,卡车上面再罩上帆布篷的那种。睡觉也就是坐着靠着的,没有什么"卧铺"。夜里开,天亮就到。不是我一个人走,有一帮同学一起走。我就记得黑咕隆咚的,大篷车里挤得很,有的就是两个人背靠背,一路这么睡着。到了鹰潭,就可以乘火车去上海了。第一次坐火车嘛,觉得很新鲜,但开得很慢,停车次数很多。我是在上海闸北下的火车,叫北火车站,简称北站。复旦大学在火车站有接新生的,怎么把我们弄到学校去的,我就不记得了,反正不会走着去的,因为离学校还挺远的。

采编人杂记：

一、个人成长的青春期问题

口述历史不仅要探索社会与历史的细节和质感，也要探索个体成长之谜。在个体成长的经历中，蕴含着社会历史更多的细节和更深的秘密。在口述历史对话中，青春期的话题尤为重要。青春期不仅是个人身体发育、性欲萌动、情窦初开的关键阶段，更是个体心理发育及其自我意识、自我认知和自我建构的关键阶段。在个人成长过程中，青春期的重要性不言而喻。美国学者尼尔·波兹曼说："童年（childhood）是一个社会制品（social artifact），而非像婴儿期（infancy）般，是一个生物上的分类。""童年的理念可能是文艺复兴以来，人类历史上最伟大的发明之一，可能是最具人性的理念。"①"青春期"的概念，恐怕也是如此。

可是，在我的口述历史采访工作中，谈及童年经验还好说，谈及青春期的经历或经验，常常遇到这样或那样的困难：一部分人觉得这类问题涉及个人隐私，因而拒绝回答；另一部分人出于传统观念的影响及本能的羞涩，对此类问题只作有选择的回应；还有很多人，对青春期的概念根本就懵懂无知，说自己"没有青春期"。正因如此，口述历史对个体青春期经验的信息搜集，意义就更加重大。

每个人都有青春期。由于缺乏对青春期的知识，许多人的青春期是在懵懂和苦闷中度过。青春期的苦闷，一部分来自身体发育的欲望冲动与社会监督及自我压抑的扭结，一部分来自自我意识和自我评价的起伏跌宕乃至破碎支离。陈老师13岁离家参军事件，实际上是其青春期开始的明显标志，罗曼蒂克冲动、在家里感到憋屈、不顾一切地去参军，是青春期的典型症候。此事对口述人有严重的影响，是指在"不由自主"的冲动下做出了错误的选择（13岁应该上学而不应该去参军），而后又在社会压

---

① 尼尔·波兹曼：《童年的消逝》第15、16页，萧昭君译，台湾：远流出版事业股份有限公司，2007年。

力下做出错误的归因(离开军队算不上是逃兵,不应该担负道德和政治的歉疚),让陈老师的心理形成了纠结,从而影响到后来的个性发展。遗憾的是,当时的中学里,并没有专业的心理辅导人员。

要感谢陈老师,坦诚地与我分享其青春期私密性情感经验。功成名就的老者与学生晚辈谈论自己情窦初开时,且愿意正式发表这些内容,在我们的生活里并不多见。青春期的情感,很像《红楼梦》大观园里的故事,单纯而且飘渺,正可谓"假作真时真亦假,无为有处有还无"。心跳了没有?相信读者自有判断。

二、报考新闻系的问题

陈老师报考的第一志愿,是复旦大学新闻系,结果是被复旦中文系录取了。为什么没有被新闻系录取,而被中文系录取?陈老师不知道原因,也没有深究。在采访中,我和陈老师曾讨论过这一问题。我的猜想是:没有被复旦新闻系录取,或许受到家庭出身的影响。当然,我并不真切了解当年复旦新闻系录取新生政策和录取过程,没有确切的证据证明家庭出身是不被录取的根本原因。只不过,根据常识和经验,可进行如下推测:1.在当年的大学录取工作中,要进行政治审查。2.在当年,某些专业甚至某些学校(例如著名的哈军工)的政治审查更加严格,家庭出身不好的考生通常难以被录取。3.在当年,新闻专业被视为党和国家的宣传喉舌,要进入复旦新闻系,家庭出身良好或许是一个必要条件。由此得出结论:陈老师没有被新闻系录取,很可能是因为他的家庭出身不好。

讨论这个问题,有什么意义呢?我想要探究的,并不是新闻系不录取的原因本身,而是当事人对此事的心理态度和认知方式。陈老师知道自己的家庭出身不好,仍然将复旦大学新闻系作为高考第一志愿,要么是由于对新社会的新常识缺乏了解,要么是因为他虔诚地相信组织宣传:"有成分论,但不唯成分论"和"出身无法选择,但道路可以选择"。对于一个高中毕业生而言,无论是无知,或者是盲信,都没有什么问题。有问题的是,事后半个多世纪仍然懵懂,想不到去深究;更大的问题是,很可能在无意识中,也不想去深究。在陈老师成长的时代,独立思考和思想探索是一件充满危险的事,人的本能总是要趋利避害。

复旦大学八年(上)

问:第一眼看到复旦,是什么印象?

答:感觉不错,挺新鲜的。宿舍有好多楼,离教学区还有一段路。我住8号楼,五层楼的那种楼房,每个房间4张床,上下铺,睡8个人。我住的那间开始好像只住了6个人,空出的那张床就放行李。我跟许志英①从一开始就住同一个宿舍。同住的可能还有吴元恕、杨祖瑄、秦文魁等人,这些人,如今离世的可能有半数或半数以上了。

问:饭菜票是发到你们手里的吗?还要申请吗?

答:要申请的。当时助学金分甲乙丙三等,我可能是甲等。伙食费我就记得一开始是每个月10元,后来涨到了12.5元;助学金是2—3元。每到月底,生活委员就把伙食费和助学金发给应发的人。我从一开始就享受伙食费和助学金。好像也没有交过多少学费。所以我后来经常说:我之所以能上大学、当研究生,全靠国家的培养。这是实情,也是真心话。调干生是带工资的,他们没有费用方面的问题。那个时候,调干生是最吃香的,他们既有工资,又当干部,都是领导我们的。周永忠、陆荣椿、陆士清等都是调干生,也都是党支委。毕业后,陆荣椿到了《红旗》杂志社,周永忠和陆士清都留在复旦大学。不过,说实话,这几位调干生为人都很不错。

---

① 口述人:许志英(1934—2007),是我的同学、同事和朋友。1960年大学毕业后即到中国科学院文学研究所(今中国社会科学院文学研究所)工作,系唐弢主编的《中国现代文学史》撰写者之一,中国现代文学史家,有《"五四"文学精神》等论著多种出版。1977年调入南京大学中文系,先后任南大中文系教授、系副主任、主任。去世后,我曾写过《智者许志英——回忆与怀念》一文,发表于《往事与哀思——怀念许志英教授》(凤凰出版社,2008年9月)及《黄河文学》(2008年11月)。

问:您那时候记日记吗?

答:不经常记。有时候也记一点,总是停停打打的。最早记日记可能是从中学时代就开始的。但我现在能找到的日记,都是1965年以后的,1965年以前的统统没有了。

问:最早记日记的动机,跟写作有关系吗?

答:有点关系吧,但主要的还是那个时候有这种风气。

问:您还记得1955年复旦大学的开学典礼吗?

答:有点印象。在我们的登辉堂,也就是大礼堂,因为李登辉是复旦的创办人,大礼堂就是以他的名字命名的①。翻修过几次,不知道现在是什么样。在这里,第一次见到了校长陈望道,他出席了开学典礼,并讲了话。他是很有名望的人,是《共产党宣言》最早的翻译者。

问:1955级复旦中文系是否分专业?

答:一开始不分,到了三年级才分。一个文学专业,一个语言专业。文学专业的人多,我是文学专业的。

问:系里或班上的迎新会,与同学的第一次见面,有印象吗?

答:不记得了。

问:到上海,说话是说普通话,还是说福州官话或福州方言?

答:我周围的福建同学没有几个,怎么能说福州话? 当然得说普通话了,当然,是带着福州腔的普通话。

问:在中学时,有讲普通话的训练机会,是吗?

答:对。因为我们老师,地道的福州人很少。他们的地方方言福州人也听不懂,所以还必须通过普通话才能交流。普通话是从中学时就开始训练的。

问:到复旦上学,语言上不会有问题,是吧?

答:对的。只是上海同学说上海话,我们不大听得懂。所以上海同学与我们说话时,也说普通话,那种带着上海腔的普通话。我们那个班外地人占多数,上海人是少数。

---

① 复旦公学创始人是马相伯。李登辉(1872—1947)是继马相伯后担任复旦公学校长(1913—1917),私立复旦大学成立后,李登辉是第一任校长(1917—1936)。

问:那时上海人把外地人都当成乡下人吗?您有这种感觉吗?

答:恰恰相反。我们那个班外地人多,上海人少。而且我们那个班,班长呀,支部书记呀,都是外地人。上海人成不了气候,所以谈不上歧视外地人。

问:您的穿着不是洋气的,当时心理上有问题吗?

答:没有问题。你想,班里一些调干生,他们更土。他们有的是从农村来的,参过军的……因此,在这方面,我心理上没有什么压力。

问:当时社会风气,也不是以穿着洋气为时尚,对吧?

答:对。有些上海同学,他们之间谈恋爱,我们都把他们当异端看待。觉得大学生就谈恋爱,太早了。像徐达和宋秀丽这一对,可以说是男才女貌,我们当时就觉得太"小资"了。

问:您班上有多少调干生?他们与高考生之间的关系如何?

答:调干生?在我的印象中,他们年龄都大点,多的可能有五六岁之差。像周永忠可能就是,他们都是已经结婚或有孩子的人。在我们班或年级,做领导的基本都是调干生。他们比较老成,人情世故、社会情况了解得也比较多。所以调干生在我们那里,至少在我们系里,是比较吃香的。

问:比例是多少?

答:比例倒不是很大,还是很少数。我看,充其量也就七八个。如果把徐迺翔①也算进来,年级里大概有十来个吧。

问:徐迺翔也算?怎么讲?

答:因为他不算调干生。他是工作过的,也来参加高考了。不像周永忠他们,不用参加高考,他们是在部队或地方上工作过的,不用高考就保送到了学校。徐迺翔是参加高考的。如果把他也算进来,就有十来个了。

问:比例九分之一,他们对班上的影响还是挺大的?

答:对,影响挺大的。因为他们是掌控全局的人,党支部委员、团支部书记、班长……这些主要角色都是他们。徐俊西②也是调干生,当时是我

---

① 口述人:徐迺翔是老同学、老同事,还是老邻居,我们两家曾合住一个单元近 18 年(1969—1987)之久。1960 年毕业后即到文学研究所工作。

② 口述人:徐俊西,老同学,1960 年大学毕业后到上海市委宣传部、上海作家协会工作,曾任上海作协党组书记等,文艺评论家,有《世纪末的中国文坛》等多种编著或论著出版。

们的团支部书记。

问：徐俊西老师后来文章写得挺好，调干生也有高水平的，是吧？

答：对呀，有高水平的。像陆士清①呀、徐俊西呀，水平都是很不错的。

问：调干生差别挺大的，初中生也有，您班上有差的吗？

答：我们班上的调干生，很难说差到哪里去，只能说有差别。像党支部书记周永忠毕业后留校，党支委陆荣椿②后来到了《红旗》杂志社，比较起来，他们可能才气少一点。但因为他们为人比较持重，对同学比较好，群众关系比较好，在同学中还是有威信的。像徐俊西，后来就留在上海，当过上海作协的党组书记。陆士清也是这样的，他与徐俊西一样，都是在专业上比较有成就的人。

问：调干生和你们有隔阂吗？是否会相互看不上眼？

答：就我个人来说，没有这种感觉。倒反而要仰视他们，总觉得他们是领导，党员嘛。

问：这是您个人的感觉呢，还是普遍现象？

答：当然不能说是普遍现象，不过像我这样的人也并非个别。公正地说吧，这几个调干生，既非不学无术，待人也挺好，他们都是一些正派人。就说陆士清吧，可能不如那几位持重，所以对他有意见的人可能会多一点，但这也只是性格不同所致，不应当影响到对人的根本评价。

问：当时学校发伙食费吗？每月多少钱？

答：师范院校伙食费是免费的，我们是综合性大学，还得自己交费，有困难可以申请。大概一开始是10元或10.50元，后来涨到12.50元。

问：大学本科四年制改成五年制，是从1955年开始的吗？为什么？

答：是从我们那一届开始的，北大和复旦率先改成五年制。当时没有觉得有什么不好，倒反觉得比四年制高出一头，有点沾沾自喜！

问：五年制和四年制，中文系课程设置有变化吗？

答：这个问题说不清楚，不知道四年制他们都开了什么课，我没有做

---

① 口述人：陆士清，老同学，1960年大学毕业后留校，历任复旦大学中文系教授等，主编有《中国当代文学史》等，还有《台湾文学新论》《曾敏之评传》等专著出版。

② 口述人：陆荣椿，老同学，1960年大学毕业后到北京《红旗》杂志社工作，也有专著出版。

过比较。

问：五年制的课程设置是什么情况？

答：我这里还保存着那个时候的"记分册"（拿出了当年的"记分册"），从1955年一直到1960年的。要不要念一念？好吧，那我就把重点念一念。

一年级第一学期：

中国人民口头创作，赵景深讲的。他是民间文学专家，挺有名的，这个课就是讲民间文学、民歌民谣什么的。赵先生我的印象比较深，他在课堂上经常是又念又唱，唱得也好，有声有色的，非常投入。那时年纪也不小了，跟何其芳似的，个不高，胖胖的，对人挺和善。大家也喜欢他，一上他的课，就觉得很乐活。考试成绩：5 分——当时是五分制。

马列主义基础，吴常铭讲的。这个课就是讲科学社会主义、唯物主义辩证法、政治经济学什么的，最基础的知识，其实就是常识。考试成绩：5 分。

文艺学引论，蒋孔阳讲的。后来他还给我们上过美学课。蒋先生是有名的文艺理论家，对人也是热情和善的。与赵景深不同，他是一位地地道道、不苟言笑、严谨认真的人，讲课虽然不太生动，但条理很清楚。考试成绩：5 分。

下面对老师的情况，我就不一一介绍了。

语言学，吴文祺。考试成绩：及格。这里得说明一下，有些课是没有批学分的，只有"及格"和"不及格"两项。

古代汉语，张世禄。考试成绩：及格。

现代汉语，胡裕树。考试成绩：及格。

俄语，范俊丽。考试成绩：及格。

体育，初福之。考试成绩：及格。

一年级第二学期：

俄语，老师名字是盖章的，看不太清楚。考试成绩：5 分。

现代汉语，胡裕树。考试成绩：5 分

古代汉语，张世禄。考试成绩：4 分。

问：您当时在乎这个四分吗？

答:也不是很在乎。因为比起其他课来,我古代汉语就是差点,从小就没有受过古汉语的训练。

文学史,蒋天枢。考试成绩:及格。

蒋先生讲的是先秦两汉文学史。他讲课也很有特点。特别讲到古诗词的时候,很投入,常常是边吟诵边讲解。

问:您当时知道蒋天枢是陈寅恪的弟子吗?知道陈寅恪吗?

答:开始不知道,也不知道陈寅恪是什么人。后来蒋先生谈起了才知道。

体育、马列主义:都是及格。

二年级第一学期:

马列主义,刘星汉。考试成绩:优。

中国文学史,蒋天枢。考试成绩:5分。

现代汉语,张世禄。考试成绩:及格。

俄语,李媛。考试成绩:5分。

体育,初福之。考试成绩:及格。

二年级第二学期:

外国文学,这个课就是介绍外国文学的一些基本概况,包括小说、戏剧、诗歌几个方面都有。考试成绩:良。

现代汉语,乐嗣炳。考试成绩:5分。

中国文学史,王欣夫。考试成绩:及格。

中国革命史,刘宏强。考试成绩:及格。

体育,初福之。考试成绩:4分。

后面是三、四、五年级的,念起来太繁琐了,就不一一念了吧。我稍作几点说明。

第一,三、四、五年级的课,除了原先教过我们的老师外,又增加或者替换了几个老师,他们是:

朱东润,当时是中文系主任,也是名教授。课讲得挺好的,声音高亢,很有激情。他讲"中国文学批评史",还有"左传""史记"等专题课。

王运熙,古代文学教研室骨干教师,当时好像还是副教授,后来也是名教授。讲"中国文学史",还有专题课"李白研究"等。

吴文祺,语言学家,也比较有名,讲"音韵学"。

余上沅,戏剧学家,讲"田汉与曹禺研究"专题课。

鲍正鹄①,讲"近代文学研究",这是他的长项,也是专题课。

第二,几位年轻老师,如刘国楝、王永生、袁晚禾(她是外文系的)等也给我们讲过课,如刘国楝讲"中国现代文学史",袁晚禾讲"苏联文学"等。

第三,到四、五年级,尤其到五年级,专题课多些,如朱东润的"文心雕龙",王运熙的"李白研究""杜甫研究",鲍正鹄的"近代文学研究"等。

问:记分册都是发给学生的?

答:发给学生的,至少是毕业后发到学生手里,否则我怎么能保存到今天?

问:刘大杰、郭绍虞、濮之珍老师他们没上过课吗?

答:濮之珍应该上过课吧,她是语言学老师。怎么记分册里会没有她的课呢?后来我跟她还有过一些交往呢。她对人热情,人挺喜庆的,同学们对她印象也好。还有郭绍虞,资格很老的,是我们的老系主任。他是不是给我们开过课?不太记得了,反正记分册里也没有这方面的记载。刘大杰,好像没有给我们开过课,倒是听过他的专题讲座,才气横溢,神采飞扬,很有煽动性。

问:《中国文学史》是他主编的,却不上课,怎么回事?

答:这就不太清楚了。听说刘大杰有点傲气。他也当过系主任。郭绍虞、刘大杰、朱东润,这是三届系主任。我到复旦时,刘大杰已不当系主任了,是朱东润当系主任。

问:您在大学里,作息时间表是怎样订的?

答:时间表?谈不上。白天上课。晚上晚自习,一般都去阅览室,宿舍没有办法看书,互相影响,而且灯光也不行,桌子倒是有两张,是拼成一起的。

问:大学时看杂志吗?还是只看功课?

答:基本都是看书,杂志很少。我觉得只有到了文学研究所以后才有看杂志的习惯。当然我在上海嘛,对上海的几个杂志——《上海文学》

---

① 鲍正鹄(1917—2004),复旦大学中文系教授。1956—1959 年先后在埃及开罗大学东方文学系、苏联列宁格勒大学东方部文学系任教授,并担任苏联科学院东方研究所分析研究员。

《收获》《萌芽》——还是知道的,跟《上海文学》,当时还叫《文艺月报》,多少还有点关系吧,曾在那里发表过小文章。对《人民文学》也知道,但不亲近。其他杂志就不太知道了。

问:生活上习惯吗?家里每月给您的生活费、零花钱有多少?

答:家里很少给钱。大学期间,我有助学金,吃饭钱和零花钱基本上够了。我也不买什么东西,包括牙膏这类日用品,我都很少买。

问:考上复旦时,家里肯定要给你点钱吧?

答:给点,具体多少不记得了。

问:大学期间回家两次,再回学校时,按习惯也会给点吧?

答:会给点。要不然,我哪来的路费?

问:二姐和嫂子在上海,她们给过您钱吗?

答:没有给过。她们生活也挺紧的。你想,二姐夫在劳改,我哥哥也在劳改。她们哪有钱呀?也就是在她们那里吃过一两顿饭的。

问:您在大学里有体育锻炼习惯吗?

答:体育课是有的,但体育锻炼不多,无非就是打打乒乓球、羽毛球什么的。那时候打羽毛球还很少,因为羽毛球得有拍子有球,都得花钱买的。乒乓球学校里倒是有台子,拍子和球同学当中互通呗。

问:排球、篮球呢?

答:也很少碰,投投篮什么的倒是有过。

问:上大学时,有跑步习惯吗?

答:跑步倒是有的。但不是每天都跑。有伴就跑。属于被动性的。

问:大学一年级结束时,您不回家,原因是什么?

答:没有路费,为了省钱。而且不少远道的外地同学都不回家,不是我一个人如此。住得近的,比如苏州、南京、杭州什么的,当然就回去了。

问:没路费,怎么不和家里人说呢?

答:这方面我是比较自觉的。我知道家里负担不起,向家里要钱,我开不了这个口。我自己也没有这方面的迫切需求。总觉得才一年,就回家干吗呀?再说我也想利用假期学点东西,写点东西。那个暑假我就写了一篇小说。最后,还有个交通问题,那时候从上海回福州跟我从福州到上海一样,照例还得"三部曲":火车、汽车、轮船,交通很不方便。

问:春节您也没有回家?

答:好像基本上也没有回去过。

问:大年三十是在哪里过的?

答:有一次大年三十在二姐家。二姐家、嫂子家一回事,她们都住在闸北,距离复旦还比较近。

问:1956年暑假没有回福州,就是因为要写小说?

答:不单是。但当时确实有一股冲动,好不容易有个假期,就写了。无非就是爱情加事业的题材。写了大概有两三万字吧,写着写着自己就觉得不满意了,没有写完,就放下了。这一放,就再没有捡起来,后来连这篇稿子也找不到了……

问:后来为什么不续完或修改出来呢?

答:没信心了。自己看着都觉得没劲,乏味,完全是瞎编的,编不下去了……

问:您中学时就想当作家,放假时写小说,为什么后来再也没写?

答:没信心,也就没兴趣了。觉得自己当作家不太可能。紧接着不就发表了一篇所谓的评论文章吗?似乎我又找到了新的兴趣,新的兴奋点了。

问:1956年暑假,写小说同时,又写评方之《在大学里》的文章?

答:对,肯定的。肯定是在1956年,在小说之后,也是在假期里写的。

问:这篇文章是您发表的处女作吧?

答:对。当时发表在上海的《文艺月报》上,它是《上海文学》的前身。《在大学里》是一个短篇小说,写大学里的一对男女谈恋爱。可能那时我写小说也写到这些了。我觉得,过去有人批评我小资产阶级情调,我看《在大学里》也有小资情调,我就用别人批评我的观点去批评《在大学里》。这篇文章的题目叫《〈在大学里〉的两个问题》。①

问:您用别人批评您的观点来批评别人?哈哈!两个问题是什么?

---

① 口述人:关于这篇所谓"处女作",我在多年前写的《哪个算是我的"第一篇"》中曾说:"这是一篇十足的庸俗社会学的批评文章,其间所散发的浓烈的教条气味如今是不忍卒读了,但当时却把一个十九岁的青年熏得晕乎乎、美滋滋,似乎从此就可以步入中国评坛了。现在想起来,也许正是这篇幼稚之作的发表,才诱发我误入评论的歧途而至于今?"这是当时真实心境的写照。见1990年7月12日《南阳日报·白河副刊》。

答:不记得了。

问:文章没保存吗?

答:没保存。方之那时还是小有名气的作家。一年以后他就被打成"右派"了。

问:您这篇文章有多长?

答:没多长,最多两千字的样子。没有给别人看过,直接投出去的,带有一点试探性质。当时觉得这两个问题还是抓得比较准的,无非就是小资情调呀,还有它不符合大学生的真实生活,歪曲了生活呀。我的文章居然发出来了,给了我一个很大的惊喜!

问:您刚才说跟《文艺月报》有过一些联系,指的是什么?

答:是我过去曾给他们投过"读者来信"之类的东西,给《文汇报》《文艺月报》都投过。而且有发表的,在"读者中来"这个栏目。无非就是看到某篇小说或者文章的感想呀,或提个意见、建议呀。我记得发表过两三次。报纸上有,杂志上也有,都是"豆腐块"式的。

问:"读者中来"有稿费吗?

答:没什么印象了。《〈在大学里〉的两个问题》倒是给了一点稿费。

问:发表文章后,同学里有什么反应?

答:有些同学看到了,就传呗。

问:大学生在《文艺月报》上发表文章的多吗?

答:凤毛麟角,极少。有的人说:你小子还在那里发表文章呀?那时候我还真有点飘飘然的。

问:这篇文章的发表,对您的一生有什么样的作用?

答:有很大影响。就觉得自己可以往文学评论方向发展了。

问:是不是您写得更勤快了,发表是一种鼓励?

答:确实是一种鼓励。不过,实际上我后来写得并不勤快。那时本科生功课很多,平时哪有那么多时间?自己也没有那么强烈的欲望,投入的精力不多。

问:1955年"胡风反革命集团"事件,大学里有批判胡风活动吗?

答:我入学时已经没有了。中文系也没有组织过这方面的活动。是听人家在传,说我们系里某某人是胡风分子之类。

问:五五年还有个"肃反运动",有印象吗?

答:"肃反"多少还有点印象。这个印象与我二姐夫和我哥哥有关系。我二姐夫和我哥哥大概就是在那时候被"肃"出来的,一个发配到新疆,一个到了南京江宁砖瓦厂。

问:1956年"大鸣大放",第二年"反右",您有记忆吗?

答:这个有点记忆。因为在我们年级里,有同学"放炮",就是讲了一些不适当的言论。具体讲什么,不记得了,反正是一些不适当的言论。年级里组织过对他们的批判,有黄任轲、张瀛、张启成等几个同学,也就是批评会,还不是什么斗争会,比起"文革"时期,那个时候的批判就显得温和得多。我当然也参加了。发没发言呢?忘了。反正我不算是激进分子。我知道他们这些言论是错误的,但还没有一定要起来批判他们的那种冲动。

问:您为什么会觉得他们的话是错的?

答:不太记得了。他们几个后来的命运都不太好。

问:都打成"右派"了吗?

答:那倒没有,没戴帽子。但大家对他们就另眼相看了。毕业分配也分得不好,一个到安徽,好像是黄任轲。另外两个,一个到新疆,一个到贵州。

问:黄任轲是什么时候自杀的?

答:那是到了"文革"时期,在安徽合肥吧!他死得很惨,好像是在一所大专学校,或职业中专一类的学校里,当老师,挨了批斗,想不开嘛,就跳烟囱自杀了。所以说,"文革"时候的批斗,要比"反右"时候凶猛得多!

问:"反右"时候,老师当中有打成"右派"的吗?

答:不记得了。总的来说,声势不是很大,不像"文化大革命"。

问:还有什么特别的记忆?

答:没有了。

问:"反右"之后,有很多文艺理论思想受到了批判,包括人性论、中间人物论、现实主义广阔道路论等等,这些批判您还有印象吗?

答:模模糊糊的,多少有点印象。但大学里好像没有大张旗鼓地搞运动。只是知道社会上有这些理论,而且正在批判。

问:那是同学批判同学了,没有批判社会上、文学界的思想吗?

答:没有什么记忆了。

问:也不能确定没有批判过吧?

答:对,也不能说就没有批判过。不过,当时我们是低年级的,即使有,也不会太激烈。

问:1958年的"大跃进"运动,大学生要参加"大跃进"吗?

答:这个倒是有的。1958,1959,主要是1958年。那时大炼钢铁嘛,搞小高炉,连复旦大学都搞嘛。大学有什么钢铁可炼呢?纯粹是瞎胡闹!为了表示这种"全民炼钢"的"革命热情",我们就拿那些废脸盆呀,捡的废铜烂铁呀……这些东西来充数。其实有的也不一定是废的,为了表明态度嘛,就把旧脸盆也拿出来炼铁炼钢。在我们那个学生宿舍区里,也搭起了小高炉,你说奇怪吧?当然也不是学生来操作的……

问:谁操作?

答:不清楚,很可能是学校工人?我们可能也参加过运送材料什么的,但不太多。学生宿舍肯定是搭起了小高炉,不过时间好像也不长。

问:复旦大学是综合性大学,有物理系呀,有懂科学知识的人,他们没有怀疑这种炼钢、炼铁的方法吗?

答:没听说过。那是个运动呀,大呼隆的,大家都跟着做。其实也没有什么可做的,就那么一个小高炉。

问:除了炼钢铁,还有到工厂农村去参加劳动吗?

答:这个好像有,但也很有限,去一天,在那里劳动,完了就回来。农村肯定去过,工厂我没印象了。那时就是说支农支工嘛,我们更多的是去农村。

问:"大跃进"那年,学术上也"大跃进",比如北大学生编书,复旦也编吗?

答:编了,还真是编了。我就是那个时候开始跟上海文艺出版社挂上钩的。有两个人,一个是余仁凯,一个是周天。后来他们编的那个《文艺论丛》,还发表过我的研究生毕业论文。余仁凯过世有些年了。周天还健在,前些年还出版过历史小说,80多岁了,前年我在上海还见到过他。①

问:您编什么?中国文学史还是现代文学史?

答:中国现代文学史。

问:怎么分工?分配您做什么?

答:出版社派人来,记得除了余仁凯和周天,可能还有一个张有煌,他略小点,80年代的时候我跟他们都还有些联系。

问:具体过程是什么?

答:现在记忆就是一些碎片了。究竟是他们找上我们,还是我们找上他们,记不清楚了。肯定是通过组织,通过中文系领导,当时就是有这么一股风,发动学生也来写文学史。说过去的文学史,受"封、资、修"的影响,现在必须重新认识,重新评价,重新书写。所谓破除迷信、解放思想嘛,应该人民自己来治史。在文学史方面,我本来就是偏向现当代文学的,所以很自然就参加进来了。参加的还有其他人,因为年代久远,记不清了,是不是徐俊西和陆士清等人也参加了?

问:具体分工是怎样的?您做什么?

答:记不清了,反正我是执笔者之一。

问:一共有多少人参与?

答:不记得了。不会太多,充其量也就是10来个人?或10个以内?是自愿的,志同道合,就在一起写,并没有强求。书名就叫《中国现代文学史》,分上下两册,大概有40来万字吧。我现在还保存着。②

问:总共40多万字?写了多长时间?

答:没有记忆了。反正写了不短时间。余仁凯、周天他们也出了很大

---

① 口述人:周天,1933年生,曾任《新民晚报》记者,上海文艺出版社编审等。有包括长篇小说《天子末日》《刘邦前传》,及《中国前小说性格描绘史稿》等多种著述出版。

② 口述人:这里应该做一点补充说明。经查,我现在保存的《中国现代文学史》分上下两册,上册38.7万字,署名复旦大学中文系现代文学组学生集体编著,上海文艺出版社1959年9月第一次印刷。上册分两编:第一编1919—1927,第二编1928—1942。下册23.27万字,署名复旦大学中文现代文学教研室编著,是1980年10月内部出版的教材。下册也分两编:第三编1937—1942,第四编1942—1949。有《后记》一篇,开篇说的几句话值得注意:"这部书原是1959年集体编著的。和那个年代的若干同类教材、论著一样,它不可避免地带上了极左思潮的烙印。这不是本书任何一个或几个参加者所能改变的。"这说明,下册不仅对原书的体例作了很大改变,对原书的观点和内容也作了很大改变。

力,最后他们肯定得打理一遍。

问:为什么是他们打理而不是教授们打理呢?复旦有那么多教授。

答:当时带领我们搞的老师,好像有刘国樑,他是讲师。有没有潘旭澜?不记得了,当时潘旭澜好像还是助教?

问:没有教授带吗?

答:我记得没有年龄太大的,鲍正鹄肯定没有参加,我没有这个印象。

问:写中国文学史,按惯例通常会有个审查委员会,教授组成的,看学生能不能行,要审查一下,有吗?

答:没有,那个时候哪有那么正规!不过肯定有老师带领着,但不一定是教授什么的。当时搞现代文学的都比较年轻,开始几年,鲍正鹄还是副教授呢,潘旭澜是助教,我当潘旭澜助教时,他才是讲师。

问:当时的工作方式是怎样的?是带队的老师带你们写,还是他们写提纲,然后分头写?提纲是谁写的?

答:不记得了。如果大家在一起,还能回忆得起来。但徐俊西的记忆比我可能还要差,与他通电话,他还问:"你是谁呀?"连我都有点不认识了。

问:写文学史,相关的作品您都读了吗?

答:有的读过,有的根本就没读,或者没有认真地读。只是有那么点印象,想当然的就用现成的观点来套,就这样的。有的是套用了别人文章的观点,甚至原封不动地抄来,自己并没有真正下功夫。那个时候我们几年级呀?也就是三年级,1958年,三年级,三年级你说读过多少书呀?

问:写文学史,不是所有人都把涉及的作品读过,是吧?

答:我不敢说别人,至少我是没有,绝对没有!

问:从约稿到交稿一共用了多长时间?是当年就完成了,还是跨年度?

答:不记得了。大跃进嘛,讲速度,不能拖的。你想,书是1959年出版的吧!

问:是作为低年级的教材,还是向社会发行的?

答:是作为教材,先在内部发行。

问:稿费是多少?

答：有没有稿费？我记得好像没有。

问：那时出书怎么会没有稿费呢？50年代出书应该有稿费呀？

答：我怎么记得就没有稿费呢？是不是因为它是内部发行的缘故？没印象了。

问："三面红旗"，您有没有印象？总路线、大跃进、人民公社？

答：这个知道。知道"三面红旗"，而且对这个也不怀疑，凡是中央和毛主席的决策，都没有怀疑。那个时候，政治上比较幼稚，中央领导，特别是毛主席说的，就是绝对真理。

问：当时有别的同学怀疑吗？

答：别的同学？也可能有啊。比如"大跃进"，大炼钢铁，有人是持怀疑态度的。具体哪些人，记不清楚了。

问：您听到怀疑的议论，有什么反应呢？

答：听到这些议论，虽然觉得跟中央和毛主席的决策相左，是不对的，但也没有去批评人家。因为他也不是在大庭广众讲，是在后面议论的，或是我从别人那里辗转听来的。

问：五九年有个"反右倾"运动，有印象吗？

答：这有印象。彭德怀在庐山受批判了，拔白旗吧。但这是高层的事，跟我们关系不大。

问：您对彭德怀有什么认知吗？您关心他的起落吗？

答：彭德怀是很有名的了，志愿军入朝时他是总司令，是元帅，彭老总嘛。总觉得他应该是很杰出的人物，怎么一下子就变成反党了呢？心里有点疑惑，但也没有进一步去深究。对毛主席是绝对相信的，总觉得对毛主席不能有任何怀疑，连"文化大革命"都没有怀疑过嘛。就没有从党内两派斗争的角度去想过这个问题。

问："三年饥荒"时，正好您是在大学期间，您挨过饿吗？

答：三年困难时期是从1959年开始的。1959年好像还并不是很厉害，1960年就厉害了。那个时候，听说了饥荒的事，但并没有很强烈的反应，因为毕竟不是身临其境。有点切身感受，是从粮食定量减少开始的。知道吧？原来定量是32斤，后来减少到29斤、28斤，再加上没有油水，就特别容易饿。我最深的印象就是读研究生的那几年，1961年吧，研究生一年级,礼拜天不是休息吗?我经常去南京路、外滩的旧书店,到那儿看书、淘书,也是放松一下,但就是饿得不行,心慌意乱的。同学当中也有这样的。有一次,一个研究生同学,叫庾文云,已经去世了,他去福州路,留了饭票给我,让我给他打饭。我替他打了饭,放在那儿。我吃完了自己的那一份后,觉得没有饱,就老盯着他那一份,总想把他那份也吃了。这很没出息,是吧?但实际情况就是如此。这个记忆是很深的。

问:结果吃了吗?

答:没有,但就是想吃。

问:每天都这样饿吗?

答:至少是经常觉得饿。那时候,还是长身体的时候。没有什么办法,也没有钱,就是有钱也买不到东西呀。当然上海本地的同学还有点办法,可以从家里带点吃的来。我们就没有办法了,我们宿舍几个都是外地人。

问:您二姐或嫂子能资助您一点吗?

答:最多是礼拜天到她们那里,能吃一顿。但我很少去。她们自己也很困难,她们定量也是有限的。

问:在福州的父母这三年怎么过的?有印象吗?通信中说到饥饿吗?

答:不知道。没有听到过什么,因为通信很少。也没有条件打电话,打电话要到邮局去。

问:三年大饥荒,就这些记忆?

答:最深的印象就是觉得饿。后来写研究生毕业论文时,已经到1963年了,要到上海戏剧学院、上海图书馆去查书、查资料什么的,有些时候也是让同学打了饭,放那儿,回来再吃。那时候虽然稍好点,但也还是饿。后来我在一篇文章中说到过这段经历,那是刻骨铭心的!

问:饥荒年代,和以前的差异是什么?

答:菜的质量差,油水少了,荤菜少了,吃起来就容易饿。我还有一个很明显的感觉:大学毕业的时候,我的两只眼睛视力都是1.5,到当研究生这几年下来,两只眼睛都到了1.0和1.2,下降了不少!

问:是读书读坏了,还是营养问题?

答:两方面的原因都有,跟营养不良肯定有关系,因为那正是需要营养的时候。

问:下面谈读书,在复旦读书记。先说大学期间,您读哪一类的书?

答:读书,除了教科书以外?你讲的是课外书,包括与上课有关的,作家作品?我不算是读书很多的人,应该说是读得比较少的,不是不读。我从青少年开始,中学开始,就不是属于读书多的人。特别是古典文学方面,读得很少,读的基本是课本上涉及的那些东西。比如说最流行的《唐诗三百首》吧,后来,可能是到了四、五年级的时候,才到书店买了一本旧书。但也不是每篇都读,就是老师讲课时提到的,杜甫哪一首,李白哪一首。开始只是知道有《唐诗三百首》,但《唐诗三百首》的庐山真面目还是在买了书以后才见到的,还不是全本,而是选本。读的书多半是名著。如《唐诗三百首》《诗经》《楚辞》《水浒》等,但也不是从头到尾地读过,多半是翻一翻,跳着看。《三国演义》《聊斋》也是这样,都没有通读。《聊斋》是文白相间的,文言比较多,读起来还有些障碍。书不是不读,而是读得少些。

问:还有现代文学、外国文学、文艺理论,还有社会科学书呢?

答:文艺理论和社会科学那就读得更少了。我的印象是几乎没有读过哪位名家的整部论著,苏联的是这样,其他国家的就更是如此了。什么别林斯基,别、车、杜①倒是都知道,但也都没有通读过,也就是读那么几篇。这些书多半是从图书馆借的,自己也买点,买的都是选本,如今都还保留着。相对比起来,现代文学的书接触得要多一点。接触最多的,当然是鲁迅了,但是那时候我还没有《鲁迅全集》,只有《呐喊》什么的鲁迅的集子,特别是他的小说集。想买全集,《鲁迅全集》,真正买齐了,还是当研究生的时候,这是后话了。鲁迅的东西,读得相对多一点的,是小说和杂文,其次是散文和散文诗。瞿秋白的《赤都心史》,茅盾的《子夜》,郭沫若的《女神》,这些倒是都读了。偏重这些,鲁、郭、茅、巴、老、曹。② 巴金、老舍读得相对少一点。巴金嘛,总觉得他的小资情调比较重,老舍市民气味比较重。巴金、老舍的价值那是到后来才认识到的。当年是比较倾向

---

① 别、车、杜,是指俄国三大批评家,即别林斯基、车尔尼雪夫斯基、杜勃洛留勃夫。
② 指中国现代文学史上的六位大文学家:鲁迅、郭沫若、茅盾、巴金、老舍、曹禺。

于所谓"革命"的文学作品。郭沫若虽然是浪漫才子,但也是一个革命者,所以对他就要相对重视一些,但也不一定都喜欢。

问:您喜欢读左翼文学?

答:左翼文学,没错。柔石的《二月》,那是比较早就读过的,鲁迅评价得很高,课本上都有呀。蒋光慈的,也比较早就读了,总觉得蒋光慈比柔石差一些。柔石要深沉,有深度一些。

问:现代文学还读过哪些?

答:女作家冰心,还是老乡,倒是读过一点。因为她是"五四"时期一个最著名的女性作家,不过当时看了却觉得就那么回事。就是偏向于左翼的、革命的作家,像丁玲的《太阳照在桑干河上》《莎菲女士的日记》等。延安时期的作家,像赵树理、杜鹏程什么的也读得多些。

问:有自己比较喜欢的当代作家作品吗?

答:《保卫延安》。

问:为什么对杜鹏程情有独钟呢?

答:战争文学,因为战争文学有情节,比较曲折紧张,两军对垒。吴强的《红日》也好看,还有曲波的《林海雪原》,这当然都是解放以后的事。赵树理的也看,总觉得比较平淡,没有大起大落,没有什么复杂的情节,没有两军对垒,没有看战争文学那样有劲。当年还不会从文学角度来评价它们,就是喜欢或不喜欢。现当代作家啊,郭沫若的不太喜欢,总觉得他的东西有些做作,缺少节制,什么东西都拿出来渲染。

问:郁达夫,读过他哪些作品?

答:读过一些,也不能说很喜欢,因为他是创造社的人,有些太自我,太浮躁,太才子气。

问:沈从文、张爱玲、钱锺书呢?

答:钱锺书的东西,是后来才看到的,来北京后才知道。在大学和研究生时期钱锺书还没有进入我的视野。张爱玲也没有。沈从文也看得很少。

问:大学课程也不讲沈从文?

答:讲是讲过,但也是浮光掠影的。萧红、萧军,鲁迅推荐过,凡是鲁迅推荐过的,我基本上都看,就是相信鲁迅。虽然也觉得鲁迅很刻薄,牢骚太多,对人很厉害,批评起人来,完全不留情面。

问: 您从什么时候开始接触鲁迅作品?为什么要存钱买《鲁迅全集》?

答: 最早接触是在中学课本里,《孔乙己》《故乡》《一件小事》《祝福》《在酒楼上》这些,我在中学时就有印象了。到底是在课本上,还是别的地方读的?就说不清了。因为在解放以后,鲁迅始终是一座丰碑嘛,不管是上面也好,老师也好,都在讲鲁迅。在我的印象中,鲁迅很深刻,他看问题看得很尖锐,虽然很厉害,又有点刻薄,但他讲的是有道理的。他对中国社会、对国民性弱点看得最透。另外,他到日本的时候,为什么弃医从文?为了救国嘛。从中学开始对鲁迅的这种印象,一直带到了大学里。比起其他现代作家来,鲁迅确实是鹤立鸡群的。倒不是完全受到毛泽东讲话的影响,不完全是。

问: 我问一个比较尖锐的问题,您温和,鲁迅尖刻;您读鲁迅,是不是真喜欢?还是因为当时他很有名,才去读?

答: 也不是没有受到时尚的影响,这方面确实有。我自己的情感和习性与鲁迅确实有很大差别,这也是事实。这里面为什么会产生一种调和呢?这种调和也是我心甘情愿的。总觉得鲁迅这样说、这样做、这样写,是有道理的。虽然我不会这么说、这么做、这么写。我就相信这一点,这就跟当年相信毛泽东一样。认为怀疑毛泽东,就是大逆不道。对我来说,对毛泽东开始产生问号,那也是很后来的事。这个东西,我自己也说得不太清楚。①

问: 鲁迅的文字、文风,您喜欢吗?

答: 冷静、尖刻,把你的心肝都掏出来了,那是很厉害的。我本人是绝对写不出那种东西来的。但我相信,鲁迅那么说,是有道理的。这种感觉是深入骨髓的。

问: 鲁迅的集子中,您最喜欢哪些?

答: 首先还是小说,《呐喊》《彷徨》里的那些小说。开始接触的是前

---

① 口述人:对鲁迅,我自己也一直在反思中,我觉得这也许是受到"神化"鲁迅思潮的影响,太把鲁迅当"神"看,而不是当"人"看,因此,总是听不进对鲁迅批评和非议的声音。

面的,像《故乡》《祝福》,都比较深情。杂文我不敢说他全部杂文,到底哪个集子更好。但对散文诗《野草》,我还是比较喜欢的,因为比较有意味,比较有意境。

问:如果让您举出比较喜欢的三到五篇鲁迅杂文,您会举哪些?

答:一时举不出来。小说还能说得出来。

问:接下来要说外国文学书,复旦八年读过哪些?

答:就是俄罗斯的、苏联的。还有一些其他国家的世界名著,巴尔扎克什么的。外国文学是我的薄弱环节。有些作品也知道,但并没有真正读过。高尔基,老托尔斯泰,小托尔斯泰的《苦难的历程》,普希金、肖洛霍夫,都是在大学期间读的。

问:相对来说,俄罗斯文学和苏联文学,您更喜欢哪个?

答:这有一个过程。开头是革命的更喜欢一些,后来读老托尔斯泰,就觉得他们写的东西更深刻,更有意味,有这么个感觉。

问:您最喜欢的俄苏作家是哪几位?

答:哪个是第一位,哪个是第二位?很难说。高尔基,老托尔斯泰,小托尔斯泰,屠格涅夫,普希金,肖洛霍夫……但这不是排序。

问:最喜欢的作品呢?

答:《安娜·卡列尼娜》《前夜》《我的大学》《欧根·奥涅金》……这也不是排序,只是我读过的。

问:法国文学方面?

答:巴尔扎克的《欧也妮·葛朗台》,雨果的《巴黎圣母院》《悲惨世界》……有些是电影,先看了电影后来再去看书。

问:法国的作家选三个最喜欢的?

答:三个作家?巴尔扎克,雨果,左拉。

问:英国作家有哪些喜欢的?

答:莎士比亚吧,也就是他最有名了。我知道得毕竟很有限。

问:东方文学呢?

答:印度的泰戈尔,他的一些篇章。日本的,学校里好像就没有讲过什么日本文学的。

问:当代文学史、现代文学史、外国文学和古典文学的比重如何?

答：这很难说。如果一定要说的话,大概吧,现当代文学60%,外国文学20%,古典文学20%。这也只是随机说的,没有认真梳理过。

问：您读这些书是老师要求必读,还是按自己的兴趣去读?

答：绝大部分是老师课堂上讲到的,觉得要去了解才去读的,只有很少一部分是自己选读的。

问：不是自己觉得有兴趣,然后再去找着读?

答：很少!

问：大学毕业考试和毕业论文情况如何?本科要求做毕业论文吗?

答：本科那个时候好像没有毕业论文,当然有毕业考试。不是有个记分册吗?每科考完了,就有记分的。每科必须经过考试,然后评分。可能有的课程,有小论文、小报告什么的,就用它来替代考试。

问：复旦大学有导师制吗?

答：本科没有导师制。

问：您在复旦大学有写日记的习惯吗?

答：写过,但都是停停打打的。开始觉得很新鲜,就记得多一些。后来慢慢就少了,中间有时就中断了。想起来了,又把它续上。

问：记日记的重点是什么?参加哪些活动,读过那些书,自我反省?

答：都有,有时侧重这个,有时侧重那个。如参加活动就把活动记录下来,有时读了好书也会在日记里反映出来,书名、感想什么的。有时也会做一些检查和自我反省。一般都不是很长,都是短的。短的一两百字,长的也多不到一千字。

问：中断后再记日记时,会把中间的补起来吗?

答：即使补起来,也像流水账似的。

问：您在大学里曾业余演过话剧,那是什么缘由?

答：复旦大学有一个话剧团。缘起跟两三个同学有关。一个赵莱静,一个沈剑云,这两个后来也当了研究生嘛;还有一个是费士勋。他们三个都是从部队出来的调干生。赵莱静呢,是编剧、导演,沈剑云和费士勋主要是编剧,都是我们年级的。我们那个年级参加话剧团的有几个人,我是其中一个,不是很突出的一个,演的都是小角色。怎么会进去?跟他们有关系呗。当然也是我的一种业余爱好。我没有参加创作。直到我来研究所以后,还有人叫我"小保"——就是因为"大跃进"的时候,我在一个话剧中扮演了一个"小保守"的角色。当然,可能我还演过其他的,可人家就记住这个"小保守"。

问:"小保守"那个剧名和内容还记得吗?

答:不记得了。反正是一个处处保守的、有点可笑的那种人物。更像是一个活报剧,完全是根据一种理念创作出来的。除了我出场逗得大家哈哈大笑以外,没有什么别的记忆了。赵莱静在后面指指点点的。至于什么晚餐呀、补贴呀,没有这样的事。排练肯定是有的,那是完全业余的。不在上课时间里,大都是在晚间,放学以后,作为课外的一种活动,没占学习时间。可能要演出时,有一两次需要占用课时,绝大多数是业余时间排练和演出的。自觉自愿,没有谁强迫你。

问:没想到您在大学期间会经常登台,您有站在聚光灯下的愿望吗?

答:从中学时起,我就喜欢出风头。

问:从中学到大学?这期间您除了排话剧还有哪些文娱活动?

答:唱歌,是歌咏队的。这个好像是到了大学以后才有。是合唱队的一员,不是独唱。我的嗓音根本就不行。

问:大学到研究生阶段,参加舞会吗?

答:参加过。不多,主要跳交谊舞,还有秧歌舞什么的。没有门票,自由出入。舞会对服装也没有什么要求。有音乐就行了,有人在那儿组织,学生会的那些人。音乐是放唱片,现场演奏也有,但很少。其他主要是看电影。看电影还是比较经常的,好像每个礼拜都有。在学校里,有时在大礼堂,有时就是露天,大部分是露天。都是免费的。一个大幕一挂,想要好位置,就得早点去。不可能都去。有时会觉得这部电影没有什么意思,就不去看了。有的有位置,前面的位置都是大长板凳,没有位置的就站在后面。每次看电影的人都很多。如果在大礼堂放的话,就发票,一个班发不到几张的,没票就不去看喽。

问:什么样的电影会在礼堂,什么样的在外面?

答:在外面放的可能是比较普通的。礼堂放的可能是比较上档次的,好看的。

问:您在大学里担任学生干部吗?

答：我在团支部，当过宣传委员。

问：您在学校里，星期一到星期六，每天时间怎么安排的？

答：基本是按照学校规定，如早上七点起来，然后早操、早饭，八点上课。日程安排好的，你只能跟着走，不可能超越它。

问：下午如没有课呢？自习呢？

答：没有课就到图书馆、到教室看书，做功课。或回到宿舍里。大部分还是在图书馆或教室。自习课也在教室，白天用来上课，晚上就变成自习室了。

问：晚上您很少在宿舍待着？

答：对，基本上都是在图书馆、教室，有时也去散步。

问：在大学期间，对您影响最大的书是什么？

答：如果要排第一号呢，还就是鲁迅，鲁迅的书。

问：社会科学的书，哲学、政治经济学、社会学、心理学呢？

答：没有。那时什么政治经济学、社会学、心理学都谈不上，也没开这样的课。

问：哪些老师、哪些课程对您的影响比较大？

答：这个一时也说不清楚。就说讲课比较有特点的吧，古代文学方面，蒋天枢算是一个，他是比较有特点的。他是边讲边译，把文言翻成白话，还边讲边唱。讲《诗经》、《楚辞》，都是这样。

问：在大学里，您对哪些同学印象深刻？交往和影响的名单如何排列？

答：排名单有点麻烦，大概有这么几种情况吧。一种是我在大学里接触得比较多的；另外一种他们是我的同乡，同乡和接触多有时也有重叠的；也有的是某些方面比较突出，比如"反右"的时候，给我留下比较深的印象的；还有就是一起当研究生的几个同学。这么一些人。

例如许志英，我入学时，就跟他住在同一个宿舍。后来可能有过变动？不记得了。但我始终和他接触比较多，交往比较多。包括他入学前就结婚了，就有孩子这些事，我都知道。他老道，成熟，好像知道的事很多，对人也都有自己的看法。在他面前，我感觉自己有些幼稚。但读本科时，还看不出他有多么突出，只是觉得他比较成熟。本科毕业以后，他到了文学研究所,很快成了业务骨干,比较早就参加了唐弢的那个编写组①。"文革"后他到南京大学当了中文系主任,既在意料之外,又是意料之中。他看问题、看人都比较透,所以"文革"时对立派的人说他是"老奸巨猾"。他不是冲在前面的人,而是在后面出点子的那种人,心智成熟,老谋深算。"老谋深算"也是对立派的人对他的一种评价。他是"清谈组"②的骨干,像朱寨什么的,也经常到这里来,主要是旁听;樊骏跟朱寨也差不多,他平时说话就很谨慎,到这里也主要是旁听;许志英却爱讲,他讲得头头是道,有时也有点故弄玄虚。后来《文学评论》不是要准备复刊吗?我是最早参加复刊组的成员之一。许志英虽然不是复刊组的成员,但复刊时期的一些工作他也参加了。我们俩曾结伴同行到南方四省调研,走了一圈嘛,我就看出来,他确实挺成熟的。比如我们开调研会时,我就喜欢插话,他一般都不插话。事后他说:你不要多说话,我们的任务主要是听,何其芳不是告诉过我们吗?这方面他是很老到的。③ 我跟许志英的关系应该说是比较近的,包括当年我跟"何老师",也就是何立人谈恋爱的事都告诉过他。

蒋守谦是不是也跟我一个宿舍住过?蒋守谦、徐迺翔,既是大学同学,在文学所时又是同事,都接触得比较多一些。但在大学里,我跟他们俩的关系没有像许志英那么近。在大学里蒋守谦喜欢打篮球,你不要看他现在走路一瘸一拐的,当年他是篮球运动员,班上的篮球骨干。后来他可能受过伤,大学里就得了关节炎,风湿性关节炎。他俩跟我主要是在文学研究所有交往,还不是在大学的时候。

后面的几个,如林之果、杜京生、邓逸群、张阿妌,这四个都是女同学,既是大学同学,又都是福建同乡,我们年级的四朵"花"嘛。福建的几个女生都长得不错,当年都算是比较出众的,当然,按现在的标准就不一定了——比如个子都不是很高。像林之果,小巧精灵,又是田径运动员。邓

---

① 唐弢的那个编写组,是指许志英在文学所工作时,参加唐弢主编的《中国现代文学史》(3卷本)编写组。
② "清谈组",是指"文革"期间,文学研究所有一批人经常在一起聊天,人称"清谈组"。
③ 口述人:关于我跟许志英结伴同行等情况,后来我写的《〈文学评论〉复刊的前前后后》(《岁月熔金——文学研究所50年记事》一编)等文中,都曾谈到过。

逸群跟林之果不一样,好像有点"弱不禁风",但眼睛很大,有人称她"病西施",其实也就是一点小毛病。杜京生很随和,大大咧咧的,没有什么心眼,和她俩相比,她属于比较透明的一类人;可是她命运不济,丈夫饶彬(转业军人出身,也是我们同年级的同学)不到60岁就去世了。老乡嘛,又是同班的人,见面时说福州话,大部分时间还是讲普通话。有时人家就当着我的面开玩笑:福建的几朵花,你怎么一朵也没有摘下来?

问:您有没有想过?

答:怎么说呢,也许这也是一种缘分吧!对她们,应该说印象都不错,但我还没有那种要追求她们的欲望,没有那种情感的火花。林之果后来成了陆士清的夫人,邓逸群是跟比她高两届还是三届的一个同学,叫应必诚的结合了。杜京生的丈夫就是饶彬……四个福建籍的女同学,都名花有主,都被转业军人,或高班的同学找走了。

再说说其他几个同学吧。

秦文魁,是无锡人,也是大学同班同学。是一个特别地道、朴实的老实人。不大会讲普通话,只会讲一口带有浓重无锡腔的普通话,有时就干脆讲无锡话。不知道毕业后怎么就把他分配到新疆了,总觉得有些不公平。听说后来因为身体不好,就回老家了,就在老家去世了。他去世得很早。他跟我是同宿舍的,好像还是上下铺的。

辛宪锡,也是无锡一带人,可能也曾经同宿舍过。我到北京以后,他不是在天津吗?天津师范大学,那时还叫天津师范学院。为什么我们俩能撞在一块呢?主要就是80年代的时候筹备搞中国小说学会①的事,辛宪锡就拉上我们两个同学,一个是我,一个是上海的陆士清。小说学会正式成立时他是副会长兼秘书长,我和陆士清是副秘书长。管事的当然是辛宪锡,我是因为小说学会当时归中国社科院代管,唐弢又是会长,因此帮助辛宪锡做了点事。唐弢是著名学者,当年是我带着辛宪锡去请唐弢

---

① 中国小说学会成立于1985年,是全国性的文学学术团体,成立时,学会秘书处设在天津师范学院(后更名天津师范大学)。口述人按:中国小说学会成立于1985年,这是一直流行的一种说法,实际上它是成立于1984年10月12日,这有当年10月18日《文学报》的报道为证。我参加了学会筹备成立的全过程,也是见证人之一。为此,我于2009年写了《中国小说学会成立二十五周年》一文,详述了此事的经过,发表于《海南师范大学学报》2009年第6期封三。

的,做唐的工作,请他出山。后来不知道因为什么原因,他就回老家无锡了,到江南大学教书去,就不管小说学会的事了。所以才有小说学会"西迁"之举——迁移到西安嘛。辛宪锡退休以后到澳洲去了,大概是他的儿子还是女儿在澳洲,不幸得了癌症,不久就去世了。人事沧桑啊!我们同学中已经去世的,还真不少呢!

问:辛宪锡老师在学术上的主要成就是什么?

答:他搞过一些戏剧评论研究,发过文章,好像也出过这方面的书。搞过创作,也写过小说什么的。他文笔不错,笔头又快,思想也活跃,比我要强。虽然在大学里不是什么很出色的人物,但还是有点才气,有点底蕴的,没有爆发出来罢了。

对了,我还想补充说几个人,都是大学时期的同学。

一个是我们年级的党支部书记周永忠,一个是党支部组织委员陆荣椿,还有一个是党支部宣传委员陆士清。补充的原因,是因为交往多一些,对他们多少有些了解,毕业以后也多少都还有点联系。我对他们的评价是:都是挺好的人,虽然在大学时期不可避免地执行过一些错误的指令,曾经批判过或者触犯过一些不该批判和触犯的同学,但那是时势使然,责任不在他们。

周永忠是党龄最长的老党员了。他地道,朴实,平和,作风正派,也很会关心人,就像我们的老大哥。虽然有一点教条气味,但很少见到他发过脾气,或者声色俱厉地教训人。业务上虽然不怎么出色,这跟他做社会工作占用了很多时间有关系,后来干脆就脱产做行政工作、党务工作去了。

陆荣椿,和周永忠有些相近,也是个好人。他虽然不是才华横溢、能说会道的那种人,跟周永忠一样,为人也很地道。毕业以后到了《红旗》杂志社,很自然地成了北京老同学的领军人物。他也很早就出过书,好像是研究中国现代作家的书。

比起来,陆士清是才情毕露,敢讲敢做的人,业务上也比较冒尖。后来在海外华文文学研究方面,比较有成就,前两年,我还见他出过一本书:《曾敏之评传》。

问:这三个人都是调干生?

答:对,都是调干生,都是党支部的成员,书记、组织委员、宣传委员。

这样说下去会没完没了的!本来我还想说两个人,一个是现在北京的汪东林①,一个是现在澳洲的许德政②。这留在以后吧,以后也许还会讲到他们的。

问:您在大学里曾提交过入党申请书?

答:大学里好像就申请过一次。可能是三、四年级的时候。心理状态是这样的:我那么早就入团了,在中学里不能入党是可以理解的,那个时候轮不上我;大学呢,我是老团员而且还是团支部干部,各方面的表现都还可以,也没有犯过什么错误;作风嘛,也正派,学习也不错,我觉得我应该够条件了。但是我自己也很忐忑,因为有家庭和社会关系这个问题,这个包袱比较重。但我觉得我必须有一个态度,能不能入党是一回事,有没有这个态度又是一回事。大致上就是抱着这样的心理申请的。

问:递上去后有回音吗?

答:好像陆荣椿跟我谈过话,他的态度很平和,现在看起来就是对我的一种安抚,一种鼓励。说不要着急,慢慢争取嘛之类的话。我自己也明白,就是眼下没戏,但我也并不沮丧。所以到后来,读研究生时,我也没有再申请了。

问:您班里申请入党的比例有多少?

答:很少吧。反正也入不上,递也是白递。

问:是他们不感兴趣,还是他们觉得根本不可能?

答:两种都有吧!有些人可能就没有这个愿望。是不是也有不屑一顾的人?现在看来也可能会有,不说出来而已。

问:有那种每隔一个月写一次申请的人吗?

答:没有,至少我没有听说过。

问:没有经常向党组织汇报思想的人?

---

① 口述人:汪东林,1937年生,祖籍安徽,生于浙江江山,我的本科同届同学,长期在全国政协机关工作。曾任《人民政协报》副总编辑、全国政协委员等。有《民主人士》《为了忘却的岁月——我与民主人士的交往》《我对于生活如此认真——梁漱溟问答录》等著述问世。

② 口述人:许德政,别名沙予,1933年生人,我的同届研究生同学,毕业后到中国科学院文学研究所从事中国古代文学研究工作。1979年离开文学研究所赴澳大利亚悉尼定居,以沙予笔名,发表大量散文随笔,有《醉醺醺的澳洲》《海角梦华录》等面世。

答:这个倒可能有。但我们这个班,这个年级,到最后也没有几个党员呀,党员很少的。

问:当时大学里谈恋爱的多吗?

答:我只能讲我们年级了,有,但不多。

问:当时学校的政策怎样?

答:不提倡,也不禁止,怎么能禁止呢?但不提倡。如陆士清和林之果,可能早就谈恋爱了,不然怎么会双双留在上海呢?邓逸群和应必诚也是这样。

问:中文系的,读的小说也多,应该很浪漫呀?

答:好像真正浪漫的并不多。那个时候有几对,背后我们都在私下议论嘛。有一对上海的,我前面提到过,那真是郎才女貌,男的弹琵琶,女的唱评弹,就觉得他们挺"小资"的。表现出来的是不以为然,实际上也是有几分羡慕。现在回想起来,我当时就是这样的态度,实际上是暗含着几分羡慕。

采编人杂记:

陈老师和我有个分歧

30多年来,在阅读陈老师的文章之余,我一直在阅读和思考陈老师这个人。我认为,陈老师是个天资聪颖、灵气过人的人。陈老师不同意我这样说,他认为自己天资平平,甚至说"我是一个智力残废者,这是我们这一辈人的不幸"①。

我说陈老师天资聪颖、灵性过人,不是学生拍老师马屁。因为这个判断或猜想后面,有另一个判断或猜想:陈老师这一生未尽其才,并没有充分地自我实现。仔细思索陈老师的话,与我所说并无直接矛盾,我说他先天聪颖灵慧,陈老师说他是"智力残废者",那是后天的事,证据是,他说这是"我们这一辈人的不幸"。陈老师是否同意我的后一个判断呢?恐

---

① 莽萍:《新时期文学的吹鼓手——访陈骏涛》,《青年评论家》,1985年10月25日。

怕又不见得。所以,陈老师和我有多重意见分歧。准确地说,是异中有同,同中又有异。

陈老师在复旦的八年经历,是令人羡慕的:一、他似乎没有怎么费力就考上了复旦大学,这是国内顶尖名牌大学。二、他在复旦学习期间,成绩优良(空口无凭,有成绩单为证)。三、在大学期间,积极活跃、勤奋努力,曾发表过评论文章。四、他大学毕业时,被分配留校。五、留校几个月后,临时接到通知要他报考副博士研究生,他考取了。六、研究生毕业时,又被中国科学院文学研究所选中。总之,说陈老师是大学里的好学生、高才生,应该没有问题吧?

但我对陈老师的求学生涯,并不都持正面的评价——当然是事后诸葛亮——其一,在大学期间,陈老师读书不算多,文学之外的书如社会科学书读得尤其少。"文学是人学",而人学知识在哲学、心理学、社会学、传播学等社科专业书中。虽然那时候社会学、心理学等专业被取消了,书总还在吧。其二,在大学期间,陈老师虽然学业优良,但知识建构的自主性却不明显,因为他说没有什么书对他有特别的影响。其三,在大学期间,陈老师独立思考的训练明显不足,证据是,他说发表的那篇评论文章,是用别人批判他的观点去批判方之小说《在大学里》。

我对陈老师的两个判断或猜想是否正确?我不敢断定。在陈老师此后的经历中,尤其是走上社会之后,或许能够得到更好的检验,这要走着瞧。

复旦大学八年(下)

问:毕业分配的情况如何?

答:本科毕业的时候?没什么印象了。有没有填什么志愿?不记得了。按道理,是要填的。不一定填得很具体,但总得有个方向什么的。

问:有报名去新疆的吗?

答:有分配去新疆的,但是不是有报名的这我就不知道了。即便有,也极少,是吧?

问:您当时最想做的是什么?

答:上大学的时候最想当作家,但后来连自己都没有信心了,就没有一个很明确的想法了!

问:您这个年级留校的有多少?

答:没有认真算过,可能有七八个吧。周永忠、陆士清,都是留校的。赵莱静、沈剑云也是。我不是也留校吗?开头还没有当研究生这一说呢。

问:留校在班里是最好的去向吗?

答:那倒不一定,有的人可能还不想留校呢!

问:应该是品学兼优的学生才会留校?

答:一般地说,应该是吧。

问:那时分配,会有钻营的人吗?

答:别人会不会有,我不知道。至少我没有。好像把我分到别的什么地方,只要不是太偏远的,我也不会去计较。我是属于服从分配的一类人。事前是不是找我谈过话了?不记得了。当然,留校我还是很高兴的。就让我到了现代文学教研室。那个时候,是谁当现代文学教研室主任?刘国楼?不记得了。那时潘旭澜还是讲师,他在系里上现代文学课,我给他当助手。我还当了入校新生——1960级——的辅导员,但没有讲课。

问:辅导员都做些什么工作呢?

答:当时每个年级都有辅导员。主要任务是当任课老师的助手,做教学上的一些事务性的工作;另外就是跟学生打交道,掌握学生在学习上的一些情况,征求他们对讲课的意见和要求,再去跟任课老师沟通。

问:这跟班主任的工作有什么区别呢?

答:那还是不一样的。辅导员的工作更偏向业务,基本不过问其他方面,当然这也不是绝对的。

答:您多久跟学生见一次面呢?

问:经常性的。像潘老师给学生上课时,我都要去听课。一般来说,潘老师的每次课我都应该在。有时候可能没去,但不多。试想,你如果不去听课,怎么知道他讲了些什么,如何去跟学生沟通呢?

问:您只跟潘老师这一门课,还是跟所有课?

答:嗯,恐怕还是全面的吧。一个年级只有一个辅导员嘛。

问:潘老师是个什么样的人?

答:潘旭澜是福建南安人。他自己也是从复旦大学毕业留校的。因为他业务比较好,系里对他就比较器重,在担任助教时就开始讲课了。我印象中他升职比较快,我在复旦读研的那几年他好像还是讲师,后来不久就升到副教授、教授了。他也就比我大个三四岁的样子,高个三四届,现在要活着也就是80岁左右。他去世得早了点。我跟他私人交往并不多,在七八十年代的时候还有些联系,他家里我也去过。他说话福建口音很重,一听便能听出是福建人。他读书很多,知识面比较宽,从听他讲课就可以感觉出来,这点跟鲍正鹄有点相近。不同之处是他上课时从不海阔天空、东拉西扯的,而是注重课本身。因为给本科生授课和给研究生授课是不一样的。同学对他的课还是比较满意的。他讲课不算很生动,但也会有一些小插曲,讲一些细节,这说明他对文学史,对作家比较熟悉。比如说,讲到柔石和殷夫的死,他就从鲁迅的相关文章谈起。后来呢,他当然就成了复旦中文系的教师骨干了。他最高职务好像也就是教研室主任?他这个人不太看重当官这类事,好像也不是党员。但在业务上,学校还是很器重他的,一直把他当做业务骨干对待,后来就成了著名教授,博士生导师,现代文学界里的人都知道他。我调到北京后,回过复旦几次,每次都会去看他,我记得有一次还是他请我去的。我现在还保留着他写给我的两三封信。他的情况基本就是这样。他的研究是以中国现代文学为主,也写点关于当代文学的东西,出版过几种书。有一本写太平天国的专著[1],不少意见跟别人都不太一样,对太平天国有一些颠覆性的批评意见。

问:您还记得现代文学教研室有哪些老师?

答:还有当过现代文学教研室主任的刘国樑,是潘老师的前任,比潘老师要大一些。我当本科生时,刘国樑就给我们讲课,资格比潘旭澜老,"大跃进"编教材的时候,好像也参与或辅导过我们。但我跟他不是接触很多,也没有什么交往。

问:请谈谈您上副博士研究生的相关情况?

答:这个事情比较突然,当时我也没有思想准备。具体情节记不清了。不记得当时是谁找我谈话的。应该是个系领导吧,但不会是系主任。大概的意思是征求我的意见,说现在有这么个机会,教育部在复旦大学和北京大学两个学校,试行招收副博士研究生。此前没有这一说法,当时我也不知道副博士就相当于硕士,就觉得是比较高的学衔。因为当时苏联没有硕士这一学衔,只有副博士,我们就学苏联的,就这么回事。找我谈话的人告诉我,系里研究,让你去报考,问我的意见。我当时既没有思想准备,事前也没有人向我透露过这个信息。我就问他,都有谁报考?他说,我们正在你们那一届本科生留校的几个人中征求意见。我就问要不要考试?他回答说要考。问他需要几年?他说三年。我虽然感到有点突然,但还是挺兴奋的。时间可能是1960年10月间。我当助教才两三个月,就碰到了这档事。后来大概填过一张表,表交上去不长时间,就参加考试了。考试的具体内容也忘了,记得是不考政治等科目,就考专业科目。后来才知道,跟我一起毕业的还有两个人报考,一个是赵莱静,一个是沈剑云,都是调干生。他们都是学校的文艺骨干。原先留在系里,具体负责学校话剧社的工作。我们的指导老师就是鲍正鹄。鲍老师挺有学问

---

[1] 指潘旭澜著《太平杂说》,天津:百花文艺出版社,2000年。

的,虽然讲课东一榔头西一拳头的,比较散,但还是比较吸引人的。后来我才知道鲍老师这一届招的所谓副博士研究生一共六个,本校三个,外校三个。

问:复旦大学中文系当时有多少老师带研究生?

答:这个我就不太清楚了,肯定不止鲍正鹄一人,当然也不会很多。因为带研究生还得有一定的资历。鲍那时从苏联或是埃及回来不久,学校很重用他,后来还担任过教务部副主任、主任。他挺忙的,实际上带不了六个人,所以他强调以自学为主,不要求研究生拼命去写文章,只要求一个学年写一篇,毕业时再写一篇毕业论文。他自己就很少写文章,也看不起那些人云亦云的文章,强调研究生要打好基础,多读书,不是一般地读,要细读,特别是要掌握资料,尤其是原始资料。比如现代文学这一块,不仅要读作家作品,还要读那个年代的报刊。我过去从来没有翻阅过现代文学史上的报刊资料,也就是从那时起才开始接触。他强调打基础。他举过一个例子,他说你要盖高楼的话——当年复旦最高的楼也就是五层楼——基础一定要打好,基础打好了,楼房才能坚固。

问:鲁迅的书,单行本您有很多,为什么还要攒钱去买《鲁迅全集》呢?

答:很多年了,总觉得鲁迅是中国现代文学第一号人物嘛。我要搞中国现代文学,当然首先就得熟悉鲁迅。而且也是受到导师的影响,我的导师鲍正鹄对鲁迅也是很崇拜的,他自己就是那种很尖刻的人,他看人也是看到你骨子里去的,是他提出要通读鲁迅的。

问:是因为鲍老师要求通读鲁迅?

答:对。要不然我怎么那么热衷于买《鲁迅全集》?第一、二本《鲁迅全集》是在上海福州路旧书店买的。那个时候,不能说经常,但跑外滩的次数总要多一点。从复旦江湾到外滩不算近,但可以坐有轨电车,还是比较方便的。除了在外滩看看风景,散散心,最主要的就是跑旧书店。旧书店大都在福州路,到了外滩,离福州路就不远了,它跟南京路是连在一起的。

问:旧书店价格一般都打折?

答:一般八折,八九折吧。还是挺新的呢,不知道为什么,可能是有点缺点什么的。

问：《鲁迅全集》一、二卷是什么时候买的？几折？

答：一、二卷是一起买的。一次就买了两本。那书我现在还保存着。好像是八折。我觉得挺新的，跟新书没有什么区别。当时没有什么犹豫就买了，多少钱不记得了，书上有定价，精装本，有书套的那种，是人民文学出版社的版本。

问：后面的那些卷呢？

答：后面的，有的也是从旧书店里买的，其中有三本是托人从湖南买的。是湖南籍的一个研究生同学，叫庾文云，他探家时在长沙旧书店替我买的。这位同学90年代就去世了，我还写过一篇《托友寻书记》的散文，发表在当年的《文汇读书周报》上，纪念这位过早去世的友人。

问：您收集的是鲁迅创作文集，是十卷本，不是翻译文集，是吧？

答：是创作文集，不是译文集，译文集是另外一个系列。

问：您读过他的译文集吗？

答：没有。只是翻过，没有读过。

问：您买齐《鲁迅全集》，用了多长时间？

答：没有多少年，研究生期间吧，绝大部分是在一两年内就买齐的。个别的，如第九卷，包括《两地书》和《书信》，要稍晚一点。

问：通读了？

答：《鲁迅全集》十卷本，算是通读的吧，当然，有的读得很粗。

问：请您总结一下读鲁迅的经历和经验？

答：通读《鲁迅全集》，应该是受到我导师的启发，导师对研究生有这样的要求，也是我从小崇拜鲁迅的必然结果。尽管到现在译文集还没有读过，只能说是翻过，但十卷本《鲁迅全集》算是基本上读过了。虽然不一定记得住，但大体的篇目大概还能记得起来。现在看来，不能说鲁迅的每一篇文章、每一句话都是正确的，应该说他的基本观点、基本思想还是符合中国历史和中国发展实际的。尽管鲁迅并不是一个圣人，有他的问题，有他的缺陷，比如他对人过于尖刻，但总的来说鲁迅对中国、中国人的本性，甚至对中国的发展，都有深刻的、独到的见解。应该说，鲁迅永远都是值得我们学习的。

问：除了淘鲁迅的书，您的淘书史还有哪些故事？

答：我只是一个书籍爱好者，淘书史什么的，还够不上。

问：您说您经常去旧书店呀？

答：那是学生，本科也好、研究生也好，没有什么业余爱好。像我这种人，好像除了读书写字以外，就没有什么别的嗜好。后来我演话剧，也只是客串，也不是什么爱好。跑书店，这是很普通的事。

问：量化一下，一个学期大概去多少次书店？

答：一个月去一次？但并不是每次都买书，有时就是逛逛。离复旦大学比较近的那个江湾五角场也有书店，有新书，也有旧书，但旧书很少，有时我也去那儿看看。

问：平均一个学期能买多少书？

答：买不了多少。一个学期买个10来本、20来本，了不起了。

问：除了去找鲁迅的书，还有哪些书您愿意收藏？

答：《唐诗选》《唐诗三百首》等，都是名著。包括苏联的，高尔基、马雅可夫斯基、普希金等。

问：什么情况下买新书，什么样情况下宁可等旧书？

答：迫切需要这本书，如没有旧书，新书也买。不是迫切的书，就等一等，至少会便宜一点。有的七八折，都还是很新的。

问：除去要读《鲁迅全集》、作家作品和旧报刊，还要求你们读什么书？

答：好像没有其他了。对了，可能除了现代文学外，还要我们读一些近代文学的东西。因为现代文学是从近代文学延伸过来的，鲍正鹄本人就是一个近代文学专家，对这段历史他比较熟悉，出版过一本书叫《鸦片战争》①。

问：您的导师鲍正鹄先生是个什么样的人呢？

答：鲍老师有一种"名士风度"。他中等偏上的身材，那时刚从苏联或者埃及回来，一身西装革履，戴一种当时很少见的无檐帽——法式"贝

---

① 口述人：《鸦片战争》，鲍正鹄著，1954年新知识出版社出版。这是鲍先生生前公开出版的唯一的一本著作，因此被称为"述而不作"一派学者。

雷帽",我们也叫它"博士帽",很精神,自然也就很引人注目。因为他不提倡研究生去写那些人云亦云的文章,所以那时我也不敢多写文章,偶尔有一两篇,还生怕让他知道。我对鲍老师最大的印象就是讲课,引经据典,天马行空,确实很有学问,记忆力极好。他不像潘旭澜那样,一段一段、一个一个作家地讲。他就讲专题课,一个专题一个专题地讲。我原来都做了笔记的,当年还有过要把他的讲义整理出来的念头。但现在都找不到了。他讲课时,不光有我们六个人听,还有旁听的。是在一个小教室讲,他站在台上,有时还在黑板上写一写。听他讲课是一种享受,因为他的知识面确实开阔。比如说讲着讲着,突然就讲到了他在埃及的一些见闻,金字塔什么的,说你们就应该到这样的地方去看看,这才是历史。就这样吊起了大家的胃口。

问:他去埃及是做什么?

答:去开罗大学讲授中国文学什么的。还有苏联的列宁格勒、莫斯科,他都去过,还去过德国。他也懂外语,大概是英语吧。他当年给我们上课时也就四十三四岁?去世有九年了,2004年去世的。

问:请谈谈你的几位研究生同门的情况?

答:我们那届现代文学专业研究生一共六个,我印象中沈剑云没有毕业,就离开复旦到广州工作了。赵莱静我印象中也没有读完,就去了上海话剧团当编剧。他俩原先都是复旦话剧社的,算是本校内招的。这两个是男士。另外三个是从外校招来的。其中一个女生叫汪时进,河南开封师范学院毕业,她丈夫当年是海军现役军官,校级,驻地就在上海,后来她丈夫调到了北京,她毕业后也就到了北京,在一个教育类的出版社工作。还有两个男生,一个叫庾文云,是从湖南邵阳师专考来的;另外一个叫刘文田,是河南开封师范学院毕业的。这两个人毕业后都回到了原单位。这两位都是很朴实的人,有点自卑,这可能跟他们是从农村出来的有关。鲍老师在我毕业后不久,就跟金冲及前后脚调到了北京。六个研究生中只有我一个是做学术的,但他对我也并不满意。大概是觉得我没什么学问,做的又是追踪式的评论和研究,学术含量不高。

鲍先生调到北京以后,先是在教育部文科教材办公室当副主任,"文革"中自然免不了挨了批斗,后来就下放到教育部的"干校"。"文革"之后他先是在北京图书馆(即现在的国家图书馆)当副馆长,后来就调到了中国社科院当科研局副局长和局长。这以后,我跟他见面的机会就多了一些。有一次,研究生时期的老同学刘文田出差到北京,我还张罗着大家一起聚会见面。那时候他已经退休,住在紫竹院附近的一套小三居公寓,有一个小厅,我们就在这个小厅里喝茶、聊天。他跟过去一样,话挺多的,而且无所顾忌,牢骚满腹。听得出来,他对我们也是不太满意的,包括对我。说话不留情面,这是鲍老师的一贯作风,对我们这些学生也是如此。因此,可能得罪过不少人,也影响了他的升迁。但正如我的福建同乡、老同学林东海所说,他是"冷眼热肠"的人,尤其对我们这些学生。说到这,我还是应该深深地感谢鲍老师,他在学业上对我的指点,够我受用一辈子。

在鲍老师的客厅里,挂有一副行草对联:"斯是陋室,臣本布衣",就是那个林东海奉他之命裱写的。对联是鲍老师自选的,上联取自刘禹锡的《陋室铭》,下联出自诸葛亮的《出师表》。"陋室"指的是他狭小的居所,"布衣"说的是他本来就是一介平民百姓。这副对联也是对他晚年的一种写照:他虽"官"至司局级,却仍居陋室,而其心则紧系于平民百姓![①]

问:那时研究生的生活待遇怎么样?

答:我记得大学毕业后工资是 62.50 元,这是在上海,在北京大概是 56 元,因为北京物价比上海低。上研究生时继续保持毕业后的教师待遇。我是拿着工资当研究生的。我大学毕业后的第一个月工资拿到 62.50 元,就寄回老家 30 元,以后每个月都寄。那时生活水平低,我每个月寄家后余下的钱,除去伙食费和零花钱,还能存起来 10 多元的样子。

问:研究生开设哪些课?

答:有外语,我是继续学俄语。还有马列主义课,就上了一学年。外语也是,也就上了一学年,照样考试。其他科目就都算专业课了,比如说中国文学史,没有专门给我们上,就跟本科生上。每门课都要考试。专业课主要是鲍老师上,有一些专题刘国楹老师也讲过。潘老师是否讲过,记

---

① 口述人:关于鲍正鹄,我于 2013 年写过一篇文章:《我的导师鲍正鹄》,发表于《中国社会科学报》,2013 年 7 月 31 日。

不得了。

问：外语是学俄语吗？那时提倡与苏联交笔友吗？

答：好像可以选择，但我还是学俄语。没有交过苏联笔友，可能其他人有？这我就不清楚了。

问：您提到在研究生期间写过一些文章，还记得是哪些文章吗？

答：我还真没有写过什么正经的论文，写过两三篇"报屁股"式的文章。一两千字的，什么题目我一时也说不清。也没有留存下来。

问：你的研究生毕业论文是选择近代戏剧史的一个题目？

答：这就跟鲍老师有关了。他对近代文学这一块比较熟悉，讲过近代文学专题课，也写过近代史方面的一本专著。我后来查资料，发现他挂的不少头衔都与近代文学有关，还是一些相关丛书的主编。他在给我们讲课，讲到文明戏，也就是早期话剧时，就认为这一段历史很值得注意，是中国话剧的萌芽阶段，可惜现在中国话剧界没有人重视它，搞话剧的人连自己的祖宗也不认识了，连一本中国话剧史都没有，大学也没有相关的教材，应该有人去做这样的事。他认为现在应该重视它，要有人从源头开始去做这件事。我就是受到他这个思想的启发，要不然我也不会无缘无故的去做这件事。当时上海还有活着的文明戏演员，这也都是鲍告诉我的，说现在上海有张三、李四等等，这些人都还活着，都是活材料，要赶快抢救。受他启发，我当时还访问过几位文明戏艺人，做了一些笔记。那时正是三年困难时期，复旦大学图书馆资料不够用，我还跑到上海图书馆、上海戏剧学院资料室去查资料。我记得上海戏剧学院的史料也不全，有的就是一些教授的讲义和提纲，是油印的，用蜡纸刻写，纸张都泛黄了，都有了毛边。那时我在上海也看了一些话剧。我就想从头开始搞，一段一段地往下搞，将来写一部中国话剧史之类的书，填补这样的空白。就是有这个想法，真是不知天高地厚！我的毕业论文题目《中国早期话剧的历史评价》，就是这么定下来的。

问：论文做起来顺利吗？

答：题目是鲍同意的。后来我就自己去收集资料。他没有提供什么具体资料，只是说了谁谁可以去访问这样一些意见。后来的过程不是太顺。我把提纲给他看过，他没有提太多意见。初稿没有给他看，因为他的意思是完稿后再交给他。这篇论文主要是收集材料很费劲,一是要到上海图书馆、上海戏剧学院查资料,二就是要找一些文明戏艺人采访。我都是当日来回,公共汽车太慢了,我都是坐有轨电车。上海在这方面是比北京超前一些。一般都是早晨去晚上回来。晚饭有时让同学先买好,有时就在外面吃点阳春面之类。还有几次就在上海戏剧学院的食堂吃的饭。

问:去采访、查资料,需要介绍信吗?

答:系里开了介绍信,不然人家不接待的;而且只能在那儿看,没有把资料借回来过。实际上公开出版物很少,就是一些讲义之类。我最近又把论文翻了一下,引文是有,还不少,公开出版物就注明出处,非公开出版物包括讲义等,就转换成自己的语言。

[拿出毕业论文刻印本和研究生毕业文凭以及发表论文的出版物]我1963年11月研究生毕业,毕业文凭上这样写着。论文写成和论文答辩应该是在11月之前就完成了。后来我想拿出去发表,在北京又修改了一遍,这就到了1979年。正式发表是在1980年。①

问:这个毕业论文为什么当年没有发表?

答:我这里写着"1963年12月初稿于上海",就说明这是在答辩后经过修改的稿子,就是想拿出去发表用的。但最终究竟是不是拿出去了,具体过程我已记不清了,反正当时是没有发表。到了70年代末,"四人帮"倒台后,我就跟上海文艺出版社的余仁凯、周天这些曾经合作过的老编辑联系,他们就给发表了,有2.3万字的样子。你看这个《文艺论丛》,当年影响还是很大的,第一次就印了1.4万册,这在现在是根本不可能的,现在能够印到2000册就算不错了。

问:研究生为什么不是1963年7月毕业?

答:我本来入学就晚。我大学毕业留校任教,几个月后才上的研究生嘛,要满三年,入学是11月,毕业当然也应当是11月。

问:你拿到毕业证书,但却没有副博士学位,是什么原因?

答:大概是因为中苏关系恶化的缘故吧,受这个影响,不过那时候也

---

① 《中国早期话剧的历史评价》一文,1980年发表于上海文艺出版社编辑出版的《文艺论丛》第11辑。

没有人去计较这件事。没有拿到学位证书,不是我一个人的事,所有人都这样。

问:研究生毕业,您是怎么被分配到北京的?

答:我也感觉到事情有点突然。我本以为会留校,我本科毕业时就留校,研究生毕业了当然也应该是留校。我自己并没有要求到北京去,我在考大学的时候,就没有把北京大学放在第一志愿。那时候就觉得北京大学跟复旦大学差不多,复旦已经够有名的了。事先我对中国科学院文学研究所也不太了解,只知道中国科学院是个很高级的科研机构,还听说科学院来招人了,来招人的这个人我也没有见过。后来才知道来人叫邓绍基①,是系领导告诉我的。他们跟我谈话,问我对分配有什么想法,我说没有什么具体想法,就是服从组织分配吧。这是真心话,那个年代的人很少有不服从分配的。他问我愿不愿意去北京,我虽然感觉有点突然,但还是表示愿意去。然后他就跟我说,北京来人了,他们来挑选人;我们商量决定,让你过去,到中国科学院文学研究所去。事情就是这么定下来的。后来我才知道,来人叫邓绍基,也是复旦大学中文系毕业的,他1955年毕业,正好是我到复旦的那一年。邓绍基在世时,我始终没有问过他,为什么挑上了我。当时在复旦的研究生中只挑了两个人,一个是我,一个是许德政,别名沙予,搞古代文学的,蒋天枢先生的门生。沙予也是福州人,你说巧不巧?

问:在复旦求学八年,您回福州老家几次?

答:本科五年回福州老家两次。研究生三年回过一次。八年一共三次。研究生毕业时没有回去。上大学时,我已经能感觉到父母的苍老,我父亲那时头发已经全白了,精神也不太好。每次回去,我都会回母校福州二中去看看,看看认识的老师们,后来老师不在了,也没什么熟人了,我也会到学校去看看、走走。

问:您1963年底毕业,1964年3月启程去北京,中间三个月如何度过?

---

① 口述人:邓绍基(1933—2013),江苏常熟人,中国社科院文学研究所研究员,中国社科院荣誉学部委员,中国古代文学、古代戏曲研究家,有《古代戏曲评论集》《邓绍基论文集》等多种论著问世。在他逝世一周年的时候,我写过一篇《追怀邓绍基先生》的文章,待发。

答：掐头去尾，实际上这段时间不到三个月。这段记忆有些断层了，不记得什么了。很奇怪的是，我这八年也都没有什么关于春节的记忆。

采编人杂记：

关于"钱学森之问"

陈老师的口述历史，与"钱学森之问"有什么关系？我认为有。谈论大学生活和大学教育的话题，难免要涉及这个重大问题：即中国为什么没有产生世界第一流的科学人才？这与陈老师天资聪颖，为何未尽其才，是同一个问题。

假如把第一流科学人才界定为"开创科学新专业、拓展科学新领域、提供科学新思想的人"，这样的人，我们确实少有。为什么呢？

有没有人能开创科学新专业，取决于有没有人或有多少人能够在科学上进行创造性的专业思考。有多少人能在科学上进行创造性思考，取决于有多少人能够进行科学专业性独立思考。有多少人能作专业性独立思考，取决于有多少人能够进行独立思考。有多少人能够进行独立思考，不仅取决于我们的教育普及程度，更取决于我们的教育是怎样的教育——我们是如何教导或面对学生思考的。

读经传统、应试教育、标准答案、权威崇拜等等，共同性是不会鼓励独立思考，更不能培养独立思考的能力和习惯。中国并不缺乏博学的人，缺少的是能够独立深思的人。缺少独立思考的人口基数、文化风尚和社会环境，如何会有鼓励和训练专业性独立思考的大学教育？大学培养目标，不应只是具有专业知识的人，而应当是具有专业科学性的独立思考者。若训练方法压抑了独立思考习惯和能力，而没有独立思考能力就不能真正消化自己的专业知识，很少有人能够冲破专业密封舱，从专业性独立思考上升到创造性的专业思考，也就毫不奇怪。

谁也不知道天才的配方。老子和孔子，牛顿和爱因斯坦，莎士比亚和曹雪芹这些人类天才，恐怕也不知道自己成为天才的真正奥秘。英国思想家约翰·斯图亚特·密尔（穆勒）曾思考过这个问题，他说过，一，"天才是而且很可能总是少数;但是为了拥有他们,维护他们成长其中的土壤却是必不可少的。天才只有在自由的空气里才能自由地呼吸。所谓天才,按照字面含义,就是比任何其他人更为独特的人,因而,他们也就比任何其他人更不能让自己适合于……任何社会为了省去其成员形成其自身性格的麻烦而提供的少数的模子"。二,"当个性的力量充足的时候,在个性的力量充足的地方,特立独行也便总是充足的;并且,一个社会中特立独行的数量一般是与那个社会含有的天才、精神魄力和道德勇气的数量成正比的"。三,"这个时代的这些趋势使得公众们比在以前多数时期更加倾向于规定出一般的行为规则,并且力图使每个人遵守被公认的标准。而这个标准,不论明示还是默示,都意味着对任何事物不存在有强烈的渴求。它的理想性格是没有任何显著性的性格,是通过压制,祛除人性中任何显著突出的部分,是趋向于将性格上有着异征的人都改造成碌碌之辈"。① 天才和碌碌之辈有什么区别?另一位英国思想家伯兰特·罗素给出的答案是"活力、勇气、敏感和智慧"②。

我认为,陈老师并不缺少敏感和智慧,只是缺少特立独行的活力或勇气——并不是他生来就缺少这两样(不要忘了他13岁曾去参军),而是社会压力及其统一模具把他形塑成后来的样子。这一点,后面还有大量例证。

---

① [英]约翰·斯图亚特·密尔:《论自由》,第98—99、102—103、106页,于庆生译,北京,中国法制出版社,2009年。
② [英]伯兰特·罗素:《教育与美好生活》,华东师范大学教育系、杭州大学教育系编译:《现代西方资产阶级教育思想流派论著选》,第106页,北京:人民教育出版社,1980年。

进文学所,去搞"四清"

问:1964年3月从上海到北京,一路行程如何?

答:1955年我第一次出远门,终点就在上海,没有去过更远的地方。在复旦的八年,我也没有出去旅游过。要么是回家,要么就在上海待着,最多在上海的周边地区走一走,看一看,但也很少。这次从上海到北京是我八年后的第一次远行,印象中,走的时间比较长。在南京市内停了一天,我有几个中学同学在南京工作,一个女的叫郑炳钦,在南京林业学院(现在叫林业大学),陪我去了玄武湖逛了逛。还有一个叫江山,南京航空学院的,是留苏回来的。我印象比较深的就这两位。在南京住了一个晚上,就到江宁去了,在我哥哥那儿住了两个晚上。

问:您这次跟哥哥见面,隔了多少年?

答:那好多年了,恐怕有十来年了。我哥哥到了上海以后,就很少回家。他跟我二姐夫,有连带关系,是一个系统的,就是没有参加军统而已。他能到上海去,就是通过我二姐夫这条线。大概1951年前后就出事了,他是国民党党员。我跟哥哥联络不是很多,那时没有电话,但写信还是有的。我提前给他写信,事先告诉他我要去江宁。他就告诉我怎么去。他没有到南京来,在江宁汽车站接的我。细节我忘了。他所在的砖瓦厂离县城不远。我是傍晚到他那儿的,大概住了两个晚上。他当时在食堂当厨师。他的同事都叫他"我们的大厨师"。我都没有想到他会当厨师。他的同事对我哥哥评价都很高,说他是个能人,有文化,写得一手好字,做菜也做得好。他没有当班长。他对我说:我很惭愧,我是长兄,应该在父母身边侍候,但我是不孝之子,这么多年一直在外漂流,你到北京就更远了,父母这么老了,身边也没有人照顾,等等。那个时候的人都讲当儿女的,应当给父母养老送终。我哥哥在这方面特别有责任感。他说得很伤感,都流泪了。那时,我嫂子和侄儿都已经从上海迁到福州了。

问:你哥哥有几个孩子?都在福州吗?

答:两个。都在福州,当年都跟爷爷奶奶在一块。

问:隔了这么多年再见面,他能否立刻认出您?您当时有日记吗?

答:他比我大十岁①,那时还不到四十。日记是没有的。我现在能找到的都是1965年以后的日记了,而且还是断断续续的,不完整。

问:这次兄弟见面,有哪些难忘的细节,包括吃、住、谈的情况?

答:吃饭就在食堂吃,食堂就在跟前嘛。没有喝酒的记忆,我从小就不喝酒抽烟。福建人喜欢喝黄酒,但我也不爱喝。所以那时候兄弟二人没有"对酌"什么的,我记得就是很平常的。但我哥哥很高兴,他跟同事介绍我的时候都有点自豪,喜形于色的。我哥哥长得比我好看,块头比我大,身材适中,像我母亲,我母亲眼睛就很大,他眼睛也大,而且很有神。我更像我父亲。关于住的情况,我记得是一个大间,有几个人住,是双层床,上面放东西,下面住人。里面有一张空床,我就睡这张空床。

问:兄弟俩聊天的话题多吗?会有年龄的隔阂吗?

答:倒没有什么隔阂。我们的话题主要是叙旧,讲家里的情况等。我父亲比较完整的经历,我主要就是从哥哥那儿听到的。他告诉我,父亲在国民党蔡廷锴部队做到少校,是个军需官。他也谈到他自己的一些情况,他说当时为了生活,在福州教小学时感到没有什么前途,养不了家,后来有了机会就追随姐夫到上海,参加了国民党,后来姐夫出事了,就受到牵连了。我当时思想也是很正统的,要他老老实实地把这段历史向组织交代清楚。我在跟他通信中就曾这样说过。这是我当时真实的思想和态度。他说这个我知道,我并没有隐瞒,一切都讲清楚了,我就留厂工作。他说他身体不是太好,有胃病。我问他有什么打算,他说过几年就打算转到老家,因为我嫂子也在福州,他不能老待在外面。大概就是这么个意思。我说回家好,这样就能跟父母在一起,能照顾他们,他们年纪也这么

---

① 口述人:经查,我哥哥陈骏波的生日是夏历十二月十五日,换算成阳历应该是1927年1月,因此实际上比我大九岁多一点。

大了。他说你去北京这么远,也不知以后能否再见面,我说肯定能见面。后来,"文化大革命"大串联的时候,他还真到了北京,我们有幸还见了一面。

问:您哥哥住的房间是怎样的?有什么摆设?

答:谈不上什么摆设,但比较大。跟学生宿舍不一样,不像是一个专用宿舍,好像是仓库什么的改建的,离厨房比较近。条件当然是不好的。

问:您哥哥当时的月收入是多少?当时已经拿月工资了吧?

问:应该是有工资了。月收入我没有问。反正不会高,老家也能收到他寄的钱,但很有限。也就是过年过节寄一点。后来我嫂子和孩子回到福州,应该能寄得多点。但他的收入有限,这是明摆着的。我写过一篇关于我哥哥的文章①,不到两千字,你问的这些细节在这篇文章中都没有写到。我原来以为他得的是肠癌,其实是胃癌,后来转移到肝部。在这篇文章里有这样一段话,他说:"为人一世,可以忘记许多东西,唯独不能忘掉父母的养育之恩。"这说明他的亲情观念很强,所以他能在自己临终之前写出这样的诗句:"为子为孙六十载,刻骨铭心永难忘。儿今幸随慈母去,九泉之下尽孝常。"我母亲是1980年去世,他1981年去世,我父亲1982年去世,连着三年故去了三位亲人。

问:你们相差十岁,但他属于民国,您属于新中国。两人的文化品质有差别。

答:其实重新评估的话,民国时期还是有一些优秀的东西的。他们继承了很多我们老祖宗的好传统。跟新中国的人比起来,那也是一种活法,更人性一些。那时候的人,都讲亲情,把亲人摆在第一位,不像现在的人把自己摆在第一位,突出自我。你们这一代人亲情观也不是很强。我前不久看过一些关于周有光的东西,一百多岁了,贯穿了三个时代——晚清、民国和新中国,别人问他对三个时代的感受,哪个时代最好,他回答说是民国最好。我觉得这说法挺有趣的。

问:从上海到北京需要多少时间?有哪些难忘的经历?

---

① 指2000年7月18日写的《亲情》一文,见《这一片人文风景》。口述人按:此文首发于天津《今晚报》,2000年9月17日。

答：多长时间我说不清楚了，那个时候的火车比现在慢多了，而且我坐的也不是卧铺，是硬座，从上海到南京比较快，也就几个钟头吧。从南京出发后，我在济南就下车了。是去玩。因为我没有到过山东。就是一个人去的，停了一天而已。选择济南，是因为毕竟它是山东首府，也是必经之地。也就是简单转了一下，没有太深的印象，就是看了一下大明湖。后来到天津又停了一下，当时主要是看天津的租界区，它跟上海的租界区不一样，比较集中，就在一个小山上。我在天津没有什么熟人，只有天津师范学院的一个同学辛宪锡，大概也就是见了一见，没有什么记忆了。

问：行李应该是都得随身携带吧？

答：那是当然的。有一个木箱子，好像还是当年从福建老家带的那个箱子，挺结实的，到北京后才淘汰的。主要行李就是一些书和衣物，在上海已经淘汰过一些。行李不是很多，大概两三件？都托运了。随身就一个包。好像没有人跟我同行。

问：从上海到北京路上一共走了几天？

答：大概是五六天吧，应该不到一个星期。是在北京火车站下的车。下火车的第一个印象，就是北京火车站很大，很气派，有一种新鲜感。还有一个印象就是风沙，那时节正值北京的春天，那天正在刮风，我好像从来没有见过这样的风沙。北京火车站离我要去的文学研究所所在地很近，当时还不叫社科院，叫学部①。由于没有任何交通工具，只能走过去。倒是有人来接，许志英、蒋守谦、徐迺翔几个老同学好像都来了。可能是我给他们拍了电报。看他们来接我了，感到很亲切、很高兴。每个人帮我提了一件行李，走了十来分钟，就到了学部，过去是海军大院，曾是海军司令部的所在地。

我记得到学部报到时，接待的人很热情。当时所长办公室秘书是一个胖胖的女同志，叫康金镛，她丈夫在中央党校，她后来也调回党校去了。当时跟我前后脚来报到的还有其他人。先让我在接待室坐了一会儿，后来就带我去集体宿舍。文学所的办公楼是六号楼，七号楼的大部分也办公，我们的宿舍在八号楼，都是挨着的。六号楼实际上是两层，因为加出一个顶层，所以有说三层的，七、八号楼都是两层，我们宿舍在八号楼一

---

① "学部"，是当年"中国科学院哲学社会科学部"的简称，即后来的中国社会科学院。

层。室友一开始是林非①,他比我早来几年,我们一起住了有一段时间。我觉得挺新鲜的。房子不大,应该也就十二平米左右。它的格局就是宿舍,我的印象跟大学宿舍差不多,里面摆了三张床,但始终只住两个人。

当时文学所的人员大概有百数十人的样子。包括中国文学和外国文学两个部分,当时还没有分家。也就是在我报到那年的下半年才分家的。所长办公室、图书馆等机构都在六号楼。我们现代文学组在七号楼。后来从"干校"回来后,七号楼辟出一部分做了宿舍——那时钱锺书等人没有地方住,有一段时间就住在七号楼。包括许德政即沙予两口子也曾在七号楼住过。七号楼开始是办公的地方,后来就成了办公、住家两用的了。

问:那时现代文学组有哪些人?

答:人不多,也就七八个吧。除了唐弢外,有樊骏②,有吴子敏,都是北大毕业的,比较早;有马良春③,90年代一度当过所长;有卓如④,是个女士,福建人,北大毕业的,跟邓绍基两个人当时是文学所的青年才俊,是所里很看重的人才,后来调到民间文学研究组去了。还有徐洒翔、许志英。樊骏是1953年文学所一成立就来的。当时文学所主要是两拨人,一是北大,二是复旦。但并没有派系之分。后来"文革"时也没有以地区或学校划分派系,而是根据观点分派系。还有个董易,他原先在团中央工作,是中国青年出版社副总编辑。在"反右"时,大概由于他有一些"右派"言论,受到了批判,据他夫人讲,由于胡耀邦的保护,才没有被划成"右派"。我写过一篇他的文章,也看过他的一部书稿⑤。我到文学所一

---

① 口述人:林非,本名濮良沛,毕业于复旦大学,中国社会科学院文学研究所研究员,著名学者,有多种论著和编著出版。
② 口述人:樊骏(1930—2011),中国社会科学院文学研究所研究员,中国社会科学院荣誉学部委员,著名学者,有多种论著和编著出版。我写过《一位纯粹、清正、孤直的学者——怀念樊骏先生》一文,刊发于《中国社会科学报》,1913年3月8日。
③ 口述人:马良春(1936—1991),中国社会科学院文学研究所研究员,一度曾出任文学研究所所长(1991年3月),不幸英年早逝。
④ 口述人:卓如,1934年生,女,福建福州人,中国社会科学院文学研究所研究员,冰心研究会荣誉会长,有《冰心传》《何其芳传》等多种著作出版。
⑤ 口述人:董易(1919—2003),曾任中国青年出版社副总编辑,1964年调入文学研究所,任文学所现代文学组负责人。逝世后出版了以西南联大为题材的长篇小说《流星群》第一、二部《青春的脚步》《走彝方》,颇受关注。我写过他的文章有《纪念董易》《董易:朴实谦和、厚积薄发的书香后裔》,都已发表。

两年后他才来的。原来的组长是唐弢,唐当时已经很有名望,但他一方面身体不太好,手头上还有一大摊事,还要写一部超越别人的《鲁迅传》。董易来了以后就当了副组长,实际上是协助唐弢主持现代文学组的工作。

董易来之前,是樊骏担任唐弢的助手,我来现代文学组报到的时候,唐弢还告诉过我,说以后有什么事可以多找樊骏。但是樊骏,用过去的话说,是"只专不红"的人,特别是在"反右"的时候,几乎也要被划成"右派"了。当年文学所被划成"右派"的有一个陈涌——他是文学所建所不久就来的,是所领导小组成员,很受何其芳器重。"反右"时,他发表过一些言论,按何其芳的意见是不要把他划入"右派"——何对这些人都比较宽容,包括对俞平伯。据说是上面有人要把他划入"右派"的。当时樊骏跟陈涌的关系比较近,观点也比较接近,发表过支持陈涌的言论,所以樊骏差一点也被划进去了。樊骏当时还是团支部书记,后来虽然没有宣布开除他的团籍,但实际上也就相当于自动退团了。再后来樊骏的性格就发生了很大变化,变得沉默寡言、谨小慎微了,之前可不是这样的。

我到文学所的时候,何其芳和唐弢都跟我谈过话。何其芳的谈话虽然比较简单,但他的朴实亲切和平易近人,一下子就把我的紧张情绪解除了。谈话很简单,说之所以把你分到现代文学组,一是因为现代组缺人,二是因为你学的方向就是现代文学,他让我到组里以后要先做一段资料工作,从基础起步,慢慢熟悉了再进入研究工作,要我们好好跟老同志学习。何其芳谈话的那一次好像许德政即沙予也在,他是不是同时跟我们两个人谈的?记不太清楚了。这是报到后没多久的事。沙予是许德政的笔名。它与"鲨鱼"谐音,因为他喜欢游泳,喜欢运动,喜欢游山玩水,所以用了这样一个笔名。

唐弢的谈话要具体一些,他说按文学研究所的规矩,新来的大学生或研究生都要做一段资料工作,从资料起步,从基础起步。分配给我的具体工作就是收集和整理关于胡风的材料,最终目标是搞一套这样的资料汇编。

问:1964年,为什么还要弄关于胡风的资料?

答:胡风那个时候还没有平反,还在坐牢嘛。大概关于胡风的资料不完备,需要这样一本比较完备的资料。开始的时候,好像卓如也参加进来了。后来从南京大学毕业的王保生来了,就跟我一起做这个工作。樊骏挂帅,但他实际上不管事,只是我们有问题的时候去找他。卓如调走以后,实际做工作的就是我和王保生。这件事后来实际上搁浅了,不了了之,因为没多久,我们就下去搞"四清",在农村接受"再教育"去了。

问:那时有政治学习吗?是怎么个学法?烦不烦?

答:有政治学习。每个星期至少一次,也就是一个半天嘛,固定的,都是有主题的。随着政治运动,或者是传达了什么文件,就来个政治学习。有时以所为单位,传达中央或中宣部的指示精神,也会请人来讲,有时就是读读报纸。读报纸这种形式一直延续到了"四人帮"垮台。"烦不烦"?倒没觉得,至少我个人是如此。也许是习惯了,习惯成自然嘛,或者叫"集体无意识"?如果取消了政治学习,倒会觉得反常了。

问:我在1964年4月21日的社科院文学研究所"大事记"上,看到有一条:"何其芳召集青年研究人员谈如何做研究工作",你参加了吗?

答:4月21日,也就是我报到后不久,那我和许德政肯定参加的。至于具体谈了些什么,不记得了。这么多会议,怎么记得住?我只记得何其芳是跟我们谈过话,是参加的人不是太多的那一次。

问:这次谈话,还有什么印象吗?

答:没有了。我在记忆中有可能把这两次谈话重叠起来了。人多的那次,可能讲得要多一些。你说我们是什么职称?来的时候是实习研究员,还不是助理研究员,不知道为什么,跟本科毕业生好像没有区别。

问:当时研究生的工资多少?比本科毕业生多些吗?

答:那倒是有些区别。北京的大学毕业生工资是56元,研究生是62元或者62.50元,我记得就是这个数字。我本科毕业后留校就是62元或62.50元,上海的本科毕业生也是56块。

问:你1964年曾在《大公报》发表一篇谈个性解放的文章,这篇文章发表的相关情况是怎样的?写作动机、背景是什么?

答:当时北京有《大公报》,我是在北京发表的。我记得似乎跟批判《早春二月》有关系。肯定是一篇跟"风"的文章。我现在只能这样猜测,也找不到原始的报纸了。肯定是编辑来约稿的,不会是我自己投稿的。如果是上海《文汇报》《文艺月报》,倒有可能是自己投稿,我在《大公报》

没有熟人,也没有工作关系,不会自己去投稿。约稿或是座谈会发言,可能还有一篇。60年代写的文章很少,都是短文章,一两千字的。

问:1964年至1965年,这两年读了什么特殊的书吗?

答:这两年谈不上读什么书。报到后不久我就扎在资料室和图书馆里查找资料,特别是胡风的资料,读书也主要是围绕这个工作主题,业余阅读很少,基本上搁置了。那时去资料室和图书馆的时间比较多,跟那里的一个资料员就逐渐熟悉起来了,她就是你师母何立人,但那时还没有开始谈恋爱。资料室报纸杂志比较多,但不能借出,只能在那里看。不过也就是前后楼的事,几步路的距离。

问:1964年毛主席有个批示,就是对中共中央宣传部《关于全国文联和各协会整风情况的报告》作了批示,很多人把这次批示和另一次批示当做"文革"真正的起源,你对第一次批示有印象吗?

答:有这个印象。但我个人没有觉得有什么压力,因为我个人和这件事隔得很远。我当时既不是"作协"会员,也没有参加过"作协"的活动。当然也感到这是件大事,问题挺严重的,只是因为跟自己关系不大,也不知道这里面的水有多深。

问:当年所里传达这个批示,有没有开展什么运动?

答:还没有。政治学习是有的,但没有组织专门的学习班。

问:当年一旦有什么政治运动,业务活动就可以随时被打断?

答:那是毫无疑问的,政治第一嘛。什么都是政治挂帅。也没有人表示不同的意见。即使有看法,也不会公开说出来。只要有政治运动,一切都得让路。

问:让您停下业务来,下去搞"四清",你个人没有什么看法?

答:没有什么看法。解放后一个运动接着一个运动,已经司空见惯了,即使有人有看法,也不会说出来。

问:文学所有多少人去搞"四清"?具体过程还记得吗?

答:肯定是开会了,但没有公布什么名单,反正青壮年几乎是连锅端。除了身体不好的,年龄大点的,都去了。我1964年4月到的文学所,过了没多久,大概是7月嘛,就传出消息说要下去搞社会主义教育运动。实际上在这之前,文学所就已经有一批人下去过,是到山东海阳,那里有文学所的一个社会主义教育基地,一边劳动锻炼,一边帮助农村搞社会主义教育。所以一点也不感到突然。比较完整的提法应该是社会主义教育,简称"社教",这是毛主席批示过的。这次我们去的是安徽六安地区,去之前还搞了培训。后来也有把"社教"说成"四清"的,就是清理账目、清理仓库、清理财务、清理工分。但是比较完整的提法应该是社会主义教育,中央文件里就是这么说的。

文学所去的地方是六安地区的寿县,由何其芳和毛星亲自带队。我去的具体地方是寿县九里公社兴隆大队,具体负责的一个生产队叫"园北生产队"。刚下去的时候,强调"三同",就是同吃、同住、同劳动。就住老乡家,老乡腾出的房间,吃饭也在老乡家。有时候在公社开会,就在公社吃。都是很平常的饭菜,没有特地为我们做什么。同吃同住同劳动嘛。夏天有蚊帐,可是不管用,照样有蚊子。这都没什么,锻炼嘛。

开始的时候,有大队干部向我们介绍情况,说请我们来指导工作之类。我们与大小队干部相处得还是不错的,相互之间都比较客气、比较尊重。领导上强调不能用强制手段,只能宣传党的政策,耐心地做工作。何其芳、毛星本人也都不是那种喜欢训斥人的人,他们都要求我们要讲究工作方式方法。我记得在园北生产队也发现了一些问题,比如工分不清等,我都是采取先了解具体情况,然后找小队长、会计进行核实。有时候,社员有些急躁情绪,跟队长吵架,我还去劝解。我印象中没有像集训时说的问题有那么严重,什么"队伍都烂掉了"之类耸人听闻的说法,至少在我的接触中并没有遇见。最多是有些农村干部脾气比较暴躁,会骂人,有时还会动手,但没有多么严重的冲突。大队或者小队并没有"变色"的问题,至少我个人没有发现这样的问题。我纯粹是把参加"社教"当做一种锻炼,人嘛,总应该经过锻炼,尤其是像我这样从学校里出来的人,当时我就是这么想的。我并没有什么抵触情绪,只是有时候碰到一些琐碎的事,会有点烦。有时候也想到读书、工作,但又觉得这是必要的锻炼。经风雨、见世面嘛。

一年以后,说是要留下继续做"社教"的巩固工作,同时参加劳动锻炼,这倒是我先前没有想到的。但我也没有什么抵触情绪,而且很快就觉得在农村再锻炼锻炼也不错,我把它当成改造自我的一个机会。那时候都讲要听党的话,我就是这样一个听话的人,何况留下来的都是1963—1964年进研究所的研究生和大学生,年龄都差不多,带队的又是邓绍基和张炯这样两位很好相处的人。

在我的印象中,"社教"期间似乎没有什么休假的说法。除非有什么特殊的情况,如果需要的话,可以请假。平常,最多也就是利用礼拜天到寿县县城洗个澡什么的。一般情况下,很少到别的地方去。

问:1965年的春节是怎么过的?

答:1965年的春节?记不清了。只记得去搞"四清"后,就没有回来过,后来留下做巩固工作了,倒是回来过一次,但不记得是回了老家还是回北京?

问:当地干部被处分或被撤职的有多少?

答:有的。可能还不止一个。大队里就有一个会计被发现有问题,撤职了。在我们去的时候就听说了,说大队里的账目不清等等。我所在的生产队队长也做过检讨,说他脾气急躁、对社员态度不好、多吃多占之类。总的来说,基层生产队没有太大的问题。

问:给房东交多少伙食费?卫生条件上有没有不习惯的地方?

答:钱和粮票是一定要给的,但交多少记不得了。那个时候人没有那么娇气,没觉得有什么太不习惯的问题。当然,也会有不习惯的时候,比如他们的茅坑没有什么遮蔽,就是很简单地搭了个小棚子,下雨还得带把雨伞。蹲坑都是石板或木板铺的,有些木板都朽了,觉得挺危险的。一到天热,就苍蝇乱飞。但也还是照样使用,没觉得有什么大不了的。时间长了,也就习惯了。

问:继续留队之后,那一年干了些什么?

答:那一年的工作就不大一样了。我们自己有一个集中点,不完全是同吃、同住、同劳动了。我那时记得有日记,日记里是这么写的:

"6月11号,返寿之后已5天了。已经确定我们留下来,主要是参加劳动锻炼(三分之二);兼做巩固工作(三分之一)。我被留在兴隆大队,分管陡建大队,并定点在园北生产队劳动。5天中劳动了2天半,分别在小刘圩、葛楼、园北、潘庄劳动。此外,还跑了西夹道、顾寨等小队。固然我定点在园北劳动,但我却对小刘圩产生了深厚的感情。小刘圩在四清以前是落后队,四清后社员的精神面貌发生了很大的变化。小刘圩的一老(刘树轩)一少(鲍士云),给我留下的印象极深。刘树轩是'样样管',虽年老,但责任心很强,爱队如家。鲍士云极为朴实,在群众中影响甚好。"

这是一段。另一段:

"几乎到处都出现了一些须须叉叉的纠缠不清的打击报复事件。陡建队就发生了两起,今天我去了解了一下。另一个情况是少数干部不愿意再担任干部了,普遍有一种吃亏的思想和厌倦的情绪。"

还有一段:

"工作组撤离之后,产生的诸如打击报复、躺倒不干等情况,自然是不足为怪的。然而,其间有一个问题是值得引为教训的:四清中(主要是小四清中),我们的某些不正确的做法,是不是导致了眼下很多后遗症的根源?"

以上都是日记中的原话。这里讲的"后遗症",当时确实是比较普遍存在的。要追究原因,可能还是根源于当时从中央到地方的各级领导,对农村的问题估计得过于严重了,甚至上纲上线到了要"挖社会主义墙脚""变党变色"的高度,把斗争的矛头直接指向基层干部,伤害了他们的积极性。

问:关于"四清"还有别的记忆吗?

答:当时做巩固工作,一直到了年底。那是1965年年底,我的日记记的是1965年11月21日,有一个"劳动实习个人小结"。每个人当时都要做小结。这个小结要在四清工作队队会上谈,然后大家提意见。11月23日是讨论我的小结。当时有徐兆淮、许志英、杜书瀛、雷业洪、王瑛、孟繁林、邓绍基等参加。邓绍基是巩固工作队的领队,我举他的意见为例吧。他说我的"优点和缺点都很明显,优点是接受任务不讲价钱,任劳任怨,关心人,特别是在生活上能关心人,也容易跟同志们接近和熟悉。但在工作上有些自作主张,这里面有个组织观念问题,但主要的还在于要提高政策水平"。

问:"自作主张"是指什么?

答:就是替小刘圩生产队开介绍信去卖私粮,没有掌握好政策界限。还说到了我的劳动锻炼问题。当时关于我们的劳动日,都规定了要达到一定的标准。我没有达标,也就是我的劳动日不够。几乎每个人都提到我的这个问题。邓绍基倒是觉得,劳动的问题有特殊原因,可能是我的时间没有安排好,不是主观上要逃避劳动,不一定要作为缺点来检查。邓还提出了希望,说我有时候有些固执,在有些小事上不能顺大流,影响到了与队友的关系。还有一些生活习惯,比如一定要天天午睡,这也容易使人产生误会。

这是年终总结。总结后,就做回北京的准备。日记上写着:

(1965年)11月27日还在寿县,30日就在济南了。这是在济南写的一段日记:"旅途上疲于奔命,简直没有喘息的机会,所以很难有时间静下心来记一点旅途见闻。"

下面就简单地记了一个过程:

27号从寿县出发,晚上在谢一矿招待所过夜。28号从蔡家岗出发,中午就到蚌埠了。29号早晨坐46次沪京直快,11点半到达兖州,就转乘汽车到曲阜。中午在曲阜一个旅社吃了一顿极为扫兴的午饭。然后就在曲阜参观了孔府、孔庙、周公祠等名胜。30号的11点半坐46次车到了济南,看了趵突泉、大明湖,还记下了这些地方的一些对联。后来又游览了千佛山,当天下午就离开济南,12月1号到了天津。2号上午离开天津,到北京的时间是下午2点。当时,全所同志都去接我们了。——

说"全所"可能有点夸张,但接站的人确实很多。

我的日记本和工作笔记、会议笔记等常常是混在一块的,不纯粹是个人日记,有时候是工作笔记,有时候又是会议笔记。你看,我的个人小结是1965年11月21日做的,分这几个部分:第一个是"对农村形势和农村矛盾的再认识",第二是"向知识分子劳动化的方向迈进",第三是"优缺点"。我自己总结的优点是:1."工作热情、肯干,主动性和责任心较强,能够积极完成组织交给的任务。"这符合我的实际情况。2."与贫下中农群众的联系较密切,关心他们的思想和生活,并且注意学习他们的优秀品质。"我这个人没什么架子,容易接近。3."生活劳动方面,尚能吃苦。"缺点方面也是三点:1."工作当中有时候组织观念不强,与同志们商量不够,喜欢包揽工作、自作主张。"2."学习毛主席著作不够经常,活学活用、联系实际上做得较差。"3."没有妥善处理好工作和劳动的关系,劳动时间抓得不紧,生活上也欠紧张。"

采编人杂记:

一、兄弟关系中的无意识

　　从上海到北京的途中,陈老师去见胞兄陈骏波。兄弟多年未见,此次十年一聚,温馨的场景,当铭心刻骨。可是陈老师没有说出多少当时的细节,只记得见面之时,他教育哥哥,要老老实实把自己的问题向组织上交代清楚。哥哥说,他知道。这事如今有些难以理解,在当年却是再正常不过。那年头,政治生命第一。实际上,陈老师的记忆本身,也被政治正确的观念所形塑。

　　不用想也知道,陈老师深爱自己的哥哥。说起哥哥陈骏波,他总是充满敬佩之情:说哥哥更有天赋,古典文学修养好,诗词作得好,孝敬父母,为人有古风。他曾专门撰文,深切缅怀过哥哥。可是他居然说:哥哥比自己大20来岁!

　　记不住哥哥的具体生日,或有情可原;记不住哥哥的准确年龄,也可以理解;将兄弟间年龄差距由10来岁拉大到20来岁,就不能不令人诧异了。这一错误记忆和错误表述,当来自小时候的印象:哥哥很早就辍学谋生,先去当小学教员,后去上海当警察,虽是同胞兄弟,却更像是隔代人,因此就有了比自己大得多的印象。大20来岁,不过是对"大得多"这一模糊印象的量化。问题是,哥哥去世这么多年,自己还曾专门作文纪念,为什么还会错得这么厉害呢?

　　还有,陈老师说他哥哥天赋比他要好得多,对此,我无法证实,也无法证伪,也就无法分析讨论。可是,他说哥哥的古文修养好,诗作得好,还举了一首诗为例:"为子为孙六十载,刻骨铭心永难忘。儿今幸随慈母去,九泉之下尽孝常。"这几句话写得情真且情深,但当做诗就实在说不上好,白话打油而已,属初级童生水准。我不相信陈老师当真分辨不出好歹,只是,他不愿意去分辨。这就有了第二个问题:陈老师为什么要把这首并不出色的打油诗当做"好诗"大加赞赏?

弗洛伊德认为,生活中的错记、误读,常常有不为人知的无意识根源,因而每一句错话、每一件错事,都需要作精神分析。弗洛伊德的话当然不能全信,但也不能不信,例如:"在种种场合里,字句稍稍奇特的安排,或者谈话时的一颦一笑,便是以在其语句中透露出相当的弦外之音(受压抑的相异动机)来。"①陈老师在无意中,夸大哥哥的年龄,又夸大哥哥的诗才和天赋,无非是要说自己的年龄小、天赋低。说自己的天赋不如哥哥,是谦虚更是自贬,同时也是在无意识地自我安慰和自我维护——年龄小、天赋低的人,如果有什么错,都应该可以被原谅。换句话说,错记和错判,可能含有某种连自己也没意识到的歉疚。

陈骏波有什么罪?陈老师没有细说,我也没有去查阅过档案,因此不得而知。从他早早就解除劳教、变成砖厂职工的事实看,应该没有了不得的罪行,不过是当过民国时的警察、加入过国民党。也就是说,陈骏波一生坎坷,不过是大时代中的小人物所遭受的无妄之灾。1949 年上海解放时,陈骏波刚满 22 岁,小小年纪跟随姐夫到上海当警察,不过是谋生而已。背着"历史反革命"的黑锅,漂泊异乡几十年,上不能侍奉双亲,下不能抚养子女,无限伤怀愤懑,不能对任何人说。五十几岁回到父母妻儿身边,却又患胃癌不治。面对如此惨痛的命运,有心的亲人,只要是继续活着,也许就会有无意识的歉疚吧。

二、关于社会主义教育运动

有人说,"文化大革命"从"社会主义教育运动"的时候就开始预演

---

① [奥]弗洛伊德:《日常生活的精神病理学》,第 79 页,彭丽新、李想、王威威、李红侠译,北京:国际文化出版公司,2007 年。

了。这一说法正确与否，值得思索和讨论。"社教运动"的背景，是1959—1961年的三年大饥荒，主持实际工作的刘少奇等调整农村政策，实行"包产到户"，最后解决了饥荒问题。在1962年的"七千人大会"上，刘少奇总结饥荒的原因，说是"三分天灾，七分人祸"。退居二线的毛泽东，很快发起反弹，提出"千万不要忘记阶级斗争"，进而提出要搞社会主义教育运动，要用社会主义思想战胜资本主义思想和小农经济思想。社会主义教育运动，俗称"四清运动"，分前后两个阶段，前期的"四清"是"清账目、清仓库、清财务、清工分"；后期的"四清"变成了"清思想、清政治、清组织、清经济"。"四清"从农村开始，是因为在农村生产大队中，存在着账目、仓库、财务、工分的"四不清"现象；部分农村干部存在贪腐问题，严重的地方，甚至有"干部队伍跨了、烂了"的传言。于是，中共中央领导人亲自挂帅，抽调数百万干部到农村去，开展社会主义教育运动。

关于社会主义教育运动，有这样几个问题，值得探究。

1. 社会主义教育运动依据是什么？

凡事要有依据：或是实际生活经验的依据，或是科学实验的依据，或是严格逻辑的依据。包产到户是有依据的，即人的私心和千百年的历史经验，用政治理论家的话说，就是"每一个人自己去做的事情一定做得很好，由别人或国家替他做的事情一定做得不好"①。当然，这是小农经济的经验，是资产阶级的理论，这是毛泽东最反感的，也正是社会主义教育运动要清除的。那么，发动数百万人、影响上亿人的社会主义教育运动，依据又是什么呢？或许是相信"说教"神通，可是说教是不是真的有用？我们不知道。

2. 为什么不让社会科学家去调查研究？

中国科学院哲学社会科学部，是中国社会科学家最集中的地方，为什么不让这些社会科学家们发挥自己的研究专长，去农村地区作调查研究，看看农村干部到底是怎么回事，然后再讨论并探索出解决问题的方法？虽然，那时候中国已取消了社会学、心理学等科学学科，但科学院、大学

---

① [英]威廉·葛德文：《政治正义论》（第二、三卷），第507页，何慕李译，关在汉校，北京：商务印书馆，2007年。

里,毕竟还有剩下的社会科学和科学家呀!这个问题的答案是简单的,也是惊人的:之所以没有发挥社会科学家的调查研究能力,是因为那时候知识分子是思想改造的对象,而不被当做是研究社会问题并推动社会进步的力量。那时候的领导人不相信社会科学家,实际上,也不相信马列经典之外的社会科学。之所以如此,是因为一个假设,即马列主义和毛泽东思想是社会科学的极致,能够解决一切社会问题。正如过去的两千年,中国人虔诚地相信,儒家宗师和圣贤已经穷尽了人和社会的知识。

3. 社会主义教育运动实效如何?

政治思想教育加组织处分的方法,是否能有效遏制农村干部的多吃多占风?这个问题的答案也很明显,即使有效,有效期也很短;干部贪腐问题并没有从根本上得到解决。证据是,改革开放至今,这一问题不断凸显,且还越来越严重。这说明,思想教育的作用没有人们想象的那么大,而严肃乃至严峻的处理,也只能治标而不能治本。谁都知道:权力滋生腐败,绝对权力滋生绝对腐败。腐败问题,首先是权力结构和社会体制问题,其次还是文化传统及其社会环境问题,最后才是个体人格及其精神结构问题。有关如何治理贪腐,这需要中国社会科学家去研究。而在1964年,中国的社会科学家大多到农村去与农民搞"三同"去了,没有科学专业分工,更没有什么科学尊严。

4. 搞社会主义教育,是让谁教育谁?

这问题看起来非常简单,当然是让上面派出的干部去教育农村干部。可是,当年的社教工作队或"四清"工作组中,却又存在另一种情况,不仅要求工作组成员要与农民"三同",即同吃、同住、同劳动,科学院派出的工作组还有"知识分子劳动化"的目标。到底是要谁教育谁呢?当时似乎还是以工作组的干部(包括陈老师这样的知识分子干部)教育农民为主;后来上面改变了政策,要知识分子学工、学农、学军。也就是说,要让农民(当然也包括农村干部)来教育知识分子。更深一层看,农民和知识分子,又都是被教育者;真正的教育者,是各级党政干部。新中国的政治体制,固然是模仿苏联,骨子里其实还是保持李斯开创的"以吏为师"的老传统。到了"文革",各级党政干部都被贬为"走资本主义道路的当权派",权威教育者被关进了"牛棚",社会乱了,人们疯了。

1966年的日记

问：您1965年12月初回来,又为什么去延庆搞"四清"?①

答：不是去延庆,是去门头沟。我确实也去过延庆,但为什么去,记不起来了,多半是到那儿劳动之类吧。到门头沟,也是准备搞"社教"——就是"四清",这当然也是当时上面的一个部署。

不过,不是立马就去的,这里面还有一个过程。我在1965年12月11日的日记里记着:

> 3日和4日都是在听周扬和胡克实在全国青年创作会议上的讲话录音,4日到9日是放假,10日正式上班。上班后给我分配了任务:继续搞胡风资料。王保生来和我一齐搞。江西的樊骏、王瑛回来后也要参加这项工作。

那个时候我除了考虑怎么来继续搞胡风资料这项工作外,还有个重点,就是学习毛主席的著作和当时树立的一些英模人物的事迹和语录。这在当时我的日记中反映得相当突出。1966年3、4两个月的日记中就充斥着这些语录和笔记。如拿《纪念白求恩》和《为人民服务》来对照检查自己。用蔡祖全、孙忠杰、雷锋这些英模人物的事迹来激励自己。3月31日的日记里,还大段大段地摘录了毛主席的一些语录,特别是知识分子要向工农兵学习、改造自我的语录,似乎也是在很虔诚地试图改造自我。

然后,我的日记就跳到了5月4日,这个时候已经在门头沟区委招待

---

① 在此前的预访中,陈老师说过,自己曾到北京郊区延庆县去搞过"四清"。

所了。

日记里这样写道：

> 昨天来到京西门头沟区大峪村，住在区委招待所，将在这里集训两周。学部四清队伍200多人在王平凡①、王慎之率领下来这里的永定公社搞四清。文学所25名由蔡仪②带队。

——这就是说我们是直到1966年的5月才到门头沟的。顺便说一下，我的日记常常就是这样的：不连贯，跳跃性比较大。

日记接着写道：

> 上午学习"二十三条"，边读边议；下午听区党委副书记的报告，介绍本地区的情况。日记里还说：学习安排相当紧，晚上都不能自由活动。政治处对党、团员要求特别高，要求排除一切私心杂念，不做与学习无关的事情。晚上参加团组织生活。

接下来的几天都是在学习和讨论"二十三条"，以及当前的斗争形势。

这里我得插上一段。就是我们从安徽搞"四清"回来的路上，我在列车的广播中听到了姚文元批《海瑞罢官》的文章。当时我就感到这下事情大了，因为姚文元是一面旗子嘛，在上海表现就很突出，很多事情他都冲锋在前。说起来我跟姚文元还有过一段小交往，那是在编《中国现代文学史》的时候，1958年前后，他到过我们复旦，来讨论编写《中国现代文学史》的问题。当时我就觉得这个人脑子很清楚，说话很有条理，而且口才好。却没想到他后来会爬得那么高。这跟柯庆施力推他是有关系的。

问：他发表了评"三家村"的文章，您日记里怎么写的？

答：那是1966年5月11日，我们正在区委招待所学习的时候。日记里写道：

> "这是一篇质量很高的批判文章，中央台曾全文广播。姚文元

---

① 口述人：王平凡，1921年生，陕西扶风人，文学研究所老领导，与何其芳所长共事多年，1955—1964年任文学研究所党总支书记、办公室主任，1980年后任文学研究所党委书记、副所长。有口述史《文学所往事》等出版，金城出版社，2013年，王素蓉记录整理。

② 口述人：蔡仪（1906—1992），著名美学家、文艺理论家，著有《新艺术论》、《新美学》等多种。

在这一次的社会主义文化大革命中表现十分出色。《海瑞罢官》的讨论,首先由他发难。邓拓的问题,如今又属他批判得最为深刻。"

我在日记里还说姚文元:

"不愧为马克思主义的新生力量"。

这个评价不是我说的,应该是某人说的。

问:你当时对吴晗、邓拓、廖沫沙这几位,熟悉吗?

答:不熟悉。只是在报纸上看到过他们的文章。当时就觉得他们是反党的。

问:觉得他们反党?是批判文章之前还是之后?

答:当然是在批判文章之后。在这之前,他们的东西没注意过。要看也是零星地看过,算不上是他们的追踪读者,就觉得报纸上经常有他们的名字而已。

问:姚文元说谁是反党分子,您就相信了?

答:我就相信了。当时确实没有怀疑,而且觉得事情大了。就跟对毛主席毫不怀疑一样,对姚文元的文章也没有怀疑。那时候就是这样愚昧无知。接着说日记,日记里写道:

> 上午看文件,下午听王平凡关于前一段时间学习的报告,提到了"二十三条"和"反右"、防"左"的问题,并且做了阐发。晚上看了评剧团演出的《焦裕禄》,剧本是门头沟评剧团自己编的,编得不错,主要突出了焦裕禄在领导群众抗灾斗争中的表现。

5月12日:

> 上午还是听王平凡的报告。最后宣布了编队名单。文学所在冯村,蔡仪当队长,张正和张炯是副队长,卓如为指导员。一共分了六组,我成了六组的组长。跟我一组的有王保生、吕薇芬。

日记还写道:

> 吕薇芬是一个精明干练的人物,能力在我之上,我却成了组长,只有虚心学习,好生相处了。

这一天的日记还记了这样一件事:今天所里转来了《中国青年》杂志社给我的一封信,是对我一篇来稿的回复。我那篇稿件是对《中国青年》发表的《〈红楼梦〉之类的书可不可读》一文的商榷。杂志社在复信中说我的许多意见是正确的、中肯的,承认《〈红楼梦〉之类的书可不可读》一文的确存在着很多缺点和片面的提法。但因为意识形态的斗争有一定的步调,暂不准备就此展开公开讨论。复信有5页信纸之多。后来我的来稿就作为读者来信,摘要发表了。

5月13日:

今天一天都在听学习毛主席著作的经验交流报告。有八位同志做报告,以某大队调解委员会副主任张秀荣、房山县周口店公社某大队政治指导员冯秀莲、某大队支部副书记李书琴等三位的报告最为精彩。晚上的两个报告人都是周口店的工作队员,有点居高临下,俨然以教训者的身份自居,给我的印象很不好。在具体的做法上,他们也是不足为训的。许多同志跟我都有同样的看法。睡前,大家都议论纷纷。

5月14日:

上午听报告,介绍门头沟区的几个分团的入村工作的情况,并且谈了入村头半个月的工作设想。下午讨论上午的报告,是学部政治部的一个主任或副主任王慎之的报告。讨论后明确了一个问题,就是说我们入村头半个月主要是发动群众,大造革命声势,为此就必须以毛主席著作为武器,有针对性地宣传"二十三条"和毛主席语录。与此同时,要加紧进行调查研究工作。文化大革命形势越发深入了,从吴晗转到对邓拓,都是当做反党、反社会主义分子来打的。今天林杰的文章并且说,吴晗是漏网的右派。电影方面,除了《北国江南》《二月》《不夜城》《林家铺子》,还有《兵临城下》《抓壮丁》《红日》《舞台姐妹》,都要批判,将来还要提出一大批。这样一来,似乎解放以后就很少有东西值得肯定了。这似乎有些树敌过多了。

5月15日：

> 看林杰《揭破邓拓反党、反社会主义的面目》一文，分析十分透彻。邓拓1959年就被"罢官"，免去了《人民日报》社总编辑的职务后，曾写了这样一首诗：
> 笔走龙蛇二十年，分明非梦亦非烟。
> 文章满纸书生累，风雨同舟战友贤。
> 屈指当知功与过，关心最是后争先。
> 平生赢得豪情在，举国高潮望接天。

现在看来这诗很不错。但当时我的日记里却写道：

> 可见其心中藏有不满。林杰的文章并说，邓拓一伙人是有组织、有领导的反党、反社会主义集团，他们的活动是有计划的、有预谋的。
> 上午讨论，下午开组长会，会上多数人都介绍了他们组的活动情况，我却无从介绍，因为我们组还未碰过头。晚饭后，我们组碰了面，谈了半个多小时，看起来团结是没有问题的，吕薇芬的态度也很诚恳。当然，在她眼中，也许我还是个毛躁的小伙子；这倒也是事实。

5月16日：

> 连日来报告颇多，并听取了有关冯村大队和永定公社的工作报告，昨天还专程去了趟冯村大队。支书和贫协主席接待了我们，情况介绍得很详细，看起来是早有准备的。总的印象还不错。对贫协主席的印象要比支书好一些，这人比较地道。支书为人精明干练，但很有点滑头的嫌疑。村子的情况比较复杂。1963年到1964年搞过"四清"，可能"四清"工作队给他们留下的印象很不好，问题没有搞清楚就提前撤走了。贫下中农群众对我们的工作队可能还不太了解，他们还在观望。

日记里接着写道：

> 小组间的人员做了些调换。吕薇芬调走了，孟繁林成了我们组的组员。我们要去的是第五生产队，情况更为复杂，派别斗争很激烈，中农户又多，政治力量很薄弱。在181口人中只有4个团员，党

员一个都没有。这里离队部比较远,33户人家分居在7个地方,走一趟至少要半个小时。无论从治安条件还是人的条件来看,我们的处境都很不利。我们将面临很大困难。

日记里到目前还没有谈到"五一六"的事情。①
接下来,日记一下子就跳到了6月18日,这一天日记这样写着:

> 5月19日从门头沟回到北京休整,原定于22日赴村正式开展工作,但形势突变,行期一延再延,赴村开展工作的决定终于取消了。

——那就是因为"文化大革命"的号角吹响了。

当时我们都听说,毛主席是支持这场革命的,从批《海瑞罢官》开始,到批"三家村",到批"二月提纲",到揪出彭真、罗瑞卿、陆定一、杨尚昆,都是毛主席支持的,或者说,是毛主席本人的英明决策。毛主席既然要搞这场革命,而且听说不搞这场革命就要亡党亡国,我们只有坚定地跟着走,一点都不能怀疑、犹豫。

这就是当时大多数人(包括我)的基本思路。就算是有疑问,有不同想法的人,比如许志英,大体也是这个思路。后来我们才知道,这一年的5月4日到26日,有一个中央政治局扩大会议,毛主席在会议上讲了话,并且通过了一个叫《"五一六"通知》的重要文件。就是这个会议和通知,改变了历史的航程,使中国陷入了一个长达十年的动乱之中。5月及其后所发生的一系列事件,源头概出于此。

日记里写道:

> 先是在5月23日晚上,《哲学研究》编辑部贴出了揭露学部杨述《青春漫语》的大字报,说他是"三家村"的一员干将。继而又牵涉到了学部党委书记关山复,问题越闹越大了。6月4日,在声讨杨述的大会上,《哲学研究》和《新建设》的一些人大闹会场,遭到了与会大多数人的轰斥。回来以后,不明真相的人就写大字报谴责大闹会场者的行动,两派的人于是展开了激烈论战。

---

① "没有谈到'五一六'的事情",是指这一年的5月16日发表的《中共中央关于无产阶级文化大革命的通知》,简称"五一六通知",这是"文化大革命"正式开始的日子。

这就是学部最初的两派,一个是"造反派",一个就是所谓的"保守派"。反对《哲学研究》和《新建设》的,就是"保守派";《哲学研究》和《新建设》里的带头人,就是"造反派"。

日记接着写道:

> 文学研究所的一批人就站在反对派的立场上,贴出了四张大字报,猛烈地反对《哲学研究》和《新建设》的一些人。我由于一时冲动,在最有分量的第四张大字报《请看"革命派"的嘴脸》上也签了字。我只是签了字,没有参与起草。

> 后来真相大白,学部党委以关山复为首的人,也跟杨述等人是一伙的。在这种情况下,只有认错检讨了,于是我第一个写了退出签名的大字报。这时是6月9日上午。

当时的形势是瞬息万变。大形势就是要"革命",要"造反",你要是不革命,不造反,就要被指为"保皇",至少是"保守"。于是文学所也就闹起来了。文学所写出的第一张大字报,起草者居然是我,我是所谓的"始作俑者",这是连我自己都没有想到的。日记里写道:

> 签名者有沈斯亨、孟繁林、王保生、金子信、张炯,一共六个人。这是在5月27日,在哲学所贴出大字报后的第三天。

问:此前您还是保皇派,怎么又写了文学所的第一张大字报?

答:实际上,"保皇派"只是后来对立派对我们的一种指称。就我个人当时的思想状况来说,并不是要反对"革命",反对"斗争",只是不喜欢"闹"罢了。那个时候,《哲学研究》和《新建设》的人气势汹汹地闯进会场,绝大多数人都是反感的,都要轰他们走,我也觉得太过分了。我不反对造反,反对的是这种形式的造反。就像后来文学所开斗争何其芳的大会,我也参加了,但我反对一些人的过激行为。当有的人要动拳脚的时候,我就说了"要文斗,不要武斗",结果就遭到了批判,说"你这说的是什么话"?

说到我起草的文学所的第一张大字报,我很早就反思了,在我2003年写的《在动乱的年代》①一文中,我曾这样说:"就我个人来说,之所以在

---

① 口述人:《在动乱的年代》,首发于《作家》2004年3月号,收入《这一片人文风景》。

运动当中,尤其在运动初潮时期会很快卷入其中,一个潜在的思想就是好出风头,想在运动中抢先表现自己,一种被人称之为小资产阶级的狂热病和盲动性在作祟!"这张大字报用的根本不是摆事实、讲道理的办法,而是一种"推理"手法——既然中央出了走资派,各单位各部门也都有走资派,学部已经有人点名说有以关山复为首的走资派,那么文学所当然也就有以何其芳为首的走资派了。现在想想,这样的逻辑,实在是不可思议的,可当时的事实就是如此。

再回到6月18日的日记,日记里写道:

> 涂武生等人贴出了支持我们向反党反社会主义黑线开火的大字报,文学所的革命烈火也就燃烧起来了。中间虽然有曲折,但烈火还是越烧越旺。牵涉到了很多人,有陈翔鹤、邓绍基、唐弢、卓如等人。最近这几天直接在何其芳、毛星、朱寨头上动土,并且已经夺权,解除了原领导小组的一切职务。新领导小组由新调来的副所长袁键主持。

你看,这是多么无法无天!没有经过任何审批手续,就可以随意把原来的领导小组踢掉,另外组建新领导小组。不过,这在"文化大革命"当中是相当普遍的。原来所里有个临时领导小组,何其芳是组长,毛星是副组长,朱寨是小组成员。新领导小组由袁键主持,这个人是从江西调来的,原是江西某地的地委书记。在"文革"前夕,从地方上调上来一批领导干部到中央各单位"掺沙子",袁键即其一。我印象中,袁键这个人还是挺好的,虽然没有什么魄力,是个"外行",不太适合做文化部门的领导工作。

日记里继续写道:

> 斗争是复杂的,现在属于左派的一些人,是各式各样的;现在所谓保皇派的一些人,也是各式各样的。我们必须擦亮眼睛,明辨是非,不可莽撞行事。

这是我自己在提醒自己。日记里还写道:

> 这场革命是迟早要来的。革命触及到了人们的灵魂深处,特别

是触及了许多高级领导人，真是大动荡、大反复、大改组，形势将如何发展，还很难预料。

这个时候我已经跟你师母何立人开始有约会了。当时何文轩即何西来和我的有关笔记本和日记本都曾藏到了她家里。那年冬天大串联的时候，我哥哥也来到了北京，还到过何立人的家，跟何立人的父亲会过。

日记跳到了6月21日：

晚上和小何约好在北海会面，临时因雨没成行。于是晚上开会，研究下周工作日程。

——"小何"就是何立人。这个时候，已经没有什么业务方面的会议了，只有关于斗"黑帮分子"和对付"保皇派"的会议。实际上，我们"四清"回来后，就没有做过业务方面的事情。

日记写道：

星期一下午，卓如、李邦媛两个保皇派的核心人物做了交代。何文轩说，这是一场假交代、真抗拒的检讨。大家很不满意。晚上研究对策，由我主持会议，议论到何其芳、毛星、邓绍基、卓如等人已经形成了我所的一个特权阶层集团，为了保持本阶级的既得利益，必定要负隅顽抗。

日记接着写道：

星期一下午，陈伯达和陶铸同志专程来到学部，跟大家讲了话。星期二上午，传达和讨论陈伯达、陶铸的讲话，下午继续讨论，并酝酿重选文化革命领导小组的成员。何文轩和张家钧居然提出我来，这使我很感诧异。晚上开会，金子信谈了以卓如、李邦媛为首的一批保皇派的活动日程表，很能说服人，很有价值。从这份材料来看，卓如、李邦媛等人确实参加并且策划了有组织、有领导、有阴谋的破坏文化大革命的各种运动。会后，几位同志在一起研究了近日工作的程序。

6月23日：

昨天开卓如、李邦媛的揭发批判会。上午由董易主持，下午是我主持。会后反应不错,说"有点大民主的样子"。会上给卓如、李邦媛戴了高帽子,这是栾贵明出的主意。当然,这不是最好的制服敌人的办法,能不用还是不用为好。晚上,休息、理发。今天全天搞选举,文学所新领导小组选出了袁键、涂武生、马世龙、杜书瀛、章楚民五人,反复选了三次。近、当代组的文化战斗小组选出了何文轩、王瑛和我三人,反复选了四次。这样的选举在历史上是少见的。晚上开文化战斗小组的干部会,传达学部会议上工作组长史岱和代理党委书记潘老①的讲话,主要是布置学部文化革命小组成立的问题。

下面还有抄了一大段当时林彪就公交战线关于活学活用毛主席著作的一封信的讲话。

然后就到了6月30日的日记,记载了从24—30日的各种活动。

6月24日:

《人民日报》发表《党的阳光照亮了文化大革命的道路》的社论。

6月25日:

上午分组(近代、当代、民间)学习党报社论。大家都认为这个社论十分及时。下午到唐弢家,跟他谈话,同行的有何文轩和许志英。

当时因为唐弢有心脏病,没有让他到所里来,而是我们到他家里去,这次只是批判会前的谈话。当时所谓的牛鬼蛇神就包括一些学术权威,唐弢是现代组的组长,又是被何其芳点名从上海调过来的,自然就在牛鬼蛇神之列。钱锺书当时没有挨批,是因为他没有担任什么职务,又不是党员,当然他后来也受到了牵连,这是后话。反正那个时候就是这样"乱点鸳鸯谱"!

6月26日:

上午9点到下午2点,与小何在北海公园约会。晚上原来说是要批判马良春的,但因为不少人要看影片《逆风千里》而延期。

---

① 口述人:"潘老"指潘梓年,原学部主持工作的副主任(主任由中国科学院院长郭沫若兼任)。当时原学部党委书记关山复被罢官,由潘梓年代理。

革命时期也没有忘记谈恋爱和看电影!

问:为什么要批判马良春?

答:马良春是现代组的人,又是党支部成员。他原来跟何其芳、唐弢都走得比较近。他被认为和卓如等人一样都是"保皇派"。当时的所谓"造反派"和"保皇派"就是以对何其芳、毛星、朱寨、唐弢、贾芝等这些当年的当权派的关系和态度为界限,反之者为"造反派",保之者则为"保皇派"。我们这个时候自认为是"造反派"。不过后来的情况就起了变化,我们又变成了"保皇派",因为有更加"革命"的人起来了。这是后话。

6月27日:

何其芳做了检查、交代,分三个部分,一个是运动中的错误,一个是十三年来的错误,第三个就是这些错误的根源。下午就是讨论声讨何其芳大会的发言。晚上开文化革命小组成员会议,袁键传达了中宣部副部长张际春和潘老的讲话。

6月28日:

上下午都在开声讨何其芳的大会。会场的横幅是"彻底打倒反党、反社会主义、反毛泽东思想的何其芳"。会上有二十多人发言,不仅有文学所的人参加,外所的人也有参加的。本所发言的人有十二人。从作家协会代表的发言中知道,他们也揪出了三反分子,就是张光年、侯金镜、冯牧、张天翼等人。

那个时候,给所谓"黑帮分子"扣三顶帽子(反党、反社会主义、反毛泽东思想)是司空见惯的,凡是挨批斗的,都可能会被戴上。这就不是学部一个单位的问题了。

6月29日:

研究了朱寨的问题,晚上马良春做检查,大家对他作了批评。

6月30日:

上午朱寨交待,下午准备批判朱寨的材料。

7月1日：

上午学习《人民日报》社论《党的阳光照亮了文化大革命道路》和《北京日报》社论《共产党员和共青团员一定要站在革命斗争的最前列》。两篇社论都强调党的领导，《北京日报》的社论还着重提出了在大好形势下决不能忽视阶级敌人破坏的问题，要大家提高警惕。下午准备明天朱寨的批判会。《文学评论》组开了毛星的批斗会。

7月2日：

上午开了朱寨的批判斗争会，开得不错。下午党员听传达，近、当、民组群众在一起过民主生活。晚上原想看电影，因小何不愿看，故陪同她到北海，后来又陪同她到阜成门，回学部已经十一点多。

7月3日：

星期天，晚上开文化革命小组会，研究7月份的工作要点。

7月4日：

上午开会传达7月份工作要点，之后分组研究本周工作。我主持唐弢组。

问： 唐弢组是什么意思？

答： 就是批判唐弢的小组。"文革"初期，把要批判的重点对象都分割开来，交给有关的战斗小组揭发批判。这天的日记上写道：

参加这个小组的人有马良春、许志英、樊骏、徐迺翔、孟繁林、张大明等7个人。会议上的情绪似乎并不热烈，樊骏情绪显得很阴沉。

樊骏表现"阴沉"，这是符合樊骏性格的。他显然是有保留意见，但没有、在当时情况下也不能说出来。

7月5日：

晚，唐弢组同志开会揭发唐弢材料，除唐弢组成员外，并有王瑛、蒋守谦、吴子敏、金子信几位参加。决定分四个部分起草大字报，分别由许志英、马良春、张大明、徐迺翔负责。我搞"引言"。樊骏情绪仍不高，借口不熟悉，推辞参加起草工作。此人非依靠对象，便没分配他工作,叫他准备下一步材料。

7月6日:

上午仍学文件。下午搞大字报。晚上讨论大字报底稿。何文轩也参加。会上我坚持必需修改。会后,何、樊、张和我分头修改,十一点改毕,连夜即抄写,奋战至次日二时,大家仍斗志犹酣。全文约七八千字。

今天白天,近、当、民组贴出了两张大字报:《致康金镛同志》和《把蔡仪揪出来》,在所内放了把火。多数人都为之一震,但也有少数不同意者。

两天来,近、当、民组连续贴出了质量较高的长篇大字报,计有:《唐弢罪行录》、《朱寨——对抗运动的老手》、《打倒黑帮分子贾芝》。

7月7日:

上午分小组讨论文件,集中讨论运动的性质及本所运动的形势。会末马良春表了态。我鼓励了他几句,并对樊骏等几个知情人,不指名地点了点。下午,小组全体批判蒋守谦。对蒋的检讨,多认为不诚恳,不深刻。

7月8日:

上午上唐弢家,向他介绍所内运动的情况,并读了大字报《唐弢罪行录》,声威甚大。唐弢为之震惊,一下子就想到了"身败名裂"的问题。下午,唐弢小组开短会,研究下一步工作。小组加了一个人:吴子敏。今天,樊骏情绪较好。

这里我想中断一下。这个时期的情况大体就是这样:一个是学习文件,听一些领导的讲话,然后讨论这些文件和报告;再一个就是揭发批判,写大字报,开所谓的"黑帮分子"的批斗会;还有就是打派战,两派对立,当然这还要稍后一点。对这一段历史,尤其是对唐弢先生的批斗,我一直是心存愧疚的。唐先生在世时,我也曾向他表示过悔意。固然批斗唐弢是时势使然,并非我一人所为,但我作为近、现、民文革小组的负责人之一,又分工主抓批判唐弢的事,在他家里开的两次批斗会也都是我主持的,我当然应该负责任。当年出唐弢的大字报,列出他的所谓"十大罪状",诸如"一贯极端轻蔑、极端仇视毛泽东思想""打着红旗反红旗""对阎王殿主子陆定一、周扬言听计从、亦步亦趋""炮制反党杂文""炮制坏文学史",等等,都是些吓人的罪名,用的完全是封建时代深文周纳、罗织罪名的一套手法。这些固然在我写的《在动乱的年代》一文中已经作了反思,但今天重提此事,依然感到毛骨悚然!

接着说7月12日,回记了从9日开始的活动。写道:

连日阵雨,雨量较大。

9日:

星期六上午分头看材料,下午分小组过民主生活会。据后来看记录,近现代组过得较好,彼此间交换了意见,没有顾虑,对文化革命小组的每个人都提了意见。对我的意见主要是两点,一是有骄傲情绪,二是在认识上左右摇摆。看了当代组的记录,还有人污称我在前三张大字报中都签了名,实际上我只签了一张。这真是无中生有,是明显的报复行动。

10日:

星期天,白天在家,修改稿子,更名《夺取资产阶级霸占的文艺批评阵地》。晚上六点半在北海与小何约会。从今天的情形来看,我们的关系又进了一步。今赠小何一"北京日记"笔记本。十点钟分手。

11日:

上午开了碰头会,研究布置本星期日程。本星期主要工作是"扫清外围",准备开刘世德会、卓如会、蔡仪会、王韦会、张宝坤会。下午学习文件,准备讨论讲话。我出了四个参考题,分发给了每个人。

12日:

上午,学部开了刘导生①大会,声威甚大,材料很过硬。同时所内开了刘世德的会。十点半以后我离开了学部会场,来所参加刘世德会。刘世德表示了态度,但看得出来是有满肚子的委屈情绪。

这时候,除了对当权派外,像对刘世德、王韦、卓如等这些知情者,也

---

① 口述人:刘导生,原学部副主任,此时也被停职。

时不时地开会,或由他们作检查、交代,或对他们进行批评、"教育"。

下午,卓如检查交待,会议由我主持,归纳了四点意见。会后大家讨论如何开好卓如批判会。董易先布置了一番,于是引起大家的争论,对文化革命小组提了好些意见。主要两条:一、对卓如问题的性质,文化革命小组是不是有动摇?二、为什么现在要急于去区分卓如与何其芳等人的区别?为什么要强调给卓如"示明出路"?

晚上,全支部同志继续研究批判卓如会的开法。

7月22日,回记了自13日之后的活动。写道:

有十天没有记日记了,不知道是不是记得周全?

13日:

上午,《光明日报》的乔福山来所,谈组稿的问题,定题批判周扬的崇洋复古问题,参加者有我、王春元和曹道衡三人。今后我们将把主要力量放在写这篇文章上。王、曹二人为老手,我是新手,水平上很不相称,但这也是不得已而为之,只能勉力而行。

下午准备卓如批判会事宜。

14日:

全天开卓如的批判会,参加了上半天,下半天去参加蔡仪的检查会。蔡会的氛围不太对头,检查到一半就宣布休息,是从未有过的先例。检查结束,蔡仪落泪了,有些人还颇为感动。后来的发言零零落落,调子很低,充分反映出理论组在蔡仪问题上的右倾情绪。

这是组和组之间的矛盾问题。当时各个组都把头头揪了出来,就是理论组对蔡仪保得很严,所以互相之间就有矛盾,后来就发展成内斗。

15日:

全天去高教部查阅、抄录周扬在历次文科教材会议上的讲话的材料及言论。午饭时碰到了潘仲茗,饭后她对我作了一番"动员",要我揭发鲍正鹄的问题,以为我是因为有些抹不开情面,有什么顾虑,而不揭发。

潘仲茗是我研究生时的同学,比我高一两届,是搞古代文学的,她那时在教育出版社工作,属高教部系统。鲍正鹄是高教部的当权派,理所当然也是被批斗对象,所以她动员我出来揭发,这也在情理之中。当然,后来我并没有这么做,潜意识里是对自己老师"手软"。

晚上开张宝坤的会,会议中间我才到会。

16日:

上午继续在高教部查阅周扬的材料。午间在西单茶座休息,晚上看记录片:刘主席访阿富汗、巴基斯坦。

17日:

星期天,跟小何通过一次电话。下午四点半,王、曹和我碰面,研究了文章的事情。

18日:

星期一,上午何文轩布置下阶段工作,列出斗争对象13个人,顺序是:何其芳、唐隶华、毛星、唐弢、陈翔鹤、王韦、朱寨、邓绍基、蔡仪、尹锡康、张白山、卓如、李邦媛。最近这一阶段的主要斗争对象是何其芳、毛星、唐弢、陈翔鹤等。蔡仪被包庇了,但我们是要斗争的。

下午我一人赴高教部查录周扬资料。

晚上与小何在北海会面。

19日:

上午集体小结,我未参加。下午参加。主要问题似乎都集中在蔡仪问题与杜书瀛问题,绕来绕去,绕不出这个圈子。大家的意见很大,情绪亦显烦躁。

晚上,专请袁键同志来组,将情况与之汇报,决定写一份总结,顺便表达我们的意见。

20日:

上午,参加毛星组开会,目前在这个组我只是挂个名,未做具体工作。

21日：

全天均准备周扬文章的材料。

晚上与小何在北海约会。回所已11时。

反正这一阶段基本上就是"革命加恋爱"。

22日：

上午仍看材料。

下午三点半听袁键传达陶铸同志的讲话。传达后漫谈，并宣读了《打倒"三反"分子蔡仪》的长篇大字报。

下面这日记间隔了九天，一下子跳到了7月31日，追记了23日之后的事。

一开头就说："九天时间，时局大变。"概括地说，是这么个事——基本上就是开始打派仗。那时候学部围绕着潘梓年的问题，形成了两派，一派要揪斗，一派要保护，在这个问题上进行辩论。像哲学所的人，就是要"保"；而我所参加的这一派呢，就是要"反"，在这个问题上形成了两派。这大概就是联队和总队的缘起。我们这一批人实际上是造反派，后来却被认为是保皇派，于是就出现了两派对峙的局面。不过，在整个过程中，"联队"始终是居于上风的，直到被指认为所谓"五一六"为止。

问："总队"被认为是保皇派，具体原因是什么？

答："联队"就是以哲学所为中心的，还有《新建设》、历史所等。据说他们是直通姚文元、戚本禹的。所以一直以来，"联队"在学部是占上风的。后来的变化就在"五一六"这个问题上，说有一个"五一六反革命集团"，这个集团在学部有一个大本营，以联队这一批人为首。凡是跟他们在一块的，很多后来都被审查了。据说是有人交代了，讲到了有这样一个组织。实际上这是子虚乌有的。甚至在我们文学所资料室，有一个叫王芸荪的老先生，他居然也卷进去了，他的交代里就讲到：某天晚上，谁给了他一张表，要让他填表加入这个组织。说得有声有色的。问题就在于中央"文革"小组默认了有这个组织，有关领导的讲话中也提到有这个组织。一直到我们下了"干校"，搞运动，主要就是清查"五一六"分子。文学所当时也就是一百多口人，基本上是三分之一的人都成了"五一六"分子或与"五一六"有牵连的嫌疑分子。大部分人是"联队"出身的,"总队"出身的倒没什么事。

不过,后来情况又发生了一个比较大的变化。这变化就在于,"总队"也分化了,分成了两派,一派是坚守着的老总队,另一派是从老总队分化出来的"革命大批判指挥部"。这就是第三派了。这第三派是"总队"出身,但对"总队"一些做法不满的人,拉起的一面旗帜,总头头是历史所的傅崇兰。"联队"中也有些不满分子,分化出来进入了这第三派。第三派就是由先前两派中的不满分子分化出来组成的。我跟彭韵倩等一批人,就是这个"大批判指挥部"在文学所的成员,我是头头之一。那时候乱得一塌糊涂,也搞不清楚谁对谁错。

问:咱们还是按昨天的方法来,就是您边看着日记边说。

答:但这样比较琐碎。

问:是琐碎,但很有价值的。日记到1966年底,后来日记找不到了,对吧?

答:对对。年底不是抄家吗?一抄家,后来就没有去记录了,整个就断了。就记录到(1966年)12月27日为止。

问:您先把8月份到12月份的部分给过一遍。就拿着日记本说吧。

答:那段时间主要就是打派仗。就是"联队"跟"总队"(打派仗)。后来又分化出来一个"大批判指挥部"。

问:对,但您不能概括地说,一概括地说,很多内容就没了。我们需要更多的细节——昨天说到了7月底了。

答:对。7月31日。说"局势大变"。其实当时"变"是经常性的,我的日记中就经常出现这个词,变来变去的。在前面阶段中,总的优势在"联队"方面,因为"联队"是最早开始造反的,另外支持他们的人也就是"后台",都比较硬,王、关、戚嘛,都是支持"联队"的。"总队"一直处于劣势,一直到抓"五一六",就是两年以后,"总队"才翻了过来。但"总队"得势以后,我反而对它有些不满了。所以就分化出来了。

问:对。历史存在于细节中,不光是在总结中。

答:好吧,那我就说说日记吧。也只能扼要地说,必要的地方做一点注解。

[1966年8月3日的日记]追记了8月1日到8月3日的事：

8月1日上下午学部开辩论会。下午潘老（潘梓年）在辩论会上发言，替大会定了个调子，说对待工作组应该一分为二。

因为当时已经进驻工作组了，对待工作组应该是什么态度，两派意见并不一致。针对于此，潘梓年才为大会定了个调子，说这个会是辩论会，不是批判会，不是要批判工作组。

——在下午的会上，文学所联队的头头涂武生代表他们的一帮人发了言，说是要"揭发袁键"——

袁键就是进驻文学所工作组的领导。我这里写道：

"这完全是一排胡言乱语"

——我们当时对袁键是比较有好感的。

台下的康金镛、栾贵明、马靖云、李新萍、马世龙、张朝范等一班死党，与之唱和，真是乌烟瘴气。涂武生在发言中对我们总队的主体，也就是近代组、现代组、当代组、民间组为主体的全体革命同志，进行了毫无根据的攻击……这笔债要记下，有朝一日一定要清算的。当场我们就递条子要求发言，但是没被允许。

这里我应该插几句话：那时成天就是打派仗，这些派仗实在无是非可言。如果我们今天还纠缠于到底是"联队"正确，还是"总队"正确，那是一件毫无意义的事。因此，我在日记中点到的那些当年的同事，仅仅因为他们是我的对立派，我就对他们使用了一些很不敬的言语，我感到非常抱歉。这除了证明自己的狭隘和自私，也从一个侧面印证了"文化大革命"对人的心灵的伤害：它唤醒了沉睡在人们心灵深处一些丑陋的东西。像红卫兵"造反"，随意揪斗，甚至用皮带抽打所谓的"黑帮"分子这类事件屡屡发生，不但没有被制止，反而受到鼓励，这难道是偶然的吗？毛主席不是六次①接见红卫兵吗？后来我看了材料，林彪也是六次接见红卫兵。这说明"文化大革命"啊，就是瞎搞。

8月2日上午，还是继续辩论。我们仍然没有发言，处于劣势。

---

① 记忆有误。"文革"初期，毛主席不是六次接见，而是八次接见红卫兵。

辩论会实际上变成了吵闹会,几乎开不下去了。因为这是学部辩论会,不是文学所的,所以《哲学研究》、《新建设》等表现得特别猖狂。下午听刘少奇、周恩来、邓小平、李雪峰的报告录音。晚上文化革命战斗小组进行座谈,研究对策。会后有几个骨干留下来继续研究形势和对策。

[1966年8月10日的日记]然后日记就跳了一个礼拜,到了8月10日,记的是从3日开始的事。

8月3日上午,小组传达潘梓年在文化革命小组上提出的两个供大家讨论的问题,以及对这个会的小结。下午小组讨论。晚上是小组准备。

8月4日,全天包括晚上,文学所组织对袁键提意见,主要是行政支部的一些人发言。

当时文学所"联队"的主力,头脑人物都在理论组,群众很大一部分则在行政后勤支部,包括办公室什么的。

下午是理论组的王春元作了一个长篇发言。针对何文轩的发言,一一进行批驳,居高临下,盛气凌人,不可一世。

王春元在"文革"中的发言都很有条理,很有煽动性,他是说理的,可以把歪理说成正理,不像有些人光是会冲锋。他这个发言主要是针对何文轩的。"总队"这边呢,何文轩是重要理论家,他虽然发言也头头是道,但他整体上和后劲上都不如王春元。

8月5日上午休会,下午继续开全所会,张国民作了发言,点了何文轩、董易和我的名,这是不值一驳的。会末,葛涛出了一个洋相,被大家轰下去了。

葛涛是行政办公室的一个老大姐,平时就爱讲话,但不太有条理,前言不搭后语的,当时她可能是说了什么不太得体的话,惹得大家哈哈大笑,被大家轰下去了。

5日晚上继续小组研究。

8月6日继续开全所会,涂武生继续表态,是自我表态,但没有触及任何实质性的问题。

主要讨论选代表的问题。选什么代表日记中没写,就不知道了。

我在对这个问题表示意见的时候,顺便对昨天张国民的发言作了批驳,但会上大家说我的发言走火了,不够严密。下午开小组的小会。晚上聊天。

8月7日,星期天,上午写大字报。下午和晚上,都和小何在一起。日记中特别提到:这是第一次去小何家。小何的工作问题尚未答复,看起来前途渺茫,行政支部的一些人简直是在推人下水,毫无人情。

这里有个事情要交代一下,就是所里的行政、人事部门基本上都是"联队"那一派的,但我又是"总队"的一个小头头。本来何立人在文学所已经工作两年多①了,按理是可以转正了,但就因为她跟我的这层关系,人事部门就要解聘她。如果她当时是"联队"的人,也许就不会让她走人了。

8月8日上午小组会,下午全所会,继续对袁键提意见。我们支部有十个人发言,发言次数达到十四五次。就是零敲碎打的,但都很有力,每个人的发言都含沙射影,攻击对立派。

8月9日,上午看大字报。这两天学部形势又有反复,出现了许多关于吴传启、刘亚克的大字报。这两个人是当时"联队"很重要的、军师式的人物,我们这一派的人把他们叫做"狗头军师"。他们俩跟"中央文革小组"有直线联系,特别是吴传启。抓"五一六"后,他们俩都被抓进去了。

下午在国家经委礼堂声讨经济所的孙冶方。牛鬼蛇神相继上台,有十八九人,包括中宣部和学部的牛鬼蛇神。

这个就不是"派仗"了,而是所谓的"对敌斗争"。

---

① 记忆有误。何立人1962年进入文学研究所资料室工作,至1966年7月被辞退,在文学所已经工作了三年半,而不是两年多。

[1966年9月5日的日记]有25天没有记日记了。这段日子的情况,可以从三个方面来概括。第一是对敌斗争,第二是内部辩论,第三是学部辩论。对敌斗争渐入高潮,学部范围大型的声讨会有经济所的孙冶方,历史所的侯外庐,文学所的何其芳。本所还开过朱寨、蔡仪、毛星、董易和汪蔚林①的斗争会。现在文学所已揭出的能算得上是"分子",或者说有严重"三反"罪行的人,已经近三十人(占文学所总人数的四分之一强,当时文学所总共一百一十多人)。其中,像樊骏、吕林②,他们是不戴帽子和不挂牌子的,不一定够得上"三反分子"资格,但也在被管制中。

当时文学所的六号楼的顶层有一个乒乓球室,就成了"牛鬼蛇神"的"牛棚"。那时"牛鬼蛇神"是可以回家的,但白天都要去那里集中,有人管理。有将近三十人都被戴上牌子,半天劳动,半天集中在顶层学习、检查。这里就有一些故事了。当时外面的人都知道,学部是个"大本营"。一进学部的大门,往左拐一下,就是文学所的六号楼。红卫兵都知道学部的这栋楼上,关了"牛鬼蛇神",所以出现过好几次外面的红卫兵要进来批斗"牛鬼蛇神",有的被允许进来,有的没被允许。我就亲眼见到过这些红卫兵批斗"牛鬼蛇神"的场面。何其芳被批斗的次数是最多的,其次就是像俞平伯这些名人。有的红卫兵就拿着皮带晃来晃去的。这种场合,我们一般都没去,但偶尔也去看看。他们一般都是训斥,让"牛鬼蛇神"交代问题。所谓的"牛鬼蛇神",后来也都学"油"了,也都知道该如何应对,一般态度都比较好。他们都知道,如果态度不好,或者抗拒的话,红卫兵就会拿皮带抽人。

问:您当年对这些牛鬼蛇神的态度是怎样的?

答:我当时对游街的做法心里是打鼓的,这样的场合我一般不去。但是也并没有觉得,有谁就不该被划成"牛鬼蛇神"。但在做法上,是不赞成那么做的。有一次开批斗会,我就说了一句"要文斗,不要武斗",结果

---

① 口述人:汪蔚林(1912—1983),原在书店工作,时任文学研究所资料室主任,是文学所图书馆创始人之一。
② 口述人:吕林,原在《文学评论》编辑部工作,时任文学研究所学术办公室主任。

就遭到了训斥。从此以后,有人就说我是小资产阶级,是动摇派。

我继续说。上面讲的是所谓"对敌斗争"的情况。下面讲"内部辩论",实际上就是指所内的辩论,日记中写道:

> 也趋向白热化,营垒是彻底地分化了。一方是归附于学部的吴传启等走资本主义的当权派;另一方是跟法学所、政治部等单位联合的革命群众。

当时哲学所以吴传启为首的一批人,是"联队"的大本营,我们把他们叫做走资派的代表。"总队"的大本营就是法学所、政治部。这就是所谓的"两个营垒"。

> 所内辩论的中心,是王春元的问题和选举的问题。还有张正的问题。在他们俩的问题上,存在着明显的"揭"和"保"的斗争。

第三个就是学部的辩论。日记中写道:

> 学部的文革小组已经由于吴传启策划的单方面的退出而解散了。他们(指吴传启等人)以红卫兵联队的名义继续操纵着学部的文化革命领导权。但我们这方面一直坚持不退出,组织了针锋相对的红卫兵总队,下设分队。他们近来一方面紧紧抓住肃清张际春(当时中宣部副部长,可能是对学部问题表过态,并不是很同意联队的意见)的右倾机会主义路线的问题不放,并且矛头指向了张平化和中宣部的新领导。我们这方面紧紧抓住吴传启的问题不放,并且戳穿他们企图打倒张平化的罪恶阴谋。上周六他们已经开了一天的批判张际春的会,只准单方面的人参加,我们这边的人没有参加。今天我们也要开吴传启的会,而且我们邀请了他们的人一起来参加。

这就是9月5日记的大部分内容。

[1966年9月22日的日记] 又隔了半个月,跳到了9月22日,日记写道:

> 最近几天形势又有突变。9月20日上午十点,中宣部副部长熊复受陶铸同志委托,对学部的文化大革命运动作了四点指示。其中第三点这样说:"至于吴传启同志,我们知道,他在1957年反右以来,

特别是在批判杨献珍、冯友兰、吴晗等人的斗争中是表现不错的,在这次文化大革命中,他也是参加写第一张大字报,揭学部阶级斗争盖子的。"

这就说明,新上任的中宣部副部长熊复对吴传启是肯定的。下面记录了我的想法——

这显然不是结论。但倾向性是鲜明的,对吴传启作了肯定评价。所以总队就处于劣势了。这样一来,营垒就发生了很大变化,中间派都跑了过去,原来我们队伍中的一些不坚定分子也都跑过去了。但坚定分子还没有动摇,今后的斗争也将是艰苦的。在我自己还没认识到错误之前,我是不会轻易改变自己的看法的,虽然心里很不踏实。于是联队方面就组织了一个大字报和会议的攻势。

怎样一个攻势呢?这里写道:

20日上午,中宣部的会议还没有开完,联队的红卫兵就派人回来传达指示。下午,大量表示拥护的大字报就出来了。有不少提到了要肃清张际春右倾机会主义路线,要清算宿、叶之流执行的没有张际春的张际春修正主义路线。

——说明一下:这里说的"宿、叶"就是宿炳辰、叶维钧,他们当时是学部总队的头头。

21日上午,联队的红卫兵组织了吴传启问题的辩论会,我方拒绝参加。据说,他们就改成揭发宿炳辰、叶维钧的会议了。下午,法学所等单位组织了张友渔的斗争会,我没有去。这天照例有许多大字报,文学所涂武生等人策划贴出了一张名为《致何文轩等同志》的大字报。《文学评论》的范之麟等人也出了一张《以是否掌握大方向来辨明是非》的大字报(范之麟原来是在我们这派的,大概是听了中宣部的意见后有些动摇),立即就得到了对方的支持。

22日上午,联队的红卫兵开了清算张际春流毒的大会,是在食堂开的。总队的红卫兵开了斗争杨述的大会,在大席棚。

当时,为了"文化大革命"的需要,除了食堂以外,专门还搭了个大席棚,不是封闭的,而是四面透风的那种,当大礼堂用。

问:四面透风的?有顶子没有墙?

答:有墙,但就是很薄,席棚嘛!开大会、搞文艺演出什么的都可以用。那时候学部没有礼堂,只有一个饭厅,不方便。

下午我就回来了,晚上我们组开会,绝大多数同志都没有动摇,但是有几个人,像仁钦道尔吉,像肖莉、孟繁林,都有些动摇,或做动摇状。他们已明确承认了说吴传启是三反分子是错误的。这天,照例也有许多大字报,我所大字报有:《致现、当、民全体同志公开信》、《再致何文轩等同志》、《戳穿假拥护,真对抗的阴谋》等。

——这个大概都是"联队"那方面贴出的。总队方面也有人表态,日记中记了这么一句:

还有,我们这边有一个于海洋(按,也叫于维洛)过去了,他贴了一张叫《我的态度》的大字报,得到了对方狂热的支持。今天,我们也贴了一张表态大字报,但立即遭到了许多围攻。

[1966年9月23日日记]

9月23日。上午,红卫兵总队系统开斗争关山复的大会,我们多数都参加了。"联队"系统没有活动。下午没有活动,只是布置了一下唐弢斗争会的事情。我到唐弢家里走了一趟。看起来,一时大概还开不了斗争会。

大概是因为他的身体不太好,因此有些需要他自己写的材料也没有弄好。

晚上照例自发的聚会,我们的队伍固然没有动摇,但士气有些不振。今天对方贴出一张题为《右倾机会主义的标准》的大字报,是评《撕开王春元的画皮》和《张炯、钱中文同志的调查报告》两张大字报的,调子拔得很高,大有欲置对方于死地的气势。

——大概是我们这一派贴出了两张大字报之后,对方对它的批驳。还有许德政,就是沙予,沙予是中间派,当时也叫逍遥派,他也贴出了大字

报。不是任何人指挥他干的,是他自己出来表态的。日记中写道:

> 沙予等人的大字报都是中派和未曾在学部范围内表过态的人写的,看起来有一部分人又要倒向他们了。除了沙予,还有肖莉、张宝坤、于维洛等,也有倒向他们的可能……从最坏处着想,可能出去的,还有杨世伟、仁钦道尔吉,和孟繁林等人。但天是蹋不下来的。

[1966年9月25日日记]

> 昨天上午,应杨世伟等人的要求,应该说是倡议,开了组会,说要创造一个良好的自由讲话的气氛,让大家各抒己见。

这个时候大概因为对方的这种气势,我们这边阵容多少有点动摇了。

> 先是学习了十六条,继之就是由张大明、蒋守谦、张宝坤、于维洛、肖莉等人发言。张宝坤、于维洛、肖莉发表了一些不同意见。肖莉声明,她只是在吴传启的问题上表示了自己的态度,在其他问题上,她并不就是跟涂武生等人一致的。这说明肖莉跟张宝坤、于维洛等的归降是完全不同的。张宝坤发言的调子很高,她几乎是责令支部和文革小组要对前段工作究竟是执行了什么路线做出检查。

这表明内部分化了。

> 下午3点,全所传达了关于国庆的文件,传达以后继续开会,我们这边像陈全荣、徐兆淮、雷业洪、刘士杰、徐迺翔、许志英等人发言,还是坚持原先的看法,而且在发言当中含沙射影的对张宝坤、于维洛的发言开了火,扭转了上午会上我们被动的局面。昨天所里面有人贴出来何文轩大字报,题目有《我们所认识的何文轩同志》,是图书馆资料室的李凤林、朱庆霞等人写的。是向何文轩开火的。还有王燎荧和王芸苏写的郭怀宝的大字报。这几天的气氛真有点黑云压城城欲摧。晚上,与小何在北海约会,谈到她的工作问题,她说已经在父亲的厂里面设法找工作。今天星期天,午后理发并到作协转了一圈,看了看大字报。

[1966年9月26日日记]

星期一。星期天晚上去王府井一带转了一圈。回来碰到沙予,沙予前来"劝说"。我对他态度不够好,末了大概有些话还刺痛了他。我说,正因为你是无党派民主人士,能够起到他们所不能起到的作用。这个话是很不好的。上午,文化革命小组碰了头,研究了本周的工作:出何其芳的大字报;开唐弢的斗争会;还要学习国庆连队的辅导文件。之后,全组同志开了一个小会。会上,陈全荣、徐兆准等人又含沙射影的说了几句,本意是刺张宝坤的,但是肖莉却敏感了,这姑娘一天都不开心。下午何其芳组和唐弢组分头开了会,作了分工。晚上几个人碰头,王瑛和大何顶了起来。大何似乎要准备大干,王瑛和我则不赞成。

——当时我们这个文化革命小组,是由大何即何文轩、王瑛和我三个人负责。后来,一直也没有变动。大何是"老陕",他"气"是很盛的,所以文化大革命整个过程当中,他后来自己回忆说:两派斗争中对立派的矛头经常是对着他的。这当然有点夸大,但也大体接近事实。

[1966年9月27日日记]

上午总队在大席棚开揭发、批判、斗争张际春的大会,我去看了一下,就回来了。到教育部看大字报去了,抄了刘祖春的一篇《检查》。

当时教育部在西单,那里有很多大字报。刘祖春当时大概是教育部或者中宣部的一个领导,副部长一类。

午后,到小何家,吃过午饭稍事休息,又来到教育部看大字报。晚上回来才听说出事了:上午在红卫兵分队办公室(原来是何其芳办公室),发生了打架事件,康金镛和栾贵明("联队"一方的)撕打了王保生("总队"一方的),在王保生提出抗议以后,康金镛却倒打一耙,居然骂王保生耍流氓,居然到斗争会上去"控诉"了。大家议论,真是把人给气炸了。后来又讨论了栾勋起草的一张大字报,准备明天贴出来,题为《对红卫兵的政治迫害不容歪曲和抵赖》。

——这红卫兵指的就是王保生。因为王保生、何文轩都是贫下中农家庭出身的,才有资格称红卫兵。

［1966年9月29日日记］

今日中秋。昨天(9月28日)上午讨论唐弢斗争会的发言,于维洛的意见十分特殊。在他的批判唐弢的《你不是我》的发言里,反而替唐弢作了辩解,说什么这篇杂文是在《两类矛盾》(就是毛主席的《正确处理人民内部矛盾问题》)发表以前写的,可以减轻唐弢的罪过等等。在讨论吕薇芬的关于《谢本师》(这是唐弢一篇杂文)的发言时,他说,1962年左右,刘少奇也说过要向苏联学习,意思就是说唐弢说这句话也没有什么罪过。下午,分散了,无事。我们几个人就研究了一下怎么样组织力量进行辩论的问题。决定成立一个情况研究组,今后的活动由红卫兵分队出面主持,以分队为核心,团结全支部同志一起前进。支部力求把队伍稳住,在行动上也力求跟上。晚上我上唐弢家转了一圈,通知他今天要让他来开斗争会。之后就到法学所,送大字报,顺便看了看大字报。

——当时经常到外面看大字报。

今天上午,开唐弢斗争会,就只批判了关于"现代文学史"的问题,杂文问题来不及了。中途插入了邱明正和许德政的发言。会议开得比较紧凑。下午不少人为杨志杰筹备晚上的婚礼。我上各个戏院去买戏票,但没买到。晚上,杨志杰的婚礼在建外举行,热闹了一番。后来杜书瀛来了,却使双方都很不自在。

——杨志杰当时是我们这一派的,而杜书瀛是理论组的,是我们的对立派,所以大家会感到不自在。

［1966年10月2日的日记］

30日上午我与裴效维、张家钧分头到各个影剧院购买国庆的影剧票。家里的一些同志分别写"短评"和抄写何其芳的大字报。下午在忙乱中过去,无所事事。晚上看北京人民文工团和红卫兵的联合演出,从内容和形式上都学习乌兰牧骑,但是很粗糙,远不如乌兰牧骑的演出。散场以后演员还到场外欢送我们。

1日上午,看国庆电视实况。

——那是在所里看的,当时我还没有成家,即使成家的,家里有电视的恐怕也极少。

下午上小何家,晚上同她一起到民族文化宫看中央乐团交响乐《沙家浜》,比昨天晚上的演出好多了。

2日上午,我与祁连休一起值班。这两天又发生了一起打人事件……

最后我对此事件有一个评论,说:

如今,学部是一个没有公理和正义的地方,成了坏人专横霸道的场所。

——当然,这也是姑妄言之,"文化大革命"当中,这类不负责任的言说,比比皆是。

[1966年10月5日的日记]

3日上午吃饭以后打羽毛球,中午休息看书,三点半外出,四点跟小何在北海约会,游客极多,尘土飞扬,晚上回来跟栾勋、章楚民等人议论《红旗》杂志的社论《在毛泽东思想的道路上前进》。

——因为这个社论里面提出了一个"两条路线斗争"的问题我就跟他们议论这个事。

4日上午学习人民日报社论,和1日林彪同志讲话,以及《红旗》社论。下午继续学习。

5日上午文革小组研究工作,意见不太一致,最后只是决定下午继续讨论学习,听取大家意见,所以下午讨论,晚上连续读完了周恩来总理报告以后,仍然继续讨论。我们的队伍显得十分涣散,这样下去迟早是要被拖垮的。

[1966年10月17日的日记]日记一下又跳到了10月17日。一开头就说:

时间又过去了十二天,但我们的队伍并没有垮,看起来是垮不了的。不过也发生了一些变化：有的人过去了，有的人虽然没有过去，但是内部意见有些分歧。文革三人小组就有分歧。大家都有不同程度的"怕"，"怕"字当头。王瑛波动最大，他连总队要举办的批判张际春的会都不愿意参加。因为不满文革领导小组领导不力，我们小组有13个人，自动又组织了一个战斗队，叫"红岩战斗队"，这个战斗队由徐兆淮领头。最近从10月11日起，"总队"连续召开批判张际春的大会，已经开了一个礼拜，揭出了不少问题，但看来今天的会很难再揭出什么问题了。参加会议的人稀稀拉拉的，会议气氛不太好。

15号，星期六，红岩战斗队贴出了关于袁键的大字报，很大型的。红岩战斗队的大字报出来以后，吕其桐迫不及待地就用一张小字报把它糊住了。

——那个时候，经常有这种人，不同意你的观点，不写大字报反驳，就用一张小字报把你糊住了，这样双方就吵起来了，干起来了，甚至大打出手。

明天，毛主席要接见外地来京师生，串联的红卫兵。据说，中央斗争甚为激烈，江青甚至讲过，"我们准备被罢官"的话。今天北京各个街道都贴上了"斗"字的大标语，要"誓死保卫毛主席"，"拥护中央文革小组正确领导"等，声势极大。15日，晚上和小何看曲剧《红心向党》，小何已上印刷厂检查过身体，录用的可能性很大，但是，还是得当徒工，要从学徒工当起，她倒是有些思想顾虑。如果要当徒工，我们要结婚，就比较困难了。

这说明，这时候，我和她已经谈到过结婚问题了。

[1966年10月20日的日记]

星期二，毛主席第四次接见革命小将。12点40分，毛主席所乘的敞篷车经过大院门口。我们是趴在屋顶上看的，但我却没有看到。车开的太快，一闪就过去了。

星期三，似乎并没有什么大事，理论组、行政、图资、文评支部等六单位联合发起了开始向资产阶级反动路线猛烈开火的大会，我们派了刘士杰、沈斯亨参加,据说在会上还攻击了我们,而且点了刘士杰、沈斯亨的名字。

星期四,在红卫战校开了一天的会。先是举行"保卫以毛主席为代表的无产阶级革命路线"誓师大会,后来各个单位,主要有法学所、哲学所、政治部介绍了有关情况。晚上看电影纪录片《毛主席第三次接见革命小将》。

[1966年11月3日的日记]

半个月过去了,今天毛主席第六次接见革命师生和红卫兵。是历次时间最长的。接见从上午十点开始,一直到下午五点,才只有一半的人通过天安门。后来五点的时候,总理只好宣布队伍不再前进了,毛主席另定时间接见大家。

最近形势又起了一个变化。事情是这样的:10月24日到25日那天,吴传启、林聿时等人与工作组的王瑞其、时代开了一个"秘密会议",参加者只有七八个人。会上,吴、林得知工作组搞了一个材料,其中的附件是关于吴传启的历史问题的。于是,他们就违抗陶铸同志的指示,通过不正当手段,从时代手中搞走了这份材料。

开会被民族所的人知道以后,"总队"就从王瑞其、时代那里了解到上述的较详细的情况,于是就立即贴出大字报和大字标语上街,揭露吴传启、林聿时盗窃国家机密的罪行。不贴则已,一贴把事情闹大了,惹火了吴、林,他们的"后台"就一个个站出来了。

先是刘祖春讲了"我是支持联队"的,当26号深夜被我们一造反,刘祖春又声言收回这句话。现在又出来个林杰(林杰当时是北京这边的红人,比姚文元出名得晚一点,但比姚文元还要年轻一些)。林杰出来贴大字报了,这张题为《坚决拥护中央军委的紧急指示》的大字报,对林聿时、吴传启窃取人事机密一事作肯定,又声色俱厉的对"红卫兵总队"进行攻击,还实际上对陶铸同志施加了压力。

继而是一个偶然的机会,刘宁一(当时大概是中联部的副部长一类)出来讲了支持他们的话,据说肯定了吴传启是"革命左派"。

固然刘宁一的有些话已经得到了澄清,但倾向于"联队"这是很明显的。

在这种情况下,我们的队伍不能不发生变动,有很少数本来就动摇的人就过去了,队伍内部的失败主义情绪相当严重。当然不少同志仍然还是坚定的。

现在只有一条出路:不断地向上送材料,汇报情况,希望能够得到中央的了解,从而做出正确的处理。问题越闹越大了,事情也越来越复杂了。

最近开了中央工作会议。听说,11月1号在人大会堂,由陶铸和李富春同志主持,已经对主要干部作传达。我还是在28号就听到了陈伯达报告的传达,昨天《红旗》杂志社论在报上发表,题为《以毛主席为代表的无产阶级革命路线的胜利》。从中央工作会议的精神上来看,无论如何,执行错误路线不会是我们,只有是吴传启他们。然而,为什么林杰们会支持吴传启呢?林杰的出现决非偶然。真是百思不得其解。

现在只有沉默,什么话也不说。沉默啊,沉默,不在沉默中爆发,就在沉默中灭亡。

你看,这里表现得是多么的悲壮啊!这就是当时像我这样的一些人的一种情绪:完全迷失了方向,卷进了"文化大革命"的浊流之中,在无谓的争斗中浪费自己的青春和生命!

[1966年11月6日的日记]

局势对我们十分不利,继林杰的大字报和刘宁一同志的谈话之后,所谓"金猴"广播站(这是当时"联队"的喉舌),又陆续广播了林杰代表《红旗》杂志全体革命同志对他们的讲话,《红旗》杂志还有陈展超等九人的大字报《尊重客观事实,反对瞎说一气》,还有今天上午广播的林杰的新大字报《事实胜于雄辩——九答学部红卫兵总队某些同志》。《红旗》杂志林杰等人出来说话了,这说明问题闹大了,也说明我们这些人是不好对付的,非要《红旗》出来说话不可。

《红旗》社论和林彪同志的讲话一再强调,"群众自己教育自己,自己解放自己",但在我们学部内部,就完全是两回事了,这究竟是怎么回事呢?真是百思不得其解。

这几天,学部机关的二、四支部过去了一些人,外国文学研究所也过去了九个人,三支部的临时工也过去了,本所的仁钦和杨志杰也声明退出了"红卫兵总队"。红卫兵总队人心动荡,学部的空气既如此压抑,今后将何去何从?林彪在最近第六次接见革命师生大会的讲话中,特别强调指出毛主席是支持步行串联的,这几天我们也正在议论关于步行串联的问题。

[1966年11月8日的日记]

星期天下午我们去老马①家。在他家里自买自烧,吃了晚饭,七点多才离开,小何也去了。一片失败主义情绪,从上午就开始清谈,晚上也还有一帮人在清谈,满腹牢骚和悲愤,无处诉说,于是乎就只有在彼此间互为解嘲。每天都广播几遍林杰的新大字报,听得都烦了。昨天上午,几个人谈了一下,也毫无办法,大家似乎都倾向于洗手不干,但又有点不甘罢休,如果再顶下去,似乎没有什么好结果,但不顶的话,真的就完全丢光了。下午,何文轩去法学所开会,晚上回来讲了明天起要整训,目的是为了肯定方向,统一认识,总结经验,革命到底,然而这一次整训究竟能得到什么结果呢?总是让人怀疑的。昨晚值班,还有几个人,像金子信、许志英就过来清谈。

——那时候我们轮流值班,碰到值班的时候就清谈,所谓"清谈组",就由此而来。"清谈"换一种说法也就是"聊天",但不是聊琐碎的事,而是聊"革命"形势,对时局的分析等。有一些有头脑的人,在那儿分析,分析对方的力量,我们的力量,像许志英、金子信,包括何文轩这样的,他们都能说会道,都喜欢这样。所以值班的时候,晚上有些人愿意到那儿去,去参加聊天。

问:"清谈组"是正式的组织吗?

答:不是,是经常在一起聊天的人,流动的,外人称其为清谈组。你像

---

① 口述人:老马即马良春,注释见前。

朱寨,他早就解放了,后来也参加了清谈组。樊骏也是。有时候我也在那里旁听。

[1966年12月27日的日记]从11月8日以后,日记中断了近50天,一直到12月27日才有这么一篇。

12月27号,星期二,这几天连续出现了抄家的情况,都是联队系统的人干的。上个星期哲学所的红旗战斗小组被砸了(哲学所红旗战斗小组当时跟哲学所的联队是对立的),继之,政治部的档案室被所谓的工人战斗队封了,又后,是上个星期六夜里10点左右,在西郊(当时在北京西郊,有几个研究所,如民族所、世界政治经济所、世界历史所),联络点也被抄了,抬走了一个保险柜。

昨天是伟大领袖毛主席的生日,恰恰在这一天出现了全被抄家的情况,这是对主席极大的污辱。昨天我所有二三十个人,有钱中文、李新萍、葛涛、康金镛,先是逼王瑛交材料,继之先后抄了吕薇芬、徐兆淮、陈全荣、何文轩、王保生、金子信、许志英等人的办公室及宿舍,半夜又驱车到王瑛和马昌仪的家里,折腾到半夜。

今天我外出,据说又抄了其他人的。迄今被抄的人数已达20名。连吴庚舜、董乃斌这样的中间派都被抄了。据说有人还以为吴庚舜是"红岩"战斗队的主要角色,一直辛辛苦苦地为"红岩"写稿。这真是从何说起?这样的情报工作实在是太不像话了。

今天我不在家,但他们把我的抽屉给砸开了,拿走了我的五个笔记本,甚至把我几个月来积累的一大卷宗"首长讲话"和其他材料也全部拿走了。

我毕生蒙受的第一次最大的耻辱。

我决不相信这样做是党的政策所允许的,这实际上已经侵犯了人身安全和自由。

这就是12月27日的日记。我补充说明一下:抄家在当时并不是个别现象,不独文学所如此。

问:他们抄家要找什么呢?您记得吗?

答:找材料,无非就是找一些抓你辫子的材料。

问:大家都是造反派,为什么那一派的人敢随便抄家?

答:不,他们认为你就是保守派。那个时候没有什么原则,不讲原则了。只要需要,就千方百计想法子整你。

问:你下一个日记就到了1967年,是吧?

答:不,这就断了,一下子就断了十年。到了1977年。我这个所谓日记,都是这么断断续续的。这一次的中断,跟抄家有直接联系。

问:我知道在1966年的12月份,您把一部分笔记本,有可能就是这个日记,送到师母家里去。包括何文轩老师,他也把一部分日记藏到师母家,当时是什么样的直觉,要把笔记本送到师母家去?

答:因为别的研究所已经出现过互相抄对立派这样的情况,我们有点紧张,就疏散,把重要的东西放到安全的地方去。

问:何文轩老师的日记也放到师母家去了,是吧?

答:这还是她说的。我忘记了。我记得我是放到她家里的。

问:唐弢的批斗会,您日记上语焉不详。具体的场景和过程,包括您自己当时的感受是什么样的?您说过,您主持过两次会议。

答:是,去他家里。

问:在他家里是两次吗?还是包括在所里一次?

答:所里面不算。

问:您单独去他家联络,还是挺文明的?去看他的身体不好,还不能开。具体的过程,除了日记记的,您还记得哪些?

答:在所里开的会,我忘了。我就记得在唐弢家里开的,因为他身体不好,我们也怕出事,所以就在他家里开。事先当然得跟他联系。

问:联系,怎么说呢?就说到你家开批判会?怎么开口呢?

答:就那么说。那个时候,他都成了批斗对象,"黑帮"分子了。本来,他也应该上六号楼顶层的。

问:是因为他身体不好吗?

答:当然,身体不好。

问:您去跟他联络,告知他要开批判会的时候,心里有顾虑吗?

答:没有顾虑。具体细节忘了。我就记得,我在"文革"当中,最对不起的一个人就是唐弢先生。那个时候"文革"小组里面分工,让我抓唐弢的批判。

问：您跟唐先生之间没有任何的私怨,纯粹就是革命工作？

答：对。没有私人的恩怨。我刚进文学所的时候,他还跟我谈过一次话,他让我今后有什么事多和樊骏联系。他说他很忙,还要写鲁迅传,另外他身体也不好,所以要我多跟樊骏联系。平时很少见到他,他一般是开组会的时候才来。过去我跟他实际上也并不熟。在上海的时候虽然见过他,他可能也知道我,因为他原来也当过复旦大学教授,在我们编书的时候,还参加过我们的座谈会。

问：1958年复旦中文系编《中国现代文学史》的时候？

答：对。那个时候他已经到上海作家协会了,当作协的书记处书记。我跟他私人之间没有什么事,当时完全是为了所谓的"革命"斗争需要。

问：批斗会是怎么开的？

答：先准备材料,《唐弢罪行录》什么的。我不是负责写前言么？最后通稿可能也是我,我现在只能说是可能,因为年代久远了,记忆不是很清楚。当时参与这个工作的人很多。大家分工不一样,张三写这个,李四写那个。参加会议的人也就十个人左右,不会太多,都是近现代组的人,像许志英、樊骏、王瑛、何文轩这些可能都参加了。会议是我主持,说什么话？这个我忘了。

问：在他家什么地方开？大家是站着吗？唐先生呢？他是站着还是坐着？

答：他坐着。

问：大家呢？

答：他家还比较大,是一个独立的四合院,我觉得可能还是坐着。

问：您现在完全记不起当时的场景了,是吧？

答：不记得了。反正去的人也就是那么多。

问：您主持,是怎么个主持法？

答：具体的细节都忘记了。反正总得有一个先讲话,这个人可能就是我……

问：唐弢的十条罪状？十个人写的十段文章？

答：对。分头说,我说前言,然后就分头说。

问:您记得唐先生当时的反应吗？有很多是上纲上线的啊,无中生有。他当时的反应是什么？

答:他当时比较冷静,比较镇定,没有很激动。因为那个时候所谓的"黑帮"分子,都明白大形势,不会公开站出来反对,顶多是对某些批判与事实不符合的,作些解释。而且解释也是很平和的,不是跟你对抗。我印象中,唐先生并没有对抗过。

问:为什么开两次？两次会议的差别是什么,您记得吗？

答:第一次没开完,接着开呗。

问:哦,第二次又接着开？

答:对,大概是这样。关于这段经历,我曾多次做过反省,唐先生在世的时候,我也向他本人说过这件事。这些我在前面也已经说过,这里就不再重复了。

采编人杂记:

一、关于日记

这一节的大部分内容,是陈老师1966年的日记。这一段采访,就是让陈老师连续朗读自己当年的日记。读日记算不算是口述历史？这个问题很难统一作答。在这个案例中,我认为应该算。口述历史工作,无非是搜集个体人生及其社会历史的记忆信息,日记乃是档案化的记忆,口述人当然应该参考并引述它;尤其是,当口述人的记忆力严重衰退,若不引述自己的日记就无法讲述时。如果不引述日记,1966年的经历就会形成空白,那将是无法估量的遗憾。谢天谢地,陈老师曾记日记,而且还保存了这段时间的日记;更要感谢陈老师,愿意与我们分享那一段日记,将我们引入1966年"文革"初期的历史现场。

侥幸的是,陈老师也只有那一段日记——如果他在"文革"十年中一直记日记,且保存完好,那我就会建议出版所有的日记,而不必在口述历史采访中读日记了——遗憾的是,此后十年间,口述人再也不记日记了。这不是个别现象,在我采访过的老人中,大多数人在"文革"开始以后都不再记日记了。有些人甚至从"反右"之后就不记日记。原因很简单,在那个年代,记日记很危险,别人会在你的日记中搜索你的"活思想",当作批判你的证据。如此,谁还愿意记日记呢?由此看来,不记日记,也受时代潮流影响,也是历史证据。

经历过"文革"及其影响的人,都将受到后人的质问:经历过如此漫长而惨烈的人祸历史,我们从中学到了什么?假如我们没有从"文革"经历中学到什么,过去了的事就任它那么过去了,那就未免愧对智慧人类之名。假如我们不想从"文革"中学到什么,而要奢谈文化繁荣乃至文化复兴,那是在自欺欺人。假如自愿遗忘"文革"的经历,甚而强迫他人遗忘,那就不仅蒙昧,而且罪过。世上的每一棵树,都会用密密的年轮记录其生长的信息,何况乎人?

想要从历史中学习什么,首先要收集并保藏历史档案。关于"文革",除了常规的官方文件、会议记录等档案外,还要收集群众组织及公共活动的记录;由于群众组织及其自发的公共活动记录从未被官方保藏,因而有必要收集并保藏亲历者和见证人的书信、日记等私人文件。档案学观念已经发展到将私人文件纳入档案收藏范围,发达国家的档案馆、博物馆和其他档案部门也建立了私人档案的收藏。在我们国家,因无专门"文革"博物馆和档案馆,私人档案的收藏情况未可乐观。

对"文革"的研究,我们也有一个误区,以为所谓研究仅限于对这一旷日持久的社会运动进行政治分类、道德判断或事件描述,实际上,更深入的研究应该在"文革"中的人类行为及其心理动机层面展开。如果说在"文革"中,许多人都变得有些疯狂,那就应该研究:哪些人变得疯狂?为什么会疯狂?如果说有许多人都像被催眠了,那就应该研究:哪些人被催眠?如何被催眠?为什么会被催眠?"文革"历史,是中国人文和社会科学研究的宝贵资源。

二、关于大字报和出风头

得知陈老师是文学研究所"文革"初期第一张大字报的作者,我有些难以置信。在我的印象里,他是个谦逊温和而且谨小慎微的人,怎么会成为第一张大字报的作者? 成为文学所第一个造反派? 陈老师说:那时候,他很爱出风头。

问题是:那时候为什么爱出风头? 心理学家马斯洛的多层次需求理论,或许能够解释:人人都有生物性需求、安全的需求、社会交往和归属的需求、社会尊重的需求,和自我实现的需求。在生物性需求满足之后,安全的需求就成为首要问题。所以问题的症结就是,他缺乏安全感。经历过新中国接连不断的政治运动,心性敏感的人大多缺乏安全感,"文革"来临时,连过去神圣不可侵犯的各级党组织领导人都要遭受批判,更是人人自危。电影导演陈凯歌在其《我的红卫兵时代》中说,一些过激行为,其实是出于对离群的恐惧。新中国实行社会主义集体主义,每个人都在集体编制之中,离开集体不仅意味着在政治上成为另类,在生活也将面临迫切危机。这种对离群的恐惧已经不只是有意识的选择,而是深入骨髓,成为个体无意识。陈老师家庭出身不好,总也无法入党,总是在群体边缘徘徊,更无法进入群体组织的核心,离群的恐惧只会更甚。被这种恐惧所控制的个人,往往会比一般的运动积极分子更加积极。因为,只有比别人更积极,才能被所属群体所认同,才能获得安全感和归属感。

在这段经历中,有一个情节值得特别注意。陈老师开始是选择保皇派的立场,当哲学所造反派开始造反时,陈老师在反对造反的大字报上签下了自己的名字;后来传达了"造反有理"的最高指示,他立即退出了保皇派的立场;然后,才写出文学所的第一张大字报:要造反。表面上,这是个人的选择;实质上,不过是对时代风潮的判断,并接受时代风潮的影响。陈老师的保守,是习惯性的跟风;口述人的造反,也是对新潮流的习惯性模仿。如弗洛姆所说:"任何一个社会的整个文化精神都是受社会中势力最强大的那些集团的精神所决定的。之所以如此,部分原因在于这些集团握有权力,能控制教育制度、学校、教会、新闻出版、剧院,并能将自己的观念灌输给所有人。不仅如此,这些权势集团声望如此之大,以至于低层阶级急于接受并模仿他们的价值观。"①

---

① [美]埃里希·弗洛姆:《逃避自由》,刘林海译,北京:国际文化出版公司,2007年,第79页。

三、关于主持批判唐弢活动

在"文革"初期,陈老师作为文学研究所造反组织"总队"的骨干成员之一,曾主持过对文学所现代文学研究室主任、著名现代文学史家唐弢先生的批判活动。具体说,就是去唐弢先生家,开现场批判会。这事听起来挺严重的。

一开始,我有点担心,陈老师会不会有所顾虑,不愿谈及这段经历?说起"文化大革命",人们很愿意说自己受难的经历,而对自己的造反经历则不然,出现有选择的陈述、有选择的记忆,和有选择的遗忘。谁喜欢对别人说自己"不光彩"的经历呢?随着采访的深入,陈老师自然而然地谈到了主持唐弢批判会的事——当然是借助于他当年的日记,我觉得,他已经做到了知无不言、言无不尽。此时,我又有另一种担心:会不会有人觉得,他的表述有点轻描淡写?

之所以会有这样的担心,是因为我知道,人们(包括我自己)对"文革"中的造反派和批斗会,或多或少存在某些"刻板印象",以为凡造反派全都是青面獠牙,凡批斗会都是拳打脚踢。通过这么多年的口述历史采访,我才知道,造反派和批斗会也是各式各样的,不同地区、不同行业、不同单位的造反派是不同的,甚至同一个单位的同一个群众组织中的造反派也各有不同。仔细询问过有关文学所的造反派当年召开唐弢批斗会的细节之后,意识到,当年的批斗会,看起来是在上纲上线地批判,实际上不过是在认认真真地"表演";陈老师等一帮造反派,不过是在认认真真地扮演时代所赋予的社会"角色"。美国社会学家欧文·戈夫曼在《日常生活中的自我呈现》一书中说及,每个人在各种社会关系中所面对的基本问题控制着他们给予他人的印象,最后还要控制他们的外表、扮演角色的自然环境,以及他们实际上的角色行为和伴随这一角色的姿态。表演是个体处在一批特定的观众面前的那段特定的时间内,所进行的并对观众具有某种影响的全部活动。[①] 心理学家科尼斯·格根也支持这一见解,

---

[①] [美]欧文·戈夫曼:《日常生活中的自我呈现》,参见陆学艺主编:《历史上最具影响力的社会学名著20种》,第267页,西安:陕西人民出版社,2007年。戈夫曼著作的介绍,由宋国恺撰稿,见264—282页。

在其《社会建构论导论》一书中指出,心理话语是一种"表演"。人生活于社会,与他人处于一定的角色关系中,社会为每一种角色准备好了"剧本",人的心理实际是对剧本的表演,这种表演"是关系的培植物"。因此,个体拥有怎样的记忆,产生什么样的情感体验,以及选择怎样的行为,取决于社会角色关系。① 如果说,在日常生活和正常心理中,都存在角色意识和表演现象,在"文革"这样的大规模群众运动中,表演现象就更为明显。只不过,表演当事人也许自觉,也许不自觉。

细心的读者会注意到,陈老师的日记中,也记载了被批判者的情形,例如"唐弢感到震惊,想到身败名裂";以及"蔡仪流泪了"。这表明,唐弢先生、蔡仪先生明显受了伤害。这伤害,一部分来自批判会本身,另一部分是来自这场大戏的角色分配:他们是"反派人物",这是他们没想到的,也肯定是不情愿的。唐弢先生的震惊、蔡仪先生的眼泪为什么没有让造反派们醒悟并且惶愧?原因恐怕是,当时群众运动的强大声势,淹没了个人的良知。如勒庞所说:"在集体心理中,个人的才智被削弱了,从而他们的个性也被削弱了。异质性被同质性所吞没,无意识的品质占了上风。"② 被无意识所支配,有如鬼使神差。

我这样说,是不是有为自己的老师辩护的无意识?也许吧。

我并不是要否认在"文革"中陈老师伤害过唐弢先生——在大批判运动及两派斗争中,或许他还伤害过其他人。但我相信,这些伤害并非出自个人恩怨,更没有主观故意;因为他天性善良,而且胆小怕事:他属鼠。我也属鼠。

四、关于权威主义人格

要深入探讨"文革"群众运动的成因,深入探讨陈老师在"文革"中的行为,并探讨他的成长经历和个性特征,需要引入一个重要概念:权威主

---

① [美]科尼斯·格根:《社会建构论导论》,上述内容参见叶浩生主编:《历史上最具影响力的心理学名著26种》,第389页。有关格根著作的介绍,由杨莉萍撰稿,见380—391页。

② [法]古斯塔夫·勒庞:《乌合之众:大众心理研究》,第16页,冯克利译,北京:中央编译出版社,2005年。

义人格。

标准意义上的权威主义人格,有几种不同的互相关联的人格特质:1.顽固地坚守中产阶级的价值观念,对此加以夸张并轻视、拒斥持有其他价值观念的人;2.顺从个体所归属群体的道德权威,以权威和地位作为自己行动的依据,认同于强有力的他人;3.仇视所在群体以外的人;4.对于所遇到的任何事情喜欢采取简单的判断;5.不信任他人,总怀疑别人要进行某种阴谋。①

陈老师是否具有权威主义人格特点?这是需要认真讨论的问题。在"文革"初期,他响应权威号召,积极批判他人、言辞上纲上线,进而参加造反组织、卷入两派斗争、怀疑对立派有阴谋,这些表现,好像与上述权威主义人格的第二、三、四、五条还真能对得上号。如果将第一条中的"中产阶级的价值观念"改为"中国式无产阶级观念",相似的程度就更高了。为谨慎起见,还是先不要贴标签为好。陈老师的个性,并不是在"文革"中才形成的,而是从他的少年时代就开始被形塑。陈老师人格确实有一个核心品质,那就是对权威的由衷崇敬和无限信仰,从少年时期就开始崇拜并信仰最大权威毛泽东。在谈及他的成长经历,尤其是中学和大学的经历时,陈老师曾多次说及,他对毛泽东是由衷信仰,从不怀疑。说这话,肯定不是为了表示政治正确,而是对自己的成长经历的如实讲述。如果说这句话只是有那么一点权威主义人格的信息,那么,他在"文革"中的表现,恐怕是这种权威主义人格的急性发作。

对权威的尊崇乃至迷信,曾是人类的普遍现象,且由来已久。如弗洛伊德所说:"我们知道,整个人类都对权威有一种强烈的需要,这个权威往往受到人们的推崇,人们在他面前卑躬屈膝,甘受他的统治,或许还会受他的虐待。我们已从个体心理学中了解到这种群众需要的根源是什么。这是每个人从童年开始就感觉到的对父亲的渴望……"因此,"人们必须崇拜他,人们可以信任他,但不可避免地也会害怕他。"②当然,弗洛伊德所说,只是普遍的人类心理无意识;并不意味着此种无意识必然会发

---

① 参见中国百科网—百科词条—教育百科—《权威主义人格》(梁宁建)。
② [奥]弗洛伊德:《摩西与一神教》,弗洛伊德《论宗教》[第二版]第272—273页,张敦福译,北京:国际文化出版公司,2007年。

展成权威主义人格。

　　权威主义人格,从本质上说,是个体人格的幼稚、软弱、不健全,也即个体意识和人格精神的蒙昧状态。它的"解药",就是启蒙——康德对启蒙的经典定义是:"启蒙就是人类对他自己招致的不成熟状态的摆脱。这个不成熟状态就是这样一种状态,即人们在没有别人的指点时,无力使用自己的知性。这种不成熟状态之所以是自己招致的,其原因不在于缺乏理性,而在于,当没有别人指点时,他缺乏使用理性的决心和勇气。"所以,"'要有勇气使用你自己的理性!'——这就是启蒙的口号。"①陈老师天性聪颖,勤奋好学,遗憾的是,他也确确实实缺乏康德所说的那种使用自己的理性的勇气。有一个很好的证据:他说,他发表第一篇文章,是用别人批判他的观点,去批判方之的小说。

　　如果说陈老师有权威主义人格,那么陈老师同时代人,乃至不同世代的大多数中国人,恐怕也有。中国文化的传统,是不许怀疑经典,更不许怀疑圣贤,这是塑造权威人格的一种力量;在家庭中、在私塾或学校里,也都有要求子弟"听话"的习俗,这是塑造权威人格的另一种力量。在陈老师成长的年代,听毛主席话、跟共产党走,是所有中国人的人生圭臬,任何独立思考或特立独行都会被视为"自由主义"或"个人主义"或"个人英雄主义",要受到组织批评,乃至群体孤立。更不可忽视的是,镇压反革命、三反、五反、肃清反革命、批判胡风反革命集团、反右派运动、反右倾运动、四清运动……接连不断的政治运动无不具有巨大的威慑力量,此即权威主义人格的形塑力量。内有引导,外有压力,权威主义人格,就是这么练成的吧?

---

① [德]伊曼努尔·康德:《什么是启蒙》,载《道德形而上学基础》(英汉对照)第169页,孙少伟译、鹿林译校,北京:九州出版社,2007年。

恋爱、结婚和孩子

问：请谈谈您和我师母的恋爱故事。

答：我来（文学所）时，她已经在这里工作了一年多。她是云南嵩明人，在北京一所中等师范学校毕业以后就分配去教小学，大概也就是三四个月吧，因为对这个工作不太满意或者是这个工作不太适合于她，经过有关人的介绍，就到了文学所资料室。资料室那个时候需要人，大概有规定，需要两三年才能转正。"文革"初期那时候，应该是可以转正了。

问：您是怎么认识师母的？那个时候恋爱有哪些特点？

答：我们认识好像是很自然的，就是在资料室认识的嘛。因为她是资料员，经常在那儿值班，我去查看资料的时候，经常见到她。我第一眼印象就是挺好的，人长得也不错，对人挺有礼貌，挺热心的。总之印象很好。你问有没有写过情书之类？确实没有。几乎可以天天见面，她上班的地方就在我们宿舍楼前面。她在六号楼上班，我的办公室在七号楼，宿舍在八号楼，都是挨着的。只要一到资料室，就能见到她。我在福建和上海虽然有过几个倾慕或者动过心的对象，但没有真正谈过或者谈成恋爱的。到文学所的时候我的年龄也不小了，家里已经对我的婚事过问多次，所以到北京以后，谈恋爱就是很正常的事。

问：总要有个人起头，谁起头的？

答：起头肯定是我，我主动的。

问：是怎么个主动法？写信？托人？直接跟她口头约会？

答：没有。既没有写信，也没有托人，就直接口头表示。

问：就口头？到资料室和师母说，要跟她约会吗？

[**师母**：（采访人按：那天师母正好在家）也没有说就要交朋友。]

问：那是去北海,还是去哪儿?

师母：认识以后,后来和何文轩他们一块,何文轩、董乃斌、许志英几个一齐,去过颐和园。何文轩那时候有点想促成的意思,就问我,我说我还没想好。

答：那时候何文轩是我们这一派的头头。这是第一次,后来的几次就是单独约的了。都在"文化大革命"开始之后,在我的日记里经常记了"与小何约会"之类,主要是去北海。

问：第一次单独约会是什么情况?

师母：(对陈老师)我去搞"四清",后来你也去送了,送我了。也不是送我一个人,我记得,我跟谁,叫什么?啊,叫范之麟,跟我一块去的。他好开玩笑,我还说"没有没有"。

问：是开您跟陈老师的玩笑是吗?

师母：对对,是这个意思。

问：您去江西"四清"的时候,"文革"还没有开始?

师母：(对陈老师)还没开始。你去送,也不是单独送我,当时有好多人,你还给我一封信吧,有吗?

答：这我忘了。这以前呢?好像也没有什么情书。一开始就是我经常去资料室,对她印象挺好的,所以产生了一种爱慕之心。后来偶然给她写封信什么的,这有可能,但是不记得什么时间了。

师母：在资料室没有,就是我去江西的时候写的。

答：那有可能。

问：师母肯定,老师当时写了一封信,是吧?

师母：对对,要不然范之麟为什么还开玩笑啊?我还说"没有的事,没有的事"!

答：我后来在1966年的那个日记本里,记的"文革"当中的一些事情,也记了约会的事。好像主要就是北海。几次都在北海。和谐应该是和谐的,没有什么冲突之类。后来,因为文学所要辞退她,她的情绪有些动荡,有些忧郁。本来在文学所干得好好的,马上就要转正了,却要辞退她,她的情绪当然就不好了。我在这一年7月31日的日记里就记了这样一段:"晚上与小何约会。最近,行政支部既无理地要小何回家。我与大何、老马等商议,叫小何打一个报告给袁键,要求留下。"那阵子,我跟她接触之所以比较多,这也是一个很重要的原因。

问:第一次上师母家看她的父母,紧张吗?当时的细节还记得吗?

答:这我在当年的日记里也记下了:"1966年8月7日:星期天,下午与晚上与小何在一起。今天是第一次上小何家。她爸爸不在。小何的工作问题尚未答复,看起来前途渺茫。行政、图资支部的人简直是在推人下水,毫无人情。"我到她们家里,并不感到很紧张。那个时候和她接触比较多了,对她家里的情况也比较了解,就她父亲一个人,她母亲那时还在云南老家,北京就父女两个人。后来她爸爸在的时候我也去过,称呼什么都忘了。我的印象是家里很简单,没有什么摆设,但很干净整洁。饭菜也很简单,主要还是小何——我当时叫她小何——做的。她父亲可能事先都准备好了,因为她家离菜市场比较近。

问:第一次登门,算是一个定亲仪式吗?

答:不,不,谈不上什么定亲仪式,虽然说关系基本上可以确定了。但是,那个时候整个氛围不对头:她工作还没有头绪,情绪也不是很好,而且一切都没有准备,所以结婚的事就一拖再拖,一直拖到1968年初。

问:您是研究生出身,在"文革"当中恋爱,加分吗?

答:没有,没有加分的因素。那个时候文学所研究生毕业的有好几个人。而且文学所自己也培养研究生,像吕薇芬,她就是文学所培养的研究生。她北大毕业,1955级的,也是五年制。那个时候,文学所不仅有研究生,还有留学生,有留学捷克、罗马尼亚、苏联的,文学所里面搞外国文学的,好像留学生挺多的。所以研究生当时在学部、在文学所都不是太稀罕。你拟的这个提纲里面,不是也问过有没有别人对她有好感吗?对她有好感的有好几个人。这几个人当中,有一个你可能知道,他叫叶××,"独臂将军",他胳膊是小时候摔断的,他还当过全国政协委员呢。叶××对她就很有好感。

问:叶××老师当时也在文学所吗?

答:当然。当时文学所有西方文学组、东方文学组、苏联东欧文学组什么的,都属于外国文学这一摊,后来才分出去,另外成立一个外国文学研究所。当时还有一个陈××,也是搞外国文学的,好像也喜欢她。也就是说,搞外国文学的人里,起码就有两个人喜欢她。可能还有第三个。我们文学所也有好几个对她有好感的。

问:这个竞争当中,您获胜的原因是什么?

答:我还真不知道我为什么能够获胜,可能也是一种缘分吧!她当时比较年轻,打羽毛球、乒乓球,她都参加,比较活跃,人又比较和善,对人也挺热情、挺有礼貌的,所以对她有好感的人挺多。在文学所,也算是一朵花嘛!我还知道,在我们谈成以后,当时还有人追过她。

问:您自己不知道您为什么获胜?

答:不知道。我当时也没有怎么刻意去追,真的。不是说我清高,就是不觉得需要跟人去竞争。顺其自然嘛。因为我在福建、在上海的时候,主动向着我的,也不是没有,至少有过一两个。

问:婚礼的过程,是按照哪种风俗?是革命化风俗吗?

答:都谈不上。婚礼是非常简单朴素的,没有亲戚,没有家里人,只有同事、朋友。

问:师母的父亲应该出席吧?

答:没有,没有出席。全都是同事,朋友。还有我研究生时的同学,我记得至少有两个人参加了,一个潘仲茗,一个汪时进,都是女同学。潘仲茗是比我高一届或两届的研究生同学,汪时进是与我同一届的研究生同学。中间还发生了一件事——潘仲茗的自行车丢了。她骑车来的,车就放在我家楼下,参加完婚礼,下去就找不到了,还报了警。过了些日子,找回来了,但已面目全非,骑不了了。发生这样的事,把我搞得挺紧张的,那个时候丢辆自行车,可不是件小事!

问:婚礼的过程是什么样的?

答:非常简单,我现在不记得谁是仪式主持人了。就是宣布一下,然后就是双方各自讲几句话。按照当年"文化大革命"的不成文的规矩,本来应该向毛主席像三鞠躬的。可那天很奇怪,没有摆毛主席像,当然也就没有三鞠躬了。这可能是婚礼主持人的疏忽?所以我说,这个婚礼是很简单的,不正规的婚礼。还有一个情况,我记不清了,昨天我问师母了。就是我们原来没有房子,我那个时候住的是集体宿舍。要结婚了,所里不能不给房子呀,就给了我一间五楼的,也就是最高一层楼的房子,就是东大桥路35号楼,跟人合居的那个单元房。这个楼你可能曾经去过,但现在已经拆了。

问:您结婚不就是跟徐迺翔老师合居的那套房子吗?

答:不对!我跟徐迺翔合居是后来的事,那个单元是在二楼。你还记得吧?就是我住两间(实际上是一间半),他住一间的那个单元房。而结婚是在五楼,最高的那一层,那个单元房的格局也跟二楼一样,两间半,就算三间吧。当时还是空房,没有人住,就分给我其中的一间,没有阳台的那间。另外两间还空着。当时因为我要结婚,跟所里说了一下,就同意把那两间也打开。所以,结婚那天还挺排场的,一个单元都归我使用。人来得挺多,大概有一二十个人,所里的同事,再加上我的那些老同学,所以还挺热闹的。

问:师母那边呢?

答:她那边?我记得当时她群众关系比较好,来了几个女同事,包括从文学所分出去的外文所的人,还有资料室的人。仪式上好像就我说了几句话,她好像说的很少,很短,就不记得了。所以谈不上什么仪式,其实也就是个聚会。

问:没有婚宴?

答:没有,没吃饭。就是我们买了些糖果、水果什么的,大家在一起聚聚,热闹一下,后来就散了。很简单,我原来就说是很简朴的婚礼嘛。

问:您自己的小家,房间的布置是什么样的?家具有哪些?

答:也很简单!这个我还大体记得。我所有的家具都是从文学所借来的,打了借条。后来就折价卖给我了,都是些旧家具。可能连床也是,是双人大床。两个书架,不是书柜。两张方凳,一张靠背椅。可能我们自己还买了一个小柜子?很小的,不是封闭的,好像花架那样的,摆点杂物、放个脸盆、放个鞋什么的,有点类似鞋柜那样的。

问:桌子有一张吧?

答:对,也是从所里借来的一张三屉桌,还不是一头沉。

问:吃饭的桌子呢?

答:吃饭的桌子?好像买了。买了个折叠的,就是不用的时候可以立起来,用的时候打开的那种。其他都是文学所的。

恋爱、结婚和孩子

这里我找出了一张清单,当年文学所职工租用家具作价的清单,一共是六样:一张双人木床,原价40元,作价12元;一张单人床,原价24元,作价7.2元;两张方凳,原价2元,作价1.2元;一张木椅,原价5元,作价1.75元;小书架原价12元,作价3.6元。还有三屉桌一张,原价22元,作价6.6元。结婚时候的家具,大概就这些。这个格局,当年也还算可以了。

问:那时做饭是什么情况?

答:有厨房,通煤气,管道煤气,不是煤气罐。这个在当时应该算是比较优越的。这我记得非常清楚。

结过婚后,大间,也就是有阳台的那间照样锁起来。那间小的,6.8平米的北房,还留着。昨天我也核实了一下,确实是这样的。我岳父有时候来,他就住那儿。但我岳父很少住,他自己在阜成门的福绥境有房子。那时生活确实是非常简朴的。实际上,6.8平米的那间也没怎么使用,没什么东西可摆的。后来,可能没多久,那两间房子就有人搬进来了。好景不长!

问:家庭财政谁来掌管?收入、支出情况如何?

答:谈不上家庭财政。各自的钱还是归各自的,没有集中起来管理。如果说谁有更大的权力,可能是我。一直到现在,理财基本是归我,银行这类的事都是我跑。我们财政是完全公开的,也没有分家。

问:当时您还给家里寄钱吗?大概寄多少?自己还剩多少?

答:寄,当然寄。我到北京以后,记得我第一个月62块工资,就给家里寄了30块,这个延续了相当长时间。工资几乎一半给老家寄了。就这情况,我还能攒下一点。一个月自己开销,伙食12块5毛钱,其他零用钱五六块就够了,自己花个20块,足够了。

问:结婚以后呢?给家里寄钱是不是会减少?

答:当然,减少一点。家里也主动提出来,让我们不要像过去那样,每月都要汇30块钱,应该存点钱,准备将来有了孩子用。减少到什么程度,我也忘了,可能是减少10块吧。她的钱好像归她自己,可能是这样的。

问:师母的工资应该很低吧?

答:对对,她低点。她当时已经到北京化工实验厂了,从徒工起步,挺吃亏的。你说能高吗？

问：两人加起来也就一百块钱左右？

答：差不多。

问：结婚时，您送给师母哪些礼物？

答：没有。我觉得没有什么礼物，现在想起来是很不像话的。她后来总说我抠门嘛！

问：您当时不懂呢，还是革命环境下不兴这个？

答：对，那时候好像不兴这套，我也不懂，不像现在。另外，她也不计较这些。只是在结婚以后，总会说我抠门什么的。

问：下一个问题很具体，您的抽烟史？

答：这谈不上，我没有什么抽烟史！这个对我来讲不是个问题，因为抽烟没有历史。如果你一定要追究什么历史的话，那就是因为下乡，那个时候搞"四清"，下"干校"，有人抽烟，给我递个烟，偶尔也接受一次两次的。但我没有烟瘾，也不去买烟，绝对不是烟民。后来有一段时间，我抽烟了，自己也买烟，都是吃完晚饭以后，在阳台抽那么一支，一包烟可以抽很长时间。有一次，我记得，我一包烟拿出来，有人就问：你这包烟什么时候买的？我说我不记得了。他说：你这包烟都过期了！

问：师母反对吗？结婚以后？

答：不反对，因为我根本没有烟瘾。一天一支烟、两支烟，到后来也就断了，就不抽了。

问：请谈谈您的长女漫红的出生？

答：她出生在1969年6月29号，是在我跟你师母婚后的第二年。从怀孕开始，我都挺高兴的。她出生以后，我确实觉得我做父亲了，灵魂升华了，觉得有种责任感，一定要养好这个女儿。但是，在那个年代，还是把革命放在第一位，要不然我就会借故推迟去干校，用照顾老婆孩子的理由，不当这个先遣队。当然，不当先遣队，也就是晚个十天、半个月的。我当时没有主动要求留下，毫无二话就去了。

问：那时候，漫红也就三四个月大？

答：对，三四个月，不到四个月，她是6月29日生人。我当先遣队，先下去的。革命和家庭，我还是把革命放在前头了。但是对新生女儿的想念还是不断的,即使在干校的时候,这个有书信为证。特别是到了干校后期,1972年的时候,想家想得特别厉害。

问:漫红的名字是怎么来的?

答:"漫山红遍"么,也是革命化的。毛泽东一首词里不是有这样一句吗:"漫山红遍,层林尽染"?

问:您对生男孩、女孩有想法吗?

答:没有。没有什么特别想要女孩或者男孩的想法。尤其是第一个孩子,是男是女,真不讲究。有孩子就高兴,确实是这样。过来这几十年,还是觉得女孩好!

问:您没有传统意识,要生男孩继承香火?

答:绝对没有。

问:漫红出生后,家庭生活有哪些改变?

答:改变?就是我们两个觉都睡得少了。因为漫红从小,身体就不是很壮,属于比较弱的,挺闹人的那一类孩子。尤其是晚上,经常是我们两个人轮流抱着。总感到缺觉,挺累人的。一方面挺高兴,一方面觉得挺累,但也都挺过来了。

问:您十一月份走了,漫红才出生四个月,师母一个人不就更累了?

答:对,她是更累了。我想家,记挂她俩是一个最重要的原因。而且,她经常给我写信,讲漫红晚上觉少啊吵啊什么的,尤其她还三班倒,在工厂上班嘛。

问:师母上班,漫红谁照顾?把漫红带到班上去吗?

答:不不,不是。那时候就是托给一个街坊。我们住35楼,这个街坊住37楼,一个大妈,军属,帮着照看。家里没有老人嘛,怎么办呢?那个时候为什么不叫她妈来?我也不太清楚。你师母挺辛苦的。那时她还三班倒,她特别害怕上夜班,上夜班白天得补觉,但补不好。她下班后,孩子得接回来。这段日子太让人焦心了。在干校那段日子,我们书信里谈得最多的,就是孩子。

问:愿意公开和您生活有关的书信吗?

答:这些信说的都是一些婆婆妈妈的事。

问:婆婆妈妈的事和革命的事,意义一样重要啊。

采编人杂记：

一、私人生活史的意义

　　这一节的内容，是陈老师的私人生活史：恋爱、结婚和第一个孩子的出生，它有什么意义？换个问法：这样的个人私生活，有什么"历史意义"？

　　这就要涉及历史的观念、口述历史的意义了。人类的历史观，经历了神话传说阶段、英雄史观阶段（帝王将相的历史），进入了人民史观阶段。问题是：人民的历史如何书写？在欧洲，在人类学家和社会学家的启发下，法国年鉴学派历史学家大大拓展了历史研究领域，社会史、私人生活史的研究蔚然成风。如法国社会史家菲利普·阿利埃斯和乔治·杜比联合主编、法、美、英、德等国72位历史学家通力合作的5卷本《私人生活史》，即其中的经典性巨著（中文译本由北方文艺出版社出版，2008年）。这意味着，不仅普通人也能进入历史，而且人类公共生活领域之外的普通人的日常生活，也能进入历史。

　　与此相关，早期口述历史，如美国哥伦比亚大学的口述历史项目，实际上也是停留在英雄史观阶段，只选择社会上的名人和要人——也就是传统意义上的"历史人物"——进行采访。口述历史的第二阶段，口述历史观念、方法和对象发生了革命性的变化，欧洲口述史家采访了大量劳工、女仆的口述历史，让实际社会历史中的"沉默的大多数"发出了自己的声音。用英国口述史家汤普逊的话说，即"口述史用人民自己的语言把历史交还给了人民。它在展现过去的同时，也帮助人民自己动手去构建自己的未来。"①口述历史的这一变革，不仅解决了人民历史的书写内容问题，也解决了人民历史的书写方式问题：当事人口述。

　　历史是人类所有个体生活的历史。历史的内容，包含所有个人活动

---

① ［英］保尔·汤普逊：《过去的声音——口述史》，第327页，覃方明、渠东、张旅平译，沈阳：辽宁教育出版社，2000年。

组成的社会事实。只不过,"社会事实如此复杂,根本不可能全盘掌握或预见到它们的相互影响带来的后果。此外,在可见的事实背后,有时候似乎还隐蔽着成百上千种看不见的原因。可见的社会现象可能是某种巨大的无意识机制的结果,而这一机制通常超出我们的分析范围。"① 既有的历史著作,只不过是既有历史的纲要而已;而个人的口述历史,则是现在和未来历史书写的重要拼图。

二、革命和恋爱

在采访时,陈老师多次说过,1966年至1968年,他的生活是"革命加恋爱"。在他的故事中,我们看到,在那个疯狂年代,仍然有男大当婚、女大当嫁,仍然有恋人的约会,仍然有颐和园的欢喧和北海公园的私语。恋爱、婚姻和家庭,为革命年代涂上了一抹温柔颜色,很可能也平衡甚至保护了人性的基础。陈老师和"战友"何西来老师的日记得以保存,就是一个典型例证。

另一方面,那个年代的恋爱与婚姻,也被革命影响和支配。恋爱活动,需要在革命的间隙中找时间进行;个人婚礼,要有革命化的仪式;孩子的名字,也有革命化的痕迹(取自毛主席的词句);孩子出生才几个月,父亲却要服从组织安排,为下放干校去打前站。更说明问题的是,受到组织派遣的时候,陈老师没有以孩子尚幼、需要照顾为由,要求晚一点出发。这是因为,他知道,即使提出要求,也不会有什么满意结果。"文革"改变了人们的家庭生活方式,且改变了人们的家庭生活观念,这一点,在陈老师的故事中表现得尤其明显。

"文革"中的家庭生活,应该是中国社会学、社会史和生活史的重要研究课题。而口述历史,能够为这一研究课题提供富有质感的生动细节。在这一节的采访中,我问及结婚成家时置办了哪些家具,陈老师找出了那张家具清单——那是多年后社科院将公家的家具作价处理给私人的清

---

① 古斯塔夫·勒庞:《乌合之众:大众心理研究》,冯克利译,北京:中央编译出版社,2005年,第3页。

单——几乎所有家具都是公家的。那时候的国家干部,没有多少私人财产;实际上,连人本身,也都是"公家"的。这张清单,应该有社会史、生活史和经济史的价值。

"干校"生活点滴

问：咱们按时间来，先说干校，您怎么成了去干校的先遣队员？

答：那个时候基本上就是连锅端。我们也不感到意外，事先就已经有风声了。在我们之前，有些单位都已经走人了，就风传着社科院也得下去，什么时候下去还不知道。这回通知真的来了，所以并不感到意外。如果说有意外，那就是连锅端，这个出乎不少人的意料。原以为像俞平伯、钱锺书这样的人可以不去的，但也都要去。他们都是带着家属去，俞平伯是带着他的夫人，一个小脚老太太，比他年龄还要大点。让这些老人都下去，这种做法真是不人道。①

问：当时您是不是觉得这是很自然的，没有去想是否合理？

答：没有想。就是觉得这条路必须走，必定要走。也不是强迫，而是我自己觉得应该去适应它。我记得通知下达到我们动身，也就是十天半个月的样子。在这之前已经有思想准备了。我当先遣队，先遣队里面还有钱锺书。

问：文学所先遣队一共有多少人？

答：大概是十来个，或二十个人的样子？

问：先遣队是去选地方？任务是什么？

答：不是选地方，地方已经定了。也就是需要有人先去，打前站。先走一批人，就这么回事。

问：先遣队出发的时候，有人送行吗？

---

① 口述人：当然，这都是后来的认识。当时可没有这样的觉悟，也不会，或者说不敢这么去想。

答:有人送,而且送的人还不少。当时好像还觉得挺光荣的。先遣队是打前站的,是干活的,我这样年轻力壮的人完全可以,也比较听话,积极性比较高。像钱锺书这样的,也当先遣队,后来想想,觉得这是一种很奇妙的组合。为什么要钱锺书当先遣队呢?可能是先遣队里面也需要老中青结合吧。是坐火车去的,在老北京站。有不少人送行。我家里没有人送,你师母上班,带孩子,哪有时间?我记得钱锺书,是他夫人杨绛,还有他们的独生女钱瑗来送。在什么地方下车?反正是河南的什么站,我忘了。下车后,坐汽车,到了罗山县。

在罗山期间的事忘得太多。我曾经说过在罗山我们住的是老乡房子,实际上我们住的是前劳改队的一个大营房。我们这些人去就是打前站,负责生活安排什么的。给我的任务是筹组炊事班,检查那些灶具,食堂的桌椅板凳什么的,缺什么就去采购……

问:炊具、餐具,那都是现买的吗?还是带去的?

答:有的是带去的,大部分还是在那儿购置的。我们也就是早来十天二十天的样子,不久大队人马也就来了。

问:一般食堂都是女士负责,怎么分您去负责?

答:总得有人撑头呗!可能是因为我比较热心?也有女的,还有别的人。厨师好像是从当地请的,不是文学所的。大队人马来了以后,就从原来行政人员中抽出人管食堂,我就不管了。

问:在罗山待了多久?

答:大概也就待了一两个月吧!原来是准备在罗山驻扎下去的,后来因为罗山地盘小,土地也不多,就搬到息县去了,息县的地盘大多了,土地也多。

问:1970年的春节在哪儿过的?

答:春节肯定在下面过的,不可能回北京。我去干校一共就回来过两次,三年时间就回来两次。第二次超过了两天,不但扣发了工资,还在大会上点名批评我。当时就因为漫红发烧了,我不忍心走,拖了两天。

问:下去的第一个春节是在罗山过的,还是在息县过的?

答:那肯定是在息县过的,因为在罗山待的时间很短。我在2002年年末写的一篇忆旧文章①中说是"11月份到罗山,12月份从罗山迁往息县",应该是可信的。

问:为什么从罗山搬到息县?

答:这我上面说了,是因为罗山地方局促,而息县比较空旷,有许多可以开垦的土地,还可以盖房子。"干校"不只是文学所一个单位,是整个学部,又是拖家带口的,没有开阔的地方,就无法立足。那个时候是做长期扎根的打算的,"干校"要自给自足,自己生产,自己盖房子。

问:在"干校"吃饭,就餐需要买饭菜票吗?自己可以选吗?

答:就是一个人打一份,不需要什么饭菜票,要选的话也就是从几种菜中选一两种。也就是这样。

问:那饭量大饭量小,吃多吃少都一样?

答:基本上就是这样,不过吃多一点或吃少一点也是有的。

问:食堂有核算吗?比如节余多少?亏损多少?

答:这个有专人管账。我不管这些东西。

问:您不是负责人吗?

答:那是在开头阶段,在罗山时的筹备阶段,我曾负责过。后来大批人马来了,我就不管了,我就改任保管员。到息县以后,就分给我钱锺书、吴晓铃、吴世昌、范宁这四个老人,开头可能还有一个劳洪,原名熊白施。这几个人,我们在一块,专门管劳动工具、环境卫生、便民服务,还有邮政收发这些杂务。也就是后勤组吧,虽然没有后勤组这个名义,实际上是一个班的建制。那个时候像部队一样,以连队建制,连下面有排,排下面有班。我这个组就相当于一个班,一个小班,也就那么几个人。钱锺书先生后来在信里说我是"鸡首",就是说我在这一段日子里是他们的头,当然是一句开玩笑的话,却成了"经典"。

问:您对清查"五一六"的记忆有哪些?

答:搞"五一六",还是在下"干校"之前,在北京的时候,就已经开始了。也不知道是什么人坦白交代说,有一个叫"五一六"组织,他参加了,等等,于是就疯传开来。当时中央领导、中央"文革"那些人也首肯了,在

---

① 口述人:指《干校岁月》,发表于《山西文学》2003年12月号,收入《这一片人文风景》。

他们的讲话中也提到了有这么一个"五一六"组织,而且学部还是"五一六"的一个大本营。学部"干校"后来从息县搬到了明港,集中在明港一座废弃的兵营里,主要就是为了搞运动。那个时候息县也没有多少活可干了,房子盖起来了,地里的活也做了,地里的活本来就不多,我们该干的都干了。上面也有这个精神,有这个文件,要学部继续清查"五一六",还传达了中央领导的意见。所以干脆就搬到了明港。开头当然是学习,以连为单位。文学所这个连成立了一个核心领导小组,郭怀宝、何文轩(何西来)、王保生他们,郭怀宝是转业军人,何文轩、王保生都出身于贫下中农或工人家庭,他们这批人就出来撑头了。

一开始到"干校"的时候,我还是挺积极的,虽然分配给我的都是一些边缘性的工作。但时间长了,就觉得我是一个不受重用的、被排挤的人物,一个边缘性的人物。说起来,这当然也是有缘由的——

在北京的时候,我本来属于学部总队。总队与联队是对立派。后来又出来一个第三派——大批判指挥部,是由联队和总队分化出来的一批人组成的。我就参加了这第三派,而且是这一派文学所分支的一个小头头。当时,学部被揪出的所谓"五一六",都是出自联队的。我因为参加了大批判指挥部,就成了与联队有点瓜葛的人,一个可疑人物。这就是我不受重用、被怀疑、被排挤的深层原因。因此,到后来,特别是到了明港以后,我就有些泄气,不怎么积极了。那时候,既没有后勤组,也没有什么活可干,多数时间都是在那儿捕风捉影地抓"五一六"。

抓"五一六",成立有"专案组",每个重点人物都有一个"专案组",这是核心机密,我不可能知道什么。我的印象是这些重点人物都是先学习,专案组找他谈话、劝导,然后坦白、交代,做检查。在运动中看表现。这些都是一种过程,最终目的是要查出所谓的"五一六"集团。文学所究竟有多少人被查呢?这我也说不太清楚。当然目标主要是对准原来"联队"那些人,揪出来的人有王春元、钱中文、杜书瀛、张炯等,这是几个比较有名的人物,当然还有别的人。开张炯斗争会的时候,说他是"反革命分子"之类的。

问:他是共产党员,也戴帽子?

答:当然了,不仅戴帽子,还开除了党籍嘛。他实际上是在检查交代思想的时候,把他日记里的一些内容也在会上也说出来了。说他对"文化大革命"、对毛主席的一些怀疑、一些疑问。他是把这些作为一种错误的东西说出来的。说如何不应该,作为一个共产党员,不应该对"文化大革命"有所怀疑,也不应该对毛主席有所怀疑等等。他可能也说到了"五一六",这个莫名其妙的东西。是不是承认自己是"五一六"呢?这个我就不记得了。但至少是承认这种思想是跟"五一六"同质、同根的。于是就对他在会上的检查交代进行批判,挖他的思想根子。开批斗会,大家都是要参加的,钱锺书也参加了。一般开会,钱锺书总是在边缘的地方坐着。那时候没有礼堂,开大会都是在饭堂这些地方,大家都带个马扎什么的。我和钱先生正好坐在一起,他低着头,一般开会他总是不看台上。批斗会开完,他就悄悄跟我说:他怎么可能是反革命呢?他不是在日记里还说对毛主席无限忠诚、无限崇拜吗?①

有钱锺书这样看法的,当时绝不是个别人,但谁也不敢说。很奇怪的是,像张炯、王春元、钱中文、杜书瀛这样的人,当时都是所谓的"骨干"人物,你可以说他们是"五一六"什么的。但有的人,比如文学所图书馆有个老先生,叫王芸荪的,当然也并不是很老,五六十岁吧,他居然坦白交代说,他也参加了"五一六"。这就有些奇怪了。

问:没人逼他,他主动承认了吗?

答:他原来是倾向于"联队"的,在坦白检查的时候,交心的时候,可能有人就逼他,说:王芸荪,你说说看,你对"五一六"有什么看法?你有没有参加"五一六"?这个当时是有可能的。因为把对立派的人都看成是与"五一六"有牵连的人。我没有参加他们的会,是后来听说的,说王芸荪也交代了,说某年、某月、某日,什么人找他谈过话,动员他参加"五一六",他就糊里糊涂地参加了。莫名其妙的!"五一六"成了一个非常神秘的东西,好像到处都有。这不单是我们学部,别的单位也这样。"干校"的时候搞"五一六",也就是这样的,捕风捉影,疑神疑鬼,就这么回事!

---

① 口述人:关于这段"公案",以及钱锺书先生的表现等,我在《干校岁月》《和钱锺书先生在干校的日子》等文中都曾述及。见《这一片人文风景》。

问：当时您紧张吗？是否害怕别人把你揪成"五一六"？

答：不，我一点也不紧张。因为我跟"五一六"没有任何关系。我算什么？我是边缘人，我连"联队"都不是嘛！

问：当时有人认为"五一六"就是"联队"，"联队"就是"五一六"吗？

答：对，大概就是这样的。认为"联队"是"五一六"的发源地，是"大本营"。

问：那依据是什么呢？"五一六"本来就是子虚乌有的啊！

答：整个情况就是这样，你现在问我，我也不清楚。我根本就没有看到过"五一六"的什么核心机密，没有看到过任何这方面的文件。都是一传十、十传百这么传出来的。这也不单是社科院一个单位，北大、清华，特别是清华，也都有这样的"五一六"组织，"五一六"分子。

问：您当时对打成"五一六"的人同情吗？有怀疑吗？

答：那倒没有。本来这些人就是对立派的人，我对他们本来就是不怎么感冒的。但要我去揭发他们，斗争他们，我是不干的。我从来就是这样，不愿意出头露面去斗人、打人、踢人、骂人，这种事我不愿意干，也做不出来！

问：当时也没有怀疑是否会搞错？

答：我搞不清楚。当然也可能有一点怀疑，有点将信将疑的。这些人，像王春元、张炯、钱中文、杜书瀛，当时都办了他们的学习班。每个人都有一个学习班，学习班有三五个人，专门负责管他们。

问：每个人都办学习班？不是集中开会吗？

答：是集中。但重点对象，还分配人专门做他们的思想工作。这些活动我都没有参加，不是不想参加，而是没有资格参加。

问："干校"时吃和住，生活状况如何？包括上厕所、洗澡，这些情况？

答：吃住很简单，吃就在食堂，从罗山到息县到明港，都是吃的食堂。没有什么饭菜票。反正是一人一份。

问：三顿都是干饭吗？

答：不，早晨就喝稀的，搭点干的。红薯比较多。在干校的时候，没有吃不饱的感觉，不像三年困难时候。

问：肉菜、荤菜每天都有吗？

答：可能少点，不会多。一个礼拜有那么一次两次的？不记得了。

问：我看俞平伯先生的日记，说上集市买虾。

答：有的人，像俞平伯他住在老乡家，有可能。但我们吃食堂，是不太可能的。什么海味，鱼、虾之类，吃一次两次的有，不会常吃的。如果天天有鱼肉，怎么还会有人去捉黄鳝、挖泥鳅来改善伙食呢？

问：连队有家属去探亲，他们吃饭怎么办？

答：这个有，不时有家属来探亲。那个时候有个家属区，也就是什么旧建筑之类改建成的大棚子，分隔成若干间，给带家属的人住的。他们有时自己也做点菜，但主要还得靠食堂。临时来探亲的家属当然也得吃食堂。

问：住呢？住是一个什么情况？说您的情况就行了。

答：罗山—息县—明港三个地方，不太一样。罗山待的时间短，我们没盖房子，就住原来劳改农场的房子。好像是睡通铺。我就跟炊事班住一起。和谁，记不清了。到了息县以后，我记得开始也是搭席棚，睡通铺。

问：当时冬天取暖怎么办？河南冬天冷啊？

答：对，尤其是息县，很冷！是什么季节搬去的？12月份，当然是入冬了呗。息县给我最深的印象就是下起雨来，走泥地就跟踩棉花一样，我们都穿着靴子。到了息县以后，很长时间就是住大席棚。也有一部分住大队的房子，农村大队腾出来的，我们修了修。还有一部分住老乡的房子，像俞平伯夫妇，就是住老乡的房子。

问：您呢？您跟几个老人住在一起吗？

答：对，我们这几个人，一个小班的几个人，钱锺书、吴世昌、吴晓铃、范宁、我，开始还有劳洪，就是熊白施，我们六个人，三张双层床，也许是四张？我当然是睡上铺了，我最年轻嘛！劳洪好像也睡过上铺。钱锺书、吴世昌、范宁、吴晓铃在下铺，这个住了相当长时间。到了明港就住部队的营房了，那就要好一些。不是说有单间，或者两人间什么的，不是。那是更大的宿舍，营房。连部什么的当然有办公的地方。宿舍好像是双层床，因为蚊子多，都有蚊帐。印象中，我基本上都睡上铺。跟吴晓铃，要不就是上下铺，要不就是邻铺，否则他怎么可能连我做什么梦都知道呢？

问：上厕所和用热水的情况？洗澡怎么办？

答："干校"自己修的厕所，跟农村厕所有些不同，但基本上也就是那样，当然要比农村的厕所好一些。没有什么洗手池之类，不能按现在的标准要求它，那时没那么讲究。我就记得搞"四清"那一阵，出差的时候，上的都是露天厕所。包括你师母，她是特别讲究的人，她当年在江西搞"四清"时，不也照样得上这种厕所？我在息县时也常出差，因为我搞后勤，需要出去采购。住旅馆就特别糟糕，被子都是油哈哈的，都得随身带条毛巾挡在被头上。那个时候没法讲究！

问：您说您搞采购，采购什么？

答：我不是搞后勤吗？后勤不是有"便民服务"这一项吗？吃的、用的东西，我们不是有个"小卖部"吗？还要买点杂物什么的，再转手给连队需要的人，给大家提供个方便。

问：热水啊什么的有问题吗？多长时间洗一次澡？

答：有一个烧水的锅炉，热水就从锅炉打。这有专人负责，像蔡仪、钱锺书、吴晓铃这些老先生都曾经烧过锅炉。锅炉烧水只能供喝水，当然，有时候女同志也有用来洗头什么的。至于洗澡，我的印象，基本上都是出去洗。那时候，十天一休，到明港以后就改成七天一休——有一个休息日。休息日不是每个人都出去，但大部分人都利用休息天出去——到县城去，到信阳市去。一个是为了"打牙祭"——吃点红烧肉之类，第二个就是为洗澡，上那种大澡堂洗澡。到明港以后情况就好一些，因为原先是军营嘛，条件要比农村好一些。我的印象就是这样。

问：天热怎么办？

答：天热打一盆水，擦擦身。

问：连队绝对没有洗澡设施对吧？

答：不太记得了。即使有，也是很简陋的。我的记忆就是洗澡、打牙祭大多都是利用休息天到息县县城或者信阳市里去解决。

问：您三年时间休过两次假，休假是怎么个休法？

答：大家轮着来。但你要是从头到尾不申请，不要求休假，也完全可以。不是安排的，是自己申请，要连部批准。

问：您第一次休假是什么时候？多少时间？

答：第一次可能是1970年。因为那时候漫红还很小，连里也知道我的这个情况。我记得我休假申请很快就批了，没有人刁难我。但一般还是得排队的，如果申请人多的话，肯定不能都同时休假。

问：您两次休假，都超期了是吗？

答：是的，都超期了。一次休假最多也就十天半个月的，不会超过半个月的。我超假两次，第一次没追究我，第二次就追究了。也就超了两天，因为当时漫红还在发烧，她发那么高的烧我就走，有点不忍心。我发电报给连部，他们好像不同意。因为经常有人做假，可能还不是个别人，都是找各种借口，拖延时间。他们也怀疑我做假。还在连队大会上点名批评我，扣了工资。

问：休假有规定吗？比如一年只准休一次，还是半年休一次？

答：具体怎么规定的我忘了。到1972年就疯传要回北京了。先是一些"老弱病残"人员陆续回京，吴晓铃和钱锺书两位就是在这一年的年初先后回京的。

问：接下来说劳动，重点说您和几个老先生一起，怎么分工？

答：主要是完成连部交代我们的任务，我们属于后勤人员。

问：钱锺书先生烧开水，号称"钱半开"，这事是和您一起时发生的吗？

答："钱半开"是在罗山还是到了息县以后？是不是归我管？这个有点记不清了。总之是有这么回事！

问：罗山那个时间烧开水是他一个人烧吗？

答：不，还有蔡仪。

问：蔡先生也不会烧开水吗？

答：不，他烧得很好。

问：钱先生为什么总是烧半开呢？

答：钱锺书本来这种事就不会做，家务事都是他夫人杨绛，还有保姆做的。在"干校"时他跟吴晓铃抬杠，争论菜谱的事，好像对做菜很内行，实际上他从来就没有做过菜，他的做菜"理论"，完全来自菜谱。

问：就是有烧开水的理论，实际烧半开？

答：对，对。蔡仪就比他强。蔡仪到了息县还烧开水。蔡仪烧开水，还有一段故事,惹了一点麻烦。是这样的。那时候当地有的老百姓喜欢到我们那里看看、玩玩,说个话什么的。有一个小男孩,梳着一条小辫子,很长的,这辫子按照他们家里的说法是这孩子的命根子。蔡仪觉着挺碍眼的:小孩长得挺好的,怎么还留个小辫?蔡仪说,我把你这辫子剪了吧!孩子说,那不行,我妈说了,这是我的命根子。有一天,蔡仪不知给了他什么好处,也就是给了他好吃的吧,就把他的辫子给剪了。这就惹出事来了。家长上门来交涉,说怎么搞的,谁把我们家孩子的辫子给剪了?这就成了当年一档不大不小的"事件"!后来我们连部还特地登门向这个老乡道了歉!

问:在息县的后勤组,您分工管什么?

答:出差采购呀这类事。钱锺书是管收发,跑邮局,也不是每天跑。邮局大概有七八里地吧,不到十里,那时候叫邮电所。吴晓铃管工具,因为他比较细致,有条理,工具交回来后,他都擦得干干净净的。吴晓铃还和范宁一起管过小卖部,所谓小卖部,不是说开个铺子之类,而是根据队友的需要,为他们代购日常生活用品。为这事,吴晓铃经常备有一个小本,记下张三要什么,李四要什么,然后我们——吴晓铃、范宁或者我,就出去采购,买回来就交给他们。

问:"干校"到息县县城有多远?交通工具是什么?

答:走路,十里或者不到十里。没有公共汽车,完全靠走路。

问:您和他们差不多二十四小时在一起,劳动在一起,住宿也一起,吃饭也是一块。在劳动之余,您和这些老先生闲聊些什么?

答:我现在能记得的,就是写在文章里的那些东西,包括我跟钱锺书、吴晓铃两位先生的二十几封通信。

问:总还有些没写出来的吧?

答:当然会有了,但我记性不好,多数都忘了。就讲讲钱锺书和杨绛吧。杨绛在外国文学所,那时候文学所和外文所已经分家了。杨绛在外文所是看菜园子的,外文所离我们很近。因为钱锺书是搞后勤的,时间比较灵活,所以有时候就去菜园子找杨绛。杨绛有时候也到我们这里来,但杨绛来得少,多半是钱锺书去找杨绛。钱锺书找杨绛的时候,有时还带着一本书,多半是外文字典。他不是有句名言吗?说"字典乃旅途之良伴也"。他到邮电所取邮件的时候，有时候也带着字典，歇脚的时候就翻翻字典。

问：杨绛先生《干校六记》中写了好几个年轻人，哪一个是您？

答：我看过这本书。里面可能有我。至于哪个是我，我也说不清。

问："干校"的成员和当地农民的关系是怎么样的？

答：我跟他们打交道很少，基本上没有什么农民朋友。也不是有很多农民过来，即便过来了，也没有那种关系很密切的。

问：俞平伯先生买虾，在罗山，还是在息县？

答：肯定是在息县。我们在罗山的时间很短。

问：他自己买虾，他不是吃文学所食堂吗？

答：还是要吃食堂的，只是有时候自己做点吃的。当时为什么让他在老乡家住呢？可能也是为了照顾他。

问：在明港的时候您的工作有变动吗？后勤组撤销了吗？

答：那个时候没有后勤组了，我就不干那个了。就参加劳动，劳动也很少，种点菜什么的，可能有一阵还兼管着报纸杂志的事。

问：您后来写过吴晓铃、钱锺书，但没写过吴世昌和范宁，为什么呢？

答：写这个，不写那个，不能说明什么，特别是不能代替对人的评价。他们都是专家，都是有学问的人，都值得我学习。不过吴世昌那个人，总觉得他好像看不起人，挺高傲的。钱锺书当然也高傲，但是还能亲近。吴世昌是很难跟他亲近的。范宁是老好人，虽然有时有点糊涂，说话也不是很清楚，但本质上是个老实人，好人。

问：您与范先生交往不多，是吧？

答：对，交往不多。虽然他北京的家和我家距离很近，他住建国门外，我住东大桥路，距离很近，我也去过他家，但确实交往不多。人和人之间总是有亲疏吧。主要是因为我跟钱锺书、吴晓铃比较合得来，他们先回北京以后，我们之间还有过书信往返，我回到北京以后，我，包括我的家人，师母和两个孩子，跟他们都还有点走动。这也是一种缘分吧，我想。

问：您跟几个老先生在一块，有没有讨教过学术上的事情？

答：偶尔也有聊到，但是极少，更没有往深处聊。当时没有利用这个机会向他们学点东西，是一件很遗憾的事。

问：您不也从家里带书去干校读吗？

答：那些书都是当做消遣，用来闲读的。在罗山、息县的时候，闲读的机会很少。只有到明港以后，"五一六"清得差不多了，再清也清不出什么来了，也没有什么活可干了，那时候才有点时间可以看书，但也就是看点名著，比如《三国演义》《红楼梦》之类，也看点杂书。

问：钱先生他经常读字典，两个吴先生读书吗？

答：两个吴先生也没怎么读，我的印象是这样的。

问：那个时候大家都不去想未来还是要读书？

答：一开始没有这样的想法。一开始，就是要做长期扎根农村的准备，还准备把家眷都迁去呢，一辈子要在农村待下去。到后来，越来越松垮了，也还是没有这种预见。整个地说，就是当时没有一种读书的氛围。整个大环境，决定了不可能造就这样的氛围。就我个人来说，也没有这种强烈的欲求，没有利用这个机会看点书、思考点问题、做点研究的这种想法。

问：那时候做读书笔记，或跟其他先生讨论吗？

答：没有，真的没有。

问：文学所"干校"里面讨论文学的事，一次都没有吗？

答：没有，肯定没有。闲聊倒是有的，聊点文坛轶事之类。

问：1971年9月，林彪事件爆发，您有哪些记忆和思考？

答：林彪事件，开始并没有传达，开始传的是小道消息，将信将疑的。我们觉得，这怎么可能呢？后来就证实了，有这样的事。好像军宣队也传达了。这对"干校"的人震动很大。当然，不同人可能有不同的想法。我自己，一个就是很震惊，第二个就想这怎么可能呢？林彪不是毛主席选定的接班人吗？为什么林彪要暗杀毛主席？这就搞不清楚了。但是隐隐之中，我也觉得可能中央内部有矛盾，有分歧，好像中国革命到了一个分水岭，还有点担心：下一步，"文化大革命"该往哪儿走呢？

问："干校"成员当时讨论林彪事件吗？

答：当然也讨论的，但会上讲的不一定都是真心话，真正想的东西不一定在会上讲来。在会上讲的都是一些冠冕堂皇的话，这是多少年形成的一个习惯,一种传统,一种心理定势。像我上面所说的那种担心,那种疑虑,那种隐忧,是不可能在会上讲出来的。私下里的议论倒可能会有。所以我说,林彪事件是一个分水岭,就我个人来说,尤其如此。我对"文化大革命"的质疑,对毛泽东主席的质疑,也就起始于林彪事件:毛泽东最信任的人都背叛毛泽东了,这个"文化大革命"是不是有点问题了?

问:在"干校"里,您有些社交活动吗?

答:谈不上什么社交活动,也没有真正促膝谈心的朋友。别人可能会有,但我没有。这可能是我人格的一大缺陷。

问:"干校"里有阅览室什么的吗?

答:是不是有专设的阅览室?不记得了。但肯定有一些书报之类,供大家闲时阅览,不过那是到明港之后的事了。我仿佛记得,还让我兼管过这类事。在我们集体宿舍,进门的地方,两侧可能是摆过一些书报刊之类。

问:"干校"后期有很多人泡病假、泡事假,文学所有吗?

答:有,这肯定有。请假以后,又延长,找各种理由拖呗。1972年,特别是1972年的5、6月份以后,那个时候军宣队也就睁一只眼闭一只眼了。但我不会,也不敢,从没这么干过。这当然也并不表明我就特别清正,只是因为我胆小,不敢造假罢了。

问:"干校"自己种菜、养猪,这部分伙食免费吗?

答:伙食费大家都要交。自己养的猪,也得算成本。"干校"期间每个月到底交多少伙食费?没记忆了。

问:"干校"结束,回北京有先后吗?

答:很少的一些人,比如俞平伯、何其芳、吴晓铃、钱锺书等,这些老人,都已经先后回北京了。比如让钱锺书回京翻译毛主席的诗词,让吴晓铃回京开一个什么会,整理什么资料等等。年轻的,我记忆当中,好像没有;即使有,也是或者确实有些特殊情况,或者就是编造一些借口,或者就是找各种理由在北京拖延时间等等。

问:返京的消息正式公布后,怎么回来的,您还记得吗?

答:那是挺高兴的。我原以为,我会早一点回来的,结果没有。行李很简单,没有什么太复杂的。集中买的火车票,也是分几批回来的,我是稍微靠后一点。

问：您为什么要靠后一点？

答：我想不起来为什么了。后来也想通了，晚也晚不过几天，没什么了不起的。

[2013年10月25日采访时补充]

答：这几天我又查了点资料，对以前说过的"干校"的事做点修正补充。

一个是1969年我们到罗山住的房子，是原先劳改农场的。很简陋，基本上是打通铺。

问：原来您不是说住老乡家？

答：是有一点老乡家的房子，但是很少。

另一个是，"干校"从息县迁到明港，是因为学部受到了上面的批评。当时上面认为学部动作太迟缓，运动的成果不显著，落后于别的单位。这跟学部运动领导不得力有关，所以后来又派了新的军队领导来加强，并且决定关门搞运动，就搬到明港去了。否则不会有这么大的搬迁动作。那个时候，我们在息县建设得还是不错。当地老百姓知道我们要走了，不少人还主动过来跟我们联系，要这要那的。当然，后来这些事就交给他们大队部来统一处理了。

另外还有一个关于何其芳养猪的故事，后来流传很广的。不单我们单位的人，外单位的人也知道。何其芳一向听党的话，听上面的话。"干校"的时候，分配他养猪，这个养猪班有几个人，属何其芳年纪最大。何其芳是一个极其认真的人，做什么事都是这样。就像搞创作、搞研究一样，他对养猪这件事也很投入。开始的时候他对猪的习性当然不太了解，后来也就慢慢摸清楚了。他经常赶着猪在外面遛弯，"啰啰啰，啰啰啰"地叫唤，大家就学他，也"啰啰啰，啰啰啰"地叫唤。渐渐地，他跟猪有了感情，甚至到了"猪忧亦忧，猪喜亦喜"（这是他自己说的）的地步。一个这么大的知识分子，居然到了这样的地步。后来，在谈到"干校"的时候，有人就觉得这是中国知识分子的一个悲剧，也是对这场运动的一个极大的讽刺！

还有，就是在"干校"后期，吴晓铃、钱锺书先期回京之后，我跟两位先生曾有过一段通信往来。这些书信绝大部分都保存下来了,对我来说,这都是一些很珍贵的历史记忆①。

采编人杂记:

一、关于"干校"

没有经历过那段历史的人,一定要问:"干校"是什么学校?

"干校"是"'五七'干部学校"的简称。其中的"五七",源自毛泽东在1966年5月7日写给国防部长林彪的一封信,这封信后来被统一称为"五七指示"。在这封信中,毛泽东要求全国各行各业都要办成一个大学校,学政治、学军事、学文化,又能从事农副业生产,又能办一些中小工厂,生产自己需要的若干产品和与国家等价交换的产品,同时也要批判资产阶级。"五七指示"的发出,有其反(美)帝、反(苏)修的大背景,即为了备战、备荒;这个指示的目标,是要把全中国人民都变成懂政治、能做工、能种田、能打仗的全能人。这一全能人的设想,与人类现代化,与社会专业分工的文明发展潮流,背道而驰。

这个"五七指示",后来就成了全国大中小学的办学方针。1969年开始,文化、科技、教育等领域先后在农村地区建立了干校。

干校不是学校。真要说,干校更像是军营。干校的编制,是按照部队单位即师、团、营、连、排、班组建起来的;干校最高领导,都是来自正规部队;干校也曾实施过军事化管理,无论政治学习、劳动或生活,都要求军事化。

关于干校生活,已有一些书籍。例如贺黎、杨键采编的《无罪流放——66位知识分子五七干校告白》(北京,光明日报出版社,1998年)等。

---

① 口述人:关于这方面的情况,我在《干校岁月》《布衣吴晓铃》《钱锺书先生的几封书信》等文中,都有所披露。参见《这一片人文风景》。

二、干校与读书

听陈老师讲述其干校生活,我印象最深的,是钱锺书先生在闲暇时,总是一个人捧着一本外文辞典看。在那荒芜年代中,这是最奇妙的景观。后来读杨绛先生的《干校六记》,看到其中的一段,大意是:杨绛问钱锺书:在这里长待下去,行不?钱锺书朝四周看看,说:没有书。看到这一段,禁不住热泪盈眶。

在干校中,陈老师曾当过钱锺书、吴世昌、吴晓铃等大学问家的"鸡头"(班长),与这些人朝夕相处,开会、劳动在一起,吃饭、住宿也在一起。我曾多次问过陈老师:那时候是否想到过,要向钱锺书等前辈大家请教学问?陈老师说:没有,真的没有,那时候想不到这个。虽然看到钱锺书先生经常捧着一本外文辞典在读,但也无动于衷,甚至视若无睹。陈老师说,那时候以为要在农村干校扎根一辈子,根本想不到未来还会有"读书有用"的时代,不敢去想。

我提出这样的问题,表明我还没有真正地理解,干校岁月,并不是什么正常时代,而是一个"读书无用论"的时代,一个"知识越多越反动"的时代。知识分子下干校,不就是不让读书人读书吗?读书越多,麻烦越多,谁愿意去读书找倒霉呢?大诗人、文学研究所所长何其芳先生在干校中成天赶猪散步,"啰啰啰"与猪交流,达至"猪忧亦忧,猪喜亦喜"的地步,才是那个时代的"正常"景观。有关何其芳的这段旷世传奇,正是一个时代的象征写照。

当然也不是说,干校里没有人读书。《无罪流放》中,就有干校人读书的故事。在干校后期,陈老师他们也开始读书了——下面的家书里,就有相关信息。

"干校"后期的部分家书

问：您再看看当时的信件或日记，里面肯定有很多细节，还有当时的感情。

答：那就说说信件吧，两地书。"干校"的时候，我写给何老师的信多些，但现在保存下来的却是她写给我的信多。她的信从1971年12月开始到1972年7月4日，共23封，我的信则从1972年4月到1972年7月4日，共18封，两项合计有41封。这就是说，从1969年11月到1971年11月，整整两年时间是断层，这期间的信件全都没有保存下来。① 因此，我现在说的，实际上只是"干校"后期的一部分家书。②

问：保存下来的信，是您写的？还是师母写的？

答：两个人的都有。要把这几十封信都作介绍，太费时费事了，也没有这种必要。要不就从找到的最早一封信说起？是她写给我的。家信嘛，都是一些琐琐碎碎、婆婆妈妈的事，大体简要地说一下。

[何立人致陈骏涛，1971年12月28日] 这是保存下来的最早一封信，是她写给我的。信中说：

今天晚上，将东西送到栾贵明家。

——栾贵明是文学所的同事，他回京探亲。那时候我们经常这样：谁回到北京，就托谁带点什么东西回去，一般带点土产，花生、香油这类东

---

① 陈老师夫妻间的通信，没有故意销毁，而是因多次搬家而流失。此次，陈老师将能够找到的信件都找出来了，以便佐证或启发自己的记忆，并丰富口述历史的内容信息。

② 口述人：应该说明两点：一、口述时，时间顺序略有一些颠倒，修订时，我均予以更正；二、口述时，我的信件18封，全都说了，而何立人的信件23封，只说了4封，修订时未予改变，仍保持原样。

西,然后再从北京带点衣物来。——

  他很热情,表示如果还有东西可以再送去。带的东西有挂面三斤,《鲁迅全集》五卷,炒面约两斤多。原来担心栾贵明不肯带那么多东西,所以还留下来一斤多炒面,如果你觉得还不错的话,待有机会连同《古城春晓》一书一并带去。

后面就讲漫红,说:

  漫红感冒了,发烧到38.7度。刘家(即刘大嫂,帮助照看孩子的街坊)虽然很喜欢漫红,但是对孩子发烧生病反应非常迟钝,也可以说是很不精心,过去是这样,现在也还是这样。25日晚上当班(她讲她自己当班),26日白天睡觉,晚上六点多去看漫红,发觉小家伙嗓子哑了,很快就意识到是感冒了,着凉了,再摸摸她脑门,果然很烫,试表后证实发烧了。刘家大女儿陪我一同去的东单儿童医院。估计26日白天已经发烧了,如果我不去,小家伙发烧一天一夜也会无人过问的。我已向刘家大嫂说明,小孩难免生病,但应该及早发现,及时治疗,避免病情加重。据了解,她本人和她的孩子都很少感冒,所以缺乏这方面的警惕性。现在漫红已经退烧了,但还不稳定,需要继续吃药。"

下面讲到了王善忠,他是我们所的一个同事——

  王善忠给他爱人带的东西,我在两周以前送去,不料邻居讲,王善忠的妈妈病了,他带着女儿回山东探亲了。现在可能已经回来,我再找时间送去。今天我在单位听了中央78号、80号文件传达,文件说台湾搞了一个"解放军之声"电台,开始也奏国歌,内容是替林贼(即林彪)翻案的,最后呼"革命的解放军万岁,中国共产党万岁"。这与林贼的死党很有关系。

——这是1971年12月28日的信。以后就是1972年1月3日,1月28日,2月13日,2月16日,2月19日……2月19日是一封短信,是托人从北京带来的。我看了以后很是激动,当时还把这封信给吴晓铃也看了。

[何立人致陈骏涛,1972年2月19日]一开头就是她把着孩子的手

"干校"后期的部分家书

写的一行字：

"爸爸,你不回来,我想你了,我给你写信!"

接着就是信的内容:

> 上面一行字是我把着小漫红的手写的。这几天我常提到你写信、打电报一事,小家伙似乎心领神会,昨天居然问我:妈妈你写信了吗? 我问:给谁写信? 她说:给爸爸呀。她就反复地讲了上面的那几句话,于是我就把着她的手写下了。

[陈骏涛致何立人,1972年4月9日] 这是能找到的我给她的最早一封信,已经到"干校"后期了。背景是这之前风传着学部干校即将结束,有望回京的消息,但又一直起伏不定,所以这封信一开头就是说这件事。

> 学部军宣队的主要领导人都回港(指明港)了,但并没有确切的好消息。多半暂时是回不去了,原因搞不清楚,不外是:中央首长还没有明确的批复,房子问题未落实……新来的一位高级军官——据说也是军级干部(不知是调防还是充实),似乎摆出了要就地搞运动的架势。军宣队开了两天会,明天起,要办军、干、群三结合学习班,搞总结。多数人对现在回京已完全失去信心。
>
> 据说,中央的华国锋、纪登奎、吴德、郭沫若等还是接见了学部的领导人的,只是不知道具体内容。

接着就讲家事。这个时候,女儿漫红一直托在街坊的一位军人家属刘大嫂那儿,日托。这时快三岁了——她是1969年6月29日生人,师母准备让她上幼儿园——那时候叫托儿所,什么时候上,是日托还是全托,是我们信里讨论得比较多的问题。

> 所以,小漫红送托儿所的问题,不要再等我了,我在短期内是回不去的。四月份不方便就五月份,那时天也暖和些。刘家那里打个招呼就行,主意还是我们自己定。
>
> 你说中班也不早接(那时候她在北京化工实验厂上班,"三班倒"),我看不行。孩子锻炼也该有个过程,企图一蹴而就,大人小孩都太受累了。中班时让爸爸(指我岳父)多坐几站车把小家伙先接

回来,我想爸爸是会同意的。好歹也就几个月,等全托或我回京后,就没有这个问题了。另外,夜班怎么办? 还没有听你说出个办法来。

下面就转到另一个话题:在明港和信阳买布料和棉花的事。

最后讲给漫红起单名的事,这个大概是她提出来的,说应该给孩子起个单名,好叫也好听的,我起了有四五个,为了避免重名,我选了如"飚""昕""蔚""瑾"等,但最终也没有改过来。

[陈骏涛致何立人,1972年4月12日]这是紧接9日之后目前找到的我写给她的第二封信,主要讲吴晓铃夫妻回京的事,从信中也可以看到当年我跟吴先生的非同一般的关系。

今天中午吴晓铃及其妻石素珍回京。吴是因公——他的一篇批判稿被选中了,参加国务院系统的批判会。石素珍则是照顾,让她携同吴一起回京。吴与我共事两年多,我们之间关系很不错。昨天他被通知要回京后,即告诉我,问我有什么东西要带。我连夜把花生剥了,但拼命赶,也只剥了一半,而且是躲在一个角落里剥的。花生大概有两三斤,外加两本小书——《斯大林论列宁》和《列宁论马克思·恩格斯》。两本书是发的,因为我先前已买了,所以带给你。

吴很重情,他希望你能抽个休息天带孩子到他家里玩玩。这你自己看着办吧。他家较远,在宣武门外校场口头条47号。你去的时候顺便把上一次他女儿未取走的黄豆带去……如果你可以带小家伙去的话,最好事前给他写封短信打个招呼。我还托他在北京看看能否买到或借到《切·格瓦拉日记》,如有,他会给你的。吴有点"江湖气",为人随和,讲"义气",虽是高妍,但同一般人都能合得来,在这里的群众关系很好。

信中还讲到了一个"干校"的信息,以及"干校"即"泡校"这一诨名的起因:

军、干、群三级学习班居然在信阳举办,名曰"指挥部党委扩大会议",大约要开两个礼拜。说是"总结、研究工作",背后不知有什么戏? 这个学习班每个研究所都去了十几个人,文学所去了十三个人。这两个礼拜肯定又是"逍遥"了。现在人们又给我们这个干校取了个诨名,叫"泡校","泡"即"泡蘑菇"也,反正是拖时间,混日子呗。

[何立人致陈骏涛,1972年4月17日]一开头就说收到了我4月9日和10日的两封信。

> 你们学部一时回不来,原因是多方面的,其中大概也有个影响问题。许多干校情况与你们类似,你们学部如果动迁了,影响就大了。所以我对此也不寄什么希望,尽管每家都有自己的困难急待解决,但也无法。

下面讲孩子的事:

> 厂托儿所规定夜班只带半天,但一般人都打破这种规定,因为大人只睡半天觉是不行的,所以一般都在下午四五点接孩子。接出来以后再酌情处理,或回家,或在厂里玩一阵,待晚八九点再送去。所以倒班带孩子,困难是很多的。如果情况顺利就坚持下去,否则只有待孩子三岁时全托。
>
> ……
>
> 这两天休息,把漫红接回来,把我搞得够呛。主要是晚上她总是踢被,休息不好,以后常带带可能就习惯了。漫红还是很懂事好带的。她总嚷嚷着要去公园,但刚走几步路,就说:"我腿都走酸了,累着呢!"只得抱她。到了公园就兴致勃勃的,总是玩不够。

下面讲在明港和信阳买布料和棉花的事。之后就讲一个"干校"男女之间的关系问题。不知道她从哪儿听到了一些传言,就敏感认真起来了,其实是莫须有的事。当然,她的这种情绪,倒是珍惜夫妻感情的一种反映,是可以理解的!

> 听说你跟你们班的×××、×××接近较多,不知是否确有此事?你究竟充当了什么角色?最近我们这里常议论这些事,一般认为在男女同志之间没有什么真正纯真的友谊关系,我也确认,接近过多,来往密切,决不是什么同志关系!……我之再三提出此事,是希望你在这种环境中一定要保持清醒的头脑,常常想着小漫红和她的

妈妈……

［陈骏涛致何立人，1972年4月18日］这是现存的我从干校写给她的第三封信，比较简单，主要是讲福州老家母亲病重，我嫂子发电报给我："母病危速回"。我正在犹豫之中，便分别给我二姐、四姐、哥哥发了三份电报，想听听他们的意见。这封信主要想让她知道我有可能回福州一趟，所以比较简单。

［陈骏涛致何立人，1972年4月19日］这是紧接18日写的第四封信。信中说：

> 今天见到家里二姐来信，说母亲害的是败血症，二十多天不能进食，已经住院了。医生说可能有危险。二姐和嫂子急得慌，又怕担责任，所以发电报让我回去。但今天同时我又接到父亲来电，说母亲转好，缓回。这是因为我四姐已经到家了，他们合计以后，才发电报告诉我，可以缓回，也怕我回家无济于事。这样我就稍微心定了，既然已经有四姐在家，母亲病又已转好，我就不必回去了。考虑到家里急需用钱，做儿女的又不能坐视不救，所以昨天我已借了二十块寄回家去。①

下面讲的是：

> 你23号最好能去吴晓铃家，23号星期天，吴晓铃本意也是让你星期天去的。你叫他吴先生即可。我们这里比较随便，大家都叫他吴教授，你就讲点礼貌，就叫他先生好了。他爱人叫石素珍，你也叫她石先生好了。

问：为什么叫"先生"？"文革"期间"先生"不是一个很臭的词吗？

答：不，就是这么叫的，这种场合只能这么叫。我叫鲍正鹄从来也都是叫鲍先生，没有叫鲍老师的。尤其何立人她跟吴、石的关系还隔了一层，所以更得这么叫，显得尊重一点。下面谈到了所谓的"生活问题"，也就是生活作风问题：

---

① 口述人：20元，这在当年是一笔不算太小的数字，如果按照当年的工薪和如今的工薪换算，20元，大致接近于如今的2000元。

生活问题当然不是一般的问题,生活作风问题常常是跟政治问题联系在一起的。你们厂的情况我不清楚,但对犯生活错误的人,给以必要的纪律处分是应该的。知识分子成堆的地方,尤其是文艺界,这问题比较多,原因是很清楚的,那就是知识分子的世界观没有得到改造。我对乱搞男女关系问题的态度历来是鲜明的,我从来没有参与过任何一种不正当的男女事件。结婚前的情况当然要复杂一点,那时候年青,摇摆性大,总是东挑西拣的,因此出现过交往比较多的情况,这你也是清楚的。过去我也跟你说过,从来就没有隐瞒过。但我也从未搞过什么不正当的关系。可能就是因为结婚前我的那些具体情况吧,所以你在跟我结婚以后,总是信不过我,加以两三年来,我在下面,文学所又发生了几桩"事件",你总是担心我也卷进了什么"事件",这也是情有可原的。我在这里再一次重申:我没有卷进任何一桩桃色事件中。你所提的×××、×××,我跟她们没有任何不正当的交往,也谈不上密切或者过多交往。过去你就怀疑过我跟××有什么来往,其实完全是误会。那是因为我们两个是一派的,我已经跟你多次解释过,你可以再进一步调查……生活问题当然不是一般问题,你对这个问题的态度鲜明,我认为是正确的。常常提醒我注意也是对的。但你得注意有的人是别有用心的,或者自以为得计,爱搞些小动作,实际起了挑拨离间的作用。无中生有,当面造谣,肆意夸大,自以为得计,也是某些知识分子的专长,对这点你也应该注意。他们居然还想在我和同事之间的关系问题上做文章,这是枉费心机。我跟文学所所有女同志的关系都是正常又正常的,没有任何可以加以指责的地方。自作多情,乱搞关系,是卑鄙的。当然,这不等于说跟女同志就不能交往,一谈话就了不得。这样结果只会把自己孤立起来。不知道你的这些情报都是从何而来的,以后要多加分析,找些正直的人,听他们对我的反应。一谈到这些事,我就有点光火,但不是对你的指责。对你和小漫红,我是时刻都想着的。

大家都睡熟了,我也该休息一会儿了,否则下午会没有精神的,就此打住。

这是1972年4月19号中午写的。后面还提到了另一件事:

你在大屋的书架上找一找,是否有一本《鲁迅书简》,如果有,你带给吴晓铃,看看他能不能帮我带来①。如果爸爸能搞到《格瓦拉日记》(因为我岳父在新华印刷厂上班,他那儿有时能凑到一些市面上难以找到的书),你就告诉他,就不必去买或者借了。布票三尺收到,棉花和布的问题,下次信中再谈。

(买棉花、布、花生这些东西,也是当时信里面谈的比较多的内容,这是因为明港、信阳这些地方棉花质量比较好,也比较好买。那时候买棉花也是要布票的。花生当年在北京可算是"紧俏"商品。)

[陈骏涛致何立人,1972年4月29日]:

徐迺翔今晚回京,随一位军宣队同志去安抚在京人员,据说十几天后回来。这是件美差,被他捞着了。于是我就把原先准备托栾贵明带的花生转给了徐(也是徐主动问我的)。……原说栾贵明5月1、2日到我们家的,现在定两个时间,一个是5月1日上午,一个是5月2日上午。他说想看看小家伙。他拍照片是内行,如果你有兴趣可以借严慧兰的相机,请他给小家伙拍一些生活照。你不是老说给小家伙拍生活照吗?(我们家那时候连相机都没有),栾贵明一定会拍的很好的。5月1日或5月2日来不及,就另定时间。另外,就请他看看收音机和自行车。我托吴晓铃给老人家(指我父亲)买纱帽(即凉帽)及白糖,今天他来信了,似乎还没有买。我这就写信给他,如果买了,就托徐迺翔带来;如果没买,那你就买一下算了。究竟如何,吴晓铃日内会写信告诉你的。托徐迺翔带回此信,就此打住。4月29日晚8点。

接下来是5月10日的一封信,用了她的另外一个名字:何阳。何阳是我给她起的名,阳光的阳。

[陈骏涛致何立人,1972年5月10日]

这是我第一次用何阳的名字写信给你,连信封上都是这么写的,

---

① 口述人:当时以为吴晓铃还要回明港,所以才有请他帮我带书的想法。实际上,后来吴并未再回明港,"干校"全体也在当年的7月全部返京。

我想你能收到的,这个名字比何立人要动听大方。(过去我跟她说过,如果你能正式改用这个名字那就好了,因为立人是比较男性化的名字。)

问:何阳不也是男性的名字吗?

答:呵,我总觉得何阳比立人要顺口一点。

明天或者后天梁共民赴京(梁是我曾跟你说的那个"逍遥派",来自香港),他这回出国探亲,要先到北京住一段时间,然后再去香港。居然准他两年,真是怪事。他托运行李时,我把用棉花票买的那一斤八两棉花及女士汗衫一件也捆在他的行李里了。待他取出行李,或送至我家,或要你去取,我会告诉你的。在明港可能还要长泡。这棉花可能天冷了你们要用,先带回去吧。吴晓铃来信讲纱帽还没有上市(就是我托吴给我父亲买的凉帽),等上市后买了直接寄到福州去。我怕麻烦他,已写信告诉他不必买了,由你去买。买后立即托栾贵明带来,买58号浅灰色的就可以……你可以抽空到王府井看看,顺便买一双比较厚实的布鞋垫,39号的(就是我穿的),我的那顶布秋帽出差信阳时不翼而飞了,看来在此地还需要过秋,甚至要过冬,没有单帽是不行的。你把衣柜里的那顶米灰色秋帽也给我带来。谁想得到呢?居然还要在这儿过秋天。许德政大约本月20日动身(回福州探亲),这次我罚他至少要买两斤以上的虾米仁(可能上回他没给我带,所以说"罚"),送一点给钱锺书和吴晓铃,顺便让他也见见你,说说话吧。顺便向你说一个事,原先存在银行的60块钱,钱锺书走的时候他执意不要,并说要我忘掉这个事。(钱锺书在"干校"的时候有一次曾经借给我60块钱。)

问:您存60块钱,是准备还钱先生的,钱先生不要?

答:对对。家里老人要用钱。一个钱锺书,一个吴晓铃,都支援过我。60块钱,那个时候是一个很可观的数字。[继续读信]

我再三说明借钱必还,否则很过意不去,但他再三说不要。怎么办呢,此事只好再议吧。我想今后买些东西送他。前天我已委托濮良沛给他捎了几斤花生米。(所以才有他后来给我写信说花生米的事,他是喜欢吃花生米的。)以后再带些麻油之类送他,钱现在仍存在银行里。如果可能的话,你再带一些东西:一块塑料布,包被褥和棉花用的;单人旧床单一条,我现在的床单破了,需要缝补,有一条替换比较好。你们可以用新的双人床单,如果漫红进托儿所需要用的话,则作罢。我反正还能对付。第三,借画报两本,用来包书。

这说明那个时候还是读书的。这是5月9日、10日,然后是18日的。还念吗?

问:请念。有具体的生活细节才好。您喝点水。不便公开的,你摘掉。

答:5月18日的,这次又是写"立人",没用"何阳"。

[陈骏涛致何立人,1972年5月18日]

两次来信都收到。这次是由徐（徐迺翔）带来的,上次没写日期。托徐带来的东西也全部收到。糖和帽子是不必买的,多此一举。我说的是把秋帽带来就可以了。小家伙的照片也收到了。拍得不错,显见的长大了,也清秀。只是两只眼睛一大一小,可能是拍的问题。有人说她像红蕾,但比红蕾漂亮,乔象钟（乔是蔡仪的夫人）昨天回来,说漫红比过去胖了,又能说会道的。她说,漫红跟她一点也不认生,临睡前还说,阿姨为什么还不来看我呀。(阿姨就是指乔象钟,其实从辈分说应该叫乔奶奶的),直到她去看了才睡下。乔说她很喜欢这孩子,由此可见。小家伙每天接送,怕不是长久之计,这样太累人了。徐也说,你成天忙得团团转。我意是,日托一两个月后,她对托儿所的生活熟悉了,就全托。在日托期间,你应该尽量争取上白班,不要倒班。孩子入托以后,要特别注意托儿所内是否有孩子生病,如有传染病应该立刻隔离。如果全托的话,是不是可能物色到比较好的托儿所?当然这得看情况。如果外面不好找的话,就在厂内全托也无妨。漫红提起想我,也许是一种兆头。前几天曾经传说李副总理（指李先念）接见国务院所属的五个部,像文化部、教育部、中宣部,包括学部。但这消息显然不确切,周总理、李副总理根本没有接见,接见的可能是纪登奎和刘西尧（纪登奎当时是副总理,刘西尧好像是教育部长之类)。不过接见了总是好事,说明事情有了着落,现在从各方面迹象来看,都是准备搬回北京的。八号楼学部的单身宿舍在全面粉刷整修,就是一个例证。就是不知何时动作,从去年11月相传搬家,至今已有半年了。所以在明港再等半年,并非不可能,反正泡吧,已经泡一年多了,再泡半年又何妨。军宣队在全连会上批评我,确有其事,我似乎已经对你说过了(这是指我上次因为漫红发烧,超了几天假的事)。但并未点名。是在每周一次的例会上讲的。那次会上不点名批评的有三个人。会后多数都不以为然,尤其认为批评我是不公平的,也不必要。军宣队那个姓陈的也未找我谈话,大概他自己也觉得理不直气不壮。这次整风,很多人都提到这个问题,军宣队自己也承认扣发工资是不对的,是惩罚主义。我也在班会上谈了一点看法,但我看到别人既然已经提了,我再多讲就显得气量小点,太不必要了。所以并未去认真对待,反正现在超假的都不扣工资也不批评。至于我超假所扣的工资是否退还,我就不去管它了,充其量也就是六块钱吧,两次加起来六块钱。那个姓陈的喜欢信口开河,说话没准头,这是谁都知道的。今后在听别人宣传的时候,要注意分析,切忌信以为真。不过这件事还应该替徐迺翔说句公道话,否则就太冤枉他了,徐迺翔是不同意扣工资的,也并不以军宣队陈的批评为然,他是不同意的。

……棉被套已经买到了,是托人在信阳买的。最小的是五斤,所以只好买了。每斤是1.21元,一共花了6.17元。我曾经考虑过买自由棉,但因为两个原因就改买了被套,一个是自由棉不好买,另外一个是自由棉太贵。买现成被套,棉花当然不如自由棉,又没有小的,所以贵一点,这也是没办法的事。将来可以弄个比较重的被套。今后如果有机会,可能买几斤比较便宜的自由棉,以后再说了。被套现在看起来似乎多了,但以后就会觉得需要它。向钱(锺书)借钱的事没有人知道,钱本人也不愿意让人知道。不知谁告诉他,说我母亲病了,他前天还写信问我,要不要钱用。这几句话是写在一个小纸片上的,也是不让人知道的意思。我想回信告诉他不要钱用,以前的60元待后再议,反正这钱还存在银行里未动用。就写这些。

[陈骏涛致何立人，1972年5月19日]

阳，昨发一信已收到。今栾贵明回港。栾说他在家等了两天，以为你会上他家去的，以便把底片交你。我说你每天接送孩子，太忙了，马蓉（指栾贵明爱人）还没有走，他今天已写信告诉马蓉，让马蓉把底片寄给你。你可以择优冲洗。许德政明天回闽，纱帽赶不上了。我已托他沿路看看有没有，如果有就买了带回家，这样你就不必去买了。我给家里带的一个包裹，其中有两斤白糖，一斤半红枣，一件汗衫，六两装的一瓶香油，还有你让徐带来的软糖。东西虽不多，也够许德政带的了。这家伙要先去桂林游山玩水，却居然还带了三十瓶的香油。杨世伟的同学如果将书送到，你下次信中提一下，他很关心。这里已正式传达了中央接见学部指挥部领导小组的消息，近日来议论纷纷，许多消息都走样了，这样公开传达只有好处。总理没有接见，接见的很可能是副总理纪登奎以及华国锋、刘西尧。学部向国务院汇报了学部"四清"运动的情况，及搬回北京的意见，中央领导同志表示关心学部的问题，但需要向总理汇报后才能最后决定。所以现在正等待中央和总理的批复。估计在一个月左右当有批复，看来回京是没有太大问题了。5月19日晚上。

——学部之所以能回北京，跟周总理是有很大关系的，最后是周总理批复的。据说，一开头传的学部回京的消息，也是总理提到的，说那么多知识分子都在那里，也没什么事情可做，还不如让他们回来。

[陈骏涛致何立人，1972年5月26日]

23日来信今天收到。原想立即复信的，因为今天全天劳动，收豌豆，所以到晚上才写信。看来你的情绪很不好，总是小家伙闹得你心烦的缘故吧。这是一定的。你每天上班要接送孩子，又得料理家务，如果家里有个老人照料，情况会好得多。现在这样，当然是够累的。我要是在北京，多少可以减轻些你的负担。眼下只好由你全部挑起这副重担了，非我不为，而是不能也。孩子变得爱哭爱闹，怕是别有原因。如果不是因为环境变化，就是身体不太舒服，后一个可能性更大些。所以你也应当体谅孩子，孩子受表达力的限制，倘有病痛,嘴里是不会说的,大半是用撒娇哭闹的方式表现出来。小漫红身体的抵抗力比较差,容易感冒,不习惯托儿所生活,这很像小陆青当年的情况(在干校,各家的情况,同事之间经常交流,小陆青是陆永品的女儿)。但小漫红比小陆青还是要健康一些,这次回京的同志都说她比过去长胖了,我想也许以后会慢慢习惯托儿所的生活的。全托的事可以积极准备,但目前还是先日托,此期间你最好是上白班,如果小组想要倒班的话,你可以申请上白班。说明理由,拖它一两个月,那时我们也许就可以回京了(但愿如此)。眼前还只能等。从上到下都是如此。有小道消息说,总理已口头答应了。看来这并不可靠,倘若总理批了,余震(学部指挥部的领导,第一把手)为什么还不回明港呢?但搬家的准备工作正在做,确是事实。最近登记房子的缺数(有带家眷下来,而北京又没有留房子的),准备回去以后安置的事,这就是一个证明。听说北京正在全面粉修八号楼,总之是很有希望的。只是,即令批准回京了,也是分期分批的,我们该挨到哪一批呢,这就难说了。杨世伟说他那个同学送去的书当中,《西游记》缺中册。马蓉把底片寄给你了吗?不要急于冲洗,等以后可能托人在家里冲洗。带来的英文版《人民画报》很受欢迎(我岳父在新华印刷厂,所以有时候能带点画报来)。

问:很受欢迎怎么讲,"干校"能看英文啊?

答:这方面没有限制,可以看外文版的画报。因为这半年我们没有订上画报,所以在这里大家都抢着看。这也是物以稀为贵嘛,那个时候,那里缺少这样的东西。我原先是准备用来包书的,结果他们抢着看,也只好割爱了。[继续读信]

现在我们还缺2月份和5月份的。不管是中文版还是英文版,你问问爸爸有没有办法搞到,如果能搞到,可以开票报销,并设法托人带来。最近杨纳(郑启吟的爱人,历史所的)出差在京,大约住在大院里。如果买到的话可以来信,由我设法通知杨纳,让他晚间上我们家取。因为我这半年是管这个事的,总得热心一点。你应该尽量多休息,凡事想开一些,眼下也只能先顾孩子了。此外多注意休息。

再谈。这封信昨晚写了一半,电灯坏了,今晨继续写的。(即5月26日晚到27日晨写的。)

[陈骏涛致何立人,1972年5月31日]

阳:几天前给你的一封信谅已收到。昨接沙予(即许德政)从福州来信,并附我父亲的信一封。现附上,阅后便知家中境况。难得沙予一下车就上我家,真是先人后己。昨闻余震已自津到京,也许快有批复了。眼下完全在拖时间,上星期安排学习讲话,批"四条汉子"。但班会只开一次就开不下去了,此后再也没有继续,本周也是这样。不进则退,这样的状况也许不会持续太久,但愿如此。小漫红近来如何?身体好些了吗?念念。你自己应该注意身体,我是力不从心了,其实是很不愿意闲待在这里的,无事可干。如果下半年还不走的话,我要找一个理由,请一次事假。二、五两期画报有可能搞到吗?搞不到也就算了,如果搞得到,设法送到文学所留守组的张慧珠那里,让他转给杨纳,杨约于六月初返港。如果麻烦也就算了。小孟(即孟繁林,"干校"同事)回家探亲,在北京还要找对象,托他在京发此信。他也许会上我们家玩玩的……问爸爸好。5月31日。

[陈骏涛致何立人,1972年6月5日]

6月1日的信今天收到。这封信走得比较慢。此前我曾给你两封信,一封是托王昕("干校"同事王善忠的爱人)带给你的,并25块现金,谅已收到。王昕是不是礼拜天找你的?据王善忠说,《红楼梦》他已取回,他付钱给你了吗?王善忠本来是要给我钱的,我说不知道这书的准确价格,待王昕拿到书后再说。《人民画报》买不到就算了。昨天吴晓铃已寄来五月份的朝文版画报,有一本也就行了。请爸爸提前注意一下,能否买到6月份的《人民画报》,如能买到,可将发票连同画报一起邮寄来,这是可以报销的。6月份的现在大约还没有出。今天起连续三天割麦子。今年这里的麦子长得不太好,因为雨水多了。此地与北京不一样,阴雨天多,空气比较潮湿。关于搬家的事,还没有准信。从上到下都在等。不进则退,不涨则落,眼前的这种状况是不会持久的。自由棉最近不太好买,我尽量设法就是。被套还是很好的,最近还有人到信阳去买,都说便宜而且好。我这床是托李荒芜买的,他不会挑,所以还不算太好,但六块钱买一床上好的新被套,无论如何是上算的。对小孩子应该多讲道理,以理服人,不要以力服人。你应该尽量克制自己,对孩子不要太急燥躁。累当然是累的,这我十分理解。凡是做母亲的都有这种体会。我们家里没有老人,所以只能自己多吃点苦了。马蓉给你底片了吗?王昕是肝病复发,所以在带小漫红去玩的时候,在接触上要多加注意。再谈。现在是晚上八点三刻,我们在一个半小时前就吃过饭了。而你大约才吃完饭吧?小漫红睡下了吗?小家伙晚饭是在托儿所吃的吗?在托儿所睡午觉吗?一切我都想知道,盼多来信。6月5日晚上。

[陈骏涛致何立人,1972年6月11日]

　　6月8日信今天收到。本来是想就复信的,因为有点事要交待你,正好有人明天要上北京,就托他带到北京发去,也许能快些。杨纳将于星期五即15日动身回港。我怕你早出晚归,不得闲空,已写一短信请小郑(即郑启吟,杨纳爱人)转给他。让他在星期三或星期四晚上去我们家一趟,带两样东西。一是《西游记》,如爸爸在看的话,就带《红楼梦》;最近我看完了《三国演义》和《水浒》,还是有闲空。《三国演义》和《水浒》是向人借的,《西游记》借不到。二是废旧的洋娃娃,如果没有完整的,只要头手足就行。高智民和康金镛已答应要替小漫红做几个洋娃娃。他们用旧娃娃和碎布做的几个洋娃娃,比玩具店卖的还要漂亮。有比较漂亮的零碎布头带点来也好,最好能带两三副来。小漫红是否有好几个废旧的?这事你不要怕麻烦,一定要办到。如果怕杨纳见笑的话,可以事先包好了。其实也没关系的。因为上个月没有寄钱给你,所以这个月应该多寄一点。下个月恐怕就没有钱了。隔一个月集中寄给你,省得你跑邮电局。下月把旧债还清后,我也可以存点钱了。你的工资能保证供你和小漫红的开销,这已经是很好的了,不要存现钱。小漫红先前似乎并不喜欢吃巧克力的,怎么现在老嚷着要吃?这倒好。巧克力是高营养,据说演员、运动员和飞机驾驶员都吃它。小家伙如果愿意吃的话,可以多买一点放着,不要怕花钱。其实也花不了多少钱的。牛奶有没有零卖的?东关路夜间服务部不是有卖的吗?下班后你买一瓶最好。当然冲奶粉也可以。小漫红智力发展快,心眼多,有好处也有坏处。这也只好听其自然。我就怕她变成小陆青,体质弱又不见长。这两个女孩都是心眼比较多的……吴晓铃在北京已另有工作,调到了近代史所参加中国通史元明清部分的编写工作,所以不会再来了。最近我替他买了一斤毛峰(信阳名茶),《人民日报》曾经介绍过,是新茶,他已经收到了。回信说可能上我们家,送点给爸爸。回京的事仍无音信。余震还没有返港,大概仍在等待吧。最近中央可能在开会,总理哪有时间管学部的事?所以这事可能又玄了。从上到下都在等,无事可干。只有读书劳动,休息时就下棋,捕鱼捞虾,抓螃蟹。这也是没办法的事。6月11日晚上。

[陈骏涛致何立人,1972年6月17日]

前信谅已收到,倾得知,杨纳返港日期后延了,但是他还是会去我们家的。也许你接到此信时他已来过?倘未来,则设法买两包干菜一并托他带来,倘已来则作罢论,以后小孟来时再托他带来。返京的事仍遥不可测,如在港仍需长"泡",今后最需要的就是书籍了。我将随时写信向你提出,设法带来。前王信家中来电,云母病转化,据说是肺癌和有转为肺癌的可能,令其速回。当即批准,名义上给他十五天,实际上要再拖十天八天也是可以的。如果下半年仍需留港,我是也要找借口回京一趟的。只是眼下大局不定,等等再议。你意如何?又闻,近代史、历史、考古、语言及自然史等五个单位已明确归中国科学院领导。其他所室归属未定。这也就是个参考消息,不知确否。又闻中央各部委干校均未返京,但不少单位的土地也都已交出,也跟我们一样,在等待中央安排。因此学部问题的解决,怕是与中央其他各部委相关连的,不会单独解决学部一个单位的问题。倘是这样,前途就渺茫了。又闻,指挥部全体成员又全部赴京了,也许是定决策去了?昨天晚上王信回京,托他带走一小瓶香油,七两装的,他送家后,暂不打开,我是准备送钱锺书的。眼下明港香油已经脱销。老头喜欢香油,所以给他捎去这一小瓶,等有机会的时候给他送去。这里常有红枣卖,河南的,据说价格比较便宜,质量也比北京的好,不知你和爸爸是否喜欢?若需要,则来信提及。再谈。6月17日下午。

[陈骏涛致何立人,1972年6月21日]

接6月18日来信。因午间刘士杰赴京,故赶写此信,托他带京发出。刘赴京系外调。正好今晨沙予返港,我去接他,带来了虾米仁,大约一斤半,每斤三块六左右,托小刘给你带去。虾米仁我们可以留一半,另一半送给吴教授和钱教授。但不要混在一起,尤其不要托吴带给钱,因为两老头有矛盾。另有一小包是沙予送给吴晓铃的沙茶,我未见过实物,据说是一种调料,吴晓铃喜欢的。两小包李片,是沙予送给小漫红的。我告诉小刘,你晚间和星期天在家,他大约会星期天上我们家。虾仁(四分之一)及沙茶,有空时送至吴教授家,也算是你对他拜访你的回拜吧,但可不急。你的狼狈处境完全可以想见,也曾听徐迺翔说过。我的意见是7月份全托算了。徐说小成(徐的儿子)自入托后胖了不少,漫红全托后也许会比现在健康一些。最主要的是可以减轻你和爸爸的许多麻烦。徐说爸爸也常为漫红吵闹而发脾气(那个时候大概我岳父搬过来住了),这样对小家伙反而不好,而且也影响了爸爸的休息,这样下去你也是吃不消的,身体搞垮了什么都谈不上。还是下决心全托吧。能有较理想的托儿所当然好,如果没有的话就全托在工厂算了,反正每天还可以去看看她。杨纳延期返港,书已经由梁共民带来了。梁共民此次南下路经明港,想来住两天再走。据杨纳传来的消息说,中央负责同志又一次接见学部指挥部领导小组成员,时间是上个星期六。消息确否难以判断,从外所也传来了类似的消息。总之是有可能的,因为最近头头全部去了北京。小道消息反正是姑妄言之、姑妄听之,多次希望均成泡影,此次也许还是子虚乌有,有谁知之?但你切不可焦躁,万事总是有希望的。倘是为这些小事而弄坏身体,岂非太不值得?6月21

日上午11点。

又，费正清的《美国与中国》也托小刘带来。可不急于还吴教授，等爸爸看完再说。小刘说星期天上午(25日)回家。

[陈骏涛致何立人，1972年6月24日]

前两信谅已收到。一封寄厂里，一封寄家里，都是托人在北京发的。那天因为小刘动身，匆匆中未及细谈沙予回福建所见。此次他曾两次去探望我父母亲，一次是下车后，一次是动身前。母亲虽已脱离险期，但仍卧床不起，全身关节疼痛，转身均见困难。患病中大嫂的确出力不少，在这种时候她不出力靠谁呢？母亲虽是公费医疗，但时常走后门买药，也是花钱不少的。沙予前去探望，二老十分高兴。曾询问我们需要什么？沙予根据我事前的嘱咐，婉言推谢。这样就省得他们无谓的花钱了。福州的土特产好，只是走后门风气太坏了，有桂圆肉，系福建特产，但市面上不卖，只有走后门才能买到。虾米倒是比外地便宜一些，但质量不理想。沙予买的虾米是三块六一斤的，我们的那袋是一斤五两重。纱帽他未买到，我原嘱吴晓铃不必再买，现既已买，无人带闽，只好邮寄了，邮费不是太贵。现在包裹是按重量计价，纱帽及那件你不能穿的汗衫一并寄闽，我估计也就五角钱就够了，内可再附一短信，以示慰问之意。这可待你闲时再办，但尽可能不要拖太久。因为过了夏天纱帽就无意义了。今年夏天不戴，明年夏天又谁知父亲是否健在？他今年已经七十七岁了。另有一事，本不想让你办的，因为我深知你现在太忙，但考虑到我们近期不见得能回去，所以只好再让你办了，这就是把那瓶香油和四分之一的虾米送到钱锺书家里。钱住在干面胡同，钱下午、晚上和星期六都在家，他深居简出，很少出去的。所以你能否抽一个星期二的晚上(这是我岳父的休息日)把东西送到钱家？钱平时待我也很好，返京时也曾提及见你一事，你是否趁此机会见他一次？小漫红可不必抱去，这样可以小坐一会。我考虑再三，小漫红还是全托为好，这样对爸爸好，你也可以借此喘一口气。现在孩子多数都在托儿所长大的，所以全托也不是对孩子的虐待。恰恰相反，也许是对孩子的爱护。你千万要控制自己,不要胡思乱想,不要把自己的身体搞垮。我时刻想念着你和小漫红。前景还是乐观的,我想充其量再泡个半年,总会有结果的。尽可能常给我写信。吴已来信,叙述了那天和你不遇的一场笑话(指那一天吴晓铃清早就到我家敲不开门的事)。他寄来纪念邮票,今给你寄一套,你可用它寄信给我(有邮戳),共六张。下次再谈。

[陈骏涛致何立人,1972年7月1日]

十多天了,才收到你18号写的信。这之前我写过好几封信给你,都收到了吗?这几天行情见涨,你可能不愿听,但这回似乎是真涨了,所以听听也无妨。一,已经有第一手的情报,指挥部通过明港车站向武汉分局要车皮了,明港车站管调度的同志把这个消息告诉了那天去托运行礼的栾贵明、王善忠、裴效维等人。第二,本连军宣队的三个同志都漏了口风,并且喜笑颜开,有一个同志带着神秘的神态告诉某人,就要回北京的事。那个队长曾也在众人面前承认要回北京了,指导员许被围攻后,无可奈何地说:你们消息真灵通,这等于默认了。第三,探亲假及病假已冻结,说要等指挥部首长回来后再研究。第四,指挥部首长几天内即可返港,他们在北京被接见了,说很快就动员。第五,指挥部办事组和政工组等两个负责人上息县了,据说是最后办理交割和告别手续。后一条消息是公开宣布的,这次的所有的消息看来都是有分量的,有根据的,而且有些是军宣队自己透露出来的,因此连最悲观的人都承认,这回真的是要走了。从多方面消息判断,大约一个月,即七月底左右,就可能搬家和搬完。这几天大家都很兴奋,军宣队也兴奋。星期三,军宣队也憋不住了,他们对这里无所事事的生活早就烦透了。他们心情跟我们是一样的。当然一切都还要等,指挥部首长回港后才能决定。是否真涨?也有待于他们返港后再证实。

给钱锺书的东西送去了没有?记住早点抽时间去一趟。虾米如果嫌少,可以把吴晓铃那份合在一起送给钱。不知虾米的质量如何?我已托梅光华在福州再买一斤。吴晓铃有熟人在北海托儿所工作,据说以前是所长。我上次写信曾向吴晓铃提起此事,要他在北海托儿所给小漫红活动个位置,不知能成否?小漫红是否全托,你和爸爸的意见如何?或者再等几天,我们有确切消息后再议。暂时不要托人带东西来了,画报吴晓铃表示愿意包办到底,所以也不必寄了。纱帽寄了吗?价格是 0.88 元,我与吴晓铃结清了,你不必付款给他。非常想念你和小漫红。再提一次,你的信写得太少了。有些事我还是从徐迺翔那里知道的。小漫红三岁拍照了吗?这封信的邮票你得保存着。

[陈骏涛致何立人,1972 年 7 月 3 日到 4 日]

前天给你一信谅已收到。这次行情真看涨呢。现在已经事事分明,虽然尚未成行,但也差不多将要成行了。估计再有十一二天,我们就要在北京见面了。形势发展很快,比人们预料的还要快。今天指挥部首长返港,虽然还未开全校大会,但各连军宣队已正式传达了搬回北京的通知,全部所室都在 20 号前搬完。先遣队近二三天内即出发,文学所的大队人马大约在十四五号可动身,今晚开会决定先遣队名单共 15 人,现在北京的除了老弱病残,及非法度假者,均为先遣队……我本想争取当先遣队,但我眼下的工作还得找人接替,很麻烦,他们也没同意。实际上先遣和后遣,相差不过十天,而且这次当先遣队的主要任务是搬书,是件麻烦的差事,所以我不当先遣倒是好事。到京后恐怕还要分两三摊,例如经济所、民族所,就需要在西郊(那时候中国科学院哲学社会科学部分两处,在社会主义学院那里有一部分,像经济片、世界片都在西边),到京后不会像过去那么集中住处了,但仍需要正常上班,比眼下这种逍遥自在的生活当然要紧张些。更详细的情况,要等到明天开大会才知道。最麻烦的是家属房子问题,文学所 20 多户家属没有房子(这是因为那个时候许多人全家都下去后,也把房子上交了),抵京后,必然有一番争执。我们算是幸运的,比过去还多了一间房子。你大约没想到吧,会这么快。当然如果从去年 11 月喊着要搬家算起,至今也有七个多月了。等的时间也不算短了,所以也不能说是快。这样的话是否让小漫红先不要全托了,等我回家后再商议。你可以给孩子造一点舆论,看她对爸爸是不是还有印象。

现在买不到棉花、花生米了,香油居然涨到每斤一块八毛钱,所以这次回家是无物可带了。听徐迤翔说,爸爸曾提起王八,是否对它感兴趣?但这玩意不好带。而且要专程跑一趟明港才能买到。你也太过分了,这么久没给我来信……有时候我怀疑你是把我给忘了。亲吻小漫红。

今天未收你的信,不知怎么回事,这么久不写信。7月3日晚上。

我们已定于14号自港动身,15号到京。吴晓铃的东西就先别送了,等我回京后再说。钱锺书的东西如有空仍可去一趟,因为你没有去过,而老头曾提起此事,你如果没空的话也就作罢。问爸爸好,7月4日上午又及。

[何立人致陈骏涛,1972年7月4日]

你多次来信,包括21日、24日,7月1日均收到。近来实在太忙太累了,由于开始对你们回京寄予很大希望,待变成泡影后弄得我心神不定,随后干脆不去想它了,这样精神反而愉快些,时间也觉得过得快了点。小漫红近来还不错,孩子大了,有了自己的主意,对大人的话有时也就置若罔闻,但加强说服教育还是行得通的。比如有时候她很调皮,给她讲道理,表扬为主,特别提到你来信怎么样想她,让她听妈妈的话,不要使妈妈生气等等,她就信以为真,马上转怒为喜。小家伙现在很不爱干净,随随便便就躺在地上……我每天带她上下班,的确很紧张。如果能送北海托儿所,那当然是很理想的。不过听说要三岁半才送,据说还不许跨区。吴先生认识的那个人现在还不定在原单位,等你回来后再了解一下吧。2日早晨去吴先生家,不料全家都不在,东西交给他弟弟了。托许德政带回的虾米质量不好,小刘送来的未及食,现在有点霉味。钱锺书家还未去,近两日就送去。给父亲买的纱帽也未寄去,理由是准备买两袋奶粉、两斤糖,目前还差一袋奶粉,实在买不着就先寄去,免得你挂念。北京今夏格外炎热,旱情很重,一直未下过透雨。回京能带二斤绿豆最好,另外是否买床最薄的棉套?质量不好也可以买。最近拆被子,发现我们结婚时置的那床已经骨肉分离了,糟得很。小漫红三周岁那天上白班,没拍照。以后再议。听说回京一事已正式公布,分三批,文学所最后一批,你们是早出晚归,真是无可奈何。又及,倪培耕接干校来信后,原定28日返港,所以我买了两包笋干托带给你。后他找了一些人商量,又改变了主意,准备执意在京泡下去。

[陈骏涛致何立人,1972年7月6日]

半个多月了,你连一个字也不给我,不知什么缘故。没有你的信,我的焦急和难耐你是了解的。过去我也曾经经历过,为什么你让我干着急呢?本来要回家了,是件令人欣慰的事,如今却添了这个苦恼。不知明天能不能收到你的信,倘若没有,恐怕只好发电报了。先遣队今天已经出发,运行李的时间可能提前,但行期仍然不变,14日。

我是搬运队的,还可能让我去押车,我提出不能干,但现在还没决定。即便干,最多也就是晚几天到家,你千万别着急。回京后,大约有十天左右的假期,如果押车,当然就会另外补假了。这几天都在忙公家的事,帮别人的忙,自己还没有动手(打包行李),但自己的简单,有半天工夫也就收拾好了。吴晓铃来信,他已去信周和桐(京剧名角)谈入托北海托儿所的事,回京后当有回音。盼来信。小漫红近日情况如何?知道她爸爸要回来了吗?接到信后应当可以给我写一封信了吧,不然我急死了。7月6日晚上。

采编人杂记:

一、书信与生活质感

这一节的主要内容,是由陈老师当年的书信组成。日记能进入口述历史,书信当然也能进入口述历史。就真实性和生动程度而言,日记和书信的内容,要超过采访时的回忆和口述。因为,日记和书信中,有更真切的现场感,更生动的细节,和更丰富的生活质感。相比之下,陈老师的这些书信比 1966 年的日记又更为生动。这不仅因为,日记的内容是"革命性"的,而书信的内容则是生活琐事;更重要的是,日记是自我传播的外化形式,而书信则是人际传播、夫妻对话,不能装,无法装;以我老师和师母的性格,也不会装。

我相信,这一节是本书中最生动的一节。本节内容,不仅有重要的历史价值,同时也有很好的文学性。它的历史价值是指,通过这些书信中所涉及的细节,能够建构当年的历史现场,从对"林贼"(林彪)的称呼和评价,到请谁带东西、送东西到谁家,到对"干校"什么时候结束的传言和猜测,不仅能看到生活的细节,还能看到这些细节背后的心态。这些信多数是"干校"后期所写,从中能够看到"干校"的"转型"及其历史真实。文学性是指,在日常性叙述中有深切的情感,甚至不无戏剧性的文学表达。例如,师母抓着女儿的手写下:"爸爸,你不回来,我想你了,我给你写信!"就触动人心,在孩子的呼喊后面,是少妇确凿的心声。更有意思的是,陈老师一度要给妻子改名,且还自作主张地将妻子重命名为"何阳",这一行为的心理,大可作社会心理学的研究专题。

二、关于亢奋和消沉

在"干校"后期,陈老师结束了"文革"初期的亢奋状态,逐渐开始消沉。说及消沉的主要原因,陈老师用了一个后来才有的词:自己被"边缘化"了。亦即,感到自己不再被重用,觉得再努力做积极表现也没有什么用。消沉的另一个原因,是此时他已经结婚成家,且有了第一个孩子。做了丈夫,又做了父亲,多了两重身份,也就多了两重伦理责任。虽仍生活在"干校"群体之中,关注的重心却转移了,也就不再像过去那么积极。第三个原因是,任何亢奋都难持久,其后必有疲惫和松弛,生活终会显露出庸常性本质;即使还有政治学习、政治斗争和揭发批判,演得多了也看得多了,久而久之也会出现疲态。三个原因交互作用,陈老师从主要演员变成了群众演员,有些时候,甚至从群众演员变成了普通观众。

从陈老师的讲述中，不难发现，他有很明显的失落感。这是当年的价值观所决定的，由于普遍缺乏个人精神发展空间，只能希望得到组织的承认、重视和重用。这也反过来证明，此前的那种积极表现，确有表演的成分。此时的消沉，意味着不必太过积极，无需过分表演，可以用自己本来面目示人。可是另一面，消沉也有严重的副作用，由于失去了自我期许的动力和自我升华的积极性，个人心灵长期处于懈怠乃至麻木状态，恐怕会影响到心智成长和精神活力。

蹉跎岁月:1972—1975

问:1972年是"批林整风",后来发展成"批林批孔",您还有记忆吗?

答:从"干校"回来以后,几乎还没有喘息过来,就来了一场新的运动,就是你说的批林批孔、批林整风。现在回想起来,我们解放以后,怎么会有那么多运动?一个接着一个,从未停歇。"文化大革命"就是一场最大的运动,长达十年之久。"干校"回来又来了这么一场"批林整风""批林批孔",把林彪和孔老二搞在一齐,这确实是一种很奇妙的想法。我现在都有点想不起来了:为什么要把孔老二搬出来再批判一通?

问:还有"评《水浒》、批宋江",这个运动有印象吗?

答:宋江是所谓"投降派"嘛,有点印象。

问:您参加过写文章、研讨会之类的吗?

答:没有,我没写过这方面的文章。学习、讨论,当然是有的,谁都得参加。在这期间,我是属于无所作为的人,不像"文化大革命"开始那么积极,真是无所作为。我就随大流,跟着大家跑。包括那个时候与工人师傅相结合,搞"学点鲁迅"小丛书,也是随大流。

问:回京后,您又到维尼龙厂、第一机床厂、化工实验厂劳动,原因是什么?

答:这是当时领导的要求,就是知识分子要和工农兵相结合,要脱胎换骨,改造世界观。这几个工厂,离社科院——当时还叫学部——并不是很远,就在东大桥再往东一点,到现在的国贸那一带。

问:整个文学所都分散到各个工厂吗?还是少数人到那劳动?

答:大部分人都去了。不是有几个工厂吗?这几个厂我都去过。比较多的时间好像是在维尼龙厂和第一机床厂。化工实验厂待的时间要短一点,时间也比较靠后一点,在"学点鲁迅"的号召下,我还给化工实验厂的工人讲过鲁迅。

问:到维尼龙厂和第一机床厂去干吗?

答:就是劳动,到车间劳动。我这个腰病,就是腰椎滑脱,如果要追究病史的话,就是在第一机床厂劳动的时候受的伤。那是抡锤子引起的。当时只是觉得腰扭了一下,有点不对头,就到医院检查了,医院给开了点膏药什么的,后来也觉着好了,就没怎么在意。后来再去检查的时候,就说是老伤,根子就在当年腰椎扭伤。

问:在这个三个厂劳动,一共有多长时间?

答:多长时间不记得了。当然不是每天都去,是间隔着去的。一个礼拜去那么几次。

问:不去的日子做什么?

答:在学部开会、学习,反正那时候还没有把搞专业提到议事日程上来。

问:您做个总结,这段时间所得所失是什么?除了腰伤以外。

答:我觉着没有什么所得,浪费时间。当然,当时并没有这种认识,就跟搞"四清"、下"干校"一样,都觉得这是必须经历的一种锻炼,一个阶段。后来想起来,真是没有什么所得。如果一定要说有所得的话,那就是让我们看到了工人师傅他们平时是怎么工作的,怎么劳动的。

问:怎么会把您抽调到"学点鲁迅"编辑组去?

答:当时这不是个别人,而是一个团队。我好像是跟王保生几个人在一起的。当时编这套书是为"批林批孔",批"投降派"服务的。说不能我们自己关起门来搞,要跟工人阶级相结合。但工人师傅没读过鲁迅,怎么办?那我们就得辅导,找一些书让他们看,开讲习班讲鲁迅。后来要编"学点鲁迅"小丛书了,就请工人师傅也来参加,然后署名:北京维尼龙厂、北京化工实验厂、北京第一机床厂、中国科学院文学研究所集体编著。

问:你们编"学点鲁迅"的书,是给工人当枪手吗?

答:实际上就是这么回事。这小丛书后来还正式出版了。不只一种,有好几种。《鲁迅论世界观改造》等等。就是把鲁迅的片言只语摘录下来,再拼凑在一起,为我所用,为运动所用。彻头彻尾的实用主义。

问：这个活干了多少时间？

答：恐怕有几个月时间！①

问：下面回到家庭生活。1973年4月，漫欣出生，②您的住房条件，家庭开支情况有些什么样的变化？

答：没改变，多了一个孩子，工资住房都没有增加。漫欣没出生以前就住一间半。我下"干校"的时候，我岳父也搬来了，要不然，还没有这一大一小的一间半。那个时候大家都到"干校"去了，留在北京的家属很少，没有人来争房子。

问：家庭开支紧张吗？

答：当然，寄到老家去的钱又减少了。我父亲他们也理解，他们也告诉我们，说你现在两个孩子，钱少寄一点。具体寄多少不记得了。

问：漫欣出生后，您还有哪些记忆？

答：漫欣小时候很闹腾的。我记得她经常半夜里醒过来，撒了尿以后就得抱着她，哄着她，摇呀，晃呀，然后再把她放下睡。好多次半夜里都得起来，就在我那间七八平米的小屋里。

问：半夜都得您起来，还是您和师母有分工？

答：谈不上分工，都是自家的事，就看需要，当然还是你师母干得多。我哄她睡了以后，最后还是得跟她妈睡。那时候我岳父已经搬回西城福绥境了，那间小屋还是我的小屋，带孩子主要还是她带。后来，何老师的妹妹来了，她妹妹帮了我们很大的忙。再后来漫欣也上幼儿园了。反正就是那么过来的。现在简直不可想象。现在漫欣自己也有孩子了，一个孩子都搞得她焦头烂额的，而我们那时候是两个孩子，你说是怎么过来的？

问：漫欣要哭，吵醒您，您恼火吗？

答：这是经常的事，恼火有什么用？总的说，我脾气还算是比较好的。

---

① 口述人：口述时说一个月时间，实际上远不止这么短时间，所以修订时我改成了几个月时间。回想这段经历，我觉得这实在是非常滑稽，非常荒唐的一件事。我们实际上是用一种非常实用的，也就是反科学的观念来对待鲁迅的，把鲁迅的片言只语摘录下来，为我所用，为"运动"所用。

② 漫欣是陈骏涛先生的次女。

当然,那时候还年轻,身体也算可以,大家多半都是这么过来的。

问:漫欣上幼儿园的时候,漫红上小学了?

答:差不多吧。漫欣上幼儿园,是全托,周六才接回来。周一再去的时候就不肯走了,一路上哭。我记得我用自行车带着她,幼儿园在工人体育场附近,有很长的一段路,一路上哭。后来,也就习惯了。

问:这是漫欣还是漫红?

答:是漫欣。当然,漫红也有全托的经历,也都是这么过来的。

采编人杂记:

关于蹉跎岁月

在给这一节文字取小标题的时候,写下《蹉跎岁月》,心情格外沉重。陈老师从1964年初自复旦大学来到科学院文学研究所工作,至1975年9月,11年多的时间,从28岁到39岁,正是人生的黄金阶段,几乎没有做过一天真正的文学研究工作。开始时做过几天"胡风资料",这一段又与工人师傅一起编纂《学点鲁迅》小丛书,虽是文字工作,但与文学研究无关。无所事事,时间常常显得格外漫长,事后却打捞不出多少值得记忆的碎片。

那些年,全国大多数人都是这么度过的。陈老师却说:"我也常常自责:当时自己已经老大不小了,应该可以独立思考一些问题了,如果头脑不发热,如果不紧跟着跑,而是冷静下来,哪怕是当个'逍遥派',腾出点时间读点书、积累点资料、思考点问题,岂不是也不至于白白浪费了一个人一生中最宝贵的年华吗?"(《从一而终——我的文学批评之旅》)相信有许多与陈老师有相似经历的人都有类似的自责,但这是后见之明。当时无法做到,正因为在"权威主义人格"的作用下,根本就不敢独立思考、不敢使用自己的理性,去指导自己的人生。

《文学评论》复刊筹备

问：1975年9月，学部临时领导小组签发《文学评论》复刊的请示报告，您是什么时候从现代文学组调到《文学评论》筹备组的？

答：从一开始就调了。所里征求我的意见，当时所领导找我谈话，说现在准备恢复《文学评论》，想把我调到《文学评论》编辑部，问我有什么意见。我当时还没有这个思想准备，一听说是这个事，挺高兴的。有好长时间没有搞专业了，我来文学所除了搞了一段时间胡风资料，后来不了了之以外，实际上就没搞过什么专业。我就觉得，那好像是个前沿阵地，而且是主动找我，不是我要求的。我直觉这个事情可干。真正是个机会，所以我没什么犹豫就答应了。

问：是谁找谈话的，记得吗？是《文学评论》的人吗？

答：不是，可能是毛星。当时何其芳是文学所领导小组组长，毛星是副组长，但何其芳要管全所的工作，《文学评论》就分工归毛星管，还从古代组调了邓绍基过来。主要工作是毛星和邓绍基在做。我很痛快地答应了，这是第一线嘛，有这样的真正搞专业的机会，我为什么不去？

问：关于《文学评论》复刊，您还记得哪些事？

答：这是邓小平复出以后的事。[①] 后来我们才知道，学部包括《哲学研究》《历史研究》和《文学评论》在内的几个刊物要首先恢复，还要创办一个新的刊物——叫《思想战线》。这都是邓小平复出后在意识形态领域所做出的战略决策的组成部分。

---

① "邓小平复出"，是指1974年1月至1976年4月。1973年12月22日，中共中央发出关于邓小平任职的通知，遵照毛主席的提议，中央决定，邓小平为中央政治局委员、中央军委委员、国务院副总理。

问:《文学遗产》那时候没有恢复是吧?

答:《文学遗产》也是很老的刊物了,是与《光明日报》合办的。后来就归文学所单独办了,那是在稍后的事,是在《文学评论》之后。

问:许志英老师当时在筹备组有职务吗?

答:没有,他是属于借调的。因为要恢复《文学评论》,工作头绪比较多,人手不够,就把许志英呀,吕薇芬呀,徐兆淮呀,这样一些人,也临时调来了。

问:您和许志英老师去南方四省八市,是去调查什么?

答:调查,实际上就是倾听群众的声音。把我们准备恢复刊物的事告诉他们,听听他们的意见。这个都是领导定的,不是我们想去哪就去哪。一开始也没有想到,会去这么多地方。①

问:到地方上去,联系单位是什么?

答:联系单位是当地的宣传部门,就是搞意识形态的部门,由他们来联络座谈人员,参加人员大都是文艺界的人,也有高等院校的人。

问:除了座谈会,还有别的调查方法吗?

答:找个别人。当地有影响的文艺部门领导,比如安徽……

问:安徽是找了谁?赖少其、陈登科、鲁彦周?

答:对对,这些都见到了。

问:您去的是哪四省、哪八市?有什么难忘的经历?

答:四省是安徽、江苏、浙江、山东,都是华东地区的。八市是济南、合肥、宣城、芜湖、南京、扬州、杭州、上海。1975年11月6日出发,12月17日回北京,历时43天。而与我们前后出去调研的徐兆淮则去了东北,吕薇芬、彭韵倩去了天津……这都是根据我当年的工作笔记记录的,不会错。在我写的那篇文章②中也都讲到了。

问:调查的结果是什么?总的印象是什么?

---

① 口述人:由于当时"四人帮"还在台上,在出发调研之前,文学所几位领导曾专门同我们谈过一次话。何其芳强调,这次出去是以文学所的名义,说《文学评论》准备复刊,但不要说得太死;主要是听和记,我们的情况也可以讲,但尽量少讲,不讲也可以;说我们过去是"三脱离"(脱离实际、脱离工农兵、脱离政治),现在要改变这种状况,所以出来搞探查研究等等。

② "我写的那篇文章",指《新文学视野》(湖北)2012年9月号发表的《〈文学评论〉的新生:从复刊到80年代》一文。

答：主要是对"四人帮"控制下的意识形态的状况表示不满。

问：那时候敢说不满吗？1975年，"四人帮"还没打倒。

答：是没打倒，但下面不满的声音已经很多了。我们每到一地，虽然都一再强调我们是来学习取经的，但地方上的人可不这么看，他们似乎总觉得你是邓小平线上的人，是"钦差大臣"，是负着某种特殊使命的。因此，他们对我们一般都很热情，从生活到工作都考虑得很周到，同时他们也或委婉、或直率地对我们过去"三脱离"的倾向提出了批评，有些人的发言还挺有锋芒的。我在那篇文章中说："这是我在整个文革十年当中，惟一一次深入到基层倾听民众的心声的机会，当时的一个深刻感受是：'山雨欲来风满楼'。人们对'四人帮'的不满，也通过文艺这个窗口倾泻出来了。"我还举了一些例子：

"比如在安徽，我们就听到大量的对'四人帮'统治下的文艺和文艺评论不满的声音。有的说，现在有些作品'一号'人物写得干瘪，缺少血肉，很概念化，为了拔高人物，就用豪言壮语。有的说，以往报告文学是写真人真事，现在出现了另外两种报告文学：一是假人真事，一是假事真人。——这些都是针对'四人帮'的'三突出'等创作原则而提出的。对于文艺评论，有的说，过去的文艺评论主要是宣传革命样板戏，就文艺创作中的问题进行讨论的很少；评论文章看风向、看动向，你抄我抄，没有自己的特点；评论文章主要谈思想，不谈或少谈艺术，不是两个标准，而是一个标准；评论文章没有一分为二，一说好，大家就都说好，一边倒，一说不好，大家也说不好，没有具体。——这些都是针对'四人帮'的御用写作班子的评论文风而发的。"

问：四省八市的调查，有正式调查报告吗？还是口头汇报？

答：口头汇报。后来也写了个书面的东西，就是把我汇报时的那些内容文字化了。是由我执笔的。许志英是属于出思想的人物，具体工作还是由我来做。

问：除了下去调查，您还做了哪些工作？

答：当时我们也议论了一些选题，第一期该组织哪些文章等等。

问：《文学评论》复刊筹备组，正式的有哪些人？

答：年代久远了，记得可能不太完全。就说负责人吧，除了上面提到的何其芳、毛星、邓绍基以外,还有蔡恒茂(蔡葵)和张炯。① 此外就是我们这些人了,有王信、彭韵倩、杨世伟、徐兆淮、许志英、吕薇芬和我等一些人。其中包括借调的,也就是非正式的人。②

问:《文学评论》准备复刊,后来怎么又成了"右倾翻案风"的一个典型呢?

答:这个就关系到当时的大气候了。当时——1975年年底,就传出消息,说中央要发动一场新的运动,目标是针对当时中央的领导人邓小平、叶剑英的。学部是邓小平抓的一个重要舆论阵地。因此在1976年年初,学部就开大会,传达了中央1976年2号文件,动员"积极开展革命大辩论,回击右倾翻案风,批判修正主义路线"。实际上就是要对邓小平复出以后的路线进行清理。说是"大辩论",实际上也就是"大批判",学部的各个研究所都成立了大批判组。文学所也在1976年2月开大会,提出要"牢牢掌握革命大方向,开展革命大批判,掀起运动的高潮"。在批判会上,有人就把学部准备创办《思想战线》和恢复《历史研究》《哲学研究》《文学评论》这些,都算作"右倾翻案风"和"修正主义回潮"来批判,提出必须坚决打击"右倾翻案风"和"修正主义回潮"。这样,《文学评论》复刊的计划,很自然就流产了。③

问:那些筹备组的人呢?人怎么办?

答:没有清算人,是清算路线。

问:如果复刊无望,这些人还留在这里干什么?

答:张炯、蔡恒茂、许志英、吕薇芬、徐兆淮等人就回到了原先的研究组。邓绍基、王信、杨世伟、彭韵倩和我等人,都还留下,仍然作为文学所

---

① 口述人:这也是我在《〈文学评论〉复刊的前前后后》一文中提到过的,此文写于2002年11月,为文学研究所成立50周年而作。写作当时曾查阅过有关材料,特别是1975年9月15日哲学社会科学部临时领导小组就《文学评论》复刊问题给国务院的一份报告,报告的第三条明确提到:"刊物由文学研究所何其芳、毛星、邓绍基、蔡恒茂、张炯等五同志组成编辑小组,何其芳同志为组长,毛星、邓绍基同志为副组长。"

② 口述人:我现在保存有一张1976年《文学评论》同仁参观大寨时的合影,合影者共8人,其中,除了口述提到的邓绍基、王信、蔡恒茂(蔡葵)、彭韵倩、杨世伟、许志英、陈骏涛7人以外,还有一个杨志杰,可能是由于他比较早就调离了文学所的缘故,此前口述中一直没有提到过他。特此说明。

③ 上面这一段,是口述人参照自己的《〈文学评论〉的新生:从复刊到80年代》一文说的。

的一个建制存在。还是搞那些没完没了的运动、(政治)学习,比如"反击右倾翻案风""学大寨""学点哲学,学点鲁迅"等等。

问:您对"反击右倾翻案风"有哪些记忆和想法?

答:我这个时候是有点不理解,当然也没有提出质疑。内心里有疑惑,刚刚说要搞业务,怎么又翻过来了?搞不清楚,有点迷茫……

采编人杂记:

《文学评论》复刊的背景与意义

《文学评论》复刊活动的背景是,1975年7月,邓小平派胡耀邦到科学院主持工作,胡耀邦很快就研究整理出《关于科技工作的几个问题》汇报提纲,提交给党中央和国务院。9月26日,邓小平主持国务院工作会议,讨论并基本通过了汇报提纲,并将汇报提纲的标题改为《科学院工作汇报提纲》。这是邓小平务实整顿政策的一部分,是要回归理性,回归常识,尽快结束动乱。

另一方面,民间也有思想觉醒。例如陈老师所说,安徽文学界有人根据观察和感受,依据常识和理性,对当时的文艺创作观念和方法提出批评。其他各界,也有类似的不满。这些不满,正是邓小平实施整顿的民意基础。

只可惜好景不长,邓小平的务实整顿,被批为"右倾翻案风"。《文学评论》复刊活动很快也就如泡影破灭。但回归理性和常识的信息,却不会消灭。

陈老师曾说,在调查过程中,有时候他也参与讨论,同行的许志英提醒他"多听少说"。虽然他已经记不起当时自己说过什么、想过什么,但他说过,也一定是想过。或许当时并没有明确而成熟的想法,但也不是完全没有自己的想法。当时的陈老师,恐怕还没有真正地独立思考,非不能,是不敢。但他记得调查中所听到的那些信息,表明那些信息引起了他的共鸣。

多重震荡的 1976 年

问：1976 年 1 月 8 日周恩来总理去世，您有哪些记忆？

答：不知道为什么，反正当时的人，包括我，好像对周恩来都有一种天然的好感。本来就流传着很多周恩来怎么深入群众，怎么虚心倾听群众意见，还有"文化大革命"当中保护老干部的故事，所以很天然地对他有好感。但当时就没有去想，为什么周恩来会那么附和毛泽东？不对毛泽东一些错误的东西提出质疑？没有想到这一层。当时还不敢怀疑毛泽东有什么问题。那个时候，说要搞周恩来，是出自本能的一种反感。听到周恩来去世，真的是很悲伤，比我父母亲去世还要悲伤。我的亲情观念很淡薄，这是我要检讨的。80 年代初，连续三个亲人——我母亲、哥哥和父亲——去世了，我都没有回去。而周恩来去世的时候我哭了。当然当时很多人（哭），不只是我一个人。在中央广播电台广播之前的那些天，大家知道周恩来病了，都很关心，当时心里就很不安。听广播了，当时就有人哭了。当然没有号啕大哭，但也流眼泪了。这是出自本能、发自内心的一种感受。

问：最后十里长街送别，那么多人，有没有自发组织？

答：没有人组织，我也去了，送别的时候也去了。我当时住东大桥，从东大桥跑到西单去，在路上就碰到不少人，那是空前的。比自己的亲人更那个（悲伤）。那时候天还比较冷。人很多，但秩序井然，大家没有拥挤，都自动地排列两边，看灵车经过。

问：送别那天，您哭了吗？

答：哭了。

问：周恩来去世，您流了两次泪？

答:那是,那是。

问:当时文学所有悼念活动吗?

答:有,文学所搞了,没有人敢阻止。都是自发地搞,当然没有大张旗鼓,没有开会。我记得在我们会议室,二楼会议室,摆了一张周恩来的像,大家去鞠躬。

问:1976年的4月5日,天安门广场运动,您有哪些记忆?

答:我不记得我是4月4日还是5日或者6日去的,我肯定去了天安门。我就觉得当时人挺多的。有的人,那是激扬慷慨的,念诗歌,甚至喊口号。但大部分人还是默默地悼念。印象就是这样的,就记得人很多。

问:您看到过批判江青、张春桥、王洪文、姚文元的大标语、大字报吗?

答:好像看到过,但没有说他们是"四人帮"。

问:天安门运动被宣布为反革命活动,被驱散,您当时怎么想?

答:我在现场没看到,但第二天听说了。多数人都很不满,对这种行动,我也是属于不满的。到文学所去,大家还是议论纷纷的:怎么,变成反革命了?

问:1976年7月朱德去世,7月28日唐山大地震,您有哪些记忆?

答:都有印象。朱德去世,比周恩来要差一点,没有像周恩来去世时那么悲痛,当然心里也觉得有点失落。唐山大地震,印象就很深刻了。因为我们就在楼下小马路边搭了防震棚,晚上就在那儿过,过了好多天。那时候我岳父也来了,我搞不清楚那时候我岳父为什么也在我们家?我岳父有时候就不睡那个防震棚,他说我活够了。他可能就是觉得太挤了,我们四个人,再加上他,五个人,防震棚能待几个人啊?他说你们年轻,孩子还小,你们看好她们。(地震时)有震感。当时确实很害怕,大家都纷纷往外跑,那天晚上很多人都不敢回家,在外面逛荡。防震棚是后来才搭的。其实后来还出现过多次震感。那就是余震。

问:住多长时间防震棚?

答:有些日子,我觉着有一二十天?

问:晚上在那儿住,白天做饭做菜不在那儿,是吗?

答:那当然,外面怎么能生火做饭?我们那个时候已经有煤气了。

问:1976年9月9日,毛主席逝世,您的经历和记忆是什么?

答：当时毛主席去世,也还是震撼和悲痛的。但是没有像周恩来去世时那样的。当时就觉得,怎么都集中在1976年了？真是多灾多难啊！好像我跟家里人说了,我说,又倒了一座大山。我说,今后这路怎么走啊？但无论如何没有像周恩来(去世时)的那种悲痛。是一种失落感,没着没落的那种感觉。

问：9月18日的追悼会您在哪儿？

答：没去天安门广场,就在学部大院集中起来听广播。是不是派了一部分代表去天安门了？就记不清了。我没有去。

问：1976年10月,打倒"四人帮",您听到过小道消息吗？

答：没有听到小道消息(说)抓了他们。但是,当时对他们已经议论纷纷了。大家在闲谈当中,说上面形势很微妙,局势很紧张,好像叶剑英他们和江青要干起来。已经听到这种传闻了。但是把"四人帮"捉起来,是事后才知道的。也不是正式传达,只是传闻。大家都不是将信将疑的,而是确信,相信这个是真的。后来就正式传达了,确实很高兴。

问：对"四人帮"没什么好感？

答：没有什么好感。因为整个运动过程当中,江青、王洪文他们,我们知道是结成一党的,是个小集团,这个是知道的。至少我个人对江青没有任何同情,只是感到有点突然。但是静下来想一想,也是理所当然的。因为"四人帮",肯定是以江青为首的,虽然王洪文职位比她高,但是没有江青的权力大。江青不是演员么？叫蓝苹,在延安的时候,不少人就看不惯她。"文革"的时候,也有过她的一些传闻,跟毛主席的关系什么的,听到过一点。

问：粉碎"四人帮"后有个大游行,您去参加了吗？

答：游行不只一次吧,我参加过,但记不清是哪一次了。参加,挺高兴的,是有组织的。

问：当时有没有想到过"文化大革命"就此结束？

答：感觉到气候要变。"四人帮"都抓起来了,群众情绪也都很高,当然觉得要变。但变到什么程度,怎么变,不清楚。

问：打倒"四人帮"后,有没有一帮得势的人去整另一帮人？

答：那倒没有。不过派性、隔阂还是有的。因为"文化大革命"闹了那么多年,今天这派在上面,明天那派在上面,(派性)肯定会有的。

问:批判"四人帮"的过程,您有特别深的记忆吗?

答:好像基本上没有搞得很过分。可能有的人自己做了一个检讨,也就过关了,目标都是对准上面的,对准"四人帮"及其党羽的。

问:您这时候仍然是"逍遥"①,对这些都不太热心了是吗?

答:对,不是太积极,不像"文革"刚开始那一阵!

采编人杂记:

关于"逍遥"和"低沉"

老师又给我上了一课。本节的最后一问,我问他是否"这时候仍然是'逍遥'"?陈老师审稿时,专门为此加了一条注释(即注①),说他从未真正逍遥,也从没说过自己逍遥,只是"曾被'冷落',情绪稍显低沉"。老师说得对。我错了。

"逍遥"和"低沉",确实有重要差异,是两种不同的状态,有完全不同的心理机制。逍遥是积极主动的行为,是觉得政治运动和派性斗争不好玩,于是主动选择不玩,独自去寻找自己喜欢的玩法,穷则独善其身。用陈老师的话说,那叫洒脱。"情绪稍显低沉",却并不是自己不想玩,而是得不到组织的信任,即被组织冷落,不得不待在一边看别人热闹,这是不得已。逍遥是情绪饱满、内心平和、积极飘逸;而低沉则是情绪低落、内心纠结、消极懈怠。陈老师当时的情况,确实不属于逍遥,而是情绪低沉,这是他的际遇和性格所决定的。

由此想到"文革"中的"逍遥派"。我们常常会不加思索,将那些较少参加政治运动,或参加政治运动时不那么热心和主动的人,都称为"逍遥派"。许多人也以那时候当"逍遥派"为荣。可是,到底有多少人是真的逍遥,又有多少人其实并非逍遥,而是消沉或低沉?这是一个值得专门研

---

① 口述人:我不记得在口述时什么时候说过"文革"当中我曾变得"逍遥"的话。实际上,在"文革"的全过程,我从来就没有真正"逍遥"过,包括在"干校"时期,我曾被"冷落",情绪稍显低沉,但依然不"逍遥",不洒脱,该干的事还是照干。这大概也是我人格的一大缺陷。

究的问题。

更为重要的是,陈老师的注释提醒了我,在口述历史工作中,若有一个关键性词语使用得不准确,会有怎样的误导,会导致怎样的误读和误解。

1976年是新中国历史上的多事之年,周、朱、毛三大领导人先后去世,天安门诗歌运动,唐山大地震,打倒"四人帮",每一件都事关重大。按理说,每一个关心国家大事的读书人经历了这一切,应该记忆深刻,并且思绪万千。而陈老师却是意兴阑珊、记忆模糊、言语零碎,甚至有些漠不关心,现在我真正了解并且理解,那是由于他当时情绪低沉。

《文学评论》正式复刊

问：1977年10月，胡乔木召见《文学评论》负责人，您还记得吗？

答：这个我是事后才知道的，事后传达时，我才知道有这么回事。传达时，我作了笔记，记下来了①。（胡乔木的指示）很具体，要组织什么文章，都讲得很具体。实际上，《文学评论》正式复刊后的好几期，甚至到了第二年，发的文章的题目，都还与胡乔木的谈话有关。胡乔木的谈话，既有原则的指示，也有具体的选题。比如说《文学评论》应该发表什么样的文章等，他都考虑得很周密、很细致，论点也很辩证。

比如讲《文学评论》要办成什么样的刊物，他说，要吸收《文艺报》的一些长处，但不能完全办成像《文艺报》那样，因为研究所毕竟不是文联。《文艺报》登时评，《文学评论》也可能登时评，但是时评也有个写法问题。他举了莱辛的《汉堡戏剧论》②为例，说明时评也可以发表系统的意见。他说今后作品会越来越多，《文学评论》可以发表评论，也可以不发表评论。作为欢迎和鼓励，应该发一点。但《文学评论》的评论不只是人云亦云，泛泛而谈。要看到这种情况：一时很受欢迎的作品，过一阵子也会证明它并不成熟。

后来《文学评论》之所以评《红日》《二月》《林家铺子》，都与胡乔木的意见有关。实际上就是原来主要应该由《文艺报》《人民日报》《光明日报》担负的一些时评让《文学评论》也担负起来，所造成的结果是，《文学评论》在将近一两年的时间里政治批判比较多。其中由我执笔或主要执

---

① 口述人：后来我写《〈文学评论〉复刊的前前后后》，关于胡乔木召见《文学评论》负责人邓绍基讲的那些内容，也参照了这篇记录。

② 口述人：也有译成《汉堡剧评》的。

笔的就有好几篇,政治性、方向性都比较强的。

问: 他直接点名要写这些篇目啊?

答: 对对,点名。胡乔木说可以重新评论《二月》。《二月》的文章后来就由我执笔,王信和杨世伟也参加了,三个人联名。那就是因为先前,"四人帮"当道的时候,有人批判过《二月》,我们就来个拨乱反正。我写了一稿,他们两个看了,做了些补充和修改,最后是邓绍基、许觉民他们拍板的。除了《二月》以外,当时还评了一些其他作品。如《林家铺子》,也是当年"四人帮"批判过的。还有《红日》,作为好作品推举的,都是胡乔木提出的具体选题。他甚至这么说:过去批评《二月》,有一种意见说经过了大革命,怎么还会有没经过大革命洗礼的地方?不知道这是什么逻辑?他还提出可以评当前出现的一些优秀作品,所以后来《文学评论》评《李自成》,评《哥德巴赫猜想》,评《班主任》,都跟胡乔木的这次讲话有关。

问: 这些评论是约稿,还是自然来稿?

答: 约稿,都是约稿。当然,也有自然来稿的,碰上就用了。又比如说,批《文艺纪要》问题,就是《林彪委托江青在部队文艺座谈会上谈话纪要》,那里面的中心论点就是,过去"十七年"是文艺黑线专政。胡乔木认为这个提法是错误的,他说:说"十七年"是文艺黑线专政,那置毛主席的革命路线于何地呢?所以,"四人帮"说文艺黑线专政是为了制造"空白论","空白论"的前提就是文艺黑线专政。还有关于"两个口号"的问题①,这些都是胡乔木提出来的。大概连续一两年的时间,《文学评论》的选题总是一个一个地兑现胡乔木的这些意见。②

现在看来,胡乔木的这些意见当时还是对的。《文学评论》复刊以后,之所以在社会上有这么大的影响,跟他从大的原则到具体选题(的指示)是很有关系的,起到了好作用。同时也造成了这个时期《文学评论》政治性、方向性很强,学术性偏弱的问题。当然,后来有所变化,有所

---

① "两个口号",是指20世纪30年代初期,"国防文学"与"民族革命战争的大众文学"这两个口号,前者是周扬等人提出的,后者是鲁迅提出的。

② 口述人:关于胡乔木对《文学评论》复刊的具体意见,除了我在这里介绍的以外,还有一些其他内容,我在《〈文学评论〉复刊的前前后后》和《〈文学评论〉:从复刊到20世纪80年代》两篇文章中有过较详细全面的记述。

改进。

问：第一期组稿那些事,你还记得吗?

答：记得。第一期组稿,给我的任务就是约一组笔谈文章。组织几个有名望的专家学者写文章,有冯牧、柯灵、洁泯(许觉民)、秦牧、叶水夫、赵寻,一共六个人,从各自的角度批判"四人帮"的文艺路线。我跟这些前辈的认识和交往,跟这次组稿有很大的关系。①

问：那时候许觉民老师在人民文学出版社还是在图书馆?②

师：在图书馆。他已经从人民文学出版社调到图书馆了。他是图书馆参考部主任。(我去约稿时)他很高兴。我没有到他的办公室,是在图书馆会议室谈的。那个时候他想调到文学所来,可能已经有意向了,或者已经跟文学所联系过了?他写的是一篇从题材角度批"四人帮"文艺路线的笔谈文章。他说,你们那里怎么样?还需要人吗?我说这是领导的事,可能还需要人吧。这个时候(何其芳所长)头绪很多,他要抓所里的工作,作协那边还兼着职,还要抓《文学评论》,自己还要写文章,太忙了。后来,许觉民就调到了我们文学研究所,我算是半个中间人吧。我跟许觉民之所以关系比较近,也跟这个有点关系。③

问：怎么想到约许觉民老师写文章?

答：因为许觉民的文章以前我就看过,觉得他文章写得潇洒、活泼,没有学究气,比较适合"笔谈"这个栏目。当然,这个名单不是由我一个人决定的,即使是我提出,也得经过讨论的。

问：《文学评论》复刊还有什么要补充的?

答：当时,因为刚刚恢复工作,大家好像都有些顾虑。像中国文学史、古代文学史、文学研究将来还有没有人来搞?有没有前途?因为好久没搞专业了,大家心里都不太踏实。当时胡乔木在谈话中有这么一个意见,

---

① 口述人:《文学评论》复刊号也就是1978年第1期的"笔谈",除了5篇专家学者的文章以外,还有2篇由北京红星公社和北京维尼龙厂业余作者写的文章,这两个厂是"批林批孔"时我们的联系点。

② 许觉民(1921—2006),笔名洁泯,曾担任人民文学出版社经理部主任、副社长兼副总编辑,北京图书馆(即今之国家图书馆)参考部主任,后调任中国社科院文学研究所副所长、所长。

③ 口述人:许觉民正式调到文学所,是在《文学评论》复刊之后,1978年中期,此时何其芳所长已去世。

说得很好,很有预见性。他说,不要只看到目前的困难,以后肯定会有许多作者写稿来支持《文学评论》的,文学史也会有人来稿的,可能来稿的人还不会少。《文学评论》开头那几期,虽然政治性比较强,批"四人帮"的文章比较多,锋芒所向都是批"四人帮"的文艺路线,但是也有一些学术性比较强的文章。比如说,王元化谈《文心雕龙》的文章,就发表了。不仅仅是一般性的批判"四人帮"的文章,或者是评一些优秀作品的文章,也发表了一些研究性的文章。

当时《文学评论》为什么把拨乱反正、把批判"四人帮"作为主要任务呢?在《文学评论》复刊号即第一期"致读者"中明确地说:《文学评论》当前的首要工作就是要从理论上,从总结社会主义的文艺成就和经验上,深入批判"四人帮"在文艺方面所制造的种种谬论,特别是"文艺黑线专政"论。因此必须扫清障碍、开辟道路。在《文学评论》复刊的第一年也就是1978年,就可以看出来,有关这方面的文章比重是相当大的。我这里有个统计,就第一期来看,有关批判"四人帮"的文章,几乎占了全部文章的一半。这些时评性的文章和外界批判性的文章还是有些区别的,《文学评论》的这类文章比较讲究说理,而且力求提高到一个学术理论层次,不搞简单的大批判。到第二年以后,这类文章就明显减少了。当时特别开辟了"论坛"这一栏目,把政治性比较强的(文章)、时评,放在"论坛"上。这个"论坛",当时就由我负责。专门发表文风比较犀利的,针对某一个问题的短论。一方面是为了适应读者的需要,使《文学评论》能更好地走近读者;另一方面也是为了让这个栏目分担时评的任务,把大块的时评文章,压缩成短论在"论坛"上发表。①

问:1977年的11月,《人民文学》座谈会,是什么情况?

答:这是《人民文学》编辑部当时出面召开的一个短篇小说座谈会,是"文革"结束之后比较早的一个文学专题会,主题是讨论短篇小说问题,实际上是以此为由头,讨论在新形势下,如何促进文学,特别是短篇小说的发展和繁荣。不少文坛老将、名家都来了,如茅盾、马峰、李准、王朝

---

① 口述人:复刊后第一年《文学评论》时评性的大块文章有不少,最突出的例子就是署名"周柯",我与邓绍基合作,代表编辑部的署名文章《拨乱反正,开展创造性的文学研究评论工作》(第3期)和《文艺批评与双百方针》(第6期)。

闻、周立波、沙汀、王愿坚、叶文玲等。所以,这个座谈会就比较引人注目。我也参加了这次座谈会,在会上发了言,题目叫《题材是广阔的》。

问:那次座谈会的发言,后来集成一本书,是吧?

答:对,有这本书。① 不过,收到这本书的文章,不止是参加会议人的发言,也有没有参加会议或者已故的人写的这方面的文章。稍微年轻点的,叶文玲算是一个,还有王愿坚,那时候也比较年轻。我那篇《题材是广阔的》,也混在这些老将、名家之中。当然,《人民文学》先前给我打过招呼,让我自己再修改润色一下。这是我先前没有想到的。开始无非就是因为这个会也请了《文学评论》,编辑部就派我去了。所以后来有个笑话:有的人不知道我的来历,以为我也是老资格,还给我写了信什么的。

问:您参加这个座谈会,实际是《文学评论》派出的记者,而不是以评论家或学者的身份参加的?

答:对对,我当时就是作为记者。比如说后来我参加文代大会,也不是正式代表,也就是《文学评论》记者。因为当时《文学评论》算是重要刊物,除了《文艺报》以外,能够代表文艺界发出声音的,比较有影响的,就是《文学评论》。当时《文艺研究》什么的,都还没有出刊。

问:您开始时没有准备去发言吧?

答:开始的时候,没有说要发言,我也没有什么准备。是不是当时我兴之所至,就讲了? 多半是这个情况。

问:《题材是广阔的》主要说什么?

答:是因为"四人帮"限制了很多题材领域,设立了很多禁区,整个文艺作品的题材是很狭窄的,所以要突破。首先提倡题材要广阔,写什么都可以。第一段话就是:"文艺的题材领域应当是广阔的,而不能是狭窄的。这个道理很简单,文艺既然是生活的反映,那么生活的范围有多么广阔,文艺题材范围也就有多么广阔。从人民群众的愿望和要求来说,也是这样的,他们不喜欢整齐划一的题材,而是喜欢丰富多样的题材,历史的和现实的,世界的和中国的,重大斗争的和反映日常生活工作的,各种题

---

① 口述人:书名《论短篇小说创作》,收文30篇,16万字,《人民文学》编辑部、人民文学出版社编,人民文学出版社1979年1月出版。

材都是他们所需要的。"下面就是批"四人帮",然后就是引经据典,讲列宁在《党的组织和党的文学》里说:在文学事业中,"绝对必须保证有个人的创造性和个人爱好的广阔天地,有思想和幻想、形式和内容的广阔天地"。我认为,这个广阔天地是应该包括题材在内的。

问:您在会上随时随地背出列宁语录来?

答:当时背列宁语录,车尔尼雪夫斯基、别林斯基语录,是没问题的。也就是那些比较常见的、文章中经常引用的、比较熟悉的语录。所谓熟悉,也就是说,当年影响比较大的那些话。我还举了鲁迅的《祝福》作例子,还举了鲁迅说的"选材要严,开掘要深",说"这开掘要深,是十分重要的"①。

问:会开了多长时间?

答:我记得是一两天,可能有两天?记不清了。参加人挺多的,有二十多个人?还有记者。②

问:这个是您参加的带学术性的会议,第一次吗?

答:可以这么说。我当时首先感觉来的人挺多的,而且都是名流。在这之前,我还没有看到过这么多名人。另外一个感觉,就是这个会大家发言都比较踊跃,不是羞羞答答、推推让让的。现在能记得的,就是这两个印象。至于当时说了些什么内容?记不清了。好在有白纸黑字的文章留下来了。

采编人杂记:

关于"拨乱反正"

1976年10月"四人帮"被捕,到1978年12月中共十一届三中全会召开,这两年左右的时间,是一段非常特殊的时期。它是从"文革"向新

---

① 口述人:现在想来,我当年的这篇发言和后来形成的文章,跟我先前组织的那组《文学评论》复刊号上发表的"笔谈"文章,多少有点关系,或者说多少是受到这些文章的影响,特别是柯灵的《"题材决定"论还是题材多样化》和洁泯的《题材问题一解》,都是说题材问题的。

② 根据白烨《中国当代文学大事记》(1977)载,1977年11月19日由《人民文学》杂志社召开短篇小说创作座谈会;11月20日《人民日报》编辑部接着召开座谈会,会议主题是批判"四人帮"的"文艺黑线专政论"。http://www.chinawriter.com.cn,2012年01月20日10:29。

时期的一段过渡时期,是"英明领袖华主席"继承权力、巩固权力、树立权威的时期。华国锋提出"两个凡是",没有人敢于公开质疑。那时候是在政治上批判"四人帮",在理论上拨乱反正;但还没提倡解放思想,更谈不上改革开放。

拨乱反正,是要把"四人帮"在"文革"中搞乱了的一切纠正过来,把"文革"中颠倒的是非改正过来。在文学领域,就是对"文革"中被错误批判的现当代文学作品进行重新评价,进而对"文革"中被错误批判的理论观点作重新认识和重新评价。陈老师所说《文学评论》正式复刊时,胡乔木亲自布置的那些翻案文章,以及1977年11月《人民文学》主办的短篇小说座谈会上,陈老师在座谈会上发言,引述列宁的话来证明自己所说有理,就是例证。

拨乱反正,"正"在何处?这个问题当时并不十分清晰。但无论如何,后人都不能轻率地判断那一段历史,更不能简单地否定那一段历史的意义。拨乱反正的重大意义在于,其一,无论怎样都要比"文革"动乱、举国疯狂要好。其二,一旦冰山融化、滴水成溪,历史就不见得会以某个人的意志为转移。

早期文章、笔名和稿费

问:《拨乱反正,开展创造性的文学研究评论工作》,后来新华社发了通稿,这篇文章的写作背景是什么？是您和邓绍基合作,用笔名周柯发表的吗？

答:对。这个前面好像提到过。周柯,为什么叫周柯？是从我用过的两个笔名派生出来的。一个是文怀舟,就是"文学所怀念周恩来",这是我早期给《光明日报》写文章用的笔名。

问:文怀舟是您个人的笔名,还是集体的笔名？

答:主要是我个人的,个别文章也有跟别人合作的。另一个是柯文平,是"科学院文学评论"的意思。周柯就是从这两个笔名派生出来的。还有柯舟,也是派生出来的。不过,用得不多。

问:这几个笔名一共发表过多少篇文章,您有统计吗？笔名的文章收到您集子里面吗？

答:没有准确统计过。包括《光明日报》上发表的,有五六篇或者六七篇？这些文章全都没有收入集子。关于《二月》的那篇文章虽然也是批判"四人帮"的,但它是学术性文章,署了三个人的真名。只有时评性的文章才用笔名。

[采访过程中的补充]:你原来问过,最初那段时间到底发表了多少文章？这些文章如何署名？后来我找出来一份当年要申报职称时做的一个统计表,也就是1977年下半年到1982年10月我发表文章的目录。这个目录里面,大大小小的文章合计有50多篇,21.9万字。即将发表的文章有5篇,3.1万字。两项合起来,是25万字。具体的篇目什么的就不说了。这是1982年我打的报告,就这么个情况。你还问,用文怀舟、柯文

平、周柯笔名的,当年大概有多少篇文章?现在有据可查的是7篇。后来还有用"本刊评论员"的,像《文学评论》1979年第6期的《发展马克思主义文艺理论和文艺批评》就是用"本刊评论员",这篇文章是几个人集体讨论,由我执笔的。

问:跟邓绍基老师合作,用的是笔名还是真名?

答:笔名。跟邓绍基合作的,没有用过真名。也就是两篇,一篇是《拨乱反正,开展创造性的文学研究评论工作》,《文学评论》1978年第3期发的;一篇是《文艺批评与双百方针》,《文学评论》1978年第6期发的。后来,我又用了几个别的笔名,如平纪、平涛,一般都是比较短的,综合性的,对会议报道之类用的。

问:平纪还有别人用过吗?

答:别人?没有用过。那是80年代初。后来在本世纪初我还用过。我在《北京青年报》发表的关于漫红的文章,就是用的平纪,有三篇,两篇是写漫红的,一篇是写给漫红孩子悠悠的,用的都是平纪。①

问:您解释一下,为什么关于漫红的那些文章,您用平纪,不用真名?

答:是因为当时要隐去我本人的姓名和身份。

问:为什么呢?

答:因为当时比如说悠悠,我们还没有正式跟她说过妈妈已经不在人世了。② 也不愿意让大家在背后议论:这就是陈某人的女儿,这就是陈某人的外孙女……开始何老师还不大同意我写这样的文章,她说,你这么写,不是让大家都知道了吗?我说,知道有什么关系?她说,就是不想让大家都知道。所以我就用了平纪这个笔名。

问:写给悠悠的那篇,如果不告诉她,她怎么知道是写给她的呢?

答:那时候悠悠还太小,也就四五岁,暂时不想让孩子知道真相。这里就有个故事了。过了几年,大概是我去美国回来以后,有一次她在她爸爸的房间里,翻她爸爸的东西,从档案袋里翻出来一些东西,其中就有我

---

① 口述人:这三篇文章是:《思念猫猫》《再致猫猫》《写给心心》,均发表于当年的《北京青年报》,后收入《这一片人文风景》。

② 悠悠,是陈骏涛先生外孙女的小名。其母陈漫红已去世的消息,家长们很长时间没有告诉她。

写的文章,《北京青年报》上发表的文章。不只是发表过的,还有没发表的,当年我给漫红起草的给孩子的一封信,也就是漫红的遗书。漫红最后自己没法写了,她就口述,我根据她的意思记录,写成了以后,读给漫红听。她表示同意,就成了漫红给孩子的遗书。这篇遗书悠悠也翻到了。那个下午看了以后,她很激动。她过去就隐隐约约觉得,她妈妈怎么这么长时间不在?她到我们这儿,也常常问:我妈妈怎么还不回来?我们就说:你妈出国去了,有时候打电话回来,你又不在。我去美国那年,2006年下半年吧,她还特地告诉我,要我一定要跟她妈妈打电话。我说我一定打电话。回来以后,没多久,她就看到这些材料了。当初用平纪笔名,就是不想让她知道,不想让更多人知道,结果悠悠最终还是知道了。

最初用过柯文平、文怀舟、柯舟、周柯、平纪,一共五个笔名。就这么个情况。当时评职称搞了这个目录,递上去了。同时还写了一份报告,1982年写的。

问:您怎么会给《人民电影》杂志写文章?

答:我那时候跟电影界、戏剧界都有联系,有个高歌今,你知道这个人吧?那个时候他在电影界,编《大众电影》还是《人民电影》?他跟我有联系。不过,在这些杂志发表的文章,都是一般化的,时评性的,没有什么分量的文章。

问:1978年那时候发表文章有稿费吗?

答:有稿费。比如说1977年的《人民群众需要喜剧——看影片〈今天我休息〉随感》,《光明日报》发表的,2000字,10元。还有一篇也是《光明日报》发的,《人物创造要有广阔天地》,1800字,8元……

问:那篇《拨乱反正,开展创造性的文学研究评论工作》,为什么新华社要发通稿?

答:那可能也是陈荒煤、许觉民他们捅出去的,所以这篇东西当时影响比较大,新华社发了通稿,《人民日报》也发了简版,同时中央人民广播电台还摘要广播了,一些地方报纸也转载了。当时,我有一个统计,在全国各地,至少有十来家报纸转载了这篇文章,就是因为《人民日报》和新华社发了的缘故。所以鲍正鹄才喜笑颜开,说:不错,《文学评论》不错,有生气。我调到《文学评论》工作以后,开头写的那些东西,都不敢告诉他,包括我当研究生时写的那些豆腐块的文章,都没有让他知道。这是他对我的第一次夸奖。

问:他知道这篇文章是你执笔的吗?署名周柯这篇?

答:当然知道,否则怎么会夸我?可能是邓绍基跟他说的。我跟邓绍基合作,文章的思路都是商量过的,无非就是由我执笔,后来交给他,他修改、润色。我后来看到材料说,许觉民、陈荒煤也看了这篇文章,还有谢驭珍——就是王朝闻的夫人,那时她也调来《文学评论》,当编辑部副主任(主任还是由许觉民兼任)——他们都看过。

问:早期您还有哪些文章,是用柯文平、文怀舟、周柯之名?

答:《文艺评论与双百方针》,这也是用周柯的名。还有在《光明日报》发的,就不用周柯,而用文怀舟。

问:您什么时候终止这几个笔名的?原因是什么?

答:终止?大概到1979年。80年代就不用了,用真名。大概在潜意识里,也觉得时评性的文章,是短命的,毕竟是文学研究所的人,不能尽写这些东西。所以,后来就用真名了。那个时候,也就是拨乱反正时期,写的文章学术性都不太强,多少都有点通用式的,当然这也是时势所需。两三年时间,都是这个样子。后来,《文学评论》就少发或不发长篇大论的时评文章了,搞了一个"论坛",也是由我负责的,用短文章来代替长篇大论的时评,慢慢跟《文艺报》,跟《人民日报》《光明日报》的评论文章区分开来。

问:早期文章的稿费,您都记了账,是吧?

答:对,大体上都记下了。你想了解?那我就说说1977—1980那几年吧。不很完全,但大体上也差不多。①

1977年:《人民群众需要喜剧》,2000字,10元;《题材是广阔的》,2000字,10元。

1978年:《人物创造要有广阔天地》,1800字,8元;《拨乱反正,开展创造性的文学研究评论工作》(合作:邓绍基),9000字,40元;②《话剧又

---

① 口述人:以下这些发表过的文章,有几篇是合作的,文中——注明,稿费也是平分的。
② 口述人:9000字40元,这在当年也算是很低的了,可能因为这是《文学评论》内稿的缘故。

挺起了胸膛》,6500 字,40 元,这个好像是在《安徽文艺》发的;《文艺批评与双百方针》(合作:邓绍基),1.3 万字,60 元;《关于〈二月〉的再评价》(合作:王信、杨世伟),1.5 万字,105 元。

1979 年:《谈谈肖涧秋——影片〈早春二月〉观后》,这个是在《大众电影》发的,2000 字,12 元;《文学评论》第 1 期的记者(综述),2 元;《文学评论》第 4 期《编后语》,10 元;《总结 30 年的文艺工作》,5200 字,35 元;昆明会议的综合报道,4000 字,16 元,昆明会议,就是指第一次学科规划会议在昆明开的那一次。

问:学科规划会议是什么?

答:就是全国文学学科规划会议,这是第一次,由文学研究所主持召集,在昆明开的,我也去了。

还有《简讯》,1000 字,2 元;《文艺要勇于干预生活》,3400 字,17.4 元;《肖涧秋的归宿及其他》,3000 字,21 元;《重话"戏剧观"》(合作:黄维钧),6000 字,36 元;本刊评论员文章(合作),4500 字,27 元;还有《中国现代散文选》的巴金条目,1000 字,7 元。

1980 年:《读〈正红旗下〉随笔》,《正红旗下》是老舍的一部长篇小说,《光明日报》发表的,3500 字,21 元;《军事题材文学创造的新突破——评〈西线轶事〉》,3800 字,33 元;《发掘人物的内心世界——王蒙新作〈蝴蝶〉读后》,4000 字,35 元;《不断探索,不断创新——曹禺剧作读后随笔》,4500 字,50 元;《中国早期话剧的历史评价》,2.2 万字,198 元。

采编人杂记:

一、关于"应命之作"

多年以后,陈老师说:"在开头的两三年里,我写得并不多,没有自己的个性。如《坚持双百方针,繁荣文艺事业》(1977 年),《拨乱反正,开展创造性的文学研究评论工作》(1978 年)之类,署名柯文平、周柯、文怀周、柯舟等,都属于此类。大多是与邓绍基、蔡葵等人合作的。这些文章在写作当时是充满着责任感和热情的,有的在发表时还产生了相当的影响,但它并没有摆脱'大批判'的套路,只不过批判的矛头是针对'四人帮'及其所代表的极'左'路线罢了。说到底,当时在我的头脑里,还是把文艺批评作为单纯的斗争工具和武器来使用的。这就造成了我最初的那些文艺批评文章的特点和弱点:旗帜鲜明地与极'左'文艺观点分庭抗礼,但过分看重政治批判,势必弱化了它的学术色彩。"(《从一而终——我的文学批评之旅》)这一自我反思,是准确的,更是诚恳的。

"应命写作",是说到了问题的关键。那时候,陈老师开始思考,但还没有开始真正的独立思考,还没有脱离(或离不开)权威的指导,还没有且不能独立运用自己的理性去思考。所以,那时候的文章多用笔名。那时候,其他的人也大多是这么思考和写作的。那是个人的局限,更是时代的局限。历史就是这么走过来的,这些文章毕竟是苏醒解冻、拨乱反正的信号,所以,它们是有历史意义的。

二、关于稿费账单

这一节的内容有点特殊,除了问及陈老师从1978年到1980年间所撰写的文章,以及使用过的笔名,还问及了早期这些文章的稿费。这是有意为之。这种做法,是源于我对口述历史的一些想法。具体如:1.在口述历史采访中,尽量问得更宽、更广、更细。2.口述历史不仅着眼于现在,更要着眼于将来,而我们不能假装懂得将来的历史学家和社会科学家需要了解关于过去生活的哪方面信息,因而我们只有尽可能问得更多更细。3.口述历史素材不仅有历史价值,它应该还有更为广泛的人文科学和社会科学研究价值,从根本上说,一切人类行为信息和生活信息都具有研究价值,因此我们必须有意识地问得更多且更细。4.单独看来,有些信息的价值似乎不那么明显,但若能够建立"人类个体记忆库"(这是我思考口述历史理论时提出的一个概念)——在信息时代,建立"人类个体记忆库"不仅可能,而且必要——其中的每一个细小的、单独看起来似乎微不足道的行为信息汇集成"大数据",由将来的科学家进行"大数据"挖掘和分析,其意义和价值或许会超乎我们的想象。那么,为什么不问得更多更细呢?

幸运的是,陈老师保存了早期的稿费账单。我当然会请他按照当年的记录,一一"报账"。文学家看起来或许觉得枯燥,甚至觉得俗气,但经济学家、社会学家、生活史家或许乐意看到这个。保存这个账单的行为本身,也有意义啊。

新时期:文代会暨作代会

问:1978年12月中共十一届三中全会,批判"两个凡是"①,实践是检验真理的唯一标准的讨论,②您有哪些印象?

答:这个当然有印象。从"两个凡是",到实践是检验真理的唯一标准,这是一个标志性的事件。因为在这之前,华国锋强调"两个凡是",这就等于很多东西都不能动了,因为毛主席说过的话太多了,做的事也太多了,如果什么都不能动,那就是举步维艰了,怎么办呢?所以三中全会提出了"实践是检验真理的唯一标准",当时我们感觉到,这是一个思想大解放。很多东西、很多问题,都可以重新讨论,重新认识,重新理解。如果说,原先情绪上还显得比较压抑的话,现在就彻底舒坦了。对这个提法,确实是衷心拥护。

问:这些对《文学评论》的组稿方针有影响吗?

答:那影响是很大的。

问:1979年跟1978年是不一样,是吗?

答:是不一样。原来是许多框框条条在束缚我们手脚,现在这些框框条条可以讨论,甚至可以拿掉,可以放松大胆地往前走了。当然开始的时候还不大敢有大动作,总还是多少年形成的一种惯性,怕捅出麻烦。以至于有的读者来信对《文学评论》有所批评。读者说:《文学评论》的编者

---

① "两个凡是",是指毛主席的政治继承人华国锋当年提出的,即:"凡是毛主席作出的决策,我们都必须拥护;凡是毛主席的指示,我们要始终不渝地遵循。"
② "实践……讨论",是指1978年5月11日《光明日报》刊登题为《实践是检验整理的唯一标准》的评论员文章,指出任何理论都必须接受实践检验。此文是反对"两个凡是"、鼓励思想解放,有助于中国人民从"文化大革命"的思想桎梏中解放出来。

说,有些"有错误倾向的作品,不要忙于批判、定性"云云,他就问:你说"不要忙于批判、定性,是不是意味着以后还要批判、定性呢?"这说明《文学评论》的思想还不够解放。

问:那个读者的来信登出来了吗?

答:登出来了。

问:1979年10月到11月,您以《文学评论》记者的身份参加中国文联第四次、中国作协第三次全国代表大会。对此您有哪些记忆?

答:是以记者的身份去的,不是代表。我唯一当一次(中国作家协会全国代表大会)代表是2006年10月的"作代会"。1979年10月30日开始的,"文代会"和"作代会"是合在一块开的。有时候分成两个场地,大组讨论更不用说了,按地区分好多组,文代会代表和作代会代表是分开的。这个会(思想)比较解放,这跟十一届三中全会已经开过有关系,所以大家都比较敢讲话。我不是固定在哪一个组,我可以到处跑。重点当然是参加中直机关的作协代表团会议,但也去了其他组的会议,比如说上海代表团、安徽代表团会议,我都参加过。所以当时能够听到许多作家、艺术家的声音。包括记者招待会什么的,我也参加过。我第一次听到有那么多作家、艺术家发自内心深处的声音,他们说的有些话,在当时看来有些是很大胆的。比如说:解放后历次文艺界的运动都是应该否定等等,你就是现在说这些话也有些不太合适。说批判《武训传》、批判俞平伯都应该否定,都没有必要搞。说现在搞特殊化,如果慈禧太后还在的话,也要甘拜下风的,等等。

安徽代表团的肖马,是剧作家,他甚至说:摇摆舞比我们现在的"忠字舞"要有生命力。还说:总有一天,要为匈牙利的裴多菲俱乐部平反。

赖少其说:在南斯拉夫,生活是明朗的,愉快的,不受约束的;一到了我们国家,生活就是阴暗的、抑郁的,受约束的,中国的封建主义传统根深蒂固。说:要搞共产主义,但是要把资本主义的自由、民主、科学的好东西学过来。思想改造不能用封建的办法,不能用搞运动的办法。报告——指周扬的总报告——中关于历次政治运动的提法,需要再考虑。《红楼梦》批判,这是学术问题,却搞成了运动。对胡风,五七年等问题,都应该表述得更爽朗一些、爽快一些。胡风的《三十万言书》,可以印出来给大家看看嘛,可能还有些正确的东西。反右派实际上是反胡风的继续。这些话都是很大胆的。

赖少其还说:六条标准——不记得是什么时候中央提出的"六条标准"——危害极大,成为整人的棍子。张志新好就好在她突破了六条标准,六条标准如果真正掌握在马列主义人手中,那还可以,否则就危害无穷,对文艺的危害更大。必须把"两个批示"推倒——两个批示就是毛主席1964年对文艺工作的两次批示。

陈登科说:周扬同志应该从掌声当中受到启发,什么是大家拥护的。——因为当时周扬在报告中态度比较好,不仅自己作了自我批评,还向一些挨过整、受到伤害的文艺界人士,像丁玲等,道了歉,所以陈登科才这么说。陈登科还说:应该把报告搞得更好、更明澈些。他还讲了三十年代问题。说丁玲的《莎菲女士的日记》是解放牌的好作品,应该提一笔。丁玲、萧军、萧红等都应该提,要提得全面些。关于历次政治运动,他说:报告中应该有叶帅(叶剑英)的精神,不要笼统地提。《红楼梦》研究,这是个学术问题,却把它搞成政治运动了。胡风问题,五七年问题,都应该讲得爽朗一些,爽快一些。他还说:现在流行的几句话,叫做:农民自由化,工人奖金化,干部特殊化,蒋管区、黄泛区贫困化。民心不可违,谁违反了民心,社会就会走向反面。为什么官僚主义、特殊化不能反?对大会秘书长林默涵,他公开表示不信任,说他欺骗了胡耀邦同志,愚弄了代表。另外,大会的"五条"根本不行。大会主席团没有经过代表同意,没有民主;全体代表已经通过了,还追加了两个人,这种做法很卑鄙!

安徽组表现得特别尖锐。中直组也有类似的发言。

问:您这都是那次会议的记录?

答:是会议的记录,但并不完全。只是我个人的一部分记录。安徽组我的记录就到这里为止了。好像后来刘锡成还整理出一个这次文代会、作代会的综述,也提到了这些发言。他的这本书后来好像也出版了。

问:您这是个人笔记,刚才那些话,官方综述中不一定出现吧?

答:恐怕不太可能有。作协组的姚雪垠、王若望、刘宾雁、萧军等,也都发表了一些很尖锐的意见。如姚雪垠说:历史上并没有纯粹的"歌德派"作家——这是说没有纯粹因为歌颂而成为大作家的。他认为像屈原、杜甫、白居易等,都不是"歌德派"。元、明、清,因为文网森严,作家不敢揭露、鞭挞,因此没有出现伟大的作家——这当然也说得有点绝对。他认为,真正伟大的作家一定是敢于揭露、鞭挞,为人民代言的作家。他还说,谭嗣同说过:欧洲的现实主义文学是靠流血闯出来的,如果中国需要流血,那就从我谭嗣同开始。我——这是指姚本人——也要说:过去我们已经流了很多的血,我们也在所不惜!

问:会上的发言,您还有哪些记忆?

答:我当时有一个总的印象,就是会上思想相当解放,什么话都敢讲。地方的比中央的更解放。

问:参加这个会,听到这些大胆意见,对您有影响吗?

答:有影响。我就觉得现在的文艺界就像在火山上,随时都可能爆发。换成我,是没有胆量这么说的,也没有这种认识。觉得他们这些人真是大胆。他们的这种情绪,是完全可以理解的。他们被压抑了多少年,像丁玲这些人,都是,所以一旦有机会,压抑在心头的东西就会迸发出来。

刘冰雁也说得很尖锐,他说:刚才我听到同志们的讲话,我好像听了一段中世纪的故事,这不禁使我想起托尔斯泰的一句话:假如成吉思汗掌握了电话机的话,那将会是怎样的一个局面?我——指刘本人——还要说:如果成吉思汗成了我们党的文艺领导的话,那我们将面临什么样的命运?为什么科学家可以犯错误,政治家可以犯错误,就是不允许文艺家犯错误?假如这也算是错误的话。他讲到了林希翎,还有别的一些人和事,我记了有两三页。最后他说:人民群众要听真话,不要听假话。"虚假的喜歌我们不需要。你要记住,我们就是你的后盾,因为你唱出了我们心中的歌。"

问:这是说谁呢?

答:不是说谁。是引了某个诗人或者是某个文艺家的一段话,讲我们需要什么样的文学。我们不要一味地歌功颂德的文学,要敢于揭露矛盾,揭露阴暗面,揭露我们社会当中愚昧无知、荒唐无耻的文学。

也是在中直会议上,公木,这位老作家,他说:要恢复人性、人学、人权,从神性、神学、神权当中解放出来;要从新经学中解放出来,坚持一切从实际出发,知迷途其未远,觉今是而昨非。萧军也说:我到东北讲演,人家说我是出土文物。他还讲了他的人生目的、人生信念——我的人生目的是求得国家的彻底解放,求得民族的彻底解放,我的人生信念就是真理是不霸占的。我有四个希望:希望用我的力量来提高人民的道德情操,来陶冶人民的灵魂,武装人民的头脑,总的就是为我们祖国的现代化奋斗。我以不死的精神活下去。怯懦是罪恶的根源。英勇与凶残是不同的,凶残是人生兽性的一种表现,是人生的堕落,英勇是人生崇高精神的表现。

问:会上您有组稿任务吗?

答:没有。报道任务也没有,完全是受教育来了。是不是在会上跟某位作家接触过,也组了稿了?肯定有的,具体的就不太记得了。

采编人杂记:

一、关于新时期的历史

新时期的历史,是由两股潮流汇集而成的:一是自下而上的民间新启蒙运动,一是自上而下的、由中共中央领导人邓小平和胡耀邦等号召发起的解放思想运动。这两股潮流交汇,上下一心,生机勃勃。有人说,这是"第二次解放"。

解放思想运动的先声,是1978年5月11日《光明日报》刊登的特约评论员文章《实践是检验真理的唯一标准》,此文针对当时中共中央主席华国锋所秉持的"两个凡是"——"两个凡是"的本质即康德所说"人类自己招致的不成熟状态"的典型症候。进而,1978年12月13日,邓小平在中共中央工作会议闭幕会上作了题为《解放思想,实事求是,团结一致向前看》的讲话,指出:"解放思想是当前的一个重大政治问题。解放思想,开动脑筋,实事求是,团结一致向前看,首先是解放思想。"同时公开承认:"党内确实存在权力过分集中的官僚主义……许多重大问题往往是一两个人说了算,别人只能奉命行事。这样,大家就什么问题都用不着思考了。"强调:"不打破思想僵化,不大大解放干部和群众的思想,四个现代化就没有希望。"①这篇讲话,被认定为中共十一届三中全会的主题报告。② 进而,中共中央决定彻底否定"文化大革命",正视毛泽东晚年的错误问题,并将它写入《中共中央关于建国以来党的若干重大问题的决议》中。解放思想,成了新时期之初的首要关键词。

很多人都忽视了,在中国,实际上还有一股更重要且更持久的思潮,即民间新启蒙运动。所谓新启蒙运动,即康德所倡的"勇敢使用自己的理性",换句话说,就是个人主体性觉醒暨独立思考运动。它的象征性标志,是北京西单民主墙。实际上,民间启蒙即先觉者的独立思考,早在"文革"中期就开始了:1971年的林彪叛逃事件之后,就有人开始暗自怀疑"文革",开始怀疑毛泽东神话。这种怀疑,即是新启蒙的第一道思想之光。1976年清明节天安门广场抗议活动,是民间独立思考运动的积累和爆发,即人民觉醒的勇敢表达,它也进一步促进了个人主体性觉醒和独立思考。进而,在1976—1978年间,在中国的无数的沙龙中,读书和讨论蔚然成风,个人觉醒和独立思考成为时代潮流,势不可挡。根据中国国情,党中央的解放思想运动,赋予了新启蒙的合法性,才使得上下两股解放的潮流交汇成新时期壮丽的景观。

但是这两股潮流,毕竟有着性质和流向的不同。解放思想是政治性的,有具体的政治目的;而新启蒙则是文化性的,是人们个体精神自主意识的觉醒。在流向上,前者是要回到五十年代,而后者则要回归五四时代;解放思想是有明确的自由边界,即"四项基本原则",后者则隐隐然有学术无禁区即言论自由的诉求。美国学者傅高义在《邓小平时代》一书中指出:"自由的边界能够放得多宽,而不至于使中国陷入1949年以前或'文革'式的混乱?在整个邓小平时代,这一直是造成分歧的一个核心问题。"又:"在邓小平统治时期,到1992年他退出政治舞台为止,在自由的边界问题上他将面临持续不断的拉锯战,这场拉锯战最终在1989年6月

---

① 邓小平:《解放思想,实事求是,团结一致向前看》,《邓小平文选》第2卷,第141、141—142、143页,北京,人民出版社,1994年(第二版)。

② 在邓小平的《解放思想,实事求是,团结一致向前看》一文标题下,编者注释:"邓小平同志的这个讲话实际上是三中全会的主题报告",《邓小平文选》第2卷,第140页。

4日导致了一场悲剧。"①也就是说,新时期的历史,尤其是80年代的历史,是解放思想潮流和新启蒙潮流汇合、冲突和激荡的历史。

二、启蒙会上被启蒙

第四次文代会暨第三次作家代表大会,是新中国历史上最为意义重大的文化活动之一。这是一次思想解放的会,更是一次新启蒙的会。其重要意义在于,终于有一部分作家和艺术家勇于使用自己的理性作独立思考,并且敢于当众说出自己的声音了。这话听起来有些可悲,甚至可笑;但在历史现场,必然喜极而泣。

本节内容,是陈老师根据当时的笔记讲述的。在讲述的时候,陈老师仍然很是激动。可以想见,当时听到会上那些人发言时,陈老师受到过多大的震撼。我想,在这次会上,陈老师恐怕有受到思想轰炸的感觉,亦即,受了启蒙刺激。他没有更早些自主启蒙,不是因为他没有理性才智,而是因为他过去一直习惯于权威指点,亦即没有勇气使用自己的理性才智。许多中国人,都和他一样。

---

① [美]傅高义:《邓小平时代》,第249—250、263页,冯克利译,北京:三联书店,2013年。

三位亲人相继去世

问：从 1980 年到 1982 年，三年中您母亲、哥哥、父亲相继逝世，从他们生病到他们去世，您探过家吗？

答：没有。

问：您还在干校的时候，父亲就曾生病、病危，是吧？

答：是的，是我父亲，病重，不是病危。那个时候，我四姐一家也不在福州，下放到福建的连城，老家没有主心骨了。如果四姐在的话，就有主心骨。福州有我二姐，但没有什么主见，也不敢担责任。还有嫂子，但毕竟是嫂子，我哥哥当时还在南京江宁，他总觉得陈家的儿子应该担起责任来——这也在情理之中。所以嫂子才打电报来。我确实也是不孝。我离开家时间够长了，虽然也回过几次，但毕竟还是少，每次待的时间也短。我总觉得，我回家既无济于事，有回家的这些钱，还不如给他们寄去，以解燃眉之急。现在想起来是有些羞愧。在亲情这方面，我哥哥就不一样。我对他这一点，是很佩服的。他自己在危难之中，还不断想着家人。当然这里还有一个原因，就是我嫂子和他的两个孩子都在福州。后来我母亲去世、我哥哥去世我都没有回去。但我都寄钱了，记得有一次，钱还是向别人借的。

问：哪一次给家里寄钱，是向别人借的？

答：我母亲，可能是我母亲生病或者去世的时候。

问：不对吧？那是您父亲生病的时候，是当年在干校的时候吧？您是不是搞混了？您父亲和哥哥去世是 80 年代了，那时候您有稿费，经常十块、二十块、三十块的，离干校已经有七八年，不太可能再向吴晓铃、钱锺书借钱了吧？

答：对,对。我母亲生病的时候,我哥哥回去了,后来他就提前病退回老家了。这也是他自己要求的,因为他早就解除劳教了,这个时候他自己也有病,就回去了。查出来是癌症,是回家以后的事,也正好是我母亲病重的时候。这个时候我哥哥给我写信,把母亲的病况说了,把他自己的病情也说了。两个身患重病的人,真是够呛!但我哥哥能理解人,他一方面交代了后事,一方面还直宽慰我。

问：他写信的时候,母亲是病重还是病危?

答：已经病重、病危了。这是我哥哥当年写给我的信。念一下吧?

[陈骏波致陈骏涛,1979年8月17日]

款10元,粮票30斤均已收到。你健康状况亦不甚佳,勿以我病为念。

我住进了对面医院(我老家对面的协和医院)10余天,确诊为食道溃疡性癌(这个时候我哥哥已经确诊癌症了),必须切除。但我自我感觉尚可,疑不至于如此严重。又因是暑热难当,或待秋凉后再做手术。院方认为已无疑问,非动不可。僵持不下,我为慎重起见,自愿先出院,故已出院二星期。复经省立医院透视,造影,结论亦同。看来已没有什么犹豫之处了。一家人包括文珍夫妇(就是我四姐四姐夫)表示由我自己决定。我已决定明天(18日)就住院,手术非动不可了。至于结果是如何,付之天命已矣!

如我有不测,也没有什么大不了的。问题在于春英(即我嫂子)身体也有多种严重病患,经此次折腾,后果不堪设想。小春、小秋(我哥的两个儿子)非治家之辈。父亲又风烛残年,日后非"散家"不可!为此,我所以迟疑不决者再。事已至此,日后事,已非我所能为力。

你人在北方,也无需烦恼,安心工作,注意身体。性情抑郁者易得癌症。你宜善自保重,至要。父亲百年后事,有公檀夫妇(我四姐夫、四姐)、春英等在,你可勿念。手术之后,后果如何,小春、小秋会给你去信。看来这封信可能是我能够执笔的最后一次了,但愿不会如此?

代我亲亲两个孩子,并问立人好!亲家(我岳父)曾会过一面,亦代我请安。我一切都是公费医疗,厂方已有证明寄来,钱的问题已经可以解决。你不必再寄任何东西来了,浪费钱。至要。书不尽言。祝健!

据上一封信正好五个月,这时候我哥哥已经做过手术了,他又来了一封信,但这封信他自己的事没讲,主要讲母亲的病情。

[陈骏波致陈骏涛,1980年1月17日]

粮票40斤收到,书刊尚未到。

母亲症状日益严重,已奄奄一息,有时昏迷不醒。清醒时神志极清,一应后事,老人家都交代了。我与二姐、万年姐夫(即在新疆劳改的二姐夫,此时已解除劳教,正请假在福州)等均守候左右。但二姐需上班,故早中晚只能略守些时,文珍夫妇因工作和住处关系,礼拜日都有来探望。春英、小春都上班,只能晚上在床前陪伴。昨夜我见母亲好像已经睡着了,遂到房里去睡了一下,不意母亲自己半夜起来,把放在桌上的安眠片、吗啡丸一下子吃了30多粒。幸亏不久大部呕吐出来,但至今仍处于半昏迷状态。或无问题。经验教训,已将此类药物悉数收藏妥当,以免再出事故。老人家可能实在难耐喘痛,自然无药可救,乃出此举,令我心酸,如之奈何!

知你处境清苦,一家生活也是相当紧张,不必多虑。我虽事假,没有收入(哦,这时候他虽然人在福州,但还不是正式病退),但我一生出自母亲,即使此后负债也是应该。母亲八岁做女工,辛苦一生。每想到母亲爱抚之情、勤俭之德,以及对亲朋戚友人情世事面面周到的母仪风范,无时无刻不在记惦远在异国他乡的子女,慈母之心可谓温暖之极了。处此临床辗转、疼痛呻吟,还不断地叫着你、大姐(在台湾)、锦珍(三姐,在缅甸。我顺便提一下,你不是问过我两个姐姐在外面有没有回来吗?她们从来没有回来过,倒是给家里寄过几次钱。后来我大姐在1994年回来过,是第一次,也是最后一次)。我守候在侧,能不痛断肝肠?

前天老人家关照万年姐夫(二姐夫)意欲将她手边做手套两年多的积蓄70余元寄给你,要你回家一叙。昨天又说,不要叫你回来了,免得你徒劳奔波,多增烦恼。我意亦然,故此款未汇出。二姐等也认为你没有必要回来,多所花费。(下面讲一应后事,就是母亲去世以后,应该本着什么样的原则,反正福州的规矩很多,必须按照乡土习俗,请多少人,花多少钱,整个计划,包括火葬场、骨灰盒、出丧的衣物等等,算了一笔账,他说)这与外地,尤其是外地机关单位的革命化的做法大不相同的,令人莫名其妙。如果不是这么做的话,所有的亲友都将横加指责,无有宁日,因此不得不因循旧习,免遭非议。如此而已,也是无奈。你的观点与我相同,但设身处地,则非易事也。……(下面讲到我二姐夫钱万年自1980年元月起已经退休,即将自福州重返新疆办理手续之事。)

最后还有几句附言:

粮票今后不要寄了。这里每斤米三毛六,可以买到,你钱什么时候寄来家里,先通知一下,不必寄50元了,聊表心意即可(我哥哥就是这样体谅人)。

问:当时您没回去,主要原因是什么?是经济原因,工作原因,还是因为其他家庭原因?

答:不是什么家庭原因。一个是工作,当时确实很忙,80年代刚开初嘛。另外一个,我这么想,我回去,要花一大笔钱,与其回去一趟,还不如把这笔钱寄回去。再说我回去也无济于事。当然,要说到根本的话,还是因为我的亲情观念问题,在这方面,与我哥哥没法比。所以我的三个亲人,我母亲、我哥哥、我父亲接连生病、去世,我都没有回去。父亲去世后倒是回去了,但那已经是"马后炮"了,确实有点不像话。

问:那封信中,当时您没有读出您母亲特别希望你回去吗?

答:当然,读出来了,很明显的。

问:而且你哥哥也希望你回去,虽然话说是您可以不回去,但实际上言外之意,还是希望您回去。当时是忽略了这些,还是有别的什么原因?

答:不。当时你要说我完全不想,也不真实。那毕竟是我的父母亲。尤其是母亲。如果说我对父亲的感情要淡薄一点的话,对母亲的感情还是很深的。特别是,在家里我是最小的,她对我确是无微不至。我也不是完全不想回去。但是当时就有那些个想法,有所顾忌:一个是工作忙,另外一个就是要花一笔钱,与其花这笔钱(在路上),还不如把这钱寄回家去。①

问:母亲生病,您大概寄了多少钱?还记得吗?

答:不记得了。钱肯定是寄了,我哥哥说不要寄五十,但我寄的肯定不会少于五六十,肯定的。

问:会超过一百块钱吗?

答:不会。不太可能。那时候的一百元,是一个比较大的数字。

问:师母没有干预您回家不回家的事,是吧?都是您自己决定的?

答:是我自己决定的,跟她没关系。她甚至还说我:母亲去世,你怎么都没哭?说我心肠真硬。我说:我不是心肠硬,我心里也难受,不好受。她没见到我流眼泪,没见到我哭,不像周总理(去世)的时候,漫红去世的时候,我真哭了。后来,有机会回老家时,我总要到墓地去,向我的父母亲真诚地忏悔,承认我是一个"不孝之子"!

问:用一段话来讲述您母亲的一生,您会怎么讲?

答:她一生勤劳、节俭,完完全全为儿女辛苦地活了一生一世,是一位伟大的母亲!

问:如果再让您选择一次,回到当年,您母亲去世,你会回去吗?

答:我会回去。我肯定会回去的!

问:母亲去世不到一年,你哥哥就去世了。关于他,您觉得最值得记忆的有哪些?

答:哥哥去世时56岁,实际上还不到56岁。我觉得,我哥哥生不逢时。其实他这个人有天赋,国学的底子要比我强多了。从他信里面也可以看出来,他有点古文的底子。另外他字也写得好,俊秀,苍劲有力,说明他练过书法,我根本没练过书法。他如果在一个开明的时代,给他机会的话,他是要远远比我强的。他就只读到高中为止,大概高中都没有毕业,就当小学教员去了。也就是想寻找一个出路,才到上海投奔我姐夫,但投错了门。从我在南京江宁砖瓦厂,听他的同事对他的评价来看,他们对我

---

① 口述人:今天反思这段情感的经历,我觉得除了我缺少为人之子的孝心之外,还有我的患得患失、优柔寡断,这也是我人格的一大缺陷。

哥哥印象都很好,说我哥哥是个好人、能人。他是干一行、专一行、精一行。他原来是砖瓦厂普通工人,后来当了厨师,用现在的说法就是"大厨"。他作的那些诗,特别是他临终前献给母亲的那首诗:"为子为孙六十载,刻骨铭心永难忘。儿今幸随慈母去,九泉之下尽孝常。"这是我那年回家的时候,我侄儿给我看的。写这首诗是1980年12月28日,一周后,也就是1981年1月5日,他自己就撒手归天了。我哥哥是一位很值得记忆和怀念的好人。

问:那封信里说他要推迟手术,后来做了吗?

答:做了吧。虽然推迟了一些时候,但还是做了。

问:如果当时大夫叫他做,他马上就做,是否可以延长生命?

答:这就不知道了。不过,这个东西,癌,在那个年代,我觉得死亡……

问:胃癌死亡率其实是很低的。

答:不,后来转移了。转移到肝,肝癌。一般认为,肝癌是癌中之王。漫红后来得的也是肝癌。这是不是家族病史?这我就不清楚了。

问:您说您父亲去世时,您回了家,是在他去世之前吗?

答:不是之前,是在之后。父亲是(1982年)1月10日去世,我是24日才到福州。

问:葬礼都过了。三个人的葬礼,您都没回家参加?

答:对。我父亲去世,他的后事,葬礼等,我都没有参加。说24日抵福州,料理父亲的丧事,其实那个时候,父亲的丧事已经办了。

问:关于您父亲生病情况及其一生,您有哪些记忆?

答:他去世时86岁。好像家里人来信,也没说出是得了什么病。都认为就是一般说的"老病"。我几次回家,就觉得他走路不稳,跌跌撞撞的。要说病史,过去有肺结核病史,后来听说钙化了。我还在福州上学的年代,就见到他有时还咯血。

问:他住院时间不长就去世了?

答:不会住很长时间。

问:您能不能对您父亲一生做一个简短的总结?

答:父亲,虽然平庸地过了一辈子,但我觉得他还是一个好人。是一辈子谨小慎微、胆小怕事的人。他一生的大半时间都是在外面奔波,只是到了解放以后,退伍了,才回到福州来。他长年在外,对儿女很少过问。因此,我们整个家庭,对儿女的教育根本谈不上。家里这么多孩子,就靠我母亲支撑着。当然,过去有个说法,叫男主外,女主内。如果没有我父亲,一家这么多人的生活来源就成问题了。也是因为家庭的这种情况,没办法供养孩子上学,所以我的三个姐姐,学历都很低。我哥哥,还多少读点书,但也只读到高中,靠他的天分和努力,还粗通文墨。我的几个姐姐,大姐、二姐、三姐,都没怎么上过学,上过小学就了不起了,就嫁人了。只有我四姐和我两个人上过大学,那是到了解放以后。我父亲这一生,活得并不精彩,可以说,也就是一个平庸的人,但还是个好人。

问:哥哥、母亲、父亲,这三个人谁对您的影响最大?您个性最像谁?

答:过去没考虑过这个问题。很难说我是受到家族中哪一个人的影响。不像我母亲。从胆小怕事这一点来看,倒是有点像我父亲。

问:您哥哥的性格跟您有差异吗?也是比较谨慎的那种?

答:他也是比较谨慎的,优柔寡断,犹豫不决。这一点我们哥俩倒是有点相近的,都不是成大事的人。虽然他比我脑子好使,有天分,但也不是成大器的人。他还抑郁寡欢,这是由于他的那种经历和际遇所致。这一点我们俩是不同的。

问:大姐知道父母亲去世的消息吗?是什么时候联络上的?

答:大姐很早就联络上了。但那时候台湾和大陆的关系紧张,我们不能与大姐直接联系,只能通过我大姐夫老家的人中转,老家人就在离福州不远的一个什么县。大姐也从来没有直接跟家里联系过。

问:您自己跟大姐有过通信吗?

答:没有,大姐不识字。我跟缅甸的三姐还通过信,跟大姐从来没有通过信,但后来海峡两岸关系正常化以后,我们倒是通过电话的。[①]

[①] 口述人:解放以后,由于海峡两岸关系紧张,与台湾联系并非易事。与台湾大姐正式直接联系,还是在大陆与台湾关系解冻以后。1994年5—6月间,大姐陈明珍曾携同她的儿子回福州老家一趟,我也专程回了一趟福州。我们六个兄弟姐妹,除了哥哥(排行第三)已去世,三姐(排行第四)在缅甸以外,四弟妹(大姐、二姐、四姐和我)分别几十年后头一次,也是最后一次相聚,还合了影。此后,二姐、三姐、大姐又相继离世。现在,六个兄弟姐妹,仅余四姐与我两人了。

采编人杂记:

关于"不孝之子"

母亲、哥哥、父亲三个至亲先后生病去世,是人生痛事。陈老师都没有回乡探病、奔丧(父亲去世两周后他曾回乡,但那时候父亲的丧事已经办完,不算是奔丧),确实有些让我震惊,一开始,觉得难以理解。陈老师说自己是"不孝之子",当是痛悔之后的由衷之言。只不过,有些言重了。他并非不爱父母亲,父母生前,也基本上尽到了赡养之责(从开始工作时起,就一直给家里寄钱)。对不回家探病、奔丧的行为进行简单的道德批判,不仅容易出错,更无益于求知。

陈老师对此事的解释是:一是时间紧张,二是经济上的考虑。这肯定是真话。所谓时间紧张,不仅是说当时事情太多,脱不开身;更重要的是,从1963年底研究生毕业,至1978年新时期开始,在长达14年的时间里(1964—1977),都没有正经地从事过文学专业工作;他和他的同时代人当时都有一个急迫的心理:要把过去耽误的时间"抢回来"。也就是说,时间紧张,不仅是说事多,更是指心急:时不我待,每一天都十分宝贵。至于经济上的考虑,恐怕不是由于当真就囊中羞涩(他当时已有一些稿费收入,尚不至于真的出不起回家的路费),而是由于日常生活的心理惯性:长期生活于匮乏年代的人,大多会养成量入为出的习惯,且还有未雨绸缪的本能,能省就尽量节省。把回家的路费省下来给家里寄去,是一个讲究实际效用的想法,一般来说,并不为过。

但上述两个原因,恐怕不能透彻解释他的行为,此事还可以进一步探讨。我想,陈老师的行为,多少有些"宝弟综合症"(这是我杜撰的一个概念)的症状——"宝弟"是陈老师的乳名,他是家里最小的男孩(妹妹出生时就被母亲送人了),上有四个姐姐、一个哥哥,"宝弟"之"宝",可想而知——所谓"宝弟综合症",是指从小受关爱太多的人,容易习惯于自我中心,习惯于被人关爱、被人原谅,而不大懂得去关爱他人。"宝弟"也是一切"宝贝弟弟"的共名。有意思的是,陈老师似乎不大记得小时候受过

"宝弟"待遇,我猜想,那恐怕是孤独郁闷的青春期印象覆盖了童年的经验;甚至可以推测,也可能是"宝弟症候"的典型特征:受到再多的关爱也还是觉得不够,以至于会久处芝兰之室而不闻其香。世上如果真有"宝弟综合症",宝弟家人要负一半责任。陈老师的哥哥陈骏波,在母亲病危、自己又患绝症之际,明明需要且希望弟弟回家,但还是为弟弟着想,说"你不用回来";而这话,恰好是宝弟愿意听到的。

这一行为的背后,恐怕还有"革命时代后遗症"(这也是我杜撰的概念)的影响。这要分几个层次说,一个层次是,因为家庭出身不好,影响他的政治前途(例如不能入党),一定曾让他本能地感到不安甚至痛苦,于是有无意识的"离家自立"之心。他13岁离家去当兵是一个例证;上大学之后很少回家,是缺少路费,同时"我也不想回家"(陈骏涛:《从一而终》),又是一个例证。二是,在他所经历的政治运动中,经常看到"地主、资产阶级的孝子贤孙"等大帽子,不仅会让他对自己的家庭产生无意识离心力,对"孝子贤孙"的身份和行为肯定也没有好感,这会悄悄地改变他的家庭观念、孝心伦理。三是,自成年之后就很少回家,无论因为什么原因,总之是习惯于一个人在外漂泊,是在学校、单位的"革命大家庭"中过集体生活,久之,传统家庭观念也会逐渐淡漠。上述三点,都是社会化的结果。陈老师同代人中,这样的人有不少。

"宝弟综合症"与"政治时代后遗症"是莫名的,时间紧、经济窘的解释,实际上并没有让陈老师好过。对于当年没有回家奔丧的事,年纪越大,内疚越深。更多的内疚被压抑在他的无意识中——前面说到他对哥哥陈骏波有无意识的歉疚,这恐怕就是一个原因吧。哥哥陈骏波一生坎坷,自顾不暇,但却尽到了做儿子的孝心和责任,感恩父母,照顾父母,礼葬父母。哥哥的道德风范,弟弟自愧不如,或许就是陈老师夸大哥哥的年龄、夸大哥哥才智的最深层的无意识动因吧?

入党、评职称、加入作家协会

问：1982年7月，您加入了中国共产党，请您说说入党的事。

答：入党的事？我从中学开始就争取入党，入党可以说是我人生的一大夙愿。到北京以后，开始阶段，觉得我的社会关系、家庭出身，是一个很大的障碍，因此一直没有正式提出申请。"四人帮"垮台以后，特别是80年代以后，我的整个思想有了一个很大的变化，各方面也都表现得很积极，大家对我的印象也挺好。于是水到渠成，我就打了入党申请书。

问：中间这几十年，您没有写过入党申请吗？

答：这也一直是我在回忆的一个问题。中学时期肯定是写过一回申请，上大学以后也应该是写过的，尽管我自己也认为，以我的家庭出身和复杂的社会关系，我表现得再好，也是不太可能入党的。但我觉得我应该有一个态度，是不是能入党，这是党组织考虑的事，我有没有入党的愿望和要求，这是我自己的事。我在大学时候还当过团支部宣传委员，应该是属于圈内人。所谓圈内人，就是指是入党积极分子这个圈子的人。我跟党支部那几位——书记周永忠，组织委员陆荣椿，团支部书记徐俊西——关系都不错，他们对我也很好。你现在要我确定是什么时候写的申请，这个很难，因为年代久远，再加上今年我病了一场，记忆力衰退，确实很难回忆得起来。但可以肯定的是，我曾经以不同的方式向党组织表示过这种意愿。

我这两天查了一下这阶段——80年代前后——的笔记，可以肯定80年代初我也向党组织表示过这种愿望，写了申请。当时党支部的人跟我谈过话，而且把我列为发展对象。具体的人就是彭韵倩、谢驭珍和陈祖美这几位。彭韵倩是老文学所的人，原来在《文学遗产》工作，《文学评论》

准备复刊的时候,她也调到了《文学评论》。谢驭珍是王朝闻的夫人,她和陈祖美都是从文化部调来的。她们跟我谈过。在要发展我入党的时候,还专门找了一些积极分子开了一个会,征求大家的意见,我也参加了。大家也都表示我够条件,当然也对我提出了一些希望。

问:跟您一起入党的还有哪些人?

答:这个我不记得了。当时我的入党介绍人就是彭韵倩和陈祖美。

问:入党时心情怎么样?有没有宣誓仪式?

答:有仪式。不止我一个人,还有别的人,搞了一些仪式。还有,党委还找我谈过一次话。谈话的人叫徐达,他不是第一把手,是管党务工作的党委委员,问了我几个问题,比如党的纲领什么的。还是郑重其事的。

问:80年代初入党还是一件比较神圣的事情。

答:对。我也把它看得很神圣。因为我追求了几十年,1950年我就是共青团员了,几乎是中学里的第一批共青团员——共产党的后备军。

问:1980年10月,您17年前的研究生毕业论文《中国早期话剧的历史评价》在《文艺论丛》第11期发表,这个论文是怎么保存下来的?

答:当时这篇论文,从写好到印出来,都是我自己弄的,自己刻钢板、自己油印——那时根本就没有什么打字的设备,就是有,我也不会。油印本,我准备了好多份。因为几个评委都得有,我自己也保存了两三份,就这样保存下来了。

问:"文革"期间也没有搞丢掉?

答:没有搞丢掉。[拿出油印本]就是这个,蓝色的封面。

问:后来是什么机缘要给《文艺论丛》呢?

答:《文艺论丛》的编辑余仁凯、周天、张有煌,当年在复旦的时候,他们就跟我们有联系。特别是余仁凯,当时他是文艺出版社理论室的负责人。现在已经去世了。周天还健在。

问:从原稿到发表,改动情况如何?

答:改动不是太大,基本上还是原来的样子,当然做了些修改、提升。一开始我还拿不定主意:要不要发表呢?但反复考虑,还是决定拿出去见见世面。基于两点考虑。第一,这毕竟是自己花了很大力气写的东西。那时候是"三年困难",为了写这篇论文,还真没有少饿肚子,到上海图书馆、上海戏剧院图书馆查资料,还走访了当时还活着的文明戏艺人,做了笔记——可惜的是,这些笔记后来都找不到了。第二,我总觉得,我开头那几年写的东西①,大多是"拨乱反正"一类,政治性比较强,相对来说,学术性就比较弱,或者说,都只是搭了一点学术的边界。而这篇东西,虽然质量不是很高,但毕竟还是下了点功夫的学术论文。

问:您的这篇论文也填补了早期戏剧史的一个小小的空白。

答:对,是这样的。当时,我记得曾经征求过两个人的意见。一个是王信②,《文学评论》的老编辑,另一个是黄维钧③,我的老同学,当时在《人民戏剧》当编辑。他们都觉得,现在发表这篇东西还是有意义的。这样我才下了决心拿出去发表,就寄给了余仁凯。

问:这最长的一篇文章,它的稿费是多少还记得吗?

答:当年好像没记。④

问:您还记得新时期第一次调整工资的事吗?

答:这个还真不记得了。这两天我问何老师,她说,各个单位不一样,各个系统也不一样,她们是1980年或1981年才调整的。我说我呢?她说你肯定也调整了,可能要靠前一点。就是说比她要早,她如果是1981年,我可能就是1980年,甚至1979年都有可能。具体时间真不记得了。也就是你提了以后,我才想起有这么回事,你要是不提,我还真忘了。

问:调整工资,涨了多少?

答:何立人说是69元,原来是62元,调整后69元。她说最多也不会多过10元。我觉得,她这个估计是合理的。因为加10元就很可观了,那个时候的10元就接近于现在1000元。⑤

问:涨工资通常都有比例,有比例就有竞争,您有记忆吗?

---

① "开头那几年所写的东西",是指1978年至1980年左右所写的文章,参见下文。
② 口述人:王信,1934年生,毕业于北京大学中文系,长期在《文学评论》工作,担任过《文学评论》编辑部主任、执行副主编。是中国作家协会首届优秀编辑奖获得者。
③ 口述人:黄维钧,1937年生,1960年毕业于复旦大学中文系,长期在中国戏剧家协会所属《人民戏剧》等单位任编辑、副主编,80年代初,曾与我合作写过几篇文章。
④ 实际上是记了,22000字,198元。见《早期文章、笔名和稿费》一节。这再次证明陈老师记忆力确实不好。
⑤ 当年的10元接近于现在的1000元,是陈老师的说法。依据是,现在的工资涨了100倍。这一说法似乎没有考虑通货膨胀率、实际购买力等其他因素。

答:我觉得没有什么竞争。一个是没有记忆,另外一个,关于工资,我总觉得这不是该我操心的事,该怎么的就怎么的,顺其自然。

问:所里有人争吗?

答:肯定会有的。

问:您是什么时候评中级职称、副高职称的?

答:职称被耽误了。我刚进文学所的时候,暂定研究实习员,过一段时间才能转成实习研究员——这才是中级职称。但不久就下去锻炼了,搞"四清"去了,然后就是"文化大革命",根本就不谈这个事情。我也只能听其自然。一直到1976年,"四人帮"垮台了,"文化大革命"结束之后,才把这个问题重新提起来。所以我中级职称评定的时间,是在"文化大革命"结束之后。① 因为我那时候已经在《文学评论》编辑部工作了,所以就定为编辑职称。1985年的时候是副编审,那才是副高职称。

问:1985年评副高职称的时候,有竞争吗?

答:没有,没有什么竞争。都是照章办事。当然,有前有后,我可能是比较靠前的。

问:评职称时,您肯定没有人拉关系、拜托评委,打电话?

答:我个人肯定没有。那个时候,这种事情即使有,也是极个别,不像现在。

问:您是说,那个时候风气相对还比较正?

答:对对。不过,我评正高职称的时候,倒是有一个小故事,跟"六四"事件有关系的一个小故事。这不是说,我在1989年"六四"事件的时候,出了什么问题。那时候我正好在日本,就是想参加天安门游行也是不可能的,但在日本从电视上倒是看到刘再复他们游行了。我回到北京的时候,这个风潮已经过去了。我说的"跟六四事件有关系",是指在这一年的《文艺争鸣》上,我曾经发表过一篇文章②,这篇文章在谈到刘再复的文艺思想时,对他作了肯定的评价。那时候,也就是1989—1990年之交

---

① 按照有关规定,研究生毕业,工作一年后,即获得中级职称,不需要评定。陈骏涛先生被耽误了13年,从初级职称转为中级职称,当然更不需要评定。

② 口述人:指1989年11月刊发于第6期《文艺争鸣》的一篇署名文章:《新美学—历史批评综说》。

吧,正好要评职称,我自己认为自己够格(资格)了,就递了申请,没有想到这篇文章会惹来那么大的麻烦!学术委员会开评议会的那天,我们这些申报人都得到场陈述,并回答学术委员会的提问。在陈述和提问之后,我在外头等候的过程中,学术委员会就派许觉民出来找我,传达了他们的意见,说我那篇文章有明显的政治立场问题,劝说我自动撤回申请。我当时既感到意外,又非常生气,但当着许觉民的面,又不好意思发作,只是表明了我的态度:不撤回申请!尽管结果都是一样,但批不批准是学术委员会的事,申不申请是我自己的事!其实,许觉民当时也是出于一片好心,想为我挽回面子,殊不知这么一来,倒反而更让我没面子了。

问:这个跟评职称有什么关系呢?

答:那个时候,正是1989年"六四"事件之后,当然是个问题。当时在所内,对刘再复上任以后在文学所搞的那一套,①是有不同意见的。有一些文学所的老人并不支持刘再复的观点,他们有不同意见,认为刘再复走过头了。另一些人,像许觉民、朱寨,虽然在具体问题上未必都同意刘再复的观点,但在总体上还是支持和同情刘再复的。当时的学术委员会,就包含了这样两种力量,以文艺理论研究室为中心,不支持、不同意刘再复观点的人,还不是很少数。

问:在学术观点上,两边都可能有道理呀?

答:你这个意见是对的。但问题在于,当时刘再复问题的性质已经变了,已经不单纯是学术问题,而是政治问题了。在这种情况下,我还在文章中肯定刘再复的文艺思想,这不等于自投罗网吗?所以,事后想来,在1989—1990年之交,我的正高职称没能通过,就是理所当然的事了。所以,我大概是到了90年代——具体哪一年,不太记得了——才拿到正高职称的。②

问:您1991年离开《文学评论》去华侨出版公司,跟这个有关吗?

---

① "刘再复在文学所搞的那一套",是指刘再复从1985年起担任文学研究所所长后,倡导重新思考人的问题,人性、人道主义问题;同时还提倡用新观点、新方法研究文学现象与文学史。

② 口述人:口述当时,我说记不清是90年代的哪一年晋升为正高职称的,这是实情。后经查,我是在1991年晋升为正高职称的。见《文学研究所所志(1953—2013)》,社会科学文献出版社内部印行,2013年。

答：对，跟这事有点关系。因为我从日本回来以后，局势大变了。我觉得，我再当这个编辑部主任，也真是没劲了。虽然当时执政的人像马良春、王善忠等人，对我个人还是很好的，还是希望我能留任，并没有因为政治倾向问题而排挤我。是我自己觉得没劲、没趣的！

问：1983年7月，您加入中国作家协会，对此您有哪些记忆？

答：我加入中国作家协会，也是顺理成章的事。因为我那时候——从中国作协第三次全国代表大会之后，跟作家协会的关系就比较近，联系也比较多。我是《小说选刊》的特约编辑，经常参加各种会议、活动，评选短篇小说、中篇小说、长篇小说这些活动，我都经常参加。许多人都是作协会员了，所以我也很自然有了参加作协的愿望，就写了入会申请书。介绍人有两个，一个是许觉民，另一个我记得不是刘锡诚就是阎纲。当然也就通过了。

问：当时加入中国作家协会需要怎样的条件？

答：当然还是有条件的。无非就是要有成果。作家要看在创作方面的成果；评论家就看在评论方面的成果。当时我应该是够条件的。

采编人杂记：

关于申请入党问题

1982年7月，陈老师终于被批准加入中国共产党。在他的一生中，这是一件意义重大的事。从他在高中读书时递交第一份入党申请书，到他正式加入党组织，经历了将近30年时间。入党的意义有多重大？换个角度思考，或许能得到更有意思的答案：30年努力都不能加入共产党，对陈老师的影响有多大？

我想试一试，看能不能找到某些答案。1. 在陈老师那一代人成长的年代，入党的意义不言而喻，党员身份是人生光荣的标志。过去30年中，陈老师始终都有入党的愿望，希望加入"无产阶级先锋队"，成为党组织的一员。2. 可是，他的入党申请总也不被批准，入党愿望总是落空。渴望入党而不能入党，意味着，得不到组织的充分信任和完全认可，申请入党者会感到在无形中要低人一等,即存在身份的焦虑。3.他自己也肯定曾无数次猜测不能入党的原因,并且能接近真相:即他的家庭出身不好(父亲是民国盐警),更麻烦的是家庭社会关系复杂(大姐夫是国民党军官且人在台湾,亲哥哥和二姐夫是历史反革命)。如果组织上明确告诉他,这样的家庭社会关系,不必申请入党,那也就罢了,最多痛苦一阵,不至于有更大影响。4.问题是,组织上从不那么说。党的政策是,出身不能选择,重在个人表现。于是,我们看到,陈老师始终都在积极要求进步,组织上交代的任何事他都会去做,且都力求做到最好,包括在大学里参加合唱队、话剧团,也包括"文革"中响应号召参加造反。但,无论他表现怎样积极,仍是入不了党。既然能否入党是重在个人表现,那么从逻辑上说,不能入党的人,至少意味着表现得还不够好。5.如果一个人长期被这种"表现得不够好"因而不被组织赏识的心理所折磨,对此人的心理、情绪和个性会有怎样的影响呢?

假设有人会质疑:入党与否,哪有那么重要?多少人都没有入党,不也过得挺好?更何况,陈老师在过去30年中并没有经常写入党申请书,也就是说,他并没有时时刻刻都受此事困扰或折磨,何至于对心理和个性产生重大影响?

对此问题的答辩是:6.入党对陈老师格外重要,正因为他的家庭出身不好、社会关系复杂,才格外重视党员身份、更需通过入党改变自己的身份和命运。人有一种普遍心理:期待而得不到的事物,才更加珍贵,进而会更加迫切地期待。7.陈老师确实没有经常写入党申请,也肯定有许多时候试图"不去想它"。问题是,不写申请、不去想它,入党的问题并非当真被他"放下",而不过是被自己强行压抑,进入了他的潜意识领域,成为一种情结——正如他13岁时加入又离开部队的"逃兵行为",由于从未得到过有效的心理干预,忏悔之余也会尝试"不去想它",也必定会成为一个淤积于心的重大情结(这两个情结说不定还会纠结在一起)。陈老师是一个重视集体归属感的人,证据是,当陈老师说到在"干校"时被组织"冷落"时,眼神里的那种落寞痛苦,让我震撼。8.陈老师的前半生,虽然没遇到过太大坎坷,但总是心事重重,内心一直不够舒展,有点心理学常识的人都知道,这会导致心理自卑、情绪抑郁、灵性懈怠、成长受挫。

1982年,他终于加入党组织。按理说,陈老师应该欣喜若狂。但我注意到,在谈及入党的话题,陈老师好像没有那么兴奋。为什么?或许是因为,入党也已是30年前的事,兴奋也早已过去了;或许,渴望入党的心情,在实现的那一刻变得有些疲惫;或许,时代已经不同了,知识分子的身份另有标记;或许,陈老师已过不惑之年,人格已经独立,心智已经成熟。确切答案,我不知道。

谈文学所 80 年代三任所长

问：从打倒"四人帮"到 1985 年，文学所经历了陈荒煤时期、洁泯时期和刘再复时期，所长兼任《文学评论》主编，您对这三任领导的印象是什么？

答：陈荒煤、许觉民、刘再复这三任所长，也是三任主编，我也算是比较熟的吧。关于陈荒煤，要从沙汀说起。何其芳 1977 年 7 月去世以后，文学所所长就空缺了。据说当时有一种意见，是让毛星来接任所长。毛星当然也够格了，但当年让毛星担任副所长他都不愿意，评研究员的时候，把他评为二级研究员他也谦让，结果就退居三级研究员。毛星就是这种性格，你说他倔也好，说他谦让自守也好，他就是不愿意出来当这个所长。这样就只有从外部调人了。沙汀就是在这样的情况下经由周扬——周当时是中国社科院副院长——调来文学所的，来接他老乡何其芳班的。沙汀"文革"前是四川省作协主席，他与何其芳同是四川人，当年在延安"鲁艺"时还共事过，何其芳生前据说与他的关系也不错，是不是因为这层关系才把沙汀调来？我们是局外人，就不得而知了。沙汀那时候年纪也不小了，比何其芳可能还大个一两岁？① 他自己觉得没有行政管理工作经验，而且又惦记着他的小说创作，于是就找了一个有行政管理工作经验的老乡来当他的助手，这个老乡就是陈荒煤。②

陈荒煤从 60 年代初文艺整风之后，就因为鼓吹和推行所谓文艺上，特别是电影上的"修正主义路线"，而被批斗、罢官，又因为所谓的"历史

---

① 此说有误。沙汀要比何其芳大 8 岁。沙汀生卒年 1904—1992，何其芳生卒年 1912—1977。
② 此说有误，陈荒煤不是四川人，而是湖北襄阳人。

问题"而坐了近7年监狱;从监狱出来以后,又被贬到重庆市图书馆当图书管理员,前后长达14年之久。这个时候也才恢复工作不久,在重庆市挂职副市长。他就这样从重庆调到了北京,当了文学研究所的第一副所长,实际上是替沙汀掌管文学所的全局工作。连1978年"五一"前夕新领导班子跟全所同志的见面会,都是由陈荒煤代表新领导班子发表三点"施政纲领"的。

"文革"前陈荒煤曾任文化部副部长兼电影局局长,官至"副部级",而文学所副所长充其量也就是"司局级"。这在官场似乎并不是件小事。但陈荒煤当时似乎并不计较这些,工作作风既雷厉风行,又深入细致,而且很平易近人。文学所的人对他的印象是好的。许觉民也是跟陈荒煤前后脚调来文学所的,这之前他在北京图书馆(现在的国家图书馆)当参考部主任。许觉民来的时候还没有当副所长,开始是在《文学评论》当编辑部主任,协助沙汀、陈荒煤抓《文学评论》工作。过了没有多久,他就被任命为副所长,进入了新领导班子。现在回想起来,我觉得陈荒煤和许觉民这两位,作为文学所的新领导是称职的,尽管他们先前并没有当过科研单位的领导。

当时文学所两派对立得很厉害,"文革"的后遗症在文学所也表现得相当突出。"联队"和"总队"的种种"恩怨",一直到"四人帮"垮台,还是化解不开。像我这种人,好像还比较容易化解。但是有的人可不然,总是要在联队和总队,在这件事和那件事上争个是非正误。当时,沙汀、陈荒煤这个新领导班子,就反其道而行之,坚持排除干扰,不谈两派的事,引导大家朝着一个目标:拨乱反正,正本清源,尽快地进入正常的科研活动。他们的功绩,首先就在于把内部的争斗搁置和化解,转移到拨乱反正这个轨道上来,让文学所整个秩序走上正常。这个目标确实是达到了,这是他们的不可磨灭的功绩。

当时有几件事是做得很适时,很有建设性的。当然,这些工作也都是在院部领导下进行的,或者说是院部整体工作部署的一个组成部分。比如,召开了第一次全国文学学科规划会议。正式会议是1979年春天在昆明开的,但准备工作却是从1978年就开始了。这个会议有来自全国各地高校和科研单位的领导和专家学者150多人,是"文革"之后很具规格的一次文学学科盛会。我是以《文学评论》记者的身份去的,回来以后还写了一篇关于会议的综述文章。又比如,1980年,第一次公开在全国招贤纳士,虽然最后只招了7个人,但它的意义却非同寻常。再如,1979—1980年,"动乱"以后第一次评定学术职称,最后虽然只有10个人晋升为副高职称,但这却是科研工作进入正常化的一个重要标志。①

当然,实事求是地说,这几位新领导,他们的整个思维活动,还离不开拨乱反正这个框架,学术上的新开展和新建树,还不是他们力所能及的,或者说,还不是他们任上的当务之急。

刘再复上任,这已经是到了80年代中期了。尽管他的有些理论不是很扎实、很牢靠,有些提法也可能是有些过激,这在当年,在文学所内部就有一些不同的意见,《文学评论》也发表过对他的文艺观点讨论的文章。但他一个很大的贡献是在于把政治性的思维转化为学术性的思维。这是他的前任领导所不及的。过去我没有这么说过,文章里也没有这么写过,这是后来才慢慢悟出来的。你看他提出的许多新的命题,如人道主义、人性的问题,人物性格二重组合原理问题,也就是性格组合论问题,文学评论研究的方法论问题,文学的主体性问题……这都是文学上的一些带根本性的,与哲学相关联的问题。不触及这些根本性命题,仅仅在拨乱反正这种政治性框架中打转转,学术上就很难往前推进。

问:这些都是在工作方面,私交方面呢?这三位所长跟您关系都挺好的?您跟这三位所长,有哪些交往的故事?

答:这三位文学所所长,不能一概而论。就辈分来说,荒煤和许觉民是前辈,只有刘再复是平辈。如果要谈我与他们的"私交",许觉民和刘再复可以说有一点,而荒煤则还够不上,我看还是统统叫"交往"更贴切一些。

陈荒煤,我跟他最早接触是在昆明,虽然这之前他就已经来到了文学所。那是在1979年,我前面说过的,文学所主持召开的第一次全国文学学科规划会议上,荒煤是会议的主要主持人。那个时候,我就感觉到,荒

---

① 口述人:参看苏醒《新时期文学所的三项重要工作》,见《岁月熔金——文学研究所50年记事》,中国社科出版社2003年5月第1版。按,苏醒系"文革"后文学所首任科研处处长。

煤是一位挺有威望、挺有影响力的人物。他一到昆明,云南省委、昆明市委这些头头脑脑都来拜会,开幕式那天,省委和省政府的主要领导也来了。他这个人很平易近人,没有什么官架子,对人也很关心。有一次在武汉,那是到1992年4月了,我到武汉开一个学术讨论会,恰好他也去了,他还问了我个人的一些情况,还问我"最近写了什么文章"等等。我最难忘的一件事,是"跨世纪文丛"第1辑出版时,那是1992年12月了,在北京要开一个文丛首发式的座谈会,长江文艺出版社的两位老总特地到北京来,他们提出最好能请荒煤也来参加。那天下午,我就跟两个老总一起到了荒煤家,他那年已年近八旬,那天又刚开完会从外面回来,显得有些疲惫,但当提出请他第二天来参会时,他二话不说就答应了。那天在座谈会上,他还讲了话,对这套书给予了很高的评价,而且提出了一个在今天看来依然还是并未过时的意见:"文学创作的繁荣和水平仍然是一个民族国家文化水平的重要标志!"[1]这使我和出版社的朋友都很感动。所以虽然我跟他谈不上有什么"私交",但他给我留下的印象确实是很好的。[2]

许觉民,就是洁泯,我跟他的认识,是由于《文学评论》复刊号第1期笔谈文章的组稿。那组文章是归我组织的,其中有一个作者就是许觉民。为了这件事,我去北京图书馆(现在叫国家图书馆)找他,那是1977年。事前我看过他写的一些文章,觉得他的文章写得比较活,思想也比较开放。他来文学所以后,分管《文学评论》,兼编辑部主任。他为人也平易近人,我对他印象挺好。我跟他的关系,之所以非同一般,这里面还有一个重要的原因,就是我在1989年"六四"之后,感到很郁闷,觉得当这个编辑部主任挺没意思的,曾经跟他透露过这种想法。他说:"要不动一动?"我说:"有什么地方能要我?"他就给我介绍了中国华侨出版公司,也就是中国华侨出版社。要不我怎么认识华侨出版社?华侨出版公司的总经理叫李湜,跟许觉民比较熟,那时候他们建社不久,需要人。记得第一次见李湜,也是许觉民陪着,在一个小饭馆。当然,华侨出版公司也不是一个理想的地方……这是后话了。

---

[1] 口述人:见《"跨世纪文丛"出版座谈会纪要》,《长江文艺》1993年第2期。
[2] 口述人:关于荒煤,我写他的两篇文章分别是《我心中的荒煤》(1992年)、《荒煤:燃烧的地火》(2013年,见《人格的魅力——记文学研究所的八位前辈学者》)。

刘再复,他原先是《新建设》的人。"文革"以后,《新建设》没有恢复,那班人马就到了《中国社会科学》。是不是他自己不想去,就来到了文学研究所?这我就不是很清楚了。总之,"文革"时期,他曾经狂热过,其狂热劲比我有过之而无不及,甚至还跑到文学所来批斗过何其芳。但到了"文革"后期,他就成了"逍遥派",就去研究鲁迅了。就像他自己所说的:"想通过对一个真正的人的学习与研究,在动荡和手足无措的岁月中,排除莫名的寂寞的彷徨。"①

问:"文革"时他批判过何其芳?

答:对。不但批判,而且相当激进,是少数跑到文学所来批判何其芳的人之一。虽然那个时候谁都可以批判何其芳,但对批判何其芳时的刘再复,我是并不欣赏的。我之接近刘再复,那是在以后,是他当了"逍遥派"之后。那时候,他们一家都住在学部大院,可能因为同是福建人的缘故吧,他爱人和他的两个女儿我们都挺熟的,他的大女儿刘剑梅与陈漫红还是朋友。他当了所长之后,虽然在学术上,我们俩是有差距的——这点,我也有自知之明,但他并没有因此对我另眼相看,反而很信任我。他不是一个喜欢揽权的人,而是放权的人,连所长兼《文学评论》主编这个权他也要放,他不想管《文学评论》的具体工作,而让副所长何西来管《文学评论》,与他并列主编,这就开了非所长兼主编的先例。② 他还把王信提上来当副主编,实际上是让王信代表两个主编掌管《文学评论》的全局工作。这样,王信原先担任的编辑部主任,就历史地落在了我的身上。否则,80年代的那几个重要活动,如文学研究与评论方法论讨论会、新时期文学十年学术讨论会的筹备,也不会都由我来负责筹备。

问:您和他讨论过学术问题?

答:应该说是谈论,而不是讨论。比如说,那个方法论讨论会,③当时

---

① 口述人:见刘再复著《鲁迅美学思想论稿·跋》,中国社会科学出版社1981年版。
② 按惯例,《文学评论》的主编由文学研究所所长兼任。何西来当时是副所长,兼主编是破例。口述人按:此后,非所长出任主编曾累次出现,如:1990年5月马良春、敏泽联名主编,1994年5月敏泽、张炯联名主编,其中敏泽就不是所长;又如,1996年5月张炯、钱中文联名主编,1999年2月钱中文、杨义联名主编,其中钱中文也并非所长。
③ 1985年3月,《文学评论》等五单位联合发起,在厦门大学召开"文学评论(研究)方法论讨论会"。此次讨论会,在全国文学界有很大的影响。

《文学评论》与《上海文学》《文学自由谈》(天津)、厦门大学语言文学研究所、《当代文艺探索》(福建),以及《当代作家评论》(辽宁)联合发起。让我当这个筹备组的召集人。这个会在厦门大学开,本来刘再复也要去的,要作主题发言,结果因为他刚刚上任,①抽不出身来。我说那怎么办啊?你这个主题发言不做,谁来充当这个角色呢?当时我对方法论问题确实没有研究,让我主持这个会心里确实很不踏实。他说,那我们俩交换一下意见吧,我们俩谈一次,你再梳理一下。那天晚上,就在他家里,他跟我讲了几条,谈到很晚,都快11点了。谈话要点我记下来了,然后我又看了一些材料,整理出一篇东西,就作为会议的主题发言。其实那些东西,连我自己都还是半通不通的。所以后来,在回答《文艺新世纪》记者陈志红采访时,我就很坦率地承认了这一点。我甚至说:看来,对自己并不熟悉的东西,还是少说话或者不说话为好。②

后来筹备十年会,③这个很重的担子也交给了我。所以最后提名让我当编辑部主任,也是顺理成章的事。

对"六四"以后刘再复的出国,曾经有过种种的议论。有一种议论,甚至说他是"叛党叛国"。我认为这很荒唐。这倒不是因为他是我的同事和朋友,只要是稍有正义感和良知的人都会这样认为的。当时他不走怎么办?肯定要被抓吧!那时候我在日本,从电视上看到刘再复在天安门领头喊口号,当时我就说了:这下糟了,刘再复糟了!

问:当年刘再复那么年轻,到文学所几年,怎么那么快就当上所长了?

答:对,他是1977年以后才来的,1985年就当上了所长。我觉得没有什么背景,他这个人也不是要活动当官的那一类人。

问:是因为文学所两派的问题严重,要找一个跟两派没关系的?他跟两派有关系吗?

答:没有,没有关系。

---

① 口述人:1985年2月,刘再复刚刚被任命为文学研究所所长。
② 口述人:当然,这不能代替我对这个会议的整体评价,这次会议开拓了人们的视野,颠覆了长期形成的思维定势,促进了文学研究与评论方法论以及文学整体的变革,在新时期初期还是有很好的影响的,是80年代中国文坛的重要事件之一。
③ "十年会",是指1986年10月,中国社会科学院文学研究所主办的"新时期文学十年学术讨论会",会议在北京召开。这次会议,是文学批评、文学研究界的一次重要研讨会。

问:他不也是"联队"的成员吗?

答:但是他跟文学所"联队"的那些人没有直接的联系。

问:所以文学所"总队"的人,对他也没有什么敌对情绪?

答:对,没有什么敌对情绪。不过不以为然的人也不会少,总认为他提升得太快了,怎么这么快就当了所长?认为他的那套理论站不住脚的,也大有人在,特别是文艺理论研究室的一些人。所以,也不是没有不同意见。所长不是民主选举的,是上级任命的,任命之前有过一次民意测验,支持刘再复的人还不在少数。

问:刘再复前几年回国,您和他见面了吗?

答:见面了。他就回国一次,到北京一次。

问:1989年到现在,24年间,您就跟他见了一次吗?

答:不,是两次,一次是在香港。香港见面在前。那年我去香港开会,关于性别问题的会——差不多是2000年的时候,对,过了2000年了,2003年?① 在香港浸会大学开性别与文学问题的学术讨论会,那时候刘再复正好也在香港,在城市大学做客座教授。那天我们见了一面,在他家里,是香港城市大学的居所。那天不是我一个人去的,谭湘,还有一个福建《台港文学选刊》主编杨际岚也去了,我们三个人一起去的。大概待了有两个小时吧,也没吃饭,就喝点茶,吃点糖果什么的。他夫人陈菲娅也在,都挺热情,挺高兴的,在客厅里。

问:那就没有什么叙旧的时间吧?

答:没有。没有什么叙旧。也基本上没有涉及政治问题。没有悲欢离合什么的。我觉得他情绪挺好的,性格挺开朗的。我原以为他会很忧郁什么的,实际上并不忧郁。他说他这些年做了不少事,出了不少书,不比在国内出得少,精神生活很充实。我说"你是著作等身"啊!

问:他回国这一次呢?

答:回国这一次也是好几年以前的事了,大约是隔了四五年吧。回国这次是香港凤凰卫视的约请,他在北京大学有个演讲,要拍成电视,是香

---

① 记忆有误。香港浸会大学和香港中文大学举办的"性别与当代文学研讨会",是2001年12月。陈骏涛先生在这次会议上作了题为《中国(大陆)三代女批评家评说》的发言。

港凤凰卫视拍的。① 他小女儿刘莲跟他一块来的。在北京的华侨饭店，他约了几个人，大概有五六个人吧，我、何西来、程麻（程广林）等都去了。

问：那也是集体见面，没有单独见面是吗？

答：没有单独见面，是大家在一起吃了饭，聊了一些公共话题，叙旧，情绪都挺好的。

问：此外就没有什么了吗？

答：有过通信，偶尔也通过电话。他似乎还不用电子邮件，我的电子邮件都是通过他大女儿刘剑梅中转的。但他经常通过出版社，香港的或者内地的出版社给我寄过书，包括他的书和他与刘剑梅合著的书，很不少。我曾经有过一个想法，认真、系统地读一读他出国这些年写的书，②写一点什么，但心有余而力不足，现在看来这个计划是很难实现了。

采编人杂记：

关于"人的问题"

这一节问及文学所暨《文学评论》的三任领导，是想让陈老师通过具体的人来讲解文学所和《文学评论》的那一段历史。问及陈老师与三位领导的交往，是想增加一个维度，那不仅是历史的细节，也是历史的纵深。陈老师总结得好，说陈荒煤、许觉民是拨乱反正的所长，刘再复是将政治思维转化为学术思维的所长。这与人有关，更与社会环境变化有关，当年的历史就是这么走过来的。

陈荒煤、许觉民、刘再复三位，我有幸都曾见过。见得最早也最多的是刘再复老师。称他为老师，是因为，1985我到中国社科院研究生院文学系读研究生，刘再复是文学所所长，兼研究生院文学系系主任。第一次见到刘老师，是在那年3月份，文学所主办的一个文学讲习班上，他来做

---

① 记忆不确。刘再复出国后首度回北京，是2008年6月3日，应凤凰卫视"世纪大讲堂"的邀请，到北京大学作《中国贵族精神的命运》的演讲。

② 口述人：我做过一个统计，从刘再复出国之后到新近，我收到的刘再复（包括他与刘剑梅合著）的中文版新书有近20种之多。

讲座。那时候刘老师就任所长不久，主持人介绍"刘所长"时，他还有些不自在。此前与此后，我读过不少刘老师的著作和文章，对他在《鲁迅美学思想论稿》的《跋》中称鲁迅为"真正的人"印象极为深刻，只不过，我学识浅薄，当时并没有真正理解这个概念。

多年后，我读到，有人问丰子恺先生，为什么对他的老师李叔同先生那么尊崇，丰子恺先生说：他像一个人！这话让我震撼，想起莎士比亚笔下的哈姆莱特，当别人称赞他的父亲是个"好国王"时，他的回答是："他是一个人！"他们这样说，意味着，在这个世界上，有许多人活得不像一个人，不是一个人，不是一个真正的人，不是莎士比亚所称颂的那种人。仅仅是"食色，性也"，那不过是詹姆斯所说的生理的自我或弗洛伊德所谓本我，这是动物天性，仅此当然算不上是真正的人；而"存天理、灭人欲"者，虽似有詹姆斯所谓社会的自我或弗洛伊德所谓超我，那不过是从一个极端走向另一极端，更像是会说话的鹦鹉；只有拥有第三维度即弗洛伊德的自我亦即詹姆斯所谓的精神性自我，拥有自主意志、个性尊严及雍容心态，能够平衡本我与超我的冲突并将冲突的张力化为生命能量者，才算是一个人，像一个人。我是否活得像一个人？从此成为一个重大问题。

那时候，我才真正懂得了刘再复老师：他的"真正的人"之说，来自莎士比亚、丰子恺的传统，来自对鲁迅的解读。其后，对人道主义问题的思索，对文学的主体性的阐述，对"性格组合论"的讨论，"人的问题"贯穿了刘老师在新时期的思想历程。对人的问题的思考，是学习鲁迅、回归"五四"的路径，也是思想启蒙和文明转型的必由之路。对文学的主体性的思考，实际上是对人的主体性的思考，亦即对人的尊严与个性的思考；对性格组合问题的思考，实际上是对文学根本——文学是人学——的追问，也是对人的奥秘的探索。希腊哲人早就说过：认识你自己，是人类最大的智慧。可是多年来，我们对自己的无知，达到了惊人的地步。记得当年讨论人情、人性、人道主义问题时，有一些人始终在"是不是有共同人性"这一伪命题下争吵不休，或是在"食色性也"的层面上转得头昏眼花。比无知更可怕的，是对无知的无知。刘再复老师当年论述人的问题，不仅成全了他自己，更启发了许多人；纵有不周密之处，其无量功德，仍该被后人铭记。

1985—1986：新方法与研讨会

问：电影评论家钟惦棐也曾在文学所待过，而且在《文学评论》上发过《电影文学断想》一文，您对钟惦棐先生是否有印象？

答：有印象。我觉得这个人挺好的，说话挺幽默，挺有趣的一个人，很平易近人。我跟他虽然没有什么交往，但对他印象很好。他写的那些东西，我挺喜欢的。他很少写那种引经据典、一本正经，而又枯燥乏味的学术论文，而是用一种比较活泼的、充盈着灵性和文采的形式，来探讨一些看来是很艰深的理论问题。所以读他的东西，无论是长篇或是短制，都是很有味道的。

问：钟先生当时在文学所的职位是什么？

答：他是所学术委员会委员，好像没有其他职位。他编制在文艺理论研究室，但不是经常能见到他。当年仲呈祥从四川来文学研究所进修，他的导师就是钟惦棐。

问：那个时候仲呈祥就跟着钟惦棐做助手吗？

答：开始大概还不是助手，是钟的学生，进修生，现在叫访问学者。

问：钟惦棐除了《电影文学断想》外，在《文学评论》还发表过别的文章吗？

答：不记得了。因为他的文章不是经我手发的。他的《电影文学断想》是什么时候发的？

问：是1979年。

答：对。这是理论片的文章，而我是现当代片的。后来他就回归本行，到了电影界。这你是知道的。

问：接着说说您刚才提到的厦门文学评论方法论研讨会，您对会议筹备过程和会议本身还有哪些记忆?

答:要开这个会,是所里决定的,应该是1984年冬天决定的事情。当时所长还是许觉民。所里的意见是由《文学评论》出面筹备,具体工作由我来负责。我当时还不是《文学评论》负责人,[①]只是编辑部当代组的组长,但在80年代初,我在文坛上还算是比较活跃的,由我来负责筹备,也是情理中的事。当然也不是我一个人单干。当时需要找几个合作单位,我就联系了几家,都是我比较熟悉,在当年算是比较有活力的单位:《上海文学》编辑部、厦门大学语言文学研究所、福建《当代文艺探索》编辑部、天津文联文艺理论研究室——实际上就是《文学自由谈》,还有辽宁《当代作家评论》,这五个单位再加上《文学评论》,就是六个单位联合发起。每个单位指派一名代表,组成了一个筹备小组,我因为是发起单位的代表,就成了筹备小组的召集人。[②]但开会前,《当代作家评论》提出不作为发起单位,而作为参与单位,所以最终的发起单位是五个。

问:为什么?

答:具体什么原因不记得了。不过,这不影响《当代作家评论》的参与。

问:会议费用是从哪儿来的?

答:会议费用主要是厦门大学和文学研究所出的,主要是这两个单位。差旅费当然是参会人自掏腰包,参会人的单位应该是可以报销的。

问:伙食费要会上管吧?

答:这我就不记得了。那个时候还不兴收取会务费什么的。

问:为什么是这几个单位联合?

答:比如《上海文学》和《文学自由谈》吧,当年是思想比较开放,比较活跃,影响也比较大的刊物。《当代文艺探索》是福建文联主办的,当年

[①] 口述人:经核查,我是在1985年4月才被正式任命为编辑部副主任的,而方法论讨论会是在这一年的3月开的,此时我确实不能算是《文学评论》负责人,充其量也就是《文学评论》的代表。

[②] 口述人:五个单位的代表如下:《上海文学》的周介人,厦门大学语言文学研究所的林兴宅,《当代文艺探索》的魏世英(魏拔),《文学自由谈》的滕云,《当代作家评论》的一位副主编。

也办得很不错,所谓"闽派评论家"当年就曾在那儿亮过相。① 厦门大学语言文学研究所,当年因为有林兴宅在那儿,林兴宅是提倡新方法论的先锋,又是承办单位的代表。

问:会议邀请的人员名单,是由谁决定的?

答:名单是各有关单位和个人提出,《文学评论》各个片也都有一些作者,从作者里面也挑选了一些人。基本上都是相对比较年轻的,当年活跃在前沿的一些评论家、大学教师。老的很少。

问:问一个程序性的问题,从发通知到开会,有多少时间?

答:1984年冬天就议论这个事情,1985年1月在北京正式协商,通知应该是在1985年1月就发出的,因为这一年的3月就在厦门开会了。参会者名单最后是由我统筹的。

问:您对会上的哪些发言印象深刻?

答:首先是林兴宅。当年,他的《论阿Q的性格系统》和吕俊华的《论阿Q精神胜利法的哲学内涵和心理内涵》,曾在文坛上广被议论。刘再复发表的《文学研究思维空间的拓展——近年来我国文学研究的若干发展动态》,就曾特别推介过这两篇文章。会上林兴宅也讲了一下。

我对林兴宅的那套东西并不是很能接受,这可能是受到我本身学识功底局限所致。比如他说的文艺科学可以数学化,他引用马克思关于任何一门科学只有运用数学方法才能成为真正科学的意见,认为从整个人类文学发展的趋势看,数学和诗最终是要统一起来,成为数学的诗,诗的数学,这是文学的最高境界等等。我觉得,数学的方法怎么可能用到文学研究上来呢?虽然我自己的主题发言也谈到了这些东西,但实际上我是不甚了然的。我倒反而更倾向于对林兴宅有不同意见人的观点。

比如福建的孙绍振,当年也是很先锋的人物,他在会上却发表了跟林兴宅很不相同的意见。他说他很赞成思想方法上的一场革命,也很同意

---

① 口述人:所谓"闽派评论家"的第一次集体亮相是在1985年1月《当代文艺探索》创刊号,创刊号的头条是《改革的时代与文学评论的改革——闽籍在京评论家六人谈》,此六人系刘再复、张炯、谢冕、陈骏涛、何振邦、曾镇南。这不是其时闽籍在京评论家的全部,但却是核心成员。

刘再复和林兴宅关于要让人的心灵得到自由发展的思想,但他并不认为应该跟着刘、林跑。新的方法必然带来新的局限,这种局限还必须依靠老方法来补充。像鲁枢元这样的人,他是搞文艺心理学研究的,他也认为文艺心理学本身很难数学化、科学化,很难成为一门严格的、客观的、规范化的科学,他说不要把一切都搞成科学,事实上客观世界与主观世界之间永远处于一种动态的平衡当中,不会完全趋于一体化。

一些当年都还很年轻的,像张帆——就是南帆、王光明,也都是福建人,他们也是这种观点。王光明在会上甚至说,他认为最好最有影响的评论方法,还是社会的、历史的批评方法,而不是所谓的新方法。当时看来是很开放的一些人,对这个方法本身也都有点异议。

但是文学评论方法需要更新,首先要在观念上更新,这是会上大家的共识。而刘再复和林兴宅,他们当时倡导文学方法论的变革,其核心也是在于文学观念的变革。正是由于他们的倡导,引起了大家热烈的讨论,这是他们的历史功绩。至于说对这个问题究竟应该怎么看,怎么评价,应该允许大家讨论。回北京以后,我曾经把会上这些交锋跟刘再复说过。刘再复当时表现得很大度,他认为应该允许不同意见,他说我提出这个问题,就是希望大家从僵化的固定的思维模式中走出来,我的任务已经完成了。至于说大家会有什么不同的看法,让大家去讨论好了。此后,关于方法论,他没有发表更新的意见,他的注意力已经转移到别的问题的研究,发表了影响更大的《论文学的主体性》一文。[①]

厦门会议,应该说是很民主、很平等的,民主地讨论,平等地交锋。林兴宅的发言很长。后来许多人的发言都把矛头对准他,但他也并不介意。厦门会议就起着这么一个作用,就是引领大家去思考这些问题,促进文学观念、文学研究方法的革新,让文学研究评论回归到原本,回归到学术。

问:会上的发言,您还有什么记忆吗?

答:许觉民也参加这个会了。他这个时候刚刚卸任文学所所长,改

---

① 口述人:《论文学的主体性》连载于《文学评论》1985年第6期和1986年第1期。此文发表后,依然引起很大反响,赞成的、部分赞成的、完全不赞成的,都有。《文学评论》于1986年第3期曾经刊登过一个长篇报道——《自由地讨论,深入地探索——关于刘再复〈论文学的主体性〉一文的讨论》。

任文学所顾问。会上还有一个厦门大学著名教授郑朝宗,跟钱锺书关系比较近,钱锺书也曾经赞誉过他。他在会上有一个发言,当时给我留下的印象很深。他引用了福建先辈林则徐的一句话:"海纳百川,有容乃大",作为献给大会的祝词。他指出,文学理论工作者只有胸襟广阔、博采众长,才能丰富自己的理论宝库。百川当中,有长江黄河,有涓涓细流,不可等量齐观,我们今天特别应该注意吸收的是最新的科学文艺理论,除此之外,还应该听取别一方面的不同意见,进行多角度的探索。他虽然没有表明具体站在哪一方,但他的这些意见实际上对哪一方都是一种支持,对林兴宅也是一种鼓励,因为林兴宅借鉴了最新的科学文艺理论。

问:您对自己的主题发言,后来有哪些反思?

答:我这个发言,主要是根据刘再复的意见,从四个方面论述了方法论拓展和变革的意义。现在看来——实际上我很早就感悟到了——我这个发言是大而无当的,缺乏一些更具体的实际的分析。这反映了我当年的实际状况:我对方法论问题实际上还只有一知半解、囫囵吞枣的水平。作主题发言是仓促上阵的,所以这个主题发言最后也没有发表。曾经有人提出过发表的事,我说这不能发表,这主要是刘再复的意见,而刘再复关于这个问题的系统文章已经发表过了。①

问:1986年5月,海南的全国青年评论家的文学评论研讨会,这个会跟文学所有直接关系吗?

答:跟文学所没有直接关系,但跟厦门会议倒是有关系的。当时我被认为是比较支持青年评论家的。海南会议的策划人主要是郭小东和陈剑晖,当时他们都在大学里教书,也是广东方面比较突出的青年评论家,年纪比你要稍大一点。厦门会议的时候,郭小东、陈剑晖,还有陈志红,都是广东方面的,都来了。当时他们来厦门开会,一个很重要的目的,就是想在海南岛开个青年评论家的会,来厦门一是为了取经,二是联络人。郭小东和陈剑晖跟我说了,问我能不能去?我说海南岛我还

---

① 口述人:关于厦门会议,我在2006年写的自传体长文《从一而终——我的文学批评之旅·记忆80年代》一节中曾有较具体的回顾。

没有去过，当然愿意去，当时我就答应了。当时定下的还有不少人，海南会议都到场了。海南会议我当然也没有白去，在会上我做了两次发言。

问：两次正式的发言？

答：是正式的发言。也是他们希望我讲的。参加这个会的，是当年一批很有生气和活力的青年评论家。有上海的许子东、吴亮，还有陈思和、蔡翔、王晓明、毛时安；北京的有张陵、李洁非、陆文虎——陆是部队的；福建的有南帆、林建法；湖南的陈达专，辽宁的刘齐，新疆的周正保，甘肃的管卫忠、曲选，天津的王绯、赵玫；广东的郭小东、陈剑晖、殷国明、张奥烈、陈志红……都是一些青年才俊。中年评论家很少，因为主体是青年批评家。有广东的饶芄子，天津的滕云，上海的周介人，北京的冯立三、杨世伟，福建的魏世英（魏拔）——他是《当代文艺探索》主编。我在会上做了两次发言。后来根据这两次发言，整理出一篇文章，叫《翱翔吧，第五代批评家》，发表在上海《文汇报》上，还比较有些影响。

问：您在会上是对这些青年评论家做点评吗？

答：有时也做点点评。比较辩证的，两面都讲。我首先肯定他们，同时又指出他们的弱点、不足，一些片面的、不完善的地方。好就是好，不好就是不好，一是一，二是二，不走极端。海南会议，跟厦门会议，有一个很重要的不同，是讨论的重心从文学批评的方法转移到文学批评的观念。就像他们后来所说的："我们的批评不能仅仅停留在对自然科学和边缘科学的简单借鉴上，也不能仅仅停留在对方法的思考这个层次上。文学批评方法的讨论必然导致对文学批评观念的思考；而批评观念的讨论将加深人们对批评的理解和认识。"[①]因此，后来我说过：可以把这次会议看成是厦门会议的延续，又是它的发展，是与厦门会议有所区别的一次别开生面的研讨会。参加这个会议的青年评论家，后来都成为批评界的骨干和中坚。这个会议跟厦门会议一样，在中国当代文学批评史上，应该是可以留下一笔的。

---

① 口述人：见郭小东等著：《我的批评观》，漓江出版社1987年8月。

采编人杂记：

关于"方法论热"

1985至1986年,是整个80年代最为活跃的年份,也是新时期启蒙思潮的高峰之年。在文学界,高峰的标志,就是"方法论热"。而方法论热的核心事件之一,就是上面说及的在厦门大学召开的方法论研讨会。当年还有扬州会议和广州会议,也以文学研究与批评方法为讨论主题。方法论热,是文学意识自觉的表现,也是当时的文学研究者和批评家的必然选择。

方法论热的意义,一半在于彻底摆脱过去的束缚,另一半才是开拓文学研究与批评的未来。所谓过去,是指"文艺为政治服务"的历史。由于强调文艺为政治服务,文学创作是政治观念及其具体政策的图解,而文学批评和研究则是政治观念和具体政策的逻辑阐释。过去所谓的现实主义或"革命的现实主义",多半是对政治观念的模仿演绎,与现实本身无关,更没有欧洲批判现实主义的批判特征和个性精神。过去所谓的批评与研究方法,虽被称为"社会学方法",其实与现代社会科学没有多少关联;而所谓"庸俗社会学方法",更不过是阶级斗争学说的概念演绎。邓小平在新时期宣布不再把"文艺为政治服务"作为原则口号,为文学的独立自主及其多样化提供了合法依据。对文学研究新方法的探求,从根本上说,就是要寻找新方法,建立文学研究和批评的学术尊严。

方法论热的兴起,也是改革开放的必然产物。随着闭关锁国时代的结束,西方文学及社会科学理论被大量翻译介绍过来,文学家看到了中国与发达世界之间学术文化的差距,必然要学习和吸收。与此同时,中国作家也开阔了视野,被现代派及"爆炸文学"所轰炸,出现了前所未有的创新实验;而过去的老一套批评话语和解释模式,根本无法令人信服地评说多样化且更具想象力的文学现象。

方法论热的积极意义和历史贡献不容忽视,它成功地冲决了政治话语的桎梏,大大激发了文学家的探索勇气,增强了文学家的思想活力,也点燃了文学家的学习热情,开拓了中国文学研究和批评的新时代。与此同时,方法论热大潮汹涌,当然也鱼龙混杂,产生了不少思想雾气和言语泡沫,新词不断涌现,有时不知所云。这不难理解,长久的精神饥荒过后,饥不择食,而又狼吞虎咽,大大超出了当时的中国学人的精神消化能力。从"创新的扩散"理论观点看,西方的理论创新,在中国扩散的过程中,传播者大多掌握了"知晓性知识",而掌握"操作性知识"的人则相对较少,掌握"原理性知识"的人就更少;至于创新扩散过程中的"再发明",即将他人的创新与本土的现实相结合而发明自己的有效方法,那就更是凤毛麟角。这种情况,至今仍然存在。但无论如何,也不能否认方法论热在新时期中国文学史上的重要意义:那是又一世代"少年中国"的美丽景观。

谈评论集《文学观念与艺术魅力》

问：1986年，您把自己书房命名为"天命斋"，心态如何？

答：主要是因为自己年届50了。"五十而知天命"嘛，这是孔老夫子说的。

问：专业工作才做了没几年，就到了50岁，有什么样的感受呢？

答：一方面感到有点苍凉，另外一方面也觉得，自己这十来年奋斗还是有成绩的。我把失去的那十年找回来，所以当时以"天命斋"命名我这间卧房兼书房。虽然只有7.8平米，但毕竟有书柜、书桌，还有一把靠背椅。比原来连书柜、书桌都没有，要强多了。

问：您的书房是在1986年前好多年就有了吧？不是漫红出生，就有两间房吗？

答：对对。但把它命名为"天命斋"，还是在1986年，以前没有命名。这是在东大桥路期间，在东大桥我一直住到2000年，实际上已经跨过"天命"年，而到了"耳顺"年，所以又恍然大悟，就把它改名"耳顺斋"了。

问：这个"天命斋"有匾额吗？

答：没有。这不就是一个命名吗？在文章的末尾写上"天命斋""耳顺斋"什么的，表示一下自己的心情罢了！

问：您50岁时有心理危机感吗？

答：我早就有危机感了。因为"四人帮"垮台，我已经40了。我真正开始做事，是在40以后。古人在这个时候已经有成就了，而我才刚刚起步。

问：1986年，您出版了文学评论集《文学观念与艺术魅力》，是否加印过？

答：这本书,是海峡文艺出版社出的,现在看有点不像样,但当年出书还是挺少、挺不容易的呢！出版社给我的样书也很少。我自己还去买了一些。有人向我要的时候,我说没有了。后来我跟出版社说,希望能够加印一些,他们开头答应了,但后来也没有加印。所以就止步于2400册。

问：当年出版这书,顺利吗？

答：当年不是有所谓"闽派评论家"吗？实际上是不成"派"的,只是籍贯相同,观点却不见得相同,也没形成一个派系,应该叫"闽籍评论家"比较贴切。

问：出版社组织过闽籍评论家文论书系？

答：曾经有过这样的一种动议,因为当年"闽籍评论家"挺出风头的,但最终并没有付诸实践。不过,在海峡文艺出版社出过书的福建籍评论家好像有过几个人,像谢冕、潘旭澜可能都出过。当年我跟福建文艺界有些联系,像魏拔,就是魏世英,他是福建《当代文艺探索》的主编,我们都挺熟的。80年代我回过几次福建,在他们那儿开过会,跟他们也吹过风。

问：吹过风指的是什么？

答：就是把北京文艺界的一些新动向带过去,跟他们吹吹风。所以我在他们那儿出这本书,也是顺理成章的事。我自己并没有主动提出要出书,但他们曾经说过：你要是有什么书,我们可以给你出。当时我就说：你们不是开玩笑吧？他们说：怎么能开玩笑呢？所以后来就有海峡文艺出版社管权这么一个责任编辑,跟我联系,我当然挺高兴的。可能是1985年就说了。他们的意思是,尽量选好的,比较有分量的文章,大概20多万字,不要太长。我经过一段时间准备,就给他们提供了一个篇目。他们也没有什么意见。

问：不要太长,指的是书不要太厚,还是文章不要太长？

答：是指书不能太厚。这不,版权页印的是26.3万字。我自己原先定的是25万字左右。现在看起来,这些文章,都不是那种比较有深度的,相对都是比较平面的,浮光掠影的文章。当然所评论的,也都是当年比较好的、引人注目的作家作品。

问：对当年的文学评论、文学创作,还是有影响的。

答:对,多少有点影响吧。像对《西线轶事》的评论,①对王蒙作品的评论,对陈建功的评论,还有对张洁小说的评论,对路遥《人生》的评论,对张承志《黑骏马》的评论,对李国文《花园街五号》的评论,对陆文夫作品的评论等,都是有些影响的。当年,这些作家的小说,也都是比较有影响的好小说。所以当年这些文章出来的时候,虽然文章本身不一定有多好,但在当年还是产生了一点影响的。从理论上归纳,大概有这么几个问题。一个是对文学观念的思考,就是要破除一种简单化的文学观念,如文学应该反映政治,或者只能反映政治,为政治服务。另外一个是,人物要不就是反面人物,要不就是正面人物,不能介于二者之间,对于那种比较僵化的文学观念,我认为应该破除。还有,对创作方法,我倡导多样化。我有一篇跟郭风——老散文家,福建省作家协会主席——的通信,叫做《关于创作方法多样化问题的思考》,就是谈这个问题的。对王蒙,他的作品的那些创新的方面,我是表示支持的。包括对王蒙的一些理论批评,实际上也是他自己对创作追求的系列文章,我也是支持的。

问:就王蒙的创作观念谈,是吧?

答:对,就他的创作观念和创作本身。对刘心武,对当年他的创作,我也写过两篇文章。这些作家和作品,都是当年在文坛上比较有影响的。我对他们表示支持和赞赏,从内容到形式都做了一些分析。虽然这些文章现在看起来总体上显得浅陋,但在当年还是产生了一点影响的。你现在重新看这本集子,不熟悉当年历史的人,可能会觉得很浅薄;如果了解当年历史的话,就会觉得还是反映了当年文坛上的实际状况的,我还是属于站在历史潮头上的人。

问:这些文章通常发表在哪些刊物杂志上?

答:那就比较多了。像《解放军文艺》《十月》《北京文学》《上海文学》《小说界》《福建文学》,还有《文学评论》《当代作家评论》等等。还有发在报纸上的,如《文艺报》《光明日报》《文汇报》《人民日报》等。当年一些比较重要的报刊,都发过我的文章。

---

① 《西线轶事》是军旅作家徐怀中复出后的一个短篇小说,是当代军旅文学史上的一篇经典之作。

问:作家们对您评论的反馈,有哪些记忆?

答:那是有的。比方说王蒙。他写的那些小说,那些意识流小说,我记得在80年代初,在北京师范学院,现在叫首都师大,开过王蒙作品的讨论会。我去了,会上我作了发言。后来我写了两篇关于王蒙的文章,一篇是对他的意识流小说《蝴蝶》的评论,另一篇是对他的文学观念、小说创作谈等的评论。当年我与王蒙也有一些交往。那时候他的家在东四那一块,我还去过几次。

问:去是组稿还是约谈?

答:主要是组稿,为《文学评论》组稿。他不是在《文学评论》发表过关于小说创作方面的理论性文章吗?那就是我组来的。后来我主编的"跨世纪文丛",那是到90年代了,不是请他当顾问吗?他也没有什么犹豫就答应了,而且还以他的一本小说集,就是当年曾有过争议的一篇小说《坚硬的稀粥》作为书名的小说集,加入了"跨世纪文丛"第1辑。当年的知名作家,像王蒙这样的,比较突出的,还有徐怀中,与我交往也很早,他最早的几篇小说,我都写过评论文章。

问:《西线轶事》以前就写过吗?

答:那倒没有。关于《西线轶事》的评论,是我写的关于徐怀中的第一篇文章,接着还有《阮氏丁香》的评论,稍后我还写了一篇《徐怀中创作漫论》,收到了一本徐怀中研究的专辑中。还有李国文,他文笔很好,小说也写得好,我跟他交往也比较早,他的《花园街五号》出版不久,我就写了文章。这几位,现在都是地地道道的老作家了,都到了耄耋之龄了。

问:当年他们还都是中年作家吧?

答:对,当年都是中年作家。还有一个张弦,我跟他也有点交往。

问:那是文学、电影双栖人物。您跟他交往是因为……

答:也是因为他的一篇小说,叫《挣不断的红丝线》,当年我不是还写过一篇《谈一种简单化的文学观念》的文章吗?这篇文章就是对他的《红丝线》表示支持的,认为批评《红丝线》的人,实际上是持着一种简单化的文学观念。

问:您是肯定他?

答:对,是肯定他。因为当时否定他的、批评他的挺多。我是支持他的。这篇文章发表在《上海文学》上。

问:《挣不断的红丝线》小说好像也是在《上海文学》发的?

答:对。后来张弦还给我写了一封信,这封信我至今还保留着。可惜这个人很早就去世了。我还去过他南京的家,他的爱人也姓张,叫张玲。

当年那些年轻作家,像张承志、陈建功,我也都写过评论。刘心武、张承志、陈建功,那个时候我们都有些来往。他们有的还到过我的家,像李陀和高行健,就是那位后来得诺贝尔文学奖的高行健,有一天晚上,还突然造访我那间狭窄的卧室兼书房。陈建功当年还是北京大学学生的时候,有一次从北大骑着自行车到文学研究所,那时候建国门内大街5号正改建新楼,文学所暂时借日坛路原《人民日报》印刷厂办公,他就在那儿跟我有过一次长谈。

问:陈建功来干吗?

答:就是谈他的小说。那个时候,他的一批作品出来了,比较引人注目。有一次《十月》开会讨论他的作品,我说了一通话,后来就想把它整理出一篇文章。他就从北大骑车过来,就是为了这件事,我们畅谈了一次。

问:这本书中的文章写作,还有别的什么故事吗?

答:收到这本书里的文章,大都是应运之作,而不是应命之作,是我自己想写、要写的,极少是约稿。这跟我搞编辑工作也有关系,因为来稿当中,很多也是评论当代作家作品的,另外,我参加文学界的活动比较多,跟这些作家接触也比较多。这些都是促使我关注这些作家作品的原因。

问:您要上班,还要写文章,要阅读大量作品,还有家务事,这四块,时间是怎么分配的呢?

答:现在想起来,真是有点不可思议。反正都得兼顾,哪个方面都不能懈怠。就说家里的事吧,我也干了不少,包括孩子晚上起来的时候,我也得照样起来;工作照干,而且出差挺多的,有时候一走就是半个月。像到云南开规划会议那一次——那是1979年吧——完了以后,还去了四川。

问:去四川干吗?

答:川大,就是四川大学请我们去的。有朱寨①和我,我算是跟班的。到川大去讲演。我去的时候,是坐飞机,回来的时候坐火车。这一路,差不多就半个月。

问:工作、家事、阅读、写作,没有形成困扰吗?

答:基本上没有。也就是多付出呗,或者说习惯了,习惯成自然。几乎每天晚上,都是12点以后睡觉。这种习惯,一直延续到如今。记得有一次,我赶稿子,凌晨三四点钟才睡,七点钟照样起床。不像现在这样可以睡懒觉。

问:不管工作到什么时候,都不睡懒觉?

答:不睡懒觉,或者说,不能睡懒觉。何立人得上班,孩子有上幼儿园的,有上小学的,能睡懒觉吗?另外,两家共用一个厕所②。都很紧张。这在今天简直是不可思议,但也就这么熬过来,挺过来了。

问:回到集子上来,洁泯为您写序,有什么故事吗?

答:没什么故事。那个时候,因为要出书,惯例都得找人写序,尤其这是我的第一本书。我想来想去,就找了洁泯。因为我认识他算是比较早的,跟他走得也比较近,他本人又是当代文坛一个有影响的前辈。

问:这本书后来获得了当代文学研究会首届中国当代文学研究奖,选送和评奖过程有哪些程序?评了多少个奖?

答:这个我还不太了解。我只是当代文学研究会的一个理事,没有进入核心圈,我是事后才知道的。可能那个时候出书的人还不多,我又是当代文学前沿的一个人物,所以就推举了我。

问:1986年的7月份,您和刘再复、谢冕、何西来等老师一起去新疆讲学,您还有哪些记忆?

答:是这么回事。这是当年新疆文联的秘书长或副秘书长叫陈柏中的,他到我们文学研究所来,不知道是找刘再复还是找谁,提出来想请几

---

① 口述人:朱寨(1923—2012),中国社科院文学研究所研究员,中国社会科学院荣誉学部委员,曾任文学研究所学术委员会主任等,主编出版了《中国当代文学思潮史》等多种论著,是我敬仰的前辈学者之一。在《人格的魅力——记文学研究所的八位前辈学者》一文中,我曾写到过他。

② 当时陈骏涛先生与同事两家合居一个单元,厨房、厕所都是两家共用。所以说,早晨上厕所很紧张。

位学者去新疆讲学。当时他们就答应下来了。人选可能是双方商定的,一共四个:刘再复、谢冕、何西来和我,除了谢冕是北京大学的,其他三个都是文学研究所的。每个人都有一个讲演题,我的讲演题是:《一个多元的文学时代》,①这也是我在80年代的一篇比较重要的文章。

当年去了一些什么地方呢?首先是乌鲁木齐,在乌鲁木齐讲了一次。然后我记得是去了昌吉,方位大概是在乌鲁木齐的西北,在昌吉学院②也讲了一次。然后就到了新疆的最西端,跟苏联近邻的一个地方——喀什。吐鲁番也去过,是先去,还是后去的?现在忘了。讲课,在乌鲁木齐讲过一次,昌吉讲过一次,喀什讲过一次——喀什是在文联讲的。我反正都是一个主题:一个多元的文学时代。

问:除了讲课以外,对新疆的人文有哪些记忆?

答:我是第一次去新疆,觉得很新鲜。比如在吐鲁番,看到他们载歌载舞,都挺新鲜的。参观过他们的清真寺,也觉得挺新鲜。另外就觉得,这个地方的人对我们挺热情,他们想知道新事物的心情也很急切。有的人就是通过这次访问而认识,日后有所交往的。陈柏中不用说了,他不久就到北京参加了"新时期文学十年会",以及他女儿到北京鲁迅文学院进修,与我的交往,都是缘于这趟新疆之行。还有一位任一鸣,就是当年在昌吉学院认识的,后来她到了北京,先后在文学研究所和北京大学进修,谢冕夫人陈素琰指导过她。我还给她的第一本书写过序。

问:对这几个同伴,您还有什么记忆?

答:何西来和刘再复住一个房间,我和谢冕住一个房间,我们所到的几个地方,大概都是这样的。当年还没有住单间的。谢冕虽然很早就认识,但近距离地接触,这还是第一次,也是唯一的一次。他确实是诗人气质,很有激情,而且挺风趣,挺有意思的。对很多事情都特别较真,喜欢刨根问底。比如说,他看到一个新疆的哈密瓜,就会追究:它怎么会长成这

---

① 口述人:《一个多元的文学时代》,也曾作为"新时期文学十年学术讨论会"的参会论文,首发于《当代作家评论》1986年第6期。

② 此处记忆有误。昌吉学院是1985年由昌吉师范学校升格为昌吉师范专科学校,2001年才升格为本科院校昌吉学院的。现仍名为昌吉学院。口述人按:确实是记忆有误,当时可能是叫昌吉师范专科学校。

个样子呢？

问：相处的过程中，没有特殊的记忆和故事，是吧？

答：就觉得，这一路挺愉快的，很值得一去。

[后来的补充]新疆之行，我后来找出来一封信，是当年我在新疆写的一封家书，向她们报告我在新疆的行程，走了哪些地方。上回说的那几个地方是对的。乌鲁木齐，昌吉，吐鲁番，喀什。有一个情况这里得做个说明：到了昌吉以后，刘再复和何西来（何文轩）就先回北京了，因为他们当时是文学所的行政首长——正副所长，不能在外面多耽搁，大概比我们提前了四五天回京。我跟谢冕就去了喀什，其实喀什是很值得去的地方，异国情调，异国风味，清真大教堂，虽然乌鲁木齐也有，但是喀什的教堂才是最具规模的教堂。

还有，新疆之行，我与谢冕、刘再复这三个福建老乡，在乌鲁木齐曾有一张留影，这是一张珍贵的历史留影，我至今还保存着。①

采编人杂记：

一、新时期文学的"辩护者"和"吹鼓手"

陈老师是新时期文坛上最活跃的批评家之一。刘再复说，"陈骏涛在本质上是一个新时期文学的热烈辩护者"，证据是："他先是替张洁的《沉重的翅膀》辩护，之后又为文学创作中借鉴存在主义思想中某些合理内核辩护，这之后，又为李陀的《魔界》、《七奶奶》、《自由落体》等实验小说辩护。他不是律师，也没有什么固定的文学法律可以遵循，但是，他把文学的自由精神和宽容精神作为文学的最高法律。"②有人干脆说，陈骏涛是"新时期文学的吹鼓手"③。

---

① 口述人：现在想起来，当年我们四个人似乎都没有关于新疆行的文字留下来，这是十分令人遗憾的一件事。
② 刘再复：《新时期文学的热烈辩护者——陈骏涛〈面对多元的文学时代〉序》，《这一片人文风景》第287—288页。
③ 莽萍：《新时期文学的吹鼓手——访陈骏涛》，《青年评论家》，1985年10月25日。

他是新时期文学的辩护者和吹鼓手。通过两种途径,一是通过《文学评论》这块阵地,开始是当代组长,后任编辑部副主任、主任,一直是《文学评论》当代文学评论的实际负责人,利用这块阵地看稿、组稿、发稿,为新时期文学鼓与呼。一是通过他的文学评论,直接评点文学创作前沿消息,一直坚持以"多元并存"为旨归。坚持强调多元,是强调宽容,也是强调民主,实质还是强调自由(虽很少直接表达)。通过坚守阵地、拓展前沿,陈老师有大功于新时期文学。

"辩护者"和"吹鼓手"之说,固然是对陈老师的赞誉,也可能引起片面的理解。作为批评家,此时的陈老师,已完成了从解放思想到独立思考的飞跃。正如老所长洁泯在为《文学观念与艺术魅力》一书作序时说:"骏涛的评论文章,一开手就带来了他的个性,就是饱含着独立的思考力,对作品,对问题,他善于作自己的分析和判断。"并说,"我喜爱骏涛文章中思路的豁达,文风的畅达。"①

二、思想和文风

陈老师的思想和文风,深受当时的在校大学生,尤其是七七、七八两届的中文系大学生的喜爱。他的文学批评,正是在更新文学观念和指点艺术魅力两方面,对许多大学生起到指引和示范作用。陈徒手说:"观点的锐利和文字的绵长就是我对陈骏涛老师最早的感受。"又:"与谢冕老师的激扬、刘再复老师的理性等不同,骏涛老师的文章在我的眼里还是那么具有学术的韧度,也带有南方人特有的温和。他所选取的角度总是有趣,覆盖的层面是格外深厚的,涵盖了作品本身又给予社会性的关怀,所下的结论又总是适当而又中肯的。"②

我也是在读大学时"发现"并追踪陈老师的。陈老师的思想清晰、观点鲜明,但不含牛气,更无霸气;总是语气平和,侃侃而谈;他的文章逻辑绵密而层次分明,概念明白且用词准确,让我钦佩不已。从大学时开始,

---

① 洁泯:《饱含着独立的思考力——陈骏涛〈文学观念与艺术魅力〉序》,《人民日报》,1984年6月18日。
② 陈徒手:《二十年的美好和悲伤》,《这一片人文风景》第344页。

我就把陈老师当做自己的文学导师和思想的引路人。大学毕业后,我继续追踪陈老师的文章,曾仔细研究并模仿过陈老师的文风。后来报考陈老师的研究生,那是必然的选择。

"新时期文学十年学术讨论会"及其他

问：社科院文学所主办的全国"新时期文学十年学术讨论会",钱锺书先生出席开幕式,是您上门去请他的吗？

答：不是我一个人,我是跟刘再复、张炯,我们三人一起去的。

问：为什么选择1986年开这个会呢？

答：这个,无非就是因为"四人帮"垮台是在1976年,到1986年正好是十年,顺理成章的。当然,按照当时唐达成[①]的说法,新时期应该是以十一届三中全会为起点的,那就是应当从1978年算起了。但那个时候我们没有这么去抠它。我们就觉得,打倒"四人帮"已经十年了,文学界出现了许多新气象、新问题,应该抓住这个时机好好讨论总结一下。就是有这么个想法。这个倡议先是由《文学评论》提出的,得到了文学所领导的肯定和支持,所里研究决定让《文学评论》来筹备这个会,就组成了以《文学评论》为核心的一个筹备小组,由我来负责全面工作。之所以由我来负责,无非就是因为先前我筹备过厦门会议,有点经验也还算成功的缘故吧。筹备工作从1985年下半年就开始了。1985年7月末,我们在文学所开了一个小型座谈会,请了所内外的一些人参加,听取各方面的意见。那天来的有《文艺报》的陈丹晨,《文艺研究》的李洁非,《光明日报》的冯立三,解放军总政文化部的范咏戈,中国社科出版社的白烨,中国青年艺术剧院的林克欢,《诗刊》的唐晓渡,中国作协创研室的何镇邦、牛玉秋,《新

[①] 口述人:唐达成,又名唐挚,1928年生人,已去世,文学评论家,时任中国作家协会党组书记、副主席,他在大会的讲话中说:"十年来,我们的文学经历了从复苏到兴盛的空前发展,今天已迅速进入到建国以来最繁荣活跃的新时期……这个新时期应以1978年党的十一届三中全会为起点。"

华文摘》的陈子伶,以及文学研究所当代文学研究室的蒋守谦、杨匡汉、张韧等,将近20人。

问:一次咨询会,请了这么多人?

答:对。集思广益吧,也是为了造成舆论,扩大影响。刘再复也来参加了,并且讲了话。大家一致认为,开这个会是有必要的,这动议提得早,也提得好,都表示支持。说应该把新时期文学从浩如烟海的文学现象中抽象出来,从理论上加以概括和提升,推进我们的文学事业向前发展,并进一步推向世界。大家还提出了一些建设性的意见。当时我们还做出了一个很重要的决定,就是《文学评论》从1986年第1期起,陆续刊登关于新时期文学十年的论文,即刻就发出约稿通知。随后就向全国各地的有关单位和个人发出"预备通知",还附发了50个学术选题。通知发出以后,反馈很是热烈。本来参会人数估算80—100人,后来一再突破,正式发通知的时候,到了160人,翻了近一倍。开幕式那天的到会人数实际上将近300人,包括新闻记者和列席人员。所以我在后来写的文章中说"宽敞的国谊宾馆会议厅座无虚席"[①],绝非夸大。正是因为参会的人数太多,不可能安排那么多人发言,所以才安排了四个半天的大组会。会议开了五天,从9月7号到12号,会风是很热烈的。会议结束以后,我们有个统计,至少有20多家报刊社、新闻社、电台和电视台向国内外报道了这次会议的消息,或者刊登了有关这个会议的文章。不单圈内人,圈外人也很关心。所以要说这次会议辐射面宽,震动力大,并非夸大。从参加会议的人员来看,也很可观,老中青三代都有,但主要是中青年人,老一辈人不多。关于钱锺书,我们去请他的时候,曾有一个估计:他可能会推辞不来,没想到他却没有推辞,很爽快就答应了,而且开幕式那天,他是从头坐到尾的。

问:钱锺书先生好像没发言?

答:没发言。他能到会,就是一种态度吧!

问:他那时应该是社科院副院长吧?

---

① 口述人:指《从一而终——我的文学批评之旅·记忆80年代》一节,关于"十年会",口述时多参照此文所记。见《这一片人文风景》。

答:对,副院长。他从来不是跟风的人,不是哪儿热闹往哪儿跑。像国庆招待会,国宴,每次请他,他都难得参加。他把这些事看得很淡。他能参加这个会,也是出乎我们意料的,大家都把它当做一件新鲜事。当时不只钱锺书,老一辈的还来了一些人,像张光年、陈荒煤、冯牧、许觉民、朱寨等都来了。王蒙、李泽厚也来了。他们都在会上作了发言。

王蒙作了一篇机智的、别开生面的发言。他不是以文化部长的身份,而是以小说家的身份谈了对新时期文学概括的多种可能性。

问:王蒙那个时候当部长了吗?

答:已经当文化部长了。李泽厚则以美学家的身份,在会上谈了对新时期文学十年的评价,他甚至认为,新时期文学的十年是继"五四"以来新文学历史上最辉煌的十年,其成果无论从数量上还是质量上都超过了以前,在艺术上和思想上都达到了相当的深度和广度。所以这个会当时影响很大。《人民日报》《光明日报》《文汇报》,好多报纸都报道了,有的还发表了会上的发言。

这次会议的中心议题是"新时期文学观念的变革及其流向",但谈论的话题却很开阔。80年代宽松、宽容的文化氛围,以及对创作自由和评论自由的倡导,很有利于人们就文学上的广泛问题进行独立思考并展开自由交锋。

刘再复在会上作了一个主体发言。对这篇主体发言中所谈的两个问题,一个人道主义问题,一个自审意识问题,会上都有一些不同的意见。人道主义的问题,实际上是刘再复新时期以来一直在思考的问题。而自审意识问题是他这次会上提出的一个新问题。去新疆的那一次,刘再复就讲了人道主义问题。他当时还提出,新时期文学要高高举起人道主义这面旗帜。在这个会上,他进一步提出,新时期文学的发展过程,实际上是社会主义人道主义的观念不断超越以阶级斗争为纲观念的过程。对人道主义的现实意义,很多人都认同刘再复的观点,认为从这个角度概括新时期文学,不仅有鲜明的针对性,而且为创作和理论批评设立了一个战略性的框架。但也有不少人认为,人道主义是19世纪资产阶级上升时期的思想武器,今天面临的种种复杂的问题,再用这个武器是不是过时了?另外,对于自审意识问题,有赞成的,认为自责和自审,是更高层次的自我怀疑与否定,包含着自爱和自强之道,不能从消极方面去理解;但也有人担心,不适当地强调与民族共忏悔,会导致宗教式的"原罪"感情,把十年动乱的责任让大家一齐来负,这不公平——人人都有罪,人人都有责任,这就有点不对头了。

这个会有一个特点,也是跟过去的会有些不同的地方,就是各种不同的意见都可以发表,包括像刘晓波那样的"新时期文学面临着危机"的言论。刘晓波的言论,我至今还是认为,是过于极端和片面的。他不重视具体分析,把局部夸大为全体,得出了耸人听闻的结论,深圳的报纸把他的发言以《新时期文学面临危机》为标题发表出来以后,博得了海外媒体的激赏。他的"黑马"的称号就是来自于他的这篇言论。这个会议就是有这么个特点:没有一边倒。所以国外媒体也很关注。

这个会上,一些年轻的评论家还开过一个会,这是会中会,①我当时可能有什么事,没有参加,听说也是很热烈的。

对于十年会的这个特点,就是对一些比较重要的问题,都存在着一些差异、分歧和争论,最后朱寨先生在致闭幕词的时候,作了一个很辩证的总结。他说:这是开得比较成功的学术会议的常态。正因为存在着差异、分歧和争论,每一个与会者才显示出自身独立的价值和意义,才体现出真正的学术民主和言论自由。他还说:这次会议讨论的问题应该说是丰富的,气氛是热烈的。所以,我每次说到十年会,都要说到朱寨的这篇小结,确实是一篇很有水平的小结。

问:1988年,您和陈晋、陈墨在《文论报》发表了《走出困惑——"新美学—历史批评"三人谈》,这篇对话的背景是什么?

答:我提倡新方法,对新方法实际上并不了然。但对文学批评文学观念的更新,我是一直追求的。比如说,我反对一种简单化的文学观念,就是这样的。所以我认为要更新,关键不是在方法上的更新,而是在观念上的更新。我认为,马克思主义倡导的美学—历史批评,还是有生命力的,这是在任何时代都适用的。当然,不是像后来那样被颠倒过的——"政

---

① 指在"新时期文学十年学术讨论会"期间,一些年轻评论家自发地组织召开的"青年评论家座谈会"。

治的、艺术的",而应该是"美学的、历史的","美学的"应置于"历史的"前端。所以我提倡从观念上更新,这观念本身也包括方法。但是,我自己没有成套的理论,所以我要借助于年轻人的力量,当时我找你和陈晋一起对话,就是想构筑这么一个框架。而你们的发言,当时对我启发也很大。特别是你那篇论文①,把这个框架基本上构筑起来了。后来文学批评上出现的许多变化和更新,其中就有新美学—历史批评探求进程中的种种实践。

问:当时是《文论报》约稿在先,还是"三人谈"在先?

答:是"三人谈"在先。当然,这之前我已经跟《文论报》发生关系,在他们那里发过文章了。我在几个报刊上也都发过关于"新美学历史批评"的文章。因为这篇"三人谈"篇幅比较大,又是对话体文章,比较适合报纸上用,我就联系了《文论报》。是不是当时谭湘也已到了《文论报》?总之,对"新美学—历史批评"的倡导,后来不少人都是肯定的,包括徐怀中给我写的序,②包括王蒙,以及朱向前、孟繁华等人,也都是肯定的。这篇《走出困惑》的"三人谈",也开了我文学批评中的一种文体——对话体批评——的先河。③

问:您为苏丁论著《空间信赖与空间恐惧》作序《对中西文学结合的寻觅》,这是您给年轻评论家写的首篇序,苏丁是什么样的人?写序的因缘是什么?

答:苏丁是新时期比较早涌现出来的年轻评论家之一。不过如果要排序的话,他的影响力肯定要小于参加厦门会议和海南会议的那些人。所以后来我在《中国青年报》上写那些青年评论家系列文章的时候,没有写他。不过他是最早找我写序的人,这篇文章也就开了我为青年批评家写序的先河。他好像是川大毕业的,当时的工作单位可能就是四川大学助教,很年轻,出书的时候大概也就三十岁上下。因为我看过他的文章,有点印象,在《文学评论》上还两次发过他的文章,第一次是他与仲呈祥

---

① 那个论文,是指陈墨的硕士研究生毕业论文《论"新美学—历史批评"》。
② 指徐怀中为陈骏涛《这一片人文风景》一书所做的序言:《记忆中的"风景"》。
③ 口述人:《走出困惑——"新美学—历史批评"三人谈》,首发《文论报》1988 年 7 月 5 日,收入《从一而终——陈骏涛文学评论选(1977—2013)》,上海文艺出版社 2013 年 8 月出版。

合作的一篇《论阿城的美学追求》的论文。

问：《空间信赖与空间恐惧》像是理论书的名字，它是个集子吗？

答：是个集子，单篇文章的结集。《空间信赖与空间恐惧》只是其中的一篇，是一篇重头文章。

问：1988年10月，《文学评论》和《钟山》杂志联合在无锡太湖召开"现实主义与先锋派文学"研讨会，您是会议的主持人之一，会议背景和因由是什么？

答：这次会议是《钟山》编辑部首先提出来的，徐兆淮①提出来的，想跟我们联合开这个会。我们就同意了。我就代表编辑部②参加这个会议的筹备工作。实际上我们也没有做什么准备工作，主要准备工作是由《钟山》做的。我们当时去了三个人，我、李兆忠和彭韵倩。

问：一共就去了三个人？是参加会，没有筹备？

答：当然，跟他们也交换过意见，比如会议的主旨呀，参加的人员呀，等等。这是个小型会议，我记得也就是二三十人，而且参加的主力是当年一些青年评论家，如上海的陈思和、李劼、吴亮、毛时安，江苏的王干、丁帆、黄毓璜、费振钟、汪政，北京的朱向前、曾镇南、李洁非、吴方，陕西的李星，福建的南帆，武汉的於可训，广东的陈志红、陈剑晖，天津的汪宗元，辽宁的许振强，河北的刘润为……这么一批人。上海和南京方面参加的人略多一点。

问：这个会议的主题设计，有什么特别的想法吗？

答：这个会议的主题之所以叫"现实主义和先锋派文学"，大概是这么来的。新时期以来，特别是80年代以来，中国文坛上出现的一种极具冲击力的所谓"先锋派文学"，在引起人们广泛注目的同时，也遇到了种种非议。大概到了80年代中期，文坛上又出现了类似刘恒、刘震云、方方等人的所谓"新写实小说"，这些"新写实小说"在接续传统现实主义源流的同时，又表现出某种新的特征，有称之为"现实主义文学复苏"或"新写实小说"的。究竟应该如何认识这种创作现象？在商品经济潮流的冲击

---

① 口述人：徐兆淮，江苏人，文学评论家、编辑家，1964年到文学研究所工作，"文革"以后调回南京，历任《钟山》副主编等职。
② 口述人：我时任《文学评论》编辑部主任，算是编辑部负责人之一吧。

下,文学究竟应该如何生存和发展?……这些正是我们考虑召开这个研讨会的主旨。会后,编辑部的李兆忠写了一篇会议纪要,题目叫《旋转的文坛》,这"旋转的文坛",既是对当年文坛状况的形象的概括,也是对会议整体气氛的形象的概括,很形象,也很贴切。①

问:李兆忠说"旋转的文坛",是说先锋派和现实主义轮流转?

答:对,有这么个意思。不过,不是简单的"轮流坐庄",而是说这两股潮流始终在文坛的上空"旋转"。

问:您在会上的主题发言是什么?

答:我没有作主题发言。我在会上,就是主持人之一。会议是由当时《钟山》主编刘坪、副主编徐兆淮和我轮流主持的。不过,我在会上大概也有过一两次发言,根据李兆忠整理的会议纪要,我的发言大致讲到了两个方面的问题。第一是所谓新现实主义小说或"新写实小说"问题,我认为它有三个方面的特征:1.重视表现普通人的生存境况,不避讳现实的矛盾和缺陷,对现存秩序不满足,表现出一种求真的意识,一种直面惨淡的人生、正视淋漓的鲜血的精神;2.从写英雄到写普通人,写芸芸众生,从创造典型到典型的消解,从写外世界到写内世界;3.艺术观念和表现手法上的开放性和包容性。第二是关于在商品经济冲击下文学的出路问题。我认为,商品经济对文学的冲击已成为一股不可逆转的潮流。逆潮流而动,企图创造出一种完全独立自足的文学与商品大潮相抗衡,这是不可能的,文学并不具备这样一种力量。因此,我们在观念上必须有一个根本性的转变,一方面我们要坚守文学是一种精神文化产品,它的基本目标应该在于提高和丰富人的精神境界,另一方面也必须认识到文学也具有商品的属性,它无法自外于商品时代。这是二律背反,必须辩证地处理好这二者的关系,为文学寻找到一条摆脱困境的生路。文学是不会消亡的,但必须调节它的内在的机制,必须正视纯文学、俗文学、纪实文学三足鼎立的局面,促进这三种文学独立自足、正常有序的发展。

---

① 口述人:《旋转的文坛》,《文学评论》1989年第1期。关于此文,本期《编后絮语》有言:"《旋转的文坛》是一篇中国当今文坛现状的丰富而嘈杂的声音的记录,它记述了部分中青年评论家对于现实主义和先锋派文学这一不容易扯清楚的问题所作的各种各样的谈论。其中有些见解值得我们关注,有些困惑亦值得我们深思。"

问:在这个会上,还有什么重要的发言和记忆?

答:这个会,不像新时期文学十年会,有一些比较重头的发言,它基本上采用座谈会形式,谈得比较随意,虽然随意,但还是触及到了当年文坛的一些重要问题。会中经常有插话、对话、交锋……会风比较热烈、活跃。会议以后,《钟山》便在第二年(1989年)搞了一个"新写实小说"大联展,持续了几年,在全国产生了很大的影响。另外,有一件事我想借这个机会说一下,就是在这次会议当中和之后,我跟军旅青年评论家朱向前有一篇对话,也是我的一篇比较重要的对话体批评文章,叫《三种理论批评形态的交叉与互补》①。这篇文章主要是对青年批评家的几种不同的批评形态作了分析,在当年也有一点影响,同时也是我与军旅文学评论家朱向前交往的一个见证。

采编人杂记:

关于"新时期文学十年"研讨会

新时期从什么时候开始?具体说,是1976年打倒"四人帮"之后,还是1978年中共十一届三中全会之后?人们的看法并不统一。主张从1978年开始的人可能较多,理由也比较充分,因为1978年之后才是真正的邓小平时代,才有以思想解放和改革开放为标志的新时期;此前两年即1976—1978年是华国锋时代,即"两个凡是"的时代。当然,主张从1976年10月开始的人也不少,理由是,华国锋时代、邓小平时代,都是"后毛泽东时代",都可算新时期。当年社科院文学研究所的人,显然是持此观点,才会在1986年召开"新时期文学十年研讨会"。

陈老师主持筹备"新时期文学十年研讨会"的时候,我已经在他门下读研究生。所以,我有幸成了这个会的服务生,并全程旁听。这是我第一次见识如此规模的学术研讨会,因而印象极深。具体说,一是参会者都勇于自我表

---

① 口述人:此文原载《文艺报》1989年6月24日和《飞天》1990年第6期,收入《从一而终——陈骏涛文学评论选(1977—2013)》,上海文艺出版社2013年8月出版。

达,且思想都非常活跃。二是这个会有民主宽容的会风,人们发表了针对新时期文学十年的各种不同的观点,有讨论,也有争执,但没有一言堂,也没有谁要下统一结论。三是参会者或思想深刻、或学风严谨、或才华横溢,让我再一次感到自己才疏学浅,并为此而感到发自内心的惶愧不安。

刘再复老师在会上发言的题目是《论新时期文学主潮》,其中重申人道主义价值,提出"自审意识",在会上引起了热烈讨论,对此我也有深刻印象。只是,当时我没有真正听懂,多年后,我才明白其中的深意。人道主义的概念,听起来并不新鲜,80年代重提,却有不可忽视的启蒙意义:人道主义不仅是对他人施以人道关怀,更是争取人权或改进人权状况的根本依据。在这一意义上说,人道主义、人权斗争,是永不过时的人类思想和生活的主题。"自审"一说,可以有多重含义:例如自我审查,如孔子所说的"日三省吾身",其意义毋庸置疑。再就是自我审判,亦即自我忏悔,巴金先生说自己对"文革"有一份责任,即是此意;社会运动和历史发展,是由已知和未知的多种因素所致,如果认为社会弊端或历史灾难都是"别人的错",当事人及亲历者毫无自审和忏悔意识,这个社会中人就既缺乏智慧深度,更缺乏道德担当的能力。个人的自审和忏悔,并不是要免除主要当事人的责任,甚至也不是要为主要当事人"分担",而是让每个人自己审判并承担自己的那一份。实际上,自审的话题,还有一个维度,那就是自我审视——认识你自己,是人类最大的智慧,这话不仅针对人类整体,也可以针对具体个人。所谓自我审视,也就是自我阅读。关于人的知识,尤其是关于个体自我的信息,至少到目前为止,哲学家、心理学家没有穷尽,也无法穷尽。对文学家而言,自我阅读,就是一种可靠的自我认知和人性探索的知识与信息来源,自我审视即自我阅读的必要性和重要性不言而喻。因为,文学是人学。

这次会上给我留下印象最深的人,是钱锺书先生。我记得他只出席了会议的开幕式,戴一副宽边眼镜坐在主席台上,始终未发一言,但却吸引了我的注意力。我也不知道是为什么。也许因为,他是钱锺书先生,是《谈艺录》《管锥编》和小说《围城》的作者,是传说中20世纪中国最聪慧、最博学的人。他出席会议的开幕式,当然是对此次会议的支持,他在座,彰显了学术的尊贵和庄严。

第一次出国,去日本

问:1989年5月10日至28日,您和蒋守谦、曾镇南等受日本学术振兴会邀请访日,这是您第一次出国是吧?

答:对,第一次出国。日本学术振兴会和中国社会科学院有过约定,就是要跟中国社科院开展学术交流,学者互访。学术振兴会不完全是官方机构,但带有一点官方色彩。

问:是官方赞助的一个民间组织?

答:对。大概是这样的,一个民间机构。这之前,马良春已经去过一次日本。他去了以后,认识了日本学术振兴会的一个负责人,叫丸山昇,是日本很著名的一位研究中国文学的学者。跟他们有一个约定,就是派学者互访。这次我们去的三个人都是搞当代文学的。这大概也是日本方面提出的要求,不过日本学术界从来都是把当代文学和现代文学看成是一个整体的,没有把当代文学和现代文学分立为两个学科。

我们三个人,蒋守谦当时是当代文学研究室副主任,曾镇南也是当代文学研究室的,只有我是《文学评论》编辑部的,另外还有一个外事局的翻译,叫杨永超,一共四个人,按照协议去了。

问:80年代末期,出国要做哪些准备工作?

答:先是报材料,作政审,这个都已经过了。

问:出国前,社科院外事局不把三个人叫到一块,叮嘱一番吗?

答:当然,外事局跟我们谈过一次话,例行的谈话,谈了出访的注意事项之类。另外,就是请熟悉日本学术界、文学界情况的人介绍情况。记得先是马良春介绍的。还有一个孙歌,一个很年轻的女同志,文学所新学科研究室的,她对日本学术界的情况,特别是对丸山昇教授比较熟悉,也跟我们介绍过一些情况。

问:有置装费吗?是否添置了新装?

答:这是我第一次出国,当然是比较重视的。置装费大概也是有的。反正我们穿得都比较整齐。

问:新做的西装吗?

答:好像是买过一套西服。我们虽然穿着西服去,但在日本,并不是全程都穿西服,只有在正式场合才穿。去的时间一共19天,1989年5月10日出发,5月28回来。到的地方很多,几乎日本几个主要的城市——从东京到神户、奈良、京都、仙台、札幌,都去了。还去了他们的一些高等院校和学术研究机构,前后跟百数十位日本的中国文学研究专家、学者、教授和研究生、大学生们举行了广泛的会晤和座谈。

我正式出国访问三次。写过出访文字,发表过出访文章最多的,就数出访日本这一次。有散文随笔《札幌之夜》《仙台之旅》《隔海的祝愿》《与同行们晤谈》,分别发在《人民日报》海外版、《作家生活报》《羊城晚报》等报刊。也有学术性文章如《访日学术印象》《在东西方文化的结合点上——读川端康成笔记》等在杂志上发表。

问:您的《近年中国文坛"热点"扫描》是在那儿作的学术报告?

答:这是我出国之前准备的,后来在日本发表的题目叫《近年中国文坛"热点"问题述略》。① 这篇"述略"在日本大概讲了三次,东京一次,仙台一次,神户一次。主要介绍了自1977年以来的十几年间,中国当代文学所发生的巨大的、深刻的变化。所谓"热点",也就是指这十几年来大家比较关注的、引起了讨论和争鸣的问题。《访日学术印象》②这篇文章倒是回国以后写的,是学术上对日本的观察印象,包括他们对中国当代文学的研究现状、问题和学风等。《在东西方文化的结合点上》那是关于川端康成的阅读笔记。不过,这两篇文章都写于二十四五年之前,这二十四五年的情况已经有了很大的变化,而我与日本学界又一向疏于联系,这些东西也就成了纯粹回忆中的东西了。

---

① 口述人:此文曾译载于日本中文研究会《未名》第9号,1991年3月,译者:山本恭子。收入《从一而终——陈骏涛文学评论选(1977—2013)》,上海文艺出版社2013年8月版。

② 口述人:《访日学术印象》,首发于《上海文论》(双月刊)1989年第5期。

但有一个情况倒是还值得一提的,就是当年——也就是二十四五年之前,日本就非常重视对中国问题、中国现状、中国文学的研究,在他们的很多高等学府,都设有中国研究室、中国文学研究室、中文研究室等。想想,这也是有历史的了。就日本文学来说,它跟中国文学,特别是中国的古代文学就有很深的关系。当年,中国新文化运动的先驱者,如鲁迅、郭沫若等也都去过日本,与日本都曾有过很深的关系。

问:您对日本和日本人还有哪些观察印象?

答:有一个很鲜明的、很突出的印象是,日本的领土太小了,资源也匮乏,而且有那么多的地震、火山,这些都对他们的生存和发展造成很大的限制。而日本这个民族又是非常有创造性的民族。这是不是造成日本相当一部分民众有一种向外扩张意识的外因?否则现任日本首相安倍就不会那么嚣张了。

另外一个感觉是,日本科技的发展,在80年代那个时候,就是领先于中国的。交通运输业也是。当时地铁在日本就已经很普遍了,而那时候中国还谈不上地铁。日本的电器质量也好。我印象最深的就是微波炉,我的微波炉就是那年买的,一直到现在还在使用。

问:正好有个问题,当年出国可以带一些免税商品,您带了些什么?

答:我在那儿买过一只手表,现在还戴着。中间修过两次,很皮实,质量很好。

问:当年不是有几大件免税商品之说吗?

答:对,我没买满。不是直接带回来的,是在那里办了购物手续,回国后到北京免税商店提货。

问:您给家人带回什么样的礼物?

答:没有带什么礼物。就是带的话,也就是一些小东西。具体的,不太记得了。

问:给师母呢?

答:不记得了。要有,也是小件,小东西。我一向不擅长于买礼物。

问:关于访问日本,还有什么要补充的吗?八九学潮,您是在日本看的?

答:学潮在我们出国之前就已经听到风声了,所以我们在外面都挺关心国内局势的。先是在电台上听到消息。群众上街游行,是在电视上看到的。这个我印象挺深的。

问:哪儿的电台,日本的?

答:当然是日本的。在日本能收到中国的广播。

问:在日本能收到中国的中央广播电台吗?

答:当然,就是国际广播电台。那天看电视的时候,在电视上看到刘再复了,看到他举手喊口号。当时我有一种直感,就是完了,他带头游行,这事情就大了。确实很为他担心的。

问:当时就感觉到要被定案为"反革命暴乱"吗?

答:那倒没有。就觉得这肯定跟整个大局,跟中央的意图不合拍。

问:是担忧刘再复本人,还是整个局面?

答:两方面都有。有一种担忧:这怎么收场?总觉得,这种做法可能跟整个大局是不合拍的,而感情的天平又是倾向于民意这一方。

问:您回国以后,去过天安门广场吗?

答:我去过。只是去看看,看看大字报什么的,没有参加游行。然后就是"六四"。那个时候建国门桥堵了,被军车堵的。当时对这个挺不理解的。怎么军队都出动了?一堵,一般车辆就过不去了。总之,觉得挺反常、挺迷茫的。

问:您情感是同情学生和民意,理性上感到这跟官方要求背离。然后对军车很反感,内心很迷茫?

答:对对。感情的天平是在民意这方面。

采编人杂记:

关于出国访问

现在的人有福了:想要出国旅行,找个旅行社就行。而在 1980 年代,某人出国,多半会成为单位的热点新闻,要被很多人羡慕嫉妒恨。虽然新时期之"新",在于改革和开放,但改革和开放、请进来和走出去,说起来容易做起来难。因此,新时期中国文学家如何走出去,才有特殊的历史意义。那时候个人出国的经历,即出访过程中的所见所闻、所感所思,都值得关注和提问。

出访日本归来,陈老师有多篇文章发表,那是他"个人的正式表达"。我想记录的,除了这些,还包括一些容易被当事人忽略的细节:出国前的"外事纪律教育"、置装费、在国外的衣食住行、对普通外国人的观感、回国时可购买的免税商品、给家人的礼物,等等。亲历者很可能觉得这些小事都无关紧要,但后代读者很可能目瞪口呆:原来当年出国,竟有这些事!

借调到中国华侨出版公司一年

问:1990年9月,您去中国华侨出版公司,是调动,还是停薪留职?

答:属于借调。工资关系没动,还是由文学所发,华侨发给我一些补贴、福利、奖金之类。

问:借调?《文学评论》干吗把一个干活的主事人放走?

答:是我自己要走的,文学所曾经挽留我。刘再复已经走了,一时所长空缺。何西来也因为与刘再复的关系问题,靠边站。马良春是排在前面的副所长,就顶上来管文学所的事。马良春曾经挽留我,张炯——这时候张炯也调任副所长——也挽留我,但我还是执意要去。于是他们就说,你可以去试试看,先借调。我自己也是这么想的:先试试,看能不能适应,能适应就待下去,不能适应就回来。所以,我借调出去,是经过所里同意的。而且我当时还带了一个研究生,叫王书艳,照常给她指导,上课。

问:华侨出版公司给您的补助和奖金,比您的工资多吗?

答:不会多过工资。但是有些项目,比如说,有审稿费,过年、过节有奖金,另外,如果能够约到好的书稿——也就是经济效益比较好的书稿,有提成,这些都是与人头挂钩的。

问:您当时并不是奔着钱去的?

答:当然不是。这不是我故作清高,我一直没有,包括后来主编那些丛书什么的,都不是单纯奔着钱去的。

问:您在华侨出版公司主要职责是什么?

答:出版公司的总经理是李湜,总经理也就是总编辑。副总经理有一个叫黄浪华,解放军系统调过去的,在我之前就在那儿任职,他是第一副总。我就充任第二副总。

问：您当时的职务，是叫副总编辑，还是叫副总经理？

答：副总经理和副总编辑是一而二、二而一的东西。后来名称就变了，华侨出版公司改名华侨出版社。但我去的时候，还是叫华侨出版公司，不过华侨出版社这块牌子也用。用李湜的话说，就是"两块牌子"。

问：您具体是做什么工作呢？

答：我就具体做编辑方面的事。审稿，看稿，管业务方面的事。

问：选题策划呢？

答：这个当然也参加了。出版公司的一些大事情，我都参加。

问：大事情是指什么？

答：就是出版公司的整个方针大计。因为李湜是老出版人，是特别精细、干练的那种人，根本不需要我们过多插手出版发行方面的事。我们就看稿子，组织稿子，跟作者谈话。我重点抓编辑部的事情。

问：您有自己提出的选题吗？选题的最终业绩如何？

答：基本上没有，或者说极少。跟李湜他们比，我就是个书生气十足的人了。像张讴诗集，倒是我提出的，以前出版公司很少出这类诗集的。

问：当时华侨出版公司是唯利是图吗？还是也有文化战略？

答：不能说是唯利是图，还是有一种战略眼光。李湜是一个精明强干的人。他一个强调经济效益，一个强调政治效益，两方面兼顾，这并没有错。只是在文化方面的考虑，可能少了一些，但这也得有一个过程。

问：文化的积累，包括出张讴的诗集，经济效益应该是没有吧？

答：对，没有多少经济效益。

问：张讴的诗集《感情的时间》，您给他写序，这个序的背景是什么？

答：张讴本人到华侨出版公司来过。当时他可能知道我，就找到了我，就说他有这么一部诗稿，问能不能出？我说能不能出，不能由我来决定，必须经过编辑部审稿，讨论通过。他当时可能也找过李湜或者黄浪华。我就问黄浪华、李湜，他们也同意。这样就把稿子留下来了。是张讴本人要我给他写序的。我本来对诗歌这一块就少关注，几乎就没有写过什么诗评文章，所以我这篇序开宗明义就老老实实地说，"我读诗很少，更不会写诗评文章，但我现在却要不自量力地为张讴这部诗集写点文字了"。

问：您跟他人也不太熟，诗也不太熟，为什么还要答应写序呢？

答：首先，当然是我觉得他的诗还是不错的，从他的诗中，可以感觉出这是一个有个性的诗人，是"这一个"中国留学生心灵的自白，深沉的心声，与当时流行的"朦胧诗"有不同处，他的诗风是凝重、沉郁、深邃的，值得推荐。另外一个，我也想借这个机会给自己亮亮相，我既然在华侨工作，总得亮相，这是个机会。

问：公司有出版边界限定吗？比如说出版物的主题要和华侨相关？

答：当然有。华侨出版公司嘛，当然跟侨界不能割断联系，所以出了不少有关华侨的书，包括在国外、境外一些人写的书。不过，也可以出非侨题材的书。

问：那些东西有经济效益吗？

答：总的来说，大概还可以。一开始它就必须打出华侨这个牌子。效益当然不是很高，这得有一个过程。有些境外人出的书，多少还有点赞助。

问：华侨出版公司后来改叫出版社，为什么？

答：叫公司，商业气味总是重了些，叫出版社，毕竟要中性一些。我想是这样的。实际上，在改之前，就有两块牌子。我走以后，就用出版社一块牌子了。

问：为什么一年以后，您就离开了华侨出版公司呢？

答：我这个人书生气，不太适应出版公司那样的环境，特别是李湜的那套作风。当然，李湜有他的道理，他实际上是个文化商人，说到底，就是要面向市场的。

问：您当时没有转过来，是吧？步伐不太一致，是这样的吗？

答：对，是这样的。他们也感觉到了。工作量比较原先在社科院的时候要大得多。我早晨八点半就得到那儿，办公条件也不太好，中午基本上是不能休息，也没有可以休息的地方。就这么连续干下来，经常下午要六七点钟才能骑车到家，所以几乎每天都很累。回家以后，有时候先睡一觉，然后才起来吃饭。也拖累了家人。成天就是看稿子，有的稿子很乏味的。在《文学评论》的时候，虽然说工作也很卖力，但是弹性比较大。华侨公司就不一样了，它是坐班制，节奏要快得多。

问:您看的稿子,是初审,还是二审,三审?

答:有时二审,有时三审。当然,这也不是绝对的。我不能定的话,再让黄浪华、李湜他们定,或者我们三个人商量。

问:您跟黄浪华、李湜之间,有没有直接的冲突或不愉快?

答:没有,没有直接冲突。

问:就是比较累,想法不太一致?

答:对,不太一致。他们好像觉得我书呆子气。我感觉出来了,他们对我并不是很满意。

问:是您自己主动撤回来的?

答:我主动的。因为本来就说,先借调一年,再做抉择。所以后来征求我的意见时,我就明确表示还是回文学所。他们也没有挽留我,当然也说了一些客气话。

问:您在那儿的收入,有没有高到再累也值得的地步?

答:没有。华侨刚刚起步,底子也很薄,所以不可能有太多的分成。

问:一年给您几千块钱?有超过一万块钱吗?

答:没有,没有那么多。

问:1991年有数目吗,方便透露吗?

答:可以,这没有什么。我大概是1990年8、9月间到华侨的,那就从1990年8、9月说起吧。

[读小账本]:1990年国庆、中秋,100元,三季度奖金105元,10月奖金100元,秋游补助20元,11月奖金100元,两次搬家补助90元,书报文具费30元,元旦补助50元。然后就到了1991年——

[读小账本]:《春晖集》审稿费200元,春节补助50元,年终奖(四个月)168块,元宵节20元,1990年年终奖200元,"五一"节50元,《海湾》一书审稿费100元,春游20元,《不落之星》审稿费200元,诗集审稿费350元,《武当七绝》审稿费300元,广东行100元,降温费60元,上半年奖(旅游费)300元,《祭坛》审稿费100元。

从上面这个不完全的小账本可以看出,在华侨的收入比在文学所确实要高,凡审稿都有审稿费,这在文学所是没有的。但我还是决定打道回府,过我的书生式的清贫日子。

问：您在华侨公司一年，为什么没给自己出一本书呢？

答：时间也就那么短，根本我连想都没有想过。

采编人杂记：

关于陈老师"出走"

陈老师从文学所借调到华侨出版公司，直接的原因，是在正高级职称评定受挫。受挫的原因，并非学术成果不足，而是因为在一篇论文中肯定了刘再复的文学观点。此时刘再复已入另册，学术问题变成了政治问题。古代智者强调不要因人废言，1990年的文学所却没有做到，这是中国特色。"六四"风波终结了80年代，那是一个生机蓬勃的时代。李泽厚说，1990年代以后是"思想家淡出，学问家凸显"的年代，是与80年代根本不同的年代，敢于运用自己的理性进行独立思考不再是文化精神主潮。1990年，是最为沉闷抑郁的一年。

选择出走，是出于愤懑和无奈，也是抗争性勇气的表现：这是陈老师一生中难得一见的自主选择。这一年，陈老师54岁。54岁想要改变，是一种勇气；54岁要想改变，却也并非易事。关于陈老师在华侨出版公司的窘态和趣事，有过一些段子，我也听到过，陈老师的形象被刻画成"迂腐老先生"。段子很生动，很幽默，我知道，那是文学创作，而非历史记录。谈及这一段历史，我总是想起鲁迅小说《在酒楼上》，原因是什么，我也说不清楚。

回到文学所,《文学评论》有变化

问:有一个问题上次没有说完,您评正高职称是哪一年?

答:准确时间记不太清了,大概是在90年代初,我从中国华侨出版公司回来以后的事。①

问:评审过程顺利吗?

答:好像挺顺利的。不顺利的是1989年"六四"刚过的那次。这一次没有什么障碍,虽然我刚从华侨出版公司回来。不久就宣布我是新挂牌的《文学评论》杂志社副社长。因为我回来的时候,编辑部主任已经是贺兴安了,他很客气,曾表示谦让。我也很坦诚地表示,不能当主任了,就做一名编辑吧。后来,就让我当了杂志社副社长,其实也就是个挂名的副社长。当然,这也是所里的一种安排,我完全能理解。

问:副社长是挂名?王信老师那时候已经退休了吗?

答:因为杂志社本来就是对外的一块牌子,没有多少事的。王信那时没有退休,他还是副主编。

问:副主编权力比副社长大吗?

答:在《文学评论》,副主编是更为重要的——哦,我想起来了,王信那时候已经不是副主编了,他跟何西来都下来了。那几年《文学评论》人事变动比较大,矛盾也比较多。所谓社长、副社长,实际上就是一个名誉,一种安排。对《文学评论》来说,主编、副主编和编辑部主任才是最重要的。

---

① 口述人:经查,我的正高职称(编审)起始于1991年。据《文学研究所所志初稿(1953—2013)》,社会科学文献出版社内部印行。

问：副社长不管稿子吗？

答：不管稿子，说是管"创收"，但实际上也没有什么可"创收"的。

问：您原来就管稿子，回来以后反而不管稿子了？侯老管稿子是吧？

答：对。老侯①管稿子，主编、副主编都管稿子。我原来当编辑部主任的时候，也管稿子，是二审，主编是三审。

问：您刚才说矛盾挺多的，是指什么？

答：人事关系上，人事关系频繁更迭。

问：编辑部原来不是挺团结的？

答：对，先前是挺团结的，后来好像人事关系越来越复杂了，就派生出很多问题。这些情况比较复杂，不便说了，就不说了吧？

问：当副社长期间，没退休也不管事？

答：对，我不太管事。我就看我的稿子，做我的事，很自由。我在那篇自传体文章《从一而终》中就曾说，从90年代之后，"我的编辑生涯实际上已兵分两路"②，就是除了在《文学评论》当编辑之外，又连续主编了几套丛书和套书，编书生涯既是我的编辑生涯的延伸，实际上也是我为自己的生存和发展所寻找到的别一条出路。编书生涯一直延续到了我退休之后。

问：1996年8月您60岁时，按规定应该退休，结果又被返聘？

答：是的，又被返聘，但退休手续照办。③ 那个年代，只要工作需要，就可以返聘。被返聘的不是个别人。

问：返聘的收入、待遇、工作什么的，有变化吗？

答：好像没有什么变化。工作照样做，工资还是那些。

问：实际像没退休一样，只是办了一下退休手续而已？心理上、生活方式上、工作时间表上，都没有什么变化，是吧？

答：对，基本上没有什么变化。不过，要说完全没有变化也不属实，至少在心理上还是有些变化的，总觉得人这一生过得真快，几乎没有做什么

---

① 口述人："老侯"或"侯老"指侯敏泽(1927—2004)，笔名敏泽，著名文艺理论家。从1990—1994年，曾任或与人联名任《文学评论》主编。
② 口述人：见《这一片人文风景·别一条战线》，河北教育出版社，2007年1月。
③ 口述人：我的退休手续是在这一年的12月办的，返聘期则从1997年1月算起。

事就退休了。所以退休之后,我想的却不是休息、养老,而是做事,只有做事,心里才不虚空,生命才会充实。当然,编辑部的事,我知道自己已经退休了,不该管的就不管了。但编辑部之外的事,比如编书、写文章、接收研究生和访问学者等,①却一件都不见少。所以,退休对于我来说,实际上是"退而不休"。我母亲生前最爱说的一句话是"劳碌命",我也是这样一个"劳碌命"!

采编人杂记:

关于 80 年代和 90 年代

人不能两次踏入同一条河流。20 世纪 80 年代和 90 年代,是大不相同的两个年代。20 世纪 80 年代,虽说始终存在有关思想和言论自由的边界的拉锯战,间或有"反资产阶级自由化"或"清除资产阶级精神污染"之类大小波澜,总体说来,80 年代是自由开放、心灵活泼、精神积极、文化繁荣的年代。在《从一而终——我的文学批评之旅》中,陈老师写过这样一段文字:"上个世纪的 80 年代是个理想主义的年代,一个火热的、变革的、开拓的、进取的、创造的、建设的年代,是经过几代人的奋斗和牺牲,换来的生机勃发的年代,也是文学艺术的真正春天的年代。"从这样激情迸发的语调中,不难读出陈老师对 80 年代多么怀念;如此深情怀念 80 年代,其实也是此后年代的失望和郁闷的间接表达。

1990 年代,是"后六四时期",重大变化之一,是思想解放和精神启蒙的空间被大大压缩。在强大的政治压力下,习惯于自由开放的文化人经历了一段精神苦闷期,1990、1991 这几年尤甚。90 年代的重大变化之二,是政治改革停滞,而经济改革则加快步伐。邓小平南方讲话发表之后,市场经济成为改革的主流方向,中国进入经济大发展、物质大繁荣时期。重大变化之三,是在政治保守和经济开放的共同形塑下,公共价值观念和社

---

① 口述人:从 1985—2013 年,我接收的研究生和访问学者(进修教师)前后有十四五名,其中一名系外籍。

会道德风貌产生畸变,物质丰裕但人文失重,欲望贲张而精神飘零。

陈老师从华侨出版公司回到《文学评论》编辑部时,不仅大环境发生了变化,小环境也同样发生了变化。主编换了,编辑方针及编辑部人员也随之而变。虽然让他当了副社长,却不是管编辑事务,而是为应对经济大潮的冲击,要他为《文学评论》搞创收!更大的,是人心,即人们的精神状态和道德风尚的变化。

"中国当代文学国际学术研讨会"

问：1991年初，您在华侨出版公司工作期间，还参加文学所筹备"中国当代文学国际学术研讨会"？

答：对，没错。这里有一个缘由。因为这个会，1988年就开始筹备了，有文件为据。1988年2月份，有一份中国当代文学国际学术研讨会筹备工作《简报》第1期。这上面写着：

"1988年1月5日，华中师范大学副校长王庆生教授率领华中师大科研处、中文系有关人员一行五人，专程到北京中国社会科学院，同文学研究所负责同志就双方联合于1989年在武汉召开中国当代文学国际学术研讨会一事进行讨论。文学研究所所长兼《文学评论》主编刘再复、副所长何西来、马良春，当代文学研究室主任张炯、副主任蒋守谦，《文学评论》编辑部副主任陈骏涛、贺兴安出席了会议。"

就是在这次会上，商定成立了一个会议筹备组，华中师大方面有王庆生、张永健等，文学研究所方面是张炯、蒋守谦、陈骏涛、贺兴安。本来这个会准备在1989年开，正好是建国40周年，想借这个机会"对四十年中国当代文学的发展道路作一次历史的反思"（刘再复语）。就因为"六四"事件，往后推了。这时我虽然去了华侨，但还是属于借调，文学所的工作并没有完全放掉，所以参加这个会的筹备工作是理所当然的。

问：1989年没开成，延了两年再开？

答：实际上是延后了三年，1992年才开的。1992年10月16日到19日在武汉开的。

问：哦，对对。1991年1月是筹备，重新筹备。这个"中国当代文学国际学术研讨会"，从筹备到开会，您有哪些记忆？

答：1992年要开这个会之前，双方又商讨过，重新拟定了一份"'92武汉中国当代文学国际学术研讨会"的文件，有组织委员会名单、秘书组和会务组名单、与会代表名单（包括中外学者）等。组织委员会主任改为王庆生、张炯和陈东成，王庆生这个时候是华中师大校长，张炯是文学研究所常务副所长，陈东成是湖北省文联执行副主席，张永健、我和程维亮是秘书长。主要筹备工作是华中师大他们做的。

问：您是组委会负责人之一，没有分配你做什么具体工作？

答：没有太多的具体工作。只是有时候，比方说有些文件，发给我们，征求我们的意见，我们参加一些意见。整个大政方针，与先前也就是原定1989年开的那一次有了一些变化，从原议"总结与研讨中国当代文学发展四十年的经验教训"（王庆生语），改为"当代中国的发展与中国当代文学的变革"（《中国当代文学国际学术研讨会·一号通知》）。

问：这次会议，境内外参会人数的比例是多少？境外来了多少人？

答：根据当年保存下来的一份参会人员名单，境外人员有近20人，境内人员有80人，总共参会人数可能超过100人，还不算那些临时听会的大学师生。境外有日本、德国、法国、美国、加拿大、瑞士、马来西亚、新加坡，还有香港、台湾等。

问：国内办的国际会议，会议议程和规范是国际化吗？

答：没有，没有完全国际化，那个时候也不知道国际化该是什么样子。

问：国外来的人参加国际学术研讨会都比较多，他们提出过这方面的要求或建议吗？

答：没有，好像没有。他们只是参加这个会，大概还没有想到要去改变会议的开法。那个年代，文化交流刚刚开始，当时还没有形成这种风气。一直到1997年开那个世界华文文学讨论会的时候①，才开始按新规程。

问："六四"之后，有一些国外学者抵制中国，这次中国当代文学国际

---

① 口述人：1997年的会，是指1997年11月8日至11日在北京举行的"第九届世界华文文学国际研讨会"，这次会议是由文学研究所主办的。

学术讨论会,有原说要来,后来又不来的情况有吗?

答:没有发现。这方面的情况我没有听说过。

问:这次会议,您自己提交了论文吗?

答:我没有提交论文。我是会议秘书长之一,主要是搞会务。

问:您的发言呢,主题是什么?

答:不记得了。大概也就是一般性的发言。

问:您对这个会议的印象呢?

答:这是不是改革开放以后,第一次国际性的当代文学国际学术讨论会?这我不能确定,但至少是比较早的一次,大型的,中外学者在一起探讨中国当代文学问题的会,在当年还是有一定影响的。我这里保存有四份当年留下的有关这次会议的新闻稿,供稿者有华中师大的,有文学研究所的,也有湖北省文联的,大家都强调一点,就是"中外学者共聚一堂,探讨中国当代文学问题"。当时从国外来参会的人,有教授、学者,也有作家,像赵淑侠,就是女作家。

问:赵淑侠是哪儿的?

答:是华裔美籍,但人又是在欧洲瑞士,当时是欧洲华人作家协会会长。

问:国内有作家参加会吗?

答:极少,大概有两三个吧,比如海南的韩少功就来了。但发来贺信、贺电的比较多,像冰心、艾青、张光年、臧克家、姚雪垠、冯牧、荒煤、邓友梅、王蒙、马烽等都发了贺信或贺电。

这个会首先当然是对中国当代文学走过的43年,这个不平凡的历程进行了回顾,认为是积累了十分宝贵的经验教训,要记取历史的经验教训,以免重蹈覆辙。另一个比较突出的问题,是提出了关于中国当代文学的命运问题。当时不是有一个纯文学走向"低谷"的问题吗?现代人面临着商品经济的冲击,纯文学的命运和前途到底如何?这个会上,对这个问题表现出很大的兴趣,但没有一个统一的意见。大家都表达了对纯文学走向低谷的忧虑,但多数人认为纯文学还是有前途的,我们还是应该对它充满信心,并且呼吁社会对文化和文学给予重视。商品经济大潮对文学冲击,这是必然的,但是文学的命运还是掌握在文学人自己的手里。还有一个问题,是关于大陆文学与台、港、澳以及世界各地华文文学的关系问题,也是这次会上引起关注和兴趣的新问题,中外学者在这方面也都发表了自己的意见。

问:国外的学者来开会要先提交论文吗？还是带着论文来？

答:有先提交的,也有开会的时候交的。还有,女性文学问题也成为这次研讨会的一个热门话题,我在几份新闻稿中都看到了关于这个问题的报道。这也是90年代文学领域出现的一种引人瞩目的新现象,一道亮丽的文学风景线。

采编人杂记:

关于文艺和政治的关系

"中国当代文学国际学术研讨会"是新时期最早的国际学术会议之一。如上所述,这次会议原本计划于1989年召开,但因当年的政治风波,而延后了三年,直到1992年下半年才开。这是受到政治因素的直接影响。由于政治气候的变化,参会者的心态、会议的氛围乃至会议的议题,是否发生了相应的变化呢？

此次会议的主题,是要讨论新中国40年(1949—1989)的文学。文艺与政治的关系,正是新中国文学史的关键问题。新时期开始时,邓小平宣布不再提"文艺为政治服务",这意味着文艺从此不再是政治的仆从,这让中国文艺家欢欣鼓舞,以为是第二次解放。但,文艺和政治的关系问题,仍然没有更清晰的解释,更没有根本性解决。不再提"文艺为政治服务",并不意味着,政治不再管束文艺。在这一前提下,接下来的问题就是:政治家应该如何管文艺？具有现代生活常识的人,不难想到一个答案:法治。文化部副部长贺敬之在新时期第一次诗歌座谈会上就说:"所谓艺术民主,首先是政治民主问题。我提到一个立法问题,文艺立法问题,要有法治,要有法庭,不能谁说什么是毒草就是毒草。"[①]虽然此说能

---

① 引自贾漫:《诗人贺敬之》,第252页,北京:大众文艺出版社,2000年。

够得到文艺家的共鸣,但没有被更高级别的政治官员所采纳。

在理论上说,文艺与政治的关系,关乎中国社会的现代化转型。具体涉及三个问题。一是从传统的人治转向现代化的法治。一是合理的社会分工问题。一是言论自由问题,这三个具体问题都是中国的社会转型过程中的关键问题。

近代中国人一直追求进步,但很多人却又一直害怕乃至抗拒自由,从而无法领悟数百年来西方飞速进步的核心奥秘:"进步之唯一可靠的恒久来源便是自由,因为通过自由,有多少个个人便有多少个独立的进步核心。"①

这些都不过是常识罢了。常识而成为问题,这正是文艺与政治或文化与政治的关系症结所在,恐怕也是前面提及的"钱学森之问"的问题所在。

---

① [英]约翰·斯图亚特·密尔:《论自由》,第107页,于庆生译,北京:中国法制出版社,2009年。

主编"跨世纪文丛"

问：下面说"跨世纪文丛"。这套书不仅是纯文学低谷时出的，而且几乎把新时期主要的优秀作家一网打尽，这套书在文学史、出版史、文学研究史上都有重要价值的。1992年12月12日到17日在武汉和北京，开第1辑首发式和座谈会，引人注目。这个"文丛"的缘起是什么？

答："跨世纪文丛"[①]，最早提出搞这套书动议的，既不是我，也不是出版社，而是武汉的一个个体出版商——彭想林。他80年代毕业于北京师范大学中文系，是作家苏童的同学，当时他是武汉作家书屋的经理。我跟他认识可能是在华侨出版公司工作期间，那一年在广州开归侨作家秦牧文学创作研讨会[②]的时候，他也去了，恰好与我同住一屋。后来我到武汉去开会，开方方和池莉的作品讨论会，也见到了他。他跟我谈这件事的时候，究竟是在广州还是在武汉？现在记不清了。总之是在90年代初，纯文学正处于低谷的时候。他敏感地意识到图书市场有可能转型，也就是由低品位向高品位的转型，他想搞一套有点品位的文学丛书。他让我给出出主意，并且担任这套丛书的主编。

从他这个角度，首先盯住的当然还是市场，亏本的生意他是不会干的，但他毕竟还是有眼光的。我们商量的结果还是决定搞一套纯文学的书，但不搞拼盘式的作品选集，而是单个作家独立的作品选集。在作者的选择上，应该优先考虑新时期以来，在读者当中比较有影响的作家，主要是中青年作家。我特别强调一定要讲究书的品位和档次，不要

[①] 口述人："跨世纪文丛"，共7辑67本，顾问：王蒙、洁泯、谢冕、田中全，主编：陈骏涛，1992—2001年长江文艺出版社出版。

[②] 口述人：秦牧从事文学创作50年研讨会，1990年9月在广州召开。

跟现在书摊上的那些流行读物一样,因此在文学性和可读性的关系上,应该把文学性放在第一位,在保证文学性的前提下,充分考虑到可读性。出版发行方面的事,都由他管,第二渠道由他开拓,出版社也由他联系。我只管稿子,组织稿子和编稿子,管大方向。回到北京以后,我就草拟了一个头两辑的作家名单。他很快就联系好了出版社,就是长江文艺出版社。后来,实际上,组稿和编稿方面的大部分工作都由出版社承担了。关于主编的报酬等问题,当时都没有谈。他只是说:陈老师,这方面,我是不会亏待你的。

问:没签订合同吗?

答:没有。这是我一贯的问题:没有契约观念,缺乏经济头脑。

问:那就是说,他想给您多少钱就给多少钱了?

答:当然,大体上有个谱,我觉得大体上不离谱就行了,这方面我从来就不计较。我这里还找到了一个数字。

问:什么样的数字,方便公开吗?

答:没什么不可以的,可惜我只找到头两年的,也就是1992年和1993年的进账,总共他给了我5200元。这一套丛书一共出了7辑。后来大概出到第4辑的时候,他遇到了一点麻烦,就完全由出版社接手了。

问:后来他给"拘"了?

答:给"拘"了!但不是因为"跨世纪文丛",而是因为其他问题,无非就是盗版,或者经济方面的什么问题。

问:他跟出版社有正式的合同吧?

答:应该是有吧?但这是他与出版社之间的事,与我无关。

问:这套丛书第1辑的12本,名单、约稿,都是由您去做的,是吧?

答:对。不过都是经过三方——出版社、彭想林和我——协商的,由出版社出面联系作者。我们三方配合得很好。出版社具体负责这套书的编辑叫陈辉平,是一个很干练的年轻人。在搞"跨世纪文丛"的这十年当中,他从普通编辑升到编辑室主任,最后当了出版社的副总。前六辑都是他当责编,最后一辑(第7辑)的责编虽然换成了康志刚,但他还是始终抓这件事。

问:丛书第1辑的组稿,是个什么情况?

答:这个,我在"跨世纪文丛"创始20周年的时候写的那篇文章①,对这个过程说得很清楚。这期间,正好是我经历了从中国社科院文学所走出去,到中国华侨出版公司任职,又从华侨出版公司回到文学所,这样一个曲折的过程。这时候,我正想做点事,又不知从何做起。彭想林的这个动议,就投合了我的所好,又不需要我承担经济的风险,所以我没有什么犹豫就答应了。但是我这个人,一旦下决心搞一件事,总是要认真地搞好它。关于这套丛书的大政方针,基本上就是按照我的思路搞的。原来彭想林提出"可读性和文学性相结合",我就把它颠倒了一下,叫"文学性和可读性相结合"。这是一套纯文学丛书,既然是纯文学,就要注意它的文学性,它的文化内涵和艺术水平。文学性是第一位的,不可动摇的,但是要顾及到可读性,顾及到读者的阅读需求和阅读期待,否则就有可能陷入孤芳自赏、丧失读者的地步。整个过程,就得把握住这两个点。

这个意图,我基本上都写在了《"跨世纪文丛"缘起》②里。当时有这样一个考虑,就是头两辑一定要打响,要能够引起读者的注意,所以在人头的选择上就特别注重那些人气指数比较高的,读者比较认可的作家。像第1辑的王蒙、苏童、格非、叶兆言、刘恒、贾平凹、迟莉、方方、陈染、余华、刘震云、陈村等12个人,就是比较符合这样的标准的。所以出版的时候,不能不引起注目。在那个所谓纯文学正处于低谷的年代,这12本书,首印能够达到6000册以上,像苏童的《红粉》,1992年8—9两个月甚至就印到了15000册,其他像迟莉的《太阳出世》,陈染的《嘴唇里的阳光》,刘恒的《白涡》,首印都是10000册。这在当年是很少见的。所以在1993年初北京、武汉两地的"跨世纪文丛"的出版座谈会上,参加会议的那些知名人士,对这套丛书都表示赞赏。当年在武汉参加这个会议的有曾卓、刘富道、王先霈、陈美兰等,北京的会议,有陈荒煤、冯牧、王蒙、徐怀中、李国文、许觉民、谢冕等。他们都对这套丛书表示赞许,甚至有称之为"壮举"的。

问:这些参加座谈会的人,都是您请的吗?

---

① 指《为历史留下当代人创造的文学财富——"跨世纪文丛"始末》,《长江丛刊》2012年7月。
② 口述人:《"跨世纪文丛"缘起》,见每本书的卷首。

答：武汉的会不是我请的，北京的会倒是我请的。有的还是我和出版社的两位老总一起上门请的，像陈荒煤就是这样。他本来那一天还有别的会，也欣然应承来了；不仅来了，还发言了，对这套丛书表示赞赏。王蒙也来了。王蒙我还请他当了丛书的顾问，并且说动他将《坚硬的稀粥》也加入到第1辑中来。

因为第1辑打响了，所以到第2辑的时候，不少作家都想进来了，原定14人，后来由于人头过多，减到了10人，其他4人挪到了第3辑。当时出这类丛书，能够到这个地步，是很少见的，也是出乎我意料的。

第1辑和第2辑，还是初试锋芒的阶段。从各方面的反响来看，显然已经得到社会认可了。一个是对丛书的基本价值取向的认可，在这方面，主流媒体对它都给予了一致的肯定。另一个是对它的市场走向的认可，也就是说纯文学完全能够为图书市场所接纳，实现纯文学向图书市场的"挺进"。所以，后来几辑，也就是第3、4、5这几辑也都搞得比较顺利。当然中间也有一段时间……

问：中间停了一段时间，是吧？

答：没有。不算是停，只是中间有个间隔，不是每年都出。第1、2辑挺吸引人的，印数也不错。但往后的几辑不一定都如此，总是有点起伏，出版社自然也有过犹豫。特别是出到第5辑的时候，有过一个选择的困惑。这怎么讲呢？是这样的："跨世纪文丛"这个"品牌"已经打出来了，而且已经成了长江文艺出版社90年代的三大"品牌"图书之一。出版社的态度是积极的，要继续出，但怎么出？是像以前五辑那样按部就班地搞，把还没有加盟进来的当今的精锐或比较精锐的作家继续收编进来呢，还是另有新招？考虑结果觉得另出新招可能有点风险，还是顺着先前开辟的路子走下去。因此，在世纪末也就是1999年的时候，编辑出版了第6辑8本；新世纪开始，也就是2001年的时候又编辑出版了第7辑7本。这样，"跨世纪文丛"总算是实现了"跨世纪"的目标，它在近十年，也就是1992年到2001年的时间里，推出了66个当代中国作家的67本书，按照每本书25—26万算，总字数达到了1700万字。加盟的作家包括老中青三代人，主要是当年的中青年作家，而且包容了多种风格流派。这确实是一个浩大的出版工程，也是我一开始的时候没有想到的。

问：在这中间,还有哪些比较特别的记忆?

答：特别的记忆?我就说一件事吧。当这套丛书第1辑出版很快打开局面之后,不少作家都想加盟。他们甚至把加盟"跨世纪文丛"作为表明自己身份的一种标志。张抗抗当年说的一段话也许是有点代表性的,她说:"我已经出版过多种小说集。但自从得知'跨世纪文丛'横空出世,便在心里认为:自己若不跨入'跨世纪文丛',一定是跨入那个新世纪的莫大遗憾。……由于'跨世纪文丛'收入了几乎所有我喜欢的当代作家的中短篇小说。……更由于'跨世纪文丛'在如今商业气息甚嚣尘上的流俗文化中坚守了至今痴心不改、初衷不改的纯文学品格。"①越是在这样的情况下,就越是要注意丛书的质量和品位,在这个问题上,我跟出版社的意见是一致的,所以就不能不有所割爱。我记得有一位河南籍作家,他几次给我写信、打电话,希望能够加盟"跨世纪文丛",但最终还是未能实现,搞得对方很不愉快,甚至说了"我一辈子都不想加入了"这样的气话!

问：这套丛书,有些作家应该加入而没有加入,遗憾吗?

答：当然。不过,话说回来,应该加入的作家太多了。中国作家这么多,能够进入"跨世纪文丛"的,你再搞个5辑、10辑都不算多。

问：丛书一共出了7辑,选了66位作家,为什么苏童出了两次?

答：这恐怕跟苏童是彭想林同学有点关系。另外,当时苏童确实很有号召力,在第1辑12本书中,他的那本《红粉》印数是最多的。

问：丛书最后终止,是市场的原因,还是合作不愉快的原因?

答：不是合作不愉快,合作始终是比较融洽的。主要是市场的原因。就说最后一辑吧,也就是第7辑的印数,虽然公开的报道说:首印"已销售一空,出版社正在紧张加印,以满足读者对这套书的需求"②等等。实际情况,据版权页所示,每本书的首印数只有6000册,与高潮时期的首印数每本书10000册相比,是有所倒退的。这说明,读者的需求数并不总是与时俱进的,很可能还会是倒退的,除非是那些久经磨砺的经典图书。另

---

① 口述人:语出张抗抗:《越海之舟》,《中国图书商报》1998年2月6日。
② 口述人:语出一篇题为《"跨世纪文丛"拓展市场步步为营》的专题报道,见《中华读书报》2001年11月28日第1版。

外,实际上,在"跨世纪文丛"推出第1辑收到一片赞誉声的同时,就有一种很明智的意见:"要有严格的标准,要适可而止,不可能无限期地把文丛发展下去。"①什么事情都有一个"度",图书的编辑出版也是这样。"跨世纪文丛"已经跨越了世纪——从20世纪到了21世纪,应该说已经完成了它的历史使命,是到该退出市场的时候了!我这里还可以举"布老虎丛书"为例,它当年也被誉为90年代"最成功的文学丛书",是"品牌产品",甚至比"跨世纪文丛"更为红火②,但在新世纪后不久,也照样退出了市场。

问:您主编67本书,报酬总共是多少?

答:应该是有过统计的。最早是1991—1992年彭想林付给我5200元,其中有启动费。这在前面已经说过了。1993年,包括1993年以后的进账情况没有找到。第4辑以后,就是由出版社付酬了。我有一个总的估算,彭想林加上出版社的,合起来大概有两三万块钱。

问:您对这个报酬,没有意见吗?

答:没有什么意见。反正都没有订书面合同,他们给多少,我就收多少。我从不斤斤计较。这也不是什么"大度""清高",不过是不好意思开口罢了!

采编人杂记:

关于"跨世纪文丛"

即使陈老师一生什么也没有干,仅仅是主编了"跨世纪文丛",也足以名垂文学史册。我这么夸老师,是有根据的——陈思和教授说:"我可以毫不夸张地说,'跨世纪文丛'的出版,挽回了纯文学当时遭遇的颓势。

---

① 口述人:语出王蒙在北京"跨世纪文丛"出版座谈会上的讲话,见《当代作家》1993年第2期。
② 口述人:语出张燕玲。她其时供职于《南方文坛》,1997年9月我应约与她有过一个关于"跨世纪文丛"的对话,在对话中她谈到了"布老虎丛书"。见《为新时期文学历史作证》,《南方文坛》1997年第6期。

第1辑12本作品集,有王蒙的争议作品,贾平凹的乡土文学,有陈染的女性主义文学,有余华、格非的先锋文学,有方方、池莉的新写实,有苏童、叶兆言的从先锋转写实,还有刘震云、刘恒的当时最有实力的书写民间。可以说,都是一时之选,囊括了当代最有影响力的文学创作,使1990年代的文学创作获得了一次整体性的社会确认。"①孟繁华教授说,这个文丛"几乎聚集了当代文坛所有的名角,以集团的方式与其他门类的文学公开角逐市场。它的成功,从一个方面挽回了市场经济条件下文学家被逐出市场之外的尊严,也从一个方面使严肃文学重新找到了自己的'身份感'。因此,陈骏涛很可能是启动严肃文学走向市场的第一位批评家,在这个意义上,他功不可没。"②加拿大的梁丽芳教授说:"这个计划,把重要的作家作品都做了一个定位,对中国当代文学的研究贡献很大。生活在海外的人,对于国内变化迅速的作家和作品,真是目不暇接,怎样追踪都无法跟上,这套丛书具有坐标性的作用。"③於可训教授说:这个文丛在十年里所积累的1700万字的文学作品"为这20年间的文学活动留下了一份实录。凭这点历史实录的资格,这套文丛在未来的文学史家和读者的心目中,就可以当之无愧地跨入'不朽'者的行列。我所说的这种'不朽',是指这套文丛对沉淀文学史的经典所起的特殊作用"④。

  陈老师主编"跨世纪文丛",有偶然因素,即认识了书商彭想林;更有必然因素,那就是市场经济大潮冲溃了80年代的理想国圩堤,忠实于文学理想的人们不得不找出自己的对应之策。书商找到陈老师,算是找对人了:他是知名的评论家,在作家中有广泛人缘、有号召力、有鉴别力,还有编书的经验。

  当年"跨世纪文丛"红火到什么程度?我也可以提供一个小小旁证:有实力不凡的作家,知道我是陈老师的学生,就找到我,希望我推荐其加入"跨世纪文丛"。结果是不成。不成的原因,是想要加入这套文丛的人

---

① 陈思和:《人文知识分子的一种境界》,《这一片人文风景》序二,第7页。
② 孟繁华:《悲壮而苍凉的选择——陈骏涛的文学批评与批评家的宿命》,《当代作家评论》1997年第4期。
③ 梁丽芳:《古道热肠一学者》,《这一片人文风景》,第339页。
④ 於可训:《沉淀经典》,《中国新闻出版报》,1998年1月16日。

太多。

以挑剔的眼光看,"跨世纪文丛"所收的作家作品中,也不是没有南郭先生的滥竽。当年选择的标准,不单是文学的品位质量,还有书商和出版社对其市场号召力的评估。妥协的结果,总难尽如人意。另一方面,"跨世纪文丛"的双重考量,当然会有遗珠之憾。如果这套文丛能够一直出版下去,这个问题或许能够解决。只可惜,它没有一直出版下去。中国事每每如此,遗憾!

尴尬:《在传统和现代之间》

问:您的第二本论文集《在传统和现代之间》由漓江出版社出版,出这个集子的机缘是什么?

答:机缘?这个跟搞"跨世纪文丛"是有关联的。在这个过程当中,彭想林曾经问过我,我也曾经跟他说过出书这个想法。我想,他是出版商,帮我出一本书总还是可以的吧?

问:这个愿望是指他来给您出书,还是他来联络出版社?

答:你听我说。当时实际上已经有出版社,就是漓江出版社,具体的人叫陈肖人,表示可以出我的书,因为我也给他们做过事。但是说老实话,这种书是没有市场的,肯定是赔钱的买卖。所以,不管是彭想林,还是陈肖人,都迟迟没有行动。后来我把漓江出版社这条线跟彭想林说了,他就直接跟漓江出版社联系上了。他们商谈的结果是漓江出版社给书号,彭想林负责做书。事情就是这么定下来的。

问:书号是免费给的吗?

答:我想是吧,因为我确实替漓江出版社做过事,作为一种回报,也是应当的。这件事,你也应当是记得的,因为你也参与过,就是那套流产的"中外文学家成名作丛书"。[①] 彭想林把我的这部书稿拿走以后,书倒是印出了,但却做得很不像样,我说是"做得最扯淡的一本书",一点都不夸大。错讹之多、纸张和印装质量之差,都是很少见的,连个责任编辑都没有。漓江出版社的陈肖人看到这本书以后,也感叹地说:"可惜呀,可惜

[①] 口述人:80年代后半期,我应邀为漓江出版社主编了一套"中外文学家成名作丛书",我约了几位年轻朋友(李兆忠、张晓丹、陈墨、温子健、徐学清、于慈江)参与此项工作。第1辑5本编出了,有120余万字,书目和征订广告也发了,却由于征订数不足,出版社变卦而告吹。

了书号!"说印了1000册,但这1000册到底流到哪儿了,只有天知道,因为书店不见书,图书馆也不见影。

问:这1000册是通过哪个渠道发行的也没告诉您,是吧?

答:肯定是第二渠道。

问:二渠道就不太会经过正经书店了。给您样书多少?

答:没给多少。大概几十本吧,忘记了。

问:有稿费吗?

答:没有稿费,我原先也并不指望有稿费。

问:请您介绍一下集子当中55篇文章,特别是有故事的文章?

答:这个集子出来以后,因为我很不满意,所以就并不怎么看重它。而且说老实话,选目本身,也存在一些问题,我自己也不太满意。

问:不满意的地方是什么?

答:选得比较匆忙。比起第一本书来,质量有所下降,比较有分量的文章不多。像《新美学——历史批评综说》这样的文章还是可以的,但是一般化的文章,特别是具体作家、作品评论的文章比较多。对这本书,除了你写的《序》说了一些话以外,也没见到有人评说过,关注的人很少。如果不是我送出样书的话,人家几乎就不知道还有这样一本书。当然,这可能也是这类书出版以后的常态:犹如过眼烟云,过不了多久,它就烟消云散的。不过,它毕竟是我五六年的劳作成果,作为我继《文学观念与艺术魅力》之后探索的脚印吧,留下一个纪念就是。

问:1993年10月,您获得国务院颁发的为社会科学事业做出突出贡献者的特殊政府津贴,那是个什么缘由?

答:特殊津贴?这是国家对各个战线有突出贡献的知识分子、专家学者实行的一项奖励政策吧,好像是从1992年开始的。

问:1992年开始,1993年您是第二届,是吧?

答:我是第二届。1992年那一届大概被评出的人很少,1993年的这一届人要多些。这不是自己申请的,是上面按有关规定公布的,并且发了正式的证书。

问:当年的津贴是打到工资里面,还是另发钱?

答:打到工资里面,从来都是打到工资里面。我现在每个月的工资条上还有。

问:特殊津贴是否涨过?

答:涨过。我记得好像就涨过一次。现在每月是600元,一开始每月100元,延续了好多年。①

问:当时是否有竞争?您不了解是吗?

答:不知道。我也没有去竞争。让填表、报材料,我就按规矩做了。这是个荣誉。后来人数就很少了,像文学所,一年大概也就能评上一个两个的。

问:1994年5月,您回福建参加散文家郭风创作研讨会,您有一篇散文《返乡散记》,对这次活动有什么特别的记忆吗?

答:郭风我跟他交往比较早。在老作家当中,跟郭风交往仅次于秦牧、许觉民、董易这些人。郭风是福建人,他的家在福州市黄巷,我去过的。跟郭风的交往,除了由于他是福建人以外,主要是因为他为人很朴实、地道、和蔼可亲,属于"善人"一类。像许觉民、秦牧、董易等,也都是这样的人。在福建文学界,郭风的口碑很好,很有威望。

问:郭风是福建省作家协会主席吧?

答:先是主席,后来是名誉主席,著名散文家。那一年他已经76岁,在文学园地里耕耘了几十年,所以福建省要开这么一个他的作品研讨会,是理所当然的。福建省作协把我们几个闽籍评论家,像谢冕呀,张炯呀,孙绍振呀,都招回去了。80年代的时候,我跟郭风就曾经有过一个关于现实主义和多样化问题的文学通信。

问:是公开的发表的通信,还是私人通信?

答:公开发表的,在《文学评论》上。郭风虽然是作家,平常不写什么理论评论文章,但他对文坛挺关心的,我跟他有过一些书信往返。当时文坛上正在就现实主义和多样化问题展开讨论,《文学评论》在1982年第5期发表了一篇上海青年评论家邹平写的《现实主义精神和多样的创作方法》的文章,郭风对这篇文章挺感兴趣的,向我提出了一些问题。我的这

---

① 口述人:经查,100元的政府特殊津贴从1993年一直延续到2008年,从2009年才开始调整到600元。

篇文学通讯就是为此而发的,题目是《关于创作方法多样化问题的思考——致郭风同志》。① 郭风的会是在石狮开的,我从厦门转到石狮,会开完以后,经莆田回老家福州。莆田是郭风老家。也就是那次莆田之行,我才真正搞清楚我的出生地就是莆田。过去我填履历表的时候,都是填:祖籍福州,生于兴化。但是兴化后来实际上已一分为二:仙游和莆田,那么我的出生地究竟是仙游还是莆田? 郭风告诉我:靠海的是莆田。他这么一点拨,我便豁然开朗了,确定了我的出生地就是莆田。这是我这次莆田之行的一大收获:我找到了我的出生地,我的根。

问:这个会还有别的记忆吗?

答:还有一件事似乎应该特别提一下,就是这次福建之行我写了一篇比较长的散文——《返乡散记》②,这是我第一次,也是唯一的一次写故乡的散文,写的时候很用心,也很动情。

采编人杂记:

一、关于"尴尬"

《在传统和现代之间》是陈老师的第二本评论集。文人出书,是一件值得高兴的事,谈这段往事时之所以要取"尴尬"为题,是因为这本书生不逢时,命运尴尬。首先是它比"预产期"推迟了好几年:早在 1989 年 3 月,刘再复老师就为它写了序,《新时期文学的热烈辩护者——陈骏涛〈面对多元的文学时代〉序》,但序写好了,但书却出不来。等到能够出书时,"由于可以理解的原因",刘再复的序却不能刊载。其次,细心的读者肯定注意到,原先的书名,是《面对多元的时代》,那是一个兴致勃勃、信心满满的题目;而出书时改为《在传统与现代之间》,兴致和信心明显打了折扣。再次,这本书只印了 1000 册,那倒也罢了;尴尬的是,在市场上根本就见不到这本书。书到哪里去了? 谁也不知道。

---

① 口述人:《关于创作方法多样化问题的思考》,首发于《文学评论》1982 年第 6 期,收入《文学观念与艺术魅力》,海峡文艺出版社,1986 年 6 月。

② 口述人:《返乡散记》,首发于《厦门文学》1994 年 11 月号,收入《这一片人文风景》。

还有,这本书出版时,陈老师让我作序——这是出于陈老师甘当人梯,破除陈规,提携青年的一贯作风——我当时年轻不懂事,还不懂得去深思书名中的"传统"究竟是什么传统,"现代"又是什么现代;不懂得陈老师所说"文化活动的创新……它总是这样那样地与传统保持着千丝万缕的联系,它不能不受到传统的制约"(陈骏涛:《〈在传统和现代之间〉后记》);更不懂得老师当时的心境是怎样的苦涩和苍凉。我的序言题目是《他拥有一片开阔地》,那是我不假思索的产物,我当时还不懂,任何一片"开阔地"都要拓荒与挣扎,不会凭空飞来。

二、关于"局限"

陈老师还有更深的尴尬,那就是,意识到自己的局限,希望超越这种局限,但却一时难以做到。即:"面对蓬勃发展的文艺形势,我觉得一个真正的文艺批评工作者,不应当只是破除旧的,而且要创造新的;不应当仅仅把批评当做武器和工具,而是应当把它当做一门科学、一种学问……应该开阔视野,更新知识结构,突破陈腐观念,实现自我超越。当然,要做这样的批评家是很难的,但一个真正有出息的批评家,就应该朝着这样的方向努力的。"(陈骏涛:《从一而终》)

陈老师正是朝着这个方向努力的。作为批评家,不仅要从思想解放升级为独立思考,而且要从独立思考升级为专业性的独立思考,要让文学评论真正成为一种专业性学科学问。和他的同时代人一样,他努力了,但一时难以做到。在不断繁荣发展的文学创作中,有时候,他的批评武器显得有些不够用。这就是他的局限,恐怕也是那一代人的局限。

以如今的后见之明,不难说出具体原因,一,新时期开始时,他们已经40岁了,作为专业领域的中坚力量,他们要完成自己的使命,不断阅读和评论文学新作,而没有多少时间读书学习、补充营养。即使能抽出时间学习新知,很多人也已经没有很好的精神消化能力了。二,精神消化能力的退化,不仅是因为人到中年,更主要的原因是"文革"前后十年以上的荒废:由于长时间不能补充新知,甚至不能运动心智,他们的精神消化系统必然地严重衰退。假如一个运动员三年不训练,其结果人人皆知;而一个文学研究工作者即脑力运动员,长达十几年不能正常训练,其结果同样可想而知吧?三,作为"文革"前毕业的"老大学生",这一代人的长处是受过系统的专业教育,这也是他们在新时期之初能够迅速成为专业中坚的原因。然而,这一代人所受的系统教育,局限也非常明显,多数人对古典传统和西方现代思潮所知有限;更严重的是,由于"权威主义人格"的影响,成了"读经文化"的又一批受害者,对经典深信不疑,影响了精神自主,影响了精神自我建构,甚至也影响到他们的精神消化能力:他们习惯于"吃偏食"。

三、关于"人梯"

面对自己的局限,每个人都有自己的选择。陈老师的选择是:自己不断努力,同时甘当人梯,扶植提携年轻的一代。如陈思和所说:"这一代人中最卓越者,在意识到自己可能遭遇的局限的同时,一种知识分子高贵的品行也油然而生,这就是他们毅然放弃了与年轻一代比长短的念头,转而甘为人梯,以极大的热情扶植和提携正需要前辈指导的年轻一代,用他们这一代人曾经拥有的经验教训和工作条件,来为年轻人摇旗呐喊,创造条件。"①陈老师正是这样的人。

著名作家徐怀中指出:"陈骏涛不遗余力提携后进,为批评队伍人才的储备与发掘上做出了突出贡献。上个世纪80年代中期开始,他就对当时一些刚刚崭露头角的青年批评家投以青睐,给予极大的关注,并不惜投以时间和精力,在《中国青年报》开辟《青年批评家》专栏,连续撰文介绍了周政保、黄子平、陈思和、许子东、南帆、朱向前、陈晋、王绯、王光明等批评新锐。不仅如此,他还对这些年轻人跟踪研究,对他们的写作方法进行及时的概括与总结。譬如针对陈思和、黄子平、朱向前等'第五代批评家'的批评实践,他先后提出了'文化眼光'与'战斗激情'、'宏观研究'和'纵深的历史感'、'鉴赏审美式批评'等判断与定位,对青年批评家的

---

① 陈思和:《人文知识分子的一种境界》,《这一片人文风景》序二,第5页。

发展成长大有助益。"①

多年来,陈老师以《文学评论》编辑、前辈评论家、中国社科院研究生院文学系教授的身份,帮助、提携和教导过的青年作家、评论家、学者,那是一份超长的名单,也有说不完的感人故事。在我的记忆里,陈老师从来都是"青年师友",以此方式为新时期中国文坛所做出的贡献,同样不可磨灭。

---

① 徐怀中:《记忆中的"风景"》,《这一片人文风景》序一,第2页。

主编"红辣椒女性文丛"

问：1995年，您开始主编"红辣椒女性文丛"，在《光明日报》上发表了《女性文学刍议》，是您关注女性文学的第一篇文章？

答：《女性文学刍议》实际上是为"红辣椒女性文丛"所写的一篇序言，我把它稍微改装了一下，发表于《光明日报》4月11日，以为"红辣椒女性文丛"壮门面，做宣传。

问：当时您编过了"红辣椒女性文丛"第1辑吗？

答：稿子集齐了。要准备出版，得写一篇序言。怎么办呢？这个事情只能我自己来做，不能找枪手。为写这篇序言，当时我就找来一些书来看，因为在这之前我没有关于性别问题的理论准备。比如说刘思谦那本书[①]，她送给我以后，我就没有好好看过，因为要写这篇序言了，才把它好好看了一遍。还有孟悦的那本书[②]，也是这样的。看了以后，觉得两本同样是研究中国女性文学的书，观点却并不一致。孟悦、戴锦华是以西方女权主义—女性主义的理论为坐标的，是从那样一种视角来观察中国女性文学现象和性别现象的，而刘思谦则是依据中国女性文学的发展实际来梳理的，既吸收西方女性主义理论的内核，又结合中国女性文学的发展实际。刘思谦的论述显然更容易被我接受，因此我那篇序言更多地是借鉴了刘思谦的观点，我自己实际上没有多少创造性的观点。

问：编"红辣椒女性文丛"，背景是什么？

[①] 口述人：指刘思谦：《"娜拉"言说——中国现代女作家心路纪程》，上海文艺出版社，1993年12月。

[②] 口述人：指孟悦、戴锦华：《浮出历史地表——现代妇女文学研究》，河南人民出版社，1989年7月。

答：背景？要谈背景，应该从两个方面来谈。一个是大背景，就是1995年在北京要开一个有关妇女的会——联合国第四次世界妇女大会，因此有关女性，特别是女性文学的书，正成为各个出版社争相出版的热门书，所以才有四川人民出版社不远千里从成都到北京来组稿的事。第二就是小背景，为什么不是找别人，而是找我来当这个主编呢？这就跟那套"跨世纪文丛"有关了。那几年，"跨世纪文丛"在图书市场上不是挺走俏吗？在出版界、学术界、文学界都有一点影响。代表四川人民出版社来找我的实际上是徐晓琳，她是四川蓉城书局的经理，跟武汉作家书屋的经理彭想林一样，也是一位书商。蓉城书局当年挂牌成立了一个"红辣椒创作中心"，策划人是徐晓琳和倪培耕，而倪培耕不仅是中国社科院外国文学研究所的人，当时还是住在我对过的老邻居。就是通过这样一层关系，他们找了我。

说实话，开始的时候我十分犹豫，因为那时候"跨世纪文丛"才出到第3辑，还要接着往下编，我觉得我没有那么多的时间和精力同时搞两套书。我说我可以帮忙，替你们出出主意，介绍几位作家，等等。但他们执意要我出马，而且认同我提出的编辑思想，决定放弃先前想搞拼盘式的多人合集的想法，而认同了我提出的一人一集，保持入选作家一个较完整的创作面貌等等。这样，我就找了几位年轻朋友帮忙，勉力上阵了。

问：第1辑您是策划、约稿人、主编、序作者，不是只挂个名？

答：绝对不是挂名。我从来不做挂名主编，总是身体力行。从来如此。话说回来，如果当年不是他们力推我上马的话，我这一生恐怕未必能迈进女性文学这道门槛的。所以今天回过头想想，我还真应该感谢徐晓琳和倪培耕，感谢四川人民出版社，感谢这套书的责任编辑徐英！

问：倪培耕老师是这套书的策划人吗？

答：是的，与徐晓琳并列的策划人。

问：第1辑的选题、约稿，顺利吗？您和出版人有没有矛盾？

答：没有矛盾，基本上是我说了算。他们刚开始想搞得大一点，我说先搞小一点。

问："大一点"是什么意思？

答：大一点，就是每一辑的人头多一点。是我主张不要搞大的。我说,不要搞得太大,《跨世纪文丛》已经够大的了,我没有精力再搞一个大的,先搞个小一点的。

问:第1辑是6种还是几种?

答:是5本。每人1本。作者分别是张抗抗、方方、蒋子丹、唐敏、斯妤等5个。小32开本,每本15—16万字不等,1995年6月出版的。

问:作者跟"跨世纪文丛"重了怎么办?有重的吗?

答:有重的。但"跨世纪文丛"是小说集,中短篇小说集;而"红辣椒女性文丛"是散文集,作品不可能有重。第1辑5本是散文,第2辑4本也是散文,作者分别是范小青、毕淑敏、池莉、王英琦,1996年12月出版的。后来出版社又搞了两辑:一辑是小说,是铁凝、方方、陈染、蒋子丹、斯妤五位女作家的"小说精粹",1998年9月出版的;另外一辑还是散文——"海外辑",是海外女作家於丽华、陈若曦、喻丽清、吴玲瑶的散文选,2000年8月出版的。这样,"红辣椒文丛"总共是4辑,起于1995年,止于2000年,也是一个"跨世纪",无形中与"跨世纪文丛"形成了一种呼应关系,尽管"红辣椒文丛"真正属于我主编的只有前两辑。

问:《女性文学刍议》,您刚才说是参考了刘思谦、孟悦的一些理论框架。您编完了这一套丛书之后,一定也有自己的很多认识和体验吧?

答:那当然了。慢慢地就进入那个境界了,虽然远不如那些女性文学、女性主义的专家们。我不是有过一篇文章,叫《生命的再造与张扬》[①]吗?这篇文章就谈了我从1995年迈进女性文学这个门槛之后,近十年里的心得和体会,观念上的一些变化。我至少学会了换位思考,也就是也站在女同胞的立场上去思考一些问题,就不会视女权主义或女性主义为洪水猛兽了。确实需要有这么一种对男权中心主义次序的冲击,才能从根本上摆正男女之间的关系,进一步发挥女性在这个世界上的作用。

问:这个丛书的发行情况怎么样,您了解吗?

答:发行情况总的来看还是不错的。我能看到的是第一版的印数,每本都是5000册。如果加上重印的,我想大概每本可以到1万或者1万多

[①] 《生命的再造与张扬——我与女性文学》,是陈骏涛先生在第七届中国当代女性文学学术讨论会(2005,河南开封—洛阳)上的发言,刊载于《百花洲》2006年第1期。

册吧。不可能比这个数字再高了,因为当时出这类书的出版社太多了,四川人民出版社不可能竞争得过其他出版社,比如说河北教育出版社。

问:河北教育出版社,跟您没关系吧?

答:跟我没关系。那是王蒙主编的一套书,叫"红罂粟丛书",浩浩荡荡的,好像有20本。比起"红罂粟丛书",四川人民出版社的这一套丛书,就是小制作了。

问:您跟四川人民出版社及出版人的合同,是什么情况?

答:不是很正规,同样没有签正式的合同。

问:没有形式上的合同,只有口头上的约定?

答:对,口头约定。根据书的出版情况,酌情付酬。

问:您先期要做很多工作,策划、约稿、编辑,不预付费吗?

答:没有预付。到后来当然是给报酬了。彼此都很信任,没有讨价还价。我和他们之间的交往,是朋友之间交往,或者说是长辈与晚辈的交往,而不是生意人之间的交往。

问:但对方是一个书商,不是吗?

答:是一个书商。

问:书商就是一个生意人啊!

答:但是我还是一个文人。

问:您是做一个事情。

答:对,确实是做一个事情,或者说得好听一点,是当做一个有意义的事情——事业来做。

问:90年代中期,商业意识还没有那么强?对吧?

答:对。我过去搞的那些事,包括给漓江出版社搞的那套小丛书,都是这样,没有商业意识,吃亏也就吃了。

问:"红辣椒文丛"的主编费是多少?有记录吗?

答:有倒是有,但找起来太费劲了。

[后一次采访补充]"红辣椒女性文丛",我找到了主编报酬的记录。1997年付给我4440元,究竟是怎么核算的,就记不清了。恐怕也就是这么多,不可能比这再多了。

问:1995年夏天,天津"中外女性文学国际学术研讨会",您跟张抗抗、方方几位女作家一起去参加,并且在天津和北京做了"红辣椒女性文丛"的签名售书活动?

答:是的。这是我生平参加的第一次女性文学会议。过去没有参加过这么大规模的女性文学会。那时候不是要在北京开第四次世界妇女大会吗?据说天津这个会,是第四次世界妇女大会的会前会,是一种非政府性质的学术会议。说是非政府性质,但由天津社科院来主办,实际上也就带点政府性质。这个会议,参加的人数比较多,据统计有170多人,其中包括国外的一二十人。我怎么会去参加这个会呢?当时"红辣椒女性文丛"第1辑正好出版了,算是恰逢其时吧,再加上第1辑的几位女作家在当年都是比较出众的,所以尽管这不是妇女大会之前出版的第一套女性文学丛书,但还是相当引人注目的。天津社科院文学研究所有一个叫盛英的,她也是复旦大学毕业的,算是我的师妹吧,比我晚几届,她知道我主编了这套书,就邀请我参加这个会,而且希望我能带女作家一起参加。我就带着这五个女作家和"丛书"的出版人徐晓琳,还有责任编辑徐英参加了这个会议。于是这五位女作家,就成了会上一道风景线。会议辟出一个专场,请这五位女作家亮相,谈自己的创作,自己的文学思想、女性观。在介绍这几个女作家的时候,盛英开了一个玩笑,说:陈骏涛是我的大师兄,他带着五位红色娘子军到会上来了。她要我先发言。我事先没有准备,就随便说了一通话。可能有的话说得不太得体吧,引来了盛英在会议结束时候一通指名道姓的批评!

问:您说了什么话,还记得吗?

答:不记得了。可能有的话说得不太得体吧。

问:还有签名售书活动是吧?在天津和北京,您参加了吗?

答:参加了。在天津的时候,就先搞了一场。好像是在会场辟出的一块什么地方搞的。来买书的人不少。

问:是在会议的区域内?不是到书店去?

答:就在会场,不是到书店去。签名售书,我也参加了。也有人来找我签名,我就签了,但我申明:我不是作家,只是主编。后来回到北京,在北京也搞了,那就是在一家书店了。

问:也是出版社带书来,五个作家全到场?

答:对。北京这一场签名售书活动,规模要比天津小一点。

问:1998年和2000年,"红辣椒"又有了第3、4辑,是个什么情况?

答:这个以前好像说过。我实际上就搞了前两辑,第1辑和第2辑。第3、4辑挂我主编,实际上都是出版社自己搞的,第3辑的"总序"还是戴锦华写。

问:第3、4辑挂您的名号,给您挂名费吗?

答:没有。我没有参加,怎么能要挂名费呢?我连想都没有想过。

问:主编过程中,对哪些作家、作品印象比较深的?

答:总的来说,印象都不错。印象比较深的,一个是方方。方方先是在"跨世纪文丛"第1辑,出了她的一本小说集,我写的"跋",这篇"跋"还在刊物上发表过。认识方方比较早,大概是在1990年去湖北参加她和池莉作品讨论会的时候,但对她的小说,却是从80年代初就注意到了。两个人的风格不太一样,迟莉的世俗味重一些,方方的文人气多一些。

这些女作家当中,像张抗抗、毕淑敏,也都是认识得比较早的。她们都是既加盟"跨世纪",又加盟"红辣椒"。还有斯妤、王英琦等人,也都是因此而结识的,但这些年都断了联系了。你们安徽的王英琦,是在她很不顺的时候找过我。

问:"红辣椒"里有她一本,是吧?

答:有她一本。因为主编这些书——包括"跨世纪"和"红辣椒",我认识了不少女作家。我的为人和对待她们以及她们作品的态度,应该是得到她们认可的。包括后来认识的上海的尹慧芬和杭州的顾艳,都是如此。包括铁凝,她如今是中国作协主席了,但我们之间认识也是很早的。十年以前,我搞那本《精神之旅》①的时候,还和朱育颖一齐到石家庄找过她,②她很热情也很认真地接待了我们。现在她当了作协主席,当然就不找她了,但有时开会的时候见到她,她对我一直是挺热情、挺尊重的。

---

① 口述人:《精神之旅——当代作家访谈录》,陈骏涛主编,广西师范大学出版社2004年12月出版,其中有一篇朱育颖执笔的《精神的田园——铁凝访谈》。

② 朱育颖是陈骏涛先生曾指导过的访问学者,现为安徽合肥学院中文系教授。

采编人杂记：

从青年师友到女性之友

世事都有因缘。陈老师主编"红辣椒女性文丛",最主要的原因,当是第四次世界妇女大会要在中国召开,中国人要展现自己的女性文化成果,运动式突击出书,"红罂粟"连着"红辣椒",一片火红。"红辣椒"请陈老师主编,当是因为陈老师主编的"跨世纪文丛",创造了"逆风起飞"的市场奇迹,有策划经验、主编眼光、业界人缘、市场号召力,"主编陈骏涛"已成为一种市场品牌。

主编"红辣椒女性文丛"造就了一个更大的因缘,即陈老师又拓展了一片新的研究领域,即中国女性文学研究领域——他自称"票友"——成为著名的女性之友。这不奇怪,陈老师的原始家庭就是一个"女儿国",自己的小家庭中女性成员也占四分之三;更重要的是,从"青年师友"到"女性之友",其中有其性格和人品的内在关联:他是一个温暖柔和的人。

是女性文学研究会议的常客

问:1996年10月,您到南京参加第二届中国当代女性文学学术研讨会,第一届您没参加,您是从第二届开始参加的?

答:对对,没错。因为开第一届女性文学会的时候,我还没有迈进女性文学这道门槛。中国当代文学研究会女性文学委员会,是中国当代文学研究会的一个专业分会。第一届会议大概是小规模的,就在北京开,在北京师范学院,现在叫首都师范大学开的。

问:那个时候您知道有女性文学讨论会吗?

答:我知道。但是那时候我还没有迈进这道门槛,还不知道其中的风景。谭湘参加了,一开始就参加了。女性文学委员会成立以后,先是张炯兼任女性文学委员会主任,后来张炯就逐渐脱身,让谭湘接手了。[①]

问:女性文学研讨会是每两年一次,还是一年一次?

答:据我查考,开头那几年,几乎是每年一次,后来,大概从第五届起,基本上是每两年一次,有时候还稍长一点。

问:您继续说您去南京的这一次。

答:我上次讲过,天津的那个女性会是我生平参加的第一次比较有规模的女性会议。而南京的这个会,应该说是第二次,但就它的专业性来说,又是第一次,也就是说,是我第一次参加的比较有规模的专业性女性文学会议。这个会的承办单位是江苏省社会科学院,具体操办这件事的是徐采石和金燕玉夫妇。我是带着日本的栗山千香子一起去的。栗山千

---

① 口述人:谭湘是80年代我收的女弟子之一,编审,历任花山文艺出版社、河北教育出版社副总编,从90年代中期起就兼任中国当代文学研究会女性文学委员会秘书长、副会长、会长。

香子的丈夫那时候是日本驻北京使馆的文化官员,栗山也跟着她丈夫来了,但她还是日本的在读博士生。她在北京居留期间,同时在我名下进修中国当代文学。那时候我住在东大桥路,她住建国门外,我们离得很近。

问:是到日本大使馆去上课?

答:不是。她住在建国门外的外交公寓,就在公寓里上课。我当时还找了两个人帮忙,一个是王绯,一个是黎湘萍,我们三个人轮流给她上课。南京的会她挺有兴趣的,我就带着她一起去了。

问:南京的会,有多大规模?

答:不是小会,中等规模吧,大约有上百人。那时候,女性文学方兴未艾,很多男士也来参会。在南京会议上,我有一个发言,主要是谈对当时女性写作中的一种所谓"私人化"倾向的看法。后来新闻媒体在报道时,把我推向了反对女性写作"私人化"的一方,于是我就把在会上的发言整成一篇文章,题目叫《女性写作的"私人化"与价值目标》,全面地、辩证地阐述了我对这个问题的看法,发表在当年的《作家报》上,有一点影响。

问:1997年冬天,您到厦门参加第三届中国当代女性文学学术研讨会,这个会您有什么记忆?

答:这个会的承办单位是厦门大学中文系,他们那时候还没有成立文学院,就叫中文系,具体负责筹备的是林丹娅,一个很能干也很有才情的女性,在女性文学领域,也是一个很强势的人,散文、小说——主要是散文——写得也很不错。我在南京会的时候认识了她。厦门会议应该说开得还是比较成功的。跟上次南京会议一样,这次会议我也没有准备论文,但也有一个发言。

问:其他参会的人,要求准备论文吗?

答:会议照例都要求准备论文,但并不那么严格。在厦门会议上,我参加了一个会外会,一个小范围的对话会。

问:就是《90年代的个人化写作》的对话?

答:对对,是关于"个人化写作"的对话。对话是当时主办方找了几个人,都是福建老乡,有王光明,当时他还在福建师大,有南帆,也就是张帆,现在是福建省文联主席,还有杨际岚,后来他一直担任《台港文学选刊》主编,再加上林丹娅,大概也就是五六个人,搞了一个对话。

问:就是这几个人开一个小会?

答:对对,我们都做了一些准备。后来他们把对话的稿子整理出来,交给与会人,自己修改、丰富了一下,在《作家》杂志发表了。①

问:在对话中,您印象比较深的观点是什么?

答:我的观点没有改变,具体说什么我忘了。我本来想找找《作家》杂志,但太费劲了,也就没找。

问:没关系。厦门会议还有哪些收获?

答:哦,何老师她也去了。她以前没去过福建,那是她第一次到福建。我那个小侄儿,他们两口子还特地从福州赶到厦门看望我们。他们事前也没有通知我们,那天就突然出现了,让我们很是意外和惊喜。会后何老师跟着我一齐回到福州,这是她第一次到婆家,可惜婆婆、公公都不在世了。

问:师母的路费,都是自己掏的吗?

答:当然,自己掏。厦门大学挺关照我的,就跟1985年那次"方法论讨论会"一样,这次也让我做了一次讲演,给了一点讲课费。

问:讲演的题目还记得吗?与女性文学有关系吗?

答:不记得了。不单单是女性文学,但包括女性文学,漫谈性质的。

问:1998年9月,第四届女性文学研讨会在北京和承德两地召开,您在这次会上还得了中国当代女性文学建设奖。获奖的原因是什么?

答:这个会是谭湘负责筹划的。谭湘做事情总是有些出新,当然这也不是她一个人的主意,是中国当代文学研究会与中国作家协会沟通以后所作出的一项决定,就是从1998年开始,设立两个奖项,奖励在女性文学创作和理论批评两个方面比较突出的人物,一个叫女性文学创作奖,一个叫女性文学建设奖。在会前就以中国作家协会和中国当代文学研究会的名义,给一些人士发了一份表格,推举人选,我也收到了这样一份表格。我就是这样被推举出来的,同时获建设奖的我记得有张炯、刘思谦、戴锦华、林丹娅、谭湘、荒林等人,我只是许多人中的一个。

虽然我事前并没有想过要得什么奖,但事后想想,我得这个奖,也是

---

① 《作家》杂志1998年5月号。

有点道理的。主要是在这之前我主编了"红辣椒女性文丛",另外那些年我也发了一些有关女性文学创作和理论批评方面的文章,多多少少都有一点影响。尽管它只是一张奖状,但也总还是留下的一个痕迹吧。

问:这也是第四届女性文学研讨会的一个成果。

答:对,是一个成果。当时谭湘在花山文艺出版社当副总编辑,她就利用出版社的优势,为这次评奖、这届研讨会出了《花雨——首届中国当代女性文学获奖作品精品卷》三大本①,总字数达130多万字,这在中国女性文学史上,无论如何是要写上一笔的。

问:这套书对出版社而言,经济效益可能不会太好,但社会效益会很好。

答:社会效益肯定是好的。当时铁凝看了都感到很惊讶嘛!

问:您在这次会上有个发言,是谈关于"女性写作悖论"的?

答:是谈女性写作悖论的,五个悖论,但在会上只是开了一个头,就谈了一个概要,并没有展开。后来荒林和谭湘都觉得这个题目很好,我们又在石家庄作了一次对话。

问:这个会在北京、承德开,您又去了石家庄?

答:哦,承德——不,就是到了石家庄,没错。在那里逗留了一天还是两天。后来谭湘就在那儿病了,大病了一场,她太劳累了。后来三个人的对话没有整理出来,而我的那五对悖论的文章却整理出来了,叫《关于女性写作悖论的话题》②。这算是我自己也比较的满意的一篇文章吧,就跟我本世纪初的那篇《百年中国文学悖论探议》③一样,理论和实际结合比较好,观点也比较辩证。这篇文章在《山花》发表以后,到本世纪初,2005年吧,还得了中国社科院离退休干部科研成果奖二等奖。

问:那是什么奖?

答:是中国社科院设立的离退休干部科研成果奖,2005年是第一届,

---

① 口述人:这三本书是:《花雨·飞天卷》《花雨·飞云卷》《花雨·飞鸟卷》,谭湘、荒林主编,花山文艺出版社2001年1月出版。
② 口述人:《关于女性写作悖论的话题》,首发《山花》1999年4月号,收入《从一而终——陈骏涛文学评论选1977—2011》。
③ 口述人:《百年中国文学悖论探议》,首发《当代作家评论》2001年第1期,收入《从一而终——陈骏涛文学评论选(1977—2011)》。

算是对离退休人员的一种鼓励吧。这篇论文,后来好几个地方都收进去了。比如,"人大复印资料",还有陈惠芬、马元曦主编的那套丛书①。

问:那个会还有别的插曲和记忆吗?

答:也是在这个会上认识了朱育颖,当时她还是安徽阜阳师范学院中文系副教授。朱育颖说,她与谭湘是朋友,并向我表达了想进京当访问学者的愿望。就这样,朱育颖也就成了我的一位女弟子。

问:这次会,还有什么要补充的吗?

答:这次会先在北京开,大概开了有两天吧,就转到了承德,下榻避暑山庄,这是个好地方,给我留下很深的印象。

问:接着说女性文学讨论会,后面还参加了多少次?

答:这么说吧,女性文学会到现在,一共开了十次。马上就要开第十一次了。这十次,我参加了八次,就是第一次和贵州的那次——大概是第五届——我没去。在男性学者当中,像我这样的,恐怕不会太多。

问:后面这几次会议,有什么印象比较深的?

答:比较重要的一次,是 2005 年在开封、洛阳两地开的,是第七届。这次会分别由开封师范学院和洛阳师范学院承办,分别在两地开。开封师院的刘思谦和谢玉娥以及洛阳师院的张凌江分别负责筹办。刘思谦是老将,考虑问题很周到,张凌江虽然年轻一些,但很强势、有魄力,所以这次会也开得不错,内容很充实。

这是我第一次去开封和洛阳,那次何老师也一齐去了。那次会上,我作了一个《生命的再造与张扬》②的发言,谈了我与女性文学的前前后后。

问:怎么会选这么一个题目来说呢?

答:是这样的。会前或者会中,刘思谦找我,希望我在会上作一个专题发言。我想了一下,就说,那我就说说我跟女性文学的关系吧,是怎么进来的,进来以后又有些什么感受之类。就这样,现身说法,讲了一下,自己觉得还是很投入的。

---

① 口述人:指陈惠芬、马元曦主编的《中国女性文学文化学科建设丛书》,2007 年 2 月广西师范大学出版社出版。

② 口述人:《生命的再造与张扬——我与女性文学》,首发《百花洲》2006 年第 1 期,收入《这一片人文风景》。

问:其他几次会还有记忆吗?

答:后来我就成了女性文学会议的"常客"了。不单是中国当代文学研究会女性文学委员会举办的女性文学会,还有其他方面组织的这类会议或活动,我也是"常客"。这"其他方面"主要指两个系统:一个是由荒林主持的"女性文学文化学术沙龙"以及由她主编的《中国女性主义》①丛刊;另一个是由王红旗主持的"中国女性文化研究基地"以及由她主编的《中国女性文化》②丛刊。我也是这两个丛刊的学术委员会委员,还在两个丛刊上发表过几篇文章。

问:还有什么补充的吗?

答:说一说在昆明开的那一届女性文学会吧。2009年11月,我正好到江西宜春参加国际作家写作营活动,跟昆明的第九届女性文学会衔接上了,我就从那儿到了昆明。这次我提交了一篇《沉潜中的行进》③的论文,这篇论文实际上是我参加第三届女性文学奖评奖的产物,那一次我几乎把参评的绝大部分女性文学理论批评方面的著作都过了一遍。

问:就是第三届评奖的参评著作,是吗?

答:对,是谈新世纪以来,特别是2003—2008年,女性文学理论批评的发展和演进,大概有1万多字。最后,还受会议的委托,作了一个《感言和期待》的小结。

还有,第十届女性文学会是2011年在厦门开的,那次会我也做了一些准备,也发言了。没有想到,我就止步于2011年,第十一届无论如何是去不了了。

总的来说,从1995年开始到现在,这十七八年时间,连我自己都没有想到,在我的晚年,还开辟了这样一块新领域。前些年,我曾做过一个统计,从90年代以来,在我发表的文章中,大概有三分之一左右是与性别问题有关的。在这块新领域里,虽然谈不上有什么建树,但也总还是有些心

---

① 口述人:《中国女性主义》,荒林主编,2006—2011年出版了12辑,广西师范大学出版社出版。
② 口述人:《中国女性文化》,王红旗主编,2000—2011年共出版了15辑,分别由北京中国文联出版社、首都师范大学出版社、社会科学文献出版社、现代出版社分别出版。
③ 口述人:《沉潜中的行进——2003—2008女性文学理论批评若干著作评说》,《南方文坛》2010年第1期,收入《从一而终——陈骏涛文学评论选(1977—2011)》。

得体会吧。所以上海文艺出版社答应为我出一本文学评论选的时候,有一种意见就认为我可以编一本关于性别问题的评论选集。如果从字数来说,当然也够了,但总觉得分量还不够,这方面有分量的文章毕竟少了些,大部分都还是一些即兴感言式的东西。如果有十篇以上有点分量的性别问题的文章,就可以考虑搞一本选集了。

问:评论张洁的文章,您不是还可以放进来吗?

答:评张洁?也就是一篇评她《沉重的翅膀》的文章,这篇文章在当年算是有点影响的,但还不是比较全面的作家论。无论如何是凑不成一本选集的。

[以下是后一次采访的补充]对了,我还参加过一次在香港开的女性文学会议,叫"性别与当代文学研讨会"。是我2001年12月初到广东嘉应大学讲学后,就从那儿去的香港,时间正好衔接上了。

问:香港这个会怎么回事?

答:香港这个会是由香港浸会大学和中文大学联合举办的,因为是第一次去香港参会,我就选择了一个人家谈的比较少的问题,做了比较认真的准备,在会上做了一个"中国(大陆)三代女批评家"的发言。或许是因为这个题目谈的人比较少,或许是由于我比较年长的缘故?总之大会安排我第一个发言。后来这个发言整理出来,简版发在吉林的《文艺争鸣》上,全版则发在福建的《东南学术》①上。

问:老一代从谁开始?比如说刘思谦老师,她算哪一代呢?

答:算老一代,我称第一代。

问:王绯她们算中生代?

答:算中年,我称第二代,荒林她们是第三代。

问:这是您第一次去香港吗?

答:是第一次,这之前没有去过。就在那一次见到了刘再复,那时候他正好在香港城市大学讲学,也巧了。

问:对香港的观感如何?

---

① 口述人:《当代中国(大陆)三代女学人评说》,发表于《文艺争鸣》2002年第5期;《当代中国(大陆)三代女批评家的笔记》,发表于《东南学术》2003年第1期。

答:我第一次去香港,当然觉得挺新鲜的。虽然那个城市比较局促,拥挤,商场的人也很多,在繁华地段交通挺拥挤的。但是它比较有秩序,就跟我到日本、加拿大那些国家一样,都比较有序。不像中国内地这样,这么无序,说明人家的文明程度确实比我们要高出一等。原来说还要去澳门的,他们有的人去了,但我没去。那天我大概有别的事,可能就是因为跟刘再复约会?所以我两次去香港都没去澳门,第二次去香港的时候,何老师倒是去了一下澳门。

问:这次会,还有什么要补充的吗?

答:应该说明的是,关于性别问题的会议和活动,我还参加过几次,那几次都不是由中国当代文学研究会女性文学委员会主办的。实际上,在中国大陆,关于女性文学、性别文学的研究和讨论,除了中国当代文学研究会女性文学委员会以外,还有一些别的分支,他们也组织过有关的会议和活动,也是有影响的。这些情况我就不能一一说了。

采编人杂记:

关于老年焦虑和"生命的再造"

从上述经历可以看出,陈老师说自己是女性文学研究的票友,那也是一个下海的票友:十年间,写了与女性文学相关的大小文章50篇,并参加了那么多次女性文学研讨会。我不懂这个专业,没有能力更无资格评说这些文章。我相信专家乔以钢教授所说:"陈骏涛先生作为当代文坛颇有影响的资深批评家为此所付出的辛劳、所做出的重要贡献,是这个领域的亲历者们有目共睹的。"[①]

陈老师写过《生命的再造与张扬——我与女性文学》一文,记述他从事女性文学研究的原因和过程,其中有一段让人动容:"我应该感谢女士们,感谢我的同代的和隔代的异性朋友,正是由于她们的催促、感召和启

[①] 乔以钢:《学人风范,长者胸怀——陈骏涛先生与女性文学研究》,《这一片人文风景》,第321页。

示,使我在进入耳顺年之后,才能得到一次生命的再造和张扬。"——从事女性文学研究,怎么竟成了"生命的再造"?这是陈老师生命史的一大关键,我想专门说一说。

1996年,陈老师年满60岁,按照规定要退休,此前很长一段时间,他处在退休焦虑或老年焦虑中。这样说,证据是他当年所写《步入老年》和《率性而为》两篇文章,两篇文章的主题是一样的,即如何面对退休问题?如何面对即将到来的老年?在《步入老年》中说:"从历史上来看,不知有多少文坛巨子,没有活到60岁就与世长辞了……想起这些,那么我们这些凡夫俗子能活到60岁退休,往后也许还有10年或20年的活头,已经是够幸运的了,又何必斤斤计较于是60岁退休还是65岁退休呢?"后面是四段排比,都以"想通了这一点"开头,看起来是想通了,但"尽管曾经是如此极力回避老年期的话题"及最后一句"那么,应该怎样走完这人生的最后一站呢"却泄露了天机:他一直在为此焦虑。《率性而为》,题目潇洒,却掩饰不住内心的焦虑和纠结,最后一句是:"何况你才刚刚步入老年呢,又何必整天价把'老'字挂在当头?还是'赶快做'吧,'老'字且暂搁一边!"——这是典型的自我传播,也即自己劝说自己——问题是:做什么?正在这时,与女性文学研究结缘,解决了他"做什么"的问题。不仅稀释了他的老年焦虑,还如老年贾宝玉走进大观园,重新焕发生命活力,难怪他把这样的结缘说成是"生命的再造与张扬"!

中国小说学会:缘起和活动

问:中国小说学会成立,您是副秘书长,这一学会的缘起是什么?

答:要讲中国小说学会的缘起呢,它确实跟我是有关系的。我有个老同学叫辛宪锡——他前些年已经去世了,他当年在天津师范学院,就是现在的天津师范大学,是中文系副教授,这个学会就是他牵头的。新时期以来,创立了不少民间文学学术团体,像中国当代文学研究会、中国当代文学学会——后来改名叫中国新文学学会,还有中国文艺理论学会,都是七八十年代之交或80年代初就成立的,我都参加了,还是这几个学会的理事。中国小说学会要稍后一点。大概在1983年底或1984年初吧,辛宪锡到北京找过我,说他跟天津师范学院的一些朋友商量,想发起搞一个小说方面的学术团体,他跟有关方面联系过了,有关方面说可以,但是这个团体的上级主管部门是中国社会科学院,需要从文学研究所请一个有名望的专家担任学会会长,他征询我的意见。我们商量的结果是唐弢是最适合的人选。因为我跟唐弢比较熟吧,他要我引见一下。我就带着他一起找了唐弢。唐弢开始很犹豫,说他身体一直不好,手边的工作也很多,还有一个很大的工程,就是要写《鲁迅全传》。说来说去,实际上就是推辞。我们就一直做他的工作,说具体工作不用他做,只要他肯出任这个会长,作一些原则性的指示就可以。后来他就勉强答应了。

1984年10月,小说学会在天津开了成立大会。唐弢没到会,他身体确实不好,有心脏病,他托我带了一封亲笔信,这封信的落款是1984年10月11日。天津的会是12日开的,这封信是成立会的前一天写的。这个事情,上海《文学报》当年10月18日第一版专门有个报道,说"中国小说学会经过一段时间的认真准备,于1984年10月12日在天津成立。全体代表一致推选巴金为名誉会长,唐弢为会长,并选出了第一届理事会理事及领导机构。学会秘书处设在天津,地址:马场道188号……"说明一下:马场道188号,当时可能是天津师范学院的校址。还选出了一些副会长,比如说上海华东师大的钱谷融,文学研究所的邓绍基,复旦大学的潘旭澜,《文艺报》的陈丹晨,陕西作协的王愚等,都是副会长,辛宪锡是副会长兼秘书长,我和复旦大学的陆士清是副秘书长。这个情况,我回北京以后曾经跟唐弢汇报过。唐弢夫人那个时候还专门为这个事情到过我在北京东大桥的家。

开始的时候,小说学会就搞过一些小型的学术活动,出过几期《会务通讯》。由于当时还处于草创期,受到条件限制和其他方面的原因,加上辛宪锡本人不久就调离天津,回无锡老家,到江南大学去教书,所以小说学会在开头那段时间,确实没有搞过什么有影响的活动,没有什么作为。

这就要说到王愚了。陕西作协的王愚——他也去世了,当时他是《小说评论》的主编,就接棒主持学会的常务工作,小说学会也迁移到了西安,隶属关系也变了,不是挂靠中国社科院,而是挂靠在陕西省作协。《小说评论》一度也成为由陕西省作协和中国小说学会联办的刊物。在这之前,王愚曾经为这个事情来北京找过我,让我跟他一起拜访了唐弢。唐弢没有什么意见,就说:我没有什么异议,你们去搞吧。他还是名义上的会长。

后来王愚身体也不好,他做不了这个常务副会长了,小说学会就又一次迁回天津。这个时候就是汤吉夫了,他是天津师大中文系教授,他就接棒主持学会的常务工作。1992年唐弢先生逝世以后,也是经过汤吉夫等几位天津热心人士的筹谋,天津师大校方和文学院的重视和支持,1993年在天津召开了中国小说学会第二届会员代表大会和学术讨论会,选举王蒙当第二任会长,汤吉夫是副会长兼秘书长。我也是在1993年被选为副会长的。严格地说,中国小说学会也是从1993年后才走上正轨的,这以前的近十年一直处于动荡之中。这个时候小说学会的隶属关系也变了,学会仍挂靠天津师范大学,上级主管部门则从中国社科院转到了中国作家协会,作为中国作家协会旗下的一个群众性学术团体。王蒙参加了在天津举行的第二届学会大会,后来又参加了在青岛举行的第三届学会大会。

这就到了新旧世纪之交,王蒙提出他不当会长了,让冯骥才接任。冯骥才接任后提出了一些新的创意,比如说搞"中国小说年度排行榜",还有三年一次的"中国小说大奖",包括海内外的。到这个时候,小说学会才进入到一个最有作为的时期,成为一个有影响的学术团体。这跟冯骥才的挂帅是分不开的,但主要的还是由于天津师大以汤吉夫为首的,包括卢翎在内一套秘书班子的工作。搞群众学术团体,办学术会议等等,都是要做出奉献的,要做许多琐碎的、吃力不讨好的工作,这我也深有体会。在轰轰烈烈、光鲜亮丽的后面,是多少人的无私奉献啊!①

现在,汤吉夫也有病,我、夏康达和汤吉夫都挂名名誉副会长,实际上不管事。现在的会长是雷达,是去年在吉林开会的时候推选出来的,这是第四任会长。雷达仍然是活跃在一线的文学评论家,但他不是爱做事的人。好在天津师大文学院很重视这个学会,具体的事,他们管着,那里有一个秘书班子。所以排行榜还照常搞,学会的活动也照常进行。

问:历年排行榜会和评奖会,这些活动您都参加了是吧?

答:对对,我基本上没有漏过,包括两年一次的学会年会。

问:从1985年一直到2013年吗?

答:对,基本上没漏过。就是有一次,大概是1997年在青岛的学术讨论会我因故没有参加,此外都参加了。三年一次的评奖,两年一次的学会年会,还有每年一次的排行榜会议。好在这些会都有一些单位,主要是高校愿意承办,这样也就为参会者提供了一个开阔视野、互相交流的机会,当然,还可以借此机会到全国各地游山玩水,走走看看。

问:小说学会的活动,您印象中比较深的有哪些?

答:应该说,初创阶段,辛宪锡是立了功的,如果没有他,学会这块牌子也不会在1984年就树起来。唐弢如果不支持,也不行。包括王愚,在学会比较困难的时候,他能接办,在西安坚持了几年。但是这个学会真正有作为,在社会上有点影响,确实还是在天津冯骥才接任会长以后。他提

---

① 口述人:关于中国小说学会成立经过及其发展历程,笔者曾写过两篇文章,一篇是给几位同人的公开信,另一篇是《唐弢与中国小说学会》,都曾先后发表过。

出的一些新的创意,使得小说学会有所作为,影响也不断扩大。这里面你要说搞得比较成功的年会,或者排行榜,我觉得首先是天津,后来是山东,因为山东也曾经承办过好几次。

问:搞了好几次什么?年会还是小说排行榜?

答:年会、排行榜都搞过。第一次颁奖大会,就是在山东青岛搞的。还有一年一度关于排行榜的书,前一阶段也是在山东文艺出版社出版的。

问:什么书?

答:排行榜的书。每年排行榜以后都要出书,出了有十几年了。从这些书里可以查到当年获奖的优秀小说,以及对它的点评。除了山东文艺出版社,后来就是21世纪出版社,是江西的,最近这几年都是由江西的21世纪出版社出版的,每年出一本。他们的编辑出版方针比较灵活,做少年儿童的书,也做点别的书,书出得都不错。前年还把中国小说学会历年排行榜做了一套汇编。我曾经问过他们,①这书有市场吗?他们说还可以。

问:三年一次的小说奖,评奖的经费从哪来的?

答:那也是筹集的,哪一个单位承办,就由哪一个单位筹集。比如在南昌的那一次,就是由陈公仲②筹集的,他很有办法,也非常热心,在江西拉了赞助。这是第二次评奖。现在该到第三次了,有可能会在武汉,因为女作家方方头几年就许下诺言了,说武汉方面愿意当一回东道主。

问:是什么奖?作家奖,还是作品奖?

答:作家奖,当然是连带作品的。获奖的人数不一定。比如第二次,就有四五个作家获奖,有方方,还有海外的严歌苓、张翎等。

问:这有奖金吗?

答:当然有奖金,有赞助方嘛。像我们这些人也就是去开会,造个声势。

问:评委有酬金吗?

答:有,象征性地发一点。

---

① 问过他们,当是指21世纪出版社的负责人。
② 陈公仲是南昌大学教授,中国小说学会副会长、名誉副会长。

中国小说学会:缘起和活动　325

问:排行榜的评委也有酬金?

答:有,很少一点的车马费。给一点是合理的,因为我们毕竟是付出了劳动。劳动的回报,合情合理,虽然是杯水车薪。

问:关于小说学会,还有什么要补充的吗?

答:中国小说学会排行榜的评选标准——历史内涵、人性深度、艺术魅力,这三条成为历年小说排行榜评选的基本依据,也就是标准,这跟我是有关系的,是我首先提出,或者说概括的。

问:这跟当年的美学—历史标准对应的?

答:对对,是相对应的。但光是"美学的和历史的",还是有点笼统,加一个"人性深度",就具体化了。特别是小说,它主要是写人的,就应该写人性。我在一次排行榜会议上提到过这三条标准,后来在2004年写的排行榜序言《兼容历史内涵、人性深度和艺术水准》中就以2004年的上榜小说为例,阐述了这三条标准的具体内涵。①

问:那基本上就成了排行榜的上榜标准?

答:对。在每一次排行榜的封面或扉页上都有这十二个字:历史深度、人性内涵、艺术水准。

问:2000年5月,中国小说学会第五届学术年会上,您作了《百年中国文学悖论探议》的发言,能不能说说这次年会和这次发言?

答:在浙江金华召开的那一次学会年会,在中国小说学会的历史上,是一次比较重要的会议。这是冯骥才接任会长以后的第一次会议,冯骥才自己也到会了,并且在会上提出了一套新的创意。

事前他们跟我打过招呼,让我在会上作个发言,我做了一些准备。最初是受到刘剑梅的一篇文章《世纪末华丽的空衣架》的触动,想就新文学运动以来一直到新时期文学当中的几个重要问题发表自己的一点意见。我概括了五个悖论,比较辩证地讨论这些问题。这也是对我自身批评观的一个更新。我过去的思维状态,深深地打上了阶级斗争年代的烙印,受一种非黑即白、非此即彼的绝对化思维的影响,喜欢把问题推向极端。而现在却倾向于辩证思维,在我看来,《关于女性写作悖论的话题》就是这

---

① 口述人:见中国小说学会《2004年中国小说排行榜》,作家出版社2005年10月。

样一篇运用辩证思维来讨论女性写作的文章。这篇文章写完以后不仅我自己比较满意,外界反映也不错。于是便有了"悖论"的第二篇,即《百年中国文学悖论探议》。先是在会上发言,后来在发言基础上,作了些扩充,写成了文章。我谈了百年中国文学的五对悖论:启蒙和救亡,负重和失重,个性和群体,传统和现代,全球化和本土化。这篇文章对我来说,是一篇比较重要的文章,也是当年外界反应比较好的文章,《当代作家评论》发表的①。后来,我就写不出这样的文章了。

问:怎么讲?年纪大了?

答:年纪大了是一个因素,最主要的是思维状态有点迟钝了。

问:您说这次会是比较重要的一次会,除了冯骥才到会,还有什么?

答:主要是这以后小说学会便进入到实践冯骥才创意的新阶段,如搞一年一度的小说排行榜,三年一次的中国小说奖等,小说学会进入到一个最有作为的时期。

问:包括评奖这些事?

答:当然。评奖不是目的,它只是一种手段,是激活人们积极性的一种手段。

问:2005年8月,您在《天津师大学报(社科版)》发表了《小说的希望——新世纪小说阅读札记》,这篇文章的写作背景是什么?

答:中国小说学会不是搞排行榜吗?每年都搞排行榜,每年都要出一本排行榜的书,每本书都要有一篇序言。2004年那一次,就轮到了我写序言。

问:不对吧?您写序言是2004年的《兼容历史内涵、人性深度和艺术水准》;这个是《小说的希望——新世纪小说阅读札记》。

答:哦,对对,是我记错了。那是专为《天津师大学报》写的一篇文章。那一年的天津排行榜会议中,夏康达向我约稿,要我给《天津师大学报》写文章,他在《天津师大学报》主持一个栏目,关于新世纪文学研究方面的。后来我就想,就近些年排行榜过程中我读到的当代作家小说,特别是一些新锐作家的小说写一篇文章,可能是有点意思的。这就是这篇文

---

① 口述人:《当代作家评论》2001年第1期。

章的由头。

问：《兼容历史内涵、人性深度和艺术水准》，是您 2004 年给小说学会排行榜写的序言？

答：对对。

问：每年写序，是会长、副会长轮流写吗？

答：轮流。

问：您当时是怎么考虑写这样一篇文章？

答：我就是想借这个机会，谈历史内涵、人性深度和艺术魅力的问题。

问：这个创意是您的，得到了小说排行榜的评委的公认，是吗？

答：不能说是"我的"，是我概括了大家的意见，提出了这三条，得到大家的认同。历次排行榜会上都要提到，当然提法稍有不同：历史内涵，有的叫历史深度；艺术魅力，有的叫艺术水准。但大同小异，差别不大。

问：2007 年 11 月，您从小说学会荣休，副会长改任荣誉副会长，这是小说学会的规定，70 岁以上都要退，是吧？

答：大体上是这样的，这是很正常的。这个时候，我已经 71 岁了，是我主动提出退的，大家也没有什么异议。在小说学会里，陈公仲比我早退一年或者两年，他是第一个，我是第二个。

问：您在第九次小说学会的年会上，您致《文学是人类灵魂的栖息地》的开幕词，这个题目是否有特别的内涵？

答：这次会是在广州开的。每一次开会都得有主持人，这次会轮到我当主持人，所以就得有一篇开会词，题目是我自己起的。

问：开幕词的内容，您现在还记得吗？

答：我本来想去找《开幕词》的，但没有找到。内容大体是说，从上个世纪末，就不断有文学，包括小说行将退出历史舞台的说法，在传媒时代，在互联网和商业文化的冲击下，文学，包括小说将逐渐走向衰亡。我不同意这种说法。我认为，文学的题材、体裁、形式等，可能会，也应该有所改变，但它自身是不会衰亡的。作为人类灵魂的栖息地，作为人类的精神赖以寄托的所在，它将永久存在。我不同意文学的衰亡说，对文学的未来，表示一种信心，一种信念。大概就是这么个意思。

问：2010 年 5 月 21 日到 27 号，南昌有一个首届"中国小说节"，而且是第三届小说学会大奖颁奖活动，"小说节"是什么节？

答："小说节"，是中国小说学会搞的一次活动，实际上就是一次颁奖活动。是冯骥才倡议的：中国小说学会每年搞一次小说排行榜，每三年搞一次小说大奖。既然是"大奖"，总得有一种形式，有一个地方颁奖。第一次我记得是在青岛，第二次在天津，这是第三次，就在南昌。

问：过去都没叫"小说节"吗？

答：没有，没叫过"小说节"。这叫法是第一次，也是中国作家协会同意的。所以当时就去了一个中国作家协会副主席，到会祝贺。这个活动主要也是陈公仲张罗的，他在江西拉的赞助。那次我也去了，小说学会的评委、每年排行榜的评委大部分都去了，一共有十来个人。

问：大奖评委和排行榜评委是两个班子吧？

答：大奖的评委，主要是排行榜的评委，增加了几个中国作家协会的、江西方面的，以及其他方面的有关人士。

问：这次小说节跟前两届的颁奖活动，有什么新的亮点？

答：这个规模要比前两届大一点，来的作家也多一点。同时这次因为获奖的对象是严歌苓、张翎，还有方方，这几个作家既有国内的，也有海外的，都比较引人注目，所以被各方面关注得要多一点。颁奖会的时候，来的人挺多的，楼上楼下都坐满了，一些学生也参加了。

采编人杂记：

关于中国小说学会

陈老师是中国小说学会的创会副秘书长，后来是副会长、荣誉副会长，是这个学会最重要的亲历者和见证人。要讲述学会的创办过程及发展历史，他应该是最合适的人选。中国的文学组织颇有不少，真正长期有动静、有活力、有影响的却不多，小说学会要算是其中的佼佼者。这要感谢它的领导者，如唐弢先生、王蒙先生、冯骥才先生，尤其是学会的执行领导人如辛宪锡先生、王愚先生、汤吉夫先生、陈公仲先生等。显然，陈老师也尽到了自己之力，对学会有所贡献。

上面的这一通官话,其实是有感而发。古人常说,事在人为,小说学会的历史就是一个很好的例证。中国的群众组织名目繁多,名副其实者却少,部分原因是许多组织其实是官方或半官方的,那实际上已经不是群众组织;还有部分原因则在"群众"自身,太多人习惯了官方或半官方的领导,缺少自作主张的能力,甚至缺乏自作主张的热情,以至于中国的"社会"——这个汉语词的意思,可以理解成:结社的社、学会的会——难以成型。

从《中国文学通典》到《文坛感应录》

问：1996年10月，你的第三部论文集《文坛感应录》由解放军文艺出版社出版，出版的机缘是什么？集子中还选了几篇90年以前的文章，为什么？

答：为什么解放军文艺出版社给我出这本书呢？这也是有因缘的。我那时候不是牵头为解放军文艺出版社编《中国文学通典》吗？当然，说起来我跟部队的关系那是很早了，80年代的时候我就跟他们有交往，关系还比较密切。那时候部队文艺方面的一些事，比如说部队作家作品的讨论会，评奖活动等，我都参加过。徐怀中当解放军艺术学院文学系主任的时候，我还给他们讲过课。我跟解放军系统的一些评论家，像周政保、朱向前、张志忠等人都有联系，包括当年军旅文学的作家李存葆、莫言等人也都认识，他们当年或是解放军艺术学院文学系的学员，或是教员。要说我当年曾经是军旅文学批评的一员，恐怕并非言过其实。

这就到了90年代，解放军文艺出版社想搞一套中国文学辞书，就先找到了我，因为解放军文艺出版社过去没有出过这类书，他们想借助文学研究所的力量，搞一套辞书，于是便有了《中国文学通典》的创编。先是我给他们在文学研究所组织了一个选题咨询会，参加的人有张炯、樊骏、王信、徐公持和我，对这个选题的可行性做了一番论证。会上虽然有一些不太相同的意见，但大家都积极地出谋划策，总的倾向还是认为可以搞，但一定要搞出自己的特点。于是会后我便着手对这个选题进行具体设计，在设计过程中，借鉴了以前文学研究所主编的《中国文学大词典》和其他辞书的经验，最后确定了《中国文学通典》这个书名。这套书的总主编有四个：张炯、邓绍基、范传新和我，我是执行总主编。与80年代相比，我在90年代,变化最大的就是投入了很多时间和精力去编书,《通典》即其一。至于《通典》的获奖,那是到2000年以后的事了。

问:不是吧?《通典》1999年获第三届国家图书奖的二等奖。

答:哦,对对。是我记错了。

问:您做执行总主编的主要工作是什么?

答:执行总主编嘛,就是具体做事的。全书的设计,还有繁杂的组织工作,事无巨细,样样都得管。《通典》包括小说、诗歌、散文、理论批评四卷,虽然各卷都有主编、副主编,但总体工作还得有人抓,这个人就是我。虽然还有三位总主编,但张炯当时是文学所所长,邓绍基是学术委员会主任,而范传新是解放军文艺出版社总编,不能指望他们来抓《通典》的具体工作,抓具体工作的只能是我。这是一个很大的工程。现在想来都觉得有点不可想象,我那时候怎么会有那么大的劲头?

问:撰稿呢?您参加撰稿吗?

答:也参加,身体力行吧,但写的条目不多。

问:那差不多是整个文学所都投入吧?

答:那倒不是。也就是很少数人。其他单位的不少人也参加了。如苏州大学、北京大学、北京师范大学、河南社科院、新疆师范大学、福建省社科院、中央戏剧学院等,都有人参加。这套书应该说是以文学所为主体,各方面通力合作的产物。它得了国家奖,我始则感到意外,继则又觉得理所应当。

问:编《通典》这个过程大概多长时间?

答:从1994年8月开始酝酿,到1999年1月正式出版,四年半多一点,不到五年。

问:因为编了《通典》,所以才出您的《文坛感应录》,是吗?

答:也不能这么说,应该说是因为编《通典》而得到了这样的机缘。这就得说一下这本书的由来。这是我的第三本评论集,本来是长江文艺出版社答应出版的,那时候我不是还在为长江社主编"跨世纪文丛"吗?但等我编好书交出版社以后,过了半年还没有发稿,说还得"等一等"。这一等,还不知等到猴年马月呢!于是我就在中国作协主办的一本内刊《作家通讯》上为自己做了一个"广告",说陈某人有这么一本书想出版,但苦于无下嫁之地云云。那时候要出书,尤其是出评论书是很难的,谁愿意为只能印1000册的书出血呢?没想到这个"广告"还真有效应,引来了好几位朋友来信来电,最令人感动的就是解放军文艺社的几位朋友,他们商量了以后,就打电话给我,说他们社愿意不附加任何条件地出这本书。我当然很高兴,就把先前编好的这本书略加调整后给了他们。如果不是因为我替他们组织编写《通典》,就不可能有这样的机缘,是不是?而且还有稿费。这本书是1996年10月出版的,我记录收到的稿费是3251元。

问:才3000块钱稿费?有30多万字啊,怎么可能呢?1000字30块稿费应该有吧?20多块1000字的话,36万字,应该有1万块钱吧?

答:这就可以了。才印1000册,本来就是赔钱书嘛。是33.8万字,每千字给10元左右,我觉得可以了。

问:您对《文坛感应录》中那些文章作一个梳理点评?

答:《文坛感应录》这本书,我个人还是比较满意的,尤其跟第二本书比起来。全书分三辑,第一辑是对新时期文学整体观照的文章,第二辑是关于文学批评及其理论建设的文章,第三辑是关于作家作品评论的文章,包括一部分序跋。多数文章都写于90年代,少数写于80年代后半期。曾经收到第二本评论集《在传统和现代之间》的文章也再一次收进了这本书,那是考虑到《在传统和现代之间》这本书实际上没有几个人知道,为了弥补这个遗憾,就把一部分比较重要的文章再一次收入了《文坛感应录》。所以这本集子相对说比较完整,文章的质量也比较整齐,既有当年曾经引人瞩目的宏观性的论文如《一个多元的文学时代》,也有比较尖锐、犀利的短论,如"天命斋论坛"的那一组文章,还有当年曾引起文坛热议的对贾平凹长篇小说《废都》的评价——《说不尽的〈废都〉——与白烨、王绯对话》,等等。

问:那些都是当年的文坛热点问题?

答:对,热点问题。有的意见还有点尖锐。比如说当年有一个"大师文库",我就写了一篇文章,叫做《〈大师文库〉非大师文库》。

问:就是说,他们封的大师,不见得就是大师?

答:对。比如说,朱晓平写了《桑树坪纪事》,李龙云写了《洒满月光的荒原》,就被封为"大师",这么封法,那这个世界上该有多少"大师"啊!

这本集子,我没有找人写序,我自己写了一篇《前记》,另外,"附录"还收了两篇文章,一篇是你给《在传统和现代之间》写的《序》,另一篇是张恬写的我的印象记。①

采编人杂记:

一、关于文学的边缘化

90年代是纯文学被边缘化的时代,文学批评更是到了边缘的边缘。文学作品大多失去了轰动效应,文学批评家更少有人继续指点江山。以至于在陈老师的第三本评论集《文坛感应录》出版后,孟繁华发表评论文章,标题是《悲壮而苍凉的选择》;徐坤的文章标题更吓人,叫《悼批评时代的终结》!② 这样说,当是出于对陈老师、对文学批评的爱惜,怕也有借别人杯酒浇自己心中块垒之意。

陈老师自己,纵有苍凉之意,却无哀悼之心,证据是他对出版之难、稿费之低,似没啥抱怨,而是觉得"很正常""很不错了",最多不过是有点疑惑:"《文坛感应录》会不会是我的最后一本评论集子呢?"(《〈文坛感应录〉前记》)

文学被推向社会注意力的边缘,是社会发展的必然。顺乎此,文学批评家要做的,无非是调整心态、改变观念,寻找新的生存和发展路径。我看到,陈老师应对得很好,他是一手编书,前有"跨世纪""红辣椒",现在又有了《中国文学通典》;另一手写文章,如前所述,他还找到了女性文学研究的新天地。

---

① 指陈墨的《他拥有一片开阔地——〈在传统和现代之间〉序》和张恬的《求一个自在、充实的人生——陈骏涛印象》。

② 孟繁华:《悲壮而苍凉的选择——陈骏涛的文学批评与批评家的宿命》,《当代作家评论》,1997年第4期;徐坤:《悼批评时代的终结——〈文坛感应录〉感言》,《当代作家评论》1998年第4期。

二、关于"新美学—历史批评"理论

陈老师虽然给文集取了个《文坛感应录》的名字,集中的文章却并非全都是雷达追踪式简单记录,第二辑中就有关乎批评理论的学术文章,具体说,就是关于"新美学—历史批评"理论的。对这一理论,孟繁华指出,"作为一种总体思路,作为批评家的想象或猜想,不仅喻示了批评活动的无限丰富性,同时也喻示了它的极大可能性。'新美学—历史批评'理论提出的意义也正在于此。"(《悲壮而苍凉的选择》)白烨也说,该理论"旨在从艺术的视角入手,从艺术与历史和美学的内在联系上,看取文学批评的价值与走向,其看法既有对批评现实的描述,又有对批评理想状态的构想,从而在超越传统的文学批评的意义上涵盖文学批评的现状,鼓动文学批评的发展"①。

前面说,陈老师从独立思考到专业性独立思考过程中出现了困难,并且说及陈老师的局限。这里要说的是,"新美学—历史批评"观念的提出,标志了他在专业性独立思考及批评学科理论研究上的一次重大突破。

---

① 白烨:《批评的风采·文学批评的新格局》,转引自徐坤:《悼批评时代的终结》。

再次出国:访问加拿大

问:1997年的5月份您访问加拿大,背景和过程是什么?

答:不是5月,是7月,那个"大事记"上的时间有误差。①

访问加拿大,说起来还是梁丽芳牵线搭桥的。梁丽芳是叶嘉莹的学生,原来是学中国古代文学,特别是古典诗词的,当年在加拿大哥伦比亚大学得了硕士和博士学位后,就在加拿大阿尔伯达大学东亚系教书。80年代初她曾到文学研究所访学,我经常见她在图书馆查资料,那时候是许觉民当所长,他曾嘱咐我关照她。我就是在那时认识她的。她还写过一本书,叫《从红卫兵到作家》②,是对一些中国知青作家的访谈录,台湾和美国都先后出版过,所以她跟中国作家,特别是80—90年代的那一段的作家比较熟。加拿大华裔作家协会创会于1987年,会长是卢因,梁丽芳也是创会人之一,是副会长。卢因退下来以后,她就接任会长,是加华作协的第二任会长。那时候加华作协跟中国作协建立了互访关系,我跟陈建功就是在她任会长期间,到加拿大访问的。

问:经费是谁出?

答:路费自己解决,落地以后由他们接待。加华作协不是政府机构,而是民间组织,它没有经费,日常开支完全靠会员会费和外界资助。所以管落地接待这一项就很不错了。在我们之前中国作家已经去过两批人,第一批1994年,北京的刘恒和上海的陆星儿去的,第二批1995年,陕西

---

① 口述人:指《陈骏涛生平和学术记事(1936—)》,见《这一片人文风景》。
② 口述人:《从红卫兵到作家——觉醒一代的声音》,梁丽芳编著,台湾万象图书股份有限公司,1993年5月初版。此书除了前面有一篇《概论:一代人的声音》外,主要是对从孔捷生到铁凝等26位知青作家的访谈录,当年在台湾、香港及境外颇有影响。

的陈忠实去的。到我和陈建功就是第三批,1997年了。陈建功那时候是中国作协书记处书记,来往经费的报销没有问题。我虽然是社科院的人,但也是中国作协会员,这次访问加拿大,又是中国作协与加华作协互访的项目,所以也一样可以报销。

加拿大华裔作家协会是一个民间组织,跟中国的一些民间学术团体一样。协会的会长、副会长等都有本职工作,他们牵头搞这个协会,完全是出于对文学的热爱,也表现出旅居海外华人的一种自尊心和聚合力。我们访加的那一年,加华作协除了会长梁丽芳,还有两个副会长:一个陈浩泉,一个刘慧琴。陈浩泉是从香港移居过来的,在香港是搞新闻出版的,也是一个作家,出版过不少作品,还加入了中国作协。刘慧琴则是从内地去的,1956年毕业于北京大学西语系,先后在作家协会的《世界文学》和中国社科院外文所工作,是个翻译家。到加拿大以后,与旅居温哥华的30年代中国电影演员胡蝶关系比较密切,写了一部《胡蝶回忆录》,在海内外都挺走俏的。这两位——也就是陈浩泉和刘慧琴,后来也都当过加华作协的会长。他们这个会长都是几年一换,轮流当的。

我们那次去——这是我第一次到北美,除了参加加华作协组织的活动以外,往西还去了紧邻温哥华的维多利亚,往东沿落基山脉去了哥伦比亚冰川雪原、班芙国家公园和阿尔伯达省的第二大城市卡加利,一睹加拿大西部的人文地理景观。不仅开阔了眼界,还与加华作协及一些旅居加拿大的同胞进行了交流,收获挺大的。

问: 他们有人陪着吧?

答: 当然,主要是梁丽芳和刘慧琴。这趟加拿大之行,加华作协的一帮中坚分子,他们那种牺牲精神和敬业精神使我很是感慨。比如说,我们在温哥华期间,除了开头一两天住过旅馆,其他大部分时间都住在刘慧琴家。为了便于我们居住,她把楼上的两间居室都让出来了,女儿也暂时住到了外面。她甚至还替我洗过一次衣服。她待我们确是如同亲人。所以,我们都亲切地叫她"刘大姐"。

对了,在温哥华,我们还有过一次讲演……

问:《90年代的中国文坛和中国作家》,是吧?

答: 这是我的一篇讲演,是谈中国文坛现状的,谈了三个问题:一个是中国文坛,一个中国作家,一个女性文学,并形成了三篇文章:《九十年代的中国文坛》《五世同堂的中国作家》和《中国女性写作的腾跃》,在5月24日、7月19日和8月16日分别发表于加拿大《明报·名笔》专栏。后来我回国以后,就把这三篇东西综合成你所说的那篇文章——《90年代的中国文坛和中国作家》,作为参加1997年10月召开的"第九届世界华文文学国际研讨会"的论文。①

另外,访问加拿大期间,在温哥华,我看见了一次盛大的同性恋者游行。头一天晚上,我们就听说,明天上午有一场同性恋者游行,是经过市政当局批准的,在规定的街区游行。上午11点左右,刘慧琴开车送我们到达游行地段。只见游行队伍已经缓缓地从东往西运行,有徒步的,但大部分是开着车或骑着摩托的。着装五花八门。游行者或喊着,或唱着,或跳着,不时向观看的人群作出种种媚态,扔出一些小物品(如避孕套之类),情绪狂放,但也很有次序。游行者中有两类人,一类是名副其实的同性恋者,另一类是同性恋的支持者和同情者。据说,在温哥华,每年都有这样的游行,同性恋者也有一个相对集中的居住区。西方人讲人权,他们认为同性恋是人的一种权利。你可以不赞成它,但在法律上却规定了同性恋者的自由和权利,包括游行集会的自由和权利。

这样的同性恋者游行我这一生从没见到过,所以感到特别新奇有趣。那天我的心情也格外地好,来来回回拍了不少照片。回国以后,家人和朋友都争相传阅这些照片。刘慧琴说,这是她见到的我来加拿大后表现最活跃的一次,完全不像年过花甲的人,倒像是一个年轻的小伙子。我听后自然感到很高兴。

采编人杂记:

关于第二次出访

陈老师第二次出国,身份与第一次不同,不是以中国社会科学院文学

---

① 口述人:《90年代的中国文坛和中国作家》分别发表于《香港作家报》1998年1月号、《中国文化研究》1998年春季号,收入《从一而终——陈骏涛文学评论选(1977—2013)》。

研究所研究人员的身份出访,而是以中国作家协会会员的身份——路费由中国作协报销,接待方是加拿大华人作家协会。加拿大华人作家协会是地道的民间团体,协会的主席没有级别,也没有薪酬,纯粹是因爱好而尽义务,协会的经费当然不是国家拨款,而是会员自己筹措,所以接待来访的客人要自己家里腾房。

从另一个角度说,陈老师的角色其实并无变化,他还是中国文学评论家,新时期文学的辩护者和吹鼓手,在访问期间还是会介绍《90年代的中国文坛和中国作家》,包括三个问题:中国文坛、中国作家、女性文学,并且分三次在加拿大《明报》上发表,把国内的文坛信息介绍给加拿大华人,尽到了交流义务。

此次出访,见识了同性恋游行,见识了西方社会的民主;也见识了海外华人作家的生活和文学景观,对他后来从事"留学生文学"编纂和评说不无影响。

参与编纂《中华文学通史》

问：1997年9月，您和张炯、邓绍基、樊骏几个人合编的10卷本《中华文学通史》出版，策划、编纂、写作、撰稿和约稿的过程如何？

答：首先应该说明一下，《中华文学通史》是以中国社会科学院文学研究所和少数民族文学研究所人员为主体，集体编著的一部贯通中国古今的大型文学史著，总共10卷，参加者众多，我只是当代文学编的编委和参写者之一，不是什么领衔人。所以你说的"和张炯、邓绍基、樊骏几个人合编"，是不确切的。领衔人应该是以总主编张炯、邓绍基、樊骏为首的一班人。那时候张炯是文学研究所所长，邓绍基是所学术委员会主任，樊骏是资深的现代文学专家。你的提问可能来自于我的"生平和学术记事"："1997年9月，张炯、邓绍基、樊骏任总主编的十卷本《中华文学通史》由华艺出版社出版，本人作为当代文学编的编委和撰稿者，撰写了其中理论批评部分的四章约8万字"①，这是事实，但不能因此而推论我是"合编"云云，这样容易引起误解。

简要地说说有关《通史》的一些情况吧。它起于先秦，一直到当代，除了有一个总编委会，还有三个分编委会，分别负责古代文学编、近现代文学编、当代文学编的编撰。古代文学编四卷，近现代文学编三卷，当代文学编也是三卷，总共十卷。

问：每个分卷有个小编委会？

答：对。当代文学卷的编委有17个人，我只是其中之一。当代卷的主编也是张炯。

---

① 口述人：见《这一片人文风景》一书的"附录：陈骏涛生平和学术记事"。

问:这是国家课题吗?

答:当然,是"九五"国家社会科学规划重点项目。

问:张炯只是当代编的主编吗?还是整个的总主编?

答:是总主编。张炯、邓绍基、樊骏三人联名总主编。同时,他也是当代卷的主编。

问:您参与《中华文学通史》,做了哪些工作?

答:我就是写了当代文学理论批评部分的8万多字。理论批评部分的参写者还有白烨和陶国斌。陶国斌是所长助理兼总编委会副秘书长,做了许多事务性工作,只写了一小部分,主要撰写者是白烨和我。

问:编委是怎么分工的?您为什么没有写女性文学或者当代文学创作,为什么会分您去写理论批评呢?

答:可能其他部分有更合适的人选,根据需要嘛,我搞理论批评也是理所当然的。

问:因为您对这一部分比较熟一些?

答:也可能吧。我就记得,那一年的整个夏天我都在做这件事,挥汗如雨,干了三个月,7、8、9三个月。这三个月还真没白干,除了《中华文学通史》,还有一部《新中国文学五十年》①,作为新中国成立50周年的献礼书,是中国当代文学研究会丛书之一,也是张炯主编的,文学理论批评这一个版块,基本上也是用的这个稿子。

问:《中华文学通史》没有稿费?

答:当然有,那一年的记事本上记的是3250元,《新中国文学五十年》也有稿费,但不记得是多少了,在记事本上没有找到。

问:3250元?那就是40块钱1000字?

答:嗯,相当于现在的3万多元。

问:您提到《新中国文学五十年》,山东教育出版社为什么会把《中华文学通史》的有关部分又拿去重出?

答:不是重出,是两个本子。《通史》是按古代—近代—现代—当代

---

① 口述人:《新中国文学五十年》,张炯主编,山东教育出版社1999年12月出版。我写的是《文学理论批评:世纪末的反思》这一板块。

这样的年代推进的史著结构,而《五十年》则仅限于当代50年,是按小说、诗歌、散文、报告文学、戏剧、文学理论批评、文学科学这样的板块结构。它们之间有关联,但不是一个模本。

问:跟那个《中华文学通史》是一样的,还是有所不同?

答:不是一样的,但有关联,不排除有的部分内容有重叠。

问:您看了《新中国文学五十年》吗?您觉得怎么样?它跟那个《通史》那一卷相比您更喜欢哪一个?

答:这两部书我都有,因为我是参与者,虽然没有通读过,但它的架构等我还是了解的。这是两种性质不同的本子,《通史》是通史,《五十年》是断代史。要说丰富,当然是《通史》更丰富,从字数来说,它就是《五十年》的两倍嘛,但《五十年》那样的本子也是需要的。各取所需吧。

问:有的就是需要简本,是吧?

答:对,需要简本,就是这个意思。这是两厢情愿的事。实际上,后来,2003年吧,张炯还主持搞了一套三卷本的《中华文学发展史》,长江文艺出版社出版的。这也是需要,是长江文艺出版社的陈辉平向我提出的,我就把这个意思跟张炯说了。张炯要我跟他联名主编,我觉得不太合适,就当了一名编委,张炯就把我挂为"执行编委"。这套书也有150万字,主要也是张炯打造的,我不过是个助手罢了。① 这也是需要,我看版权页上写的首印是5000册,不多也不少。可能后来还有加印的。

问:您在《南方文坛》2000年第2期发表的《风雨历程五十载——新中国文学理论批评的回望》,是《文学理论批评:世纪末的反思》的删节版吗?

答:对,没错。

问:是山东教育出版社和那个《中华文学通史》节版的节版?

答:应该说是山东教育出版社那个本子的节版,是《中华文学通史》那个本子的再节版。

问:这个多少字?

---

① 口述人:《中华文学发展史》,分上世史、中世史、近世史三卷,张炯主编,长江文艺出版社2003年12月出版。

答:也就是1.3万字。

问:是您自己删的吗?

答:当然,我自己压缩删改后投给《南方文坛》杂志的,他们觉得合适就发表了。

问:您的散文《桥——记忆和感悟》,您好像很重视这篇文章?

答:这篇文章的背景,现在记得已经不是很清楚了……开始呢,是福建老家的一个刊物向我组稿,倒没说一定要写什么。

问:是《散文百家》,是吧?

答:不是,《散文百家》是河北的,这是后话,开头是福建的《家园》。我想了一下,就决定写这篇东西,写我跟年轻人的交往,主要是跟你、谭湘、陈晋、赵稀方四个人的交往。当时我还要你们每个人也都写一篇嘛,合成一组,浩浩荡荡的在《家园》发出来了。后来谭湘说,这一组文章光在福建发不够,还应该在其他地方也发一下,扩大它的影响。她就拿到河北的《散文百家》发表了。① 《散文百家》是专业的散文类刊物,读者肯定比《家园》多。有的朋友就是在《散文百家》上看到这组文章后给我打电话表示赞赏的。

问:这是您写散文的开始,是吗?

答:开始吗? 不,还要早些,所谓散文,大概80年代后半期就有了,不过都不是刻意为之,而是随心所欲。90年代以后就逐渐多了起来,这跟年龄、心态都有关系。所以有人说:陈老师,你可以出一本散文集了。

问:现在我们换一个话题。1998年12月,钱锺书先生逝世,您在《新快报》上发表了纪念文章,后来您又在《大公报》连载纪念文章,文章内容差不多吗?

答:不太一样,《大公报》是由于《新快报》登了以后,才向我要稿的。所以《大公报》那篇要比《新快报》丰富得多,字数也几乎多出了一倍。它是两天连载的嘛。《新快报》那篇大概是3000多字,《大公报》那篇有

---

① 口述人:这组文章除了我的《桥——记忆和感悟》外,还有谭湘的《城市徜徉》,陈晋的《我心如弧》,陈墨的《走入师门》,赵稀方的《感悟生命》,先后发表于1998年《家园》(福建)第2期和《散文百家》(河北)1998年7月号。

7000多字,两天连载。①

问:《新快报》怎么知道您跟钱先生有这段因缘呢?

答:那个人叫什么?我现在记忆力糟透了,忘了他叫什么,总之是一个老编辑,跟我年龄差不多,之前在广州开会的时候认识的。钱锺书先生去世以后,他打电话给我,要我写一篇文章。我正好也想写一写钱先生,就一拍即合了。

采编人杂记:

关于"重写文学史"

参与10卷本《中华文学通史》的编纂工作,作为当代文学编的编委,并撰写了其中理论批评部分的4章约8万字,是陈老师对中国文学的又一贡献。这是中国文学的一项国家工程,是20世纪中国学人"重写文学史"的重要成果。

早在1980年代,就有人呼吁,要"重写文学史"。原因是,由于意识形态的影响和制约,新中国前30年编纂出版的中国文学史书,在文学观念、审美标准、评价方法等方面,存在诸多问题,对一些作家作品的评价也严重不公。例如,沈从文、张爱玲和钱锺书等杰出作家,在《中国现代文学史》中,竟无一席之地。

只不过,呼吁很容易,真正"重写"却非易事,重写而且写好就更是难上加难。原因是,重写文学史,并非"把被历史颠倒的再颠倒过来"就成,更不能继续"天下文章一大抄",而是要创造新的文学历史的建构模型和叙事规范,进而对3000年来的中国作家作品及其文学活动等史实作仔细检阅和深度评述。

重写文学史,要恢复正常文学观念,即依据文学是语言的艺术和文学是人学两条法则,建构论说标准,看起来不是难事;但要把这种标准落到

---

① 口述人:这两篇关于钱锺书先生的纪念文章,分别是:《同室共事,朝夕相伴——和钱锺书在干校的日子》,刊发于广州《新快报·生活副刊》1998年12月26日;《和钱锺书先生在干校的日子》,刊发于香港《大公报》1999年3月25—26日。

实处,重构三千年中不同时代的文学历史现场,对三千年来浩如烟海的中国作家作品一一称量评述,那需要成千上万的文学学者的工作积累。问题是,我们没有那么多的积累,更没有那么好的积累,没有多少作家作品真正得到过透彻的分析和研究。

20世纪90年代以后,重写的文学史著作还真不少,可以车载斗量。翻阅这些书,不免想到陈老师曾亲历过的"大学生编写文学史"式的"学术大跃进"。相比之下,10卷本《中华文学通史》无疑是其中佼佼者,可代表20世纪90年代中国文学的最好学术水平。

"中国留学生文学大系"及其他

问:"中国留学生文学大系"①是什么样的书系,您参与了哪些工作?

答:"中国留学生文学大系",是上海文艺出版社组织出版的一套书系,发起人是郑宗培。郑宗培很早就开始搞留学生文学,他所在的上海《小说界》也是中国内地最早发表留学生文学作品的刊物。这次他们想搞一套比较全面的留学生文学选集,囊括小说、散文、纪实文学等多个领域。因为我们俩早就相识,他就约我参加这项工作。全书共六卷,约 300 万字,我负责编两卷,即当代小说欧美卷和当代小说日本大洋洲卷,约 110 万字。并且负责撰写这两卷的序言。我就约了文学研究所的李兆忠、王绯和作家出版社的杨葵,一齐参加这项工作。

问:每卷的序言不一样吗?

答:我负责的这两卷序言是一样的。其他卷的序言分别由季羡林、萧乾、李子云、江曾培、郑宗培等人撰写。全书的主编是江曾培,副主编是郑宗培。

问:稿源从哪来?是在国内发的?还是在国外发的?

答:国内外都有,主要是在国内发的。

问:以前您关注过留学生文学吗?

答:以前看到过一些,但没有研究,算是比较关注吧。这一次趁机又补了一课,梳理了一下,倒是颇有些收获。那篇序言我自觉也还写得差强

---

① 口述人:"中国留学生文学大系",全六卷,包括近现代小说卷、近现代散文纪实文学卷、当代小说欧美卷、当代小说日本大洋洲卷、当代小说台港地区卷、当代散文纪实文学卷,上海文艺出版社 2000 年 4 月出版。

人意,先后在上海《文汇报》和北京《文艺报》上都发表过①。

问:选编对象是从於黎华、聂华苓那一代作家开始吗?

答:不,於黎华、聂华苓基本上是属于当代的。实际上,中国在近现代就有留学生了,从有留学生的时候起就有留学生文学。所以这套大系收的留学生文学作品远远超出了於黎华、聂华苓的范畴,是目前中国唯一的一套留学生文学大系。它在国外也有些影响。我就收到了澳大利亚——我的老乡、老同学许德政(沙予)给我挂的长途电话,他告诉我,我写的那篇序,在他们澳洲的一个什么报纸上也发表了。

问:您此前不知道这个事?

答:我不知道。

问:那岂不是他们盗版?

答:这恐怕不能算盗版,充其量也就是没有跟作者打个招呼罢了,这种事太多了。不过,这倒是件好事,不仅给这套书做了宣传,也让我在澳洲亮了相。

问:华文报纸是吧?

答:是华文报纸。沙予还把这张报纸给我寄来了。

问:1999年10月,您和梁丽芳有一个对话,叫做《世纪末的中国文坛》,发表于《北京文学》,这次对话的缘起是什么?

答:梁丽芳她多次到中国来,跟我比较熟。她那年到中国来,正好住在中国作家协会招待所,她有意思跟我就中国当代文坛的一些问题交流意见,我就请当时当访问学者的朱育颖负责录音、记录、整理,这篇《世纪末的中国文坛》就是这样出笼的。一开头谈的就是"问卷·答卷"问题,也就是"断裂"论问题②。

问:她也知道"问卷"事件?

答:对,我事先跟她说过。后来她就找来看了。她的观点跟我一致,好像我们圈子里的人的意见都是比较一致的。

问:梁丽芳平常在加拿大,她对大陆文学作品阅读量够吗?

---

① 口述人:指《文汇报·文艺百家》1999年5月8日《追溯留学生文学的发展轨迹》,和《文艺报》10月12日《漫说留学生文学的发展轨迹》。

② "问卷·答卷",即前文所说的作家韩东、朱文发起的关于中国文学的调查问卷。

答：那当然是有限的了。但是她确实很关心。我去加拿大的时候，参观过她的书库，她家的书很多，包括许多从大陆买的书。我还没见过那么大的家庭书库，地下的那层全部是她的书，就跟一个小图书馆一样。她搞的那个《从红卫兵到作家——觉醒一代的声音》的访谈录，在西方也是有影响的，对中国文坛的状况，她是了解的。

问：她如果没有那么大的即时阅读量，信息从哪来？怎么对话呢？

答：她的信息渠道还是畅通的。她几乎每年都来，来了都要找我，从聊的话题来看，她读过的作家作品还真是不少。她现在还在做一个美国出版社的约稿，也是关于中国当代作家的。

问：《世纪末的中国文坛》对话的主题是什么？

答：话题从"断裂"论开始。第一个谈的是"历史感"问题，就是"对一个作家来说，历史感是不可缺少的"。梁丽芳也认为，"断裂"论者是"反历史"的。第二个谈的是开拓写作资源问题，就是"年轻作家应该注意开拓自己的写作资源"。第三个谈到了所谓"世纪末华丽的空衣架"。这个话题是由我提出的，当时正好我读到了刘剑梅发表在香港《明报月刊》上的一篇文章：《预言的溃败：世纪末华丽的空衣架》，我虽然觉得刘剑梅的意见显得苛刻一些，但还是有些道理的，但梁丽芳却有些不同的看法。第四个谈我们所喜欢的作家，梁丽芳谈到了迟子建、叶广芩、王安忆几个女作家，谈到叶广芩的时候，她特别兴奋，说"我要等的就是像她这样厚实的作家"。

还谈到了其他不少问题。比如"有一类评论文章读起来太拗口太累人"，是导因于评论者对外国进口的名词术语生搬硬套；还有，"知青作家应该反思自己的历史角色""伟大的作品来自于一种深沉的思想的支撑"等等，都是一些比较有意思的话题。

问：对话的主题是事前商量好的呢，还是临时说的？

答：事先大体上沟通过，做了些准备，主要是现场发挥，朱育颖整理后我又做了一些修订补充。

问：2001年初，您在《东方文化》第1期发表了《90年代文学批评评议》，这篇文章写作的缘起是什么？

答：这篇文章是有针对性的，表达了我对90年代文学批评的一种看法。就像这篇文章开头所说的那样,对90年代文学批评,当时文坛上众说纷纭,莫衷一是,说什么的都有,抨击、挖苦者不在少数,这几乎成为一种时尚。有的持文学批评"缺席"论,说学院派批评家"胜利大逃亡了";有的认为文学批评"商业化"了,沾染了铜臭和和陋习;有的干脆说文学批评正在"走向终结",它事实上已经被文化批评所代替。我不同意这些论断。我认为,抨击挖苦和轻率否定,不是一种科学的态度,我所做的就是企图从历史的发展中勾勒出90年代文学批评的一个轮廓,并以一种反思的精神,提出一些有待继续探讨的问题。所以当时有人说,我是在"保卫90年代的文学批评",从某种程度上说,也可以这么说。不过我是摆事实讲道理的。

问:文章是《东方文化》的约稿,还是您的投稿?

答:哦,这个过程是这样的。2000年,香港有一个"90年代文学和文化学术讨论会",他们邀请我参加,我本来是准备去的,最终因为种种原因没有去成。当时参会的论文都已经基本上成形了,这时正好赶上广东的一家杂志《东方文化》向我约稿,我就把这篇东西搞出来给了《东方文化》。2000年5月成稿,10月改定后发给他们,正好赶上2001年《东方文化》第1期。

问:2001年5月,您被中国大百科全书出版社聘请为《中国大百科全书》第二版中国文学学科现当代文学分支副主编,主要工作职责是什么?您记得吗?

答:大体记得。副主编,实际上就是全面负责二版《中国大百科全书》中国现当代文学部分的编撰工作。现当代文学分支的主编是张炯,张炯当时是文学所所长,工作头绪很多,就邀请我当副主编,协助他具体掌管这部分的工作。后来,这套书出版以后,在人民大会堂还开了一个很大的表彰会,还给我颁发了一个证书。

问:您做了哪些工作呢?

答:从拟定条目,到选定撰写人,写完以后审编,张炯过目定稿后交出版社。我经历了整个工作流程。文学所参编的人员和所外参编的人员大概各半,总共有近30人。一应大小事宜我都得顾及,工作量应该是很大的。

问：一共有多少个条目？您负责的，还记得吗？

答：根据我保存下来的一份文件记载，大百科全书中国现当代文学部分的条目是325条，其中有164条是新增加的，新增者近半。

问：总篇幅是多少？

答：这个就得经过查考了，而我又没有这套书——副主编也没有给样书——要查考得上图书馆，很费劲的。

问：您跟张炯老师有意见不一致的情况吗？

答：没有。应该说，我们俩配合得还是很好的。张炯这个人，最大的优点我觉得是宽以待人，从来不以势压人。我们之间，好像从来没有发生过什么冲突……

现在想想，我都觉得有些不可思议，从90年代到新世纪，我怎么能做那么多事啊！不管做得怎么样，我总还是尽力去做了。

问：是啊，跨世纪文丛、红辣椒文丛、留学生文学大系、中国文学通典、中华文学通史、中国大百科全书……

答：真是不可想象。这跟我遇见的一些好人很有关系。像邓绍基、张炯这样的好人，有多难得啊。还有长江文艺出版社、四川人民出版社、上海文艺出版社、解放军文艺出版社、大百科全书出版社的老总和责任编辑……我至今都很感念与他们相处的那些日子……

问：郭小东的《中国知青部落》三部曲由花城出版社出版，请您作序《追寻"知青人"的精神家园》，在北京召开了研讨会，您参加策划了吗？

答：《中国知青部落》分三部：《知青大逃亡》《青年流放者》和《暗夜舞蹈》，前后历经12年。这部长篇的北京研讨会确实是我组织的，时间大概是2001年下半年。当然，这话还得从我与郭小东的交往说起。我与郭小东认识比较早，那年在厦门开方法论讨论会的时候，他也来参会了，这是我与他第一次会面。他是老知青，也是当年比较知名的知青作家。他最初在海南岛，后来到了广州，还在深圳参与创办了一所"朝之阳实验学校"。有一年我出差广东的时候，他还请我去学校参观，并给学生讲过一课。对《中国知青部落》，我是一个跟踪阅读者，1994年第二部《青年流放者》出版的时候，我曾与他有过一个长篇对话，这篇对话当年的《作家报》曾以近两版的篇幅全文发表。所以我给他的《中国知青部落》写序，也是顺理成章的事。在这之前,大概1988年吧,我也曾给他的一部评论集《诸神的合唱》写过序。

问:您看的是书稿,是吧?

答:头两部看的是出版的书,第三部看的是他从电脑上给我传来的稿子,那时候在电脑上看东西还不习惯,觉得很吃力,但还是看完了。郭小东是有深重"知青情结"的人,他这三部书的写作虽然历经12年,但文气还是贯通的。是他提出希望在北京组织一个研讨会的,我就帮他组织了,请了一些评论家、作家,还有《文艺报》《文艺研究》等媒体的记者参会。到会的人不少。对他的这部小说大家都是肯定的,当然也提了一些意见。

采编人杂记:

<h3 style="text-align:center">关于"汉语言文学"</h3>

陈老师参与上海文艺出版社组织的《中国留学生文学大系》,负责编纂"当代小说欧美卷"和"当代小说日本大洋洲卷",共约110万字,并且负责撰写这两卷的序言,是他为当代中国文学做出的又一贡献:拓展了"中国文学"疆域。

用引号说"中国文学",是因为这个概念需要专门界定。中国文学,过去是专指中国大陆的文学;若考虑台湾文学、香港文学,就只能叫"大中国文学"或"大中华文学";可是,西欧、北美、澳洲、日本和非洲的华人文学呢?总不能也叫"大中华文学"吧?上海文艺出版社的《中国留学生文学大系》,在留学生文学前面加上"中国"二字,这是一种处理方式,但这一概念恐怕不能包含长期在海外生活的新老移民,他们的文学活动如何命名?大陆、台湾、香港、澳门以及海外华人的文学又应该如何命名?这是一个需要讨论的问题。

叫"华人文学",听起来不错,但有些华人如在美国的哈金,他是用英语创作。叫"华文文学",听起来也不错,但中国是一个多民族国家,有上百种语言和数十种文字。相比之下,恐怕还是"汉语言文学"这个概念更为准确,确实,只有汉语言文学这个概念,才能包含当今世界上所有用汉语写作的文学。

这样说,看似有点矫情,但它促使中国的文学研究家郑重注意全世界各地汉语文学的不同形质和风貌,并为此建立新的适应全球化时代的文学标准。有了汉语言文学的新标准,对传统的中国文学就能真正地重估,那时候再"重写"中国文学史,肯定会更难,但可能会更好。

长女陈漫红英年早逝

问：您的长女陈漫红英年早逝，对您的生活和心灵肯定都会有重大影响，请您专门说说陈漫红。

答：的确是这么回事。漫红的早逝，对我们的影响太大了，就像是做了一场梦——恶魔，梦醒了，一个至亲的人却没了。这让我至今还在自我反省中。你看，漫红她出生的时候，是1969年7月29日，这是"文化大革命"中期。她出生以后几个月，我就去"干校"了。在最艰难的日子里，在最需要人的时候，我却离开了。当时何立人何老师她的负担有多重！我虽然也舍不得离开，但大势所趋，不能不去！

问：必须去"干校"，是吧？

答：是的，有的还是全家去的，连锅端。当时何立人要不是在工厂工作的话，也得跟我一块走。漫红在最需要爸爸的时候，爸爸却离开了，当爸爸的我确实没有尽到责任。漫红从小就聪明懂事，是一个很有灵性的孩子。大概在五六岁的时候，在我们文学所的一次联欢会上，她就能全篇背诵《雷锋之歌》①，把大家都震住了。

问：那时候她上学了吗？

答：还没有，那时候她才五岁多一点，不到六岁嘛。可惜的是她那一年没有考上大学，本来是可以补习一年再考的，凭她的聪慧和灵性，我相信是能考上的。但那时候我们，特别是我，没有坚持，漫红就上了北京航空航天大学的一个科技外贸英语的大专班。大专毕业以后，凭她的学历，按理说是不可能有什么好工作的，但经过她自己的努力，到了一家外企公

---

① 指的是贺敬之的1963年发表的长诗《雷锋之歌》。

司,并以她的聪明才智,很快升到了办公室主任的位置,这时候她还不到30岁。后来又派她去创办一家网站,担任网站的总监。我之所以能比较早就学用电脑,跟她的催动是很有关系的,早先的那台旧电脑,就是她给买的。

她得病,就是在创办这家网站的时候。她是太劳累太拼命了。那个时候她的孩子,也就是我们的外孙女还很小,她白天上班,晚上还得带孩子,担子确实够重的。再加上她从小体质就弱,所以后来才得了那个不治之症……

我们一家人对她感情都很深。生病期间,她的表现确实是很出色的。她明知道前面的路是什么,但她却表现得很超越,很淡定。这跟她在生病期间信了基督是很有关系的。也就是从那以后,我对宗教的看法,有了一个很大的改变。我原来信奉书本上说的"宗教是鸦片"的教条,后来我就觉得信仰是人的自由,不能一概而论。尤其是基督教,跟佛教还是不一样的,它是比较超越的。

问:漫红是在生病期间正式皈依基督教的吗?

答:是,还经过洗礼。神甫对她印象挺好的。在告别仪式的那天,神甫也来了,在车上他还对我说:你女儿很好,很出色,在死亡面前表现得非常淡定。对照她,我就觉得我这次在医院中的表现确实不太好。

问:您是正常的,漫红的表现确实是比较超常的。

答:她在濒临死亡的时候,还想着应该给家人留下些什么。她把银行卡交给她妹妹,交代她要给我和何老师买礼物。我现在用的那把剃须刀,就是当年她送我的,用了十几年了,还是完好的。在病房里,她跟病友的关系也很好,还常常开导病友。无论是探视过她的人,还是陪护过她的人,对她的印象都很好。有一个女作家叫钟晶晶的,你应该知道吧?她也是漫红病中的陪护人之一,在漫红去世以后,她在给我的一封信中这样说:"在我跟她短暂的相处日子里,亲眼看到了一个美丽、聪慧、天赋极高的女孩子如何一步一步地被病魔所击倒,并最终夺去了她年轻的生命;但我也看到了,面对死亡,面对灾难,面对不可抵抗的命运,一个柔弱的女子能够具有多么强大的精神力量,人的心灵能够迸发出怎样的光辉!"后来,她还以陪护的亲身经历,用动情而优雅的文字,写了一篇《生如夏花》

的回忆文章①,写得非常动人,我曾在博客上转发过,引来了不少朋友,特别是年轻朋友的回应。

问:您写《思念猫猫》和《为女儿祈祷》②,这两篇文章的缘起是什么?

答:《为女儿祈祷》是先写的。漫红去世以后我憋了一段时间,最后还是憋不住了,就写了这么一篇东西。接着就是《思念猫猫》,是漫红去世以后的第一个清明节前夕写的,清明节的时候,我把它带到墓地去了。两篇文章都隐去了漫红的姓名,也隐去了她去世的年月。

问:这是怕漫红的女儿悠悠知道,是吧?

答:对,也怕人家知道写文章人的真实姓名,用一个笔名发表的。我写这两篇文章是为了寄托我的思念之情,一种情感的释放吧!除了这两篇,后来还写了两篇——《再致猫猫》和《写给心心》③。一共四篇。最后一篇是写给悠悠的,悠悠是外孙女的小名,她的大名叫馨儿,"馨"与"心"谐音,所以叫"心心"。

问:漫红去世,您和师母多少时间才走出来?

答:很长了,起码有一年多时间,虽然日子照过,工作也照干。何老师要更长一点。开头一段时间,她经常上教堂,用这种方式,来排遣自己的思念之情。后来还大病了一场。一说起漫红,她就控制不住自己,一直到我这次生病的时候,她还哭过一次。

问:您生病她哭了一场,是因为什么?

答:跟我同病房的一个病友,他也爱好文学,谈起文学,他就向我要书。我就把这本书④送给了他。后来他的爱人就问起了漫红的事,何老师就控制不住了,又哭了一场。当然,毕竟是过去十多年了,这一次她很快就控制住了。

问:关于漫红,还有什么要说的吗?

答:很可惜,确实是非常可惜!这才真正是"英年早逝"。所幸漫红

---

① 口述人:钟晶晶《生如夏花——忆一个平凡女子的离去》,《黄河文学》2011年6月号发表。
② 口述人:《为女儿祈祷》,写于2003年岁初,发表于《散文百家》2003年第5期;《思念猫猫》,写于2003年3月24日,发表于《北京青年报》2003年4月3日。两篇文章均署笔名:平纪。
③ 口述人:《再致猫猫》和《写给心心》,也发表于《北京青年报》。
④ 这书,是指《这一片人文风景》,其中有《为女儿祈祷》《思念猫猫》《再致猫猫》《写给心心》等文。

的女儿悠悠,也是既聪明又优秀,现在在一所重点中学读高中,学业成绩总是名列前茅。这里肯定有她妈妈的遗传基因,但愿漫红的优良传统,能在她身上发扬光大。但愿孩子能快乐健康地成长,以慰藉她妈妈的在天之灵!

采编人杂记:

关于"爱别离"

佛家说,人生有八苦,分别为生、老、病、死、爱别离、怨憎会、求不得、五阴炽盛。女儿陈漫红英年早逝,陈老师经历了其中的一大苦:爱女永别。在2002年及其以后的几年间,陈老师的痛和苦还不止一端。白发人送黑发人只是一个层面,更深的层面是那种无法遏止的伤心背后,还有无法解开的内疚,例如在女儿刚刚出生不久,就奉命离家,去为文学所"干校"打前站。还有第三重苦,那就是无法安慰妻子的悲伤,更无法消除由此产生的抱怨,例如责怪他在女儿高考需要语文辅导时,"根本就不管"!虽然没有严重到"怨憎会"的程度,没有像在电影上看到的那样由于孩子亡故而导致夫妻反目;痛上加痛,却是难免。所有这一切,陈老师都默默承受了。实在受不了,只能写文章倾诉自己的思念和积郁。那几篇文章算不上是文学佳构,但每一个字,都是泪和血浸泡过的。

爱别离,绝不仅是陈老师和何师母两人的苦痛,而是每一个人都可能遭遇的不幸。对于死亡,我们知道多少呢?对于爱别离,我们又懂得多少?

世纪末的回声：文集、研讨、对话

问：2002年8月，长江文艺出版社出版了您的第四本评论集《世纪末的回声》，这本书的出版缘起、发行情况和幕后故事有哪些？

答：我跟长江文艺出版社，因为主编"跨世纪文丛"，与他们结缘了近十年，建立了比较好的关系。"跨世纪文丛"是长江文艺出版社90年代出版的三大品牌图书之一，这也是长江社公开说的。出我的这本书，直白地说吧，是他们对我的一个回报。所以很难说是我主动的，还是他们主动的，好像双方都有这个意愿吧。本来，我的第三部评论集《文坛感应录》就是要由长江社出版的，就因为长江社的拖延，我才拿到解放军文艺社，所以这次出我的《世纪末的回声》，也可以说是一种"补偿"吧。《世纪末的回声》这个书名，我记得好像还是征求过你的意见以后定下的。无非是因为收到这本书里的大部分文章，都是在1995—2000年之间，也就是在濒临世纪末的时候写的，是我对世纪末文坛的一种感应，发出的一种声音。

这个集子，我个人还是比较满意的。它分三辑：文坛评说，书人书事，人事感念。第一、二辑都是评论文章，是主体，但第三辑却是散文随笔，虽然只有不到20篇，100页左右，只占全书的五分之一，但却是我以前的文集里所没有的。

问：咱们还是老规矩，您把您认为比较重点的一些篇目作一个简短的点评，不见得每篇都说，就说您觉得是比较重要的一些篇目。

答：《90年代的中国文坛和中国作家》，可能是一篇比较重要的文章吧。这是我对90年代的中国文坛和中国作家做的一个比较概括、比较全面的扫描，是我在加拿大，在一些国内高校，包括到广东嘉应学院，还有在北京超星图书馆做的讲演或讲座的题目。此外,《90年代文学批评评议》和《百年中国文学悖论探议》,可能也是有点见解或者有点超越的文章。再有,就是那一组关于性别问题的文章,从《我的女性观》开始,包括《关于女性写作悖论的话题》,一直到《当代中国(大陆)三代女批评家的笔记》等五篇,也是比较有点影响的文章。最后,《追溯留学生文学的发展轨迹》,就是《中国留学生文学大系》小说卷的《序》以及《风雨历程五十载——新中国文学理论批评的回望》。

问:是那个5.4万字版的,还是8万字版的?

答:都不是。是1.3万字版的那篇,2000年在《南方文坛》发表的。主要的就是这些吧。"书人书事"的那一组文章,都是谈作家作品的,包括谈评论家新作的,涉及的人比较多,一般化的文章也多一些。不过,其中有两篇文章还是值得提到的。一篇是评郭小东《中国知青部落》的"总序"《追寻"知青人"的精神家园》,另外一篇就是《一项系统的"金学"研究工程》,是谈你的金庸和新武侠小说研究的那一篇。

问:这篇文章的缘起是什么?您怎么会写这篇文章呢?

答:让我想想……当时好像也不是谁约我写的。不就是你给了我那一批金庸研究和"新武学"研究的书吗?我看到以后确实很是惊讶,很有感触。因为事前我虽然知道你喜欢读杂书,却不知道你如此迷上了金庸和新武侠小说,还出了这么多书——一批自成体系的金庸和新武侠小说研究著作[1]。我的这篇文章确实也是有感而发的。我觉得你的这批论著确实是材料丰富、自成体系的,分析也挺透彻。另外就是你的文章有一种气势,也可以说一种霸气吧,这在年轻学者著作中是不多见的。我本身对"金学"和"新武学"实际上所知甚少,更谈不上有什么研究。这篇文章也就是有感而发。在这之前的几年,我不是还写过一篇《大陆"金学"第一家》吗?后来你把它作了你一本什么书的"代序"?

问:是我的《金庸小说人论》的序。

---

[1] 口述人:截至1998年5月我写这篇文章,陈墨出版的"金学"和"新武学"的书主要有:百花洲文艺出版社1993年出版的"金庸研究系列"7部;《新武侠二十家》《海外新武侠小说论》《刀光剑影蒙太奇——中国武侠电影论》3部;台湾云龙出版社1997年出版的"陈墨金学作品集"12卷。

答:对。所以,《一项系统的"金学"研究工程》,也可以说是《大陆"金学"第一家》的发展。它是在香港《作家报》上发表的。

问:文集还有什么篇目或者别的东西要说吗?

答:其他的,那些作家作品的评论,涉及的作家作品差不多有 20 来个吧,就不说了。涉及到评论家的,有一篇评陈徒手,也就是陈国华的《人有病,天知否——一九四九年后中国文坛纪实》的文章,叫《史料的魅力》,也还值得一提。就跟陈国华这个人一样,这本书也是素朴的、平实的,但却蕴含着建国以来数十年文坛的阴晴圆缺和风云变幻,是值得关注的一本书①。

问:文学研究所编的《岁月镕金》这本书,收了您的《〈文学评论〉复刊的前前后后》。《岁月镕金》这本书的编辑和出版背景是什么?

答:《岁月镕金》(一编)是文学研究所建所 50 周年的一部纪念文集。当时所里的几个刊物都有人写这方面的回忆文章,比如《文学研究》是吕林写的,《文学遗产》是卢兴基写的,《文学知识》是吴子敏写的,我就写《文学评论》复刊前前后后这一段。这一段变幻起伏比较大,又是我亲身经历的,所以写起来也比较有意思。②

问:"王蒙文学创作国际学术研讨会",您也出席了,并且作了《探寻者·独行者·营造者》的发言,关于这次会议,有什么特别的记忆吗?

答:这个会是关于王蒙文学创作的学术讨论会,2003 年 9 月在青岛开的,由青岛的中国海洋大学主办。海洋大学怎么会来主办这个会呢?因为海洋大学有一个文学院,他们聘请王蒙担任文学院首任院长,开王蒙的会,也就等于给文学院的挂牌开张作了宣传。当时,在国内,除了 80 年代在北京师范学院(现在叫首都师范大学)有过一次关于王蒙近作的小型讨论会以外,似乎还没有开过全国性的王蒙文学创作学术讨论会,而且还是"国际性"的。请我参加,我当然很高兴,照例都得准备一篇论文或

---

① 口述人:陈徒手近年又出版了一部富含史料价值的新著:《故国人民有所思——1949 年后知识分子思想改造侧影》,生活·新知·读书三联书店 2013 年 5 月出版。

② 口述人:《岁月镕金》(一编)于 2003 年 5 月由中国社会科学出版社出版。后来 2012 年我又接续此文,写了《〈文学评论〉在获得新生之后》,主要记叙 80 年代《文学评论》的情况,收入《岁月镕金》(二编),亦由中国社会科学出版社于 2013 年 6 月出版。

者发言,我就准备了这么一篇。这里得说明一下,这篇论文,是我跟朱育颖合作完成的。朱育颖在1999—2000年间曾是中国社科院文学研究所的访问学者,我是她的指导老师。访学之后我们经常有联系,她也很想参加一些文学活动,包括到青岛参加王蒙的会。正好,我那时候手头上的事情很多,就跟她商量,请她先起个稿子,然后由我修改定稿。所以这篇文章是合作的产品,发表的时候也是两人联名的①。

问:您跟王蒙是怎么认识的?

答:我认识王蒙,应该说是比较早的。还是在70年代末80年代初,那是他创作的第二个青春期,发表了一系列带有意识流特点的实验性小说和探索性的理论批评文章,赞赏者有之,抨击者也有之。我是属于赞赏派的。北京师范学院开王蒙作品讨论会的时候,我就作了一个力挺他的发言。

问:那次会上有批评的声音吗?

答:当然,有批评的。对王蒙的创作一开始就是有两种意见。但支持者还是居于多数。我的第一本文学评论集《文学观念与艺术魅力》所收的关于王蒙的文章就有三篇②,与写徐怀中的文章持平。后来我主编"跨世纪文丛"的时候,不仅请王蒙当顾问,还请他加盟第一辑,他都欣然同意。

问:是《坚硬的稀粥》吗?

答:对,这本小说集就用他的一篇有争议的小说《坚硬的稀粥》命名。长江文艺出版社开始还有点担心,后来也同意了。我觉得,对作品说好说坏,从来就有,不能因为有不同意见就影响我们对它的公正评价。王蒙80年代在《文学评论》上发表的两三篇理论批评文章,也是我出面约的,也就是在那个时候,我去过王蒙在东四的家。

问:您是当时的责任编辑?

---

① 口述人:指《探寻者·独行者·营造者——王蒙小说中的王蒙》,首发《海南师范学院学报·社科版》2004年第2期,后收入《从一而终——陈骏涛文学评论选》。
② 口述人:这三篇是:《发掘人物的内心世界——王蒙新作〈蝴蝶〉读后》,《从舒婷的诗谈到王蒙的小说——文学随想》,《富于创造性的文学探求——评王蒙的〈漫话小说创作〉及其他》,见《文学观念与艺术魅力》,海峡文艺出版社1986年6月版。

答：责任编辑。

问：关于王蒙这个人和他的创作,您能作一个简评吗?

答：王蒙是中国文坛上不可多得的大作家。他才气横溢,涉猎的面也广,不仅写小说,写杂文,写散文,也写研究文章。他的研究文章跟别人不同,没有学究气,重在表述自己的见解。你可以不赞同他的观点,但你很难驳倒他。

问：人怎么样?

答：人?有人说他圆滑。不是那种老老实实、本本分分的作家。这倒是事实,因为他本来就不单是一个普普通通的作家,从"右派分子"到文化部长,他都当过。他经历坎坷,起伏很大,生活教会了他如何去保护自己,所以有时候也难能免俗。这世界上十全十美的人是没有的,王蒙也一样。

问：您和朱竞有题为《对话的时代》的对话,缘起是什么?

答：这个对话是朱竞提出的。她当年是《文艺争鸣》的编辑,自己也写点东西。有一年我到东北开会,开小说学会的年会,朱竞也来了。当年因为她在《文艺争鸣》上发过我的一篇文章,就是那篇谈到刘再复的文章①,认识了她。

问：朱竞是责任编辑吗?

答：对,是责任编辑。我在《文艺争鸣》上发过的几篇文章,可能都与她有关系。她说现在正值世纪之交,她要搞一部《世纪印象》的书②,参加的都是各个领域的学者,希望我能够参加,跟她做一次对话。我当然表示可以了。但这是个书面对话,她就给了我一个对话提纲,一个面很宽的对话提纲。

问：不是坐在一起谈的?

答：不是面对面的对话,而是命题作文。大概是这样几个方面的问题:一个是关于时代和知识分子,一个是关于书和人,一个是人生和个人体验,一个是教育,一个是文学,大概是这样五个方面的问题。在大问题

---

① 是指,《新美学—历史批判综说》,载《文艺争鸣》1989 年第 6 期。
② 这书就是朱竞主编的《世纪印象:百名学者论中国文化》(上下册),北京华龄出版社,2003 年出版。

中还包含了若干小问题。比如在第一个大问题中,第一个小问题是:20世纪已经过去,您对20世纪的印象是什么样的？您认为知识分子精神存在吗？如果存在,您如何理解？在您看来,中国20世纪知识分子所承担的最大责任是什么？余此类推……我就根据我自己的经历,自己的感受,在2001年6月到7月这两个月搬家的忙乱中,断断续续的把这篇文章写出来了。《对话的时代》,这个题目倒是我自己定的,因为我认为21世纪应该是个"对话的时代",而不是像已经过去的20世纪那样是个"对抗的时代"。就这样。后来,这篇答问,就作了我的第四本评论集的代自序。

问:您讲的是《世纪末的回声》是吧？

答:对,是《世纪末的回声》,全称是:《代自序:世纪之思——答朱竞女士》。

问:2003年您在《山西文学》发表《干校岁月》,您怎么想起写这篇文章？

答:其实,这是我早就想写的一篇文章,"干校"的记忆总是在脑海里盘旋着。这事,还该从荒林的约稿说起。荒林就是那位《中国女性主义》的主编,一个中国女性主义学者。她给山西人民出版社编了两本"生存笔述"的书,一本叫《女性生存笔述》,一本叫《男性生存笔述》。① 有近20个男性公民被约稿,我是其中之一。我就写了一篇《人生坎坷》的长文,其中包括"动乱年代""干校岁月"和"女儿西去"三节。"动乱年代"是写"文化大革命"记忆的,"女儿西去"是写对漫红的记忆的,"干校岁月"就是写"干校"记忆的。发表在《山西文学》2003年12月号的《干校岁月》就是脱胎于这篇长文。

问:《男性生存笔述》跟荒林的女性主义研究是什么关系？

答:这实际上是中国女性主义者的一种姿态,一种策略。她们一方面反对男权中心主义,倡导女性的尊严和自由,另一方面也向男士们伸出橄榄枝,露出蒙娜丽莎式的笑容,表现出对男性的关怀。用荒林的话说,是一种"微笑的女性主义"。这是中国女性主义者不同于西方那些激进女性主义者的地方。

---

① 口述人:《男性生存笔述》,荒林主编,太原,山西人民出版社,2004年2月。

采编人杂记：

关于文学价值和文献价值

《世纪末的回声》是陈老师的第四部文集。记得《在传统和现代之间》出版时，陈老师就担心过，这会不会是他的最后一本文集；后来出版《文坛感应录》，陈老师仍然担心那会不会是最后一本文集。这种担心，也许就是孟繁华教授所说的那种批评家的"悲壮与苍凉"。与此同时，文学没到末日，批评仍有空间，工作还在继续，这部《世纪末的回声》，仍不是陈老师的最后一部文集。

除了"会不会是最后一部"的担心，陈老师还有另一个担心——或者说是疑惑：这些文章，这些文集，是不是有出版价值？对此担心，我总是不以为然。我认为，这些文章结集，不仅有毋庸置疑的文学价值，还有尚未被认识的文献价值。因为，它是"世纪末的回声"——收入集子中的《90年代文学批评评议》《百年中国文学悖论探议》《关于女性写作悖论的话题》《当代中国（大陆）三代女批评家的笔记》《追溯留学生文学的发展轨迹》，以及《风雨历程五十载——新中国文学理论批评的回望》等重头文章，不仅是文学的评说和反思，也是历史的梳理和建构。

既然有价值，为什么缺少反响，甚至乏人问津？我想是因为，我们的文化尚处在转型过程中，目前还没有进化到探究人类活动的精细知识的程度。

"北会"、"南会"活动及《游戏的陷阱》

问：您跟中国当代文学研究会，有哪些机缘？您什么时候入会？在1998年之前，差不多每年年会您都参加是吧？

答：没有。当代文学研究会的会，我不是每年都参加。而且我也不属于最早入会的那批人。

问：为什么呢？

答：不为什么。因为那时候学会挺多的，参加也总是有先后嘛。我最初参加的学会有三个：一个是中国当代文学学会，后来改名叫中国新文学学会，一个就是中国当代文学研究会，还有一个是中国文艺理论学会。现在也分不清哪一个在先，哪一个在后了。中国当代文学学会在江西庐山的那次年会，我参加了，那是在1981年，是这个学会的第二次会议。第一次是1980年在广州开的，我没去成。

问：中国当代文学研究会，您参加得晚一些是吧？

答：也不能确定就晚。我记得中国当代文学研究会的第一次年会，应该是1979年在内蒙古开的，我没去。但1980年在北京开的那次我倒是参加了，虽然也是第二次年会，但还是比中国当代文学学会要早一年。

问：当代文学研究会，您是理事吗？

答：是理事。这三个学会我都是理事，最早的一批理事。所谓理事，也就是个名号。80年代工作头绪太多了，不可能所有学会的活动都参加。像中国文艺理论学会，我就一次正式的会议都没有参加过。新文学学会和当代文学研究会的活动还参加过一些，但都不算是"常客"。

问：当代文学研究会的创会会长是谁？

答:创会会长?是朱寨还是冯牧?……是冯牧。冯牧去世以后才是朱寨,然后是张炯,张炯是第三任会长,实际上掌控全局的是张炯。

问:1998年,重庆第十届当代文学研究会年会,是一个什么情况?

答:噢,我在当代文学研究会留下的痕迹,除了1986年《文学观念与艺术魅力》获得首届中国当代文学研究优秀成果奖的那一次,可能就是重庆的这一次了。这一次我的《文坛感应录》获得了第六届中国当代文学研究优秀成果奖。当然这都不算是什么重要的奖项。

问:为什么这么说?

答:因为它是学会奖。学会奖就是奖励会员中有比较优秀的成果者,获奖的人很多,也就是一个荣誉,没有奖金。包括新文学学会奖,小说学会奖,都是这样的。

问:重庆那次会,您还有哪些记忆?有没有颁奖仪式?

答:你问的是颁奖仪式?没有。就是宣布一下,就过去了。

问:它有正经的申报、评委会评议什么的吧?

答:有,这倒是有的。事先必须申报,经过研究会组成的评委会讨论,表决通过,按通常的程序走,有时候还分一等奖、二等奖什么的。

问:还分几等奖?您的《文坛感应录》怎么叫优秀成果奖?

答:哦,等级奖是新文学学会搞的,比如,《世纪末的回声》就获得过新文学学会评的优秀著作一等奖。当代文学研究会没有分等级,就只有一种优秀成果奖。

问:先说重庆这个会。这个会的发言和讨论,您有哪些记忆?

答:这类学术讨论会,大都是大呼隆的发言,能留下记忆的并不多。我自己的那个发言呢,虽然也是即兴式的,但倒是有感而发,就当时的一份问卷/答卷针锋相对地提出了批评[①]。

问:这个问卷、答卷是什么?

答:南京的韩东你应该知道吧?韩东,还有一个叫朱文,他们两人联名发起,搞了一个问卷,向文学界的一些人,大多是年轻的——现在当然

---

① 口述人:"问卷·答卷"指《断裂:一份问卷和五十六份答卷》,全文见《北京文学》1998年10月号,此前,《东方文化周刊》《南方周末》《文论报》等都曾先后摘要刊出过。

都是中年了——让他们回答。有的回答了,有的没有回答。他们就把回答的答卷收集起来,搞了一个问卷/答卷发表了。问卷本身,就是带着挑动性、诱导性的,挑动你的情绪,诱导你进入他们设计的圈套。

问:为什么这样讲?问了什么样的挑逗性题目?

答:比如说,他问你,在中国文坛上你感到压抑吗?你对鲁迅是什么看法?等等。

问:一共有多少个题目?

答:一共有几十个题目。开始有好几个媒体都先后发表过。我是在《北京文学》上看到它的全貌的。整个问卷和部分答卷,总的一个倾向,就是对整个当代文坛特别是新时期以来的文坛,表现出强烈的不满,一种极端化的、情绪化的倾向。认为老一代的或者年长的作家,压制他们这些年轻人的成长;更老的像鲁迅,虽然已经不在人世,但仍然像一块"老石头",常常让人搬起来砸向他们。对整个新时期文学的变化和发展,表现出一种极为轻蔑的态度。看到问卷/答卷以后,周围的一些朋友都感到有问题。所以我在会上的发言,引起了不少人的共鸣。于是由我挑头,几个志同道合的朋友就在一起做了一个对话,有武汉大学的於可训,上海大学的曲春景——当时她还在山西大学,还有四川师范大学的赵寻,连同我一共四个人,我们做了一个长篇对话。后来这个对话就以《游戏的陷阱》为题在山西《太原日报》的"双塔文学周刊",以两个整版的篇幅分两天发表①。

问:对话的题目,为什么叫《游戏的陷阱》呢?

答:就是认为,这实际上是他们,也就是韩东和朱文他们设计的一个游戏,一个圈套,诱导答卷者上当,有些人就上了这个圈套了。

问:在对话的四个人当中,有不同意见吗?

答:基本上没有什么不同意见。

问:四个人观点相近,是吧?对话中没有互相交锋,对吧?

答:没有,没有什么分歧,否则就不会走到一起了。当然看问题的角

---

① 口述人:《游戏的陷阱——关于〈断裂:一份问卷和五十六份答卷〉的对话》,《太原日报·双塔文学周刊》1998年12月21日和12月28日。

度不一定一样。四个人吧,实际上是三代人:我是老年人,於可训是中年人,曲春景介于中青年之间,赵寻是青年人。"年轻气盛、狂妄无知",当时赵寻就这么说。

问:说韩东和朱文他们?

答:对对。

问:后来他们有回应吗?

答:没有。后来就无声无息,pass了。它其实是对整个文坛的一次扫荡。有些话是很刻薄的,对50年代、60年代、70年代登上文坛的作家,几乎持完全否定的态度,说他们长得又矮又小,躲在政治家的石榴裙下显得智商很低,说文坛是一个"粪池"——这都是原话,用词很不文明。

问:是谁说的?是"问卷"还是"答卷"里的?

答:"答卷"。

问:那跟"问卷"没关系啊?

答:但"问卷"本身就带着倾向性、诱导性的,让"答卷"者跟着它走。

问:诱导,您可以不作应对啊,这是某个"答卷"里的话,是吧?

答:对。有的"答卷"对文学评论显出特别仇视。说当代文学评论并不存在,有的只是"一伙面目猥琐的食腐肉者",用词非常刻薄。"他们一向以年轻作家的血肉为生,为了掩盖这个事实,他们攻击自己的衣食父母";另外,"他们的艺术直觉普遍为负数,为零"。对大中专院校的现当代文学研究也几乎持完全否定的态度,说"它们的首要意义在于职称评定,次要意义在于培养一批心理变态的打手",这当然说得也有一点道理,但整个地看是太刻薄了。说鲁迅是什么?"是一块老石头,他的反动性是不证自明的",是"乌烟瘴气的鸟导师","误人子弟",等等。

问:所以就有一些与会者觉得这个太过分了,是吧?

答:太过分了。

问:2004年8月,您参加了在山东泰安举办的中国新文学学会年会,您的《文坛感应录》获得学会优秀著作一等奖,有哪些记忆?

答:中国新文学学会,我是在80年代初期就参加了,1981年在江西庐山开第二届年会的时候我就是理事。

问：当时是叫当代文学学会吧？

答：对，叫中国当代文学学会，后来就改名中国新文学学会，为了不跟中国当代文学研究会重叠。新文学学会年会开得比较勤，几乎是一年换一个地方，我也想借这个机会多走走，看看，所以参加新文学学会的活动要比当代文学研究会的多。

问：能多去几个地方？

答：对。像去朝鲜观光那一次，就是在丹东开新文学学会年会之后，会议组织的一次自费旅游；去海参崴观光那一次，也是这样，是在哈尔滨开了年会之后组织去的。

问：新文学学会的历届领导人是哪些人？

答：首任会长是姚雪垠，姚雪垠去世后是王庆生，原华中师范大学校长。现在王庆生也退下来了。

问：这个会的会长都是湖北的？

答：对。它的中心在湖北华中师范大学，俗称"南会"。

问：文学所主导的中国当代文学研究会，属于"北会"？

答：对，俗称"北会"。一个南会，一个北会。

问：2004年8月，山东泰安的那次会，您的论文集获奖，有没有奖金？

答：没有奖金，学会的奖都没有奖金。也就是一种鼓励。分一等奖，二等奖，三等奖。

问：对这次会本身的印象呢？

答：会还是开得好的。我在会上作了一个发言，讲了什么呢？——哦，叫《关注民生，关怀底层》，底层和民生。

问：为什么会说这样一个题目呢？

答：主要是因为当时在文学作品当中，出现了一种关注底层、关怀民生的草根文学倾向。我主要就讲这个问题，当然是肯定的。

［下一次采访的补充修订］上次我说错了一件事，主要是时间错位。原来我说2004年在泰安开新文学学会，我在会上作了《关注民生，关怀底层》的发言，实际上这个发言，应该是2007年11月，新文学学会在江苏无锡开的那次年会上做的。更正一下。

采编人杂记:

关于"游戏的陷阱"

陈老师温文尔雅,生别人气而公开表达,是闻所未闻。这一回,他真的生气了。《答卷》中的一些话,确实是情绪化,少有理性分析,多为不假思索,轻易出口伤人,近乎语言暴力。作为新时期文学的辩护者、吹鼓手和批评家,陈老师亲历了从"文革"造成的一片废墟旁搭建起第一排可以栖息心灵的文学窝棚,亲历了从"拨乱反正"到文学独立重生的曲折漫长的过程,容不得他人无端贬损新时期文学。陈老师一生崇敬鲁迅,听到有人如此诋毁鲁迅,难怪他生气。

说这是"游戏的陷阱",是一种看法。往好里说,的确是一种语言游戏,年轻人喜欢标新立异,勇于表达,且语不惊人死不休,在众声喧哗之际,尤其如此。深一层说,这样说话的人,多半是愤怒青年,对压抑的生活环境充满怨气。进而,这些人在日常生活中可能有另一种面目,只有在无名化情境下才敢恣意出口伤人。关键是,说这些话的年轻人,颇有当年红卫兵的坏脾性。"文革"结束20多年后,还有红卫兵的精神遗存,这才是问题的实质所在。红卫兵脾性,如埃里克·霍弗所说的"狂热分子"(忠实信徒)和"暂时的畸零人"(失意者):"在把时代的一切骂得一文不值以后,失意者的失败感和孤立感会获得缓和。"①

再往深处说,如此言语行为,与"认知复杂度"(cognitive complexity)有关——假如《答卷》中的想法和说法也算是一种认知的话。"认知复杂度高的人通常能灵活地解释各种复杂现象,并且能将新信息整合到他们有关人或事的想法中;而认知复杂度较低的人则倾向于忽略那些和他们的印象不匹配的信息,或是用新的信息替代他们先前形成的印象。而无论用哪一种形式,认知复杂度较低的人都没有承认某些细微的差别,或是人类生活中的矛盾之处。"②《答卷》的部分激烈言语,是我们熟悉的那种

---

① [美]埃里克·霍弗:《狂热分子》,第104页,梁永安译,桂林:广西师范大学出版社2008年。
② [美]朱莉娅·伍德:《生活中的传播》,第58页,董璐译,北京:北京大学出版社,2009年。

"万恶的旧社会""非我族类,其心必异""天下乌鸦一般黑"和"洪洞县里无好人"判断和言说模式,这其实是认知复杂度极低的表现。这样的"认知",显然没有考虑人心和人性有多复杂,没有考虑社会盘根错节与历史曲折迷离。

退而不休及《这一片人文风景》

问:2005年,您69岁,彻底退休了①。为什么不等到2006年?

答:到2005年,研究生和访问学者都没有了,我就正式退了下来。当然,后来还有找上门的,那是在正式退下来以后的事。

问:这是跟进修生有关,而不是跟《文学评论》有关是吧?

答:对,跟《文学评论》无关,也就是说,不是因为《文学评论》的工作需要。

问:返聘两年结束以后,后面七年是接着返聘吗?

答:具体的,我就说不清楚了。反正是在2005年以前,我一直是返聘待遇的,比如,出差这类事都是可以报销的。2005年以后就不行了。

问:您对科研单位的人事制度,退休、返聘,有什么看法?

答:说实话,别的研究所我不清楚,文学所在上个世纪,关于退休返聘制度,没有很严格的规定,只要工作需要,就可以返聘。但离退休制度还是严格的,也就是说,到了年龄,就办正式退休手续。

问:60岁"一刀切"吗?

答:对,基本上就是这样的。

问:但人文学者60岁时,还是在学术巅峰上。对这种"一刀切"的退休制度的不合理性,您有什么看法?

答:我觉得,这个多少有点不合理。但是对我来说,倒没有什么失落感。

问:没有失落感,是不是因为返聘了?

---

① 是指结束在文学所《文学评论》的返聘,退休手续早在1996年就办理了。下文所说即是。

答:那倒不是。因为我始终有事做,不返聘也照样有事做。不返聘的时候,有学生找上门来,只要你本人同意,就可以继续带。我带的最后两名访问学者,就是在70岁以后。

问:文学所还照样认?

答:还照样认。这种事是统一归文学所科研处管理的。但就是没有出差经费,到外地开会什么的,都得自掏腰包,这是最大的变化。不过,我的差旅费倒常常是由邀请方负责的,否则我也付不起。

问:预算内出差经费没了?

答:对,没了。拿的就是退休工资。

问:退休工资跟以前的工资,变化有多大呢?

答:这个始终我弄不太明白。我不知道你们的工资情况,像我们的工资,有很多附加项。如果没有这些附加项的话,真正的退休工资,就要少得多了。①

问:退休以后还有附加项?

答:对。

问:总的钱数,退休前与退休后的变化呢?

答:我没有跟在职人员做过比较。对我来说,好像没有多大变化。退休后比退休前反而多了。当然,这里面有物价上涨的因素,我就没有去细抠了。

问:总而言之,退休对您没有影响?在经济上也没什么影响?

答:没有多大影响。我学术活动照样参加。而且也不知道从什么时候开始的,凡是那种被邀请参加的会议,一般都有车马费,算是对被邀请人付出的补偿。有人不是还写过讽刺文章吗?讽刺评论家,说是"有偿评论家"什么的。

问:您对这个讽刺有什么看法?

答:我一笑了之。其实,写这种文章的人,他自己就是得到过补偿的。我觉得,现在都讲多劳多得,付出劳动吧,应该适当给点报酬。付出劳动

---

① 口述人:所谓"附加项",大概有政府特贴、长征基金、提租补贴、班车补贴、机构运行,另外,逢年过节也有一点补贴。

给报酬,这是天经地义的。当然不能太离谱了。另外,你不能搞私下交易,收了人家的钱,就专门讲好话。

问:有没有开会拿红包,拿了红包后就不好意思批评的?

答:这是指参加作品讨论会的。就我个人来说,并没有这样的经历。

问:2005年12月,您的论文《关于女性写作悖论的话题》获得中国社科院离退休干部优秀科研成果奖,离退休干部还有科研成果奖?

答:对,这就是科研单位的一个优越性。尤其是社科院这样的单位,离退休的人员很多,除非是身体不行了,脑子不能思考了。像我们这些多多少少还能思考的,一辈子搞科研的人,不做点事总觉得空得慌。所以社科院一向重视老干部工作,设立离退休人员科研成果奖,就是对老同志的一种鼓励,这对老同志发挥余热、安定团结都是十分有意义的一件事。

问:这个奖和社科院别的评奖是分开的是吧?

答:分开的。

问:评奖的程序是怎样的?

答:每年,现在已经发展到每季度一报。发表过什么文章,出过什么书,有个报表。年底还有个总报表,由各个所的老干部处汇总。然后就是每两年或者三年有一次评奖,第一、二、三届,这样的。

问:要不要自己申报?

答:当然,自己申报,谁都可以申报。然后各个所都有一个审核小组,先进行筛选,再报老干部局。老干部局有一个专家评委会,做最后的裁决。

问:社科院老干部局评奖,不单是文学方面的吧?

答:当然,整个社科院的各个学科都有。

问:有颁奖活动吗?有奖金吗?

答:有奖金,但很少,象征性的。

问:您70岁生日聚会和出版《这一片人文风景》,有哪些记忆?

答:说实话,这个生日聚会,我开头还真没有想到。

问:没想到自己过70大寿?

答:对对,没想过。因为我这一生,还从来没有过生日这样的记忆。小时候是不是给我过过生日,我就不记得了。至少到了有记忆的时候,上学以后,尤其是离家北上,到了上海、北京这些地方以后,我就从来没有过生日的记忆,甚至连自己的生日是哪一天都忘了。恍然记起哪一天应该是我的生日,也就 pass 了。

问:家里其他人,师母、漫红她们过生日吗?

答:孩子还是过过。不过也不是很正规的,无非就是买个蛋糕什么的。我们两个还从来没有过过生日。有时候记住了生日,但是生日到了又给忘了,过后才忽然想起来。那一年,你们提出要为我过生日,我开始是不同意的,不同意当然还有一个原因,就是怕你们花钱。但后来,经不起你们劝说,另外也觉得,七十是个大日子,人生七十古来稀么,这是古人说的,那就过吧。但是还是跟你们约法几章,一个是范围不要大,另外一个,不要搞得太豪华,大家在一起聚一聚就可以了。那天来了十多个人,主要是北京的,气氛挺好,充盈着一片温馨、诚挚、欢悦的氛围,给我留下了深长的回味。此后,自己就再没有过过这样的生日了,归根到底,还是没有这个习惯。

问:那就说说《这一片人文风景》?

答:说到《这一片人文风景》,你是最清楚的,开头我也是不太同意搞的。搞起来费劲是一回事,最主要的是有哪一家出版社愿意出这种书呢?后来还是你和谭湘、孙明强把这事给揽下了,当然,我非常明白:这也是你们的一片心意。至于选什么,怎么选,也是你们的主意。五个专辑既有我刚刚完成的自传体长文《从一而终》——这原本是给《芳草》杂志写的①,又有我为许多作家、评论家和陈门弟子出版的书所写的序跋,还有我历年所写的散文随笔类文章,最后两组是一批对我评说的文章,作者既有专家学者、编辑记者、评论家作家,也有陈门弟子。40万字的篇幅,既能容纳这么多文章,应该说是很不容易的。

问:您能对《这一片人文风景》作些点评吗?

答:点评好像应该由别人来做,我个人觉得还是挺好的,我挺满意。特别是徐怀中和陈思和的《序》,代表了两代人对我的鼓励和期望,包括陈门弟子写的那些文章,当年看到的时候我就很感动。我觉得我这一生

---

① 口述人:《从一而终——我的文学批评之旅》,《芳草》2007年第1期《批评家自传》专栏。

并没有白活,至少在别人眼里我还不是一个可有可无的人。

后来,也有人或者在文章中,或者在书信里提到过这本书。一位是广东的陈志红,也是我很早就认识的,另一位是无锡的吴海发,我从未谋面的,我是在网上偶然搜索到他写这篇文章的。还有我姐姐、我侄儿和外甥等,都曾经谈到过这本书。

采编人杂记:

一、关于退休问题

陈老师关于退休的那些话,不可不信,也不可全信。他确实与普通上班族不一样,自己有忙不完的活,而且退休后被返聘,没经历退休这道坎。另一方面,他并非没有经历过退休焦虑,在《步入老年》一文的开头,就讨论什么年龄退休才合适的话题,说古人都是70岁致仕即退休,言下之意,几乎不言自明。

退休是每一个人都要经历的,是人生大事,因而值得一说。什么年龄退休合适、什么时候该退休或不该退休,是一个因人而异的问题。到目前为止,国家政策是60岁"一刀切",是一个简单有效的办法,也是个粗暴且低能的办法。

退休问题关乎个人,但却不仅仅是个人问题,也是复杂而又重大的社会问题。退休问题与老年问题密不可分,过去是人生七十古来稀,而今70岁不过是老年岁月的起点。更何况,实际年龄、生理年龄和心理年龄,常常并不是一回事。

二、关于《这一片人文风景》

2005年底至2006年初,我和谭湘、孙明强等师弟妹商量:1.想要邀集同门师兄弟聚会一次,为陈老师70岁祝寿;2.想由我们自己捐资,为陈老师出一本70岁纪念文集。这个倡议得到了热烈响应。向陈老师汇报时,他却以为没有这个必要,一是不愿意我们为他花费,二是觉得自己

"不是什么大人物"。

我们认为,为老师祝寿,是我们的心愿,只是想对老师说:我们感激他、敬重他、爱他;出纪念文集,大人物可以,小人物又何妨?佛说,翠竹黄花,无非般若。更何况,老师对新时期文学贡献良多,甘当人梯的精神更被人称道。

《这一片人文风景》的编辑选目是我与陈老师、谭湘、孙明强等几位商量决定的,分为五个部分:一是《人文风景》,收录陈老师不久前完成的批评家自述长文《从一而终——我的文学批评之旅》。二是《园林笔记》,收入陈老师为数十位作家、评论家和学者的文集所写的序言或跋语。三是《心灵乐章》,收入陈老师多年来发表的散文随笔,其中有些从未结集。四是《诸家品鉴》,收入洁泯、刘再复、荞萍、钟晓毅、赵玫、张恬、孟繁华、徐坤、樊星、姜广平、顾艳等人关于陈老师的文章。五是《师生情苑》,收入师兄弟关于师门回忆文章,其中陈晋师兄并非严格意义上的同门,但与陈老师一直保持师生之谊。

作家许怀中、学者陈思和应约为文集作序,朱向前、周大新、毕淑敏、郭小东、乔以钢、梁丽芳、栗山千香子、钟晶晶、陈徒手等应约为文集撰文,让我们感激不尽!这也让我们更加坚信,老师这一片人文风景,值得后人记忆和珍藏。

流年碎影(一)

问:2004年12月您主编《精神之旅——当代作家访谈录》出版,是约稿吗?

答:不是约稿。本来这是我自己向中国社科院老干部局申报的一个课题,离退休干部科研基金的课题,审批通过以后有经费的。大概是2003年的时候,我报了这么一个选题,是讨论世纪末中国作家所经历的精神历程的。我想跟郭素平和朱育颖她们合作完成。提纲都草拟出来了,但后来发现要搞这么一本理论批评著作很困难,也没有什么出版社愿意出版,所以就改变主意,决定搞一本作家访谈录,这样既有读者,也有出版社愿意出。这就是这本书的由来。你看,一共做了17个作家的访谈。

问:铁凝好像也是那次访谈的对象吧?

答:对,铁凝是一个。被访谈的作家都是新时期以来比较知名,比较走红的,女作家居多,他们是(按目录顺序):宗璞、从维熙、张抗抗、史铁生、铁凝、残雪、莫言、余华、刘震云、方方、池莉、徐坤、邱华栋、徐小斌、林白、陈染、海男。访谈录都是经过访谈后由访谈者整理出来的。

问:除了郭素平和朱育颖以外,还有别的访谈者吗?

答:有啊,这显然不是我一个人能做的,有十个人参加了这项工作。除了郭素平和朱育颖以外,还有贺桂梅、王红旗、皮皮、荒林、周罡、叶立文、赵艳、晓林等八位。都是一些年轻朋友,大多是大学老师,两位是毕业不久的博士生,还有一位是作家——就是那个做史铁生访谈的皮皮,分布于全国各地。由我主持这个工作,并写序言,铁凝和从维熙的访谈我也参加了。

问:这本书做了多长时间?

答:不算很长,定下方案以后,前后大概花了有一年时间。原来是想在花山文艺出版社出版的,当时谭湘在那儿当副总。后来谭湘觉得有点困难,所以我就跟广西师范大学出版社联系了,他们倒是很爽快,就接受了。

问:这本书有出版经费吗?

答:没有出版经费,是作为出版社计划内的书,按正常的出版渠道走。社科院老干部局有很少的一点课题经费,都作为稿费补贴支付给访谈者了。

问:出版社给稿费吗?

答:给了一点稿费,但不多。我也不计较,给多少就多少。

问:2005年8月,您和郭素平的对话《成长中的中国女性主义》,刊载于《中国女性主义》第4辑,这个对话的背景是什么?

答:是这样的,当时荒林她们搞了一个"中国女性主义学术沙龙",在北京海淀"风入松"书店,不定期的。小郭的学校也在海淀,我就让她一起来参加,她也挺愿意的。她参加过几次沙龙以后,觉得挺有意思的。后来我就提出,我们俩能不能就中国女性主义问题搞一次对话,她也同意。于是我就拟了几个题目,就在我家里搞的对话,时间是2004年11月28日,整理定稿是12月5日。

问:这个是真的对话录音吗?还是笔谈?

答:不是笔谈,是小郭回去以后根据录音整理的,然后由我对整理稿做修改、定稿。不同于口述稿,但应该是一篇比较地道的对话录。

问:提纲是先商量好,然后再做对话的?

答:对对。当然,事前我们都做了一些准备。

问:也不是约稿?对话完成以后,再投给《中国女性主义》?

答:算是半约稿吧,因为我还是《中国女性主义》学术委员会委员,荒林也曾向我要过稿。这也不是唯一的一篇。我在《中国女性主义》还发表过其他文章。

问:"成长中的中国女性主义",是做一个回顾吗?

答:回顾。对中国女性主义的成长历程做一个回顾。中国女性主义,跟西方女性主义是不同的,它不像西方女性主义那样咄咄逼人,而是带着微笑的,是带有中国特色的女性主义。就像《中国女性主义》刊首语所说的那样:"中国女性主义是犀利的,但并不咄咄逼人。它探讨女性问题,关怀两性的和谐发展,并最终关注'人'这一永恒命题。本书以历史与当下、译介与本土化、理论和行动的结合为契入点,学理与时尚兼具,为我们展示出微笑着的中国女性主义。"

问:2006年的11月,您被选为中国作家协会第七次全国代表大会代表,参加了作协代表大会,这次参加会的感受和经历是什么?

答:其实过去也经常参加中国作协系统的会议,但都是作为记者,或者作为评论家的身份参加的。当作协代表大会的正式代表,这还是第一次,也是这一生唯一的一次。从客人到主人,这是身份上的一种变化,当然心情就不一样了。顺便说一下,当这个代表,我先前是不知道的。后来让我填表了,我才知道有这回事。

问:被选的代表还要填表啊?

答:作为候选人嘛,当然要填表了。填表以后,中国社科院系统的作协会员再进行投票,这样选出来的。

问:对这次会本身,有哪些记忆?

答:就是在这次会议上,铁凝当选为主席,一直到现在。

问:意外吗?选这么年轻的作家当主席?

答:倒不意外,因为事先就已经知道了。会前,曾经有一种说法,说王蒙有可能要当这一届的作协主席。但王蒙这时已经年过70,另外可能还有什么别的原因,说王蒙不可能当了。从王蒙在这次作代会上的表现,也可以看出一些迹象:他只参加过开幕式,后来就很少见到他的身影。

问:王蒙原来的身份是什么?

答:他是作协副主席。

问:过去作协一直巴金当主席,是吧?

答:对对,他是巴金的左右手,所以才有王蒙有可能接替巴金当主席的说法。

问:王蒙没有做过作协主席?

答:没有,从来没有。

问:别的印象和记忆呢?

答:见到了很多作家,包括"跨世纪文丛"选编过的一些作家,当年没见过的,这次都见到了。另外福建省的一帮作家,我们还在一起合影了。

问:您参加的活动,是在中直机关代表团,是吧?

答:对,我在中直机关代表团。

问:2007年5月,您做了腰椎手术,这对您心理上有什么影响?

答:我的腰椎病,没有经过科学的论证,但我感觉——我跟你说过了——跟"文革"时到工厂劳动有点关系。那个时候只觉得腰扭了一下,回来以后很明显就感到疼,但后来不太在乎,贴点膏药也就过去了。后来我跟医生说起曾经有过的这段经历,医生说有可能就是那个时候潜伏下来的。

问:潜伏了30多年?

答:这我就说不清楚了,反正总是有个过程。开始总是不怎么当回事。到2005年、2006年的时候,就觉得有点不对头了。检查结果,确诊为腰椎滑脱、椎管狭窄,需要手术。

问:一两年前为什么不做手术?

答:那就是还不太严重呗,再说做腰椎手术不是个小手术,不到非做不可的地步,谁愿意做呢?我曾经咨询过做过腰椎手术的人,都说做了手术,也不见得就好,所以一拖就是两年。你想,这是我第一次真正住院,而且做的又是大手术,能不慎重吗?

问:大手术,害怕吗?

答:有一点害怕。但大夫告诉我,说没关系的。他很有信心,于是也就影响到我。做了手术以后,情况还是很不错的,尤其是头几年。

问:现在又有问题吗?

答:去年开始就不太好了,还是原来的部位。医院查了,说固定的部位没问题,没固定的部分又出问题了。因此,现在要重做的话,就得把原来的拆了,重做。这等于是第二次手术了,所以我一直很迟疑,就一直拖着。

问:现在还没有严重到影响生活,是吗?

答:还是影响到了。我这半边到脚面一直是酸、疼、麻。

问:那年腰椎手术对您心理有影响吗?比如说,感到自己真是上年纪了?

答:当然,有这种感觉。但是没有恐惧。做关于老鼠的梦①,也是从这个时候开始的。

问:老鼠的梦?是从2007年腰椎手术时开始做吗?

答:对对,第一次我做老鼠的梦,就是2007年做腰椎手术的时候。

问:不对吧?是今年吧?您肯定从2007年就开始做这个梦吗?

答:肯定的。肯定没有搞错。

问:2008年4月,您回福州扫墓和探亲,是跟师母一起去的吗?上一次扫墓、探亲是什么时候?

答:上一次?上一次好像是1997年,隔了有好多年了。2008年这次,她没去。她还是在90年代,1994年跟我一起回去过一次。

问:这次扫墓有特别的记忆吗?

答:原来我父母亲的墓是分开的,后来福州改造,开辟了一个比较大的墓场,我姐姐她们就把父母亲的墓迁到了一起。我作为儿子,是回家乡祭奠的。这次我在父母亲墓前,是动了感情的,我承认,我是一个不孝之子。

问:除了这个以外,其他还有什么记忆吗?

答:还跟中学的同学聚了一次。一般我回福州,中学的同学都要聚聚。

问:见到当年追您没追着的那个女同学了吗?

答:没有,那是早年间的事,早就失去联系了。

采编人杂记:

关于"流年碎影"

"流年碎影"这个标题,借用了张中行先生的一部书名。

---

① 陈骏涛先生属鼠。老鼠的梦,是指梦到老鼠围攻。2013年5月,陈骏涛先生因急性、溃烂性阑尾穿孔住院,梦见过有老鼠围攻,其中还有小老鼠。这样的梦,明显有恐惧和焦虑的成分。

在口述历史采访中,总是想尽量问得更多、问得更广、问得更细,尽可能把受访人的生平活动记录下来。有些话题很具体,回答不可能多;而有些话题虽然很大,但因受访人记忆衰减,回答也很少。这样,就会有许多记忆和言语的碎片。编纂时,若将每一个问题作为一个节点,肯定会过于零碎,只能将这些零碎的问答汇成一节,以"流年碎影"名之。流年碎影,是口述历史的常态,其实也可以说是人生的一种象喻:匆匆流年,滔滔逝水,留下的常常是一些模糊碎影。如此说来,口述历史,尤其是陈老师的口述历史呈碎影状态,就很容易理解。

碎影也有碎影的好处,可以从不同的角度看人生。本节包括从2004年到2008年间,陈老师的五个活动,也可以说是五个生命瞬间。有人或许更重视前面的几个文学活动的片断,从《精神之旅》的选题策划到采访编纂,到与研究生郭素平关于《成长中的中国女性主义》的对话,到作为代表参加中国作家协会第七次全国代表大会,这些活动的意义毋庸置疑。但,也有人或许更注意后面的两个生活经历:一是陈老师的腰椎手术,二是陈老师回乡上坟,这两次与文学无关的活动,在陈老师的生命史中或许更为重要,一关生死,一关自我认知。

参与策划"世纪文学60家"

问：2006年，北京燕山出版社出版了"世纪文学60家"丛书，您担任丛书的联名总策划，这套丛书是什么情况？

答：这套丛书——应该叫书系，是北京燕山出版社出版的。① 做这套书的，是一位女士，叫张红梅，她实际上是"二渠道"的，就跟"跨世纪文丛"的彭想林一样，这套书系也是"二渠道"和出版社合作的产物。张红梅怎么找到我的？这就又跟倪培耕——就是我那位老邻居——有关了，是倪培耕介绍的。

问：倪培耕老师有多大了？

答：跟我差不多吧，可能比我小一两岁？他很早就介入"二渠道"，跟那个渠道的人比较熟悉。有一天，大概是2005年初，他带着张红梅来找我，说想搞一套20世纪中国文学经典书系，主要是针对大众读者的阅读需求，做一套面向市场的精品图书。我觉得这个动议很好。那个时候"跨世纪文丛"已经收官了，我就决定参与这套书的策划。同时参加策划的还有白烨——白烨可能也是倪培根介绍的，我们四个人——白烨、我、倪培耕、张红梅，担任这套书系的总策划。后来经我提议，增加了一个贺绍俊，一共是五个人担任总策划。

问：为什么提贺绍俊呢？

答：我觉得倪培耕是搞外国文学的，他对中国文学这一块并不熟悉，而张红梅管出版，是这套书的大管家，真正管编辑这一摊的，实际上只有

---

① 口述人："世纪文学60家"，北京燕山出版社出版，有16开本和32开本两种，16开本2006年出版，32开本2010—2011年出版，总策划：白烨、陈骏涛、倪培耕、贺绍俊、张红梅。

白烨和我两个人,这显然是不够的。贺绍俊先前当过《文艺报》副总编,一直是搞当代文学的,人又扎实,因此我就提了贺绍俊。这样,就是五个联名总策划,我负责现代文学部分,白烨、贺绍俊负责当代文学部分。还拉出了一个25人的评委大名单,包括当时的文学所所长杨义和张炯、杨匡汉、赵园、张忠良、黎湘萍等人,还有一些现当代文学方面的知名专家学者,如谢冕、洪子诚、陈思和、王晓明等人。就这么搞起来的。

问:"世纪文学60家"的体例是什么样的?是单人卷?

答:单人卷。每卷从20多万字到50多万字不等。

问:每一卷都有一个具体编选人?

答:对对。一般地说,编选人还兼写前言和创作要目等。我也参加搞了几卷。

问:哪几卷?

答:比如说鲁迅、张爱玲等,我都参加了,但没有写前言。如鲁迅那一卷的前言是孙郁写的,张爱玲那一卷的前言是朱育颖写的。

问:版权问题是怎么解决的?

答:版权问题由张红梅会同出版社解决,我们不管这些事。燕山出版社是正规的出版社,他们能解决好这个问题。我们只负责编书。出版社和张红梅他们投入了很大的力量,每一部书都有责任编辑。

问:这个过程中有什么特别的故事吗?

答:没有什么特别的。编这套书系总的来说还是比较顺利的。

问:编委实际上就是列名而已?

答:有的是列名,以壮大声势,这也是一种需要,但有的也参加了编书,还写了序言,像孙郁就是。

问:哦,把台湾作家也包括进去了,是吧?我看还有余光中。

答:对,余光中的诗歌和散文。台湾作家好像还有一个白先勇。

问:这60家,小说、散文、诗歌全都有?

答:对对,以小说为主。没有报告文学。

问:前面有一个"世纪文学60家评选结果",这是什么?

答:是在网上搞的一个读者评选活动。在制造舆论方面,它比"跨世纪文丛"前进了一步,把专家评选和网民评选结合起来。每个入选作家最后所得的分数是专家评分与网民评分相加的平均分。比如排在前三名的鲁迅、张爱玲、沈从文,分别是100分、98.5分和98分,就是这样。这60家,最后可能没有出齐。

问:没出齐的原因是什么?

答:那就不知道了,我也没有追问这件事。

问:给您的样书有多少种?

答:反正到不了60种。在精选版也就是16开本之后,后来又搞了一套袖珍版,也就是32开本的,大概有二三十种。

问:您当总策划的报酬是多少?

答:这个,可能不会太多。事前也没有签过合同,他们给多少算多少,彼此信任吧,才能合作愉快。我从来就是如此。根据记录,前后加起来,总共是30600元,比"跨世纪文丛"的44000元略少一点。

问:"跨世纪文丛"是您单独组织的,而这个有几个人联名做总策划。

答:对对,这也就可以了。"跨世纪文丛"时间长,前后有十年吧,而"世纪文学60家"前后也就两年。那两年跟张红梅的合作还是愉快的,后来我们还有联系。最主要的是,这套书的市场状况还不错。

[后一次采访时补充说明]有几点得补充或更正一下。一个是"世纪文学60家",16开本出了54种,32开本出了30种,这是我前两天问了张红梅的,应该是比较准确的数字。

问:本来是60家,差了6家,怎么回事?

答:主要是版权问题。版权问题很复杂,有些牵扯到境外的,没弄好,所以不能出版。整个发行状况也还不错,精选版和袖珍本合起来,前后累计,最高的可达到4万余册。比如莫言,开头不算好,但后来因为得了诺贝尔奖,基数就上去了。

采编人杂记:

关于生存和发展

1995年,陈老师写过一篇短文,题目叫《自悟》。悟到什么呢?是"终于懂得了'一要生存,二要发展'这一至理名言,舍生存何以发展呢?要发展必得先求生存"。这一感悟,老实说谈不上深刻,更算不得新鲜,但对陈老师的人生却有非常实际的意义。它可以解释陈老师的行为选择:从上世纪90年代初开始,他多次应邀与书商合作编书,"世纪文学60家",也是走这个路子。

陈老师"下海",与其说是自己开悟,不如说是形势所迫。一方面是大环境的变化,市场经济大潮汹涌澎湃,纯文学批评被推向边缘的边缘;另一方面,当编辑和写评论挣得的几吊钱,在一部分人先富起来的时代,只能是饿不死而吃不好。陈老师下海与书商合作的行为转变,是在《自悟》写作和发表之前,因此也可以说,这篇《自悟》与其说是观念转变导致行为转变,不如说是行为转变后,需要有一种说辞来替自己的行为辩护,或者是自我说服、自我安慰。

陈老师没有真的下海,只是在"海"边转了两圈。与书商合作,是兼职,且始终是"君子爱财,取之有道",不是什么活都干,而是要尽量做一些对社会有意义的工作,看看陈老师参与策划和主持的几套书,就能说明问题。还有一点,陈老师想挣点钱,但总是不好意思明说,更不会理直气壮地要与商家谈报酬、签合同,结果当然是,商家愿给多少就拿多少。这事说起来让人心酸,也进一步证明,陈老师的"自悟"纯粹是为自我安慰,仍不会为自己争取应有的权益。

2006 年访问美国

问：2006 年 6 月份您应邀访美，大概是什么情况？

答：这是中国小说学会组织的一个活动。牵线人是陈公仲，他是江西大学教授，中国小说学会荣誉副会长。公仲的两个弟弟，一个亲弟弟，一个表弟，都在美国，都是美国华人团体的负责人。我们访美就是通过陈公仲的关系，由洛杉矶华人作家协会邀请，江西省当代文学学会和中国小说学会联合组团。总共有九个人，江西方面有陈公仲、张渝生、何解山和张俏静，小说学会方面有雷达、汤吉夫、夏康达、李星和我，都是副会长，陈公仲是双重身份，既是江西当代文学学会，又是中国小说学会，所以他担任团长，雷达和我是副团长。洛杉矶华人作家协会就跟加拿大华裔作家协会一样，都是群众团体，他们没有经费，所以这次出行的经费基本上得由我们自己筹措，也就是自掏腰包。

问：哪些是自己掏腰包？

答：来回路费，落地以后的部分吃住费用。

问：吃住不是他们负担吗？怎么要自己掏？

答：他们只负担一部分，我们自己负担一部分。这是事先有约定的。

问：您的来回路费是在哪报销呢？

答：没地方报，文学所不能报了，因为我已经退休，也过了返聘期。所有基本上是自己负担，小说学会也有若干补贴。但小说学会也没有经费，是小说学会从出版排行榜的稿费里挤出的一点钱，所以非常有限。

问：去美国的学术活动有哪些？

答：学术活动并不是很多，不像加拿大那一次。就是在几个地方开了几次座谈会，跟当地的一些华人文学爱好者、写作者，主要是写作者座谈。

问:座谈会有什么特别的印象和记忆吗?

答:在洛杉矶参加了一个比较正规的欢迎会和座谈会。座谈会由洛城华人作协会长王娟主持,介绍了洛杉矶华人作家的一些情况,我们也介绍了中国作家的一些创作动向,以及江西省文学学会和中国小说学会的组织和活动等。

问:洛杉矶那次有多少人参加?

答:有三四十人吧。座谈会以后还有晚宴和舞会,一直持续到晚上九点半。

问:这些写作者是新华侨还是老华侨?

答:应该是新老华侨都有,具体情况不太了解。举个例子吧,就说陈公仲的表弟吧,他叫于疆,1957年"反右派"的时候被错划成"右派",之后就在苏北的劳改农场待了22年,后来平反了,平反以后就出国了[①]。

问:1979年以后走的?

答:具体情况不太清楚。他也是洛杉矶华人作家协会的副会长,自己也写作。还有一个卢新华,"伤痕文学"时期的作者之一,复旦大学毕业的,后来也去了美国。于疆和卢新华都是接待我们的主力。

问:对座谈会有什么印象?

答:对我们挺热情的,也希望双方今后继续交流。后来我与其中的几位朋友还有过联系。我注意到,当地的一些报纸都很重视,在《星岛日报》《世界日报》都曾在显要位置刊登过我们与洛城华文作家座谈交流的报道。

问:都去过哪些地方?

答:去的地方相当多,都是走马观花。我梳理了一下,大致是这样的。第一站到洛杉矶,在洛杉矶参观了好莱坞星光大道、中国剧院等,然后就从洛杉矶去了拉斯维加斯,参观了美国有名的"赌城"。第二站从洛杉矶飞纽约,在纽约参观了唐人街、金融街以及联合国大厦等。第三站从纽约途径费城到华盛顿,参观了白宫及航空航天博物馆等。第四站从马里兰

[①] 口述人:于疆,本名江宇,1982年赴美。大学四年级时错划为"右派",后据其在苏北农场22年的劳改经历,写成一部被称为具有"西北利亚"余绪(邵燕祥语)的纪实性长篇《苏北利亚》,花城出版社2012年6月出版。

州出发到美国东部的最北端——加拿大的边境线,观赏了尼亚加拉大瀑布。这就到了第五站了,从纽约州的布法罗机场飞芝加哥,再转机到美国西部重镇圣·弗朗西斯科即旧金山,在旧金山参观了加州大学伯克利校区及海湾大桥等,并与旧金山华文作协的刘荒田、王性初等会晤。第六站又从旧金山回到了起点洛杉矶,这回是由洛杉矶华人作协会长王娟亲自驾车送我们去圣地亚哥,从圣地亚哥去了墨西哥,在墨西哥住一夜后,仍经由圣地亚哥回到了洛杉矶。在洛杉矶又活动了两三天后就结束了我们的日程,于 6 月 30 日结束了为期 20 天的北美之旅,启程回国。

问:对美国的观感有什么?

答:确实是大国,有一种大国气象,有一种震慑力。跟那一年去加拿大的感觉确实不一样。加拿大我们基本上就在温哥华那一带活动,没去过首都渥太华。到美国,尤其到华盛顿,看到国会大厦那个规模,就觉得比加拿大显得壮观。当然,由于我们都是走马观花,看到的都只是表面印象。不过,即使是表面印象,也能够看出些许蛛丝马迹。比如在洛杉矶,有一个第五街区,就是有名的流浪汉聚居地,而离它不远,又是一片豪宅。贫富悬殊——这几乎是全世界的普遍现象。

这次去美国,还有一个收获,就是去华盛顿的时候,在马里兰州见到了当年陈漫红的好友汪媛红——她是我的老同学、老朋友汪东林的女儿。汪媛红很早就去了美国,那年我见到她时是少校军医官,现在听说已经是中校了。那一年我们在马里兰旅馆见的面,见面的两三个小时里,交谈的一个主要话题是关于陈漫红的,关于她的生前死后,我们俩都动了感情。还有一个……

问:还有一个人是谁?

答:刘剑梅,刘再复的大女儿,当年她跟漫红也是好朋友。

问:哦,她那时候是在马里兰州立大学教书?

答:对对,那个时候她还是助教授。不过没见着,主要因为我在马里兰逗留的时间太短了,但我们通了一个很长的电话。

问:拉斯维加斯您去了吗?

答:去了,在洛杉矶的时候就去的。这是我平生第一次逛赌城。就觉得那个赌城很有秩序,并不是想象中的那么乱,那么疯狂。二十四小时,人流不绝,夜越深就越热闹,但闹而不乱,井然有序。玩的人都是很冷静的。当然,这可能只是表面现象。我只看,不玩,也不会玩,在这方面我一向很弱智。老虎机倒是摸过,稍稍懂得一点门道以后,玩过一次。我们团队好像有两三个人玩过,大都是"有去无归"。

问:美国还有哪些观感?

答:大学,除了加州大学以外,还参观了斯坦福大学。这是从旧金山回洛杉矶的路上去的。这所大学的校园也是开放式的,也很壮观,据说是当今世界第二大的大学——第一是莫斯科大学。市场也逛了,像纽约、华盛顿这些大地方,我们都没有逛过市场,只在洛杉矶的时候逛过,逛的可能也是面向大众的普通市场,大家都有一个感觉,好像有一半以上的商品,特别是那些生活用品,都是从中国来的。我们团队的李星,在那儿买了两件衣服,挺得意的,但一看:都是从中国进口的!

问:总的印象是一个什么印象?

答:美国确实是大国,不仅有大国气势,而且有大国实力。就拿华盛顿来说,看那个国会大厦的建筑就有点震慑人。还有那些警卫,好像比中国警卫显得要神气、大气、霸气。

问:好莱坞肯定也去了吧?

答:好莱坞去了。在洛杉矶的时候就去的。星光大道,中国剧院,第五街区什么的,都去了。

问:在美国吃西餐多还是中餐多?

答:基本是到中餐馆。主人事前就已经给我们联系好了,我们很少吃西餐。

采编人杂记:

关于第三次出访

陈老师出国的机会显然不多,八九年才来那么一次。1989年去日本,是官方委派的;1997年去加拿大,是半官方半民间性质;2006年去美国,就是地道的民间组团形式了,来回路费甚至部分食宿费都要自己掏,由中国小说学会组团,不过是办理出国手续的方便法门。

在不同时段,以不同身份出国,所得也有所不同。第一次出国是官方身份,是文化交流使者,其次是社会观察者,最后才是观光者。第二次出国是半官方身份,文化交流使命、社会观察的注意力和观光旅游的兴趣之间,重要性排序就相对模糊了。第三次出国,观光旅游已悄悄占据了首位。这样也好,凸显出国的日常性。

我猜想,在不同时代,不同年龄、不同性别、不同身份、不同心态、不同动机、不同目的和不同机缘出国,会有不同的观感。一个人在国外具体如何观、如何感,也就有了关乎人类行为和心理的认知价值。

开博客·去朝鲜旅游

问:2008年8月,您的个人博客开张,您怎么想到要开博客?

答:那个时候,不少人已经开博客了。我算是一个"后来者":与时俱进吧!开始我还不太熟悉这事,也怕引起麻烦。说起开博客,跟两个人是有关系的。一个是肖菊▇,河北沧州师范学院的副教授,她是我的"关门弟子"。在东北丹东的一次会议上我认识了她。她比较早就开博客了。她劝我开博客,以她开博客的经历劝导我,还把她的博客发给我看。我看了她的几篇博客,觉得挺有意思的。另外一个人是我们研究所的黎湘萍,他也鼓励我开博客。也就是说,我开博客,是受周围人影响的结果。当然,也是我有这样一种愿望,尤其过了70岁以后,文章发表得少了,就想用一种别样的形式与外界交流,并也给自己留个纪念。博客是一种不受限制的、比较自由的形式。① 所以2008年的时候,我就决定开张了。拿什么开张呢?那时候正好赶上德国学者顾彬对中国当代文学大加扫荡,"垃圾说"盛行。② 而且国内还有人支持他,我觉得太过分了,想写文章反驳,但一时又写不出。正好在《海南师范大学学报》上看到一篇香港学者

---

① 口述人:2008年7月30日,在我的博客开篇语中有这样一段话,也可以作为我之所以想起开博客的深层心理原因:"今年是我的本命年。人生到了'从心所欲'的阶段,要像昔日那样为追踪文坛而疲于奔命,是不可能的了,实在是没有那样的心劲和精力。……突然想到何不可开个'博客'? 不是为了跟中青年人比拼,不是为写文章而写文章,也不给自己规定任务和进度,只是把自己平时看到的和想到的一些有意思的话题,通过博客的形式与朋友交流,并亦借以给黯然寂寞的暮年输入一点亮光。"

② 2006年11月,德国汉学家沃尔夫冈·顾彬(Wolfgang Kubin)在接受"德国之声"采访时,对当代中国文学谈了自己的看法。2006年12月11日《重庆晨报》发表了题为《德国汉学家称中国当代文学是垃圾》的文章,引起了强烈反响。顾彬对此做出回应,说《重庆晨报》的报道与他的谈话内容有不符合之处。

黄维樑写的《请刘勰来评论顾彬》①,我觉得这是一篇摆事实讲道理的好文章,就转发了黄维樑的这篇文章,并且加了一篇按语,发出来了。这就是我的首篇博客。我给十几位有博客和没有博客的朋友,都转发了。反响之热烈,出乎我的意料。有的表示支持,有的则从别一角度表示对顾彬偏激情绪的理解。比如黎湘萍说,顾彬本身是个忧郁症患者,他曾经坦承他也研究"忧郁",他长期在神学、哲学和文学中排遣他的焦虑,可以从这样的角度来理解顾彬的偏激。另外,黎湘萍还告诉我,说你的博客不一定转载别人的文章,可以自己写。所以,单是顾彬的问题,我的博客就发了三次,也就是从心斋博客一、二、三。可以说,开局是顺利的。这样,我就有了瘾头,一篇篇的就出来了。到今年(2013年)是第六年了。一直到今年生病后还发了一两篇,算下来,不到六年时间,发了86篇。②

问:您有微博吗?

答:还没有。微博得用手机发,我还不会。另外,我的博客一般都比较长,手机操作起来总不如电脑方便。③

问:2008年8月19到21日,丹东新文学学会第二十四届年会,您有一个发言《关于新时期文学三十年的评价问题——从顾彬的"垃圾说"谈起》,主要内容是什么?

答:这次新文学学会的主题是改革开放和新世纪文学,就是要谈改革开放和新时期文学问题。而顾彬的"垃圾说"就涉及到对新时期文学的评价,所以我就做了这篇发言。

问:发言之前写成了稿子吗?

答:那就是转发黄维樑文章的那个按语。

问:那个按语?把那篇按语再扩充,成了会议发言,是吧?

答:对对,大体是这样的。

问:丹东会议以后,就去朝鲜访问了,是吧?

答:对对,8月21日会议结束,22日走的。

---

① 口述人:黄维樑《请刘勰来评论顾彬》,《海南师范大学学报》(社会科学版)2008年第1期。
② 口述人:我的最后一篇博客是"从心斋博客之八十六——《从地狱到人间——入夜到次晨之三梦》",发表于2013年6月28日。
③ 口述人:我已于2014年六、七月间开始尝试微博,但还属于"初级"。

问:您说说您写的《朝游纪略》,是什么样的感受?

答:这之前,我出国几次,去日本和加拿大都写过或长或短的文章,但像这次这么写朝鲜的,还从未有过。去日本写了《日本学术印象》,去加拿大写了《加行追记》,都不是很长,而《朝游纪略》却写了万余字,这是前所未有的。原来是作为博客发的,每次发一两千字,发了六次。确实是因为这次去朝鲜,深有感触,不吐不快。朝鲜这个国家实在是落后、封闭、保守,似乎是被甩在世界潮流之外的一个岛国。关键是国家领导思想特别狭隘,热衷于搞领袖崇拜、"先军政治"。对外来的游客,连手机这类普通的通讯联络物件都不准带进。

问:保存到丹东,不能带到那边去?

答:对,那时候还不准带,包括录音机、存储卡这类东西都不能带。

问:有点像咱们的"文化大革命"时期?

答:对对。据说,有一次金正日访华,就有歹徒用手机引爆,所幸引爆者没有算准时间,金正日才躲过这一劫,因此之后所有游客都不准带手机这类东西入关。还有一个小插曲,这里不妨说说。河北沧州那个肖菊■,那天入关的时候偏偏带了 U 盘,大概她事先不知道不能带,总觉得带它不至于有什么问题,等知道的时候已经晚了,于是中国导游就出主意:"放在裤兜里,安检一般不会检查裤兜。"她就战战兢兢地把它放在裤兜里,一边放一个。不幸的是,安检拿着手动电子仪轻而易举地就查出了,结果还是被扣下了。不过这还算客气,写了字据,回程的时候原物归还。如果 U 盘里储存有贬损朝鲜的材料,那就没有这么简单了。

问:这些人是什么人?

答:海关,朝鲜海关的安检人员,当然有权查。也不能怪他们,他们也是奉命行事。这一开局,给我们的印象就很不好,实在是太封闭、太狭隘了。参观的路线也有严格规定,比如金日成广场是必须去的,去了,都必须在金日成铜像前参拜,向他献花、三鞠躬。

问:不去、不鞠躬不行吗?

答:不行。你躲不过的,一个个轮流着过来。我对这个很反感。那天我去了,但却躲开了献花、参拜。还有,朝鲜的街上没有广告,那些五花八门的商品广告都没有,倒是很干净整洁的。只有一样:标语。最普遍的就是关于金日成、金正日的标语,诸如"伟大领袖金日成主席永远和我们在一起","伟大的指导者金正日将军是人类21世纪的太阳","有了金正日将军我们就一定胜利",等等。搞个人崇拜。

问:还有别的故事和印象细节吗?

答:主要就这些。我们所到之处都没有像中国那样热闹,人少,车少,空气清新,街道也干净、整洁。这在中国,特别是北京、上海这些大都市,都是很少见的。对了,还有一样让人很不舒服的,就是对游客的限制很多,这个不能参观,那个不能拍照,只能按他们规定的路线走,不能有任何越位的行动。让我们看的,都是冠冕堂皇的一面,而真正落后的、阴暗的一面,我们看不到。

问:不像在洛杉矶,能看到流浪汉聚集地?

答:对对。所以印象就不太好。我那篇《朝游纪略》写成以后,曾经想给《钟山》《十月》这些杂志发表。我把写好的几段先给《钟山》发去,《钟山》觉得为难,说这涉及中朝两国的关系,是个敏感问题,怕犯忌。从感情上说,他们跟我可能还是一致的,但理智却告诉说:这有可能犯忌。后来我就拿到比较偏远的一个文学月刊——云南的《滇池》发了①。他们也没说不敢发,只是对个别过于敏感的字句,做了一点技术处理。发表后,也没有引起过什么麻烦。

采编人杂记:

关于博客及老年生活

假如有人问:为什么要把陈老师开博客和去朝鲜旅游这两件看起来风马牛不相及的事编为一节?老实说,这不过是权宜之计,因为这两件事都发生在2008年,分开编目未免太短,只得人为让它们偶合。再看一遍书稿,竟发现,这两件事并非完全没有关联。首先,它们都与博客有关。

---

① 口述人:《朝游纪略》,1万字,发表于《滇池》2009年4月号。编者在《编前语》中说:"《朝游纪略》缜密谨严,别有一番意趣。"

博客是一种自媒体,是信息时代的新鲜事物,陈老师开博客是与时俱进,而游朝鲜时却有同伴遭遇不让带U盘的事,比较之下,有隔世之感。陈老师朝鲜旅游归来写的《朝游纪略》,也是陆续在博客上首发的。其次,它们都与文学有关,《朝游纪略》是陈老师的游记文学,而他博客的开篇,是转发他人批驳德国顾彬教授多少有些误传的"中国当代文学是垃圾"的文章,这也是陈老师维护当代中国文学声誉的行为。

  我更关注的,还不是开博客、去朝鲜两事的文化意义,而是它们的生活意义,这两件事,都与陈老师的老年生活有关。陈老师说,他开博客,是想"借以给黯然寂寞的暮年输入一点亮光"(2008年7月30日博客开篇语);去朝鲜旅游,当然也是老年生活中的乐事——国外有一门新学科,叫"老年学",国内已有若干翻译和介绍,且有先觉者对此展开研究。人到老年,身体状况、心理状况、生活方式和社会交往情况都有重大变化,需要专门的跨学科研究,因为这一学科关乎每一个人。口述历史中保存老人琐碎生活细节,有普遍意义。

  2014年年中,陈老师又开了微博。

流年碎影(二)

问：2009年10月，您参加《军旅文学50年》的会，作了《为军旅文学治史》的发言，这个会议是什么情况？

答：这个会议与朱向前有关，是朱向前主编的《中国军旅文学50年》①的研讨会。

问：是个作品集吗？

答：不是，是一部史著，也就是中国军旅文学史，从1949到1999年的发展历程。这部书的出版，在军队文化建设当中，是件大事，因为此前没有出过军旅文学史，这是第一部。朱向前一直是从事军旅文学研究和评论的行家，他在军艺文学系学习期间我们就认识了，而且过往颇多，邀请我参加这个会，我当然应该参加。一个是因为我跟朱向前的这层关系，另外一个也是因为我自己也很早就开始关注军旅文学，曾被认为是军外的军旅文学评论家之一。既然到会了，就得发言，我就作了这么一个发言，成文后也就是2000字的样子。那次会铁凝也参加了，规模不大，也就是二三十个人，有评论家，也有作家，军内外都有。我的这篇发言，后来发表在《解放军艺术学院学报》②上。

问：2009年11月，您参加了江西宜春明月山国际作家写作营活动，这个写作营是个什么样的情况？

答：国际作家写作营是中国作家协会跟江西省合办的一个供中国作家和外国作家写作和休养的场所，也是中外作家合作和交流的场所。不

---

① 口述人：《中国军旅文学50年》(1949—1999)，朱向前主编，解放军文艺出版社，2007年1月。
② 口述人：《为军旅文学治史》，刊发于《解放军艺术学院学报》2009年某期。

仅江西,别的地方也有,江西这个写作营可能是比较早的。

问:多长时间?

答:也就是十天、两个礼拜的样子。

问:有什么任务吗?离开的时候是否要交作品?

答:没有,完全是自由的。地方上也有来约稿的,那就看双方的意愿了。

问:您参加的那次,还有哪些作家参加了?

答:我都不太记得了。我也是第一次参加这样的活动,北戴河倒是去过,但那是疗养所,不叫写作营。这次我过去认识的人没有几个,他们也大多是第一次来参加写作营活动的。在写作营,认识了一对新加坡夫妇,一对老夫妻,新加坡华人作家协会会长,这个记忆倒是比较深。他叫王润华,带着夫人一齐跟我们上了明月山。明月山有一条情人道,大家就跟他开玩笑说:"一对老情人登上了情人道"。我还给他们拍了一张照片。回来以后我写了一篇散文,叫《双情揽月》,写的就是这次明月山之行,挺有意思的。我还把这篇发表的散文连同拍的照片一起从网上给他发去,他挺高兴的。后来,我们在网上还有过几次通信。

［后一次采访补充说明］有一条要更正一下。我2009年登明月山,认识的那位新加坡华人作家协会会长,不叫王润华,而叫黄梦文。比我小一岁。他们夫妻俩也确实是老情人。从学生时代起,一直到现在。我那篇《双情揽月》连同拍的照片一并登在《中国社会科学报》①上。

问:2010年的10月11日到18日,您和师母去台湾,因由是什么?

答:每年中国社科院老干部局都组织这种休养和旅游活动,都是自愿报名参加,自费出行的。

问:台湾也包含在内?

答:对,境外的,台湾、香港等也都在内。每次旅游,也都是包给旅行社,旅行社收多少钱,我们就交多少钱。

问:都是自己交吗?公家不补贴吗?

答:当然是自己交。如果是社科院职工的话,优惠一点,优惠个一两

---

① 口述人:《双情揽月》,《中国社会科学报·后海》,2009年12月8日。

百块钱,家属则不享受优惠待遇。

问:才优惠一两百块钱?

答:对,绝对是这个数。不止一次了,去广西、宁夏、山东那几次,我和何老师也都去了。因为没去过台湾,另外,也想借这个机会跟我大姐再见一面,因为她那个时候已经90多岁了——果然,过两年她就去世了。那次去的时候,她身体已经不大好,不过她还是到我们住的地方,两三个人陪着她一起来的。

问:您没去她家吗?是她来宾馆看您?

答:本来我们要去她家的,因为她儿子、儿媳觉得家里太窄小,再说我们也不认路,所以他们就开车过来。晚上会一次面,叙叙旧。临别,我塞给她一点钱。

问:您给她钱?

答:是的。他们在台湾不属于富裕阶层。可能还是属于平民阶层。我姐夫很早就去世了,可能在大陆解放前后就去世了。她一个人独立支撑着一个家,不可能富裕起来。

问:那她守寡60年?

答:对对。她有三个孩子。

问:居然大陆人给台湾人钱,这是比较少见的。台湾人相对来说比大陆要富裕,十年前肯定是这样的。最近几年……

答:她是属于平民阶层。我四姐——就是在福州那个小姐姐,早就给过她钱。

问:您对台湾的观感如何?

答:走马观花。台湾是个岛,我们就沿着旅行社规定的路线,台北—台中—台南—花莲,这么一路走来,沿着台湾岛转了一圈。你去过的,那一次我还托你带话给我大姐,你见到过她吗?

问:我没见到过,就打了个电话。

答:哦,对对,她那次还提起过。说你托过一位先生问候。我说是我学生。第一次到台湾,当然觉得新鲜,海岛挺宽阔,跟大陆我们曾经去过的地方都不太一样。太阳似乎始终跟海、跟水连在一起。

问:对台湾社会、台湾人的观感是什么?

答:没有什么接触。没有自由活动的时间。

问:没去过夜市、小摊吃点小吃?过一过台湾的夜生活?

答:去了。晚上出去走过。我在小摊上还吃过一次,印象不错,但是何老师对这个特别反对,她怕不卫生。平时吃饭什么的,都是在旅行社预订的饭店。

问:台湾人很多说闽南话。你有亲切感吗?

答:闽南话?我只会福州话。福建的方言有好几种:福州、闽南、闽北,彼此之间都很难交流。

问:2011年1月,您和王能宪联名主编的《足迹——著名文学家采访录》出版,这跟您那个《精神之旅》之间有关系的吗?①

答:没有关系。当然,要说绝对没有关系,也不是。就是因为我主持搞过《精神之旅》,郭锦华也拉我参与了《足迹》的工作。

问:联名主编是王能宪,又是怎么回事?

答:郭锦华不是中国艺术研究院的么?他们想搞一个科研项目,一个跟新时期文学三十年有关联的项目。作为中国艺术研究院的重点课题,他们院里可以提供这方面的经费。本来这课题定名"著名文艺家口述实录与研究",我觉得文学和艺术毕竟是两个门类,应该分别搞。后来他们就采纳了我的意见,郭锦华就负责搞文学这一块,定名"著名文学家采访录"。既然是中国艺术研究院的重点课题,挂帅的当然应该是艺术研究院的领导。王能宪是艺研院的常务副院长,他当主编就是理所当然的了。所以这本书的主编有两个——王能宪和我,艺研院的另一位副院长庞洋和郭锦华是副主编。在课题的酝酿阶段,王能宪曾亲自主持召开过一次座谈会,我也参加了,可见艺研院的领导对这个课题的重视。参加这项工作的,除了艺研院的人,也有非艺研院的人。

问:这次访谈的作家跟《精神之旅》的作家有重复吗?

答:有重复的,但大部分都没有重复。即令是重复的,采访的角度和内容也不相同。另外,采访人也不同。比如,宗璞,两部书都有,《足迹》

---

① 口述人:《足迹——著名文学家采访录》,王能宪、陈骏涛主编,中国工人出版社2011年1月。《精神之旅——当代作家访谈录》,陈骏涛主编,广西师范大学出版社,2004年12月。

的采访者是吴舒洁,而《精神之旅》的采访者则是贺桂梅。最主要的是,两部书所侧重的角度和重心本来就不相同,所以不存在一个重复的问题。两部书的《序》都是我写的,《足迹》的《序》题为《三十年,文学的行进足迹》,而《精神之旅》的《序》则题为《文学的精神旅程》。

问:除了策划、写序,具体工作你也参加吗?

答:具体工作我做得很少,主要都是郭锦华汇同艺研院和中国工人出版社的朋友做的。我只是出了点主意,给郭锦华提供了一些作家和采访人的线索,具体工作都是由他们在做。我写的那篇序先后在《文艺报》和《天津文学》发了,《文艺报》发的是删节版,《天津文学》发的是全文。

问:2011年11月,您在中央民族大学有两个讲座,讲座的缘起是什么?

答:严格地说,这不是讲座,只是一次讲课。说起这两次讲课的缘起,跟中央民族大学的一个女同志有关系,她叫刘淑玲,是中央民族大学科研处负责研究生这一块工作的,也是教授。因为她参加过"世纪文学60家"的工作,主编过其中的一本书,就跟我认识了,而且有点交往。她一直说要请我到民族大学,给他们研究生讲讲课。我说你不要因人设事,何况我现在已经很少到外面讲课了。这事就一直拖着。到2011年,终于把这提到议事日程上了,她坚持让我去,说题目由我自己定。就这样我去了,给他们研究生讲了两次。每次都是由研究生先提问题,然后我讲,一次讲"80年代文学问题",一次讲"女性文学问题"。

问:2011年,在读研究生对80年代文学和女性文学兴趣如何?

答:这个题目是他们提出来的,可能还是有点兴趣吧。

问:刚刚不是说,题目由您定吗?

答:她说由我定。但我说你是不是先征求一下研究生的意见,看看他们最想知道什么?后来他们就报了这两个题目。可能他们对我也比较了解吧,知道我在这两个问题上发表过一些文章,而且多少有点自己的看法。

问:讲课的现场反应怎么样?

答:人不多,也就十来个人。偶尔有些回应,也提了些问题。那个时候我的思维状态还可以,现在可能就不行了。

问:2012年4月,您参加了江苏兴化市"小说之乡授匾仪式"及地方写作研讨会,这是什么情况?

答:这是江苏省作家协会和兴化市人民政府联合中国小说学会举办的一个活动。兴化被称为"中国小说之乡"。

问:为什么?

答:他们那里有一群作家,都是业余作家,草根作家,其中有乡干部,有兴化市的干部,还有当地的农民。这可以一直追溯到民国年代,从民国年代就形成了这样一个群体。为了保护并发展地方的写作资源,江苏省作家协会决定授予兴化"小说之乡"的称号,就在兴化举行了这么一个授牌仪式。范小青和江苏省的一班文学界的朋友也去了。①

问:您怎么会被邀请去参加呢?

答:这个会是中国小说学会、江苏省作家协会和兴化市人民政府联合举办的,全称叫"'小说之乡'授牌仪式和地方写作研讨会"。我作为中国小说学会的代表之一,既是客人,也是主人;同时去的,还有小说学会的其他朋友。

问:有比较特别的记忆吗?

答:我过去不知道江苏还有兴化这么一个地方,只知道福建有一个兴化——它曾经是我的出生地,再加上有这么多热爱写作的文学写作者和文学爱好者,所以感到挺新鲜的。

问:来参加这个研讨会的人挺多,是吗?

答:人不是很多,也就是三四十个人吧。一个小型活动。主要是授牌仪式,授牌仪式的时候人多一点,仪式之后是研讨会,我们和地方的朋友做了互动交流。江苏和上海的一些媒体曾经报道过这个活动。

采编人杂记:

关于作家访谈与口述历史

这一节的内容,包括陈老师2009年至2012年间的六个活动的话题。

---

① 范小青时任江苏省作家协会党组书记、江苏省作家协会主席。

其中的五个是文学活动,一个是私人生活即陈老师夫妇一起去台湾探亲旅游。这些活动都值得讨论评说。我想说说陈老师与王能宪联名主编的《足迹——著名文学家采访录》,这要与他此前主编的《精神之旅——当代作家访谈录》结合起来说。

《精神之旅》和《足迹》都是文学家访谈录,可以说是广义的口述历史,即专题型口述历史。陈老师策划并主持其事,并分别为两部访谈录作序——前者的序文是《文学的精神旅程》,后者序文是《三十年,文学的行进足迹》——可以说他曾做过口述历史工作。之所以用"可以说"来说,是因为陈老师在从事这两项工作的时候,没有"口述历史"的概念与自觉。具体差异有二,一是在访谈范围和内容方面,作家、文学家访谈,只是就作家和文学家的精神历程,尤其是创作活动展开提问,而不似规范化的口述历史那样让受访人作全面的生平讲述。二是在访谈抄本整理程序和形式方面,作家、文学家访谈没有像规范化的口述历史那样,严格地按照访谈录音作原始抄本,进而依据原始抄本严格按照访谈的口语化形态整理成编纂抄本,采访人和口述人都可以随意改写。

无论如何,陈老师的这两项工作,都有莫大功德。为中国当代文学史的研究,采集并保藏了一批宝贵的史料。古人云,功夫在诗外,作家的精神之旅或文学家的足迹,正是"诗外"旅程与足迹的测绘记录,其中有丰富的文学活动和文学心灵信息。

"昨日风景"与感言莫言获奖

问：2012年7月，您为《新文学视野》开设"昨日风景"专栏，写了一系列的文章，这个专栏的缘起及选题是什么情况？

答：《新文学视野》是湖北省作家协会旗下的一个文学期刊，它跟《都市小说》是姐妹刊，是《都市小说》的评论版。之所以找到我，跟两个人是有关系的。一个是彭想林，就是上个世纪与我合作搞"跨世纪文丛"的那个彭想林，那时候他正好在《新文学视野》工作。另一个是刘诗为，我曾经跟他搞过一个长篇对话，主题是关于他一部长篇小说的，他是《新文学视野》的社长——实际上的主编。他们都希望我能够关注《新文学视野》，并且给他们写文章。

问：这个刊物的名字是叫《都市小说》，还是《新文学视野》？①

答：应该叫《新文学视野》，但它是从《都市小说》派生出来的，通常说的"一号两刊"中的一个。话说回来吧。他们两个不是希望我给他们写文章吗？随着年龄越来越大，我那个时候已越来越感到追踪文坛的艰难，很想转向写回忆录之类的东西。过去虽然也写过，但都是零零散散的，这次想比较系统地写一写。于是我就建议他们，能不能开辟一个"昨日风景"栏目？这可能会吸引一批人的注意力。他们觉得这个建议很好，就让我先开个头。我答应了，就开了个头。

问：从提建议，到答应写文章，到交稿，到出版，多少时间？

答：有一两个月吧。我第一篇文章就是对《跨世纪文丛》的回忆。那

---

① 口述人：《新文学视野》实际上是《都市小说》的子刊，其前身是《长江》，于上个世纪90年代停刊后，又曾先后以《今日名流》《都市小说》等刊名面世。2014年1月起，正式改名《长江丛刊》，分"文学新论"和"作品大观"两个板块出版，湖北省作家协会主办。

一年正好是"跨世纪文丛"创始20周年,我就写了一篇《为历史留下当代人创造的文学财富——"跨世纪文丛"始末》,有八九千字。是他们那个刊物比较长的一篇文章。他们挺重视的,文章也排在比较显著的位置,还配上图片、作者简介之类。

问:这是2012年7月号吧?然后就接着来了?

答:然后就接着来。从这以后,一期也没断过。因为它是双月刊——逢双出《都市小说》,逢单是《新文学视野》。

问:到现在为止,您一共发了几篇?

答:一共六篇。7月号是之一《为历史留下当代人创造的文学财富——"跨世纪文丛"始末》。9月号是之二《〈文学评论〉的新生——从复刊到80年代》,比《〈文学评论〉复刊的前前后后》扩充了,增加了80年代这一部分。11月号是之三《人格的魅力——记文学研究所的八位前辈学者》。

问:写八位学者前辈,分为上下篇了?

答:对,因为文字太长,有2万多字,所以就分成上下两篇,上篇四位,下篇四位。到2013年1月号就是之四《人格的魅力》(下编)。3月号是之五《一道绚丽的文学风景线——关于八九十年代中国女性文学的话题》,5月号是之六《召回记忆——一些未曾忘却的人和事》。"召回记忆"没有写完,后来就因为生病住院断了①。前不久,他们还来过电话,问还有没有续作。

问:《召回记忆》也是上、下篇或者是上、中、下篇吧?

答:对对,至少是上、下篇。现在只写了五节,五个人和事。总共到现在发了六篇。差不多六七万字吧。

问:您在中国社科院的报纸上,也发了一系列的怀旧文章?

答:开始叫《中国社会科学院院报》,后来改名叫《中国社会科学报》。给院报写文章,很早就开始了。2005年、2006年,就给院报写过文章。

问:写朱寨的那篇文章不是开头的,是吧?②

---

① "后来就断了",是指由于2013年5月,陈老师因急性、溃烂性阑尾穿孔住院手术,无精力继续写作。
② 指《朱寨:最后一位"鲁艺"人的伟岸人格》,《中国社会科学报》2013年5月24日刊载。

答:不是开头的,朱寨我就写过这一篇,它实际上是《新文学视野》发过的《人格的魅力》中的一节,正好那时候朱寨去世了,我就把它抽出来改写丰富一下就给了院报,樊骏那篇也是这样的。①

问:都是从《新文学视野》那儿抽出来的?

答:对,抽出来的。有新写的,也有以前写过的,像许觉民、董易,都是以前写过的,2000年以后写的。《中国社科院院报》创刊以后,我就没有断过给他们写东西。因为那里比较自由一点。文字要求不能太长,两三千字就已经算长的了。所以我在那儿很早就发文章。

问:一共大概多少?

答:没有认真算过,总有十来篇吧。

问:2013年1月,莫言获得诺贝尔文学奖以后,您写了一篇文章叫《天马行空,脚踩大地——莫言获诺奖感言三题》,您说说对莫言获诺贝尔奖的感想?

答:这篇文章是约稿。《新文学评论》也是湖北的。它的主办单位是中国新文学学会,相当于学会的会刊,实际上是华中师范大学支持的一个研究型、评论型的刊物,但又不同于学报,办得比较灵活,没有学究气。它创刊比较晚,我也没有给它写过文章,是他们约稿来的。

正好莫言获奖,他们准备搞一个专题,让我写一篇。我想了想,那就写吧。我认识莫言比较早,80年代徐怀中当军艺文学系主任的时候,他是军艺的学员,我去讲课时就认识的,还到过他们的宿舍参观,聊了一会。莫言在鲁迅文学院上作家班的时候,那可能是80—90年代之交吧,我也到那儿上过课,他坐得比较靠前,他拿着几页纸,还有一本书,一个笔记本,好像在写什么东西,不时还抬头看看台上。后来莫言不断有作品出来,"跨世纪文丛"也出过他的一本。他的作品,我看过一部分,也写过一两篇文章,记得一篇是关于《丰乳肥臀》的。

莫言创作的最大特点,是他的"天马行空",没有框框,不给自己设限,前人的创作经验对他也没有形成限制,他愿意怎么写就怎么写。他的

---

① 指《一位纯粹、清正、孤直的学者:怀念樊骏先生》,《中国社会科学报》2013年3月8日刊载。

想象力得到了充分的发挥。幸亏他没有"触雷",最多是对他的自然主义描写倾向有所非议。所以他一直,应该说走得是比较顺的。他得"诺奖",我觉得是理所当然的,这里有偶然性,也有必然性。当然,总会有人不服气、不满意的。

我这篇文章,分"三题"。第一题是"迟来的诺奖",回顾诺贝尔文学奖与中国的几次相遇,但都擦肩而过,根源在于"诺奖"的西方中心主义。第二题是"天马行空,脚踩大地",这是这篇文章的核心,讲莫言创作的主要特点是"天马行空",他以这样一种精神气度和自由奔放的想象构筑他的文学世界。但"天马行空"只是莫言小说艺术特质的一面,"脚踩大地"则是它的另一面,如果莫言不是深深植根于高密东北乡这块家乡的土地,构建了富于绚丽色彩的高密东北乡的"独立王国",如果莫言对传统不是既继承又打破,就没有今天的莫言,正是这二者的融合,造就了如今"这一个"独特的莫言。

问:这是两题,还有第三题呢?

答:第三题是"智者莫言"。讲莫言获"诺奖"以后在铺天盖地的热议面前表现出的淡定和睿智,这是一种智者的淡定和从容,表现了莫言的智者风范。

采编人杂记:

一、关于"昨日风景"与历史传承

2012年7月起,陈老师为《新文学视野》开设"昨日风景"专栏,接连发表了多篇文章,这事值得一说。实际上,从1995年开始,陈老师就陆续写出《洁泯剪影》《布衣吴晓铃》《俞元桂先生的精神遗产》《和钱锺书先生在干校的日子》《钱锺书先生的几封书信》《纪念董易》《王信:默默的耕耘者》等短文。单独看,不过是陈老师在练习写作散文随笔,或是60岁以后的习惯性"怀旧";集中起来看,尤其是透过大块头的"昨日风景",就非"怀旧"二字可以了得。

这是一种有意识的历史传承行为。用陈老师自己的话说,是"一种真正的中国文人的情怀,一种不为时移事易的对先行者的感念,一种尊重历史、不轻率地割断历史的唯物主义态度"。他还说:"作为一个老师,如果能够为人师表自然很好,但倘若不够为人师表,只够当一座桥梁,或者起到类似桥梁那样的作用,成为连接青年和老年、上一代和下一代、过去和未来、此岸和彼岸的桥梁——那也就是人生的价值所在了。"(《桥——记忆和感悟》,1998)在自己的盛年时,陈老师写了一系列专门推介青年评论家的文章;进入老年之后,又写了一系列怀念长者、叙述往事的文章,承上启下,这样,他真的成了一座"桥"。在社会和历史的网络中,每个人都是一个网结,都有承上启下的社会历史关联。我想说,甘愿让自己成为一座桥,那就是一个好老师,配得上为人师表。

二、关于"诺贝尔奖情结"

不少中国人有"诺贝尔奖情结"。这不难理解。泱泱人口大国,竟然没有一个获奖者——此前虽也有华人获奖,但获奖者都入了外籍,在国外工作和生活——对爱面子如命的我们而言,如何能不成为心结?莫言获得2012年诺贝尔文学奖,大大缓和了中国人的"诺贝尔奖焦虑",为此我们要感谢莫言。

陈老师说,中国作家与诺贝尔文学奖几次擦肩而过,是因为评委会的"西方中心主义"。有意思的是,莫言获奖消息公布后,却又有人提出质疑,说这是评委会讨好中国。这样说或那样说,也许对也许不对,说到底不过是对诺贝尔奖评委会的猜度,也都是"诺贝尔奖情结"及其"诺贝尔奖焦虑"的表现。之所以有"诺贝尔奖情结",说到底是因为我们不够自信,甚至有些自卑:我们太在意别人的看法,太渴望得到权威(机构及人士)的赞许和夸奖。

据说有人宣称,花多少钱就能够"搞定诺贝尔奖评委",那就不仅自卑,更有不可救药的愚蠢和卑污。这样的人,不会懂得诺贝尔奖的真正价值,也不会懂得诺贝尔奖权威性的由来;不会懂得莫言获奖的真正原因,不懂得莫言为汉语写作、为世界文学做出了怎样的贡献;更不懂得感谢莫言的天才创造和勤奋劳作。

别说那些相信钱能搞定一切的人,即便是那些相信天才加勤奋的人中,又有多少人对沈从文、莫言这样杰出的作家,有过发自内心的感激和尊重呢?此种文化心理涉及"钱学森之问",恐怕也是"诺贝尔奖情结"的病因之一。

文学评论选集《从一而终》

问:《从一而终——陈骏涛文学评论选》,这本书的出版因缘是什么?

答:这件事,应该说是我主动提出来的。2010年年初,我到上海去开小说学会2009年度中国小说排行榜的评议会,上海文艺出版社的郏宗培——他是文艺社的社长,第一把手——知道我来了,有一天晚上来看我。郏宗培是老朋友了,80年初他在《小说界》当编辑的时候我们就认识,后来还跟他一起搞过《中国留学生文学大系》。在闲谈的时候,我向他提出了有没有可能出我的一本书这样的问题。我说:我搞了大半辈子的文学批评,现在到了人生的最后一站,上海文艺出版社有没有可能出我的一本文学评论选集,以便对我的人生有一个交代?在提这个问题之前,我实在不抱多大希望,如果他做出完全否定的回答,也在情理之中,因为这种"小众"的书,肯定是不会有市场的。没有料到,他稍微犹豫了一下,却做出了肯定的回答。这还真让我有些喜出望外。说实话,我本来也不想再出什么书了,虽然常有人跟我提起:到时候了,你应该搞一个选集出来了。当年,你们策划出了我的纪念文集《这一片人文风景》以后,陈思和不是也表示过这样的遗憾吗?"这些文字——按指文学理论批评文字——都没有收入这本纪念文集,以致骏涛老师作为文学批评家的风姿面貌,展示得并不清楚。"①所以,郏宗培的回答确实使我既意外,又高兴。但一旦冷静下来,却又几度动摇……

---

① 口述人:陈思和:《人文知识分子的一种境界》,见《这一片人文风景·序二》。应该说明的是,《这一片人文风景》作为一部纪念文集,主要是选收我历年所写的序跋、散文、随笔以及未曾结集过的自传体文稿,还有一些学者、作家、评论家和编辑记者评说我的文章,并非是我的理论评论文章的选辑。这样的编选思路在当时无疑是正确的。

问:动摇的原因是什么?

答:就是对它的必要性表示怀疑:有必要出这么一本书吗?出了以后有人看吗?有人注意吗?但又总是心有不甘,最终,还是挡不住诱惑,费了一番心思,把它编出来了。大概2011年6月就编出来了,我的《自序》的落款就是写的2011年6月。但出版社一直拖着——这也是可以理解的,一直拖到了2012年,才把它提到议事日程上。到今年(2013年),才全部完事,8月就出版了,10月拿到书。这还真应该感谢上海文艺出版社,特别是郑宗培和责任编辑陈朝华——陈朝华也是一位老人了。

出版社表示可以出这本书以后,我一直考虑到底怎么编的问题。最后确定了这样三条原则:1.凡是已收到《这一片人文风景》的文章(主要是序跋)一律不选,个别特例者除外;2.尽量选收当年有点影响的、比较下功夫的,自己也觉得差强人意的文章,一般文章统统不选;3.对话体文章也酌选一些,这一方面可以反映出我的文学批评的全貌,另一方面也可以使这部选本的文体不致过于单一。于是就形成了这样三辑:1.文坛观察,大多是宏观性、综合性的理论批评文章。2.书人书事,是对重要作家作品评论的文章,但受篇幅限制和其他方面的原因,这部分的文章确实少了些。3.对话互动,跟一些朋友,特别是年轻朋友——包括你们——就文坛上的人和事对话的文章。因为当时出版社说了,总字数最好不要超过30万字,所以只能做了最大幅度的精简。①

问:但现在好像有点超了,是吧?

答:超过了,现在版权页印的字数是41万字。

问:后来怎么会同意涨出来这么多呢?

答:我调整过一次,删去了一些,第二次发过去的时候,我记得是35万字,但一排版,就涨出来了,这是没有估计到的。

问:这个选集,是各个时期的代表作都选了一些?

答:不是按照每个时期的文章来选的,而是根据文章的性质、文章的质量来选的。早期的文章很少被选入,特别是作家作品评论的文章选得

---

① 《从一而终》一书分为"文坛观察""书人书事""对话互动"三辑。该书选入作者1977—2011年间的评论文章及学术对话共37篇。上海文艺出版社,2013年8月出版。

很少。现在选的作家作品的评论文章,只有徐怀中、张洁、李国文、王蒙、刘心武、陈建功等几位,很多中青年作家,如我曾经写到的张承志、路遥、史铁生、方方、莫言、周大新、毕淑敏、陈染、郭小东、殷慧芬、钟晶晶……的文章,都没有选入。更不要说对评论家,特别是年轻评论家的评论文章了。这是很大的遗憾。据有案可查,我从1977年到2011年,所写的大大小小文章,加起来大概有180万字,除去散文随笔20多万字,还有160万字,现在这部选集的字数大约占了全部理论批评文字的四分之一,所以不可能每个时期都平均对待。

书出来了以后,也收到了一些反响。大多是电话、短信、电子邮件,祝贺的有,夸奖的也有,显然大家都很客气,所以没有听到真正批评的意见。第一个是徐怀中,也是说了一番鼓励的话,是很真诚的。有一位年轻朋友写过一篇评论文章,但投出去以后,至今也没有见发表。① 本来我出这部书也不期望有什么反响,时过境迁,很多很知名、很有成就的作家、评论家和他们的作品,都被遗忘了,何况是我?说穿了,我们这些人都是历史的过客。好在我本来出这部书也不是为了传世,而是给自己留个纪念,为自己画一个并不圆满的句号,如此而已……

问:为什么说"不圆满"?
答:当然是不圆满。
问:觉得不太够是吧?
答:不太够!何止不太够,应该说是很不够!这个话题,留到以后再谈吧!

采编人杂记:

关于《从一而终》

《从一而终——陈骏涛文学评论选》是陈老师的第六部个人文集,只

---

① 口术人:指王科所写《评陈骏涛文学评论选〈从一而终〉》,已发表于《中国现代文学研究丛刊》2015年第4期,2015年4月15日,北京。

不过,这是一部评论选集,选入了此前的文集中曾刊载过的若干文章,当然也有从未刊载过的新入选的文章。像《在传统和现代之间》《文坛感应录》和《世纪末的回声》等书一样,《从一而终》也是陈老师先给出版社干活,然后才有"回馈",出他一本书。此事说起来,着实有些辛酸。但另一面,却也可以看出陈老师可贵的坚持。书名《从一而终》,既是这种坚持的实际描述,也是这种坚持的个人誓言。

实话实说,我不特别喜欢《从一而终》这个书名。看到这个书名,我会想起陈老师的"花心"乃至"外遇"——例如曾一度离开《文学评论》,到华侨出版公司工作;又曾在感悟"一要生存,二要发展"的要义后,与书商合作编书——这当然是说笑。陈老师工作角色偶有变化,但始终没有离开文坛,说他对文学事业从一而终,当然没有问题。但我还是不怎么喜欢这个书名,因为它有潜在的"臣妾心态",好像从事文学评论工作并非自主选择,而是不得已的依附。

陈老师说,"出这部书也不是为了传世,而是给自己留个纪念。"这话不可不信,也不可全信。它是陈老师的真心话,因为多少名家都被冷落和遗忘,传世似乎渺茫;那就只能退而求其次,留下一个证据,纪念自己的半世奋斗和毕生追求。说不可全信,是我猜想,陈老师恐怕还是希望自己的书能够传世的。论据一,写书的人,谁不希望自己的书能够传世呢?论据二,陈老师这一代人的价值观,向来是把为社会做贡献排在首位,而自我实现目标总是屈居第二。问题也恰恰在这里,我们似乎始终也没有认识到,只有充分地自我实现,才能为社会、为人类做出最大贡献——爱因斯坦的巨大贡献出自于他儿童般单纯的好奇心——而那些被社会"超我"压抑个人精神自我的人,无法充分实现自我,对社会的贡献会大打折扣。假如陈老师能尽展其才,自我实现,肯定可为中国文学做出更大贡献。

"时过境迁,很多很知名、很有成就的作家、评论家和他们的作品,都被遗忘了……",很无奈,这恐怕是事实:在我们的生活中,有太多人和事都被遗忘。然而,诸多被迫的遗忘、习惯性的遗忘,实际上是一种原始状态;按照文明社会的标准,其实是一种病态。密尔(穆勒)早就说:"世界之大部分是没有历史的,因为在那些地方,习俗的专制是全面彻底的。整个东方的情况正是如此。"①穆勒并不是说东方没有存在的历史,而是说没有历史记忆——是有"记"(档案、史料)而无"忆"(回忆、反思)——缺少向历史学习的自觉,被习惯性遗忘所控制。然而,这并非全部的真相。世世代代的中国智者,一直都在与不重视记忆、不重视历史的原始思维状态做斗争,努力抗拒和治疗各种各样的习惯性健忘症。总有一天,我们都会明白,要想进步和发展,首先要找到前人精神之旅的足迹,从中学习历史的教训和经验。

---

① [英]约翰·斯图亚特·密尔:《论自由》,于庆生译,北京:中国法制出版社,2009年,第108页。

谈文学研究所的一些同事

问:今天请您谈人物,首先谈文学所的人物。

答:有不少文学所的人物我在先前口述中都谈到了,我还专门写过文章集中谈了我心目中文学所的一些前辈学者①。下面所谈的人物顺序,大体是从我最早接触的人说起,但也有一点随机性。

先说唐弢。首先是因为他是我到文学所最先接触的人之一,又是我直接的领导,虽然私人之间没有什么特别的交往。另一个原因是有一件事,我一直心存负疚,觉得很对不住唐弢先生的。那就是"文革"期间,虽然是受命,但也是自愿的,我当了批判唐弢小组的负责人,带头批斗了唐弢先生。"文革"以后,唐弢先生虽然表现得很大度,他还说"当时也不是你一个人,连樊骏都参加了"一类的话,但我还是觉得很对不住他,何况他心脏不好,当时还是个病人!

问:"文革"结束后,你们俩说过这事,是吧?

答:对,说过,但也只是淡淡的说过。当时是要请他出任中国小说学会会长,就淡淡地提起"文革"时的事,他就说:那也不是你一个人的事。

问:上次我问过您,是否正式向唐先生道歉过,您说没有?

答:对,是没有,没有正式道歉,就是提过。

问:当时为什么没有顺势把歉意说出来呢?

答:就是觉得很不好意思。那时去他家里,随便谈起了这事。现在想起来,确实应该促膝地跟他谈一次,所以我才一直心存负疚。唐弢之所以

---

① 口述人:除了历年发表过的几篇以外,比较集中的是近两年发表的如《人格的魅力——记文学研究所的八位前辈学者》(《岁月熔金》二编,中国社科出版社 2013 年 6 月)等文。

开头没有爽快答应出任小说学会会长,还找了一些理由推辞,我想可能是与他心中的这个"疙瘩"有关的。当然,这也只是我的推测。后来我与他联系事情,到他家里去过多次,他对我还好,都挺客气的,并没有把我拒之门外。①

再说董易。当年他从中国青年出版社副总编的任上调到文学所,当了文学所现代文学组的副组长。董易没有来的时候,樊骏是现代组的秘书,很多具体事务,唐弢都委托樊骏办。比如我初到文学所的时候,唐弢就对我说:你有什么事就找樊骏,樊骏会告诉你怎么做。所以他让我搞胡风资料什么的,也是由樊骏具体联系我。董易来了以后,就成了现代组的实际负责人。董易为人谦逊,没有架子,很平易近人。不像唐弢,多少跟我们还是有点距离。董易基本上天天来上班,跟大家打成一片。跟董易之所以走得比较近,还因为在"文革"的时候,我们彼此观点比较接近,也就是说,是一派的。那时有一个所谓"清谈组",也就是一些观点相近的人,经常在一起聊天,许志英是其中的一个核心人物,樊骏和董易也是。大家在一起谈谈国家大事,议论政治形势,分析两派状况等等。我虽然不是清谈组的主要人物,但有时候也去听听。就这样,一来二去,跟董易也就走得近了。他退休以后,我与他还有联系,曾去过他的家。

文学所的几位老先生,像何其芳、钱锺书、吴晓铃、唐弢家里我都去过。董易家里也去过。那时他住在西城,他退休后的一天,我专门去看望他。聊天的时候,我问他:您现在都做什么?他告诉说在写东西,写西南联大的事,一部小说。我就问:能看看吗?他说:不行,现在还不能看,等写好了再给你看。后来他身体一直不太好,写作进度也很慢,也不知道小说写好没有。去世后,他夫人陈士修从他的一大堆遗物中发现了这部未完成的书稿,让我们文学所的几个同事看看。吕薇芬、沈斯亨、王保生几个人都看了,我也看了,我们都提了一些修订意见,主要由吕薇芬、沈斯亨还有陈士修本人做了一些修订和文字加工。正好那个时候我与云南人民出版社有点关系,认识那里的一位编辑苏映华——她是女作家苏丽华即海男的妹妹,我就向她介绍了这部书稿。他们表示愿意出版,因为那时候

---

① 口述人:我写过近十位文学所的前辈学者,计划中还有唐弢,但一直未曾动笔。

虽然写西南联大的回忆录有一些,但长篇小说还是空缺的。就这样,写西南联大的第一部长篇小说《流星群》就在云南出版了。分上下两部,上部《青春的脚步》,下部《走彝方》。① 这部小说之所以值得重视,除了由于它是填补了西南联大长篇小说的空缺以外,还由于它的反"左"倾向,小说里写到了当时左倾机会主义、教条主义对西南联大的影响和危害。这部长篇小说应该是董易对中国当代文学的一个贡献。后来,我在缅怀董易先生的两篇文章中都提到了这部小说。②

下面说朱寨。我与他不是一个组的,我是现代组,他是当代组——文学所当代组的组长。③ 一个是因为他很平易近人,一个是因为"文化大革命"初期,他有时也到"清谈组"来。我与他虽然没有多少交往,但他对人热情,对我也是这样。大概是本世纪初吧,他在一篇文章中还写到了我,写我在"文化大革命"初起的时候,转抄了一份大字报,这张大字报的内容是不赞成揪斗刘少奇的,说我匆匆地贴完大字报后就消失了,虽然没有留下名字,但他却清楚地从身影辨认出这个人就是陈骏涛,题目叫《一张无名的大字报》。

问:是专门写您的文章,还是文章中提到了您?

答:是一组文章中的一篇,总题《"文革"中文学所的一些人和事》,在浙江的一个刊物上发表过。还是这个刊物的编辑告诉我的,说这篇文章写到你了。后来我也看到了这篇文章④。

问:他是如实写的,对吧?

答:当然,是如实写的。文学所这些从延安过来的老同志,都是很平易近人的,以何其芳为首,有毛星、井岩盾、贾芝、朱寨、陈荒煤等人,都是如此。这可能也是延安鲁艺的一种传统吧,我想。所以,后来我写缅怀朱

---

① 口述人:《流星群》,第一部《青春的脚步》,第二部《走彝方》,董易著,云南人民出版社,2006年2月。
② 口述人:这两篇文章是:写于2006年的《纪念董易》,写于2013年的《董易:朴实谦和、厚积薄发的书香后裔》,都已先后发表。
③ 口述人:其后,"现代组"更名"现代文学研究室","当代组"更名"当代文学研究室",余此类推。
④ 口述人:朱寨《"文革"中文学所的一些人和事》,见《岁月熔金(一编)——文学研究所50年记事》,中国社会科学出版社,2003年5月。

寨的文章时,就取题《朱寨:最后一位"鲁艺"人的伟岸人格》,说"最后一位",指他是文学所仅存的一名"鲁艺"人,而这位"鲁艺"人如今也去世了。

再说樊骏。前面说了,樊骏实际上是我早期专业工作的指导者。他学术功底好,一心不二用。他一辈子没结婚,这可能是性格方面的原因,也可能是"反右"中受批判以后,性格上发生的一种变化。他在1957年以前曾经当过文学研究所的团支部书记,跟陈涌的关系很近,陈涌被划成"右派"以后,樊骏因为也有过"右派"言论,差一点也被划成了"右派"。"反右"以后,他的团籍没有了。他最初给我的印象是不苟言笑,喜欢斜着眼睛看人,似乎城府很深,对人也是若即若离的。但你跟他稍微接触得多一点,就会觉得其实他在政治上是很敏锐、很有见地的人,鉴于以往的教训,从不轻率地表露出来而已。为人正派,认真,讲诚信,乐与助人,这是他在我心中形成的一种固定印象。他的内心深处还是有一片热的,否则也不会对学术那么投入,对人、对事那么认真。他是文学所现代组的关键人物,是唐弢主编的《中国现代文学史》的主笔、骨干,在中国现代文学研究界,也是很有口碑的一个人。他没有家,没有爱人,没有后代,学术就是他的家。在我写的关于樊骏的纪念文章中,曾经引用了樊骏自己文章中的一段话:"马克思曾经把'科学的入口处'比作'地狱的入口处',来形容寻求、发现、捍卫科学真理的艰苦,提醒人们要有为之付出代价,做出牺牲的精神,虽九死而未悔!"实际上,樊骏本人也就是这样一位终生为学术付出代价,做出牺牲的人,虽九死而其犹未悔!

下面说邓绍基。他是我的复旦校友,也是师兄,年长我几岁。我到文学所,与他有直接的关系。如果不是他到复旦选人,可能就不会选到我,我可能就会或者留在复旦,或者分到别的什么地方。所以说,人的一生有必然性,也有很多偶然性。我之到文学所,也就有这么一点偶然性。所以说,邓绍基是我人生道路的引路人。他和樊骏不一样,他喜欢交朋友,对人热情。他从复旦毕业以后就到了文学所,当时还很年轻,是何其芳比较看重的年轻人,是当年文学所两个青年领军人物之一。另一个是卓如,女性,福州人,北大毕业的。何其芳当所长的那些年代,有一个也许是别的部门和单位所少有的特点:他特别爱才,比较注重发挥人的特长和才干,这对于从事科研学术工作的部门是特别需要的，否则就难以网罗人才。邓绍基也就是在这样的环境中不断成长，成了文学所，特别是古代文学研究室的业务骨干。他当过《文学评论》负责人、文学所古代文学研究室主任、文学所副所长、文学所学术委员会主任等职。正因为他为人热情和随和，我有缘与他有过两次合作，得到了他的鼎力相助，所以我一直心存感激。一件是在《文学评论》复刊初期，他当编辑部负责人的时候，扶持我写过几篇文章，在当年产生过一定的影响。这我在前面曾经讲到过，就是署名周柯的两篇代表编辑部观点的文章。另一件是他支持并同意和张炯一同与我联名出任《中国文学通典》总主编，使这部辞书不仅能够顺利出版，而且还获得了国家辞书奖。①

王平凡。也是我一直想说的一位文学所老领导。他还健在，1921年生人，90多岁了。当年曾当过文学所的党总支书记，是文学所党组织的最高领导人。他也是从延安过来的，曾在延安陕北公学学习过，也非常平易近人。他不搞学术，作为学术单位的党的领导，他的最大特点是尊重学术，也尊重从事学术研究的专家学者，能与大伙平等相处，从不以势压人，也不冒充内行。所以他跟何其芳等这些老专家、老学者、老领导都相处得很好。这也是文学所的一个好传统：党政和谐。可惜，这个传统并没有得到文学研究所所有后继者的发扬。王平凡一度调任学部政治部副主任，不久又调任外国文学所党委书记、少数民族文学研究所党委书记、所长。他几十年来做的主要是党务工作，但一贯兢兢业业，严于律己，宽以待人。退休以后，他潜心于写回忆录，把文学所前期的历史比较完整地保存了下来。②

问：他自己的回忆录？

答：对，实际上是回忆录，书名《文学所往事》③。我觉得这也可以说是一部口述史，口述史中的一种。这本书因为是经过他女儿王素蓉录音

---

① 口述人：邓绍基(1833—2013)，中国社会科学院荣誉学部委员，中国社科院文学研究所研究员，有多种论著问世。在邓绍基逝世一周年的追思会上，我有一篇《追怀大师兄邓绍基先生》的发言，尚未发表。
② 口述人：所谓"前期的历史"，是指20世纪50年代到60年代上半期文学所创建时期的历史。
③ 口述人：《文学所往事》，王平凡口述，王素蓉整理，北京金城出版社，2013年3月。

整理的,不可避免地留下了加工的痕迹,但总体上看还是"文如其人",是王平凡所见证的文学所前期的历史,文学所人读了都会感到亲切,不是文学所人读了也会增进对文学所的了解。

何其芳。他和郑振铎都是文学所的创建者,最初是副所长。但郑振铎当年是文化部副部长兼文物局局长,在文学所不过是兼职,文学所的工作实际上是由何其芳负责的。1958年郑振铎因出访飞机失事去世以后,何其芳就扶正了。对何其芳,我早闻其名,用现在的说法,当年他曾是我心目中的一个偶像,早年就读过他的诗歌。没想到,到文学所报到的第一天,就见到了他,还跟我有过简短的谈话——这以前都说过了。对他,我一向是十分敬重的。我所写的文学所的近十位前辈学者,第一位就是何其芳[1]。当然他书生气,如果没有这点书生气,他就不是何其芳了。也有人说,何其芳对毛主席太崇拜了。他确实崇拜毛主席。"四人帮"垮台后,他临终之前,所发表的一篇最主要的文章,就是写毛主席和延安的,叫《毛泽东之歌》。他就是这么个人,对毛泽东虔诚、崇拜,这是很值得研究的一种心态,一个问题,在中国也很有代表性。但无论如何,他是文学研究所的一个开拓者、奠基者,他给文学所打下了一个很好的基础,也是一位别具人格魅力的作家和学者。

刘再复。刘再复于1985年初出任文学所所长。在沙汀、陈荒煤、许觉民等文学所前领导做了许多拨乱反正工作的基础上,他把文学所引向了学术的轨道。毫无疑问,比起前任来,他的学术思想是远为开放的,传承也比较多元,这中间难免有些偏颇,但在开辟新路阶段,也是不可避免的。他具有开辟新路的勇气和锐气,这在改革开放的年代是十分珍贵的,但比起前辈来,却缺少一点韧性和耐心,这样就容易剑走偏锋。1989年"六四"之后他出走,实属迫不得已,这是一段抹不掉的历史,将来肯定会有一个公正的评价的。去国以后,在那些刘再复自称为"远游"或"飘流"的岁月里,他以一颗"赤子"之心,依然笔耕不辍,著书立说。这是一个既单纯又丰富,既简单又复杂,很值得研究的个体存在。我曾经有过梳理和

---

[1] 口述人:指《坦诚正直、执着进取的老所长》,此文除了作为《人格的魅力》中的一节以外,还曾独立在《中国社会科学报》和加拿大的《世界日报·华章专刊》发表过。

研究他去国以来心路历程的想法,但也仅仅是一种想法而已,真正要做起来,难度不小,不是我现在的身体条件和思维状态所能够胜任的!

马良春和张炯。刘再复走了以后,在文学所几乎处于真空状态的情况下,马良春和张炯接替了刘再复,把文学所监护了起来。马良春执政的时间比较短,他于1991年3月被正式任命为所长——本来是副所长,当年10月就去世了。作为同龄人,又是曾经同属于现代文学研究组的同事,当时我们都感到非常惋惜,尤其是这样一位口碑颇好的同志。马良春去世以后,接替他的是张炯,他于1994年1月从副所长转为正所长。跟马良春一样,张炯也是一位正派人,而且是颇有作为的人物。在他执政期间,由他牵头与樊骏、邓绍基联名主编的10卷本《中华文学通史》,以及主编的《中国大百科全书·中国文学卷》等,都是国家级的重要学术成果。他个人出版的著作也很多,进入了耄耋之年,精力依然充沛,而且仍然笔耕不辍。这在同龄人中是不多见的。当然,张炯也有他的局限,对他非议的,也大有人在,我想他自己也并非不知道,但他总能以平常之心对待之。我以前曾经说过,张炯最大优点之一是"包容",这是作为一个领导者必需具备的一种品格,否则下属就会远离他。不是所有的领导者都具备这种品格的,而张炯却是具有这种品格的领导者之一。我作为他的一个下属,也得到过他的帮助和支持,对他有这样一种认识。

我想就说这些吧。有些应该说的前辈学者,如钱锺书、吴晓铃、陈荒煤、许觉民等人,我在以前几次口述中也都曾多次说到,而且还写过他们的文章,这里就不再重说了。①

问:下面请说说您在《文学评论》编辑部的一些同事?

答:好,《文学评论》的同事很多,我就重点说说王信吧。王信是编辑的模范,这是没有疑问的。上个世纪80年代,大概是1988年吧,中国作家协会评选首届全国优秀编辑奖的时候,王信就榜上有名,他是文学所第一个获得这个奖项的人。他读书不少,知识面也很开阔,发现文章、判断文章的水平很高。有的作者这样评价他:"他不是任何一个人的导师,但他却是我们这些中青年研究工作者中很多人的导师。在我的学习道路

---

① 口述人:参看《人格的魅力——记文学研究所的八位前辈学者》等文。

上,他给予我的鼓励和帮助,无论如何估计都不为过。"说这话的是王富仁,距今有二三十年了,可以说他是说出了很多受到王信扶持和帮助过的中青年学者的心声。我在 80 年代写过一篇文章:《王信:默默的耕耘者》①。在这篇文章中我说:"王信把他的大部分时间和精力都放在发现人才、培养人才上,他自己很少写文章。他认为,发现和发表作者的好文章,帮助作者把文章改好,这是刊物编辑的基本职责。他还认为,编辑应该安于无名,社会也不必太怜悯编辑的无名,不必强行造声势让编辑出名,编辑自己也应该及早解除这种束缚,安心为他人做嫁衣裳。他的这些看法可能未必能得到普遍认同,但却是出自他的肺腑之言。他把这些认识付诸实践,一直勤勤恳恳、兢兢业业、任劳任怨地埋头在平凡的编辑工作岗位上。"王信身先士卒的精神是出了名的。他与编辑部同事的关系也很融洽,大家都信服他。所以,在他主持工作的那些年里,编辑部同事之间的关系是融洽的,这是一个相当团结的集体。

有一句话说:编辑是无名英雄。的确是这样的。如果没有好的编辑,作家、评论家和学者的成果就很难面世,当然也就很难成名了。当年《文学评论》编辑部的同事,如今都已经退休了,他们也都是这样的"无名英雄",如贺兴安、彭韵倩、杨世伟、王行之、曹天成、卢济恩等,包括已经去世的美编赵友兰和编务张朝范,我在这里就不一一细说了。

到后来,由于时局的变化和人事的频繁变动,《文学评论》内部出现了一些矛盾,一些问题,人与人之间的关系也变得复杂了。由于我在 90 年代后期就退居二线,新世纪以来又基本上没有参与编辑部的工作,这些就留给后人去评说吧。

采编人杂记:

谈论他人的目的

口述历史不仅是受访人谈论自己,少不了还要让受访人谈论他/她所

---

① 口述人:刊发于《文学自由谈》1988 年第 4 期,收入《这一片人文风景》。

熟悉的人,尤其是与他/她相关的人,理由是,人是社会关系的结点。所以,要请陈老师专门谈论与其工作相关的人物:谈文学所的同事,谈他所接触的作家,谈他所认识的评论家和编辑,谈他的研究生、进修生和访问学者。

请陈老师谈他的文学所同事,有一个重要理由,即所谈对象,或是文学界的名家,或是如《文学评论》编辑部的王信老师那样的名气不大但却受到评论界普遍敬重的人。有关这些人的故事信息,甚或是只言片语,应该都有一定的文学史料价值。

另一方面,从陈老师谈论他人的角度、方式、内容和语气中,也可以更深地了解他的为人。在谈论同事的时候,陈老师对他人多是称许赞誉,少有批评指责,绝无怨愤情绪。这符合他一贯的做人原则:责己严,待人宽。在打给我的关于审稿的电话中,他还重复了这句话。采访时,他曾转述过所里的同事对其他同事的负面评说,在审稿时他将那些话删除了,因那些话有伤忠厚之旨。当然也可以说,他胆小怕事。我知道,文学所中有不少老人,因为在"文革"的两派对立中结下了仇怨,至今也没有化解。陈老师虽然也曾参加过两派活动,与当时的对立派肯定也有矛盾,但在"文革"结束后,他是真的淡化了"派性",做到了一笑泯恩仇。

从陈老师的谈话中,我也发现了一个问题,他与同事交往,虽有远近深浅之别,但都只是工作关系而已。这或许是文学所这样的大机构的环境使然,或许是现代生活的正常情况;又或许是从前的阶级斗争时代的后遗症,或许是他的个性使然,总之,陈老师极少与人深交。他说,从少年时起,他就没有掏心掏肺的玩伴,没有患难与共的朋友。原因究竟是什么?我还没有想明白。

谈一些熟悉的作家

问：下面请您说一些您熟悉的作家。

答：我熟悉的作家不少。怎么说呢？先大体按认识和交往的先后说吧，但也不是绝对的。

郭风。1918年生人。是老作家、散文家，福建莆田人，我的同乡，生前是福建省作家协会主席。认识郭风比较早，80年代开始就与他有些交往。大概是1982年吧，《文学评论》发表过一篇上海青年评论家邹平写的《现实主义精神和多样的创作方法》的文章，他对这篇文章很感兴趣，写信向我索要这期刊物，我们还就这个问题有过文章交往，这就是《关于创作方法多样化问题的思考》的二人谈。那些年，凡是回老家，我都要去看望他。郭风为人朴实忠厚，他在福建，很有人望。"文如其人"，他的散文和散文诗也是素朴厚实的。1994年福建省开郭风作品研讨会的时候，到会的人很多，不少在外地的闽籍评论家都到会了，我也去了，我还根据在会上的发言写了一篇《"你是普通的花"——读郭风》的文章，在《福州日报》发表过。①

秦牧。1919年生人。也是一位老作家，我与他的交往也比较早。我年轻的时候就喜欢秦牧的散文，他的散文，哲理、知识、感情和文采是熔为一炉的。像《艺海拾贝》，我在大学的时候，就买过一本。"文革"以后，他一度借调到人民文学出版社编《鲁迅全集》，我跟他有过联系。那时正值《文学评论》复刊，让我组织一组笔谈文章，拟定的笔谈作者中就有一个

---

① 口述人：我与郭风的创作通讯《关于创作方法多样化问题的思考》，发表于当年的《福建文学》；《"你是普通的花"——读郭风》，发表于当年《福州日报》，收入《这一片人文风景》。

秦牧,他写的《画地为牢与广阔天地》刊登于1978年《文学评论》第1期。后来在第四次文代大会上和他回广东的一段时间里,我跟他还有过联系。秦牧是归侨,1990年11月,广东开秦牧创作研讨会的时候,我正好在中国华侨出版公司工作,曾作为华侨出版社的代表参加了研讨会,并在会上有一篇发言,后来发表的《我所认识的秦牧》①就是脱胎于这篇发言。

徐怀中。1929年生人,也是新时期以来认识最早的作家之一。那个年代他发表的《西线轶事》和《阮氏丁香》等名作,我都写过评论,我最早的一篇作家论也是写徐怀中的,即《徐怀中创作漫论》②。1984年"军艺"——解放军艺术学院——开创时,他是军艺首届文学系主任。当年他到社科院来,班师到军艺讲课,我曾当过他的向导,文学所和外文所有好几个人都到军艺讲过课,我也去了。我与军艺最早的几个学员——朱向前、李存葆、莫言等,也都是由于与徐怀中的关系而在那个时候认识的。徐怀中当过解放军总政文化部长,为人朴实忠厚,丝毫没有官架子。2006年,你们策划出版我的纪念文集《这一片人文风景》时,我请他作序,他欣然应承,写了那篇脍炙人口的《记忆中的"风景"》。今年在我住院期间,他与他夫人还特地到医院来探望过我,这都使我深受感动。他年长我七岁,但身体依然很好,无论是为人还是为文,都是可亲可敬的。

张洁。这是一位同龄人女作家,也认识得比较早。早期的《从森林里来的孩子》《爱,是不能忘记的》就曾引人注目,稍后的《方舟》《沉重的翅膀》还引发了争议。在《沉重的翅膀》还有很多争议的时候,在当年《文艺报》召开的关于这部长篇小说的研讨会上,我对它做了肯定的评价,并且写了一个长篇评论——《评长篇小说〈沉重的翅膀〉》③。后来我主编"跨世纪文丛"的时候,邀请她加入,她也欣然应承④。正是由于这些缘

---

① 口述人:《我所认识的秦牧》即《秦牧创作感言》,《华声报》1991年3月9日,收入《这一片人文风景》。
② 口述人:见1981年《文学评论丛刊》第10辑"当代作家评论专号",收入《从一而终——陈骏涛文学评论选》。
③ 口述人:《评长篇小说〈沉重的翅膀〉》,《文艺报》1982年第3期,后收入《从一而终——陈骏涛文学评论选》。
④ 口述人:张洁以《来点葱来点蒜来点胡椒盐》的小说集,加入"跨世纪文丛"第2辑,长江文艺出版社,1993年7月。

故,在八九十年代我与她联系较多。张洁的小说大都注入了强烈的主观感情色彩,有些小说更是快人快语,锋芒毕露,几十年不变。这是一位很有个性,也很有才情的女作家,后来她出国了,在国外也有些影响。

王蒙、张弦、李国文、张贤亮、从维熙。都是30年代生人,也都是1957年"反右"时被错划为"右派"的作家,在"四人帮"垮台以后,特别是在改革开放的年代,他们的创作都迎来了第二次青春。我与他们的交往,也多半都是由于评论他们作品的缘故。像王蒙的小说和理论批评,张弦的《挣不断的红丝线》,李国文的《花园街五号》,张贤亮的《灵与肉》和《小说中国及其他》,从维熙的《大墙下的红玉兰》等,我都写过文章,或与他们有过对话。①

比王蒙这一批作家稍后,一批40—50年代出生的作家,在七八十年代,我也都是因为评论他们的作品,写过他们的文章,而与他们有所交往的,也可以列出一批,如刘心武、陈建功、张承志、路遥、李陀、航鹰等。像刘心武和陈建功,我还都写过他们的作家论,而且不止一篇。②

再往后,就是90年代前后,特别是我主编"跨世纪文丛"的那个阶段,认识和接触的作家就更多了,覆盖面几乎包括当年的老、中、青三代,以当年的中、青年两代,也就是50—60年代生人居多。像张承志、铁凝、殷慧芬、方方、陈染、林白、徐坤、周大新、毕飞宇、红柯、钟晶晶等等。

进入"跨世纪文丛"中的作家,有些是我在70年代末、80年代初就认识的,像张承志就是。他的中篇小说《黑骏马》,我在1983年就写过一篇

---

① 口述人:关于王蒙,如《富于创造性的文学探求——评王蒙的〈漫话小说创作〉及其他》,原载《文学评论》1984年第3期;《探求者·营造者·独行者——王蒙小说中的王蒙》,原载《海南师范学院学报·社科版》2004年第2期。关于李国文,如《谁是花园街五号的主人——读李国文长篇小说〈花园街五号〉断想》,原载《文学评论》1983年第6期。上述二文均收入《从一而终——陈骏涛文学评论选》。关于张贤亮,如《心灵在广阔的空间漫游——关于〈小说中国及其他〉的答问》,原载张贤亮《小说中国及其他》,《跨世纪文丛》第6辑,长江文艺出版社1999年9月。

② 口述人:关于刘心武,如《刘心武论》,《花城》1984年第3期;《从"问题小说家"到人性的探秘者——关于刘心武的笔记》,《文艺争鸣》1994年第1期。关于陈建功,如《更勇敢、更热烈地反映变革中的生活——关于陈建功的笔记》,《钟山》1984年第4期。均收入《从一而终——陈骏涛文学评论选》。

评论:《艺术魅力从何而来?》①,并跟他有过一段时间的交往。有的虽然认识得比较晚,但后来却交往得比较多,像徐坤、周大新、殷慧芬、钟晶晶等人都是。

徐坤是90年代到文学研究所以后才认识的,那时她在社科院攻读博士学位,却发表了一批像戴锦华说的"嬉戏诸神"的小说②,有的人还说她就像"女王朔",引起了人们的注意。我也在报刊上发表过几篇推介她的文章③。

周大新是在90年代一次部队创作讨论会上认识的,那时根据他的小说《香魂塘畔的香油坊》改编的电影《香魂女》,在柏林的国际电影节上得了"金熊"大奖,他的一批主要写河南南阳这块小盆地的小说也就逐渐引人注目。④

跟上海殷慧芬的认识,也是通过读她的小说。她写的那些上海石库门(老弄堂)人家的小说,引发了我对上海弄堂文化的记忆。于是一本名为《吉庆里》的小说集1999年就加入了"跨世纪文丛"第7辑。后来,我还为她的另一本小说选集《石库门风情画》写过一篇"序"⑤。

跟认识张承志、徐坤、周大新、殷慧芬等人不同,钟晶晶的小说我以前从没有注意过,还是通过一位老朋友——当时的《文艺报》副总编刘锡诚——的介绍才认识的。读了她的几篇小说我有一点惊喜。觉得她的小说有些与众不同,带有某种梦幻性和陌生感,文笔也很优美,就像郭素平跟她对话中所说的那样,这是"另一种风景"⑥。这样,她也加入到了"跨世纪文丛"第7辑的行列中。

---

① 口述人:《艺术魅力从何而来? ——读张承志〈黑骏马〉及其他》,原载《文汇报》1983年8月9日,收入《文学观念与艺术魅力》,海峡文艺出版社,1986年6月。
② 口述人:见徐坤《遭遇爱情》之代跋《徐坤:嬉戏诸神》,长江文艺出版社1997年8月。
③ 口述人:如《太原日报·双塔文学周刊》1996年9月2日发表的《徐坤:引人注目的文坛新秀》、《中国艺术报》1996年10月18日发表的《徐坤:反串男性角色》等。
④ 口述人:我最早一篇关于周大新的文章《小盆地的骚动——评周大新的〈家族〉及其他》,载《文论报》1988年3月15日。
⑤ 口述人:即《殷慧芬和她的石库门世界——殷慧芬〈石库门风情画〉序》,见殷慧芬《石库门风情画》,上海人民出版社,2008年3月。
⑥ 口述人:语出钟晶晶、郭素平对话:《另一种风景》,见钟晶晶:《战争童谣》,长江文艺出版社,2001年9月。

认识陈染、林白、方方、池莉等女作家的情况也都与上述大同小异。她们都是当年最具实力的女作家，特别是方方，近年还不断有引人注目的新作问世。她们当年都曾加入"跨世纪文丛"，我也都写过她们的文字。①

主编"跨世纪文丛"，还有"红辣椒女性文丛"，让我认识了许多作家。这里有许多温馨的记忆，当然，也有个别不愉快的经历。比如河南有一位作家就因为暂时进不了"跨世纪文丛"而负气，甚至发誓："我这一辈子再也不想加入这套丛书了！"其实，这完全是一场误会。同样，1996年浙江女作家顾艳有一本小说集《无家可归》，通过女作家方方的介绍，也想加盟"跨世纪文丛"，却由于各种原因而未能如愿，但顾艳与我的交往却一直延续至今。②

采编人杂记：

不会讲故事的人

陈老师与不少当代作家有过交往。一方面，是作为评论家，除了阅读作品并思索作品的意义，还经常与作家交往，听作家谈创作，而后综合作家谈与作品论写出评断更加准确和信息更加丰富的评论文章。另一方面，是作为丛书主编，要向作家约稿，并且与作家商量作品选目，从而对作家有更深入的了解。请陈老师谈论其熟悉的作家，原本是希望他多说说他与作家们交往的故事，多讲他们交往的具体过程及细节，多讲他对作家们观察和记忆的印象，但陈老师没讲多少故事。

没讲多少故事，是不是因为在采访过程中，我没有尽到提醒之责，或没有找到合适的提问方式？当然有这个可能。另一种可能，是陈老师原本就不大会讲故事，虽然他大学一年级时曾写过小说，但后来长期作文学评论，习惯了意义、抽象和逻辑，把场景、故事和细节挤排出记忆空间，他成了不会讲故事的人。

---

① 口述人：如《在凡俗人生的背后——方方小说阅读笔记》，见方方小说集《行云流水·跋》，刊《小说评论》1992年第5期，《寂寥而不安分的文学探索——陈染小说三题》，见陈染小说集《嘴唇里的阳光》，长江文艺出版社1992年12月。

② 口述人：顾艳的《无家可归》，随即加入了云南人民出版社的"她们文丛"出版。

谈熟悉的评论家、编辑

问：请您谈谈您熟悉的评论家。

答：我熟悉的评论家、学者、编辑太多了，就按你在提纲中所提到的，有选择地说一些吧。①

许志英。说他是学者可能更为贴切。他的有关情况以及我跟他的关系，以前我说到过一些，这里只做一点补充。他是我的老同学、老同事、老朋友，他调到南大，我算是牵线人，是我先跟叶子铭②联系的。所以我与他的关系非同一般。他去世，而且是以那样一种方式离开人世，完全出乎我的意料。但后来仔细想想，这又是非常符合他的性格的，他就是这样一个很有主意、非常决断的人，就像他遗书上所说的：生意已尽，去意已决。他是自尽的……

问：自尽？怎么讲？

答：上吊，他是上吊死的。用这样一种在我看来虽然是最快捷，也是最痛苦的方式离开人世的。在他妻子走了以后，他不堪忍受自身疾病的折磨，看不到什么希望，就这样走了。走得干脆、决绝，一点都不拖泥带水。走之前，他留下了遗书，一一做了交代。还给好几个人打过电话，其中包括我。那天我又正好不在家，是事后查"来电显示"才知道的，但我没有及时给他回电，到事发那天南京传来消息，让我后悔不已，但已经无可挽回了。后来我写过一篇追思的文章——《智者许志英——回忆与怀念》，真诚地怀念这位兄长和老友。他确实是一个老练成熟、很有智慧的

---

① 口述人：这里我说的"有选择地"，实际上也有很大程度的随机性，因此挂一漏万，在所难免。
② 叶子铭，当时是南京大学中文系主任、教授，现代文学研究专家，茅盾研究专家。

人,不像我这么毛毛糙糙的。

何西来①。他也是文学所人。曾经当过文学所副所长,《文学评论》副主编、主编。他记忆力好,才情横溢又善于言辞,出口成章且锋芒毕露,所以有时候也引来了一些非议,但他无疑是一位有个性、有学术积累和学术功底的文学评论家和文艺理论家。像他的《新时期文学思潮论》《文格与人格》《论艺术风格》等都不是那些平庸的评论或理论著作可比的。在他去世的告别仪式上,有那么多人到八宝山为他送行,可见他在人们心目中的位置!

谢冕。北京大学教授,一位得风气之先的诗歌评论家,闽籍学者,我的老乡。我有幸与他有过一次结伴同行——1986年的新疆之行——的经历,领略了他的认真、智慧和幽默。他早已越过古稀,而进入了耄耋之年,但身体健康、硬朗,宝刀依然不老。黄子平、季红真、张志忠等这些后起之秀都出自他的门下,"名师出高徒"这句话,在他那儿也得到了应验。这是一个让同龄人艳羡、让后辈人起敬的人物。

刘思谦。河南大学教授。她曾说:"研究女性文学,顿悟于一句大实话:女人也是人。"她是中国女性文学研究的开拓者之一,是按照中国女性文学的实际来研究女性文学的第一人。她的《"娜拉"言说——中国现代女作家心路纪程》和孟悦、戴锦华的《浮出历史地表——现代妇女文学研究》,都是我客串女性文学最初阶段的重要参考书。这位同龄人(她长我两岁),也是我八九十年代比较熟悉、联系比较多的异性朋友之一。

在异性朋友中,还应该提到的是一位同出于复旦大学的盛英,她也是中国女性文学和女性文学批评筚路蓝缕阶段的开拓者之一,她和乔以钢等合著的《二十世纪中国女性文学史》②,是大陆出版的第一部名实相副的中国现代女性文学史,当然不可避免地带有初创阶段的一些不足。

八九十年代我比较熟悉的同辈评论家,在中国作协和《文艺报》这个系统有几位是不能不提到的,如阎纲、刘锡诚、雷达等。阎纲是中国最没有八股味的评论家之一,他的评论文章轻灵犀利、举重若轻。刘锡诚虽然

---

① 口述人:何西来(1938—2014),陕西临潼人,中国社会科学院文学研究所研究员,曾任文学研究所副所长,有多种论著和散文集面世。
② 口述人:《二十世纪中国女性文学史》,盛英主编,乔以钢副主编,天津人民出版社,1995年。

长项是民间文学,但于文艺的其他门类也触类旁通。雷达则更像是一台"永动机",从80年代至今,他似乎一直是文坛的前沿人物。

八九十年代,我认识和评论过的年青评论家很多。在1986年"全国青年评论家文学评论研讨会"①前后,我写过一批推介文章,还为一些青年评论家的评论文集写过序。我先后评介过的青年评论家有:周政保、许子东、陈思和、南帆、黄子平、王绯、罗强烈、宋耀良、王光明、陈晋、朱向前、苏丁、郭小东、陈达专、孟繁华、陈墨、任一鸣、陈志红、张奥列、谢有顺等20多人。这些评介文字在《中国青年报》和其他一些报刊上都曾经发表过,产生过一定的影响。30多年了,这些评论家和学者,除个别例外,绝大多数都还是文坛或者学界的中坚分子,我不可能对他们再一一评说了,只有祝愿他们与时俱进,青春永驻!

问:编辑家,您也说一说?

答:我自己也是编辑,深知编辑的甘苦,但我也受惠于编辑,如果没有许多编辑为我开道的话,也不可能有我的今天。编辑自己可以说我是"为他人做嫁衣裳",但"他人"决不应当说编辑你就是"为他人做嫁衣裳"的。这样说有"居高临下"之嫌。因此,在我说到那些编辑家的时候,我是带着一片感恩之心和感激之情的来说的。

最先应当说的是余仁凯、周天。他们是我认识最早的两个编辑家,上海文艺出版社的编审。余仁凯去世得早,周天还健在。我跟上海文艺出版社的结缘,正是由于他们的提携,他们应当归入我的文学道路引路人的行列。他们不是没有能力做别的工作,比如周天,就是一个很有才情和学养的编辑家,这从他退休以后写的两部历史长篇小说也可以看得出来②。但他们却一辈子在编辑工作岗位上,奉献出自己的聪明才智。

郑宗培。也是上海文艺出版社编审。认识他有30多年了,当年还是年轻精干的小伙子,如今也差不多快到退休年龄了。当年我在上海《小

---

① 口述人:指1986年5月在海南岛召开的"全国青年文学评论家文学评论研讨会",由广东省社科院文学研究所、暨南大学中文系、海南大学中文系、海南省文联等联合发起。

② 口述人:指周天著《天子末日》,东方出版社,2009年;《刘邦前传》,上海文艺出版社,2011年。

说界》发表文章得力于他,今年我的最后一本书《从一而终》①的出版也得力于他。"他的真诚和干练永远留存在我的记忆中。"——这是我在这本书的《校后记》中说的话,是真心话。

魏世英,笔名魏拔。当年福建《当代文艺探索》主编。所谓"闽籍评论家",首先得益于魏世英的倡导。是他最先在《当代文艺探索》上推出了"闽籍评论家"群,像刘再复、谢冕、张炯、潘旭澜、李子云、何振邦、曾镇南和我,当年都是《当代文艺探索》的编委,都在那里发过文章。"以开放的眼光开拓思维空间,用改革的精神革新文艺评论",是《当代文艺探索》所倡导的,实际上也是"闽派批评"精神特点的最简要概括。

管权。是我第一本书《文学观念与艺术魅力》②的责任编辑。如果当年不是他主动提出可以出我的书,恐怕我就未必会有这份荣幸。因此我一辈子都记住他。

范传新、王侠、侯健飞。范传新是当年解放军文艺出版社社长,王侠是《中国文学通典》的责任编辑,都是在我主持《中国文学通典》编撰时认识的。如果没有他们,《中国文学通典》就不可能问世,当然也就失去了赢得国家辞书奖的机遇,后来我的第三本文学评论集《文坛感应录》也就没有出版的可能③。因此,我应该深深地感谢解放军文艺出版社,感谢这三位编辑。

王愚。长期担任《小说评论》主编,一位很风趣、很有幽默感、很有人缘的"老陕",评论界的一位"开心果",他走到哪儿,哪儿就热闹。他是《小说评论》的创始人之一,对中国小说学会的组建和发展也多有贡献。他虽然早些年就去世了,但却是一位令人感念的人物。

周介人。从复旦毕业的一位校友,比我晚两届。当年曾是《上海文学》一位年轻的副主编,我们曾经有过合作的经历④。可惜他英年早逝,他的聪慧和干练给我留下很深的印象。

---

① 口述人:《从一而终——陈骏涛文学评论选》(1977—2011),上海文艺出版社,2011年8月。
② 口述人:《文学观念与艺术魅力》,陈骏涛著,海峡文艺出版社,1986年6月。
③ 口述人:《文坛感应录》,陈骏涛著,解放军文艺出版社,1996年10月;此书的责任编辑是侯健飞。
④ 口述人:指1985年3月在厦门召开的"方法论"讨论会,周介人作为发起单位之一《上海文学》的代表参与会议的筹备工作。

林建法。福建人,从福建转战辽宁后,一直在《当代作家评论》工作,直到当了这家刊物的主编。在我看来,《当代作家评论》是全国办得最好的文学评论刊物之一,这也是有共识的,这跟林建法的经营是分不开的。如果文学评论界要推举功臣的话,林建法应该是不二人选之一。

　　张燕玲。我认识她的时候,她还是《南方文坛》的编辑①,后来就当了这家刊物的主编。《南方文坛》与《当代作家评论》齐名,也是全国办得最好的文学评论刊物之一,这跟张燕玲长期有效的工作是分不开的。顺便说一下,《南方文坛》和《当代作家评论》也是我在八九十年代发表文章最多的两家刊物,就凭这一点,我也应该感谢张燕玲和林建法这两位园丁的辛勤劳作。

　　毕光明。长期主编《海南师范大学学报》(社会科学版,原名《海南师范学院学报》),一位朴实、热情、认真的老编辑。因为有了他,这份远在中国最南端的学报才能走向全国,吸引了不少社会科学学人的注目。新世纪以来,我有几篇比较用力的文章,也是在这份学报上发表的②,这也得力于毕光明,因此我也应该特别感谢他。

采编人杂记:

关于评论家和编辑

　　陈老师有双重身份,相对于其他评论家,他是评论杂志的编辑;相对于其他的编辑,他又是作者,即评论家。谈论评论家和编辑,他是难得的人选。可是,在他谈论评论家时,对一些评论家,只作了一句话点评——在审稿时,他将其中对一些当年的青年评论家的一句话点评删除了——有点像《世说新语》。好在,他又增加了一些内容,例如谈何西来。2014

---

① 口述人:时为1997年,"跨世纪文丛"出到第7辑的时候,我应约与她做了一个对话:《为新时期文学历史作证——就"跨世纪文丛"答〈南方文坛〉记者》,刊《南方文坛》1997年第6期。

② 口述人:如《探寻者·独行者·营造者——王蒙小说中的王蒙》(与朱育颖合作),《海南师范学院学报·社科版》2004年第2期;《"她世纪"与中国女性写作的走向》,《海南师范大学学报·社科版》2010年第6期。

年12月8日,何西来老师辞世了。我上学时,何老师是文学所副所长,对何西来老师的印象是:人高体壮、声若洪钟、浓眉大眼、头角峥嵘,是一位个性突出的师长。在电话中,陈老师谈及他去八宝山送别何西来老师,语气中有对年华老去、知交零落的伤感。

这一节的重点,是想让他谈他所熟悉的杂志社和出版社的编辑。编辑是文化人才的发现者,是文化作品的催生婆,是文化信息的传播者和把关人,总之是文化领域中不可或缺的行业角色。编辑的胸怀、学识、勇气、热忱、敬业精神和奉献精神,对文化风尚影响巨大,值得铭记,更值得研究。在谈论文学活动和文学史时,谈论作家和评论家,也谈政策或政治家,却很少谈论编辑,这不公平,也不明智。陈老师谈编辑,话仍不多,或许是因为他自己就是一个编辑,觉得"为他人做嫁衣裳"是编辑的使命或宿命,所做都是应有之义,不必多谈。这很遗憾。

谈自己的研究生和访问学者

问:1985年您开始带研究生,当时要什么样的资格才能带研究生?

答:按理说,凡具有副高职称以上的,就具备带研究生的资格,但又不是所有具有副高职称的都可以招研究生,开始的时候,这需要由学术委员会研究决定。当时我还不是学术委员会委员,不知道学术委员会是怎么讨论的。

问:对第一届招生的那段事,您还记得吗?

答:只能说大体记得。在还没有招生之前,我就已经参加过上一届研究生的考试阅卷,还到研究生院讲过课。所以我当研究生导师,好像也是顺理成章的事。没有什么背景,也没有去争、去钻营什么的。

问:对招生的过程有哪些记忆?

答:在招生之前,研究生院有个公告,把有关事项和导师名单都公示了。专业课的试题是由我出的,公共课的试题是其他人出的。前后有十来个准备报考的学生给我来过信。

问:写信?考试之前给您写信?考生给您写信?

答:对,考生给我写信。他们自报家门,男女都有。文学专业课的试题是我出的,考卷也是我自己看的。能够确定下来的有三个人,一个是广西的,一个是湖南的,还有一个安徽的,安徽的那个——就是你。你的专业课成绩很好,可以说是名列前茅,但外语成绩不及格。所幸当时还没有严格的规定。如果那时不是你专程到北京来,报名参加文学研究所的一个讲习班,而且在讲习班上跟我见了面的话,事情恐怕就有点悬了。记得那时我是刚刚从厦门回北京两天,就被讲习班招去讲课[①],跟你见了面。

---

① 1985年3月,社科院文学研究所开办了一个文学讲习班。陈墨报名参加了那个讲习班,陈骏涛老师到讲习班讲课时,课后陈墨见到了陈老师。

这次见面给我留下的好印象,决定了你胜出的命运。所以说,任何事情都是既有必然性,也有偶然性。

问:我外语不及格,按规矩应该先排除。我一直想问您,为什么会录取?

答:你不是还给我写过信,记得吗?事先我知道你要来的,所以当时我就考虑能不能给你一个补考的机会?我问了文学所管事的有关人士,当时他们还有点犹豫,后来不知谁说了一句:可以吧,既然这个学生专业成绩很好,就给他一个机会。当时还没有严格规定,没条例说就不能补考,所以才有这么一个补考的机会。外语补考的卷子是我找新学科研究室的陈圣生老师出的题,他出的题,阅的卷。

问:当时三个人有排序吗?

答:没有排序,我也没有跟另外两个人通过气。那两个人,一个是广西的,广西那个人挺好的,好像他给我的那封信我还保留着。

问:当时您为什么没有录取外语及格的他呢?

答:一个是你的考卷给我留下的印象很好,也就是说专业课成绩你比他强。另一个是我见过你,见面的印象与考卷的印象相吻合,这也很重要。

[另一次采访的补充]1985年招研究生的时候,那天你不是问过我么?后来我找出来当年招研究生时的一些文件,包括信件,有那么一堆。当时来信太多,不可能一一回复,我就起草了这样一封信。

[陈骏涛致考生]

　　某某同学:信悉,欢迎你报考中国当代文学专业方向研究生。有关招生和考试的具体规定,请查阅中国社会科学院研究生院的招生专业目录。现将各位来信询问的问题综合简述如下:

　　1.本专业没有内定对象,将完全从报名的考生中择优录取,录取名额不变,即一名。

　　2.按照有关方面规定,指导教师不负责给考生开列参考书目,希望你全面准备,在全面准备中发现和掌握重点。《文学概论》是指一般的文学理论,《中国文学史》应该包括古代和近现代文学史。

　　3.《当代文学》是指从1949年至今的中国文学。本专业课考试,将着重考察考生对当代文学一般知识的覆盖面和对当代文学有关问题的独立思考能力,内容包括作家作品、当代文学的一般问题,当代文艺运动和文艺批评等方面,可以参考已经出版的几部《中国当代文学史》,或者《当代中国文学概观》,和近几年《文学评论》杂志上关于当代文学的一些文章的论题。

4. 待考试后当通知有关考生,交当代文学方面的评论和研究文章二至三篇。目前暂不寄。

5. 希望你把这次考试当成一次练兵,考得上自然很好,考不上也不要气馁,可以借此机会总结经验,准备下一次再考。

此致敬礼

1984年12月于北京

问:有个技术性问题,如果三个人的信都要回复,是抄写还是复印?

答:当时还没有电脑,我是请打字室打出来,我签字后寄出去的,给兰州大学的,北京师范大学的,重庆师范学院的,等等。我现在还保存有几份。

举兰州大学的为例吧。当时兰州大学有一个女老师,叫吴小美,也是副教授,文章写得很好,她在《文学评论》上发过文章,又在一起开过会,一来二去就熟悉了。她有两个学生要报考我的研究生,她就给我写信,介绍了这两个学生的情况。一个叫安洁,中文系的,一个叫姜淑华,外语系的。她知道我只招一个名额,竞争一定很激烈,没有说要网开一面的意思,只是客观地向我介绍这两个学生的一些情况。

还有一个是东北师范大学毕业的,当时正在北京师范大学进修,叫蒋原伦,他也想报考,也给我来信了①。

问:请对您的学生作一些点评,一个人一两句就行。

答:好的。先后归我指导的研究生、进修生、访问学者等,学习时间从一年到三年不等,我统计了一下,总共有17个人,还不算3名外籍人士。这17个人,我不可能都一一评说,只能挑着说说。也是姑妄言之,不一定准确。

---

① 口述人:蒋原伦后来没有报名,北师大进修一段时间后就到了《文艺报》工作。

陈墨。是个才子。始终记住"一日为师,终身为父"的古训,特别重情意。我与陈墨的交往,既是师生,也是同事、朋友,又如同父子。这是我在有生之年,特别是进入晚年以后,结交的最重要朋友之一。他本身的成果就不用说了,出了很多书,写了很多文章,做了很多事,充分表现出他的聪明才智和人生价值。这说明,当年我破例接收他在我的门下,我是做对了。

谭湘。一个很有才干的女性。当年在孩子还很小的时候,就到北京来,投奔到我的门下,已经表现出她强烈的进取意识。在她走进出版行业和投入女性文学事业之后,也充分表现出她的强者品格。说她是一个对中国女性文学事业做出突出贡献的人物,恐怕并不为过。

郭素平。原本学地质,因为热爱文学,改行从文。当时她是边带孩子边学习,虽然很辛苦,但也很快就进入了角色。三年下来,不仅通过了应修课程和论文答辩,后来还有一些别的科研成果——包括与我合作的成果。无论是在学习期间还是在毕业以后,她的素朴诚挚始终留存在我的记忆中。

赵稀方。他的学术领域不仅止于中国文学,也涉猎哲学、比较文学、海外华文文学等多个学科,是一位视野宽阔的年轻学者。上个世纪90年代的访学经历,改变了他的命运,也造就了我与他两代人的情谊,让我有幸成为他第一本书的序作者。我为认识了这样一位智慧、踏实的年轻学者而深感欣慰。

钱旭初。1988年文学研究所进修班期间与我结下了师生之谊,此后在教学之余也写书编书,并成为南京一所电视大学的系领导。他说因为曾经是我的学生而"感到自豪",我也因为有这样的学生而感到欣慰。

朱育颖。上个世纪末也以访学身份来到我的门下,是一位勤奋、执着、进取心很强的女性。访学之后便在"自己的书桌"上写出了她的第一本书,此后还参加过我主持的几个项目的写作。她说她怀念在北京的那些"独处的日子",我也为在那些日子里结识这位女性而感到慰藉。

郭锦华、孙牧、孙明强、张娅娅、周春英、肖菊■,他们也都曾在我的门下或读研,或进修。岁月流逝,人事沧桑,但与他们相处的那些日子,留存在我记忆中的始终是温馨美好的记忆。

还有几位外籍或旅外的学者,如在加拿大的梁丽芳,在日本的栗山千香子,澳大利亚的张奥列,都曾经与我有过师生之缘。像梁丽芳和张奥列,与我甚至有30年的情谊,如今相见还是一片温馨。这也使我感悟到:岁月流逝,但人与人之间的情谊是可以永存的!

采编人杂记:

一、关于我的英语成绩

1985年我报考陈老师的研究生,英语只考了26分。这个分数,离当年的统一分数线差一大截。我最终能被录取,是因为陈老师请示文学所领导后,给我安排了英语补考。补考就安排在陈老师的办公室里,是让翻译一篇长文章,开卷考试,可以查词典,没有监考,时间好像也没有限制。我从上午考到下午,午饭是陈老师到楼下食堂买了给我端上来。补考成绩据说是68分,及格了,我被录取了。

这样烂的英语考试成绩,当然不能以此为荣。我只能说自己非常幸运——应该说是非常侥幸:研究生入学考试居然还能补考,除了社科院文学研究所,别的地方恐怕闻所未闻吧?我是没资格谈论研究生考试要不要考英语、如何考英语的事。只能说,我之侥幸,要感谢陈老师!感谢文学研究所!

我的英语为什么那么烂?这要老实交代。我上小学到高中毕业的时间是1966—1976年,恰与"文革"共始终。在初中阶段,没有英语课程。高中阶段刚上几天英语课,就遭遇河南省唐河县马振扶公社中学一个女生自杀事件,她在英语考试卷上写:"我是中国人,何必学外文?不学ABC,照做接班人!"老师批评她,她就自杀了。这事当时轰动全国,我们学校也就此取消了英语课。如此,我的中学英语基础为零。1978年上大学时,我不仅修了英语课,而且还选了俄语,甚至还想选修日语。但最终,非但没选修日语,放弃了俄语,就连该学的英语也没有认真学好。为什么呢?因为与大学同学交流后发现,自己与年长同学的差距实在太大,要想说自己是中文系学生而不脸红,就必须全面补习中文。学英文的时间减而又减,只能眼看着英语成绩烂下去。这样说,并不是要为自己辩护,只是想老实交代,我上大学时,在文化知识方面,真是一穷二白。

二、有关陈老师的二三事

在陈老师门下三年,有很多故事可说。限于篇幅,只说两三件。

一件是,陈老师曾一连"毙"了我六篇或是七篇评论文章,原因分别是:水分太多、不合规范、说法不妥、言辞过激等。其中"水分太多"的评语占大多数。要说当时不沮丧,那肯定是假话。好在那时候我虽年轻识浅,却不十分糊涂,心里尚能明白,遇上这样的严师,经受锻造敲打,那是我的幸运。

另一件事,是在一次研讨会上,陈老师有一个发言,题目是《文学,在沉思中行进》;我也有一个发言,标题是《文学,在浮躁中徘徊》——不是我故意要和老师作对,纯粹是偶然巧合;记得发言之前,我曾与老师交换过意见,老师说:没关系,我说我的,你说你的。老师和我的这两篇文章,后来都在《文学自由谈》杂志上发表了。这是老师的宽容,对此我当然非常感激。

还有一件事,从来没有对外说过,索性坦白了吧:在研究生院读书时,同学们对各自老师都有"昵称":陈老师被我们称为"涛哥",何西来老师被称为"阿来",杜书瀛老师是"阿瀛",等等。——这很无礼很胡闹,可也很亲切很好玩。我不能说这种不礼貌的事都是别人干的,不能说我没参与,我不能撒谎。

面对死亡:恐惧和感悟

问:下面说说您今年(按:指 2013 年)5 月 17 日发病,到 6 月出院,7 月又去手术这个过程。老年人很少愿意谈对死亡的恐惧,您愿意谈吗?

答:这没什么,我不忌讳,这是一个"分水岭"嘛!

问:"分水岭"指的是什么?

答:整个人生的一个分水岭!人生有好几个分水岭,从童年、少年到青年,从青年到中年,从中年到老年,从老年到面对死亡,都是分水岭。所有人都要经历这样的分水岭。当然,最可怕的就是面对死亡。说不怕死,这是不可能的,就看你对死亡的态度。我这场病,事先没有什么先兆,它来得很突然也很凶猛。连续发高烧,几乎长达一个礼拜,都下不来,又弄不清是什么病因。本来阑尾炎不算什么了不起的病,但它到了溃烂型、穿孔就有点麻烦了,何况大夫最初还不能确诊,大都怀疑我是得了什么绝症。虽然并没有人告诉我什么,但我当时还不迟钝,能感觉得出来,于是在烧得迷迷糊糊的时候,就想到大限是不是到了这样敏感的问题……

问:去年还好好的,为什么就想到这个问题呢?

答:去年就开始想这个问题了,因为朱寨走了……

问:朱寨老师比您大多了。

答:大是大多了,他去世时 89 岁。但先前还走了好几个人,比如樊骏,当然,他也比我大。也有比我小的,一个个都先后走了。我觉得,人这一生,最后总得经历这个关口。我这个关口什么时候来?我就想到我父亲,我父亲 86 岁去世。我想我可能还要走一段时间,至少应该跟我父亲同一般年纪走。没想到今年就来了,这个关口恐怕很难过了,因为过去从没这样病过,所以才有我还在留观室的时候——那时候你还不知道——

就把学军他们都召来了。他们来了,带悠悠来,还有悠悠她奶奶也来了①。

问:那天我在。

答:你在啊。我当时就在无意识中——其实也是有意识的——交代后事了。到住院的时候,烧还是老不退,我就做过一些乱七八糟的噩梦。后来,我还让肖菊■把那些梦都记下来。到了那个死亡的边缘,面临死亡的时候,确实感到恐惧。在梦中,我这一生第二次下了地狱,又重现了第一次"下地狱"的情景,那些青面獠牙的怪物一个个又矗立在我的眼前……

问:第一次"下地狱"是2007年做腰椎手术的时候?

答:对对。但是这次跟那次不同,出现了小老鼠,小老鼠也来攻击我。很奇怪,怎么还有小老鼠呢?——这可能就是因为我自己属鼠,我的小外孙女也属鼠的缘故,是梦中情景与现实存在的一种对应。完全是烧糊涂了的缘故。我跟小老鼠还说,我是你姥爷,是你外公,你不能这样对待我。——有人以为我是在编故事,其实不是,是我在烧得迷迷糊糊的时候,所产生的一种幻觉。后来,我把我病中的这种表现,归结为两句话:对死的恐惧,对生的留恋。

问:什么时候又回过头来想的?

答:出院以后。肖菊■把我的口述整理出来,我想把它改一改,在博客上发了。

问:就是那几个梦?

答:对。我还把它发给了几个人,如郭素平、钟晶晶等,她们可能是出于鼓励吧,说了一些入耳的话。后来我觉得不对头,她们都往好的方面说,实际上,我在病中的表现,如果跟漫红在病中的表现相比,那是差得太远了。一点没有男子汉的气度。

问:您觉得应该不恐惧吗?

答:当然,面临死亡,产生恐惧感可能也是正常的。但是你要对照漫

---

① 学军,即陈学军,是陈漫红的丈夫,陈骏涛先生的女婿。悠悠,即陈馨儿,是陈骏涛先生的外孙女。

红在死亡面前的表现,那我就不是差一点的问题,而是差得远了。她多么淡定从容啊!

问:您是有点猝不及防,是吧?

答:对,事先没有什么预兆,没有思想准备,来得特别突然。连续好些天,高烧老是不退,医生还不让喝水,不让吃东西,就靠输液,我把它叫做史上最残酷的医疗方法。

问:您住院期间还有一件事,夜里一两点钟跑到护士站……有记忆吗?

答:有记忆,记得很清楚。

问:对这段经历,现在是怎么看的?

答:我夜里上卫生间。上卫生间有护工陪着。那天夜里,我上完卫生间出来,看到护士站值班的护士,我就问:护士长在不在?她说:你有什么事?我说:我明天要开个新闻发布会。她说:你先回去休息,有什么事明天再说。我说:我现在就要说。她说:你还是回去休息。我说:你们不要害怕,我不是要告你们,我是要表扬你们①。她说:表扬你也先回去休息。就是这样。当时我是下意识的,完全是下意识的。因为我当时有一种感觉,我都睡一觉起来了,她们护士站还在忙着,我有点感动。再加上我住院的那些日子,经常发生病人家属或病人跟医生护士闹矛盾、吵闹的事,也就是医患矛盾的问题。我总觉得,大夫护士当然应该对病人负责,但是病人也应该理解大夫和护士,这样才有助于化解医患矛盾,解决问题。虽然从一开始对我的病的诊断,也不是说没有问题,但是我总觉得应该理解,应该体谅,这样才有利于化解矛盾,解决问题。总的来看,不管是医生,还是护士,他们都很辛苦。这大概就是我在不清醒的状态下,在下意识中说了那些话的潜在原因。

问:在留观室,您曾抱怨过医生诊断不准确、分科不及时?

答:对对。

问:什么时候意识到自己其实是被死亡恐惧所控制?

---

① 2013年5月,陈骏涛先生看急诊,急诊大夫没有查出病因,又不让病人喝水,观察室挤满了就诊者,条件恶劣。陈老师在高烧中不耐其烦,说医生不负责任云云。退烧之后,改变了想法和说法。

答:第一次住院回家以后,我整理出那个梦境的记录,那个博客,发给郭素平、钟晶晶等人以后,我就对我病中的表现做了解构,这就是:对生的留恋,对死的恐惧。

问:经过这一番以后,再生病住院,您会有变化吗?

答:我想是会有变化的,会比过去淡定从容一些。因为我觉得,人总是要经历这一关的。上帝造出人来,就是要让人在经历种种磨砺和苦难之后,走向生命的终点。

问:今年(2013)10月3日到11日,您和师母回福建,是怎么决定的?

答:这个动议是漫欣提出来的。也是我早些年答应过漫欣的,因为她还从来没有去过老家。这次正好国庆节有一个长假,她就提出来要带着孩子还有冠辉①一齐回一趟福建。

问:漫欣从来没有回过福建?

答:没有。她去过云南,但没有去过福建。漫红倒是去过,是很小的时候去的。漫欣提出这个动议之后,何老师就对漫欣说:那你爸能走吗?我说:看看吧,到时候也许可以走。就这样,一个是为了满足漫欣很早就有的一个愿望,另一个也是我自己想在有生之年,能够再回一趟福州。因为经历过从5月到8月的这场大病之后,我觉得以后是不是还能回去都是很难说的事,还不如趁现在跟她们结伴回去。就这样,决定动身了。说实话,从我18岁离开老家后的近60年里,虽然回去的次数也不算少,但还从来没有像这次这样,对故乡有那么一种深深的眷念之情。所以,那天到墓地去探望我父母的时候,我跟他们说:我是不孝之子。这是发自肺腑的言说。

问:跟谁说?是在墓前说?

答:是在我父母亲的墓前,对着父母亲说的。

问:真的说话,是吧?

答:当然。其实,这话我好多年前就说过,也是在墓前说的。那时候我自己也进入晚年了。大概,人越到晚年,对家乡、对自己的亲人、故人,

---

① 口述人:冠辉,即李冠辉,是我的二女婿。

就越是怀念。何况,我过去在尽孝心方面,确实做得很不够,远不如我的哥哥、姐姐。

问:玩了哪些地方呢?

答:对我来说,谈不上什么玩了,我这次回去,不是为了玩。

问:漫欣他们呢?

答:漫欣他们,当然就不一样了。漫欣和冠辉,还有悠悠和铛铛①,都回去了,跟我的姐姐和许多亲戚见了面,福州的几个景点玩了玩,还去了厦门,然后从厦门回到了北京。这对我来说,有可能就是画上一个句号了②。

采编人杂记:

关于面对死亡

要不要和陈老师谈生病和死亡这个话题?虽然我觉得这话题非常重要,但因涉及内心恐惧和个人隐私,采访前我很犹豫,小心地和陈老师商量。没想到,陈老师痛快地答应了:他不回避死亡的话题,也不回避"贪生怕死"这一让人尴尬的事实。陈老师同意谈论死亡话题的那一刻,我充满感动,也充满敬意。

死亡是个体生命必然的结局,面对死亡是每个人的必修课,但很多人都本能地逃避这门课程,以至于对死亡完全无知。贪生和怕死,是人类的生物本能,怕死本来不算丢人;但在我们的语言文化中,"贪生怕死"被加上了负面标签,变成了完全的贬义,以至于人们不敢公开谈论死亡及恐惧,面对死亡时,会因蒙昧而加倍恐惧也加倍孤独。据说,有些病人其实并非因为病症而死,是因对死亡的恐惧而死,这我相信。正因如此,"人生何妨死便埋"的豁达,"人生自古谁无死,留取丹心照汗青"的壮烈,才

---

① 口述人:铛铛,是我小外孙女李思潼的小名,漫欣的女儿;悠悠是我大外孙女陈馨儿的小名,见前注。

② 口述人:没想到,今年(2014年)9月底,我应邀参加由福建省文联等联合主办的"闽派文艺理论批评家高峰论坛",又回了一趟福州;所以,"画句号"之说不曾应验。

因稀有而宝贵。视死如归，只有直视过死神的眼睛、深思过生命的自然规律的人，才能做到。普通的芸芸众生，只能到宗教中去寻找避难所：相信天堂、相信转世、相信来生。做不到这些人又能怎么办呢？

陈老师此次住院时，确实充满了对死亡的恐惧。那个关于老鼠的梦，当然需要专业的精神分析医生才能做出透彻的解释。但即便是像我这样的外行也明白，这些噩梦中的老鼠，是在传播恐惧的信息。我能清晰地感到老师的恐惧：他的言语和行为有些失控，甚至语音和语调也因恐惧而变形。入院之初，他曾向家人抱怨过医生诊断不准确，这当然是因为恐惧而起；他在凌晨两点到护士站去宣布要开新闻发布会，要收回自己的抱怨、向医院表示感谢，还是因为恐惧。有意思的是，在极大的恐惧中，他的"超我"仍然在顽强呈现，他要维护社会身份和社会形象，不愿留下"抱怨医院、抱怨医生"的负面印象。在死亡恐惧压力下，先是被怕死的"本我"所控制，其后又是"超我"造反夺权，他的理性"自我"似乎被逐出了指挥中心。这，或许就是死亡恐惧的真相吧？很多人恐惧死亡，其实并不是恐惧死亡本身，而是对死亡恐惧所引起的恐惧，生理的本能压制了精神的自我。

更深的疑问是：陈老师的恐惧为什么会如此强烈？仅仅是因为怕死吗？还是另有更深层的心理原因？在他个体无意识深处，潜藏着多少从未知晓的恐惧元素，以至于大难来时迅速压垮理性控制，由本能喧宾夺主，任由恐惧变本加厉？这些恐惧元素是不是长久潜伏，以至于他不敢深入探索和面对内心世界？陈老师的失态背后，到底由怎样的心理机制所控制？我回答不出，只有向心理学家请教。

出院回家后，陈老师恢复了理性控制系统，于是他想通了，也坦然了。我相信老师，祝福老师！老师的这一段真实经历，也给我上了一课。我本来以为，活过天命之年，看过花落花开，想过雪飘雪化，自己已能笑对生死；而今我意识到，我并不知道，在我的无意识深处，有多少未被知觉的恐惧纠结。在没有真正听到死神的脚步声前，说什么都只是盲目乐观。实际真相如何，只能走着瞧。

对以往人生的简单总结

问:下面是总结。请您先对自己30年的编辑工作做一个总结。

答:我当初到文学所来,确实不是想当编辑来的。"文革"之后,因为需要,就把我从研究组调到了编辑部,当时我也是心甘情愿去的。有一个说法"编辑是为他人做嫁衣裳",我自己也这样说过。但我干了几十年编辑,并不后悔。为他人做嫁衣裳,这正是编辑的价值所在,何况我还获得了回报——作者对编辑的尊重就是最大的回报。退一步说,如果我当了研究员(其实,编审与研究员是同一级别),就一定会比当编辑更有出息吗?

问:怎么讲?专职研究员的时间不是更充分吗?

答:如果你有打一口深井的功夫和能力的话,当专职研究员可能是比较容易出成果的。但这个成果究竟有多大价值,能不能留得下来,这还得经过实践和时间的检验。我如果当研究员也可能会出几本专著,但这几本专著能有多大价值,能有多少影响,能不能留得下来?这些都是问号。所以,我觉得,我干了几十年编辑,扶持和推出了许多不同年龄不同层次的作者,值了。

问:请您对自己的文学评论工作做一个总结。

答:我不是最好的或最有学问的评论家。我的评论文章,除了少数以外,多数都是一般化的,或者说是浅层次的。满足于追踪式的评论,缺少挖一口深井的功夫,这是我的最大弱点。但我走过来了,并不后悔。我常常向自己发问:如果我在研究室,搞专职研究,可能也会出一两本或者几本专著,但那就一定会比现在更强吗?

问:有一种说法,说您是新时期文学的吹鼓手,您对这怎么看?

答:第一次说这话的,是一位叫莽萍的女士,那时候她是《北京晚报》的见习记者,她采访过我。她那篇文章的题目叫《新时期文学的吹鼓手》。

问:您对"吹鼓手"这一说法能认同吗?

答:认同。我确实曾经是新时期文学的"吹鼓手",护卫者。七八十年代,文学刚开始复苏的时候,有一些心怀鬼胎的人,抡起大棒攻击它,你能袖手旁观吗?我可能不是一个有深度的评论家,但确实是一个热情的、真诚的评论家。

问:请您对您的散文随笔,做一个描述或总结。

答:散文随笔,我并没有刻意去打造它。我是把它作为文学评论之外,抒发自己内心情感的一种形式,对过往的岁月,对亲人、对前辈、对友人、对文学的抒情感怀。80年代开始有几篇散文随笔,像《王信:默默的耕耘者》《奉献:编辑家的美德》,但很少。90年代后才慢慢多了起来,大多是写人的,对人的感念。如1990年《我所认识的秦牧》,1992年《我心中的荒煤》,1993年《永远不悔的献身——读路遥》,1994年《"你是普通的花"——读郭风》……慢慢地就多起来了。

我想,这可能与年龄有关。年纪越来越大,对过往岁月,对自己熟悉的亲人、前辈和友人,越来越有一种叙说的欲望,于是,这类文字也就慢慢多了起来。特别是90年代中期以后,"干校"期间与我关系最近的吴晓铃和钱锺书先生相继过世,触发了我叙写他们以及"干校"岁月的欲望,《布衣吴晓铃》《和钱锺书先生在干校的日子》《干校岁月》等文,就是在这样的背景下先后问世的。待到新世纪初年,女儿漫红的英年早逝,又触发了我少见的伤感,于是散文便成了我释放伤感的一种有效形式,《为女儿祈祷》《思念猫猫》等文便相继写出……

问:最近几年写得更多了?

答:最近几年回忆录写得多一点,特别是2012年之后,我在湖北《新文学视野》连续发表的一系列"昨日风景"文章,引起过关注①。如果不是

---

① 口述人:从2012年下半年开始,我在湖北《新文学视野》(双月刊,2014年起更名《长江丛刊》)开辟《昨日风景》专栏,已发表的有《为历史留下当代人创造的文学财富——"跨世纪文丛"始末》《〈文学评论〉的新生——从复刊到80年代》《人格的魅力——记文学研究所的八位前辈学者(上、下)》《一道绚丽的文学风景线——关于八九十年代中国女性文学的话题》《召回记忆——一些未曾忘却的人和事》等六篇。

因为生病的话,我还会接着往下写的……过些日子再看看吧。

过去听到有人说:老年人最大的财富就是回忆。对这种说法,当时我还有一点不以为然。现在看来,这话确实是有一定道理的。

问:90年代以后,您主编了一系列大型丛书,请总结一下。

答:80年代我也曾经有过两次主编丛书的经历,但都因为出版社变卦而流产了。90年代开始,首先是"跨世纪文丛"和"红辣椒女性文丛",这是由我独立主编的两套书系。接着便是"中国文学通典""中国新文学大系(现当代卷)""中国留学生文学大系""世纪文学60家"等,都是联合主编的,有的叫"总策划"。现在回想起来,这几套大型图书,还是有价值的。比起个人关起门来写一两本书要有价值得多。像"跨世纪文丛",在将近10年的时间里,吸纳了66位当代作家的67本书,在纯文学正处于低潮的时候,它却以浩荡之势挺进图书市场。"中国文学通典",虽然没有产生什么大的影响,但它填补了军队图书缺少文学辞书的一个空缺,对军队文化建设还是一件很有意义的事,所以才能获得国家辞书奖。"中国留学生文学大系",是中国留学生文学的第一套书系,总共6卷,我主编了3卷,也是我一生做的最有价值的事情之一。"世纪文学60家"是一项集体工程,我是总策划人之一,经手的就有十五六种之多,据出版人说,最高发行量可能有4万多册,还有舆论认为,这是一套可以流传下去的图书。如果说我写的那些评论文章,大多如过眼烟云,早晚都得被淘汰的话,那么,90年代到新世纪我主编或参与主编的这些图书,有不少还是有可能流传下去的——你说值不值?

问:请您对新时期以来的文学做一个年代扫描,十年一个小结?

答:对整个新时期以来的文学做扫描,我没有认真考虑过,一时恐怕也说不好。对新时期以来的我自己做一个扫描,倒是可以试试。70年代——应该说是从1976年"四人帮"垮台,我开始迈进评坛。1976年正好是我40周岁,古人说"三十而立",而我是"四十而立"。80年代,是我最顺风顺水的年代,也是写作最多、最丰产的年代。90年代,是我拓展成果的年代,我的学术生涯向编书方向拓展。2000年以后,要说是老而不衰、壮心不已,口气可能大了些,基本上应该叫做维持、开拓、反思的年代吧!

问：您与师母结婚 40 多年了，请您对这方面做一个自我总结？

答：我在 1964 年到文学研究所以后，才找到我的终身伴侣，就是我现在的妻子何立人。当年我 28 岁，她还不到 22 岁。她是我人生的好伴侣，最佳的伴侣。如果说在这之前，我在情场上也曾经有过相遇的话，但那都只是擦肩而过，而且都不如她。她是一位好妻子、好母亲，对于这个家庭，她奉献出她的全部。她的突出之处，是心地善良。特别是对后代，她发自肺腑地热爱。生活中遇到了什么不愉快，一看到孩子就化解了。即令在她身体最不好的时候，她都关心、热爱孩子。悠悠、铛铛是她的最爱，两个孙女儿对她姥姥也最好。一说起孩子，她就动感情。我觉得我很幸运，遇上了这么一个好伴侣。45 年的相伴、相守，不可避免也有一些小摩擦，但都没有什么大的矛盾冲突。但愿她身体能再好一点，一定要走在我的后头。

问：如果吵架，谁会先消气、先来说话和好？

答：我们还真没有真正吵过架。当然生闷气是有的，先来说话和好的，有时候是我，有时候是她。生气多半是由我引起的，我这个人最大的毛病，就是把自己的东西，说得好听一点，就是所谓"事业"，看得太重了，不太会关心别人，包括对她。用她的话说，就是"自私"。

回想起来，也确是这样。我把自己的那一摊看得太重了，所谓"事业"，所谓"工作"，为了"事业"、为了"工作"，我自己父母亲去世了也可以不回家。在为这个家付出上，我还真不如何立人。她付出得最多。过去说家、国不能兼顾，我呢？是家和我的所谓"事业"不能兼顾。

问：您做女性研究，经常接触女作家，学生也是女性多，何老师是否介意？

答：没有，还真没有。她对我的女学生，还有女作家都很好。我在这方面，在感情方面，也是忠实的。

问：您对何老师也很信任，是吧？

答：当然。我也很信任她。虽然她年轻的时候，喜欢她的人不少，但我一点都没有怀疑她。

问：对当年追何师母的那些人，您嫉妒过吗？

答：没有，不嫉妒。只是当年有个别人，在我正和她谈恋爱的时候，还想"揩油",我对那个别人很反感。对她,我倒没有什么。

问:您对自己的婚姻,如何评价?

答:很好,应该说是圆满的。我很幸运。

问:说说您的晚辈,漫红说过了,请说说漫欣他们?

答:坦率地说,在智商和能力上,漫欣是不如漫红的,但漫欣很本分,对我们也挺好,已经成为我们生活中不能分割的部分,这就够了。我们的家庭关系应该说是融洽的。

陈学军,大女婿。也很好。他与漫红的感情很深,在漫红患病的时候,他全力以赴,漫红去世到现在十几年了,他还一直守着女儿,没有再婚,待我们也一如既往。尽管我们早就从正面或侧面向他传递过考虑再婚的事,但他都没有回应。而立之年就丧妻,这是人生的悲哀。但他上有老,下有小,也真是不好办。

李冠辉,二女婿。事业心强,工作能力也强,在单位里也受重用,还是一个部门的领导。对漫欣和孩子都挺好,就是对家务事不太在行,在这方面依赖性比较大,也是从小缺少锻炼的缘故。总之,我这两个女婿都不错。

悠悠。这孩子脑子好使,聪明,这方面很像她妈妈漫红。在重点学校重点班还名列前茅,从小学到中学,学习成绩一直很好。遗憾的是,从小就没了妈妈,这对她日后的成长会有什么样的影响,现在还很难说。但愿孩子能好好地、健康地成长!

铠铠。孩子还小,明年(2014年)才上小学,可塑性很大。

问:请您对自己70多年的人生做个总结?

答:走了这么长的路,一句两句话也说不好。总之,我努力过了。不管在人生的道路上有多少磕磕绊绊,多少不尽如人意,但我终究努力过了,无论后人如何评价。

我父亲是86岁去世的,我原以为,我也能达到先父那个岁数。但今年这场病,动摇了我先前的估计。我本来想得很多,想做这个,想做那个。现在看来,只能根据自己的实际情况,做一点自己还能做到的事。好高骛远,强己所难,是绝对行不通的。我想,如果还有精力的话,可以先把"昨日风景"继续做下去。

问:"昨日风景",大概还会有多少篇?

答:起码翻一番吧。

问:已经发了六篇,还会有六篇?

答:对对。

问:那多少年后,能够出一本"昨日风景"专集呢?

答:那就看情况了。也许出不了专集,那也没关系。走一步,算一步吧。

问:对中国文学、中国社会的未来,您怎么看?

答:中国文学,我觉得应该更加开放一点。应该既有自己的民族特点,又与世界接轨,让中国文学真正走出去。中国社会也是一样,也要更加开放一点,要与世界接轨,绝对不能搞闭关自守。现代世界应该是一个大家庭,不要拘泥于社会制度,要吸取人家好的东西。

问:您对现在的社会现状满意吗?

答:怎么说呢?满意,但又不满意。这可能也是社会发展进程中必然要经历的阶段吧,我想。

采编人杂记:

关于人生回顾与总结

请口述人对其既往人生做一次全面回顾和小结,是口述历史的一个常规。由口述人就自己的人生经历做总结陈词,有"权威性",且有多重社会意义。首先,它是社会学、社会史研究的宝贵信息;其次,读者可更系统地了解口述人;再次,口述人也能通过自己的人生回顾和总结,更深入地了解自己、认识自己。

陈老师这一代人,一生中不知道写过多少《自我总结》,入团、入党、政治学习、政治运动、职称申请,都要写。但那些总结,免不了有许多套话和空话,即使有时实话实说,也大多只是单一维度,例如专谈政治思想觉悟高低,或专谈其专业成绩大小。这些总结,与口述历史的总结是不一样的。口述历史的总结,要兼顾一个人的多重社会角色,儿子或女儿、学生、专业人员、丈夫或妻子、父亲或母亲、祖父母或外祖父母,等等。有的人职业身份更多,例如陈老师,既是杂志编辑、文学批评家,还是丛书主编、研究生导师。

陈老师说:"我努力过了。不管在这个路上有多少磕磕绊绊,多少不尽如人意,没有达到那种成就,但我努力过了。"此说确实。接近耄耋之年,陈老师仍在努力。不论结果如何,只要努力过,一生就没有虚度,回首往事,可问心无愧。而一个人努力于自我实现,总会有无数人蒙受其惠——不仅是我和师兄弟们仰承师恩,陈老师写作和主编的近百册书,该有多少人受教得益?

回顾人生的几点补充

问:陈老师,请您做些补充,好不好?

答:你们刚才说的我都听到了①。是那种情况。那是1984年前后,我全身心地投入到工作中。当时就是有那么一股劲儿,如果这股劲不往工作上使,我就寝食不安。有些事情是自己愿意做的,有些事情是自己并不愿意却又不得不去做的。那时,家里孩子还都在上学,家庭的负担确实很重,这都得由你师母负起主要责任,难怪她有那么些抱怨,那么多意见,这都能理解。我那时确实是把工作,或者说把所谓"事业",看得比家庭更为重要。

如果再有一生,我恐怕就不会那么做,就不会把"事业"看得那么重了。我就这么一个身躯,一个并不强壮的身躯,和一个不太发达的大脑,只能多花点时间,多付出精力。回过头想,我虽然并不后悔,可是对家庭付出得少,就觉得很对不起我这个家庭,对不起你师母。也对不起我的父母亲和我的哥哥、姐姐,甚至我的嫂嫂。刚才你师母说到我的嫂嫂我也听到了。嫂嫂其实也有病。她得那个病也是完全可以理解的。她嫁给我哥哥,给我哥哥生了两个儿子,而我哥哥却被发配到新疆去,就她一个人孤身在上海带着孩子。后来她带着孩子回到了福州,开始我母亲还能帮着照料,但到后来我母亲走了,我哥哥也走了,就留下她一个女人陪着一个老公公,这是一种什么日子?这种日子是没法过的。那时她拍一个假电报来,说我父亲病危,让我速归。当时感觉很荒唐,但现在就觉得是完全

---

① 以下内容,是2013年11月26日录音、录像采访。口述人说"你们说的我都听到了",是指采访人对师母何立人的采访,其中说到师母曾一度对陈老师不满,因为他只顾及自己的工作,而较少关心家人。

可以理解的。

我对孩子确实是没有尽到一个做父亲的应尽的责任。但从心底里说,我是爱孩子的。从我写的几篇关于漫红的文章可以看得出来,漫红的去世对我感情的冲击有多大。家庭和事业是一种两难的选择,要兼顾周全是很难的。我爱她们,按道理我应该多付出,可我又没有付出我应该付出的那一份,确实是没有尽到一个父亲的责任。当年你师母老是责怪我不辅导漫红学习,我当然也希望孩子能学习得好,但又总不愿意在孩子身上花费时间和精力。

问:您一次都没有辅导过吗?

[**师母插话**:没有。一次也没有。我其实就是希望他能在语文方面给些辅导,别的也没有指望。]

答:偶尔还是有的。我还给她改过作文嘛。我还认为漫红的文字基础很好,希望她能继承我的衣钵。

问:您没有花太多时间给孩子?

答:是的,很少。这应该反省。但不是故意疏忽,而是真的没有时间,没有精力,把时间和精力都用在工作上了。

另外,对我自己这一生,我想对上一次谈的,再做一点概略性的补充。

我觉得我这一生,是一个平常人的一生,但也是坎坷的一生。我曾经写过一篇比较长的文章,叫《人生坎坷》,是《男性生存笔述》这本书中的一篇①。就是说我这一生虽然很平常,是一个平常人的一生,没有经历过什么大的曲折和磨难,但也经历过一些坎坎坷坷。我抽出人生的三个小段,形成了这篇文章的三节,即"动荡年代""干校岁月"和"女儿西去"。"动荡年代"写"文革"时期,对这个时期的自我表现做了反省。"干校岁月"写"干校"时期,其中也有自我反省。"女儿西去",就完全是写家庭私事的,突出袒露出我对家庭、孩子的情思。

对我自己这一生的评价,我觉得我这个人很普通,也很平常。学养不足,知识功底不深,缺乏古典文学的训练和修养,知识面也很窄,另外还是个外语盲,学生时代学的那点俄语,也早就忘光了。还有,我这个人也缺

---

① 《男性生存笔述》,荒林主编,山西人民出版社,2004年1月。

少点天分。忘记是谁说过的:一个人要有点成就,一要靠勤奋,二要靠天分。这话还是有点道理的。我就是个缺少天分的人,这是一个很大的局限,所以我就只能多付出。

虽然我付出的可能要比别人多得多,走的路也并不是平坦的,但是我努力过了,特别是 70 年代后半期、80 年代、90 年代、新世纪,我都做出了努力。虽然由于我个人能力和知识的局限,没有能够做得更好,但是我做了。回过头看我这一生,虽然活得并不算太精彩,但也并不太后悔。最后,我还想用史铁生生前说过的一句名言,结束这部冗长的"口述史"。史铁生说:"事实上你唯一拥有的就是过程。"①这话说得好!每个人都拥有一个起点、终点和过程。起点虽然不尽相同,但差别不会太大,终点更是没有多大的差别——都是要离开这个世界,但过程却是各个不同的。我想,我的人生也经历了一个过程,这个过程虽然不算太精彩,但也并不窝囊。总之,我就是一个平凡人,我的一生就是一个平凡人的一生。

采编人杂记:

一、关于陈老师的智力问题

在补充总结中,陈老师再次提及自己缺少天分,说别人看一个钟头就能读懂的东西,自己要花几个钟头。从现象上说,我相信老师所说是真,但这是否能证明其天分智力不足?对此问题,我与老师一直有意见分歧,忍不住还要说。

对于人的智力,美国心理学家斯滕伯格提出了一个超越 IQ 的智力三元理论,要点是:"智力就是主体实现对与主体有关的现实世界有目的地适应、选择和改造的心理活动"。② 这理论或有助于分析陈老师的智力

---

① 口述人:史铁生此言见《作家》1997 年 2 月号封面。我还写过《过程即目的——史铁生的人生姿态》一文,见《中国新闻出版报》2011 年 1 月 7 日。
② [美]斯滕伯格:《超越 IQ——智力的三元理论》。转引自叶浩生主编:《历史上最具影响力的心理学名著 26 种》,西安:陕西人民出版社,2007 年,第 323 页。

问题。

1. 40岁以后,当陈老师有条件选择和创造的时候,他选择了,也创造了,这证明他的智力不差。因为,在同样的可选择条件下,大部分同时代人的创造实绩都比不上他,还有许多人甚至失去了选择能力和选择意志,更谈不上什么创造。

2. 40岁之前,在政治运动接连不断的年代,陈老师没有选择的机会,当然就没什么创造。假如不是搞运动,而是用于专业训练和研究,他能更早地发挥自己的选择能力和创造能力,其天赋得到发挥的机会,智力的发掘将会更加充分。问题是,他没有选择的机会,只能适应社会形势。多少年没有专业训练,对一个专业人员而言,不仅失去了宝贵的时间,更可怕的是智力的僵化和退化。

3. 在同时代人中,确实有人比陈老师做得更好。是不是因为那些人的智力更好?并不尽然。理由是,在40岁前,陈老师不仅是没有选择的机会,更大的问题是自主选择的意志薄弱。明显的原因是,陈老师成长的时代,要求所有人服从组织安排、不能自作主张,即要相信权威、不要相信自己。陈老师的"权威主义人格"似乎比同时代人更甚,或许是13岁时选择失误造成了心理阴影,或许是因为家庭出身不好、社会关系复杂、不能入党,以至于把自己的主要精力都花在"适应",少花或不花在"选择",盲从权威,这必然影响其心智发育。

4. 智力三元理论的精髓,是要打破单维度的IQ思路,提高对于人类心智的认知复杂度。即使个人的IQ确实有所不同,也并不意味着IQ高的人日后的选择能力和创造性更高,实际上,IQ也不见得始终是一个常数。理由是,影响心智发展的因素,除了IQ以外,还有意志、勇气、活力及知识、训练等多种。个人意志薄弱的人,如何能够自我发掘IQ资源?没有勇气使用自己的理性的人,如何能够发挥自己的聪明才智?缺少精神活力的人,如何能保持心智的发展与提升?缺乏必需的知识营养,如何能够保证心智的健康水准?缺少必要训练的人,如何能够保证其心智活动水平不断提高——更遑论创造性发挥?陈老师的IQ有多高,我没有测量,也不敢妄加猜测。综合他的成长经历及其个性,包括意志、勇气、活力、知识结构、系统训练等项,我认为,陈老师的天分至少比他认为的要好,只不过由于外在社会原因和内在个性原因,其天分没有得到充分发挥。

写这段文字时,有一点犹豫:陈老师说自己天分不足但努力了,由此建立了内心平衡;我的说法即使有点道理,对他又有什么意义呢?徒增苦恼而已。但又一想,我和老师合作他的口述历史,目的是为了探索人生真相和生命真知,我的看法可能并不正确,提出问题,一起思索和讨论,总好过习惯性错误归因。

二、关于社会角色冲突

每个人都同时担任多重社会角色,不同社会角色之间,有时候会有矛盾冲突,自古忠孝难以两全,那不过是社会角色冲突的简单实例。在现代社会中,每个人都要对自己的不同社会角色进行重要性和优先性排序,在鱼与熊掌不能兼得时,是取鱼还是取熊掌?不同选择就是不同个性及不同人生观和价值观的具体显现。

我采访师母时,陈老师始终在现场旁听。陈老师的《几点补充》,是在我师母讲述后做出的,部分是对师母讲述的"回应"。陈老师承认把自己的事业看得更重,并说:"如果再有一生,我恐怕就不会那么做,就不会把'事业'看得那么重。"但后来又说,"回过头看我这一生,虽然活得不是太精彩,但我并不见得后悔。"看起来矛盾,实际上都是真的:来生或许会做不同选择,但此生只能这样做:因为被耽误了十几年时光,40岁开始立业,不能不全力以赴。人有自我实现的需求,陈老师这样做,并没有错。另一方面,师母对陈老师作为丈夫和父亲评分不高,多少有些不满,当然也没有错。人生不能尽如人意,唯其如此,才真且实。

陈老师总说,他只是一个平凡人。我想是的。谁又不是?神话中的仙人天使、传奇中的英雄伟人,身与名的耀眼光环,不过是由崇拜者一厢情愿的热烈目光汇集而成。若有人睁了眼睛看,即会发现光环深处,个个都是肉体凡胎。陈老师的口述历史由"社会角色的冲突"话题作结,正合老师和我追究人生真知之义。

附录一　何立人访谈录

口　述　人：何立人
采　访　人：陈墨
摄　　　像：孙明强、孙伟雄
采访时间：2013年11月26日（3.5小时）
采访地点：北京河南大厦
录音整理：洪玉华、冉一村、朱侠
口述人简介：何立人，陈骏涛先生夫人。1942年11月2日生于老家云南嵩明县，从小随父在北京生活、上学。1962年北京政治学校毕业，曾在北京某小学教书数月，后受聘于中国科学院哲学社会科学学部文学研究所（即今之中国社会科学院文学研究所）资料室，工作三年半，遭遇"文化大革命"，失去了转正机会。后去北京化工实验厂担任实验员—助理工程师，直至1997年11月退休。曾两度被评为厂级先进生产（工作）者。

出生、上学、工作的简历

陈墨（以下简称"问"）：师母您好！请说说您的简历及其家庭。

何立人（以下简称"答"）：我是1942年11月2号出生在云南嵩明县杨林镇。

我们家是依山而建。所谓山，也就是比较大的丘陵。依山傍水，水呢，要远一点，要走半里地的样子，有一条小河，小河对面又是山。

我的祖父是在嵩明县搞水利的，后来教书，不知道什么时候就置地了,家里有多少地,我也不清楚,我就知道家里平时有一个长工,农忙时就会请短工,所以土地改革时把我们家划成地主。我祖父毛笔字写得很好,待人处事也是通情达理的,与乡里人的关系也不错,所以土改时没有受什么皮肉之苦。

我父亲上的是中等师范学校。当地农村只有初小,他上的高小和师范都离家很远,所以平时很少回家。我母亲叫戴迎恩,纯粹是农村妇女,没有文化。她是长媳,底下有四个小叔子,还有个姑子,一家每天都有十来口人吃饭,她就包揽了做饭。那时做饭都是用灶台,每天生火做饭、洗洗涮涮,可以想见是很辛苦的。我父亲师范毕业后,也没有去教书,就到了一家银行工作,搞会计。在外省的西康、成都、重庆——最早是在西康——工作。有时候回家,也会给家人买点小东西,大家都挺高兴地欢聚一堂。给我买了双皮鞋,他也不知道我有多高多大,当时还穿不进去。记得我母亲把我的脚使劲往里塞,鞋小呀,塞半天也塞不进去。所以说,我小时候对父亲印象不是太深。

在家里,我是长孙——我还有一个叔叔,比我还小几岁。因为家里儿子多,所以我爷爷、奶奶对我非常宠爱,经常夸我,说我能说会道,说我是小滑头。我最开心的事,是到我外婆家。我外婆家离我们家有四五十里地。那地方是平原,都有院子,院子里有天井,空地方都种上了果树。最好的是离她们家很近的地方,大概有二百米吧,有一条很宽的河,河堤上都种满了花草,两岸的树互搭起来,很像是绿荫的小棚子,特别地美。河的对岸是大片的田地,种满了水稻,夏秋季的时候,种上荸荠或萝卜。萝卜不是北京的红萝卜,它是黄萝卜,从地里拔出来在河里洗洗就能吃,水分特别大,特别脆还甜。荸荠当然就更不用说了。我在这儿,既有好吃的,又有好伙伴——我两个舅舅的孩子,都比我稍大点,大点的是男孩,小点的是女孩。我那个小表姐,特别聪明。我外婆家,经常会有花灯会,每逢花灯会,就有搭台演戏的。我那个小表姐呢,她聪明,听几次就会,就教我们唱,我们都非常地开心。孩子们在一块嘻嘻哈哈,打打闹闹的,这是童年最快乐的时光。到了晚上,我就非要跟我外婆一起睡,跟外婆一个被窝。有时她会拿出云南特有的一种水果——拐枣——给我吃,也吃得很开心。去外婆家一段时间后,又得回家,回家后我就特别地憋闷,因为又没有人跟我玩了。

我父亲原来是在西康、贵阳一带工作,后来他调到了昆明的兴文银行。工作比较固定后,就把我们娘仨——母亲、弟弟和我——接到了昆明,租住在我父亲老同学家的二楼上,与云南国民党省政府所在地"五华山"毗邻。不久,我就进了幼儿园,半年后又进了"昆华女子师专附小"。昆明地处云贵高原,所以街道高低起伏,街上有衣着华丽的富人,也有不少拿着要饭棍的衣衫褴褛的乞丐。这种穷富的差异,给我幼小的心灵刻上了深深的印记。

有一件事给我也留下了很深的印象。就是有一年,被抓了壮丁远离家乡的我二叔突然回来了,我父亲为了兄弟的情义,在昆明给他办了一个非常像样的婚礼……

问:这是哪一年?

答:差不多是1948年吧。在我的记忆里,我奶奶经常为我二叔被抓壮丁的事哭泣。虽然她有那么多儿子,但手心手背都是肉,何况是去战场打仗,性命难保。奶奶还找算命先生算了一卦。算命先生说:你不用着急,两三个月后就能回来的。可能这个算命先生还比较了解形势,那时国民党在东北溃败后,解放军对国民党士兵实行宽大政策,愿意回家的就发路费。我二叔就是这样从东北回到了昆明杨林的老家。

解放前夕,我父亲与老朋友蒋宝祥先生约定,跟他一起到了香港。蒋先生也是云南人,是昆明兴文银行的经理,他和另一个重要合伙人邓葆光是留学日本时的同学。邓先生是学经济的,他当年是隶属军统的"东方经济研究所"的情报人员,少将军衔,他的任务是刺探日本的经济情报,为国民党服务的。他在解放前夕"金盆洗手"了,属于起义有功人员。他们一起在香港开了一家宝丰商行,做进出口生意,主要经营染料、橡胶等,做得很顺利。

大约是在1950年6月,邓葆光先生在香港轩尼诗道马路上遭国民党特务暗算,受了重伤。幸亏轩尼斯道是闹市区,香港警察很快赶到,亲友们及时把邓先生送到了"圣玛丽亚医院"抢救。我父亲那时还年轻,血型又与邓先生相配,就主动输血给了邓先生,在危急时刻救了邓先生一命。①

邓先生的夫人叫郭丽娜,是个混血儿。她的亲妈在德国去世后,她父亲又娶了后妈,这样的家庭环境,造成了她独立的性格,而且极有同情心。邓先生遭暗算后,她亲自在医院护理邓先生。

邓葆光先生九死一生,命是保住了,但却留下了口齿不清、手发抖的残疾。

在邓先生遇刺前,邓先生、蒋先生和我父亲为新中国做了一件大好事。他们把上海东方经济研究所的7万册珍贵图书装成了110个大箱运回了大陆,后来受到了国家文化部的嘉奖表彰,各大媒体和电台、电视台等都做过报道。这批图书现在被珍藏在国家图书馆和故宫博物院。

邓葆光的历史背景和社会关系都比较复杂,他和国共两党的一些政要都有点关系。董必武是他的湖北老乡,年轻时就认识,国共合作时就有联系。杨帆、潘汉年也是他的朋友,临近大陆解放时,他们就劝邓说:你赶快回来吧,香港不是久留之地。所以,我父亲和蒋先生、邓先生夫妇,他们就通过罗湖桥海关回到了上海。邓先生夫妇就留在了上海,而蒋先生和我父亲就来到了北京。

蒋先生很快就在国际书店,也就是现在的中国进出口图书公司工作。我父亲还是干他的老本行,在北京新华印刷厂财务科当了会计。开始他还是很受重用的。

工作、生活稳定下来了,我父亲就写信回家,让我到北京来念书。于是,我就跟蒋先生的夫人惠国英以及她的三儿子蒋自成一起来到了北京,那是1951年初。我记得是先坐汽车到贵州的安顺,又辗转来到重庆,一路上听说还有土匪,很乱。到了重庆以后,住旅馆,还不让我们小孩出门,说街上很乱。在重庆坐的是大帆船,船上的人很多,很拥挤。吃的是糙米饭,用米汤泡饭,就着四川榨菜下饭。如果远处有船来了,船老大就会拿起旗子发信号,让对方不要开得太快,否则就很危险。一路上确实很辛苦。身上很痒,翻开衣服就能看到虱子。坐了很多天后,就改坐轮船了。在轮船上,遇到了很多大兵,都是解放军。他们问:我们从哪儿来,到哪儿

---

① 口述人注:我父亲的这一义举,后来,在历次政治运动中,反而成了他的一条罪状。

去?我说:我从昆明来,到北京念书。他们问:那你们家是地主吧?我说:我不知道。再后来,就改坐火车到北京了。

到北京后很高兴。见到了邓先生的夫人郭丽娜,我有点惊讶,觉得她特别漂亮,笑起来左脸颊还有个酒窝,待人也和蔼可亲。她还会做一手好菜,印象特别深的是油焖大虾——我在云南就没见过虾呀!

郭丽娜是特别好的一个人,她还给我买了许多玩具。为了让我去游泳,她专门买布做了一条小短裙,再用一双毛袜缝制了一条小三角裤。这条小短裙我发现现在还保留着。也是受她的影响,我们还经常去青年基督教会做礼拜,并看望她的朋友。

最美的时候,是夏天的晚上,头顶满天星星,坐在院子里听她讲故事,她说:从前有个小孩,妈妈不在了,去了天国,她受了很多苦,后来有了个后妈,生活就更糟糕了……我听得如痴如醉,也引起了我的许多联想……①

问:邓先生不是还留在上海吗?

答:对,邓先生还留在上海休养,而他夫人先到了北京,看望他们的三个男孩。当时他们的老大老二在北京的小学念书,小儿子在香山慈幼院,做母亲的当然想念自己的孩子,所以就来到北京。

1951年秋天,我进了北京汇文小学念三年级。解放前汇文小学是教会学校,校长尚新民本人也信奉基督教,为人很好,办学很有经验,学校的校风也很好,纪律严明。学校里虽然有很多干部子女,但我们同学之间相处得很好,看不出什么隔阂和差别来。我父亲另一个朋友的儿子叫杨亚鹏——他比我小三岁——也在这个学校,还有现在的国务委员刘延东那时候也在这个学校,与杨亚鹏同班。学校里有很多寄宿生,我就是其中的一个。晚上,学校把这些不回家的孩子召集起来由孙敬修老师讲故事、做游戏。

问:孙敬修是汇文小学的老师吗?

---

① 口述人注:现在想起来,我当年之所以对郭丽娜那么亲近、那么痴迷,除了因为她善良,为人确实好以外,还跟我从小就缺少母爱有关。我母亲是个没有文化的农村妇女,农村又特别重男轻女,而我弟弟正好从小身体就弱,我母亲就把母爱更多地给了弟弟,对我也就一般了。

答:对,是教美术的,同时在广播电台"少儿节目"给全国小朋友讲故事。他的名字家喻户晓,大家都敬仰他。现在龙潭湖公园有个孙敬修给小朋友讲故事的雕塑像,就是当年孙敬修的真实写照。

我们那个班的班主任郭琦当时是三个孩子的妈妈,她先生是汇文中学的教导主任。郭琦老师为人非常善良,工作非常细致。她把年龄稍大点的女孩召集起来,给她们讲生理卫生知识。家长给的零花钱她怕我们瞎花,都存在她那里。

问:那时您父亲给您多少钱?

答:我记得也就1块钱。

答:您上小学时币制改革了吗?1万块还是1块?

问:对,对,应该是1万块。1万是零花钱。伙食费是8万。我从小没有挨过饿,也没有吃过苦。我和同学从班主任老师郭琦那里要零花钱去买零食,老师从不记账,这是那个年代赋予我们之间的一种真诚和信赖。我八九岁就要独立生活,当然也会碰到困难。记得当时我穿着我母亲给我做的棉袍,因为老穿,老穿着就脏了。我决定自己洗,但下水容易出水难,就是拧不动,还是大一点的同学帮我拧了,才算过了这一关。那时生活上不愁吃、不愁穿的,就是到了礼拜六晚上,绝大多数同学都回家了,我就非常羡慕。

问:礼拜六,您爸爸不来接?

答:那时,我父亲工作单位的公休日是星期二,偶尔会在星期二傍晚接我出去吃顿饭。星期日,我时常会到蒋伯伯蒋宝祥家,同他的家人去公园共度周末,与蒋伯伯的两个女儿蒋自励、蒋自筑成为很知心的朋友。老乡嘛,总是重乡情的,那时邓伯伯邓葆光一家在上海,我在北京走得最勤的长辈就是蒋伯伯蒋宝祥的家。

我小学毕业后,初中在女十三中,解放前也是教会学校,叫"慕真女子中学"。高中是女三中,在西城区白塔寺。那时正好是1958年"大跃进",大刮"共产风",说共产主义的美景是"楼上楼下电灯电话",主张吃"公共食堂"。白塔寺附近的福绥境居民大楼正是那个时代的产物,单元房内没有厨房,只在每层楼设了两个公共厨房。

我高中毕业后报考医学院,但差了几分没考上,不过,当时也不觉得进大学才是唯一的出路。当时我面临着两个选择,一个是去清华大学实验室做实验员,一个是上政治学校。我选择了后一个——上政治学校。政治学校,就是学马列主义的。我觉得,我在这一年当中,在性格上有了很大的改变,变得爱说、能说了。以前思想包袱很重:第一家庭出身是地主,父母亲要离异;①第二我父亲在兴文银行工作时集体参加了国民党;再就是因为父亲和邓葆光先生的关系,我也受到了牵连,总觉得是个事,尤其是政治运动的时候。但这一年下来,我想通了一些事,性格上就有了些改变。

1962年7月,政治学校毕业,开始是分配我到公安学校教书,我觉得这工作不错,就很高兴。但后来一政审,不行,没有通过,就改分配我去当小学老师。公安学校没去成,对我就是个打击,去小学干了几个月,又觉得特别烦,不喜欢这个工作。

问:您不是说您上了政治学校后变得能说会道了吗?

答:对,能说会道,思想也比以前开阔了。但我就是不愿意当小学老师,就想辞职。父亲的朋友也跟我父亲说,不能这样纵容我,说辞职就辞职,因为那时候工作也不好找。

问:辞职的事跟父亲商量过吗?

答:提过,我父亲也没有坚决制止我。这样我就辞职不干了。辞职以后,蒋先生的夫人惠国英,她那时在戏曲学院资料室工作。她知道文学所的资料室需要人,就介绍我去,说干得好呢,可以转正。我觉得这工作还不错,就决定去了。

这样,辞职后不到两个月,1962年年底,我就到了文学所资料室。一开始不免感到陌生,但那时候年轻,脑子也好用,很快就学会了。开始是剪报上的资料。全国各地有关的报纸、杂志都收集在一起,抽出有关文学的,按古代文学、近代文学、现代文学、当代文学……体裁又分为文艺理论、诗歌、小说、散文、戏曲……这样分门别类地剪裁、粘贴,装订成册。

---

① 口述人注:我父亲要和我母亲离婚,这是在我小学毕业时的事。当时我还哭着对我父亲说:别离婚,别离婚! 我父亲说:你别管,这是大人间的事! 后来,离婚的事没有再重提了。土改时我母亲也被划成"地主分子",直到"文革"结束,我母亲才得以到北京,与父亲团聚。最后,父母亲都回到了老家——云南嵩明杨林大树营,在那儿先后终老。

在资料室工作的,大多是女同志。资料室主任是王韦,她是贵州人,延安出来的老干部,徐懋庸的夫人。她工作能力很强,又善解人意,群众关系不错。资料室同事之间的关系是融洽的,我对资料室工作感觉很好,跟这一点很有关系。

资料室是为研究工作服务的,这是从一开始进研究所时,有关领导就跟我明确讲过的,因此,这个观念在我的脑子里是根深蒂固的。一些老研究人员很少来借资料,如何其芳所长,他要的资料,多半都是所长秘书来借的。钱锺书、吴晓铃和蔡仪等老研究员,都是他们的夫人来代借的。不管是谁来借阅资料,我总是主动帮助他们找到他们所要的资料。慢慢地,我也就认识了其中的一些人。比如杨绛先生,她是钱锺书先生的夫人;石素贞先生,她是吴晓铃先生的夫人;乔象钟先生,她是蔡仪先生的夫人,等等。特别是乔象钟先生,她是古代文学研究室的研究员,跟我父亲同龄,特别和蔼可亲,我对她有一种天然的好感。她每次来借资料,我都尽量帮她,让她很快找到自己需要的材料。我们俩也很谈得来,就跟好朋友一样。后来,我跟她还有一段时间的来往。

中青年研究人员来借阅资料的就更多了,如邓绍基、胡念贻、钱中文、王信、马良春、金子信、蒋守谦、卓如、徐兆淮、董乃斌、许志英、陈骏涛,等等。我觉得,他们这些人都很勤奋。时间待得越长,我就越发觉得,文学所,乃至整个学部,真是个藏龙卧虎的地方,能人不少,我从他们身上也学到了不少东西。

那时,我也开始积极靠拢团组织。马良春是团支部书记,他是东北人,人挺好的。我就写入团申请书呀,思想汇报呀。我还喜欢运动,大家都是年轻人,经常在一起打乒乓球、羽毛球什么的,感觉气氛很好,关系也很融洽。

问:您当小学老师工资是多少?文学所的工资是多少?

答:小学老师的工资是37块5,这边做临时工呢,是干一天算一天,一个礼拜上六天,休息一天,那我就拿六天工资。加起来,我觉得没有37块5,差点,但差得也不多。

问:请假还要扣工资?

答:我也不请假!

亲历几次政治运动

问：1958年"大跃进"，您参加了吗？

答：在学校里参加的，是小土炉炼钢铁。炼钢铁的事，那简直是瞎胡闹！在校园里支个小土炉子，把家里的锅碗瓢盆等拿来炼，我都记得，瞎搞一气！

问：女生也参加炼吗？

答：参加呀。有时还要加班。要早去，可能还要晚归，有时候还上夜班。炼出来的那东西也没法用。

问：当时学过物理，感觉这东西炼得出来吗？

答：跟着大家走呗。没有提过异议，也不反对，也不特别积极，有人怀疑也不会让你听到的。一言堂，你就跟着这形势走呗。

问：1959年至1961年，三年大饥荒，你有这个记忆吗？

答：记忆太深了。因为还是学生吧，要念书，要长身体，每人每月定量是28斤，比工厂职工还是高一些。但那时油水少，蔬菜也少，总觉得饿。民间发明了一种二次蒸饭法。就是先把米泡了，然后蒸，蒸完一次，放水，再蒸第二次，让它发起来。大白菜的菜帮子舍不得扔，集中在大礼堂晾晒，等它干了，洗净，再剁碎，做包子馅。

我到了政治学校那时候，很多人浮肿，我也浮肿。就是因为营养不良，饿的缘故。我们班里的生活委员，是个女同学，她对我挺好的，非要给我写一张生活补助申请，我不肯，总觉得大家都一样，不愿意搞特殊。

问：补助是补什么？鱼还是鱼肝油？

答：就是鱼，就是给你做一条鱼……快毕业时，我回到家，我父亲做了雪里蕻汤面，我记得我吃得很多，很饱，从家里回到学校的半路上，我走不动了，胃疼得厉害，我就蹲下来……那滋味，实在太难受了。还有一次，我父亲带我去东安市场的稻香村糕点铺，那里有卖点心渣的，不要粮票，但要排队，排到你了，算你运气……这些事，记忆都特别深刻。

问：您在云南的家人挨过饿吗？

答：我老家还行。因为它交通不便，东西运不出来，所以家里人还能吃饱。当时我有个堂叔,他从昆明中专毕业后分到福州工作,他在福州也饿得不行,就给我父亲写信,说想回云南。这说明那时候云南还算可以吧。

问:换个话题吧,您在文学所资料室工作,后来怎么会被派去搞"四清"呢?

答:那时我确实表现不错,积极靠拢团组织,写思想汇报什么的,参加各种活动,我的工作也得到大家好评。可能是组织上有意培养我吧——我想是的,于是就由图书资料室支部推荐我参加了由唐棣华副所长带领的赴江西宜春地区的"四清"工作队。

1965年12月,我们乘坐火车到达南昌,在南昌旅馆住了一夜。江西的天气很湿冷,又没有暖气,旅馆的被褥也很薄,一夜睡下来也没见暖和过来。第二天改乘汽车去张港公社。工作组成员有隗甄、许志英、张恭勤、刘建波和我。我们这些人虽然不在一个大队,但离得都比较近。唐棣华比较欣赏的两个女将是王瑛和卓如,都是党员,组织能力很强,很能张罗。她们都住在张港公社指挥部。

我和刘建波——她是文学所老研究员路坎先生的夫人——开始没有分到老乡家住,就住在队部,后来需要到各自的工作面了,就分在老乡家住。我的房东是一位老太太,她带着小孙子单过,她的儿子和儿媳都去香港做木工。这对我来说,确实是一个锻炼的好机会。

问:"四清"的工作是怎么做呢?

答:从工作上讲,真的是没有什么意义。什么叫"四清"?就是要清账目、清财务、清仓库、清工分。说是搞社会主义教育,要割资本主义尾巴。[①] 实际上矛头主要是对准农村的基层干部的。没完没了的开会,让干部自己说,比如打白条,你现在手里有多少张白条?你多吃、多占的工分有多少?你有没有拿过仓库和公家的东西?成天没完没了的就是追这些事。

其实我们去的这个白马大队是一个革命老区,在第二次国内革命战争时期还成立过苏维埃政府。村的后面还有个清朝留下的学堂,虽然已

---

① "割资本主义尾巴"这个短语,当是70年代以后才有的,是顺口这一说。

经很破旧,但还是留下了当年曾经辉煌过的痕迹。但当年我们去的时候,这里确实很穷。老百姓一般一天就只做一顿饭,中午 11 点钟做饭,把晚饭也做出,下一顿只要稍微热一下,这样一天就过去了。

问:您要同吃、同住,习惯吗?

答:开始很不习惯,就觉得脏,又不会挑水,就只能硬着头皮,努力去适应,总是提醒自己要跟老百姓打成一片。

问:"四清"对大队长、书记,整得厉害吗?

答:我们所在的白马大队,大队长、书记就是一个人双肩挑。这个人表面看是吊儿郎当的,实际上还是有思想、有能力的,所以我们对他还是有理、有节地争取、教育。大队会计是个不开窍的人,总是不愿意说,很不配合。

问:"四清"结束,您回到北京,"文革"开始了吗?

答:我们是 1966 年 5 月回来的,"文革"还没有开始。

问:说说您父亲的遭遇吧?

问:我父亲,老是被理不清的家庭出身和社会关系问题纠缠着,除了与邓葆光的关系这一件事,还有一个在兴文银行集体参加国民党的事,另外就是家庭出身的问题。我父亲是个业务能力强,能干而且善于学习的人。这种人,在那个注重出身、历史和社会关系的年代,他的才干是不可能得到充分发挥的。那时候没有评职称一说,他的最高职务就当到股长,连科长的边都没有沾过。那个年代运动不断,他永远是"运动"的对象,成了"老运动员"。"文革"开始时,他还能在财务科工作,后来就进了"学习班"。新华印刷厂的军宣队又是中央"8341"部队①的,对有历史问题的人,审查特别严格。我父亲开始是做体力劳动,没有多久就下放到车间,虽然还是搞财会,但是在别人的监督下搞的,挨批斗这些事,当然也就难免了。

问:他具体罪名是什么?

答:说他是"特务",因为邓葆光是"特务",所以他也是"特务"了。还有蒋先生,就是蒋宝祥,图书进出口公司的,他那么大年纪了,也照样挨

---

① 8341 部队,即当时的中央警卫团。

了批斗。

"文革"开始时的文学所

问:您对文学所的"文革"有哪些见闻?

答:1966年5月从江西回来后,没多久,就是铺天盖地的大字报。一下子出现了那么多的反革命、黑帮……太震惊了!这些领导全错了?紧接着就出现了贴何其芳他们的大字报。

问:您当时就知道陈老师贴大字报的事?

答:知道。说句不好听的话,他特别爱出风头,特别活跃,特别自以为是。我知道是他写的、贴的。首先是哲学所、《新建设》,然后各个所都把自己的领导揪出来,画上大叉,真是铺天盖地,让你目不暇接。我还没有反应过来呢,图书资料室的书记隗甦就找我,说:你看,现在大家的工作都停了,正式人员都没有工作,现在就不需要临时工了;说多给我两个月工资,让我回家。我当时就一愣,真有点晴天霹雳的感觉,只想"四清"都去了,应该可以转正了,却没想到还要我回家。碰上了这个"文化大革命",那时也不允许你去争辩,去问个为什么。不像现在,要讨个说法。但也还是有气:你多给我两个月工资,我也不稀奇,就没领。现在想想,当时还真是挺傻的。也是赌气给他们看!

但事情也是真怪!你说不用临时工吧,但所里还有个临时工,是个男的,比我小一点,还留着他。他就是特别会哄着领导、围着领导转,对领导点头哈腰的。我这人就不会,真的,我就是这么个人。

问:除了大字报,您见过何其芳批斗会、抄家吗?

答:还没有正式开始,只是看到贴大字报。对,就是大字报。抄家是后来的事,我没有看到,但听老陈说过,搞得很厉害,他就把他的一些笔记本放在我家里,①还有何文轩②的笔记本。

问:何文轩的笔记本怎么会放到您家?

---

① "他",是指陈骏涛先生,那时候他们已经有恋爱苗头。
② 口述人按:何文轩即何西来,于2014年11月去世。

答:他们当时是一派呀。

问:谁送去的呢?

答:他送的,老陈送的。

问:藏这些笔记本,您有压力吗?

答:我觉得,也不会查到我这里,所以没有什么压力。

问:您父亲也进学习班,又是"老运动员",万一也被抄家呢?

答:那时还没有想到会抄到我们家,没有想那么多。这期间,他的哥哥叫陈骏波,从南京串联到北京,也到我们家来过。这是我第一次,也是最后一次见到他哥哥,这是1966年冬季。我觉得,他哥哥跟老陈不像是亲兄弟,他哥哥浓眉大眼,而且比较稳重,说话很有分寸;不像他那种老是跳着,锋芒毕露的。我们主要也是谈南京的情况、北京的情况,没有谈到家事。其实他也挺苦的,可能也是受到政治运动的压力,显得特别内敛。

问:陈老师的哥哥来,住在哪儿?

答:自己找的地方。没有住在陈老师那儿,也没有住在我家。不敢,他哥哥也是有历史问题的人。

问:您被辞退的具体时间是?

答:是1966年7月,是从江西回来以后的一二个月,没错。

问:陈老师说,您的辞退,有可能是您与陈老师恋爱,而陈老师又跟他们不一派,有关系吗?

答:我觉得有关系,很有关系。是不是主要原因不好说。隗甡跟陈骏涛不是一派,这是肯定的。

与陈骏涛恋爱结婚

问:在文学所时有不少人追求过您吧?开始时您对陈老师的印象如何?

答:没有,没有……当时像这种研究单位,年轻的女孩很少,即便有,也大多都有对象,所以男的单身的就很多。也不是说我有多好,长得有多漂亮,只是因为我在资料室工作,接触年轻人的机会比较多,他们愿意和我说说话,聊聊天,这也是非常正常的。也可能有人追过我。印象最深的,是一个姓×,一个就是陈骏涛。×××当时给我写过很多信,还有诗歌,充满了激情,很有才华。我还在他编剧的一个话剧里串演过一个角色,在院部参加了会演。我对他印象确实很好,很钦佩他。他小时候爬树,摔断了左臂,经历了许多磨难,一直刻苦攻读,考取了北京大学,北大毕业后到了学部。是个意志坚强,非常有能力的人。

问:您为什么没有答应×先生,与他谈恋爱呢?

答:我这个人是比较欣赏有才华的人的,喜欢胸怀宽阔、大度的男性。×先生虽然断了臂,只有一只手,在生活上还是很能干的。他一个人做饭、做菜、做鱼,从买来到做好,独自完成没问题。我跟我父亲谈了他的情况,想请他到我们家,让我父亲见见他。我父亲说:这事你要考虑好,如果你们要真成了家,将来会遇到很多困难,到时候你可能会后悔。我父亲说这话的倾向是很明显的,我也很矛盾,觉得还是老一辈看得比较远,我也是个听话的乖乖女,所以就接受了父亲的意见,回绝了×先生。

跟老陈接触,主要是"文化大革命"中,我被辞退了,老陈非常关心我。

问:您和陈老师、何文轩老师等去颐和园是哪年?

答:是1967年,那时我已经离开了文学所。在这之前,1965年底我去江西"四清"时,老陈来送行,还给我递过一张纸条——一封信。当然,他也不是专门来送我的,是送文学所去江西"四清"的人。当时,古代文学研究室的范之林还开玩笑说:怎么,是不是朋友?我说:没有呀!确实,那时候我谈恋爱的要求还不是很迫切,就觉得这个人可以交,其他的还没有认真考虑。"四清"的时候,还收到老陈的来信。回来后,我就被辞退了嘛,当时他对我分外地关心,确实让我很感动。人在最困难的时候,能得到别人的关心,会格外珍惜的!

问:那时多少时间在北海约会一次?每隔一个星期就去北海?

答:时间不记得了。反正我们去过北海,还有日坛公园——日坛公园离文学所很近。后来,大概是1966年秋末,我就带他回家了。

问:带陈老师回家之前,先跟您父亲介绍过吗?

答:介绍过。

问:这次父亲没有意见,是吧?

答:对,他觉得人还端正,学历也可以。去的那天,老陈给家里买了水果。我父亲出于客气,说:我们也吃不了,要不你拿回去吧。他真的就拿回去了。这让我瞠目结舌。

问:这是个经典,哈哈!

答:当时,我就觉得很不光彩,这人太小气了。

问:这不是小气,这是他没动脑子吧?

答:我没觉得他不动脑子,他是小气。后来我跟我父亲说:你看这个人,买来的东西,你说拿回去,他就真的拿回去了,没有一点男子汉的气度,小男人的那种。他的确常常是不过脑子,给别人的印象不好。后来我父亲说:你看,这样的人以后会过日子,是个实在人。我心里还是不舒服。但我父亲说的也对。你要找个大手大脚的,挣的又不多,他还要负担父母,日子真的就很难说了。

问:您后来跟陈老师提过这事吗?

答:说过。结婚前说过。真的,我觉得他真不会关心人,呵护人。比如在1966—1967年,结婚前,我们要出去,乘公共汽车,不是他给我找座位,是我有个座位后让给他,他也心安理得地坐上了。后来我也习惯了。

问:恋爱开始就是这样的吗?

答:对呀!恋爱时就是这样啊。我心里真有点不舒服。但我觉得,人品差不多就行。我那时要求也不高了。至于学历,研究生,加不加分,我没想过。

问:那时研究生很少呀,有这个概念吗?

答:没有。我就觉得,关键还是看你的成果。有的不是研究生,人家写的文章也很多。没有觉得是研究生就高人一等的。

问:接着说,您生气,但听了父亲的话,还是继续交往?

答:对,还是继续交往。我也觉得,我本身条件也一般,没有必要苛求对方。这样也不错。像我这样的文化水平,和这样的人恋爱结婚也可以了。真的,我当时就这样想的,自我安慰。

问:特别是,您这个时期没有工作,他对你的安慰?

答:对对,对我的安慰、鼓励啊,还继续跟我交往啊。不是在你失落的时候就拜拜了,确实也表现出他的人品。

1966年7月到年底,这期间,我经常出去看大字报,到各大学校或各部委去看。真是的,这么多的专家、领导、名人,都成了黑帮、牛鬼蛇神,打翻在地,再踏上一只脚,还关进了"牛棚"。我自己眼下的这一点事——没有工作了,这算不了什么。面对现实,我顿时也开朗了。

1966年12月,我就到了工厂工作。工厂也受到大环境的影响,也是开批斗会、戴高帽子什么的。干部也下车间劳动。我们厂的党委书记叫滕杰,他非常有艺术修养,他爱人就是个歌唱演员。他下放到我们班组,在劳动上,我很照顾他,其他方面也很尊重他。我不像有的人那样,看他被打倒了,就指桑骂槐,侮辱他的人格。我这人,从小就是这么善良的。我心里也有疑问:这些人是牛鬼蛇神吗?

问:1967年,你们什么时候开始商讨婚事呀?

答:1967年我又工作了,心情就好得多。夏天,我俩和文学所的许志英、何文轩、董乃斌等人到颐和园去玩,许志英起哄让我和老陈拍一张合影。我执意不照,我说:我还没有想好。我想:有了合影,万一吹了,会遭人耻笑的。可是架不住他们的起哄,就照了一张合影,但心里还是七上八下的。就这样,认命吧,我想。后来我们俩经常出去玩。有一次,老陈借了一辆二八男车,从学部到香山,估计有四五十公里,相当远,我就坐车后的"二等座"。那时候年轻,体力好,也不感到疲劳。

1968年,该到谈婚论嫁了,那时陈骏涛手里才有30多块钱。

问:怎么会这么少呢?那时一个月有60多块呀?

答:他还要寄家里呀。反正他只有30多块钱。他给自己做了一身呢子中山装。后来这个中山装上衣领子磨坏了,就扔了。裤子还在。

问:等一等,30多块钱,没有给您买什么吗?

答:没有,没有给我买任何东西。我自己做了一条毛料裤子,一件深绿色绒面立领外衣和一件红色薄毛衣。台灯、床单、两个被面,是他们同事凑钱送的。还特意请刘建波给我们做了被子。老北京给新人做被子是有讲究的——必须是"全活人",就是夫妻双全的。① 那时我年轻,不懂老

---

① 这话的意思是,做新婚被子的人必须是夫妻双全的"全活人",不能让鳏夫寡妇参与,这样才显得吉利。

北京的理儿，而且又正在"文化大革命"，也没太在意。张恭勤也来帮忙，那年代同志间的关系特别亲热。我们向公家借了一张双人床，一张三屉桌，一把靠背椅，两个方凳，另外两个书架也是借的。过了几年，就作价卖给职工了。当时家具就是这样的。

问：家具一件也没有买？陈老师说当时买了一个柜子？

答：肯定没买。另外有两个小床头柜和一面立镜是我娘家陪送的。

1968年1月17号我们结婚了。这天晚上，比较好的同事、朋友都聚在一起，大家喝喝茶、吃吃糖，也没有什么仪式，也就是简单地说说恋爱经过。我的女闺蜜蒋自励夫妇来送了一本精装的《毛主席语录》。隗瞂也来了，这是我没想到的，她送了我一对钢笔。另外还有陈骏涛当研究生时的女同学潘仲茗、汪时进。我印象最深的一件事是：潘仲茗的自行车放在楼下，临走时发现丢了。当时自行车对老百姓来讲，也是一大件呀，而且还比较新，就到派出所报案了。事隔半年，派出所来电话说，破获了一个案件，是偷自行车团伙的案件，其中就有潘仲茗丢的那辆自行车，但已经面目全非了。为这事，我们心里一直非常不过意。

结婚的新房是当时东大桥路一栋楼的5楼10号，这是个两大一小的单元房，分给我们一个16平米的大间。正好结婚那天房管所的人来了，我就塞给他一包喜糖，他就把另外一个小间也打开，说你们先用吧。这样我们住在大间，小间就可以用来放些东西。

过了一年多，大女儿陈漫红就出世了，这是1969年的6月29日。因为是臀位生产，属于难产，出生时孩子没有哭声，医生就倒提着孩子，拍一屁股，孩子就"哇"的一声，大哭起来，我就松了口气。我望着她睁着的大眼睛，放在秤上，两只小腿使劲地往上翘。接生的史大夫说："你看她还习惯在子宫里的状态！"我从产房被推出来时，陈骏涛就追着问："她眼睛大不大呀？"因为他自己是一对小眼睛，所以特别关心孩子眼睛的大小。我就说挺大的，他就特别地高兴。

那时候我母亲还不在北京，没有人伺候月子，就请我的表姑李智云照顾我。骏涛也是忙里忙外地张罗，特别地高兴。孩子一哭，他就让我赶快喂奶。有一次许志英到我们家来探望，孩子又哭了，他也让我赶快喂奶。

我说这么大的地方,在哪儿喂奶呀?① 弄得许志英很不好意思的。我觉得他这个人,就光顾自己高兴,也不考虑时间地点人物的。他对孩子,也是百般地呵护。这个孩子,当时给我们家带来无限的欢乐。所以说,父母对孩子的感情,是任何时候都改变不了的,是永恒的。

婚姻与家庭生活杂忆

问:请您接着说。

答:1973年4月6号清晨老二陈漫欣出世,比预产期提前了15天。5号晚上,我躺在床上痛快地伸了个懒腰,后半夜就有阵痛,阵痛频率加快,到了医院就分娩了。老二生下来,个头不小,就是很瘦。我妹妹从云南赶来照顾我和孩子,老陈出出进进的总是冷着脸。

问:陈老师为什么不高兴?

答:我问了。他说,怎么又生个女孩呀!我说这能怨我吗?当时也不懂生男生女是什么道理,当时要是懂的话,我就会冲他喊:这是你男人的错,责任在你!他的情绪大大地影响了我,我晚上睡不好觉,奶水很快就回了。没有奶,就只有喂瓶装牛奶。牛奶稀,还要兑水——照书本上说的,怕上火,孩子吃不饱夜里总是哭,搞得我们筋疲力尽。我俩商量,上下半夜轮流管孩子,这样还能有点时间休息。

问:陈老师当时冷着脸,您不跟他吵架什么的?

答:我非常生气,想不到念这么多书的人也如此狭隘。说实话,怀老二后,妊娠反应特别大,呕吐,不思茶饭,非常痛苦,本来想做流产的。但有个医生号脉说:有可能是男孩,千万别做。当时民间流传一种说法:老大女孩,老二男孩,可以打5分,反之,只能打4分,如果两个都是女儿,只能打3分,刚刚及格。想必这也是人之常情。

不管怎么样,总算把两个孩子拉扯大了。漫欣也有两三岁了,其实那时单位也有进修的机会,但我都放弃了。那时,我全身心的扑向两个孩

---

① 口述人注:这个时候,我们住的这个单元,已经搬来一家新邻居,住一大一小两间,我们就只有一间大屋,没有任何周转余地了。

子,还有家务事,没有时间自己学点东西。所以我说,我为了这个家,算是尽心尽力了,是个很称职的妈妈。那时一周只休息一天嘛,一休息就带着俩孩子出去,给老陈时间在家看看书,写写文章。有一次到中山公园玩,抱一个、拉一个的,我的包——人造革的包——背在后面,还被小偷划了一刀,幸亏没丢东西。

问:带孩子去公园,是您主动的?

答:对。他也希望这样。他说,你能不能带孩子出去呀?

问:您希望是什么?

答:当然是全家一块出去,一块逛公园呀!他既然这样提出要求,我也无奈,百般无奈。他这人,除了读书写作,别的爱好也没有。我从小领略了四季如春昆明的风光,时常怀念外婆家两岸翠绿的河畔,很有点小资情调的那种。女人嘛,就是喜欢有人呵护,希望一家人在一起,其乐融融的。可老陈他,真的不懂,不懂这些。我觉得,那时日子过得挺单调、挺没意思的。有时我也在想,我非要找一个男士去公园溜溜,成心气气他。当然,实际上也没有这么做。

老陈这人太不会关心人了。有一次我上中班,下班的路上,突然下起了瓢泼大雨。我想坏了,这还不浇个"落汤鸡"?哎,我一下车,看见他撑着雨伞等着我呢。我特高兴,顿时感到有一股暖流走遍全身!我问他:这回怎么想起给我送雨伞呢?他回答,是"姥爷"——就是我父亲——让送雨伞的。哦!我想这人也太实在了,真是又可气又可爱的!但马上心又凉了,有一种失落感,就觉得这世界上只有父爱、母爱才是最实在的,儿女的事总是记挂在他们的心间!

"四人帮"垮台以后,对"地、富"的政策放宽了,1979年我母亲才有可能来到北京,和父亲团聚。过了半年,我弟弟又把他女儿春晖送到北京让我妈照看。开始是和我们一起挤在一大一小的两间房共同生活,后来我父亲单位在车公庄分给他一套两间的单元房,他们就搬过去另住了。那时一到星期天,上午我在自家忙活,午后乘车去探望父母。有一次因为太疲劳,竟然在车上睡着了,浑身没力气,想到去了非但帮不了他们,反而还得他们照顾我,就又打道回府。后来他们就先后都回到了云南,在老家去世,我也没能回云南给他们送行,就觉得非常愧对父母,这是后话了!

漫红长大了一些后,有一次她就问我:"妈,你跟我爸结婚前就没有恋爱过,是吧?"我笑了,说:"你既然问我,我就说,当时我跟那个×叔叔恋爱过。"漫红笑了:"如果你们成了,那我就不叫陈漫红了,就是另一个女孩了。"

80年代,老陈仍然很忙,忙这忙那的。有一次,我跟老陈说:"我想做做美容,也可能做个美容手术。"漫红听到了,就对她爸说:"爸,你可别让我妈做美容手术,做了,她可能要跟你离婚的,哈哈!"

问:那时漫红多大?

答:读高二了。

问:她是站在爸爸一边?

答:都有。后来她遗书上写了:"爸爸很关心我们,妈妈也很关心我们,妈妈对我们姐妹俩付出很多。"漫红还对我说过:"妈,我和妹都没能达到你期望的那么出色。"

问:您后来没做美容,是吧?

答:没有,没有去做。所以我常常想,漫红这孩子确实感觉很敏锐,她看到了我们之间有分歧。我跟陈骏涛的婚姻,确实没有浪漫,也就是搭伴过日子。他也从来不记得我们结婚的日子。

问:他从来也不记得自己的生日,也没过过生日,是吧?

答:对,我也不过啊。偶尔过个生日,也是孩子们张罗的。但结婚的日子应该记得呀!我是记得的,我看他不提,我也不提。他是根本不会想到这些的。

问:您想到了,为什么不提醒他呢?

答:我觉得,再提也很没意思。知道吗?没用。也不会引起他的兴趣。干脆不提了,大家就这么过吧,混吧。有一次你说:陈老师您怎么有这么多的女弟子?我说了一句:他有女人缘。他确实是,态度温文尔雅,还会关心人,爱管闲事,女同志一般还是喜欢这种的。

问:您怎么说他会关心人?他会关心人吗?

答:他不关心我,不在乎我,会关心别人啊!有一次湖南的×××女士在北京开完会,要坐火车回湖南,他就叫我大女婿开车送她到车站。对老丈人的话,我大女婿是有求必应的。这时候已经是中午12点了,他还没有吃饭,就给自己买了一个汉堡放在车上。他这个人也是热心人,接到×××女士后就问:吃饭了吗?×××就说:没有。他说:那我把我的汉堡给你吧,她也不拒绝,就收下了。我女婿大概也是满肚子的怨气,就把这事跟漫红说了。漫红就对她爸说:爸,你怎么回事呀?要用车得提前打个招呼,让别人有个准备,都快12点了,别人也要吃饭呀!我也觉得不太合适。我说:骏涛,漫红说得对,以后,你不要把女婿当车夫用,要为他设身处地想想。

我最生气的事是:1988年漫红考大学,这孩子一直是非常聪明的,数学成绩也一直很不错,我希望老陈能在作文上给她一些指点、帮助,但他就是不上心,还说他当年考大学的时候,就是靠自己,等等。

问:陈老师不管的原因是什么?漫红有这个意愿吗?

答:忙,他总是忙自己的事。漫红当然希望她爸能帮她。

问:漫红自己提过吗?

答:没有。是我提的。我多次主动向老陈提过……结果,漫红高考成绩低了几分,落榜了。

好,这次没考上就不说了。按漫红的实力,复读一年再考,应该是没有问题的,漫红也已经参加了北京二中的复读班。这时候,有朋友就传来消息说:北京航空航天大学有个大专班,是自费,一年才800元。也是怕漫红复读一年万一考不上呢?所以征得漫红自己意见后,就让她报名上了航空航天大学的"对外贸易英语班"。漫红的命运就这么定了。但我一直很纠结:让漫红上航空航天大学的大专班,是对还是不对?如果当时老陈能坚持让漫红复读一年再考就好了,可他没有坚持!

漫红大专毕业后,就进了一家民营企业"四达"公司应聘,同去的有八九个人,最后被录取的只有漫红和同班同学陈学军[①]两人。老板就派他俩到北京外经贸大学经济学院进修,进修后还回这家公司工作。过了一段时间后,又有一个机会,漫红"跳槽"到了一家叫"智威汤逊"的外企公司。[②] 在这家外企公司,除了日常业务,还要学外语,有时还加班加点

[①] 口述人按:陈学军后来与漫红相爱,就成了我们的女婿。
[②] 口述人按:"智威汤逊",即中侨广告有限公司,是一家外资企业。

到晚上八九点钟,几乎没有什么休息天,非常辛苦。那时她与陈学军已经结婚,并且有了孩子,孩子白天由爷爷、奶奶带,晚上就得他们自己带。孩子难免哭闹,他们,尤其是漫红,当然就睡不好。有时候我就想,漫红当年要是不"跳槽",不到这家外企公司工作,压力就不会有这么大,工作也会轻松些。但漫红争强好胜的性格,决定了她必然会挑选有挑战性的工作。

问:陈老师当时工作、写作也很辛苦,是吧?

答:是。他常常前半夜工作,到凌晨一两点后才睡觉,确实也很辛苦,也不容易。但我总觉得,你既然要结婚、要成家,你就要管孩子、管家。我说过气话,我说你知道这么忙,你干吗不当和尚呀?自己一个人念念经、看看书的,多好!当然这是气话。他自己说过,他是苦行僧。确实也是,写文章是挺辛苦的。我也知道,他最好的年华,让"文化大革命"给耽误了,他要把时光追回来。不过,有时我又觉得,这么苦,有必要这么发奋吗?我也对文学感兴趣,也希望他有所成就,在这方面能指导我、帮助我,但往往在这方面,我又感到很失望!

问:陈老师没有帮过您?

答:没有帮过我,我很失望,有些耿耿于怀的。所以我们就这样平平淡淡地过日子。

漫红很懂事,通情达理,常为我们分忧解难,我和她很有共同语言,我常为有这样一个聪明又善解人意的女儿感到骄傲。后来漫红患了癌症,在治疗过程中,我总是抱着一种希望,希望能奇迹降临,但现实是残酷的,病魔还是夺走了她的生命。这对一个母亲来讲,是一种撕心裂肺的剧痛,我真想我能替她而去!自她去世后,我觉得天塌下来了,世界变得一片灰暗,生活变得没有意义了!

问:当时大家都感觉到了,很长的时间。

答:有一阵,我就特别地抑郁。不敢相信现实。走在街上,我经常会在人群中寻找漫红的身影,特别希望她突然出现在某个地方,给我一个惊喜。有一次乘公交车,看到倒数第二排坐着一个很像漫红的姑娘,我久久地注视着她,当我准备和她搭话时,她下车了。这使我感到非常失落!

还有一次我回家,我们家不是有个地下车库吗?我看见有一只猫趴在车库的顶棚上,"喵喵,喵喵"的叫个不停——这"喵喵,喵喵",与老陈在漫红儿时叫她"猫猫"是谐音。我正专注地听着,突然我背包里的手机响了,我听到手机里漫红在叫我"何立人,何立人"——小时候,漫红调皮,有时候也这样叫我。但我拿起电话,又没声了。这时我抬头看趴在车棚上的那只小猫,也不见了……这可能就是一种幻听、幻觉吧,我想!

精神上的恍惚,影响到我的消化系统。每每在夜间,胃剧痛,呕吐,久久不止,有一种生不如死的感觉。这时老陈手足无措,只有打电话给陈漫欣,陈漫欣和女婿李冠辉,他们从热被窝里钻出来,打"的士"陪我去协和医院看急诊。验血、打针、吃药、输液……折腾半天。我女儿和女婿一直陪着我,第二天他们还得照常上班,很辛苦。

胃镜检查是浅表性胃炎,排除是器质性引起的胃痛、呕吐。

问:肯定是神经性的?

答:对,是神经性的。到了宣武医院检查,说是有点抑郁症,吃那个抗抑郁的药。这得感谢我的亲家刘桂华女士,①是她提醒我去宣武医院神经科检查的。从2007年服这种抗抑郁的药以后,病情有所好转,但断不了根。犯病还是在夜间。这时就不再打电话给漫欣他们了,怕影响他们休息。老陈呢,也时常给我拍拍后背,其实吐也吐不出什么来,就是胆汁和胃液,我自己看着都挺恶心的。我不让他们陪,我就自己在痛苦中挣扎。老陈自己也得过胃肠炎,也吐过,他也知道呕吐的滋味。后来我都没说,他就自己主动过来陪我,问问呀,拍拍背呀,非常关心。我觉得,病的时候,有老伴在身边,真好。中国有句俗话说:少来夫妻老来伴,真是的,千真万确。

问:陈老师退休后是不是变得好一点、体贴一点?

答:退休以后要好一点。我也去过国内很多地方,还有俄罗斯的海参崴,那都是老陈的功劳。比如他去外地开会,就让我一块去,或者参加单位组织的老干部旅游,很开心。但在家里依然故我。

问:依然故我是什么意思?

答:他还是忙他的,我说话,他也不搭理我。我耳朵也不大好使,他和我说话,我老是问:什么,什么?有时觉得老问,人家也烦,干脆,他和我

---

① 口述人按:刘桂华,是大女婿陈学军的妈妈。

说,也不大理他了。但这个不像以前冷战的那种。反正也没有什么大事,有事他会重复给我说。我觉得这段时间,老伴还确实是最可靠的臂膀,最坚实的臂膀,互相照顾。老陈这次生病,我也是着急上火的。那时,你也知道,我腿浮肿、头晕、恶心,走一会就心跳,整个人的状态也非常地不好,但时时还是牵挂着他。真是的,老夫妻了,应该携手了。我觉得,我们也会携手共度余生的。

漫欣也有孩子了,她忙着管自己的孩子。骏涛后来也说,他对自己的母亲不孝,我也有同感。父母对儿女的情感永远不会变,永远是执着的;但儿女对父母的情感,就会减分。他还真是不爱哭,他父亲病重,我都掉眼泪了,他没事。

问:您没有见过陈老师父母,还掉眼泪,为什么?

答:我这个人心肠软。他嫂子与他父母关系不好,婆婆先走的,就老头一个人。她二姐和四姐有时也会写信来说,她这个嫂子怎么发狂,怎么虐待老人。他嫂子还恶作剧,发电报谎称老人去世了,让骏涛速回……

问:等等,恶作剧? 他爸爸没去世,却说去世了?

答:是的。打电报来说他父亲去世了,其实并没有去世。但我们听了,就信以为真。我一听,觉得就一个孤单老人,挺可怜,就掉眼泪了。但他没事,没掉眼泪。在我记忆中,他掉眼泪,就三次。一次是总理去世,一次是漫红去世,还有一次就是他自己生病。

问:他自己生病掉眼泪? 什么时候?

答:掉了,就这一次。① 当时你不在场。他觉得自己日子不长了,没有这个思想准备,好多事情都没有完成。

问:您这几十年,只看见他掉过三次眼泪?

答:是的,是的。所以,你别看他表面上是个文弱书生,但内心还是很强大的,还是很能控制自己的。我这人就不太行,眼窝浅,很容易就触景生情,掉眼泪。他在这点上还是不错的。

问:我还有很多问题。漫红刚出生不久,陈老师就去干校,而且还是先遣队,那时您的反应是什么? 是否希望他至少晚去十天也好?

---

① "就这一次",是指2013年5月,陈老师因急性、溃烂性阑尾穿孔住院时。

答:反应很强烈,当时我都蒙了!我问他能不能向领导反映一下实际情况,晚走一段时间。他说,这是非常重要的任务,头等大事,不能推迟。

问:那你当时很失望吧?很生气吗?

答:的确很失望,很无助。那段日子很艰难。由于我母亲地主成分问题,来不了北京。我妹妹就从云南到北京帮我了,才来三个月,那边的生产队就催她回去了。

问:陈老师在干校那几年,您在家里,最困难的是什么事?

答:最困难的当然是孩子的哺育问题。那时我的工作是三班倒,根本没法带孩子。邻居张奶奶帮我们找了一个寄养家庭。这位大嫂是安徽人,军人家属,她丈夫是个营级干部,有五个小孩。她自己没有工作,一个营级干部要养这么多口人,困难可想而知。他们家的吃食非常简单,基本上没有什么油水。漫红在他们家,虽然一个月要付出25块钱,但根本吃不到什么东西,营养就跟不上去。

问:最困难时,有没有想写信叫陈老师回来探亲?

答:有啊。就是漫红生病发高烧那次,我都急了,害怕孩子有个三长两短怎么办?就拍电报让他赶快回来。他也着急,半夜里起来懵懵懂懂地就去摸吴晓铃先生的前额头。但干校就是不让回来,你又没有医院证明什么的,谁信呀?

问:陈老师在干校里跟钱锺书、吴晓铃先生交往密切,您好像也去过吴先生或钱先生家?

答:对,两家都去过。吴先生、钱先生他们好像提前回来的。第一次去他们家,我是带着漫红的。

问:去谁家?

答:去吴晓铃家。我带着漫红。漫红穿着很漂亮的小裙子,小裙子也是我们同事的女儿穿剩下的,从香港买的,但还是挺新的,漫红穿着很漂亮。吴先生家人很热情,还给孩子买了个玩具:一个小压水车。我也没有给孩子买过什么玩具,那个小压水机,漫红玩得特高兴。我们中午还在吴先生家吃饭。两个老人对我们真的很好,就像对自己的孩子一样,非常慈祥。骏涛也写过一篇文章,说到过这些事。有一次漫红得了腮腺炎,我也害怕,都说腮腺炎会怎么样怎么样,我就写信给他了,他又跟吴先生讲了。

吴先生那个礼拜天就来探视。因为来得太早,敲门我也没有听见,他就到那边一个小饭馆吃了早点再过来敲门,我还是没有听见。他就把准备给孩子的东西交给了饭馆的服务员,因为那个服务员我认识,是他们所李宗英的女儿叫"三毛"的,她也认识吴先生,吴先生就交代她把东西交给谁谁。我觉得,那个时候人和人的关系真的特别好,亲密无间,谁有困难,谁都会来帮助。尤其是老一辈,因为骏涛和他们在一起劳动,建立了忘年交的友谊,他们就给予我们很多的帮助。

我也去过钱先生家。我带着孩子去的时候,他女儿钱瑗也在家。漫红这孩子也是爬高上低的,还在沙发上蹦跳,我就怕孩子太闹。但钱瑗特别喜欢,她自己也没有孩子,两个老人也很高兴。我记得,他们还拿出一个小电扇给孩子吹风,那个电扇特别小,但风很大,可能是从国外带回来的。当时觉得很新鲜,也非常羡慕。两个老人非常平和,非常热情。后来骏涛也从干校回来了。有一次漫红生病,也是发高烧,钱先生和杨先生知道后非要给我们30元钱,我们不要也不行,钱先生还说:这对你们来讲也是很重要的。

问:确实很重要,那时您两人工资加起来不过100元。

答:那当然了,我们两个工资加起来也不过100多元钱。他还要给家里寄几十元钱。这些老一辈学者确实很关心、体贴我们,干校的共同生活把他们凝结在一起了。

问:那也是陈老师人好。像钱锺书先生,能看入眼的人不是太多,看来他对陈老师真的很喜欢。另外问个问题,你们结婚后,有没有钱不够花的时候?

答:有有有。那时孩子上幼儿园,每个月的费用我记得是21块5毛,那时陈老师工资是62块5角,我是42元5角。

问:陈老师给家里寄钱,结婚前和结婚后寄的钱一样多吗?

答:不是。原来是30元,后来25元、20元、15元,到我们有了两个孩子后,就寄10元了。我的工资是39元2角,后来才涨到40多元。那时确实很紧张,两个小孩入托费就要40多元。

问:那时花在生活上的费用是多少呢?

答:生活费大概35元就够了。因为我父亲和我们共同生活,大概每个月要给我 25 元的买菜钱。如果单靠我们自己的工资,那真的过得很辛苦了。

问:您父亲退休后回云南老家了?

答:对,他之所以决心回老家,是他们老两口一直惦记着孙女儿小晖。小晖从 2 岁到北京,一直由爷爷奶奶带到 13 岁,因为没有北京户口,又面临着考高中等问题,就在 1993 年回老家上学了。但小晖跟父母的关系一直不好,感情疏远就不说了,还有些瞧不起父母。老两口就想回去调和一下他们之间的关系。另外,当然也是他老人家晚年对家乡、对儿孙的惦念吧。虽然当年我曾经劝过我父亲不要回去,因为云南的医疗条件毕竟比不上北京,但我还是能理解父亲的这片心情。他执意要走,也就让他走了。

父亲回云南的那一年,正好是他 73 岁。我们还说 73 是个"坎",我父亲说他不相信这些。老两口回去不到一年,我母亲就得了恶症,我和妹妹一块回去看望。路上我们商量,如果母亲还能吃下东西,我们就带她回北京治疗。后来我们就接母亲到北京治疗了。经过治疗,母亲的病一天天好起来,当然也受了很多罪。母亲的饮食逐渐增加,人也胖了,精神状态不错,有时还能帮我们择择菜。但母亲总是惦记着老父亲。另外,她还怕她在北京万一不行了,要火化,走烟筒,她不情愿,就要求回老家。其实我父亲当时是不愿意她回去的,因为我弟弟、弟妹要照顾两位老人,确实有困难。我也跟她说别回去了,但她坚决要回,没办法,只能送她走了。

问:80 年代初陈老师母亲、哥哥、父亲相继去世,陈老师都没有回去,您是怎么理解这个事情的?

答:是的,他都没有回去。在一般人看来,是一定要回去的,但他都没有回去。当时经济也紧张,也没有钱回去,再说回去两个孩子也没有人照看。我们就寄钱了。曾镇南你知道吧?他的老婆有一次和我们一起去香山玩,听我说我一次也没有去过福州,她都不相信。问了我好几次:你真的一次都没去过?

问:不回去,是因为经济上的原因,不是您的原因吧?

答:不是,不是,绝对不是。我走不开是一个方面。另一方面,他家里的事情,我听着都挺难过的。他家里矛盾很多。由于历史的原因,他嫂子一生也很不幸,脾气又暴躁,经常会发泄到老人身上,跟姐姐们的关系也很不好。我万一回去,还不是添乱?

问:您刚才提到跟陈老师有过一个短时间的冷战,这是在什么时候?

答:冷战我觉得就是80年代。我觉得他太不关心家庭了。

问:陈老师荒废了十几年,从"四清"开始到"文革"结束,他将所有的时间都花费在事业上,以事业为重,因而缺少对家庭的关照,您不习惯是吧?

答:我可没有把成名成家看得多么重,真的没有。

问:您需要的是一个能体贴您的丈夫?

答:是是是。因为我对文学也不在行,我觉得他没有必要这么卖力气。你既然成家了,有老婆孩子,就该……

问:在80年代早期,一到星期天,您就带着漫红、漫欣到公园去,把时间、空间都留给陈老师?

答:那是没有办法。家里那么小,怕孩子吵闹,影响他写东西。

问:前期是这样,后来怎么又冷战了?

答:我觉得我付出太多,心里不平衡。本来我也是有机会可以深造、可以学习、可以提高的,但我都是为了这个家失去了这些机会。所以我心里也是很失落的。

问:你们冷战的形式是什么?是您不搭理他,或是其他什么形式?

答:这倒没有。反正就是心里有气。那时心里有气,都没有地方释放。

问:您生气时,有没有把陈老师骂一顿,或是在他面前大哭大闹一顿?

答:有过,有过。

问:陈老师是什么反应呢?他这人不会吵架吧?

答:那个……他其实也不大会吵架。也就是不理你了,更让人难受。吵起来倒也好,他不理你,就更让你想发火。

问:冷战持续多久?

答:我想想,那是1982年的时候……漫红是小升初,到漫红考上大学,1988年漫红上了学,也就过去了。

问:结婚40年,就是这一段时间有情感危机?

答:唉——(抹眼泪)——别拍了!

问:是很接受不了的事情?别拍,别拍……[对着摄像机,中间停拍了一小段时间]后来,陈老师的成就越来越大,收入也越来越多,您有得到补偿的感受吗?

答:多少有一点吧。但这不能替代我受到的伤害。

问:您了解他那时的成就和名气吗?

答:没有。我没有太注意这些。我重理轻文。总觉得文科的知识学问都是虚的,比不上实实在在的理工科。所以悠悠现在学理不学文,没有继承他的事业,老陈有点遗憾,但我觉得非常好,我很赞成。我看他这一辈子过来,也够辛苦的。

问:但也很幸福啊,创造了很多……

答:我不太懂。我开始还看看他的文章,有点太枯燥,后来我也不大看了。但这次准备这个采访,我也看了些,确实有些文章写得不错。

问:您看的是什么?是《这一片人文风景》吗?

答:看了。还有一篇文章,叫《男性生存笔述》,写得也很好。他们所里也有人说,骏涛文章写得很漂亮。不过,很多人退休后都不做事了,两口子就是唱歌啊,跳舞啊,一起去旅游啊,也活得挺自在的。

问:您喜欢哪一种呢?

答:我觉得,既然退休了,就该轻松点,享受一下生活。

问:陈老师工作到70岁才退休——其实70岁后也没有退休,还在工作,您是不是觉得到这个年纪,应该放松点了?

答:我觉得是,身体还是最重要的。不过,老陈他也没有什么别的爱好。他说:我不会打扑克,也不会玩其他的,我不做这个又能做什么呢?这种活法,是他的一种选择,对他是一种精神寄托,当然也无可厚非。

问:最后一个问题:您怎么评价他——作为一个儿子,作为一个丈夫,作为一个父亲,他做得怎么样?如果打分,可以打多少分?

答:作为一个儿子,在经济上他还是很顾家的,在这方面,对家庭支持也不少。但在感情上,我觉得是有亏欠的。好像他没有这种观念。上大学时代就没有怎么回家,当然那时也没有钱回家,但后来工作了也很少回过家。我觉得作为一个儿子是有欠缺的。他不像他哥哥,他是甩手掌柜。

作为一个丈夫,我对他的评价是及格的。有七八十分吧!

问:那是一个很高的分数啊?那您怎么还有那么多抱怨呢?

答:可那20分也是很伤人的。给他70分吧!因为不管怎么说,他还是有一件事或几件事做得不怎么样,但总的来讲,一只脚还是没有迈出去吧。

问:作为一个父亲呢?

答:作为一个父亲,也就是60分吧。他在学业上不关心孩子,从不辅导孩子,生活方面对孩子照顾得也不够。那个年代,街上车少人少,也不用接送孩子上学,就是管管孩子中饭什么的,他也做得不怎么样。有一次,大约是1978年秋末吧,他带几个孩子,包括邻居家的两个孩子,到公园去玩。他把孩子丢下后就近去买菜,结果漫红从单杠上摔下来了,后脑勺着地,摔了个轻微脑震荡。这事想想都后怕,如果是邻居家的孩子摔了,还真是没法交代了。

问:综合评价呢?

答:我对他的学术上的事不太懂,不好评价。看他的用功劲,还是很敬业、刻苦的。在家庭生活这方面就比较自私,只顾自己。我觉得我为家庭付出,得到的回报很少。其实我也想学习,也想提高。不过,说到底,这个人生,你得到的东西,你总是不会太满足的。如果要对46年作综合评价,总的来讲,应该还是好的,总算是白头偕老了!

采编人杂记:

关于师母

对我师母何立人的口述历史采访,时间是2013年11月26日上午和中午,地点是北京河南大厦。

何师母是这个世界上最了解陈老师工作和生活的人,也是最有资格评说陈老师的人。更何况,师母年轻时还曾在文学所工作过——他们正是在那里相识并相爱——把对师母的访谈录列于书后,是对《陈骏涛口述历史》的最好补充,也是最佳参照。在采访陈老师时,我曾不断恳求师母也能接受我的采访。

终于，师母接受我的采访，并给我带来了多重惊喜。惊喜一，师母一向习惯在聚光灯外，这一生也从未接受过任何采访，同意接受我的采访，是破天荒。惊喜二，没想到师母的记忆能力和表述能力如此之好，与陈老师相比，师母的口述有更精准的环境时空描述，更生动鲜活的细节，更丰富细腻的质感。我甚至想，师母或许有一种未被发现更未被发掘的文学潜能。惊喜三，师母允诺有话直说，并且真的这样做了，如此坦诚、勇气和惯看秋月春风的从容，尤让我喜出望外。

我的老师和师母不是神仙眷侣，而是一对平凡的人间夫妻。师母对老师作为丈夫和父亲这两种角色，多有批评，甚至不无埋怨，这不难理解，老师是事业中人，而师母是生活中人。我知道陈老师当年事业追求是怎样的争分夺秒且疲惫不堪，理解他要夺回青春实现理想的心情多么迫切，猜想他有时或许也有"理解万岁"的渴望，但我还是要旗帜鲜明地支持师母的批评：恋爱时不给女友找座，女友给自己让座时，居然毫不客气地坐了，是"宝弟综合症"症状，能不批评？好在，恋爱和婚姻经历，也正是每个人继续成长的过程。陈老师的成长或许更难一点，更慢一些，我相信，他肯定也在不断成长：从事过女性文学研究，怎么可能对妻子的心声总是听而不闻？承认自己做得不够好，就是证明。理论和实践的"任督二脉"一旦打通，人文思想和实际生活就会达到深度圆融。又想，师母的讲述实兼具倾诉、宣泄、对话等多种功能，过去的一切，不会成为未来的困扰。

我老师是个好人。师母更好，是更能体贴人，更习惯为他人着想。每次采访陈老师时，师母在家行动空间受限，走路还要蹑手蹑脚；有时甚至不得不借故外出，以确保采访安静无扰地进行。当年陈老师在家写作时，师母就是这么做的，抱着小女儿、拉着大女儿去公园，师母生气，我们感动。再说采访，师母坚持要我隔次留下共进晚餐，每餐都要精心准备不同花样，每次都要让我吃撑，一如我当年师门求学时——当年每逢重要节日，老师和师母总要让我去他们家大吃一顿，师母做的汽锅鸡和红烧肉，是我吃过的人间最美味。

那天下午全部采访结束后，我和明强师弟都要送老师和师母回家，但老师和师母不许，说这里离家近，不必送。于是我目送老师和师母迎着深秋的风，漫步于斜阳晚照中，那场景非常温馨。

附录二 陈骏涛生平和学术记事(1936—)

1936 年

8月21日(农历七月初五)生于福建莆田,祖籍福建福州,幼年(约三岁或稍晚)即定居福州。

1943 年

本年起就读于福州市南门光禄坊小学等,至1949年毕业。

1949 年

夏秋之交,福州市解放。就读于福建省立师专附中,期间,背着父母,与少年同伴一起参军,在中国人民解放军第十兵团政治部印刷厂当徒工,约三个月后不辞而别。

1950 年

继续就学于福建师专附中(后更名福建师院附中、福建福州第二中学),直至毕业。

9月,加入中国共产主义青年团(共青团)。受语文老师魏震群影响,爱好文学,痴迷于阅读《母亲》(高尔基)、《钢铁是怎样炼成的》(奥斯特洛夫斯基)等俄苏文学作品。

1955 年

8月,考取上海复旦大学首届五年制中文系,第一次离家北上。

1956 年

夏,于暑热中写作平生唯一的一篇小说,旋即流产;另一篇"文学评论"文章《〈在大学里〉的两个问题》却出笼,刊发于《文艺月报》。

1960 年

7月,大学毕业。期间,受陈望道、郭绍虞、刘大杰、朱东润、蒋天枢、赵景深、吴文祺、胡裕树、王运熙、蒋孔阳、濮之珍等名师教益良多。先留校任助教,3个月后考取首届复旦大学中文系副博士(硕士)研究生,师从中国近现代文学史专家鲍正鹄。期间,首次阅读《鲁迅全集》(10卷本)等。

1963 年

11月,历时三年的研究生毕业,并通过论文答辩,获得由陈望道校长签署的毕业证书。研究生期间,曾发表小文数篇,刊发于《文汇报》《文艺月报》(后更名《上海文学》)。旋即,与同乡许德政(别名沙予)同时被中国科学院哲学社会科学部文学研究所(即今之中国社会科学院文学研究所)录用。

1964 年

3月,北上京城。途经南京稍事逗留,探望彼时在江苏江宁劳动改造的哥哥陈骏波。到文学研究所报到后,即分配至唐弢任组长的现代文学研究组(后更名现代文学研究室),任实习研究员。

本年,发表《关于个性解放》(刊北京《大公报》)等短文数篇。

秋,被派往安徽六安地区参加农村社会主义教育运动(又称"社教""四清"),由文学研究所所长何其芳和党总支书记毛星领队。

1965 年

夏秋,"四清"结束,留在安徽寿县参加"四清"巩固工作队并劳动锻炼,邓绍基、张炯领队,至本年底。

1966 年

5月,史无前例的"无产阶级文化大革命"爆发。24日,学部《哲学研究》第一张大字报出笼,揭开了学部"文化大革命"的序幕;27日,文学研究所第一张大字报也出笼,起草者和领衔者均为本人。此后长达10年,即在"文革"岁月中度过。

1968 年

1月28日,在如火如荼的"革命"岁月中与何立人举行了简朴的婚礼。

1969 年

6月29日,大女儿出世,其时正值"漫山红遍",故取名"陈漫红"。三四个月后,本人即作为学部"五七干校"先遣队之一员,离家南下,奔赴河南信阳地区罗山县,其后,又先后迁至息县和信阳市。

1972 年

7月,"泡校"("干校"后期戏称)结束,从河南返京。此后数年,虽基本免除劳动改造,但依然运动不断:"批林批孔""评法批儒""学点鲁迅""斗私批修""反击右倾翻案风"……一环接着一环。在"学点鲁迅"运动中,曾与工人师傅结合,编写为"文化大革命"服务的"学点鲁迅"小丛书数种。

1973 年

4月6日,二女儿出世,与"陈漫红"相偕,取名"陈漫欣",寓意欣欣向荣。

1975 年

9月,学部临时领导小组签发《文学评论》复刊的请示报告,从文学研究所现代文学组调到文学研究所《文学评论》复刊筹备组。10月6日至11月17日与同事许志英一起,赴南方4省(山东、安徽、江苏、浙江)8市

（济南、合肥、宣城、芜湖、南京、扬州、杭州、上海）调研。

1976 年

年初，"反击右倾翻案风"运动开始，作为"右倾翻案"和"修正主义回潮"的一个典型事例，《文学评论》复刊计划宣告流产。

10月，"四人帮"垮台，史无前例的"文化大革命"终结，《文学评论》和学部其他刊物的复刊事又被提上议事日程。

1977 年

5月21日，以文淮舟为笔名，在《光明日报》发表《坚持"双百"方针，繁荣文艺事业》一文，这是本人在复苏岁月面世的最初文章之一。

10月，学部负责人胡乔木召见《文学评论》复刊小组负责人邓绍基，就《文学评论》复刊诸事做出具体指示。

《重读〈青春之歌〉——林道静的形象及其他》，发表于《安徽文艺》本年10月号。

11月，参加由《人民文学》组织召开的"全国短篇小说创作座谈会"。在会上作题为《题材是广阔的》的发言，12月号《人民文学》刊载，随后被收入《论短篇小说创作》一书，人民文学出版社1979年1月出版。

1978 年

2月，《文学评论》正式复刊。期间，以周柯、柯文平、文淮舟等笔名，写作并发表批判"四人帮"文艺理论，鼓吹"拨乱反正"、解放思想的文章，多与邓绍基、蔡葵等人合作。其中，与邓绍基合作，以周柯为笔名的《拨乱反正，开展创造性的文学研究评论工作》，载《文学评论》第3期，新华社7月16日以电讯稿广发全国各报。

在《文学评论》从编辑、组长、编辑部副主任到主任，学术职务从编委、常务编委，学术职称从编辑、副编审到编审，历经10余年；1992年，改任杂志社副社长。

6月8日—7月9日出差到上海、厦门，在上海作家协会组织座谈会，在厦门大学参加中国现代文学学术讨论会并组稿，之后顺道回福州探亲访友。

12月,《关于〈二月〉的再评价》(与王信、杨世伟联名)发表于《文学评论》第6期。

1979年

2月,6日飞昆明,以《文学评论》记者身份参加首届全国文学学科规划会议。期间,首次探访杨林大树营岳父何天锡老家,看望彼时在此地暂住的二女儿陈漫欣。会毕,应四川大学邀请,随朱寨先生一同抵达成都,在四川大学讲演。

10月,以《文学评论》记者身份全程参加中国文联第四次和中国作协第三次全国代表大会,至11月11日闭幕。

11月,《肖涧秋的归宿及其他》发表于《电影创作》,《重话"戏剧观"》(与老同学黄维钧联名)发表于《人民戏剧》。

1980年

2月5日,辛劳一生的母亲宋修惠于福州去世,享年77岁。

6月4日,《读〈正红旗下〉随笔》,发表于《光明日报》。

7月,《军事文学题材文学创作的新突破——评徐怀中〈西线轶事〉》,发表于《文艺报》第7期。

8月27日,《发掘人物的内心世界——评王蒙中篇小说〈蝴蝶〉》,发表于《文汇报》。

10月,作于1963年10月的研究生毕业论文《中国早期话剧的历史评价》,经修订,刊载于《文艺论丛》第11辑,上海文艺出版社编辑出版。

1981年

1月5日,一生坎坷的哥哥陈骏波于福州去世,终年55岁。

6月,《从舒婷的诗谈到王蒙的小说——文学随想》,刊《福建文学》第6期。

8月,《徐怀中创作漫论》,刊《文学评论丛刊》第10辑,中国社科出版社出版。

10月,《阅尽风霜君更健——记曹禺》,与黄维钧联名,收入《成功之路》,北京出版社出版。

1982年

1月10日,父亲陈英奇于福州去世,享年86岁。24日抵福州,补拜先人,料理后事。

《一种简单化的文学观念——从对〈挣不断的红丝线〉的评价谈起》,刊《上海文学》第1期。

3月,《评长篇小说〈沉重的翅膀〉》,刊《文艺报》第3期。

6月15日,首次参加于湖南衡山召开的中国当代文学学会(后易名中国新文学学会)第三次年会,被选为学会理事。

7月,加入中国共产党。

1983年

1月,《关于创作方法多样化问题的思考——致郭凤同志》,载《福建文学》第1期。《存在主义与我国当前的文学创作》,载《小说界》第1期。

3月,《高加林形象的现实主义深度——读〈人生〉》,载《作品与争鸣》第3期。

5月23日,应邀在中国作家协会文学讲习所(后更名鲁迅文学院)讲课:《文学新动向管窥》,讲稿经修订后刊登于《当代文学研究丛刊》第5辑,中国社会科学出版社1984年5月出版。

7月,加入中国作家协会。

8月9日,《艺术魅力从何而来？——读张承志〈黑骏马〉及其他》,发表于《文汇报》。

11月,《谁是花园街五号的主人——读李国文长篇小说〈花园街五号〉断想》,载《文学评论》第6期。

1984年

5月,《富于创造性的文学探求——评王蒙的〈漫话小说创作〉及其他》,载《文学评论》第 3 期。

《刘心武论》,载《花城》第 3 期。

7 月,《更勇敢、更热烈地反映变革中的生活——关于陈建功的笔记》,载《钟山》第 4 期。

8 月,应邀在中央广播电视大学讲课:《当前文学的现实主义问题》,后收入《当代作家谈创作》,中央广播电视大学出版社 12 月出版。

10 月 12 日,参加于天津召开的中国小说学会成立大会暨第一次学术讨论会,选举唐弢为首届会长,巴金为名誉会长,钱谷融、邓绍基、潘旭澜、陈丹晨、王愚、辛宪锡等为副会长,辛宪锡兼任秘书长,本人和陆士清任副秘书长。

1985 年

1 月,福建《当代文艺探索》创刊号刊登闽籍在京评论家刘再复、张炯、谢冕、陈骏涛、何振邦、曾镇南的"六人谈":《改革的时代与文学评论的改革》。

《让诗情获得升华——航鹰创作印象》,载《文汇月刊》第 1 期。

《〈凝眸〉与朱苏进的新的艺术追求》,载《昆仑》第 1 期。

3 月,由《文学评论》等五单位联合发起的"文学评论(研究)方法论讨论会"在厦门大学召开,本人作为会议主持人之一做主题发言。会后经泉州回福州探亲访友。

5 月,《不凝固的艺术追求——读孔捷生作品札记》,载《钟山》第 3 期。

9 月,《文学批评:在新的层次上跃起——对文学批评的一个反思》,载《批评家》第 5 期。

10 月,被聘为中国社科院研究生院文学系副教授,90 年代后为教授。开门弟子陈墨,其后陆续有研究生、进修教师、访问学者 17 人,止于 2014 年 2 月。

1986 年

5 月,作为中年批评家代表之一,应邀赴海南岛参加"全国青年文学评论家文学评论研讨会"。

6月,第一本文学评论集《文学观念与艺术魅力》由海峡文艺出版社出版,选收1977—1984年的文学批评文章34篇,26.3万字,洁泯(许觉民)序:《饱含着独立的思考力》。

7月6日,《生气勃勃的"第五代"》刊登于《中国青年报》,此后至1988年8月,于《中国青年报》发表推荐周政保、许子东、陈思和、南帆等十几位青年批评家的系列短文一二十篇。

24日—8月9日,应中国作协新疆分会邀请,偕刘再复、谢冕、何西来同赴新疆讲学,所到之处有乌鲁木齐、伊犁、昌吉、吐鲁番、喀什。本人的讲题是《一个多元的文学时代》。

10月,由中国社科院文学研究所主办的"新时期文学十年学术讨论会"在北京召开。本人参与筹备历经近两年,在会上的发言题亦为《一个多元的文学时代》。

11月,《一个多元的文学时代》修订后刊于《当代作家评论》第6期。

本年度,文论集《文学观念与艺术魅力》获中国当代文学研究会首届中国当代文学研究奖。

1987年

1月31日,《当前理论批评建设管见》,刊《文艺报》。

3月,《开掘人性的深度——朱苏进近作读后》,刊《小说选刊》第2期。

5月26—27日,赴山东泰安参加军队作家周大新作品研讨会。

8月,《批评:在通往成熟的道路上——评黄子平的文学批评》发表于《文学评论》本年第4期。12—25日,赴北戴河中国作协创作之家,参加第二期编辑休假班。

11月24日,参加作家出版社主持召开的贾平凹长篇小说《浮躁》研讨会。

1988年

1月,《向新的起点进发——毕淑敏两部中篇处女作读后》,刊《小说评论》第 1 期。

2 月 6 日,主持由《文学评论》与《文学自由谈》联合召开的"现实主义与先锋派"文学研讨会,致"开场白"。

3 月 15 日,《小盆地的骚动——评周大新的〈家族〉及其他》,刊《文论报》。28—31 日,赴武汉参加由华中师范大学等主持召开的"首届文学批评学研讨会"。

7 月 5 日,与陈晋、陈墨对话《走出困惑——"新美学—历史批评"三人谈》,刊《文论报》第 19 期。此文开启了本人对话体文学批评的先河,此后陆续有近 20 篇对话体批评问世。

9 月,《对中西文学结合的寻觅——苏丁著〈空间信赖与空间恐惧〉序》,载《当代文坛》第 5 期。这是为青年批评家著作写的首篇序跋。自此,为青年批评家和青年学者著作写有序跋近 20 篇。

10 月,《文学评论》与《钟山》杂志在无锡太湖举办"现实主义与先锋派文学"研讨会,协同《钟山》主编刘坪、副主编徐兆淮共同主持。期间与军旅青年评论家朱向前对话:《三种理论批评的交叉与互补》,成稿发表于《文艺报》1989 年 6 月 24 日。

1989 年

1 月,《感情的投注与理性的张扬——序郭小东〈诸神的合唱〉》,刊《当代作家评论》第 1 期。

《坚实热忱的求索者——序陈思和〈批评与想象〉》,刊《上海文论》第 1 期。

2 月,《转型期创作琐谈》,刊《人民日报》28 日。

5 月,与陈墨联名的《小说化——艰难的历程》,发表于《当代文坛报》2—3 期合刊。

7 月,《批评:作为一种事业的选择——序孟繁华〈文学的新现实〉》,刊《文艺争鸣》第 4 期。

本月 10 日至 28 日,根据中国社会科学院与日本学术振兴会的约定,应日本学术振兴会邀请,偕同蒋守谦、曾镇南赴日,在日本进行了为期 19 天的学术访问交流。所作《近年中国文坛热点问题述略》讲演,简本译载于日本神户大学《中国学通讯》,全文译载于日本中文研究会《未名》杂志第 9 号,1991 年 3 月出版。

9 月,《访日学术印象》刊《上海文论》第 5 期。

11 月,《新美学—历史批评综说》刊《文艺争鸣》第 6 期。

1990 年

1 月,《写实小说:从传统到现代的转化》,刊《钟山》第 1 期。

5 月 24 日,与老同学蒋守谦、徐迺翔、黄维钧结伴同赴上海,参加 26 日复旦大学中文系 55 级毕业 30 周年首次聚会,到会的老同学有 50 余人。

7 月,《"本色"与"角色"——关于毕淑敏和她的创作》,刊《文论月刊》第 8 期。

9 月 5 日,借调到中国华侨出版公司(社),任副总经理(副总编辑),今日起正式上班。一年后返回。

22 日,赴广州参加"归侨作家秦牧创作研讨会"。

1991 年

本年度起,专业技术职务从副编审(副研究员)晋升为编审(研究员)。

1 月,受命筹备将于 1992 年召开的"中国当代文学国际学术研讨会"。

3 月 9 日,《我所认识的秦牧》刊广东《华声报》。

5 月,《提倡切实的文学批评——有感于张奥列文学批评的选择》,刊《当代作家评论》第 3 期。

8 月,《在东西方文化的结合点上——读川端康成笔记》,刊《文艺争鸣》第 4 期。

9 月,为张讴诗集《感情的时间》作序:《"认识你自己"》,随诗集由中国华侨出版社出版。这是本人为作家作品集所写的首篇序跋。此后,陆续有作家作品集序跋近 20 篇问世。

1992 年

1月,《寻找生命的停泊地——陈志红和她的文学批评》,刊《当代文学资料与信息》(文学研究所编)第1期。

4月,第二部文学评论集《在传统和现代之间》由漓江出版社出版,选收1985—1990年的批评文章55篇,27.4万字,陈墨序:《他拥有一片开阔地》。

6月,《三种理论批评形态的交叉与互补——与朱向前对话》,刊《飞天》第6期。

9月,《在凡俗人生的背后——方方小说阅读笔记》,刊《小说评论》第5期。

10月,筹备近两年的"中国当代文学国际学术讨论会"在武昌召开,由中国社科院文学所与华中师范大学联合主办,会议主席:张炯和王庆生,秘书长:张永健和本人。

11月,《寂寥而不安分的文学探索——陈染小说三题》,刊《文学评论》第6期。

12月,主编之"跨世纪文丛"第1辑12本由长江文艺出版社出版,作《"跨世纪文丛"缘起》。12日和17日,长江文艺出版社分别于武汉和北京召开"跨世纪文丛"首发式暨座谈会。至2001年,"文丛"共出版7辑67本,有当代作家66人加盟。

1993 年

1月6日,《面对世纪的消逝与日出——与〈中国文化报〉记者林白谈"跨世纪文丛"》,刊于《中国文化报》。9日,散文《我心中的荒煤》,刊于《光明日报》。

《两个中国人的形象及其艺术比较》,刊于《钟山》第1期。

2月,《文学批评职能三面观》,刊于《海南师范学院学报·社会科学版》第1期。

5月,《大陆"金学"第一家——陈墨和他的金庸及"新武学"研究》,刊于《通俗文学评论》第2期。

6月,《越出盆地——周大新〈香魂女〉跋》,刊于《文论报》25日第

22 期。

10 月,为表彰对社会科学事业做出的突出贡献,国务院颁发政府特殊津贴证书。

6 日,散文《永远不悔的献身——读路遥》,刊于《光明日报》。

11 月,与白烨、王绯三人谈《说不尽的〈废都〉》,刊于《当代作家评论》第 6 期。

12 月,《纯文学挺进图书市场——与〈中国旅游报〉记者对话》,刊于《中国旅游报》31 日。

本年,参加在天津举行的中国小说学会第二届学术年会,推举王蒙为第二任中国小说学会会长,雷达、汤吉夫、夏康达及本人为副会长,汤吉夫兼任秘书长。

1994 年

1 月,《在理论和创作之间——序朱向前〈黑与白〉》,刊于《当代作家评论》第 1 期。

《从"问题小说家"到人性的探秘者——关于刘心武的笔记》,刊于《文艺争鸣》第 1 期。

5—6 月,经厦门到石狮,参加散文家郭风创作研讨会。会毕,从石狮经莆田回到阔别 9 年的故乡福州,与阔别 45 年的大姐陈明珍会面。回京后作《返乡散记》一文,刊于本年度《厦门文学》11 月号。

7 月起,任中国社科院文学研究所第四届、第五届学术委员会委员,至 2000 年 7 月。

11 月 3 日,在河南南阳参加中国新文学学会第十二届年会,会间应邀在南阳理工学院讲演:"世纪之交的话题:中国文人的尴尬与选择"。

12 月 25 日,《作家报》全文刊发与郭小东对话:《精神的守望者——关于〈中国知青部落〉三部曲》。

1995 年

2 月,散文《洁泯剪影》,刊于《新闻出版报》25 日。洁泯即许觉民。

3 月,散文《布衣吴晓铃》,刊于《光明日报》15 日。27 日,作为中国社会科学院高级职称评审委员会委员,出席院编辑系列高级职称评审会。

4月,为"红辣椒女性文丛"所作总序《女性文学刍议》发表于11日《光明日报》,自此,始以"票友"身份迈入女性文学研究门槛。

5月11日,参加时任文学研究所学术委员会主任邓绍基主持召开的《中国文学通典》第一次总编委会,四卷本《中国文学通典》正式启动。

6月,主编之"红辣椒女性文丛"第1辑5本由四川人民出版社出版。其后于1996年又出版了第2辑4本。

《一个女性批评家的行进轨迹——任一鸣〈女性文学与美学〉序》,首发于《中国新闻出版报》本月3日。

随笔《散文中的蒋子丹》,刊于《中华工商时报》本月17日。

本月24—26日,与加盟"红辣椒女性文丛"首辑的张抗抗、方方、蒋子丹、斯妤、唐敏五位女作家和出版人及编辑赴天津参加"中外女性文学国际学术研讨会",这是联合国第四次世界妇女大会的会前会。"文丛"在天津和北京两地举行了签名售书。

8月25日,在京参加由《中国作家》杂志举办的新生代女作家"徐坤作品研讨会"。

8—9月,《答客问(五题)》,刊发于山西《发展导报》8月19日、9月2日。

9月21日,在天津参加"中国小说学会第二次年会",作题为《形而上的精神追求和形而下的生存选择》的发言。

1996年

4月10日,在京参加由《长城》杂志社和作家出版社联合主办的"陈染长篇小说《私人生活》研讨会",作"陈染创作的现在和未来"的发言。

8月,《1995:研讨会备忘录》,刊发于本月《作家》。

9月,《中国女性文学的腾跃》,刊发于本月《博览群书》。

10月,第三部文论集《文坛感应录》由解放军文艺出版社出版,选收1986—1995年所撰批评文字50篇,计33.8万字,自撰《前记》,附录陈墨《他拥有一片开阔地》和张恬的《求一个自在、充实的人生》。

《徐坤:反串男性角色》,刊于《中国艺术报》本月18日。

本月,赴南京参加中国当代女性文学第二届学术研讨会,作关于"中国女性文学的回顾和重建"的发言。

12月,《女性写作的"私人化"与价值目标》,刊《作家报》本月18日。

年届60,按规定办理了退休手续,旋即被返聘,直至2005年。

1997年

1月9日,在京参加云南作家汤世杰长篇小说《情死》研讨会。24日,《步入老年》发表于《南方周末》。

4月27日,大外孙女陈馨儿(小名悠悠)出世。

5月,《对一个哲学问题的探究——赵稀方〈存在与虚无〉序》,刊于本月《书与人》杂志。30日,在京参加山东作家赵德发长篇小说《缱绻与决绝》研讨会。

7月22日,根据加拿大华裔作家协会与中国作家协会约定,应邀与作家陈建功同赴加拿大,在温哥华等地作为期三周的访问,本人作题为《90年代的中国文坛和中国作家》的讲演,并在加拿大《明报·明笔》发表《九十年代的中国文坛》《五世同堂的中国作家》等数篇文章。

《文学批评:从八十年代到九十年代》,刊于《南方文坛》第5期。

9月,张炯、邓绍基、樊骏任总主编的10卷本《中华文学通史》由华艺出版社出版,本人作为当代文学卷的编委和撰稿者,撰写了其中理论批评部分四章约8万字。

10月6日,上午参加"《文学评论》创刊40周年"庆祝会;下午参加"何其芳逝世20周年"纪念会。

11月8—11日,参加由文学研究所主办的"第九届世界华文文学国际学术研讨会",提交论文《90年代的中国文坛和这个作家》,收入《走向21世纪的世界华文文学》一书,中国社科出版社1999年10月出版。

《今天将会过去——评洁泯〈今天将会过去〉兼及其人其文》,刊《当代作家评论》第6期。《为新时期文学历史作证——就"跨世纪文丛"答〈南方文坛〉记者》,刊于《南方文坛》第6期。

散文《建国门内外三十四年》,刊于《北京日报》11月25日。

21日,赴厦门参加由厦门大学承办的第三届中国当代女性文学学术研讨会,会中,参与《九十年代的个人化写作》对话,《作家》1998年5月刊出。会后,赴故乡福州扫墓、探亲、访友。

12月25日,作为评审委员会委员,出席中国社科院编辑系列高级职称评审会。

1998年

1月,《90年代的中国文坛和中国作家》刊发于《香港作家报》1月号和《中国文化研究》春季号。

2月13日,作为《文学评论》编委,出席《文学评论》编委会。

3月12日,在京出席《新中国军事文学大系》选题论证会。20日,出席女作家徐懋庸长篇小说《长相思》研讨会。

5月11—14日,赴沈阳出席辽宁大学举办的"面向新世纪文学思想发展学术研讨会"。19日,参加接待加拿大华裔作家协会代表团梁丽芳、陈浩泉、刘慧琴等一行来访。

6—7月,《桥——记忆和感悟》,刊发于《家园》第2期和《散文百家》7月号。

7月7—9日,赴密云云蒙山庄出席《中国文学通典》编撰工作会议。21日,出席文学研究所学术委员会会议。

8月12—17日,赴苏州,与苏州大学范培松等商讨《中国文学通典》散文卷编撰诸事宜。

9月,在北京和承德两地参加第四届中国当代女性文学学术研讨会,获首届"中国当代女性文学建设奖",并作"关于女性写作悖论问题"的发言。

10月,《一项系统的"金学"研究工程——评陈墨的"金学"及"新武学"研究》,刊于本月香港《作家报》。

11月8日,赴重庆参加"新中国文学50年暨中国当代文学研究会第十届学术年会",本人文学评论集《文坛感应录》获第六届中国当代文学研究优秀成果奖。会中,与於可训等人作《断裂:一份问卷和五十六份答卷》的对话,后成文《游戏的陷阱》,连载于12月21日和28日《太原日报·双塔文学周刊》。

11月14日,应邀自重庆至杭州出席女作家顾艳创作研讨会及江苏省当代文学研究会年会。

12月10日,在京参加军旅作家周大新长篇小说《第二十幕》研讨会。

本月,文坛泰斗钱锺书先生逝世,作《同室共事,朝夕相伴》,广东《新快报·生活副刊》26日刊出。

1999年

1月,任执行总主编之《中国文学通典》全四卷由解放军文艺出版社出版。

《〈画廊〉热过说〈画廊〉》,原载《当代文坛报》1997年第4期,收入《张抗抗作品评论集》,春风文艺出版社本月出版。

3月,本月《作家》刊载《钱锺书先生的真性情和真人格》,25—26日香港《大公报》连载《和钱锺书先生在干校的日子》全文。

4月15日,《中国文学通典》出版座谈会在文学研究所会议室召开,代表总编委会通报此书的编撰及出版状况。

《关于女性写作悖论的话题》发表于本月《山花》。

5月8日,为"中国留学生文学大系"所撰序言《追溯留学生文学的发展轨迹》刊于《文汇报·文艺百家》。10月12日,又以《漫说留学生文学的发展轨迹》刊于《文艺报》。

6月10—15日,赴江西南昌出席中国小说学会第四届年会。

10月,与加拿大华裔学者梁丽芳对话:《世纪末的中国文坛》,发表于本月《北京文学》。

11月,《中国文学通典》获第三届国家辞书奖二等奖。

本月26日参加由中国作协主持召开的女作家常青《百年澳门》研讨会。

12月,《世纪末的反思——五十年文学理论批评一瞥》,作为《新中国文学五十年》(张炯主编)的一个板块,由山东教育出版社出版。

本月18日,参加由中国作协组织召开的女作家钟物言长篇小说《百年姻缘》研讨会。所作《对人世沧桑和无常的咏叹——评钟物言〈百年姻缘〉》,刊载于《文学报》2000年3月9日。

2000 年

1月20—21日,在深圳参加由深圳大学举办的"面向21世纪马克思主义文艺学理论研讨会"。所作《马克思主义文艺学:在历史的潮流中发展》刊载于《河北学刊》本年度第3期。

3月21日,在京参加由中国文联、中国作协等主办的深圳作家张俊彪长篇小说《幻化》首发式暨研讨会。所作《对人性和历史的沉思——张俊彪〈幻化〉书后》刊发于《南方日报》4月16日。

《风雨历程五十载——新中国文学理论批评的回望》发表于《南方文坛》第2期。

《永远的追寻——关于顾艳创作的断想》,刊于《小说评论》第2期。

5月29日,赴浙江金华参加中国小说学会第五届学术年会,在会上作题为《"和而不同"与百年中国文学悖论》的发言。

6月4—12日,与陈墨在浙江金华及广州、深圳各高校讲演。18日,在京参加王蒙"季节"系列长篇小说(《恋爱的季节》《失态的季节》《踌躇的季节》《狂欢的季节》)研讨会。

10月30—31日,自京赴沪参加由上海市作家协会和华东师范大学联合举办的"90年代文学研讨会"。

11月,《对自我和历史的双重发现——关于虹影及其〈饥饿的女儿〉》,刊《百花洲》第6期。

15日,《史料的魅力——评陈徒手〈人有病,天知否〉》,刊于《中华读书报》。

2001 年

1月,《百年中国文学悖论探议》,刊于《当代作家评论》第1期。《90年代文学批评评议》,刊于《东方文化》第1期。《任重道远的一代批评家——施战军评说》,刊于《南方文坛》第1期。

2—4月,大女儿陈漫红患病,与女婿、夫人陪同其从北京转上海医院就医,于4月初返京。其间二姐陈碧珍4月2日在福州去世。

4月15日抵天津,参加16—18日在这里举行的中国小说学会2000

年度(也是首届)中国小说排行榜评议会,此后年年如此,延续至今。

5月,被聘为《中国大百科全书》第二版中国文学学科现当代文学分支副主编。

6月15—16日在锦州参加中国小说学会第四届年会。17—18日应邀赴大连参加由大连大学性别研究中心举办的"女性与文学艺术"圆桌对话会,会后在大连大学人文学院讲演。

7月17日,今日起搬家,从北京东大桥路迁移至北京华威西里。

本月,《两种话语系统的并存和互动——与谢有顺对话》,刊《文学自由谈》第4期。

8月3日,为首都师范大学中国女性文学和文化高级研讨班讲课。

本月,郭小东长篇小说《中国知青部落》三部曲由花城出版社出版,为该书作"总序":《追寻"知青人"的精神家园》,发表于《小说评论》2002年第1期。

11月28日,《独处的日子——朱育颖〈生命的潮汐〉序》,刊于《中华读书报》。

11—12月,应邀赴广东嘉应大学作为期两周的讲学,讲题为"百年中国文学悖论"等六个专题。旋即转赴香港参加由香港浸会大学和中文大学联合举办的"性别与当代文学研讨会",在会上作题为《中国(大陆)三代女批评家的笔记》的发言。

2002年

1月25日,在京参加徐坤长篇小说《春天的二十二个夜晚》研讨会。

4月15日,《李锐:深沉的回味和思索——关于〈银城故事〉》,刊《太原日报·双塔文学周刊》。

7月25日,与病魔顽强抗争了两年的大女儿去世,终年33岁,按其遗愿,以基督方式举行了庄重的告别仪式,有亲朋好友数十人参加。

8月,第四部文论集《世纪末的回声》由长江文艺出版社出版,樊星序:《稳健、求实的评论风度》,代自序:《世纪之思》。选收1995—2001年所写文学评论和部分散文随笔数十篇,约计33万字。

9月,《当代中国(大陆)三代女学人评说》(简本)刊载于《文艺争鸣》

2002 年第 5 期。

2003 年

1 月,《当代中国(大陆)三代女批评家的笔记》(全本),刊载于福建《东南学术》第 1 期。

4 月 3 日,《思念猫猫》发表于《北京青年报·天天副刊》,署名:平纪。4 日自京赴海口参加中国小说学会第七届年会。

5 月,《为女儿祈祷》刊发于《散文百家》第 5 期,署名:平纪。《〈文学评论〉复刊的前前后后》载《岁月熔金》(中国社科院文学所编),中国社科出版社出版。

7 月 29 日在京参加由福建省文联等主持召开的"崛起的福建小说家群研讨会"。

9 月,赴青岛参加"王蒙文学创作国际学术研讨会",在会上作题为《探寻者·独行者·营造者——漫话王蒙小说》的发言。

10 月 14—15 日,应大连大学邀请,与陈墨同赴大连讲演。本人讲题:"漫话当代文坛"和"关于女性主义和女性文学的几个问题"。

本月,与朱竞对话《对话的时代》刊载于《世纪印象》(朱竞主编),华龄出版社出版。

12 月 15—30 日,赴哈尔滨参加第五届中国当代女性文学学术研讨会,在会上作《夏娃言说——近年几部女性文学理论批评著作评说》的发言。

《干校岁月》刊发于《山西文学》12 月号。本月,担任执行编委的 3 卷本《中华文学发展史》(张炯主编)由长江文艺出版社出版。

2004 年

1 月,《人生坎坷》载于《男性生存笔述》,荒林主编,山西人民出版社出版。

3 月,《在动乱的年代》刊载于《作家》。《探寻者·独行者·营造者——王蒙小说中的王蒙》(与朱育颖合作)刊于《海南师范学院学报·社科版》第 2 期。

8月,赴山东泰安参加中国新文学学会年会,《文坛感应录》获新文学学会优秀著作一等奖。

9月,《夏娃言说——近年几部女性文学理论批评著作评说》刊于《南方文坛》第5期。

12月,策划并主编之《精神之旅——当代作家访谈录》,收17篇访谈文章,23万字,作序:《文学的精神旅程》,由广西师范大学出版社出版。

2005年

5月,郭素平著《无地之书》,中国矿业大学出版社2005年5月出版,为其作序:《感同身受的理解和评说——序郭素平〈无地之书〉》。

8月,《小说的希望——新世纪小说阅读札记》刊《天津师范大学学报·社科版》第4期。与郭素平对话《成长中的中国女性主义》刊于《中国女性主义》第4辑。

本月27日—11月17日,应邀在北京超星图书馆就当代文坛、女性文学、百年中国文学悖论、半个世纪文学理论批评等问题作专题讲座,共六次。

10月,《兼容历史内涵、人性深度和艺术水准——序〈2004年中国小说排行榜〉》,载《2004年中国小说排行榜》,中国小说学会、齐鲁晚报主编,作家出版社出版。

本月赴河南开封—洛阳参加第七届中国当代女性文学学术研讨会,在会上作题为《生命的再造与张扬——我与女性文学》的发言。

12月,《关于女性写作悖论的话题》获首届中国社科院离退休干部优秀科研成果奖。

2006年

1月,《贴近地面的叙事——答〈滇池〉问》,刊于本月《滇池》。《生命的再造与张扬——我与女性文学》刊于《百花洲》第1期。

本月,应聘担任联名总策划的"世纪文学60家"大型文学丛书开始陆续由北京燕山出版社出版。

6月,《〈文学评论〉复刊的前前后后》收入《岁月熔金——文学研究所50年记事》，中国社会科学出版社出版。

本月4日，《纪念董易》刊于《中华读书报》。

本月12—30日，应美国洛杉矶华人作家协会邀请，中国小说学会与江西省当代文学学会联合组团，本人与同行们一齐赴美访问。

8月末，70生辰，学生们在京举办了一个喜庆、温馨的寿宴，宣告本人进入古稀之年。

11月8日，《繁华的思虑》载《中国社科院院报》。

本月，被选为中国作家协会第七次全国代表大会代表，9—14日，本人首次以代表身份出席该会议。

2007年

1月，70寿辰纪念文集《这一片人文风景》，由人文风景、园林笔记、心灵乐章、诸家品鉴、师生情苑五个专辑组成，40万字，陈墨、谭湘、孙明强编选，全书图文并茂，由河北教育出版社出版。

《从一而终——我的文学批评之旅》，刊于《芳草》本年第1期《批评家自传》专栏。

2月，《大学忧思——读汤吉夫〈大学纪事〉》刊于《小说评论》第4期。

《关于女性写作悖论的话题》，收入《当代中国女性文学与文化批评文选》（陈惠芬、马元曦主编），广西师范大学出版社出版。

5月3—30日，因腰椎滑脱多年，在北京医院做腰椎手术，前后为期四周。

7月16日，参加由作家出版社主持召开的刘诗为长篇小说《在时光之外》研讨会。

10月，参加于山西太原举行的第八届中国女性文学暨高校女性文学教材学术研讨会（中国当代文学研究会女性文学委员会主持），受会议委托致闭会词。

11月14日，参加在无锡召开的中国新文学学会第二十三届年会暨底层创作与和谐社会学术研讨会，作题为《关注民生，关怀底层》的发言。

11月30日—12月3日，在广州出席由广东商学院承办的中国小说学会第九届学术讨论会,致开会词:《文学是人类灵魂的栖息地》。由于超龄(过70岁),改任中国小说学会名誉副会长。会后,应中山大学中文系邀请,为该系现当代文学研究生作题为《漫说当代文坛》的讲演。

12月28—29日,在北京参加由中国小说学会主持召开的微型小说排行榜评议会。

2008年

1月,《心灵的驱遣与诉求——与刘诗为对话〈在时光之外〉》,《小说评论》第1期刊出。

3月,殷慧芬《石库门风情画》出版(上海人民出版社),为其作序《殷慧芬和她的石库门世界》。

本月21—23日,参加由天津师范大学承办的中国小说学会2007年度中国小说排行榜评议会。

4月29日,小外孙女李思潼(小名铛铛)出生。

7月30日,个人博客开张,首篇转发台湾学者黄维樑《请刘勰来评论顾彬》,加"按语"。此后,断续有博文80余篇发表。

8月19—21日,赴丹东参加中国新文学学会第二十四届年会暨"改革开放与新时期文学"学术讨论会,作题为《关于新时期三十年文学的评价问题——从顾彬的"垃圾说"谈起》的发言。22日随团到朝鲜旅游观光,所到之地有新义州、平壤、开城、板门店等,24日返回丹东。回京后于博客上发表总题为《朝游纪略》的系列短文。

9月13日,到湖南益阳参加"百年周立波"学术研讨会,作《周立波研究新进展》的发言,16日从益阳赴韶山、长沙观光。

10月28日,《朝游纪略》(之一),刊于《中国社科院院报》。

11月6日,《许觉民:一种淡定透彻的人生》,刊于《中国社科院院报》。

本月,《智者许志英》,刊于《黄河文学》。

12月6日,《难忘1978》,刊于《中国社科院院报》。

本月,《成长的足迹——祝亚峰〈性别视域与当代文学叙事〉序》,刊于《中国女性文化》第10辑,首都师范大学出版社出版。

2009 年

3月,27—29日在江西南昌参加由南昌大学承办的2008年度中国小说学会小说排行榜评议会。

4月,散文《书斋的故事》,刊于本月《黄河文学》。《朝游纪略》(全文),刊于本月《滇池》。

8月13日,赴哈尔滨参加中国新文学学会第二十五届学术年会暨中国当代文学60年学术讨论会,作题为《历史内涵、人性深度、艺术魅力——关于60年文学作品的评价标准问题》的发言。会后与夫人同赴海参崴观光。

9月1日,到首都师范大学参加由中国当代文学研究会女性文学委员会主持召开的"第三届(2003—2008)中国女性文学奖"复评会。12日,到北京风入松书店,参加由女性文学文化沙龙主持召开的《中国当代女性文学简史》(任一鸣主编)研讨会(荒林主持),作题为《达到的和未曾达到的》的发言。

10月23日,朱向前主编之《中国军旅文学50年》出版,到解放军艺术学院参加《中国军旅文学50年》暨当代军旅文学研讨会,作题为《为军旅文学治史》的发言。

本月,顾艳长篇小说《九堡》出版(作家出版社),收入本人所撰《顾艳:从"本色"到"角色"》一文。

11月7日,赴江西宜春,参加明月山国际作家写作营活动,11日到湘鄂赣边区观光。12日飞抵云南昆明,参加第三届中国女性文学奖颁奖暨第九届女性文学国际学术研讨会,提交论文并发言:《沉潜中的行进》。受会议委托,作《感言和期待》的小结。

12月5日,《女性文学批评:在沉潜中行进》,《文艺报》刊出。25日,参加在文学所召开的"樊骏八十寿诞庆祝会"。8日,《双情揽月——明月山散记》,《中国社会科学报》刊出。

2010 年

1月,《南方文坛》第1期刊出《沉潜中的行进——2003—2008女性文学理论批评若干著作评说》全文。

4月7日,赴山西临汾参加由山西师范大学文学院承办的2009年度中国小说学会小说排行榜评议会,10日转太原参加由《名作欣赏》杂志社和山西师大文学院承办的中国小说学会第十届学术年会。

5月21—27日,赴南昌参加首届中国小说节暨第三届中国小说学会大奖会。

6月30日,《文艺报》刊出《文学在进步,作家在成长》。

7月16—18日,参加首都师范大学举办的中国女性文化研究基地项目启动暨中国女性文学论坛。

8月6日,《北京青年报》刊出《变革文学观念的浪漫年代——关于八十年代》。

9月22日,《文艺报》刊出《女性文学:从性别对峙到多元化书写》。

10月9日,参加于中国现代文学馆举行的姚雪垠百年诞辰纪念座谈会。11—18日,与夫人一同参加由中国社科院老干部局组织的赴台湾观光旅游,沿台北—台中—台南—花莲……一线走来,在台北会见了阔别多年的大姐陈明珍。

本月,《特殊年代的几封书信——怀念钱锺书先生》,收入由三联书店出版的《钱锺书百年诞辰纪念文集》。11月5日,《北京青年报》也刊出了此文。

11月18—19日,随文学所离退休同仁自京经石家庄,到河北天桂山观光。

12月,《"她世纪"与中国女性写作的走向》,刊于《海南师范大学学报·社科版》本年第6期。

2011年

1月7日,《过程即目的——史铁生的人生姿态》,刊于《中国新闻出版报》史铁生纪念专版。

13—15日,赴上海参加由上海师大都市文化研究中心承办的2010年度中国小说学会小说排行榜评议会。

本月与王能宪、郭锦华等联名主编的《足迹——著名文学家采访录》

由中国工人出版社出版,作序:《三十年,文学的行进足迹》。

2月,《羊城的忆念》,刊于《广州文艺》。

3月11日,参加在文学研究所举办的朱寨散文集《记忆依然炽热》研讨会。25日,参加樊骏先生追思会。26日,参加在中国现代文学馆举行的《张炯文存》出版座谈会。

6月,《任一鸣和他的〈中国女性文学简史〉》,刊于《中国女性主义》第12辑,漓江出版社出版。《三十年,文学的行进足迹》,刊于《天津文学》6月号。

10月17—18日,随文学所离退休同仁赴河南安阳,观光殷墟遗址及博物馆,红旗渠及博物馆。

11月3日和17日,应中央民族大学邀请,为该校传媒学院研究生讲课:"80年代文学问题"和"女性文学问题"。

12月20—22日,赴厦门参加由厦门大学文学院承办的第十届中国女性文学国际学术研讨会。23—24日转南昌参加由江西师大文学院和21世纪出版社联合承办的2011年度中国小说学会小说排行榜评议会。会后,回家乡福州扫墓、探亲、访友。

2012年

3月7日,朱寨先生逝世,享年89岁;23日,参加在文学所召开的朱寨先生追思会。26日,在中国现代文学馆参加中国当代文学研究会女性文学委员会主持召开的2011年度优秀女性文学作品终评会。

4月21—22日,赴江苏兴化参加由中国小说学会、江苏省作家协会、兴化市人民政府联合举办的"中国小说之乡"授碑仪式暨文学生态视野下的地方性写作研讨会。

5月16—17日,参加文学所组织的赴怀柔水长城二日游。26日,参加由21世纪出版社召开的国内首部美德童话全书《魔法小仙子》品读会。18日,《传扬何其芳精神——纪念何其芳100年诞辰》,刊于《中国社会科学报》。

6月23日,赴天津参加中国小说学会会长(扩大)会议。

7月,开始为湖北《新文学视野》撰写专栏文章"昨日风景",之一《为历史留下当代人创造的文学财富——"跨世纪文丛"始末》,于该刊 7 月号发表。本月 6—13 日,与夫人同赴山东,参加由院老干局组织的乳山休养活动。

8 月 3—12 日,赴吉林延吉参加由延边大学承办的中国小说学会第十一次学术年会。会后,偕夫人并与会同仁首度登临长白山。

9 月,"昨日风景"之二《〈文学评论〉的新生——从复刊到 80 年代》,刊《新文学视野》9 月号。7—11 日,参加由文学所组织的甘肃银川四日游活动,所到之处有银川、中卫、西夏陵、沙坡头等景点。

10 月 4—8 日,赴重庆市参加由中国现代文学馆、重庆师范大学、冰心研究会等五单位联合举办的冰心文学第四届国际学术研讨会,在会上做《冰心"爱心精神"的普世意义》的发言。

11 月,"昨日风景"之三《人格的魅力——记文学研究所的八位前辈学者》(上),刊于《新文学视野》11 月号。

12 月 1 日,在中国现代文学馆参加由中国作家出版社等五单位联合举办的女作家徐小斌创作 30 年研讨会。

2013 年

1 月 4—6 日在石家庄参加由河北师范大学文学院承办的当代小说影响力研讨会暨中国小说学会 2012 度小说排行榜评议会。

"昨日风景"之四《人格的魅力——记文学研究所的八位前辈学者》(下),刊于《新文学视野》1 月号。

《天马行空,脚踩大地——莫言获诺奖感言三题》,刊于《新文学评论》(湖北)本年度第 1 期。

3 月 8 日,《一位纯粹、清正、孤直的学者——怀念樊骏先生》,刊于《中国社会科学报》。

"昨日风景"之五《一道绚丽的文学风景线——关于八九十年代中国女性文学的话题》,刊于《新文学视野》3 月号。

4 月 13 日,应陈墨之约,参加中国电影资料馆举办的"口述历史创作研讨会"。

5 月,"昨日风景"之六《召回记忆——一些未曾忘却的人和事》,刊于《新文学视野》5月号。24日,《朱寨:最后一位"鲁艺"人的伟岸人格》,刊于《中国社会科学报》。

本月17日—6月4日,因急性、溃烂性阑尾穿孔,从北京医院急诊室转入病房,为期19天。

6月14日,参加中国社科院文学研究所建所60周年(1953—2013)纪念大会。文学研究所编选的《岁月熔金》(二编)由中国社会科学出版社出版,收入本人历年所撰三篇文章:《许觉民:一种淡定透彻的人生》,《〈文学评论〉获得新生之后》,《人格的魅力——记文学研究所的八位前辈学者》。

7月12—8月1日,再度住院,施行阑尾切除手术,为期20天。31日,《我的导师鲍正鹄》,刊于《中国社会科学报》。

8月,《从一而终——陈骏涛文学评论选》(41.2万字),由上海文艺出版社出版;分"文坛观察""书人书事""对话互动"三组,选收1977—2011年所写的文学评论文章37篇,徐怀中、陈思和、陈墨代序。

9月11日,接受陈墨等邀约,自今日始,"陈骏涛口述历史访谈"正式启动。至11月,访谈16次,约计50多个小时。

10月3—11日,偕夫人、小女、女婿和外孙女一行六人,回福州探亲、扫墓并转厦门观光。

本月16日,应邀参加由首都师范大学中国女性文化研究中心召开的"第六次中国女性研究基地发展战略研讨会"。

11月23—24日,应邀参加由首都师范大学诗歌研究中心和北京大学新诗研究所联合举办的"中国现代诗歌形式和语言学术研讨会"。期间,参加会中会"闽籍在京评论家恳谈会"。

2014年

1月10—11日,在江苏兴化参加中国小说学会2013年度中国小说排行榜评议会。

3月13日,在文学研究所参加"邓绍基逝世周年追思会",做《追怀大师兄邓绍基先生》的发言。

4月25日和6月27日,《人格的魅力:记文学研究所的八位前辈学者》的部分篇章应约分载于加拿大《世界日报·华章专刊》第17期和第19期。

5月29日,到首都图书馆参加"吴晓铃先生百年诞辰座谈会"。

6月18日,在中国社会科学院参加《中国哲学社会科学发展历程回忆》(8卷)新书发布暨出版座谈会。所撰《〈文学评论〉:从复刊到20世纪80年代》,收入该书《文学卷》,中国社会科学出版社2014年4月出版。

8月,肖菊■"访学"一年结业论著《鲁迅女性观考辨》由白山出版社出版,为其作《代序》。至此,自1985年起始的收徒生涯宣告结束。

9月26—27日,应邀到福州参加"闽派文艺理论家批评家高峰论坛"。会毕在福州探亲访友。

11月14—16日,应邀赴南昌,参加由南昌大学主办的"首届新移民文学研讨会"。

采编后记

喜欢略萨名著《酒吧长谈》的人,没准也喜欢这本"书斋长谈"吧?抱歉的是,这部书恐怕没有《酒吧长谈》那么好看,因为那是小说,这是口述历史。

苏东坡诗云:"人生到处知何似,应似飞鸿踏雪泥。泥上偶然留指爪,鸿飞那复计东西。"做口述历史,正是想收集个体生命的雪泥鸿爪,勾画翩翩飞鸿的轨迹,探测社会历史气象,求取人文精神消息。

一

没想到,采编《陈骏涛口述历史》,遇到的第一个难题,是陈老师不愿意,他说:"我又不是什么大人物,有什么必要?"

想要做《陈骏涛口述历史》,有为公和为私两方面的原因。

为公的原因是,其一,陈老师是当代著名文学批评家,著有批评文集《文学观念与艺术魅力》《在传统和现代之间》《文坛感应录》《世纪末的回声》《这一片人文风景》以及《从一而终——陈骏涛文学评论选》等,人称新时期文学的"辩护者"和"吹鼓手"。其二,他主编或与人联合主编过"跨世纪文丛""红辣椒女性文丛""中国留学生文学大系""世纪文学60家"以及《中国文学通典》等图书,参加过《中华文学通史》和《中国大百科全书》的编纂,是新时期中国文学的建设者,有功于当代文学。其三,他曾担任过《文学评论》编辑、当代组长、编辑部副主任、主任和副社长,编发过许多有关当代中国文学的重要稿件;他与钱锺书等几代文学界人士有过或深或浅的交往,更是青年作家和评论家的良师益友,提携和帮助过一大批青年评论家和作家;作为中国当代文学的亲历者和见证人,拥有丰富的口碑史料资源。其四,他本人的成长、工作、生活的故事和见闻,也能为新中国政治史、文学史、生活史提供独特的史实信息。

陈老师说,社科院文学所里,像他这样的人多的是,比他"重要"的人也有不少。话是不错。可他们并非我老师——这就是为私的原因了:我做《陈骏涛口述历史》,是想制作一份特殊的生日礼物,庆贺老师80岁寿辰。还有一个心愿,是想读懂我的老师,通过口述历史,细读和深究老师成长和成才的经历。

上述两个原因,也是我说服陈老师的理由。

二

这项小小的口述历史工程,经历了以下几个阶段。

一是筹划和准备阶段。从2012年开始,主要是两件事,一是说服老师;二是我做功课,重读老师的著作,查阅有关资料,写出详细的采访提纲。

二是正式采访阶段。就陈老师生平做长篇对话。从2013年9月11日开始,至11月26日结束,共采访16次。采访都是下午进行,每次时间为3个小时左右,最长时间为3个半小时,中间有10分钟左右休息时间,全部采访的总时长超过50个小时。每次采访都有录音,最后一次不仅录音,还有录像。

三是录音整理阶段。这个阶段比较长,从2013年12月至2014年5月。录音整理工作主要由我太太朱侠负责,她请了她的两个同事帮忙。这工作,是要根据录音整理出一份逐字抄录的原始抄本,作为档案及编纂依据。

四是初期编纂阶段。这是粗编阶段,是由我自己做。时间是2014年3月至同年6月,原始抄本整理出一部分,就开始同步编纂。主要工作包括:1.保持对话形式,保留口述历史访谈痕迹,补足不完整语句,删除了过于琐碎的追问或质证。2.删除过于零碎的片言只语,让陈老师的讲述保持段落完整和意义清晰。对一个语句或一个段落的选择和编辑,有时候需要斟酌再三。3.在文本中加上了若干必要的注释,有些是为了说明背景,有些是解释疑问,有些则是小小的阅读提示。4. 对访谈内容进行编目,列出分节标题,作为阅读索引。

五是审稿、订正阶段。这个工作由陈老师做。主要工作包括:1. 作为口述人,有权利决定哪些话暂不能公开发表。2. 有些话意犹未尽,可以做适当的补充。3. 对文稿中一些未能确切表达他的真意的语句进行审查和订正。4. 对其中一些问题,做出必要的注释——凡陈老师的注释,都有"口述人"标注。我和陈老师约定,尽可能保留口语形态,而口语和书面语大不相同,必然要增加工作量。陈老师的审稿和订正工作,从2014年6月至12月。

六是复审、精编、写"杂记"阶段。这个由我来做。此次复审,调整了部分文稿的结构,增加了几个篇目,并订正了部分小节的标题。说起"杂记",要做点解释,在粗编阶段,按照口述历史工作习惯,我曾写过若干条"采编人杂记",说采访细节,说问题背景,也说对受访人的观察和思考,后来又都删除了。原因是担心引起不必要的误会:对老师品头论足,未免自以为是,甚而大逆不道。没想到,人民文学出版社总编辑刘国辉先生、责任编辑宋强先生都说杂记应该写,陈老师也要我写。于是我重新写。从2014年10月底,写到12月份。

七是定稿。由陈老师和我共同完成。陈老师再度审查书稿及"杂记",写全书《序言》;我也要听取老师的意见,才能对这本书做最后定稿。

三

做口述历史,难免会遭遇这样或那样的难题,典型难题有下面几种。

首先是面对伦理的冲突。是在采访和编纂过程中,需要攻克采访人、受访人的传统积习和心理障碍。口述历史不是传统意义上的"树碑立传",而是要通过采访对话,追寻生命史和社会史的真实信息。晚辈做长辈的口述历史,采访人要面对的最大问题是,敢不敢打破为亲者讳、为尊者讳、为贤者讳的伦理传统,追求人生的真相和真知?在实际采访过程中,如何对付受访人习以为常的自我保护、自我粉饰、选择性遗忘等心理惯性?好在,老师开明,决意在采访中不做任何避讳粉饰。因而,我问了许多平常不敢问甚或也不该问的问题,有些问题尖锐乃至残酷——"有些时候,为了了解真相,我们必须沉到痛苦的最深处"(哈维尔语)——老师懂得这个,所以尽量知无不言。这需要有袒露自己、解剖自己的非凡勇气、智慧和诚意。当然,这并不意味着再也没有伦理矛盾冲突的情况,在尊重并保护个人隐私的社会伦理与遵守探求真相与真知的科学伦理之间,矛盾与冲突始终存在,此事并无标准答案,只能通过协商,找到合情合理的深度边界。

其次,要面对的另一大难题,是受访人的遗忘。老年人记忆机能衰退,这是普遍的自然规律。从事口述历史工作,经常要面对受访人的遗忘现象。这个难题的复杂性在于,哪些记得、哪些不记得,并不全都由生理机能决定,其中也有社会压力、意识形态铸造或冲刷,有个人心理及其精神特质的形塑或掩藏。进而,记忆有选择性,遗忘也有;记忆有深浅,遗忘也有;记忆有长久和暂时之分,遗忘也有;记忆有真假(时有想象渗透)之别,遗忘也有类似情况。陈老师的记忆力本来就不怎么好,在采访之前,又生过一场大病,他说,生病之后,记忆力急剧衰退。因而在访谈过程中,"不记得了",可能是出现最多的短语。面对这一难题,无非下面两种办法:一是事先做足功课,提出具体的问题,希望有助于勾出往事记忆。二是在采访现场,通过观察辨析,提出具有针对性的问题,旁敲侧击,以求曲径通幽,尽量打捞起遗忘之海中的记忆碎片。

再次,就是口述历史编纂的难题了。最大的问题有两个,其一,是要面对口语和文字两种不同媒介的差异。一般人不大会注意口语和书面文字的差异,也很少直接面对口语对话的逐字原始抄本,因而在看到原始抄本中语句的破碎、零散、跳跃时,往往会大吃一惊,以为这不是他/她的原话。日常的口语对话,其实就是这样的,在人际传播的现场,零碎的话语加上相应的表情、动作、眼神,足以让对方心领神会。而口述历史文本的编纂,既要保留口语形态,而又不影响文字顺畅,这需要花费功夫。其二,编纂口述历史文本,还要面对学术性和可读性的内在矛盾,按照口述历史的学术理路,有时候会影响阅读的顺畅和趣味;而按照阅读的可读性或趣味性要求,有时候又会损害口述历史信息的真实性和确切性。想要兼顾学术性和可读性,通常只能走中庸路线,这要编纂者灵活掌握——同一个抄本由不同的人编纂,文本差异会大得惊人——有很多对话,学术价值毋庸置疑，有谈话、质证的具体细节，和获取信息的具体路径，这都是语言分析和心理分析的具体资料。但若是过于详细琐碎，我怕一般读者可能会不耐其烦，因而在编辑书稿时，省略了质证过程，将一些对话进行了缩略性改编。就口述历史工作而言，这样的改编肯定是不对的；而要面对读者，似乎又只能这么做。奈何？

四

口述历史工作能够完成，首先要感谢老师和师母！若是老师不答应，此事就无从谈起；若没有师母的支持，此事肯定不会如此顺利和完满。

这部书能够顺利出版，要特别感谢人民文学出版社总编辑兼天天出版社社长刘国辉先生！当他得知我想为陈老师做一部口述历史时，就认为此事值得做，并表示他愿意出版这部书，如此慷慨承诺，大大鼓舞了我。

我要感谢《中国新闻出版报》总编室编辑洪玉华小姐和冉一村先生！二君为《陈骏涛口述历史》整理了几十个小时的录音，是逐字逐句抄录，不能译写或改编，这工作枯燥而辛劳，洪小姐和冉先生坚持做了，活还干得漂亮，我当铭记。

要感谢我的师弟孙明强先生！他积极响应了这个口述历史计划，在总结性采访的前一天，他和他儿子就带着全套灯光录像设备住进了老师家附近的宾馆，2013年11月26日，他们辛苦拍摄了差不多一天。

当然要感谢我妻子朱侠。采访过程中，但凡可能，她都会开车接送；采访结束后，她又整理录音，还找同事帮忙整理，并负责录音抄本的粗编；而后，她对我编纂和杂记工作细加挑剔，指而又点，一如既往。

最后，献上此书，恭祝我师陈骏涛先生80大寿！

陈墨
2014年岁末[①]

[①] 《采编后记》有两稿，第一稿写于2014年5月，收入了陈墨的《口述历史杂谈》（北京，海豚出版社，2014年9月）一书中。这是第二稿，有较大的改动。